大舞台

谈歌 著

中部

中国工人出版社

中部　抗　战

漕河阻击战

郑立壮绝对不是“酱油党”。前边说过，郑立壮真是个有故事的人呀。他有案底——自小儿就是个不安分少年，喜好寻衅滋事，擅长捣乱行凶，十几岁就敢当街抄刀杀人。凶狠不？

这一回，他以最佳配角的身份积极参与，帮着张宗民谋杀了顶头上司华侨山。

郑立壮图个啥呀？这里边没有他半毛钱的关系，他就敢胆大包天协助张宗民，干下这种犯上作乱、大逆不道、不图财只害命的骇怪烂事儿？

真是个义气人！

够哥们儿！

张宗民岂能不心潮澎湃？

二人以下犯上，逆袭成功，完活儿之后，开怀畅饮偷着乐。

几杯热酒下肚，彼此感情互动扯上了。在酒精的刺激下，张宗民多说了几句“调油入蜜”的感谢话儿。在酒精的助推下，郑立壮立马被感动得犯了“二杆子脾气”，如同突然遇到失联了三十年日夜思念的嫡亲哥哥，或是成心要让张宗民再往死里感激一回——他干脆不回六团当团长了，铁定跟着张宗民干了。这一下，张宗民更是被感动得大脑如跑肚子一般稀里哗啦，一佛出世二佛涅槃了。

张宗民为何如此感动？刨根问底，这里边有个身份的缘由。

且说赵元初所辖部队，属于国军中的杂牌部队，但郑立壮的第六团却是杂牌里的正牌。用时下的话讲，郑立壮的部队由财政统一拨款，按月按时发军饷。

张宗民的城防独立支队虽然不断扩充，人欢马跳，却仍是杂牌里的杂牌——自收自支，“饥一顿饱一顿”。论及身份，纯粹是没签订劳动合同的临时工，拖欠工资是家常便饭。郑立壮能如此放下身段，义无反顾勇敢跳槽，套用当代的说法，就是扔了铁饭碗——多年的工龄都不要了。张宗民怎能不感动万分或十万分呢？

张宗民当即主动让贤，请郑立壮当支队司令，他自甘当副司令。郑立壮哪儿肯呀，脑袋摇得像拨浪鼓：“哎呀！张大哥，你这叫什么话？不行不行！你接着当你的司令，承蒙大哥看得起我郑立壮，兄弟我将就材料，当你的副司令好了。”

这二人设想得很长远，计划继续收编小股土匪，广开门路招兵买马，扩充队伍。如果上峰硬揪着华侨山被杀这件事不放，这二位就干脆“资产重组”，拉竿子“跳槽”当土匪了。

郑立壮胆子大，心却细（猛如张飞，细如孔明），他建议张宗民将三分之一的队伍派到唐县一带的山区驻防，以此放开手脚，再开创一个更大的地盘。狡兔三窟么！

张宗民当即击掌称赞。

二人的想法么，的确很长远，很不错，很美好。可他们却遇到了一个突发“障碍”，一个他们绝对不可能逾越的“历史障碍”——“七七事变”。

张宗民与郑立壮设想的美好计划，由此被长期搁浅，成为他们的终生遗憾。

日军于民国二十六年（1937）九月十八日攻入涿州。《保定抗战》一书记载：“日军攻陷涿州后，国军因战局变化太快，部署未定，形成混乱局面。而日军则快速推进……”九月十九日，蒋介石给国民党第一战区副司令长官兼第二集团军司令官刘峙下达了“我军应在保定附近与敌决战”的命令。

刘峙接到命令，当即调动保定周遭的国军队伍，十万火急向保定方向集结。张宗民于九月十九日晚上接到命令，他的部队被紧急调到保定东面的漕河一带布防，阻击南下的日军。这一天正值中秋。本应皎洁可人的月亮，却仓皇失态，惨白着一张似失血过度的面孔，倚着稀薄无力的云层，在夜空中胆怯地游移，让人看得心头阵阵郁闷。

张宗民与郑立壮站在凄凉的月光下，紧急集合了五千余众的队伍，赶去徐水漕河一带布防，阻击南下的日军。

正在急行军途中，张宗民又接到保定城防司令部命令，着张宗民抽调一个大队的兵力，协助保定北关守军，巩固城防阵地。大敌当前，釜底抽薪？这锅破饭还怎么煮？但军令如山，张宗民不能违抗，他与郑立壮匆匆商量了一下，即抽调杨大友的第三大队一千余人，匆匆去了保定北关集结待命。

（张宗民应该很沮丧、无奈、抑郁，他把最弱的一支部队划调给了上峰，他或许悲哀地认定，这等于把杨大友及千余人枪送上了黄泉路。而他却没料到，人算莫如天算，他竟然歪打正着，保留下了这支部队。后边就要说到。）

张宗民指挥部队按时到达指定地点，仓促修筑工事。第二天清晨，蝗虫般的日寇到了，战斗当即打响。张宗民万万没想到，他辛苦几年扩编的独立支队，只拼死抵挡了半天儿的工夫，就近乎全军覆没。郑立壮与几个大队长先后牺牲了。

（《保定抗战史料》记载：郑立壮，男，沈阳人。1905 年生。曾任国民党保定警备区第六团团长、保定城防独立支队副司令。1937 年 9 月，郑立壮在徐水阻击日军时牺牲。

写到这里，谈歌笔下情绪格外沮丧。郑立壮是个很有英雄性格的人物，可惜死得太早了，不然，谈歌笔下的郑立壮，必定能有更多的精彩故事奉献给读者。可惜，历史不是影视剧，谈歌不是导演，郑立壮不是演员，谈歌不能随意置换人物与情节。

郑立壮可惜了！）

张宗民后来回忆说，这是他从军以来，最为惨烈的一次战役。

双方打响之后，还不到一个时辰，他的队伍已经伤亡过半，整个战场就像个熊熊燃烧的大灶火膛，在日军密集的炮火之下，张宗民的士兵，就像秋后一棵棵晒干了、打了捆的玉米秸，刚刚成群结队地填进去一拨，眨眼就烧没了，前仆后继地再填进去一拨，转瞬间又烧没了。如此填了十几次，张宗民数千人的队伍已经所剩无几。唉，果然是“千日打柴一日烧”啊。

硝烟滚滚，血雾茫茫，死神像一块硕大的“尸布”，覆盖着惊骇恐怖的秒杀战场，无人能预料下一秒谁死谁活。杀红了眼的张宗民，心中的愤怒被熊熊点燃，他拔出大刀，狼吼着蹿出死尸重叠的阵地——他要跟日本人拼命。

张永成和几个卫兵赶紧扑上去，硬把他拉了回来。

张永成跪在张宗民脚下哭号道：“司令呀，不是弟兄们不争气啊，实在是咱们手里的家什不如日本人呀！快撤吧！咱们总得留下几个本钱呀，不能赔得锅干碗净啊！”

张宗民渐渐冷静下来，咬牙切齿地骂了几句，便指挥残部向西南方向撤退，一路撤到清苑县，队伍即被设伏的日本人打散。张宗民带着几十个随从逃离了清苑县，向完县西南继续撤逃。这是他给部队在战前下达的命令：队伍一旦打散，即各自为战，向完县与易县、唐县交界的燕子岭方向撤退转移。

撤逃路上，张宗民思前想后，非常懊恼。唉，还是赵司令看得远呀！

赵元初之前就预料到了，战事一开，张宗民这支杂牌部队，一定会首当其冲，被当作炮灰推上前线，料想武器装备不及日寇，赵元初一再叮嘱张宗民，绝不能硬拼，如能侥幸保存些力量，赵元初建议张宗民部到完县山区打游击。张宗民当时点头答应，心下却不以为然，觉得赵司令多虑了，他认为自己的队伍总能抵挡些日子，谁知道竟然这样不禁打呢，几年来辛苦扩充的四千多人枪（不含杨大友带走了的千余人），就被这种毫无意义的“填灶”战术，消耗殆尽了，还搭上一个好兄弟郑立壮。事已至此，真是悲凉透顶。张宗民辛苦积蓄了几年的部队，就在这一天一夜之中，近乎灰飞烟灭了。

唉！漫长而悲摧的一天一夜！

民国二十六年（1937）九月二十三日星期四（农历秋分），《大公报》头版头条，该报记者高寒，写文章评论了张宗民所部这一场阻击战：“……抗战之激烈，牺牲之悲壮，在平汉线为最甚……”

张宗民昼伏夜行，躲闪着日军，四天的时间，一路辛苦走到了完县山里，才算摆脱了身后的日军。沿途，张宗民又陆续收容了三十多个溃散的国军士兵，还收留了一个十几岁的逃难少年，名叫扈天明，是个唱西河大鼓的艺人。

扈天明长得眉清目秀，说话慢声细语，腼腆得像个女孩子。

张宗民跟扈天明一路走一路聊天儿，便知道了扈天明父母都是唱西河大鼓的艺人，日军攻占了保定，他跟着父母逃出城来，在逃难的路上，父母都被日军的炮弹炸死了。

张宗民叹道：“小兄弟也是个苦命人呀，你家都是唱大鼓书的，你的嗓子也一定错不了，你就跟着我老张当号兵吧。”

（张宗民此时想不到，他与这个名叫扈天明的少年艺人，竟有了一辈子的患难交情。）

让张宗民喜出望外的是，途中竟然遇到了马长江与宁天然，他二人灰头土脸带着十几个残兵正向完县仓皇溃逃。两下里合在一处，即匆匆向大茂山方向赶路。大茂山中有一个名叫百丈岩的地方，张宗民几年前就看中了，确是个安营扎寨的好地处。张宗民决定暂且在那里休养生息。

进入完县山区，经过一个名叫荆各庄的村子，张宗民兀自想起了手下一个名叫荆永仓的排长，是这个村子的人，他便让队伍进荆各庄打尖。张宗民找到了荆永仓的家，荆永仓的父亲荆老全迎出来，即忙着给张宗民烧水做饭。

荆老全小心地向张宗民打听荆永仓的下落。张宗民皱眉叹息了一声："荆大叔，我这队伍没带好呀，永仓不知道下落了呢。"

荆老全眼里含了泪，摆手说："张司令呀，你也别难过了。戏文常讲，胜败乃兵家常事呢……不说了。"就转过头擦了泪水，忙着做饭去了。

马长江嚼着菜饼子，又舀了瓢凉水喝着，叹气说："张司令呀，咱们全线溃败，狼狈进山，若仔细想想，却不是个长久之计，那可真就要节衣缩食，天天吃菜饼子喝凉水了。依我之愚见，咱们莫如再往南跑，去追赶正规军，凭着你这个支队司令的响亮名头，怎么也得临危受命，弄个师长旅长的干干，照样是威风八面！"

张宗民哈哈笑了："参谋长呀，您真是敢想呀。正规军？他们或许连裤子都跑丢了。"

马长江疑惑："司令呀，那我们真是要进山……落草为寇？"

张宗民哈哈笑了："参谋长的意思是当土匪？您听不明白呢，当什么土匪呀？老子的队伍是进山打游击！弟兄们还是国军的'招牌'，老子还是国军任命的'司令'，您还是国军任命的'参谋长'，照旧是一敲叮当响的名头！"

马长江听明白了，郑重点头道："司令言之有理，老马愚钝了。当山大王也还是国军的名头，自然是沧浪之水，自清自浊，与绿林好汉自有天壤之别。"

张宗民刚要再说几句，哨兵跑进来报告，说有一个名叫胡昌隆的人找张司令。

张宗民怔了一下，苦笑道："胡昌隆？这小子也打光了？投靠我来了？想找饭辙呢？让他进来吧。"胡昌隆是吕士奎手下的一个团长，张宗民想不明白，这枪子儿乱飞的日子，他跑来干什么？

胡昌隆走进来，拱手哈哈笑道："张司令，真是有些日子没见了呢，一向可好？"

张宗民打量着衣帽光鲜的胡昌隆，苦笑道："好个屁呀。没看我这狼狈样么？正逃难呢。"又奇怪地问道："老胡，你真是闲呢。这满世界正枪林弹雨的，你跑来找我干什么？总不会是找饭辙来了吧？”说着，就呵呵笑了。

胡昌隆摆摆手，登时显出一脸苦相：“张司令呀，不要取笑我了。我清闲个屁呢？我是来给您送信儿的。吕司令让我给您送封信，我从清苑县就追您，一口气追了一百多里地，这才算追上，真是累屁了呢，我先喝口水吧。”说着话，就掏出一封信递给张宗民，便急着抄起碗去缸里舀凉水。

张宗民疑惑地接过信：“吕士奎写信给我干什么？”

胡昌隆仰脖灌了两碗凉水，揩了揩嘴笑道：“吕司令惦记着你呢。您看信吧。”

张宗民看完了信，脸色渐渐泛青了，他把信交给了马长江。

马长江看罢，就疑惑地看了看张宗民，又皱眉看了看胡昌隆。

张宗民拍了拍胡昌隆的肩膀，讪笑道：“老胡呀，你在吕士奎手下干得怎么样呢？”

胡昌隆谄笑道：“还行！还行吧。信您看了，您怎么个打算呢？”

张宗民点了点头：“条件么，也还可以，能让老张答应。可他吕士奎说了算数吗？”

马长江大吃一惊，忽地站了起来：“张司令，张宗民！……你想附逆？”

张宗民呵呵笑了，摆摆手：“马参谋长，少安勿躁，且听我问问老胡，日本人给的条件怎么样，再则，他吕士奎说了算数吗？”

胡昌隆忙说：“怎么不算呢？您还记得当年，您在冯长官军前效命时，您的上司高家兄弟吗？”

张宗民点头笑了：“当然记得，听说高团长兄弟二人这几年咸鱼翻身，都成精了。”说着话，拿了个小木凳子在院子里坐了。

[见缝插针，且说说高氏兄弟。

张宗民在冯玉祥手下当骑兵营长的时候，骑兵团长和副团长是一对蒙古族孪生兄弟，哥哥高达成，弟弟高尔成，察哈尔赤城县人。据说其祖上三代给财主放牛，到了他们这一辈，继承祖传的职业，继续放牛。俗话讲：富不过三代。如此推断，放牛也不过三代。据这兄弟二人自说自话，十八岁那年，赤城县周遭闹饥荒，兄弟二人饿得眼冒金星扛不住，高尔成也没跟哥哥商量，杀了财主的牛（饿得眼冒金星还能杀牛？此事存疑），高尔成便找来十几个穷苦哥们饱餐了一顿。众人吃罢，高尔成嘴一抹，打着饱嗝儿说，这可是财主的牛，你们也吃完了，接下来就该吃官司了。这岂不是拖人下水吗？天下没有免费的午餐，同样也没有白吃的牛肉。十几个愿意吃牛肉却不想吃官司的穷苦哥们，即跟着高氏兄弟拉竿子上黄羊山当了土匪（黄羊山，属燕山山脉，位于张家口涿鹿县境内）。高尔成心眼儿活泛，抑或有率先杀牛吃肉之功，被推选当了寨主。

过了几年，冯玉祥的部队进驻察哈尔，高氏兄弟即被冯玉祥招安了。兄弟二人作战勇敢，提拔得很快，三年多时间，高尔成便当了骑兵连长。高尔成肯动脑子，总打胜仗，深得冯玉祥喜爱，冯玉祥或是受了“打虎亲兄弟”这句老话启发，思想这兄弟二人若绑在一处，阵前遇敌，岂不是战斗力更强么，便提拔高尔成当了骑兵营长，高达成当了副营长。

高氏兄弟没念过书，斗子大的字认不出一筐，大概除去认识公共厕所上的男女二字，基本上就是文盲（放牛么，漫山遍野都是厕所，估计这两个字，也是参军后的收获）。冯玉祥爱学习，多次鼓励高尔成营长学文化，这一鼓励，就鼓励出了笑话来。

高尔成虽出身低微，却格外自尊。他认为冯长官鼓励他实则是看不起他，于是，他花钱请了个私塾先生，教自己学“字话”。高尔成固执地认定，有文化就是会说“字话”，自己会说“字话”了，就等于有文化了。高尔成记性好，能把私塾先生教的话背下来，背得多了，就去跟别人学舌。冯玉祥知道之后很惊讶，哎呀！高尔成还真行呀，学会咬文嚼字了。

一次战役后，冯玉祥提拔高尔成当了骑兵团长，并派他率部去前线，高尔成向冯玉祥辞行时，预先精心准备了几句自认为很有文化的“字话”，可是见了冯玉祥，兀自一紧张，竟然忘了事先背熟了的词儿，只好木鸡般呆愣在那里。

冯玉祥皱眉疑问："高尔成，你还有什么话要说吗？"

高尔成立正敬礼，涨红着脸说道："感谢长官提携属下，长官民风淳厚，属下任人唯亲；长官童叟无欺，属下罄竹难书；长官头脑简单，属下真诚直率。属下此去前线，定当助纣为虐，愿率乌合之众，杀敌立功，保证功亏一篑。长官千万早睡早起，多吃多喝，保重玉体。"说罢，立正敬礼，转身就走。

众人登时笑喷了。

高尔成这几句脱口而出的"字话"，冯玉祥登时被雷得几近失容，连连摇头摆手："高尔成呀高尔成，你还是别学'字话'了。你原先怎么说话还怎么说话吧。"之后日子不长，高尔成与高达成或是见冯玉祥日渐式微，抑或想自立门户，便带着两个营的队伍溜走了。

冯玉祥后来感慨："高氏兄弟皮相忠厚，言语谔谔，我自以为洞察。殊不知二人内藏奸诈，今日再想识人之难之警句，才有醍醐灌顶之感慨呀。"

（端的是，流水的营盘，铁打的兵？高家兄弟有真的呀。）

高氏兄弟后在察哈尔自立门户，在赤城、龙关、怀来一带活动，换了新马甲——打出的旗号是"察哈尔游击大队"。

张宗民已经多年没有跟他们联系了，只是听说他们的部队后来被宋哲元收编了，调到了定兴、新城一带驻防。]

胡昌隆也拿了木凳，在张宗民对面坐了，挑指笑道："张司令，要说人家高家弟兄呀，可不是咸鱼翻身，那是'鲤鱼跳龙门'了。哥俩接了吕司令的信，没放一枪，就把定兴外围拱手奉送给了日本人。现在高家弟兄可牛大了，摇身一变，成了定兴房山涿州三地联合的皇协军正副司令。高家兄弟说了，他们的血统可是正儿八经的蒙古族，给日本人办事，说不上是汉奸。他们还让我捎话给张司令呢，说张司令是察哈尔省坝上人，祖上也应该是蒙古人，不是汉人呀。"

张宗民点了点头，嘿嘿地笑了："高家兄弟的祖先是蒙古人？这台阶找得真好，哥俩真是吃水忘井的聪明人呢。学‘字话’学出息了呀。”他说着话，看了看马长江。

马长江则“哼”了一声，气呼呼地瞪着张宗民。

（猜测一下，饱读诗书的马先生大概想说脏话，又张不开嘴。）

胡昌隆嘻嘻笑道：“张司令，吕司令说得对呢，好汉不吃眼前亏，咱们真不是日本人的对手呀。”

张宗民再也按压不住怒火，“哼”了一声，即忽地站起身，一脚踢飞了凳子，破口骂道：“胡昌隆，你这个王八蛋，真是不怕死呢，还敢找上门来？”

胡昌隆顿时蒙了：“张司令，你刚刚……”

张宗民恨恨地呸了口唾沫：“呸！真晦气！也真奇了怪呀，老子这几天总遇到你这号没骨头的中国人了。老子不想跟你再废话了。”说着话，就掏出枪来。

胡昌隆登时吓得脸焦黄了，一屁股坐到了地上：“张司令……我就是个送信的呀！你先听我说……”

张宗民冷笑：“你他娘的送信？你这是送死呢。追了一百多里地，也真他娘的不容易。有什么话跟阎王爷说去吧！”说着话，手里的枪就响了。

胡昌隆当即像一口袋土豆扑通地躺在了地上，但见脑门上有了个血洞，汩汩地冒着血。

张宗民喊人进来，抬走了胡昌隆的尸体。

马长江看得哈哈大笑：“张司令，你刚才真吓死我了！”

张宗民恨恨道：“参谋长，您放一百八十个心，就是把张宗民放到碾子上推三个来回，磨成面粉，张宗民也不会当汉奸！”

马长江竖指称赞：“英雄好汉！”

张宗民立刻集合队伍，清点了一下人数，一共有一百一十三个人。

张宗民锁着眉头，悲凉的目光扫视了一眼众人，几天前他面前站着五千余众，此刻，仅有这些人了，真像是做梦呀。他摇头咋舌，长叹一声："弟兄们呀，接下来的仗，更苦、更难，也更没准儿了，我们都不知道哪会儿就死了。我仔细想了想……队伍就此解散，弟兄们各自回家吧。"

张宗民的表情很严肃，不像是开玩笑。队伍登时乱了。

马长江率先捶胸顿足怒吼起来："司令呀，那弟兄们的仇就不报了？"

张宗民淡淡地说："当然要报，我张宗民去报这个仇，与你们无关。"

马长江怒道："你刚刚才说要上山的，怎么……"

"我自己上山。"

"司令……"

张宗民仰天长叹："参谋长，借用您的'字话'说，真正的中国人，只有断头之士，没有屈膝之辈。就是战死了，子孙后代也会夸奖我们。可是呢，现在的小日本儿跟闹蝗虫一样，哪儿哪儿都是，就凭我们几个？就是长出八只手也打不过来呀！我跟大家说得是实在话，我真心让大家回家，照顾父母，不能尽忠，也要尽孝么。"

队伍里有人喊起来："张司令，日本人都打进来了，还尽什么孝么？先他娘的跟狗日的们拼了！"

"是呀，拼了球的！"

"张司令，我们跟你走了！"

张宗民皱眉四顾："弟兄们的意思是，跟着老张上山？"

"上山！"

"上山！"

"跟着司令走……"

张宗民满意地点点头，狡黠地笑了："好啊！既然弟兄都同意上山，那咱们就上山！"

马长江摇头苦笑："司令，你是用的激将法呀！我都蒙在鼓里了。"

张宗民对马长江说道："参谋长啊，您呢，就先回家吧，这上山落草的事儿，您年纪大了。”

马长江的脸色登时又不好看了，他高声嚷道：“张司令呀，你这是看不起马某呢。遥想三国时代，黄汉升古稀之年，还随刘玄德讨伐东吴……”

张宗民急忙摆摆手：“参谋长呀，别说什么黄汉升了，您比黄汉升他爹他爷都厉害，我怎么敢瞧不起您呢？先听我一句，您就回去吧。”说吧，就喊过宁天然：“天然兄弟呀，带着你舅舅回去吧。”

马长江黑下脸说：“张司令，你凭什么赶我走？你要说清楚。”

张宗民叹了口气：“参谋长呀，且听我细说，我呢，带人先上山，这建造山寨，都是些力气活儿呀，搬石头砍木头，辛苦着呢，而且没日没夜。您这么大年纪，要是跟了去，你干还是不干呢？干吧，您就是个书生的身子骨儿，而且年纪大了些，干不动啊。不干吧，您站在一旁看着，肯定脸上挂不住呀。”

马长江脸上有了些尴尬：“力气活么，老朽是差了些……”

张宗民笑道：“所以么，您先回城歇着，待我在山里安顿下来，我一定派个八抬大轿，接您进山，您继续当您的参谋长。”

马长江认真地追问一句：“当真？”

张宗民哈哈笑起来：“当然是真的，老张什么时候说过瞎话呀？马先生永远是我张宗民的参谋长！”

马长江一时听得怔忪了，感激的目光呆呆地看着张宗民。

张宗民笑笑：“张某还要嘱咐马先生几句，您在保定安心歇着，千万不要上街乱逛。我知道马老先生是个热血性子，一旦招惹了日本人，就会被纠缠上，便不好脱身了。您只管养着身子骨儿，莫问窗外事，吃饭睡觉，天塌不管。再说一遍，待我站稳脚跟，第一件事儿，就是派人接您上山。”说罢，又嘱咐宁天然：“天然兄弟，你护送老人家回保定，老人家就交给你了！”

宁天然立正敬礼：“请司令放心！”

马长江慨叹一声：“张司令呀，适才老朽错疑了，言语唐突冒犯，你……这真是心疼老朽呀……”即朝张宗民深深一揖：“司令也……保重吧!"

张宗民急忙躬身还礼，起身看着马长江的满头白发，心中一时热得紧了，不觉眼里就有了泪，马长江与他朝夕相处了几个月，张宗民对这个迂腐的老先生，有了一种难以割舍的情感。

张宗民再朝马长江深深鞠一躬："参谋长，后会有期!"

马长江急忙搀了张宗民，依依不舍地朝众人拱手作别："弟兄们，后会有期了!"便长叹一声，跟着宁天然走了。

张宗民拓开目光追望过去。但看似草绳一般曲折的山路上，马长江与宁天然一路渐渐小了，没了身影。张宗民低声一叹，心底一时涌起阵阵苍凉。战乱年代，出乎意料的事情总是难测呢。张宗民之所以先打发走了马长江，因为此去百丈岩，他并不知道是福是祸，他不想殃及了年迈的马长江。只是此地一别，不知何时再见。

他转过身来，指挥着众人继续向西行进。

(张宗民后来追悔莫及，他让马长江脱离队伍回保定城，真是干了一件蠢事。他只想到了山里的艰苦，担心马长江的身体吃不消，却疏忽了马长江回到城里，必定会有生命危险。依照马长江宁折不弯的性格，他怎么会在日本人的刺刀下边俯首当顺民呢。从来都是命，半点不由人。运耶？命也！何谓命？性格也!)

张宗民在向山里撤退的时候，他兀自想起了杨大友与刘啸尘，他暗自叹息，这二人必定已经在保定阻击战中死掉了呀。

覆巢之下安有完卵？例子举不胜举。

万死之中逃出生天？举凡总有例外。

杨大友与刘啸尘的确是个例外。

杨大友所部奉命到达了保定城内的指定阵地，参谋长刘啸尘清点部队，竟然脑袋蒙蒙不知所措了。

刘啸尘是一个见过阵仗的人，这战斗还没打响呢，刘啸尘怎么发蒙了？

刘啸尘不得不发蒙。

杨大友失踪了。这……叫什么事儿呀，大战在即，部队的第一长官找不着了，刘啸尘能不发蒙吗？刘啸尘认定杨大友是当了逃兵。这种土匪，即使收编了，也都他娘的是死狗扶不上墙的角色。丧气呀！

不仅杨大友失踪了，副队长张才也不见人影儿了。领导班子一下少了两位，形单影只的刘啸尘只得统领部队，在保定北关的阵地紧急布防。

没想到的是，接下来的事情，更让刘啸尘惊愕——杨大友竟然半夜跑回来了。但见杨大友浑身血污，气喘吁吁地撞进门来，先找警卫员要了碗水喝。

刘啸尘愤怒了，指着杨大友的鼻子怒声质问："杨大友，你……跑到哪儿去了？当逃兵了吗？"

杨大友放下水碗抹抹嘴，喘了口气，讪笑道："参谋长呀，我要是当逃兵，还能回来吗？"

刘啸尘登时无语。

杨大友说了大概经过。刘啸尘彻底蒙了……竟然是张才惹出的祸事。

杨大友被收编之后，张才被张宗民提拔为杨大友的副队长，张才与杨大友关系相处融洽，二人经常吃吃喝喝。刘啸尘只道这二人嘴馋，却想不到，张才与杨大友套近乎，确是动了小心思。

张宗民命令杨大友的大队去保定城内坚守。张才当时沮丧万分，他觉得张宗民的阵地必定守不住，日本人必定要兵临保定城下，保定也必定陷落。三个必定之下，张才认定所谓抵抗，就是一句空话，枉搭上性命（张才先生应该经商，账算得清楚精细）。张才一直认定，杨大友为匪多年，必定积蓄了许多细软财宝，他与杨大友套近乎，是想待时机成熟，糊弄出点儿什么值钱的东西变现。这就要打仗了，张才的预定计划泡汤了。杨大友要是死了，他可什么也捞不着了。于是，在行军的途中，张才决定瞅机会绑架杨大友，勒索些财宝跑路。张才给杨大友下了个套儿。行军路上，他悄声对杨大友说："队长呀，眼下一战，凶多吉少，你总得去趟于家庄，跟老娘道个别吧。”

杨大友想了想，觉得张才说得也是这么回事儿，战事一开，子弹不长眼，真要死了，跟老娘就再也见不着了，当下就同意了：“行，我回去一趟，可这得跟参谋长打个招呼。”

张才急忙摆手说：“我已经跟刘啸尘说过了，他同意了。时间紧，我陪你回去，咱们也不声张，一会儿工夫就回来了。”

于是，二人便悄然离队去了于家庄。杨大友带了一个卫兵，张才则带了两个卫兵。一行骑马走到于家庄村口，张才当即脱了“马甲”，翻脸亮出底牌——让杨大友拿出金银财宝，越多越好。杨大友当然不同意，这算怎么回事？先不说你要的金银细软我给不给你，你把我哄骗出来，也太不像话了。

两下里说得炸毛了，当即动了手。这是一场“二对三”的短兵相接，张才应该稳操胜券。张才却想绑架杨大友，细软没到手呢，他绝不想干掉杨大友，他想捉活口儿。而杨大友愤怒之下，却有了与张才同归于尽的心思。双方搏斗之下，杨大友打死了张才，并打死了张才的两个卫兵。杨大友的卫兵却在搏斗中被打死了。杨大友感觉是捡了条命，只身赶回来了。

（张宗民肯定有两个想不到，一则，张才当了他多年的亲随，竟然落得这样一个耻辱不堪的下场。二则，兔子急了敢咬人，杨大友真不是个吃货呀。）

刘啸尘听得一时呆住了。他摇头感慨了好一阵，叹了口气，上前拍拍杨大友的肩膀，诚恳地说：“老杨呀，对不住了，我真是错想你了。”

杨大友苦笑：“参谋长，我知道，你一直不喜欢我，瞧不起我，背后也骂我。没关系，因为我也不喜欢你，一直看不上你那整天牛哄哄的劲头儿，好像我上辈子欠你钱了似的？我喜欢张才，他为人随和，可我他娘的……喜欢错了呀。”

刘啸尘忙摆手：“老杨呀，咱们不说这个了……”

杨大友点头：“说得是，咱们先不说这个了。眼下是日本人打来了，无论谁投降，我杨大友也不会投降，谁当逃兵，我杨大友也不当逃兵。我早就跟我娘说过了，自从被收编，我就是国家的人了！参谋长，我就这话！”说罢，亮亮的目光盯着刘啸尘。

刘啸尘对上杨大友的目光，心中登时涌出一阵巨大的悲凉，是呢，这场战争，对个人来讲，充满了不确定。谁能活下来呢。杨大友？他自己？

刘啸尘第一次用极温和的口气对杨大友说：“队长，如果咱们能活下来，我一定请你吃一回烧羊肉！”

杨大友摆手笑了：“算了吧，参谋长，真要是能活下来，我才真要请你吃回烧羊肉呢。不瞒你说，这些日子，我真是背着你，请张才吃过好几回呢。可惜了，都等于喂狗了。我一定请参谋长好好吃上一回，我亲自下厨！”

刘啸尘惊讶地发现，杨大友的眼里竟然有晶晶闪亮的东西，那是眼泪。不用说什么了，无论杨大友多么嘴馋，有多少毛病，现在，他们是生死与共的战友了。

“好，一言为定！”

“一言为定！”

他娘的，准备打吧！

张宗民的队伍溃败之后，形势如烈火烹油，防守保定城的国军苦苦撑了两天，城堞上堆满了中国士兵的尸体。国军竟如土鸡瓦狗一般终于不敌，日本军队于民国二十六年（1937）九月二十四日攻入保定。背城借一的杨大友与刘啸尘，已经做好了玉石俱焚的心理准备，却突然天上掉馅饼一样接到了撤出阵地的命令，如同已经押赴刑场的人，走到半路上竟遇到天下大赦了。二人立刻集合了残部百余人，随着仓皇弃城的国军，匆匆向西撤逃了。

赵元初

民国二十六年（1937）九月二十五日（农历八月廿一日），日军举着“膏药旗”，趾高气扬地进入保定。保定行署副专员穆柏枫等人闭门不出，摒绝所有应酬。一些坚持气节的读书人，有的南行了，有的干脆扔了城里的营生，躲到乡下去了。

端的是一薰一莸。保定城内的一些文化人纷纷“落水”，竟然恬不知耻地举着自制的膏药旗，争先恐后地上街欢迎。其中不乏国民政府的官员，诸如新任保定行署（代）专员（兼）秘书长车士行、保定教育局局长韩雨石等，竟是衣帽换新，光鲜浮艳，一个个打扮得跟过节似的，举家拥上街头，笑容可掬，或呼口号或鼓掌，夹道热烈欢迎，果真一时“亮”瞎了街人眼。

有分教：认定皇军真神仙，凫趋雀跃幸跻攀。

[民国二十六年（1937）九月二十七日，日本《朝日新闻》发布日军占领保定的号外。并配发占领保定陆军军官学校、保定火车站的照片。高举太阳旗热烈欢迎的队伍里，有车士行几个的侧面留影，真是个悲剧、丑剧加闹剧。在这样一个战乱年代，泥沙俱下，鱼龙混杂，仅以气节而言，真乃上者取其上，下者取其下，不堪者不堪闻也。作为汉奸的典型示范，这几个王八蛋的表演真是太招摇了。]

密集了几天的枪炮声终于暂时停歇了，失魂儿的风儿无力地吹着，灰暗的死气弥漫了保定城的所有街道。有人探头探脑从街门缝里张望，街中摆满了尸体，场面惊心动魄。

梅天凤带着杂戏社的艺人们走出街门，表情木然地收拾着街道上的尸体。

梅天凤一时恍惚，或是在梦中。

她忽然听到有人喊她的名字。梅天凤抬头望去，但见赵元初孤零零站在街中。

梅天凤拾身走过去，惊讶问道：“赵司令，您没走？”

赵元初哂笑道：“傻话呢，我一个被革职的小官员，能去哪儿？”

梅天凤担心地说：“那您不该上街呢，您太显眼了呀！”

赵元初低声叹道：“唉，竟是死了这么多无辜的百姓。”说着，四下掠视：“对了，可心呢？我真不放心她那暴烈脾气。”

梅天凤皱眉道："昨天晚上，可心与曹正汉、葛云梁在一起呢，就不知道下落了。"

赵元初摇摇头："他们能去哪儿呢？昨天晚上，南大街上死了一个鬼子军曹，被人砸出了脑浆。是不是他们干的？"

梅天凤点点头："应该是曹正汉干的，保定城内也就他有那么大的力气。"

"我想他们或是出城了？"

"好在他们三个人彼此有个照应，我稍稍安心了些。"

"立春呢？"

"乔长官走了，青抗军群龙无首，就各自散了。大姐一家回了孙家村。"

"唉，上边用人不明呢。乔运典拍拍屁股走了，你们也就六神无主了。"

"我娘临走前，已经把杂戏社改成了'杂戏游击队'。"

"这我知道。"

"我这几天就准备带着大家出城了。"

"你们在哪儿落脚？"

"完县或唐县的山里，行吗？"

"好，日本人在山里施展不开。"

"我娘啥时回来呢？"

"应该快了吧。可我真不想她现在回来，这城里太乱了。"

"是呢，但愿我娘这些日子别回来。对了，我听说行署穆专员也被抓了？"

"是呢，日本人让他出头当维持会会长，他不肯，被关押了。"

"穆专员应该离开保定呀。"

赵元初摇头叹气："劝不动，他书生气十足，他说了，一条船沉没了，船长是不能离开的，或是他自以为保定行署专员就是保定的船长，应该与保定共存亡呢。"

"赵司令，那日本人会不会对你……"

正在说话，一队日本兵的巡逻队走了过来。为首的是一个身材矮胖的日本军曹，他看了看赵元初与梅天凤，叽里咕噜地说了几句。

赵元初讪笑道："你到底想说什么？"

梅天凤讥讽地笑道："你连句中国话也不会说，那你们跑到中国干什么来了？"

这个军曹似乎看出赵元初与梅天凤的话不好听，他高叫了一声，一队日本兵便端着刺刀围了上来。

梅天凤皱眉"哼"了一声："想动武？"

赵元初伸手拦下了跃跃欲试的梅天凤，他眯起眼睛打量了一下这个日本军曹，即用很流利的日语问道："你们的长官是不是中村？"

胖军曹怔了一下，疑问着说了句日本话。

赵元初呵呵一笑："我是什么人？中村是我的朋友，你喊他过来。"

胖军曹疑惑地看了看赵元初，便转身去了。

片刻工夫，中村匆匆过来了。中村仍然穿着一身中式灰色长衫，欠身拱手，粲然笑道："赵司令，多日不见了呢。"

赵元初拱手讪笑："时下已无赵司令，只有草民赵元初。"

中村笑道："赵司令客气了。"

赵元初皱眉"哼"了一声："我喊中村先生过来，只是想说一句，就是绑我走，至少也得你动手。"他转身又看了看胖军曹，讥讽地摇了摇头："这路货色身份太低，而且很不懂礼貌。"

中村转身瞪了军曹一眼，骂了一句："浑蛋，有眼无珠。这是赵司令，你马上道歉！"

胖军曹急忙立正，一脸惶恐，叽里咕噜地说了两句，之后向赵元初深深鞠了一躬。

中村摆摆手，胖军曹急忙转身带人走了。

中村笑道："赵司令，大日本驻保定特务机关长山口一郎先生，正急着让我找您呢。"

赵元初一怔，脱口问道："山口一郎？"

“正是。山口长官说，他与您是老朋友了。”

“呵呵，谢谢他还能记得我，我与他的确是老朋友了。”

“我们现在就去见山口长官吧。”

赵元初伸出两个手指，讪讪地笑道：“中村呀，如果山口先生要见我，只能用两个方式。”

中村皱眉：“两个方式？请讲。”

“一么，你现在就绑了我去见他。”

中村皱眉：“赵司令，这……”

“二么，让山口来见我吧，赵某即在家中恭候了。”

中村怔了一下，旋即笑了：“在下明白了。赵司令请便。”

“中村先生去忙吧。”

“告辞。”

赵元初看着中村远去了，便对梅天凤笑道：“天凤呀，咱们也走吧。”

梅天凤怔道：“赵司令，你跟日本人是朋友？”

赵元初意味深长地笑了：“是啊，老朋友了。”

梅天凤满脸疑惑：“你跟他们……”

赵元初皱眉讪笑了，意味深长地点了点头：“孩子呀，准备好了吗？战斗要开始了！”说罢，便大步走了。

梅天凤看着赵元初衣袂飘飘的背影，她猛然醒悟了，这是个勇敢的长者，他没有离开保定，他必然有不离开的理由，必然会以他的方式勇敢地面对日本人。总之，这个人，是能够让她永远信服的。

梅天凤再次敬重地看了看赵元初的背影，即转身走了。

赵元初怏怏地回到了住处，厨师蔡元已经做好了饭。

赵元初抄起筷子，想了想，即对蔡元说道：“老蔡，你去喊唐参谋过来。”

“是！”

不一刻，唐行一便匆匆来了，进门即立正报告：“司令，唐行一到。请吩咐！”

赵元初笑道："唐参谋，没事儿呢，一块吃个饭吧。"

唐行一笑道："报告司令，我已经吃过了。"

赵元初瞪眼说道："总要陪我喝两盅吧。"

唐行一赶紧说道："是！"便小心地在赵元初对面坐了。

二人喝过几杯酒，赵元初笑道："品直呀，我想派你一个差事呢。"

唐行一放下酒杯，起身立正："但听司令吩咐。"

赵元初皱眉："你坐，我现在不是司令了，不用军中那一套了。"

唐行一正色道："司令永远是司令。"

赵元初无奈地苦笑："随你吧，坐吧。"

唐行一重新坐了。

赵元初也放了酒杯，脸上便有了忧郁之色："品直呀，想必你也知道了。张宗民于保定北的阻击战全线崩溃，五千多人的队伍大概所剩无几了。我听了些传闻，张宗民还活着，在完县一带活动。他胆子过大，容易望门投止。稍有安定之后，必是急于报仇雪恨。我放心不下呢，想让你去找他，找到了你就留在他身边，帮他掌掌心思。"

唐行一的目光犹豫了一下。

赵元初皱眉："怎么？你不愿意去？"

唐行一摆摆手说道："司令吩咐的事，属下怎么能不愿意去呢，我只是……放心不下司令。"

赵元初笑了："不要担心我，日本人眼下还不会把我怎么样。我自有定夺。"

唐行一皱眉："可属下还是担心，日本人既定政策是以华治华，他们必定会利用您的声望，要强迫您出头露面为他们做些什么，昨天晚上，穆柏枫先生不同意出任伪职，已经被他们抓了。他们肯定也会打您的主意，如果您也不同意，那……"

唐行一看了看赵元初，突然拍拍脑袋兀自笑了："哎呀，司令或早已胸有成竹？属下愚笨了呢。"

赵元初笑了："品直呀，你放心去吧，我留在保定，自是有意为之。"

"我相信，司令勉从虎穴暂栖息，必有道理。"

赵元初表情含蓄，呵呵笑了："品直精明，我是瞒不过的。"

"司令，属下何时动身？"

"越快越好。"

赵元初端起一杯酒："品直呀，这杯酒，就算我给你送行了。"

唐行一站起身，双手举起酒杯："谢司令！"

唐行一饮尽了杯中酒，重重地看了赵元初一眼，行了个军礼，转身出门去了。

唐行一所料不错，日本人要利用赵元初。日军占领保定的第一件事，是要繁荣保定市场，为"大东亚共荣圈"造一番声势，以便混淆视听，影响世界舆论。如何繁荣保定市场？按照日军以华治华的经验，首先要建立保定维持会。会长的第一人选，日本人看中了穆柏枫，但没料到被穆柏枫严词拒绝了，日本人恼羞成怒，即逮捕了穆柏枫。

（市井传说，日军本来要杀掉穆柏枫，但是考虑到穆柏枫在保定的声望，杀掉他不利于日军东亚共荣的宣传，即把穆柏枫关押在宪兵队。）

没有张屠夫，也不能吃带毛猪呀——没有穆柏枫，也得成立维持会呀。日本人游说不成穆柏枫，继而打上了赵元初的主意。日本驻保定司令部根据日军特工的情报，认为保定要稳定民心，不能离开民声很高的穆柏枫和赵元初。既然穆柏枫不愿意合作，那就赵元初了。杀兔子过年——就你了，"将就材料"了吧。

简短截说，日军驻保定司令官丰田秀男少将亲自出马，由日本保定特务机关长山口一郎大佐等陪同，抱着三顾茅庐的态度，登门拜访赋闲在家的赵元初先生，以表达日方求贤若渴的诚恳心情。山口一郎开门见山，真诚邀请赵元初出任保定维持会会长。

赵司令或是推辞说，哎呀，我也就是个"胎教"毕业，小学一册都没念过，要文化没文化，要文凭也没文凭，要水平也真没水平，真干不了呢。您几位受累，另请高明吧——赵司令能答应他们吗？呸！日本人真是做梦呢。

呸！呸！呸！保定人真打脸呀——坊间传说，赵元初只是稍稍推辞了几句，竟是“欣然应允”了出任维持会会长一职。

“应允”？还“欣然”？赵元初，真是个……稀泥软蛋王八蛋呀！

（所谓维持会，即日本人以华治华的策略的产物，其主要任务就是给日伪筹措钱、粮，提供粮秣、民夫，向日伪汇报有关中国抗日军队及组织活动的情报。一句话，就是日本人依靠中国人奴役中国人的工具和帮凶。就是这么个出卖良心不要脸的活儿，赵元初怎么能接了？还“欣然应允”了？难怪保定老百姓纷纷吐槽，赵元初的“槽点”也太低了！呸！）

维持会会长

赵元初答应出任保定维持会会长的事，在市井坊间风传开来，许多保定人立时感觉脑子不够用了——他们做梦也不敢相信，一向刚正不阿的赵元初为何就答应了呢？外侮当头，顽廉懦立，看看人家穆柏枫，就是个弱不禁风的文人呀，即使在日本人刺刀威逼之下，也坚决不肯与日本人苟合。一直自诩“武将不怕死”的赵元初，真他娘的“拉胯”不给力，遇事直“拉稀”呀，竟然在日本人的刺刀下服软了——怕了？尿了？稀松软蛋了？果然是疾风知劲草呀，赵元初还好意思自说自话“是看着山口一郎的面子，才同意支应这个差事的……”

山口一郎有多大面子？山口让你赵元初当会长你就当会长？山口让你赵元初吃屎你也吃屎吗？赵元初呀，你还是赶紧找块臭豆腐，撞不死就钻进去臭烘烘地先躲会儿吧，你也太给保定人丢脸了！或许沐猴而冠的“赵元初们”会自我解嘲：还什么脸不脸的呀？日本人进来了，保定沦陷了，大家都是亡国奴了，就别五十步骂百步了。识时务者，方为俊杰，古今中外，一个国家没脸了，老百姓就都没脸了呀！

[见缝插针，说几句山口一郎。《保定抗战史话》记载：山口一郎，男，明治二十九年（1896），生于日本北海道札幌市一个军人家庭。其父山口良野，曾任日本陆军大佐军医官。山口一郎于东京大学医学部毕业。第一次世界大战期间应征入伍。

赵元初与山口一郎是老相识了。民国十七年（1928）初，土肥原贤二应聘出任张作霖的顾问，山口是土肥原的副官。赵元初经常出入张作霖的宅第，便也经常见到土肥原与山口。民国十八年（1929），张作霖死后，土肥原被解聘，山口即跟随土肥原在天津日本特务机关工作，之后一直跟随土肥原。1936年，土肥原晋升中将，“七七事变”后，山口经土肥原推荐，出任北平日本特务机关副官、行动课长。

保定陷落后，山口出任保定日本特务机关长。土肥原由于长期生活在中国，是一个中国通，山口跟随土肥原多年，也读了许多中国书，会讲一口流利的中国话。二人虽然没有举行拜师仪式，山口对土肥原一直执从师礼。《保定抗日史话》记载：山口一郎身材矮小，衣着整洁，头剃得精光，脸刮成青白色，墨黑的眉毛和仁丹胡须十分显眼，有轻轻搓手的习惯动作，给人温文尔雅的印象。

他熟读中国《三国演义》《水浒传》《红楼梦》等名著，能够较深刻地了解中国的民族性格。山口为人处事，给人一种言必信，行必果的感觉。日本人称其性格温厚，没有私欲。山口在保定任职近五年，懂得收买人心，不许手下乱来，他知道强奸妇女、焚烧村庄等暴行，只能激起中国人更激烈的反抗。他与土肥原有许多共同的认知，比如，他认为阴谋只是技术，尽量少用，最大的谋略就是诚实，与中国人交往，必须从人格上打败他们，要彻头彻尾的诚实，与人交往，要从道德上居高临下，做到推心置腹，言而有信。大奸若忠，口蜜腹剑如是也。]

赵元初答应出任维持会会长，丰田秀男与山口一郎喜出望外。第二天晚上，山口一郎即以个人名义在保定望湖春饭庄摆了三桌酒席，宴请赵元初。陪酒的有中村等一些日本人，还有一众对日军表示友好态度的保定知名人士。

新官上任，总要端出个架子，才像那么回事。赵元初或许故意晚到了几分钟，他走进望湖春饭庄，山口一郎身穿灰色中式长衫，满面春风地迎上来，拱手笑道：“赵先生果然是君子之风，很准时呢。”

赵元初看了看表，即拱手笑道：“山口机关长客气了，赵某没有准时呀，因了琐事缠身，迟到了五分钟。”

山口哈哈笑道：“文质彬彬，然后君子。赵会长果然是慎独且自省的性格呀。山口佩服！”

赵元初摆摆手：“山口机关长客气了，赵某已是在野布衣，还能说什么自省的话？”

山口摇头叹息：“似赵先生这样的栋梁人物，竟遭罢官。有道是，行高于众，人必毁之。说起来真让人无语呢。”

赵元初笑了：“好了，山口君，咱们今天且不说扫兴的事儿了。请吧！”

山口点头：“说得是，今天是高兴的日子。赵会长，请入席。”

山口陪赵元初走进餐厅，会餐者全体起立，报以热烈掌声。

赵元初四下打量，陪客的有中村和几个日本军官，以及车士行、韩雨石几个中国官员，还有赵至孝几个工商业主和几个保定知名文人。颇让他感觉意外的是，其中有一个面色黝黑的中年汉子十分眼熟，赵元初定睛一看，竟然是多年不见的冯大正。

冯大正讪讪地拱手笑道：“赵司令，咱们又见面了呢。”

赵元初也拱手呵呵笑道：“冯先生呀，没想到你也衣锦还乡了。多年不见，冯先生又在哪个行业发达呢？”

冯大正讥讽地一笑：“山不转水还转么。世上没有长贫久富，冯某时下东山再起，诚意与皇军合作，日子过得还算响亮啊。”

山口在一旁笑道：“赵先生，现在冯大正先生是北平工商联合会的副会长呢。他此次回到保定，是要投资运输事业，为家乡建设出力呢。”

赵元初笑道：“那是冯先生的老本行了，应该是轻车熟路。冯先生，长绳系日，恭喜发财喽！”

冯大正欠身笑道：“谢赵先生吉言！”

又寒暄了几句，众人落座。

赵元初笑道：“山口君呀，请客吃饭么，赵某感谢。可是，你此举也多有不妥。”

山口疑惑：“有何不妥？请元初君赐教。”

赵元初讪笑道：“在保定这地面上，你们日本人虽然有枪有炮，人多势众，耀武扬威，却也是个‘客’。赵某孤身一个，虽被贬在野，左右无援，却也是个‘主’。不劳山口君破费，这顿饭合该赵某做东呀！告诉店家，今天的账，要记在赵某名下。”说罢，就喊店堂伙计过来。

山口忙拦住赵元初，摆手笑道：“哎呀，元初君，多年不见，你还是豪爽如故。你我是老朋友了，不分彼此。还是我做东！”

“哎，山口先生，还应是赵某尽地主之谊，才合礼数么。”

“好，就依赵先生。不过么，你做东，我请客。如何？”

赵元初举杯起身笑道：“那赵某就盛情难却了。干杯！”

山口举杯笑道：“干杯！”

酒过三巡，山口便对众人说了赵元初答应出山，就任保定维持会会长一职。众人纷纷起身敬酒，以示祝贺。赵至孝与冯大正的态度则更是曲意逢迎，他二人竟然连敬三杯，以表达对赵会长的敬意。

觥筹交错欢声笑语之间，赵元初四下拱手，讪然笑道：“诸位呀，实在是山口机关长客气了，赵某已是逐日感慨的夕阳年纪，而且还是一个被政府罢免的闲人，不舞之鹤，能派上什么用场？赵某却为机关长的诚恳所感动，维持会会长这一职务么，赵某便只好勉为其难，暂时滥竽充数了。日后但有能人显身，赵某必要退位让贤！”

山口站起身，四下环顾，举杯笑道：“赵先生客套了。我山口一郎，虽然初来乍到，却早知保定古城，多有才俊，赵先生当数凤毛麟角，仍是不二人选呢。我与赵先生早年多有来往，深知赵先生阅历丰富，知时识务，当然明白所谓民族之义，必定要服从世界之义，建立大东亚共荣圈，就是当下最要紧之世界之义。赵先生能以大局当重，屈就任职，山口敬佩之至。本人在此代表皇军，万分感谢元初君热忱相助。为此，本人先干为敬！”说罢，山口仰头喝尽了一杯酒。

席间立刻响起一片热烈掌声。

赵元初忙起身，呵呵笑道：“山口君，你冒险了啊。危莫危于任疑，赵某自知才疏学浅，难当重任。承蒙你们日本人看得起，更承蒙你不忘与赵某十多年的交情，赵某先抛砖引玉干几天再说，我刚才讲了，日后但有贤能显身，赵某必定让位。”他又朝桌上的中国人举杯说道：“赵某上任之后，还要仰仗诸位仁兄，多多帮衬呢。赵某这杯酒也紧步机关长后尘，诸位，一起干了！”

赵元初一饮而尽。山口率先鼓起掌来。

冯大正再次走过来敬酒，他讪笑道：“赵先生果真应允出任会长了？”

赵元初讥讽地一笑：“我刚刚说过了，赵某乃不舞之鹤，山口君赶鸭子上架，只好滥竽充数，心下忐忑，总担心画虎不成，误了日本人的大事，岂不成了吃力不讨好。冯先生或有什么毛遂自荐的想法儿？即可在这席面上讲出来！”

冯大正急忙摆手：“赵会长，冯某口没遮拦，却没有别的意思呀。来，喝酒，喝酒！我敬您一杯！”

赵元初放下酒杯，淡然一笑：“冯先生呀，你听不出么，山口机关长苦口婆心，赵某却之不恭了呢。”

冯大正忙说：“赵会长答应了就好，今后咱们可是在一条船上了，还望赵会长多多抬举呀。”

赵元初摇头：“老冯呀，不是咱们，而是与山口先生同在一条船上了呢。”说罢，看了看山口一郎：“山口君，我们同舟共济如何？”

山口哈哈笑了：“同舟共济！元初君说得好呢。干杯！”

（中村多年之后回忆，其实丰田与山口对赵元初并不信任，只是为了利用赵元初的威望，才让赵元初出任维持会会长的。而且，韩雨石、冯大正等人，都曾暗中向山口告密，说赵元初与国民党和共产党都有联系。赵元初应该是国共两党安插在保定的一枚棋子。山口则对中村、韩雨石、冯大正等人讲，如果有确凿证据，能证明赵元初与国民党和共产党确有联系，他一定会亲手枪毙赵元初。但是，目前没有证据能够表明赵元初是国民党或共产党的卧底，皇军还要利用赵元初。也就是说，山口很赏识赵元初的民意与才干。）

酒宴散后，山口亲自用车把赵元初送到家。

到了赵元初家门前，山口与赵元初握别，山口有意无意地笑道：“元初君，我听人说，你与保定魔术大师梅三娘女士很相爱？”

赵元初怔了一下，抬眼看着山口，一脸笑意却没有说话。

山口讪笑道：“对不起，这是元初君的隐私，我问起来很不礼貌。”

赵元初笑道：“没关系，山口君是赵某多年的朋友，这件事对你没有什么隐瞒。我与梅女士相爱多年了。”

“为什么一直没有举办婚礼呢？”

“如此战火年代，举办一个婚礼，并非易事。”

“说得是。我却听说，梅女士与她的三个女儿，一直有着很强烈的抗日情绪。元初君知道吗？”

山口的意思很明白，已有汉奸向山口报告了梅三娘一家的情况。

赵元初阴晴不定地笑了笑，随即点点头：“市井皆知，我与梅家来往甚密，梅女士与她的三个女儿，都是杂戏艺人，她们常年以演出糊口过活，从没有介入过政治。赵某愿具甘结，担保梅女士一家。山口君以为如何？”

山口点头：“行！”

赵元初问道：“只是么，如此不实说法，山口君从何处听来？”

他似笑非笑地看着山口一郎，心里却很坦然，他刚刚接受了维持会会长的任命，山口暂时不会对梅三娘一家采取什么手段。

“市井传言，不必当真，我只是随口一问。”山口摆摆手，呵呵笑了。

“赵某还有一事，请机关长成全。”

“元初君但讲无妨，山口若能帮忙，定当全力以赴。”

“穆柏枫先生是我的旧友，只因他对你们聘任的职务固辞不受，你们就将他抓了，这也太无礼了，也有失你们日本人的体面。还请山口君恢复穆先生的自由。”

“这个么，我也在考虑之中。只是穆先生太不给大日本皇军的面子了，他有强烈的反日情绪，但万幸他还没有反日的言行。穆先生在保定声望很高，我已经建议日军宪兵队释放，以抚民心。我相信宪兵队会认真考虑我这个建议。”山口认真说道。

赵元初拱手：“那就多谢山口君了。”

“不必客气，元初君，早些休息，明天就要上任了。”

“山口君也早些休息。”

赵元初站立街中，目送山口上了汽车，一直看着汽车驶出了胡同。

吃过酒席第二天，赵元初便在保定民众一片磨牙声中，满面春风地去维持会上任了。

保定维持会的办公地点，设在保定市府前街一百一十二号，一个宽绰的院子，一栋有十几间房子的两层小楼。此地原是曹锟在保定时建的一个招待处，专门接待京城来的达官贵人。而今山口划归赵元初使用，可谓气派。更气派的是，山口还特意为赵元初配备了专用汽车，还有一支三十多人的警备队。

市井坊间议论纷纷，赵元初可谓一代枭雄，竟然这样轻而易举地为日本人服务了。果然是疾风……无劲草？也真让街人无话可说了。路遥知马力不足，日久见人心不古。颇有民众威信的赵元初竟然当了汉奸！无耻呀！

更让人伤不起的是，势利眼们也争先恐后。赵元初上任第二天，马凯旋与虞世通即兴冲冲地登门拜访。

赵元初满面春风地迎出来，拱手笑道：“赵某谋得了一个替皇军效力的差事，不值一提。不敢劳动两位大驾呢。”

马凯旋笑道：“赵会长万不可这样说，这维持会会长的位置，对某些保定人来说，至关重要啊。有人红了眼睛攀附，却也未得逞呢，且不讲赵至孝，只说冯大正，从北平颠颠儿跑回来，就是奔着这个会长来的呀。”

赵元初点头笑道：“马医生说得是呢，赵某不才，却比冯大正先生多了些民意。”

虞世通讪笑道：“若是冯大正图谋卷土重来，保定工商业者之心，怕又要悬浮了呢。”

赵元初摆手笑道：“虞经理，或是冯大正先生弃旧图新了呀。用日本话讲，他的名字或是包含这个意思：要大大地改正？不要以老眼光看人么。”

马凯旋一旁冷笑了：“冯大正若能改正，太阳便是要从西边出来了。”

虞世通皱眉道：“行署穆专员身陷囹圄，钧座还要想个办法救他出来呢。”

赵元初点头：“此事我已经对山口提过了，他答应放穆先生出来。”

马凯旋庄重点头：“穆先生可谓坚贞不屈。”

赵元初讪笑道：“马医生莫要指桑骂槐呀。”

马凯旋忙说：“不敢，赵会长切莫错疑了。”

赵元初四下看看：“两位，屋里说话，闲聊几句，中午赵某做东。”

虞世通欢喜道：“赵会长请客，我们可要大饱口福了！”

写到此处，交代一下此时南京特务处保定情报组的情况。

乔运典走后，保定情报组暂由特务处北平情报组托管，龙成立具体负责。龙成立在北平一摊事忙得紧，十天半月也难得来保定一趟，便把保定情报组的事全权交给了马凯旋。这等于说，外围联络员马凯旋，行使了代组长的权力。可他这个代组长缺兵少将，手下近乎“光杆儿”，他便发展了之前结拜的萧家广虞世通（梅天凤曹正汉一时找不到），再网罗了原“青抗军”中如梅立春等十余人，算是勉强搭起了似“草台班子”的特务处保定情报组。

读者或许说，还有一个人呢。对，就是那个化名李士增的季钧。此时季钧的身份，是特务处保定情报督察，也是应名儿的负责人。听明白了吗？等于说，戴笠在保定搞了两个情报摊子，马凯旋等于有龙成立和季钧两个主子。这不是乱套吗？鬼知道戴笠是怎么想的。

后边再说季钧，也是一番不好过的景象呢。

“遭遇”燕子岭

张宗民带着六十余人的队伍，一路去了百丈岩。

张宗民走到半路，另起了个心思，带着队伍绕道儿去了望龙山。

保定陷落之前，日军已先占领了易县。张宗民知道望龙山周遭必定被日本人占据。他冒险去望龙山，是想把留守的四十个弟兄和枪支弹药带出来。

写到此处，让人慨叹，此一时也彼一时，从来人穷志短啊。想当初，张宗民财大气粗，几十个人，几十条枪，何曾放在眼里。只是现在么，穷日子穷过，他当然不肯放下这四十几个弟兄呢。

这一天是农历八月廿三日，月亮正是下弦。却是天公作美，天空竟阴霾得似一黝黑锅底颜色。张宗民趁黑儿带着队伍摸进了望龙山。张宗民四下细细看了，认定此时望龙山还没有日军。他让队伍暂且在山下悄然歇了，独自“摸”上山去了。

张宗民蹑足潜踪到了聚义厅外，展眼望去，见厅内燃着树油灯火。张宗民心下生疑，悄然走进去，见留守的几个头目正围在一处喝酒呢。

张宗民闪身出来，嘿嘿地笑了：“诸位，外边炮火连天，你们这里大碗喝酒，大块吃肉。真会享福呀！”

满桌人一时惊了脸，急忙起身，立正敬礼，齐声喊道：“司令！”

但见灯火之下，影影绰绰站起一个人。

听那人爽朗笑道：“张司令，一路辛苦了。”

张宗民听得顿时一怔，走近前看了，便欢喜地大笑起来：“我的天呀！唐参谋，你怎么来了呢？”

唐行一笑道：“赵司令让我来投奔你呢，我料到你要回来，已经等候了一天一夜。”

张宗民扯一把椅子坐了，摆手笑道：“唐参谋快坐，你就不要谦恭了，我明白，赵司令是让你来给我当孔明呢。钧座还好吗？”

唐行一笑道：“赵司令安好，日本在保定的特务机关长山口一郎，是当年赵司令在东北的熟人，颇有几分交情，日本人对赵司令暂时还算礼遇有加。张司令放心。”

张宗民点头笑道：“钧座没事我就放心了。”

唐行一问道：“易县已经陷落，张司令冒险回来，没有遭遇？”

张宗民苦笑道：“万幸没有撞上小日本儿，我这次回来，只是想让这些守山的弟兄们跟我走呢。”

唐行一笑了：“张司令呀，我还暗自担心你要舍弃此地呢，唐某多虑了呀。”

张宗民摆手笑了：“唐参谋以为我傻吗？现在望龙山周遭已经是日本人的天下，我只是想带着这些兄弟去大茂山，那里有个名叫百丈岩的地处，确是不错呢。”

唐行一听得一愣，继而笑了：“百丈岩？我也想到了那里。就去百丈岩！”

张宗民击掌笑道：“哈，真应了那句戏文——英雄所见略同，咱们想到一处了。”说罢，他起身说道：“事不宜迟，大家赶快集合吧。”

望龙山留守的四十多个人匆匆列队。

张宗民看了看，便哈哈笑道：“弟兄们，带上吃的、喝的、用的，就此连夜下山，我带你们去一个好地处！”

张宗民带着这四十多人下山，与山下的队伍合为一处，连夜向百丈岩行军。半夜，他们走到了易县与完县交界的岔路口上，遭遇了一支十几个人的日本巡逻队，张宗民指挥着队伍包抄上去，仅以两个人负伤的代价，就收拾了这十几个日本兵。

张宗民看看缴获的武器，沮丧了数天的心情顿时好了起来。他哈哈笑道：“弟兄们，怎么样，小日本儿也不是铜头铁臂，他们也是真不禁打呢，他们手里的家什好，抢过来就是咱们的了！用小日本儿的枪打小日本儿，这应该是天下最痛快的事儿了吧？你们说，对么？哈哈！”

唐行一皱眉道：“张司令，先别欢喜，我看此行多有不测呢，这山野里怎么有日本人的巡逻队呢？往前走切要小心。”

真让唐行一说中了，张宗民的好心情没能维持太久。他们途经燕子岭下的晾甲庄时，竟然遭到了袭击。他派出的尖兵刚刚踏入晾甲庄的村口，就听到迎面有人喊了一声什么，不等尖兵应答，对面的枪就响了，两个尖兵就被放倒了。

张宗民急忙让手下喊话，说是国军。可对方根本就不回答，只是放枪。更让张宗民惊讶的是，对方还有机枪。这时才听到对方高声喊道：“打的就是你们国军！”

张宗民被打了个冷不防，牺牲了十多个兄弟。张宗民破口大骂：“你们都是什么王八蛋变的杂种呀？怎么能向着日本人呢？”

张宗民做一万个梦也不会想到，对方接下来的回答简直要把他的心肺气炸了，对方竟然喊道：“我们就是向着日本人！就是打你们这些国军！”

不及张宗民反应过来，对方就是一阵机关枪的激烈扫射，如漫天飞蝗一般，压迫得张宗民的队伍根本抬不起头。张宗民恨恨地骂：“今天真他娘的遇到鬼了呢。”

张永成着急说：“司令呀，走为上计，先撤吧。”

张宗民问唐行一：“唐参谋，打了这个冤家怎么样？”

唐行一摇头："张司令，这里边或有蹊跷呢。我们不能在此纠缠，绕道过去。听我一句劝，来日方长。"

"来日方长？你是说先记下这笔账？"

"先记下这笔账，跑得了和尚，还跑得了庙吗？哼！"唐行一冷冷地说。

张宗民点点头，低声吼道："撤！"

晾甲庄的老百姓呀，肯定懂得一个人生道理，种下幸福未必能收获幸福，但是，种下仇恨，便一定会收获仇恨。桃三杏四梨五年，这一句千年的民谚，不仅仅是农业社会的哲言，它还是一句隐含政治经验的暗语。晾甲庄这一粒仇恨的种子，至此种在了张宗民和他手下的心底，直到三年后才得以收获。此时的晾甲庄，绝然不会想到三年之后，那将是一次怎样灾难性的收获。

张宗民的队伍没能进入燕子岭，恼怒却又无奈之下，只能绕道去唐县的大茂山了。

（谈歌前边叙述，燕子岭已被中村收买。一个村庄为什么能如此？读者或许要骂，谈歌在此胡编乱造，一个村庄怎么能够集体当汉奸呢？谈歌写来这个情节，想必心中也是尴尬万分，笔下十分艰涩。追根溯源，燕子岭如此做法，实在有过多缘由。谈歌暂且按下这个情节，后边再说。）

队伍走走停停，经过两天两夜，到了唐县的大茂山。大茂山与曲阳接壤，有一地处，名叫"天外坡"（现在为风景区，很著名）。队伍沿着天外坡的河道，再往北走出三十余里，但见一个急速的转弯之后，闪出一道长长的峡谷。峡谷幽深，寒气袭人，繁木杂草，遍野丛生，纵横交错，钩心斗角。峡谷内有一条河，河水汤汤，汹涌而下。张宗民告诉唐行一，此河名为"野龙河"。

队伍沿着宽窄不一的河岸又走了四个小时，才走到尽头，迎头撞见一道悬崖。但见山石错叠，分外险峻。张宗民告诉众人，这即是百丈岩。张眼望去，野龙河似一匹日夜叫嚣的野马，就在岩下汹涌奔流，两岸都是悬崖峭壁，再细细去看，汹涌的绿苔，呈澎湃之势，爬得满坑满谷。岩上有千万年留下的水渍痕迹，触目惊心。

张宗民与唐行一上前紧走几步，左右观望，登时有一片古老苍凉之气，扑心透肺。恍惚间，他们感觉自己的魂魄已牢牢地附在浓密的绿苔之上。

张宗民脱口而出："好险的地方！"

唐行一叹道："果然是个冲繁疲难之地。"

（写到此处，谈歌掉掉书袋。唐行一所说冲繁疲难，是清代为州县制定的类别，以便选拔官吏。

交通频繁为"冲"；行政业务多为"繁"；税粮滞纳过多为"疲"；风俗不纯犯罪事件多为"难"。"冲、繁、疲、难"四字俱全，为"最要"之缺。

一字或无字的州县为"简"缺。唐县在清初为"简"。大茂山的百丈岩周遭在清代为正定县管辖，正定县为冲繁难之县。咸丰年间，正定县税粮拖欠过多，又加了"疲"字。

唐行一即是言此。）

张宗民转过身来，看着疲惫不堪的队伍哈哈笑道："弟兄们，咱们的军营，就是这里了。"

张永成走上前，拱手笑道："恭喜司令，您从此之后就是宋江，唐参谋长就是吴用，弟兄们就是李逵、武松喽！"

张宗民笑道："说得好，咱们且当几天'梁山好汉'了。"

正说着话，扈天明竟然站在山头上唱开了西河大鼓：

八月十五收秋忙，
忽听得山道上人声响，
抬起头来举目张望，
原来是抗日的队伍上了山岗，
头前走的是张司令，
骑着高头大马亚赛关云长，
在后跟一匹白龙马，

上坐着八面威风的参谋长，
参谋长，他本姓唐，
神机妙算亚赛当年的诸葛亮。
……

张宗民听得哈哈大笑：“这扈天明果真是个天生唱大鼓的材料，他这就编词唱上了，不过，老张哪有高头大马呀？吹牛皮么！”

唐行一抬眼望天，微微点头，口气凝重地说道：“放心吧，张司令，唐某相信，很快，咱们什么都会有的！”

马长江之死

人生自古谁无死，留取丹心照汗青——这是硬骨头说的。

好汉不吃眼前亏，识时务者为俊杰——这是软骨头说的。

无论硬骨头还是软骨头，都是文人总结出来的说法。目不识丁的引车卖浆者之流打死也讲不出这种“字话儿”。若将中国文人分类，其品质从来与能耐无关。举个例子——再早的不说了，只说抗战前——有个名叫黄浚的文人，本是个“大名士”，为民国“寒庐七子”之一。怎么样？算是个“大文人”了吧！谁也想不到呢，他在南京政府机关上班，为高级公务员，挣着国家大把的薪水，竟然暗中给日寇通风报信，有两回险把蒋委员长给害死。由此证明，文人才学高低，无关乎其品质优劣。文化层次低点儿的文人，却自古从不乏威武不屈之士。

比如马长江。

保定维持会成立的前一天，保定市民在大旗杆下集会，声讨日军暴行，马长江也踊跃参加了。注意“踊跃”二字！没有邀请函（没有出场费），完全自愿。

[谈歌说几句保定大旗杆。保定直隶总督署门前，东西辕门内，各有一根旗杆，原为升旗之用。据史料说，大旗杆原为木质旗杆，高约 20 米。民国年间，曹锟坐镇保定，重新改建，一律用进口的钢

筋水泥建造，高十丈五尺（约35米），由此成为保定一大景观。旗杆向南，是总督署广场，为旧时官员车队停放之地。“文化大革命”初，大旗杆因“破四旧”被毁。“文化大革命”后，由市民呼吁，民间捐款，政府投资，大旗杆恢复重建。]

马长江的本意是按照张宗民的说法，在家好好歇息些日子，等张宗民的队伍在山上站稳脚之后，再接他上山。可他听到保定街头有抗议集会，马长江却再也坐不住。他兴冲冲走出家门，随着人们到了大旗杆下边。马长江四下张望，他哪里是个路过“打酱油”的性格呀，当即热血沸腾，再也按捺不住了，早把张宗民的嘱咐抛到了九霄云外。他慷慨激昂地挤出人群，迈大步登上石阶，挥拳高声呼喊：“对付小日本儿，就要有钱出钱，有力出力，无钱无力者如马某，则出命！老朽今日出命！”

马长江的话引来一片热烈的掌声。

任何时候，若有英雄出现，就有王八蛋丢人现眼，这似乎是一对矛盾，几千年也解决不了的矛盾。这就有人跑去警察局报告了。

举报人说马长江在街头聚众闹事，大骂日本皇军，扰乱社会治安。重新上任的警察局局长赵之间或是正发愁找不到立功的机会呢，便匆匆带人去了。赵之间赶到现场，当即破口大骂马长江：“你这个老东西还敢捣乱？快滚蛋！别在这儿找死！”［保定陷落后，警察局局长赵之间拒不合作，日本人先对他来软的，只是把他软禁起来，让他慎重考虑，其间还让赵之间的同事魏图业（警察局原副局长）劝过几回，赵之间渐渐犹豫了。赵之间的母亲则担心儿子变节，即让人给儿子送饭，在碗下藏了一块大烟膏，意思是让他吞烟膏自行了断。赵之间给母亲复信：“儿只有一死报国，来生再见。儿叩。”写了信，赵之间便把大烟膏给吸了。赵母接到信，甚是欣慰，即放心地投缳自尽，以身殉节。老太太哪能想到呢？赵之间吸完了大烟，就答应了投降日本人，当了伪警察局局长。保定市井坊间叹息，这一对母子，竟是天壤之别。赵母若地下有知，必当含恨。]

马长江看到赵之间，便冷笑一声：“赵之间，原来是你呀，你就是个忘记祖宗的王八蛋！就是个认贼作父的下三烂！”

赵之间被骂得脸红了，尴尬地吼道：“快滚吧！你他娘的真想找死呀？”

马长江仰天大笑：“民不畏死，奈何以死惧之？”

一队日军宪兵赶来了，宪兵小队长小野勃然大怒，手指着马长江喝道：“你的，不怕死？”

马长江讥讽地看了看小野，冷笑了一声：“日你个贼娘！除却卖国求荣的汉奸，中国人都不怕死，你小日本儿能拿死吓唬老朽吗？”

小野瞪着眼睛，恶狠狠地骂了句脏话。马长江粗通几句日文，听罢勃然大怒，手指小野，怒声骂起来。

谁也想不到呢，马长江一边粗鲁地骂着，竟然出人意料地从怀里抽出一把菜刀，但见凛冽的寒光一闪，马长江立时疯了一般，挥刀上前，直向小野劈过去了。

事发突然，小野猝不及防，当下左臂就着了一刀，红红的血就迸出来了。小野痛叫一声，倒在了地上。遗憾了呢，马长江毕竟年纪大了，再则，一介老书生没有多少力气。若换上一个后生试试？小野这条臂膀肯定被生生地劈下来了。

小野捂着膀子躺在地上了，疼得哇哇吼叫。他身后的日本宪兵就向马长江开枪了……马长江就这样被日本宪兵枪杀在了街中。

马长江如此奋不顾身，登时感动了一街的市民。当天参与游行示威的一众育德中学教职员工与学生，向倒在血泊中的马长江深深鞠躬。他们万万想不到呢，曾经被他们百般看不起的马长江老人，竟然会有如此大义凛然的精神与勇气。

若士必怒，伏尸二人，流血五步，天下缟素，今日是也。

呜呼！马长江！（谈歌感慨，马长江一介书生，虽志大才疏，多有虚名，却坚持气节，有如此壮烈下场，也算豪气干云流芳百世了。后人议论马长江，感慨万端：当历史纪念梁实秋这等文化人的贡献时，更不应该忘记马长江这样的文化人——愤慨之下，挥舞菜刀拼命，就算手无缚鸡之力，也要拼上身家性命，不计后果地扑上去的文化人！危难之中，总要有人奋不顾身，总要有人不识时务。否则，这一个中华民族，精神何以为继？

民国时代保定文化名人陈糨先生，有如下感慨："依马先生之愚陋如此，激昂大义，蹈死不顾，竟促成保定抗战初始一段灿烂轰动的事迹，恍若神差鬼使而为之。嗟夫，日寇侵犯，华北沦陷，民族存亡绝续，保定之大，文人学者临难而不能易其志者，有几人欤？又若马先生不是如此刚烈性格，也必无此轰动。不知死而死，是为无知；知死而死，是为无畏。马先生之皦皦，亦盛矣哉！"陈先生评价或是中肯？肯定中肯！史家赞曰："保定抗战以来，斯文唯一而已。"后人赋诗赞曰：

拼得一死酬豪壮，
洗却当年满街谤。
保定才子多渐忘，
至今犹说马长江。）

马长江喋血街头，引发保定学校罢课游行，商贾罢市，工厂罢工。其气势，汹涌于保定周遭百里。日本人有些挠头了，这可怎么好？他们还想把保定建设成为大东亚共荣圈的模范城市呢，出了这等招惹保定市民愤怒的破事儿，还能建设模范城市吗？基本上就是哄小孩儿的一句屁话了。坊间传言，山口一郎机关长气急败坏，为此事拍桌子、瞪眼、砸茶壶，痛骂了保定日本宪兵队长大半天儿。

谈歌翻译一下山口的大概意思：大日本皇军刚刚进城，不仅要在保定长期站住脚，还要建立大东亚共荣圈的模范城市，更要征服人心呢。攻占保定很容易，管理保定却是一件难事呢，我们总要先混个脸儿熟，整出个好印象么。你们在哪儿杀人不行呢？偏偏在光天化日之下的大街上杀人？杀的人居然还是人望很高的马长江，你们的脑袋全都进水了？或是脑子都长到屁股上了？你们随便找个借口，以请"喝咖啡"的名义把马长江押到宪兵队么，关上门，无论是马长江还是牛长江、羊长江，剥了皮我都不管。你们如此蛮干，不是一群傻子是什么？

之后山口一郎亲自出面，在广播里向保定市民诚恳道歉，为此因“街头口角”而引发的流血事件表示极度震惊与遗憾，他代表日本皇军驻保定司令部向死者家属表示慰问，节哀顺变。

对残暴的日军来说，杀人是应该的，杀人是政治的继续。说穿了，杀人的最终目的是让对方服从，如果能顾及形象，用另一种方式杀人，何乐而不为呢？山口虚伪道歉的背后，则是筹划了更凶残、更狡猾、更恶毒的屠杀计划。

一位不留姓名的市民，为马长江捐了一口上等的硬木棺材，棺材停放在大旗杆下。宁天然披麻戴孝，带人把舅舅的尸体装殓入棺，搬上一辆用白布缠裹的马车，拉到城外去安葬。

渐渐地竟排满了一街的市民，为首的一个老者引人注目，即是刚刚被日军释放回家的穆柏枫先生。市民们都向穆柏枫先生致以崇敬的注目礼，穆柏枫“拄着”一根拐杖，满脸肃穆、悲愤，缓缓走在宁天然身旁，一路率领着送殡的队伍出了城门。

人们沿街撒起了纸钱。

纸钱漫天飘飘，有人仰头观看，凭空似听到马长江那冲天的笑声。

马长江千古！

……

赵元初“遇险”

马长江的血迹未干，保定维持会即宣布正式成立。虽然私下都“捏咕”好了（会长都有了），也总得走个形式，面子上好看呀。日本驻保定司令官丰田秀男即在大舞台召开了保定工商界代表会议，一些社会贤达绅士也被请来参加。会议的主旨就一项，由保定日本特务机关长山口一郎提名，赵元初出任保定维持会会长；三名副会长则由北平来保定投资的冯大正、赵至孝与傅剑涛担任。会议之决定，与会者鼓掌通过。

刺刀下的掌声未必热烈，但肯定热闹。

维持会宣布成立的第二天，由维持会出面，在总督广场前的大旗杆下举办庆祝大会。大旗杆上飘扬着日本的“膏药旗”。大旗杆下临时搭建了主席台，当选的会长、副会长在台上就座。或是来看热闹的，或是被日军邀来的一些有头有脸的汉奸，都聚集在大旗杆下。台上的唱片机轮流播放着日中两国的歌曲。

（赵元初出任维持会会长这件事的内幕，中华人民共和国成立后才被揭秘。此事缘由国共两党的指示：

一、1932年春天，赵元初由保定特委副书记白悦农介绍加入了中国共产党，这也是赵元初出面保护“梅氏杂戏魔术社”这个中共地下交通站的缘由。日军占领保定之后，中共保定市委指示赵元初，出任维持会会长这个职务，以期更多获取日伪情报。

二、1937年“七七事变”后，国民党北平特务处派马凯旋找到了赵元初，要赵元初借机与日本人联系，搞到日本人的情报。因为赵元初与马凯旋是单线联系，就闹出了许多乱子，最终还闹出了人命。后边再说。）

谁也没有料到，尽管日本人采取了多种防范措施，庆祝会还是被搅乱了。赵元初刚要代表维持会讲话，主席台前边竟然落下了好几颗手榴弹（监场的不负责，有夹带）。手榴弹连声炸响了，副会长冯大正的胳膊被炸伤，在主席台前值勤的一个日军军曹、两个日军士兵，还有五个巡逻的日军士兵，当场被炸死。

会场登时大乱。参加会议的人们四下夺路逃散。

几个日本士兵率先冲上主席台，簇拥着赵元初惶惶地走了。他可是这出戏的主角呢，是重点保护对象。

赵元初惊魂未定地回到了维持会，山口就带着日本保定商社的中村经理一行人，赶过来慰问、安抚。赵元初摊开双手皱眉苦笑道：“山口先生，赵某今日真是失魂落魄呀，你都看到了，我这个会长还能干吗？”

山口一郎笑道："赵会长，你是皇军指定的会长，怎么能不干呢？"

赵元初呆了脸说："机关长呀，大家都看得出来呀，这就是冲着我来的么，我这条老命指不定什么时候就丢了呢。"

山口严肃地说："赵会长，请放心，皇军一定会加强警戒的。"

出了这件事，山口不敢再有疏忽，他当即下令，再派一个小队的皇协军常驻维持会，保护赵会长的安全。赵元初却没有想到，这个皇协军的小队长竟然是福国义。（书中交代一句，福国义被赵元初赶出来之后，便投靠了中村的"光和商社"。中村知道福国义在赵元初手下多年，了解赵元初许多底细，利用福国义可以监视赵元初。或是本着这个想法，中村即留下福国义当了个外勤。日本人占领保定之后，中村介绍福国义到皇协军里当了一名小队长。）

第二天早晨，赵元初刚刚在办公室坐下，福国义便带人来报到了。

赵元初愣了一下，摇头苦笑："真他娘的是人间路窄，没想到把你小子派来了，你什么时候端上日本人的饭碗了？"

福国义却嘿嘿笑了："赵会长，彼此彼此啊。你老人家先前多志气呀，这不也给皇军服务了么。我也是没想到，这几年过去了，我们又见面了。"说着话，就一屁股坐在赵元初对面的椅子上了。

赵元初眼睛一瞪，抬了抬手："起来起来！站着说话！真他娘的没规矩了，我可还没让你坐呢！"

福国义怔了一下，尴尬地站起来，讪讪笑道："你那司令的臭架子还没放下呢。"

赵元初仰靠在椅子上，跷着二郎腿，哈哈一笑："你小子还别生气，再臭的架子也是架子，是架子么，就得端着点儿。"

"好，好，那你就端着吧。"

赵元初眯缝着眼睛鄙视着福国义，兀自点了点头："总没见面了，扯两句闲天儿吧。你与刘小美的小日子过得怎么样？用说书先生的话讲，可否举案齐眉？"

福国义“哼”了一声，讥讽地说：“谢谢赵会长呢，你给我选的好媳妇呀，我是真想跟她举案齐眉呀。”

“是呢，举案齐眉，夫唱妻随，白头到老么。”

“赵会长说错了呢，这个烂婊子，跟别人去白头到老了呀。”

“怎么？你也被戴了绿帽子？你也成了我的难兄难弟？”赵元初眯缝着眼睛，笑嘻嘻地看着一脸沮丧的福国义，那表情，像是站在岸上看着一只落水狗。

“这个臭婊子，跟一个厨师暗地里搞在了一处，还卷走了我所有的积蓄，私奔了。可恨不可恨？”

赵元初皱眉问：“当真？”

福国义双手一摊：“我还能哄你？可惜我多年的积蓄，被这烂婊子席卷一空！”

赵元初讥讽地笑了：“你们二人，真算是一往情深呢，可谓‘她一往，你情深’。”

福国义摇头“哼”了一声：“情深？或是赵会长还心存惦念？”

赵元初笑问：“她现在跟那厨师过得好吗？”

福国义摆摆手，冷笑一声：“好个屁，日本人的炮弹不长眼，她与那狗男人在街上一并给炸死了。”（书中交代，刘小美并没有被炸死，她确是不堪福国义的虐待，在日本攻陷保定的前两天，就与福家的厨子私奔了。二人一路逃难去了南方。这个厨子名叫季大远。二人颠沛流离，最后落脚在昆明。季大远却因一场伤寒死了。刘小美痛苦万分，最后落发为尼，法号无嗔。

1943年秋天，无嗔在昆明“月明庵”圆寂。时年三十一岁。无嗔著有《心学浅解》一书，洛阳纸贵一时，留传后世。遗命不留尸骨，火化后将骨灰和面为丸，投于金沙江喂鱼。有报人究其身世，无嗔即刘小美，即见诸报端。谈歌在此记下一笔。）

“炸死了？这样巧？怎么就没炸死你呢？”赵元初冷笑着问道。

“嘿嘿，如果炸死了我，谁还来伺候您呢？”福国义也嘿嘿笑了。

“这么说，我还真得谢谢你这片孝心了。”

“不必客气。”

“我可是真信不过你，你小子是个始乱终弃的性子。”

“我记仇从来不会始乱终弃。”

“看不出，你还长了点儿脾气呢。”

“赵会长，将来咱们又要重新共事了。”

“呵呵，你？共事？与我共事？”

“是呀！”

“啊呸！你配吗？你到哪儿也是个奴才。你现在是日本派来伺候我的奴才，就是听凭我赵某人随便使唤的奴才。对不对？哈哈！”赵元初仰头大笑起来了。

福国义一时被赵元初笑得愣了。

赵元初端起茶水喝了一口，盯着福国义，讥讽地问道：“难道不是吗？福队长，你难道不是我老赵手下的奴才吗？”

福国义的脸色涨红了，他阴阴地笑道：“好，好。赵会长，我是奴才，可你也别太张狂喽。你跟梅三娘白悦农那点儿破事儿，我还是知道些的呢。”

赵元初嘿嘿一笑，拉着长声说道：“福国义呀福国义，真长出息了？学会翻旧账了呀？还敢威胁我了？”

福国义脖子一歪，嘿嘿冷笑：“赵会长，我这可不是威胁，我手里真有爆冷门的东西呀，我现在就可以去中村那里，指证你赵元初是个通共分子！”

赵元初撇撇嘴，冷笑了：“哼！还‘爆冷门’？还通共？嘿嘿！行呀，福国义，看不出呢，你这个王八蛋还很有想法么！可惜你弄错了。你信不信？我现在就说你是个地下抗日分子，现在我就让中村把你抓起来。先别说赵某通共不通共，山口先得把你枪毙喽！信不信？我连你福国义用什么烂炕席裹了？在哪儿埋？埋多深？都想好了。你信不信？”

福国义听得傻了。

赵元初盯着福国义，嘻嘻笑道：“要不，咱们这就试试？”说着话，赵元初伸手就去拿电话。

福国义听得耳朵发炸，急忙上前两步按住了电话，他的目光里露出了深深的怯意，连连点头赔着笑脸："赵会长呀赵会长，我信！我信！我刚才也就是跟您老人家开个玩笑么，您千万不能往心里去呀！"

福国义不能不承认，赵元初说的是实话。福国义虽然很受中村的器重，也算是日本人跟前的红人儿了，可是，赵元初在日本人的眼里，仍然比他福国义有价值得多。赵元初若是跟山口说句坏话，山口就真能枪毙了福国义，中村也干瞪眼爱莫能助。

赵元初"哼"了一声，淡而无味地笑了笑："你信就好。从今往后你少跟我开什么玩笑，你见过'奴才'总跟主子开玩笑的吗？"说着，他摆了摆手："滚出去吧。我懒得看你！"

福国义有些慌乱了，他结舌道："赵会长，你……"

赵元初拍响了桌案，大喝一声："聋了？滚出去！"

福国义哆嗦了一下，悻悻地退了出去。他在走出房间那短短几步的时间里，好像在地狱门口转了十几圈儿，渐渐恢复了他对赵元初的许多恐怖记忆，那些让福国义恨得天天磨牙的记忆，比如赵元初笑呵呵地强迫他与刘小美结婚的那一幕，赵元初在"娱乐下属"时出现的其乐无穷的表情，又鲜活地浮现在福国义眼前。赵元初在福国义的印象里，不是歹毒，而是十分歹毒。这个人他不是惹不起，而是绝对惹不起。他能整死你，整得你做了鬼也不敢来找他算后账。

福国义心情灰暗地走出了赵元初的办公室，他不觉仰天长叹了一声，感觉到赵元初是他永远走不出的一道人生阴影，他突然有了一种人生非常无助的感觉。福国义心如明镜，他是日本人安插在赵元初身边的一只眼睛，他看到了什么，都要向日本人报告。可是难呀，他敢去向日本人报告赵元初的情况吗？如果赵元初知道了一星半点儿，他福国义还能有好果子吃吗？日本人安排的这只眼睛等于瞎了呀。

福国义却想不到，有人不满足于日本人的这只眼睛瞎了，人家要结果他福国义的性命。马凯旋接到了命令，为了保证赵元初的安全无虞，要立刻除掉福国义。这个命令马凯旋正求之不得。因为福国义也盯上了马凯旋。

那天早上，马凯旋的诊所刚刚开门，身穿皇协军军服的福国义便趾高气扬地走了进来。马凯旋怔了一下，便拱手笑道："哎呀，这不是福先生么，两年多不见了呢，快请坐。李峰，倒茶。"

福国义昂着脑袋坐下了，跷起二郎腿，讪笑道："马医生，两年多不见了呢，你这腿还瘸着呢？看样子这辈子也好不了呀！你那个学生唐行一呢？"

马凯旋皱眉想了想："我也有好几个月没见他了。听人说么，赵元初司令卸职后，唐行一就不知去向了。您没找找赵司令……不是了，您没找赵会长问问？"

福国义"哼"了一声："你教出来的好弟子呀，当年要不是他在赵元初面前'嚼舌头根子'，福某人也不会被他姓赵的羞辱。"

马凯旋点头赔笑："福先生呀，这都是塞翁失马的事儿么，您看呀，您现在可比当年风光多了呀。"

"风光？我真得找个空儿，让你们师徒给我好好算算呢，福某人这风光是怎么来的呢。说吧，唐行一去哪儿了？"

"福先生呀，您这可真是给我出了难题呢，我真不知道唐大夫去哪儿了呀。"

"你不知道？他可是你的弟子呢，你能不知道？"

"确实不知道呀。"

"那好吧，劳烦马医生给我找找唐行一。还是刚才那句话，就说我想请他给我算算命呢，到时候马大夫也得跟着。告辞。"

"慢走！"

"过几天我还来！"

"回见了。"马凯旋望着福国义的背影，隐约感觉到这个人会给他带来很大的麻烦。经验告诉他，麻烦可能导致混乱，"混乱"可能导致危险，“危险”会导致完蛋。马凯旋开始认真考虑，如何解决掉福国义——这个制造麻烦的麻烦人。

正当此时，上峰竟然给他发来了紧急命令，要马凯旋尽快除掉福国义。真是及时，刚说瞌睡了，就有人给塞了个枕头。那就准备吧。福国义，你想不到呢，总给别人制造麻烦，最终给自己带来了麻烦。

马凯旋当即通知虞世通安排人手，尽快除掉福国义。虞世通接到指令立即布置了人手，虞世通却也没有想到，还没等他的人动手呢，福国义就稀里糊涂地死了。

不是“自杀”，是“他杀”。

谁杀的？

钱如雪感佩付浩声

付浩声的戏班子自日军攻陷保定后，便停演了。付浩声自知长期这样下去，必定难以维持生计。他准备先解散了戏班子，全家搬出保定，也可以躲开日伪的纠缠。可是往哪儿搬呢？

正在发愁，颜若兰却胸有成竹地告诉付浩声，她之前已经在满城县的雾灵山下安顿好了一个住处。

三年前，颜若兰背着付浩声，在保定西边满城县的雾灵山脚下买了十亩地，又在附近的村子里买下了一个大宅院。当初颜若兰也是心血来潮，想到将来付浩声一旦不要她了，她可以有个安静养老的地方，种种菜，养养花，享受一下田园风光。她也没想到呢，闲时置下忙时用，这下却派上了大用场。

付浩声听得目瞪口呆：“哎呀，我说若兰啊，你唬死我了，你啥时候藏了要跟我‘分家’的心思呀？”

颜若兰被说中了心事，垂泪道：“浩声，你可别怪我呀，我自从嫁到你门里来，就知道配不上你，就动了这么个小心思。我一个妇道人家，总要有个退路呢……”

付浩声苦笑着摇头：“哎呀，谁说过咱们不相配呀？这天底下，除了你，我付浩声怎么会再……唉！好了好了，你这小心思动得真好呢，你看，咱们现在不是有了去处么。”

颜若兰却叹气：“浩声呀，是我对不起你呢，我知道你心里不待见我，这门亲事是两边老人撮合的。可无论怎样，我就是你媳妇，死就死在一起，活就活在一处。我不许你娶小，已经委屈你了，我亏欠你的，只此一事，今后任是什么事儿，我都不拦你。”

付浩声打量着颜若兰，感慨地说：“媳妇呀，我真服你了呢。”

颜若兰说：“浩声呀，我知道你是个特别要面子的人，日本人进城了，这戏无论如何也不能唱了，咱们种地去！”

付浩声称赞道：“好，种地！”说罢，他高声唱道：“不再携剑行天下，落寞山村学灌园。”

颜若兰听得心颤，脸上却笑道：“浩声呀，你今天唱得真好听呢！”

付浩声又喊付浩强和颜若仙进来。他苦笑道：“弟弟弟妹呀，这小日本儿进城了，咱们得过过苦日子了。”

付浩强看着付浩声：“哥，有什么吩咐吗？”

付浩声点头叹道：“我想让你们离开保定。”

颜若仙皱眉：“姐夫，我们离开保定？那你和姐姐呢？”

付浩声叹道：“弟妹呀，我付浩声树大招风，日本人不会轻易放过我的。为了你们不受牵连，你们还是躲出去吧。”

付浩强与颜若仙面面相觑，又看看颜若兰。

颜若兰黯然无语。

付浩声说道：“我想过了，你们去南边吧，一直往南走，眼下小日本还打不到那里，等日子平静了，你们再回来。你们去收拾东西吧。”说罢，就让颜若兰去取盘缠。

付浩强与颜若仙就含泪给付浩声跪下了。伤感离别，何时再见？此情此景此语，正是难堪。

（付家兄弟并不知道，此一别竟是永诀。据颜若仙后来说，她与付浩强带着女儿付小强本想去四川，走到河南，竟然遇到乱兵，夫妇便改道去了武汉。武汉保卫战之前，付浩强病故。颜若仙便带着女儿去了重庆，倚仗有舞台经验的底子，学唱川戏，也是一番辛苦。此是后话。）

付浩声送走了付浩强一家，即开始处理城里的事情。

他先去了大舞台“回戏”。大舞台的经理彭焕英①急了：“付先生呀，我这下个月的戏票可都卖出去了呀，您要不唱……”

付浩声欠身说道：“我的包银不要了，您的损失我包赔。”

彭焕英皱眉道：“付先生呀，您是不是不愿意给日本人唱呀？”

付浩声点点头，直言不讳：“对！”

彭焕英叹气道：“唉！您有骨气，彭某佩服您。可是呢，您一个人不唱也不管用呀，别人还唱呢。”

付浩声淡然一笑：“我管不了别人，只能管住我自己。”

彭焕英忧虑地说：“付先生，您不唱了，可是您的戏班儿怎么办呢？看样子，这小日本儿一天半天还走不了呢，你们吃什么呀？”

付浩声呵呵笑道：“彭经理，我真就不相信了呢，一则，小日本还能在中国待上一辈子、两辈子？二则，我付某人不至于除了唱戏就不会别的营生了吧？我到乡下种菜总行吧。”说罢，干干地冷笑了两声，转身走了。

彭焕英看着付浩声的背影，竖指赞叹了一声：“付浩声，有骨气！果然名不虚传。”

彭焕英没有说错，戏曲界仍然有人唱，而且有的艺人甚至主动去了日伪的军营，进行劳军演出。如河北梆子名角张士杰②、唱西河大鼓的秦玉鹏③等人，竟然主动为“中日亲善”义演三天。

山口一郎得知此事，非常高兴，当面命令中村，一定要给艺人们最高的戏份，一定要利用这些艺人的演出，进一步营造在保定建

---

① 沧县人。一说景县人。读者考据。

② 嗓子亮，梨园称作“张人云”。抗战胜利前，去了国外，后不知所终。

③ 抗战胜利后，被关押，后被人保释，1947 年病故。

设东亚共荣模范城的气氛。或是受此启发，山口亲自到《保定时报》视察，鼓励在场的中国记者和到场的日本记者，为宣传建立大东亚共荣圈而努力工作。

谁也没想到，山口这次视察却给付浩声招惹了麻烦。麻烦是由《保定时报》记者王亚雄引发的。王亚雄事先知道了，山口一郎是个中国书法爱好者，王亚雄便发扬了逮着机会就要献媚的“文化人”精神，他准备好了文房四宝，届时请山口太君为报社题词。

山口带着中村一行人，兴致勃勃地去了王亚雄的办公室，题完了词，山口四下环顾，便在报社的墙上发现了王亚雄的摄影作品：付浩声与那块巨砚的合影。山口立刻被那块巨砚吸引了，他从没有见过如此气势磅礴的巨砚呢。山口问清了缘由，当即便让王亚雄先去找付浩声探探口气，商量购买这块巨砚。

王亚雄笑道：“太君，只是……这价钱上应该怎么说呢？”

山口呵呵笑道：“价钱么，当然可以讨论。皇军不会强买强卖，不会让付先生吃亏的么。”说罢，他喊过中村：“中村君，这件事就交由你们光和商社出面办吧，你与王先生协同办好这件事。要快！”

中村点头，郑重说道：“机关长放心，此事我们一定办好。”

山口为什么看中了这块巨砚？山口想送礼。送给日军驻北平司令官山田健三郎。《保定抗战史》记载：山田是山口的同宗兄长，也曾是山口的直接上司，十分爱好收藏中国的文物，山口喜欢中国书法也是受山田的影响。山口现在虽然不归山田直接管辖，但山田是军界的红人，山口今后的升迁也还要依靠山田。这即是山口要从付浩声手中购买这块巨砚的全部理由。

王亚雄揣着为主子“办事要积极”的认真心态，匆匆忙忙地去找付浩声。王亚雄想得简单了些，皇军喜欢上的东西，付浩声肯定“巴不得”贡献出来。现在是日本人的天下，谁不想巴结日本人呢。唉！这应该是古今汉奸们的共同“心态”，自己当了狗，便认定别人也喜欢“汪汪”？

……王亚雄大模大样地坐在付浩声家的客厅里，目光瞄着那块摆在客厅里的巨砚，他笑嘻嘻地说了来意。付浩声当下满口答应：“哎呀，王先生呀，既然皇军喜欢，拿去就是了么，什么钱不钱的么。要不我找辆车，亲自给皇军送去……”

读者千万别误会，付浩声可没说这种不要脸的话，这些都是王亚雄的无耻“幻觉”。付浩声的真实态度差点儿让王亚雄犯了“脑血栓”。

付浩声一口回绝了。

两个字：不卖！

王亚雄登时“石化”了。

王亚雄十分呆傻的目光看着付浩声，他实在搞不明白，付浩声怎么会是这种蛮横态度呢？我靠！这可是皇军给你脸呢，你付浩声怎么能给脸不要脸呢？他一时怀疑或是自己没有表述清楚，于是，他不敢再幻觉了，他赶紧放慢语速，调整词汇，又详细说了一遍来意。最后诚恳而认真地对付浩声说：“付先生，既然皇军看中了你这块砚台，你就出让了吧。多少钱？你开个价儿么。”

付浩声呵呵地笑了：“王记者，你是知道的，这块砚台么，是奚月明先生捐献给杂戏魔术比赛的，后来拍卖，被我收了。我为什么收？我喜欢呀！古人讲，君子不夺人所爱，你们称日本人为太君，他们却也真枉屈了这个‘君’字。他们是什么太君？狗屁！强买强卖？不是强盗是什么！你回去告诉你的日本太君，给多少钱我也不卖！他们就是把富士山和北海道搬来折价，我也不卖！”

王亚雄皱眉道：“付先生，不要这样么，咱们就不说日本人了，我可是中国人呀，你总得给我个面子吧。”

付浩声讥讽地笑了：“王记者要是不提自己是中国人，我还真忘了你曾经是中国人了。至于面子么，王记者在我这里没面子。”

王亚雄却是一点儿也不生气，他嘿嘿地干笑了两声：“付先生呀，说到底你也就是个唱戏的么，为了这么一块砚台，你惹恼了皇军，你今后还怎么在保定唱戏呀？不值，不值呢！再者说，咱们今后打交道的时候多着呢。”

付浩声呵呵笑道："你说得一点都没错，付某就是个唱戏的，唱戏的也有自己的活法儿呀！你说打交道的时候多着呢，我可真不敢跟你们这种人打交道了，那样的话，我真就得总委屈自己了。你想呀，我要是总跟你这种人捆在一起'蛆'着，扎在一堆儿'粪'着，如此长久下去，便是不分你我，真要把我自己混臭了呢。"

王亚雄摇摇头，笑道："付先生呀，你真是……矫情呀。嘿嘿，人生苦短……"

付浩声摆摆手，打断了王亚雄的话："王记者，咱们没得谈了。"

付浩声与王亚雄说话的时候，他的徒弟郝宝成听了几句，忙走进后院，惶惶地对颜若兰说："师娘，有事了呢。那个叫王亚雄的记者过来传话儿了，说日本人想收购师父那块砚台，请师父开个价钱，可是师父就是不肯出让。这日本人，咱们惹不起呢。"

颜若兰一瞪眼："宝成呀，你师父的事儿，你别管，卖与不卖是你师父的事儿。"

郝宝成脸一红，忙点头道："师娘教训得对。"

颜若兰皱皱眉头，兀自苦笑："我们家的东西，怎么会让日本人看上了呢？我得去问问。"她四下看看，瞅见墙根有一柄斧子，她走过去，抄起来"掂掇"了一下，便拎着去了客厅。

郝宝成看得眼晕，急忙跟上去了。

王亚雄见颜若兰进来，忙起身笑道："弟妹呀，你来得正好呢，日本人肯出大价钱，要买这块砚台呢，付先生却不肯出让，你快帮着说说吧。"

颜若兰没理王亚雄，朝付浩声讪讪笑道："浩声呀，这块砚台你真不想卖？"

"嗯！不卖！"

"好，你有个说法儿就行了。"

"你想怎样？"

"那我就砸了它，也省得别人惦记了。"话音未落，颜若兰已经挥起了斧子，但听一阵乒乓暴响，顷刻之间，那块巨砚即被剁得一片狼藉，面目全非了。

王亚雄看得目瞪口呆，登时“瓷”了。

付浩声却声色不动，呷了口茶，淡淡地问了一句：“若兰呀，这可是钱呀，你一点也不心疼吗?”

颜若兰斜了一眼王亚雄，扬手扔了斧子，讥讽地哼了一声：“我管它值多少钱呢，我颜若兰就是爱听响儿么!”说罢，开心地哈哈大笑起来。

付浩声也点头笑了：“响儿么，你也听了，算是物有所值了。”

王亚雄“醒”过来，傻傻地看了颜若兰一眼，却再也坐不住，急忙起身告辞，逃也似的走了。

王亚雄没办好差事，却一点儿也不沮丧，他笑呵呵地回来向中村交差。只是把付浩声夫妇如何拒不合作，如何把那块巨砚给砸了的情况，添油加醋地对中村说了一遍。

中村听罢，登时泄气了：“太遗憾了，怎么就给砸了呢？山口机关长肯定不高兴了。”

王亚雄嘿嘿地笑道：“太君，此事并非山穷水尽。”

“难道还能柳暗花明?”中村皱眉。

“其实呢，付浩声家这块砚台，工艺一般，砸了就砸了吧，我们不必刻舟求剑，这块砚台是保定工匠奚月明的手艺，我们……”

中村恍然大悟，击掌笑了：“王先生，你的意思我听明白了，找奚先生再做一块更好的就是了么。”

“在下正是这个意思。”

“好呀，王先生，你心思缜密，这件事仍然由你去办。你去对奚先生讲，皇军希望他做一件比付浩声那块更大、更好的砚台。价钱么，好商量，我们光和商社不在乎钱。”

“我在来您这儿的路上，特意去看了看奚月明的店铺，关门了。这事儿呢，我们先不声张，过一两天等奚月明回来，您派个人跟我一起去，这样岂不是更给奚月明面子么。”

“好，就按你说的办。不过，此事越快越好。”

仅一两天的时间，付浩声去大舞台退戏，颜若兰砸砚台的事情就在市井坊间风传开了。一时议论纷纷，多是称赞付浩声夫妇有骨气，痛骂王亚雄为虎作伥。

这天早上，颜若兰先行去了满城，打扫宅院，付浩声正在收拾东西，准备“搬家”时，街门就被敲响了。徒弟郝宝成忙去开门，却惊讶了，竟是钱如雪笑嘻嘻地站在门外。钱如雪身后跟着嫣红，嫣红带着两个小跑儿，每个小跑儿都背着一个面袋子。

郝宝成怔怔地看了一下，赶紧转身去通报。

付浩声听罢皱眉：“她来干什么？你告诉她，说我不见客。”

郝宝成刚刚要去，却听到钱如雪银铃般的笑声，在院子里亮亮地响起来：“呵呵，付先生好大的架子呀。”

钱如雪已经走进来了。

付浩声只得出来“见面”。

钱如雪拱手笑道：“付先生，多日不见了。”

付浩声拱手还礼：“承蒙惦记了，不知钱先生找付某何事？”

“听说付先生把大舞台的戏都回了？”

“的确。”

“回了戏，付先生的损失多多，不知今后如何生计？”

“这个不劳钱先生关怀，付某还有一身力气，糊口总可以么。”

“还听说付太太把那块价值不菲的砚台砸了？”

“确是砸了。如果钱先生没有旁的事……宝成，送客！”付浩声欠身施礼，转身要走。

钱如雪却和蔼可亲地笑道：“且慢！”

付浩声盯着钱如雪，他一时有些疑惑了，钱如雪的脸上竟然没有了往常那种“高傲”神色，目光也变得“清澈”明亮起来。付浩声错愕之间，感觉面前这个一向我行我素“混不吝”的女人，突然变得十分陌生了。

钱如雪悠悠叹了口气：“付浩声，我今天来，其实就是告诉你一句话，我钱如雪佩服你！”说着话，她双手竖起大拇指。

付浩声一时呆住了："钱先生何出此言，岂不要折煞付某……"

钱如雪"哼"了一声："付浩声，你刚刚说得好，你还有一身力气，糊口总行。也就是说，你就是改行也不会给日本鬼子唱戏。是不是这个意思？"

付浩声呆呆地看着钱如雪，懵懂地点了点头，他一时猜不出钱如雪是什么来意。

钱如雪冷笑了一声："好样的！你不像那些见钱眼开的败类，竟然跑到日本人的军营里去，上赶着给那些强盗们献媚。这还有咱们行里的规矩吗？他娘的都是汉奸王八蛋！狗娘养的下三烂！"

钱如雪激动起来，竟然爆了粗口。

付浩声的目光，随着钱如雪激动的话语渐渐明亮起来了，此时的钱如雪在他眼里已经"面目全非"。他第一次发现，眼前这个女人竟然如"天仙"般的漂亮。所谓疾风见劲草，日本人进了保定之后，钱如雪那蕴藏在心底的正直勇敢的特质竟然昭然立现。

付浩声当即欠身拱手，呵呵笑道："钱先生，不必如此动怒。"

钱如雪的目光渐渐松软下来，温和地看着付浩声："付先生，我钱如雪虽然性格刁钻了些，但我也是一个涂了脂粉的男人性格，虽然比不上关汉卿那颗蒸不熟、煮不烂的'铜豌豆'，却也似个砸不开、咬不动的铁核桃。我知道你回了大舞台的戏，手面必定会一时尴尬，我钱如雪岂能袖手坐视，没有多少，不要笑话。"说罢，转身喊一声："嫣红！"

嫣红立刻招招手，身后两个小跑儿背着面袋子赶紧颠颠儿地上前，各自将面袋子解了口绳儿，张口倒在了地上。只听一阵叮当乱响，院中便有了两堆白花花的银圆，在阳光下亮得骇目。

郝宝成登时看呆了眼睛。

钱如雪目光如炬，看着付浩声。

付浩声怔了一下，便急忙连连摆手："钱先生，这可使不得呀，我付某从不白白受人钱财呢。"

"莫非你付浩声嫌少？"

“付某断没有这个意思。”

“那你就收下！”

“付某自知担当不起，确是不能收啊。钱先生……”

“我告诉你付浩声，这些钱都是我钱如雪辛苦唱戏挣来的，干净！”

“我知道的，但我……”

“付浩声，我并不图你回报，只是同行之间‘援手’罢了。”

“钱先生呀，事发突然，我真……”

“你还是看不起我？”

“钱先生呀，我……”

“哈哈，一向光明磊落的付先生，如何这般扭捏起来了呢？”

“钱先生……”

“付浩声，你还是条汉子吗？”

“那……好吧，恭敬不如从命，谢过钱先生！付某收下了！宝成，搬到屋里去！”

钱如雪哈哈笑道：“付先生，这就是了么！”

“再次谢过钱先生了。”付浩声深深鞠了一躬。

“免了吧。小事一桩，不值得付先生这般客套呀。”钱如雪上前搀扶了付浩声。

正是深秋天气，软弱了多日的阳光，温暖地泼洒在院子里。

钱如雪笑道：“付先生呀，你总不能让我一直站在这院子里，跟你讲客套话吧？”

付浩声连忙侧身笑道：“失礼，失礼了！钱先生，快请屋里坐！”

二人在客厅里相对坐了。付浩声亲自给钱如雪沏了茶。

付浩声尴尬地笑道：“钱先生，付某仍似在五里雾中，您今天这是唱的哪一出呢？”

钱如雪看着付浩声，长叹一声：“付先生，恕我眼拙呢，这些年来真是错看了你。真对不住了，就原谅了吧。”说罢起身，深深朝付浩声鞠了一躬。

付浩声惶惶地站起身："钱先生呀，千万莫这样说话，您真要折煞付某了呢。"也向钱如雪深鞠了一躬。

二人重新落座。

钱如雪叹道："付浩声呀，我成心与你做对了多年，的确感觉你是个'难缠'的角色。实话实话，我一度对你恨之入骨呢。可这几天，我听说了你对日本人的强硬态度，我钱如雪真是大开了一回眼界，彻底从心里服气了。我知道，你这一回戏，就得赔付剧院许多包银，手面一定暂时窄了，我便冒昧撞上门来了。这些钱不多，说不上雪中送炭，也定能给你应应急。"

付浩声诚恳地长叹一声："真是雪中送炭，谢谢钱先生了。"

钱如雪慨然叹道："付先生呀，您就不要谢我了，我做下了的我认账，当年确是我坏的你付先生呀。"

付浩声淡然摆手笑道："钱先生呀，旧事不提，不提！"

"一定要提！你也一定知道我的为人，从来揣不住事情，我今日撞上门来，就是来向你道歉的。"

"唉，钱先生呀，我付浩声不傻不呆，如何能不知道这些呢？一次，钱先生唆使我的弟子给我下药；再次，您又指使我的弟子火烧戏箱，耽搁演出；三次，您又指使我的弟子给我的戏班下泄药，我只能回戏，再次损失了一回票房；我不讲明，只是怕坏了您与我的名声呢。"

钱如雪听得疑惑，不解地问："你与我的名声？付先生什么意思？"

付浩声看了看钱如雪，叹了口气，肃然说道："钱先生，您是前辈，允许我这个做'晚辈'的给前辈讲个故事？"

钱如雪疑惑道："什么故事？讲来听听。"

付浩声皱眉叹道："我有位师伯，名叫戴方能，他早年也是个梨园角色，后因嗓子坏了，便改行了，后来当了拍卖行的经理。戴师伯对我说过，他曾经拍卖过一块银圆，一元起价。这里边有个要求，只要是跟上喊价的，都得按照最后的跟价，把钱交上来。戴师伯如此拍了十几回，他总是赢。为什么呢？比如说，这块银圆拍了十块钱，跟进的就得九块九，师伯就能挣十九块九。师伯后来对我讲，这种赌博，总是两头都输，拍卖行赢。这个道理我也想透了，如果我们两个戏班子闹起来，双方都要搭上精力，好比两边打仗，越打越烈，各自填入的本钱便多了，试想呢，如果你我身陷其中，必定很难自拔，总得把精力、财力往里放呀。您说，咱们这一辈子是唱戏呢？还是置气呢？”

钱如雪怔了一刻，点头长叹一声：“付先生呀，你这位师伯的这番道理虽然浅显，却听得我目瞪口呆呢。”

付浩声岔开话题：“钱先生，现在日本人进了中国，咱们怎么办？您经得多，识得广，您自然有主意呀。”

钱如雪看着付浩声：“付先生，且不说这个了，我自己肯定有办法，你不必担心。说起来，你果然是看得远呢，这些年，钱某有眼不识俊杰呀，有道是，一人走得快当，二人结伴走得长远。你若不弃，钱某愿结交下你这个兄弟。”

付浩声听得怔住，急忙惶恐不安地站起来，欠身说道：“这个……确不合适呢，您是前辈呀……”

钱如雪登时神色黯然：“所谓江湖辈分，多是俗套，我钱某人是个爽直人，快意恩仇，我是真心实意要结交你这个人的，付先生看不起我……”

付浩声忙摆手：“钱先生，付某断不是这个意思，即使不论梨园辈分，只说付某才疏学浅……”

钱如雪摆摆手，爽朗地说：“付先生，您若不嫌弃，就不要说这些‘酸词儿’了。”

付浩声看着钱如雪明亮的目光，当即愉快地哈哈笑了起来：“钱先生扶危济困，付某求之不得呢。”说罢，便起身朝钱如雪深深鞠躬：“大姐在上，请受小弟一拜。”

钱如雪忙上前双手搀扶，哈哈笑道：“付兄弟免礼了！”

付浩声爽朗地笑了，竟用了京戏道白高声说道：“大姐呀，正是深秋天气，云高神爽，小弟想请大姐小酌两杯，平添雅趣，望大姐万勿推辞才是。”说罢，又深深鞠了一躬。

钱如雪再次双手搀扶了付浩声，也呵呵笑了。她亮起了嗓子，也念了几句京剧《天马关》的道白：“兄弟呀，但看那窗外，秋高气爽，雁阵成行，你我二人，乘此兴趣，何不到那街中，寻一处热闹酒家，痛饮一番，以壮行色呢。”

付浩声昂然念白：“大姐呀，此言甚合我意，来，来，来！你我二人上马，前去饮酒是了！”

钱如雪唱了一句：“八月中秋天高爽。”

付浩声接唱：“长安道上马蹄忙。”

钱如雪唱：“兄弟携手四下望。”

付浩声唱：“寻一处酒家（咱们）醉一场。”

四句唱罢，钱如雪与付浩声注目相视，登时都大笑起来。

“哈哈……”

“哈哈……”

爽朗的笑声跌宕，震得屋宇萧萧作响。屋外的郝宝成听得入神，禁不住喝出彩来。

郝宝成相信，钱付二人这几句凭空“抓来”的精彩对白对唱，他绝对是第一个听到的。

郝宝成大饱了一回耳福。

奚掌柜再做“巨砚”

王亚雄这几天很“辛苦”，他更深刻感觉到了为人驱使的“心苦”。他得“见天儿”早早起来，一路跑到西大街“奚氏易水砚”的店铺前，静候着奚月明开门。他呆呆傻傻地等到了第四天，奚月明总算开了店门。王亚雄暗自念了一声老天开眼，急不可耐地就要进店门，却又转念一想，自己这件事若是再办砸了，中村那里就真不好交代了。他急忙转身，匆匆去光和商社找中村，报告奚月明已经回来的消息。

王亚雄没想到，光和商社的院子里正乱成了一锅粥。但见郭子路惊惶失措，抱着脑袋满院子乱跑，他老婆任雪儿竟举着一把明晃晃的菜刀，张牙舞爪地尖声怒吼着，疯泼了一般，满院子里追赶郭子路。

中村一脸无奈，让手下拦着任雪儿。中村好不容易才问明白，任雪儿如此撒泼，源于怀疑郭子路偷偷去了一回妓院。唉，一个男人家，就算去了妓院一回两回又能怎么了？还真能拿刀劈了他？这是个什么疯泼娘儿们呀？怎么喜欢动菜刀下死手呀？

中村真替郭子路感到麻烦，一个男人么，得“修行”几辈子才能找这么个母老虎一般的老婆呀？天天把郭子路管得跟小鸡儿似的，还总雇人“盯梢儿”。中村还知道，这败家娘儿们不仅热爱打丈夫，还由衷热爱打麻将，可她水平太低，或总遭牌友算计，总输，天天伸着手朝郭子路要钱。郭子路也不是银行呀，供给一旦不能按时保障，一张脸便要代之受辱，常常是青一块紫一块的，有时还被抓出血道子来，逼得一向胆小如鼠的郭子路总得“厚着”脸皮“背着”中村向下边“勒索”，供任雪儿麻将娱乐所用。

趁着商社的人把任雪儿拉扯住了。王亚雄得了个空，连忙把中村拉到一边，报告了奚月明回来的事。中村听了很高兴，他想亲自去见见奚月明，但他却被任雪儿纠缠着，不能脱身，他便让副官井田先跟着王亚雄去找奚月明。他看了看在一旁躲闪的郭子路，皱眉苦笑道：“郭翻译官，你也跟着去吧，也躲躲你夫人吧。”

郭子路如蒙大赦，急忙跟着王亚雄去了。

任雪儿见状，飞追到街上：“郭子路，你个王八蛋，给我回来！”

中村忙追上来，拦住任雪儿，赔着笑脸劝道：“弟妹呀，咱们回商社去说么，这满街的人围观，招人笑话呢。”

“不行，我得跟着他，不然，他又去找婊子了。”

“弟妹呀，郭翻译正在办公事呢。”

“真是办公事了？中村社长，你可别骗我。”

“哎呀，我骗你干什么呀。”

中村好说歹说，总算把任雪儿“哄”进了商社的院子。唉，这个任雪儿，真让中村头疼死了。任雪儿是王揖唐的外甥女，王揖唐现在正是日本驻北平司令部的红人，倚仗着这层关系，任雪儿谁也不放在眼里。据说为了给郭子路升职加薪，她还跑到丰田秀男和山口一郎那里闹过几回呢。丰田与山口看在王揖唐的面子上，也不能把任雪儿怎么着呀。丰田本来想让郭子路到司令部任翻译，可是郭子路在中村的光和商社有股份，不想离开。山口想了个折中的办法，让郭子路兼任了光和商社副社长，每个月的薪水长上去了，任雪儿才算作罢。

王亚雄带着井田和郭子路匆匆去了奚月明的店铺。

奚月明的店铺里正在放留声机，如潺潺流水般的京戏曲牌漫到了街中，引得路人不时驻足聆听。王亚雄带着井田“挑门帘儿”进店，但见奚月明仰靠在椅子上，跷着二郎腿，眯缝着眼睛，正一脸悠闲地听唱片呢。奚月明的两个徒弟，正悉心擦拭着货架上的砚台。这二人王亚雄都认得，一个叫李双喜，另一个叫张振富。

王亚雄咳嗽了一声，奚月明睁开眼睛，见王亚雄带着井田和郭子路进来，忙起身关了留声机，笑呵呵地拱手迎了：“王记者、郭翻译，二位少见呢。”

王亚雄拱手笑了：“奚掌柜，悠闲自在呀！这位是井田太君。”

井田与奚月明互相欠身点头，算是见过了。

王亚雄笑道：“奚掌柜，恭喜了，有好事上门了呢。”

奚月明摇头苦笑：“王记者，奚某能有什么好事？奚某这些日子都是不顺心的事了，昨夜里做梦打牌，还输了个底掉，被债主们追着屁股要账，硬是给急醒了呢。”

王亚雄嘿嘿笑道：“奚掌柜说笑话呢，你这生意常年兴隆，岂能有赔钱的道理。”

奚月明摆手苦笑：“提不得，提不得呢，您先说我有什么好事嘛。”

王亚雄笑道：“奚掌柜呀，你今天真得请客了，天大的好事啊，皇军想请你奚掌柜做块砚台呢。”

奚月明呵呵笑了：“砚台么，这店里有的是么，皇军喜欢什么，随意挑选。”

王亚雄扫了一眼，货架上各种砚台琳琅满目，他却摇摇头：“都不是呢，皇军要你做一个巨砚。”

“巨砚？”奚月明皱眉。

“就是比付浩声买去的那个还要大些的。”

井田在一旁或是听得不耐烦了，他瞪了一眼奚月明，用半生不熟的汉语凶凶地说道：“奚的，你的一定要答应！”

奚月明皱眉笑了：“太君说什么呢？我一定要答应？太君说话怎么一点儿都不客气呢？我要不答应呢？”

张振富与李双喜当即放下手里的活儿，走过来，怒目瞪着井田。

奚月明却朝他们摆摆手：“你们都去干活儿吧。”

井田火了，怒声吼道：“奚，你的浑蛋！”说着，就向奚月明冲过来。

一旁的翻译郭子路忙上前拦住井田，赔笑道：“奚掌柜呀，你没有听清吗？让你给皇军做一块大砚台，这是多大的面子呀。你怎么能不买账呢？”

奚月明鄙视了郭子路一眼，仍然对井田讥讽地笑道：“我得先问你一句，你们小日本儿懂砚台吗？”

井田听懂了奚月明的意思，便再也忍不住了，上前推开郭子路，扬手就打奚月明。只听“啪”的一声，却是奚月明闪身躲开了井田，并扬手给了井田一记重重的耳光。

井田被打急了，大吼了一声，就拔出刀来，凶凶地上前就砍。

奚月明冷笑了一声：“还真动刀呀？去你大爷的吧！”他腾身踢出一脚，井田只觉胳膊肘儿疼痛难忍，手中的刀便飞了出去，那刀竟然穿透了门帘，落到了街上。井田登时怔住了，不敢再动。

奚月明鄙夷地摇了摇头，拱手讪笑道：“哎呀，对不起了！就皇军你这两下子，真不能来我这儿撒野呀。我可是还在尿炕的时候，就进少林寺混干粮了。”

两个伙计一旁嘻嘻笑了。

王亚雄吓白了脸：“奚掌柜，你怎么敢打皇军呢？”

郭子路怒冲冲地说：“奚月明，你也太不像话了。”说着，就惶惶地去腰中拔枪，却一时拔不出来，好容易拔出来，却一哆嗦，枪便掉在地上了。

奚月明扑哧笑了：“郭翻译官，看你那点儿出息呀！”

但听门外有人低声喝道：“都住手吧！”

众人转身去看，但见中村笑嘻嘻地走进来了。

中村刚刚劝走了任雪儿就赶来了。他手里拿着井田的刀，递给了井田。

井田忙低头接了。

奚月明急忙拱手笑道：“中村先生来了，快快请坐。”转身喊徒弟：“双喜呀，快给中村太君上茶，上好茶。”

郭子路急忙狼狈地捡起手枪，赔笑说：“太君，您来了。”

王亚雄回过味来，上前笑道：“中村太君，刚刚发生了一点儿小误会……”

中村摆了摆手，王亚雄不敢再说，退到了后边。

中村对奚月明拱手笑道：“奚掌柜，恭喜发财了。”

奚月明急忙躬身还礼：“多谢中村太君了，快快请坐。”

中村便坐了，接过李双喜递过的茶杯呷了一口，称赞道：“好茶呢！”他放下茶杯，对奚月明笑道：“奚掌柜，想必他们刚刚说过了，皇军想请你做一块大砚台，就像被付浩声买走的那块，不，应该比那块还要大些。或许他们几个刚才表达得不大清楚。多有得罪，我向你道歉了。”说罢，欠身向奚月明致意。

奚月明急忙欠身笑道：“没有，真没有。我与这位太君有了点儿误会，是吧？”他笑嘻嘻地看了看井田。

井田恼怒地看了看奚月明。

中村笑道：“我想奚掌柜不会拒绝皇军的请求吧？”

奚月明看着井田，讪笑道：“您就让他这么个王八蛋太君请求我？”

中村皱眉摇头道：“奚掌柜，我通晓你们中国的语言，一些骂人的荤话脏话我知道得不比你少，请你不要用这种脏话侮辱我们。”

奚月明忙笑道：“哎呀，中村先生说到哪儿去了，皇军让我做砚台，是看得起我奚某人呢，那是替我扬名呢。我做梦都没想到会有这样的好事呢。”

中村讥讽地笑了笑：“我始终很敬佩中国的手艺人，无论战争多么残酷，你们也不会放下手里的手艺。”

奚月明讪笑道：“中村先生是在笑话我没去当兵吗？”

中村鄙视了奚月明一眼：“不错，我的话里有这个意思。”

奚月明赔笑道：“如果都去当兵，跟你们皇军打仗，那谁还给你们太君做砚台呢？”

中村哈哈笑了：“奚掌柜，真会说话呢。”

奚月明做了一个数票子的动作，笑道：“中村太君，不好意思，这个么……你们肯出多少呢？”

中村思忖了一下，说道：“价钱么，五千银圆如何？”

奚月明摇了摇头，笑道：“这个价钱么，怕是连工钱都不够呢。”

“请奚先生说个价钱么。”

“一万一千银圆，少了不行。”

“奚先生，你这是漫天要价哟。”

“中村太君，我可真没有多要呢。一分价钱一分货色，真要是凑合着做，一千银圆也能做下来，可是不成样子呢。实话实说，我也是想巴结太君，才没敢张大嘴呀。”

“你为什么要价一万一千银圆呢？”

“这一千么，就是留给中村太君讨价还价的么。”

中村哈哈笑了：“那就一万银圆吧。”

奚月明急忙点头：“好。奚某当然要给中村太君面子了，减去一千。不过，动工之前，太君还要先交五千银圆定金。”

"我明白，此是惯例。"

"成交？"

"成交。"中村点头笑了。

"谢谢太君照顾在下的生意了。"奚月明赶忙赔着笑了。

中村问道："奚先生，什么时间能够完成这块巨砚的制作？"

奚月明沉吟了一下："巨砚么，选材与雕刻都需要时间呢，怎么也得一年左右呢，若是精益求精么，或需要一年半的工夫。"

中村皱眉，却点了点头："总之么，越快越好呢。"

"当然，当然，奚某尽量抢工期。再有，太君要什么样式？"

"按照山口机关长的意思么，就要八仙过海图。"

"好！奚某记下了。"

正在说话，一个日本兵匆匆走进来，说山口机关长打电话来，有急事找中村课长。

中村便起身："奚掌柜呀，这件事的确很急，拜托了！如果需要皇军做什么，请奚掌柜尽管开口，我将全力以赴。"说罢，他让郭子路留下，与奚月明商量具体事宜，他带着井田与王亚雄走了。

奚月明与郭子路赔着笑脸送走了中村，二人回到店里。

郭子路笑道："奚掌柜，有什么条件，只管对我说吧。"

奚月明却摆手笑道："郭翻译官莫急，我口渴得紧呢。"说罢，便起身重新沏了杯茶，也不谦让郭子路，自顾重新跷起二郎腿，慢慢地喝了起来。

郭子路皱眉道："奚掌柜，有什么条件，请说吧。"

奚月明却不接郭子路的话，笑道："我听郭翻译官这日本话说得不错呢。"

"奚掌柜呀，什么错不错呀，我也就是混口饭吃。"

"郭先生吃什么饭不好，干吗非要吃这碗饭呢？"

"奚掌柜，我今天可不是来与你讨论饭碗的问题。"

"好了，郭先生，别介意。你回去告诉中村先生，明天有两件事：一、按规矩，先把讲好的定金送来。二、再派点儿人跟我去易县采石头。”

郭子路笑道：“明白了。”便起身告辞。

第二天一早，中村便亲自送来了五千银圆，并带来了由井田领队的十个日本士兵和二十个身强力壮的皇协军。

奚月明认真数完了五千银圆，让李双喜与张振富悉心收好，便竖指称赞中村：“中村太君，你还真是守信用呢。”

中村笑道：“奚先生，还请你加快些进度呢。”他转身指了指井田一行人：“这些人么，全归奚先生调度。”

奚月明看了看井田，嘻嘻笑道：“井田太君，这回你可要真出力气呀。”

井田瞪了奚月明一眼，随即欠身致意：“奚，一切听你指挥。”

奚月明讪笑道：“用你们日本人的话讲，那咱们就……开路吧。”

奚月明便带着一队日本人，去易县选采石料。

经过一个多月的辛苦勘查，奚月明终于开采到了一块重六千多斤的石料。他仔细打量了一番，满意地对井田笑道：“这块石头真不错呢，就是它了。”

井田不解地问：“奚，这石头有什么特点吗？”

奚月明笑道：“井田太君，这石头名叫玉带石，是专门做砚台的。”说着，又皱眉摆摆手：“算了，跟你说你也不懂，对牛弹琴呢。”

井田恼了：“奚，你的什么意思？”

奚月明忙笑道：“我是说，这块砚台如果雕刻一幅牧童骑牛，在牛背上弹琴的图画，必定好看呢，你说是不是？”

井田疑惑摇头：“奚，你好像不是这个意思的。”

奚月明赶紧摆摆手：“行了，咱俩也别废话了，赶紧往城里‘开路’吧。”

这块石头运进城来，确是费了大力气，日本人想尽办法，动用了上百人，两辆装甲车，折腾了十多天，才将这块石头弄下山来，运进了保定城内奚月明的店里。

街上登时围观了，惊叹此石果然雄伟呢。王亚雄闻讯赶过去拍了照片，并惊叹道："真是块好石头呢。"

街人都骂，这个奚月明为日本人做砚台，真是用心呢，如此看来，奚月明果然要把汉奸做到底了。

夜阑人静的时候，奚月明把徒弟张振富和李双喜喊到跟前，苦笑道："两位贤契，从明天开始，师父就要顶着个汉奸的帽子，给日本人做砚台了。咱们是手艺人，无论给谁干活儿，哪怕主家是浑蛋王八蛋，咱们也得认真干，不能丢了手艺。你们二位呢，如果愿意陪着师父，就留下。如果洁身自好，不愿意干这种招人骂的事儿，就走人，师父绝对不拦着。"

月光如水，悄然无声地从窗子漫进了屋子，照在奚月明毫无表情的脸上。

李双喜嘿嘿笑道："师父呀，你若是赶我们走路，请直言。"

张振富摇摇头，狡黠地眨眨眼睛："师父断不会是汉奸，或是师父另有算盘呢。"

奚月明摆手说道："行了行了，少废话了，你们就留下吧，咱们干活儿。"

梅三娘

赵元初上任半个月后，便赶到穆柏枫的家里慰问。赵元初听街人说，穆柏枫一家虽然被"释放"了，但他女儿穆小羽却"失踪"了。穆小羽从燕京大学毕业后，回到了保定，在女子中学执教。因其一直在课堂上宣讲抗日救国，日伪恨之入骨。前天，穆小羽下课回家，竟失踪了。唉！什么失踪呀，分明是横遭了日伪毒手。

穆柏枫共娶过两房，大夫人不曾生养，只有二夫人给他生下了穆小羽，穆柏枫悉心呵护如"掌上明珠"，因门庭高阔，穆小羽一直待字闺中，据说，已有北平某显赫人家提亲，尚未迎娶，却是如此一个生不见人死不见尸的结果，怎么不让穆柏枫悲痛欲绝。

穆柏枫住在保定北大街，赵元初在穆宅门前下车，让手下去通报。不承想，他却吃了闭门羹——穆柏枫的家人传话出来，穆先生有“采薪之忧”，概不会客。

赵元初不在意地笑笑，自我解嘲道：“穆专员是生我老赵的气呀，我改日再来拜访。”

赵元初即例行公事地到城里的买卖商号“巡视”。黄昏的时候，赵元初巡视到了大发车行，坐在客厅里喝茶，虞世通在一旁陪着。二人说了几句，虞世通便笑道：“赵会长，我一会儿从‘得月楼’叫一桌饭，留您吃个便饭，还请会长赏脸。车行里有些事情，还得在饭桌上跟您商量呢。”

赵元初哈哈笑道：“恭敬不如从命，让虞经理破费了。”便打发了随从，告诉司机一会儿来接他。

虞世通便请赵元初到里屋坐下。赵元初摆摆手：“不了，就在这儿说吧。”

虞世通眨眼笑道：“钧座还是进去坐么。”

赵元初狐疑地看看虞世通：“你小子跟我玩什么把戏？”便起身进了里屋，一脚踏进去，却惊讶地怔住了。

但见梅三娘竟坐在里屋。

赵元初大喜过望，一个箭步冲过来，忘情地握住了梅三娘的手：“三娘呀，你啥时回来的？真是想死我了呢。”

梅三娘目光热烈地看着赵元初，嘴里却嗔怪道：“哎呀，你这是怎么说话呢，不怕虞经理笑话么。”

赵元初对虞世通笑了笑：“失态了，果然失态了呢。”

虞世通笑道：“钧座，你跟梅师傅先说会儿话，我在外边……”

赵元初拦住他：“店外就有盯梢的呢。你请我吃饭，却又跑到外边，他们要怀疑呢，你还是坐吧。”

虞世通答应一声，便坐了。

赵元初看着梅三娘，叹道：“三娘呀，真是难为你了呢，这几个月辛苦啊。”

梅三娘仔细看着赵元初，摇头叹了口气：“你也瘦多了，才两个月不见你，白头发也显着多了。”

赵元初摆手道：“三娘呀，不瞒你说呀，我给日本人当这个维持会会长，真是操心呢。”

梅三娘“扑哧”一声笑了。

虞世通说道：“赵司令这日子确实辛苦呢。”

赵元初皱眉道：“三娘呀，这日本人进城，想与你单独吃个饭也不方便了。”

虞世通笑道：“钧座是维持会会长，我们找会长还是方便么。”

梅三娘笑道：“赵司令当汉奸，市井坊间都目瞪口呆了吧？”

赵元初摇头讪笑：“还有人给赵某赋诗呢，什么‘淘尽保定河中水，难洗赵家后人羞’，什么‘会长任后愧姓赵，取名自此不元初’，你们听听，听听么，真是齁儿难听啊。”

又说笑了几句，梅三娘便道：“元初呀，你来之前我与虞经理商量了，我们以‘梅氏杂戏魔术社’与‘大发车行’牵头，挑选‘兄弟社’里一些靠实的人，成立保定抗日游击队，你看如何？”

赵元初却摆摆手：“当初咱们是这么想的，现在看来怕是不行呢，且说保定城匪鱼龙混杂，不宜组织在一起，还是以各车行牵头为好，仍然按照原来‘兄弟社’的团伙，单线联系。这样，如果出了事情，便能掐断线索，无被攀扯之忧了。”

梅三娘皱眉：“元初呀，你胆怯了？”

虞世通忙笑道：“梅师傅，钧座绝不会胆怯，或是多虑了？”

赵元初严肃道：“我既不是胆怯，更非多虑。你二人细想呢，‘兄弟社’的弟兄们虽然不乏亡命之徒，但这些人中也多有见利忘义的，一旦有了统一组织，便是拴了线的蚂蚱，一人出事，难免要殃及一群。”

梅三娘想了想，点了点头：“元初呀，还是你想得细致呢。不说‘兄弟社’了，我让天凤组织的杂戏救国社，已在完县李家集一带站住了脚。”

赵元初点头：“这个好。城里城外有个照应，今后活动起来就方便多了。"

虞世通皱眉道："还有一件事呢，福国义最近活动频繁，马凯旋已经通知我了，此人必须尽早除掉。"

赵元初点头："此人是中村安在我身旁的一只眼睛，尽快除掉最好。"

梅三娘说："这件事交给我了。"

虞世通摆手笑道："杀鸡焉用牛刀，此事不劳烦梅师傅出场，我已经安排好了人手。"

赵元初皱眉道："心得呀，还有一件事，你们要尽快与张宗民联系上，我派唐行一去了多日，至今却没有回信儿，我有些不放心了。"

虞世通说："张宗民应该在完县、唐县一带活动，我明天就派几个人去找找，钧座放心就是了。却还有一件棘手的事儿呢。"

"你说。"

"马凯旋传达上峰的命令，最近要对保定城内的汉奸进行刺杀行动，由此必定要引起保定城内的秩序混乱，只是……"

"说。"

"马凯旋也要我们对你行刺，以解除日本人对你的怀疑。"

赵元初苦笑："如此说，赵某性命堪忧了呢。"

梅三娘瞪了虞世通一眼："你们这是胡闹!"

虞世通笑道："这个不打紧，我要求手下对你进行'刺杀'，必须事先报告，我会事先通知赵会长的。"

梅三娘担心道："虞经理，一旦你通知不及时呢?"

虞世通有把握地说："梅师傅请放心，我断不会误事的。"

梅三娘"哼"了一声，讪笑道："你能保证你一次也不误事?"

赵元初摆手："好了，你们不要争执了，就这样吧，心得说得对呢，如果你们不对我虚张声势几次，山口和中村必定怀疑我了。我相信，现在山口的手下，比如中村，再有冯大正几个，肯定忙着寻找我与国民党和共产党有关系的证据呢。"

“山口不相信你吗？”

“他本来就不相信我。只要有了证据，山口随时都可以杀我。”

“那就除掉中村和冯大正么。”

“除掉他们，还有别人呀。”赵元初摆摆手：“好了，你们不用担心，我认真应付就是了。”

门外有人说：“虞经理，您订的‘得月楼’的饭菜送来了。”

虞世通答应一声：“好了，先放到外边吧。”

他起身对赵元初笑道：“钧座，你与梅师傅稍坐，我出去看看，咱们一会儿就吃饭了，我今天得跟钧座好好喝几杯。”说罢，就起身出去，轻轻带上门。

见虞世通出去了，梅三娘低声对赵元初说：“元初呀，那批军火已经送到阜平了。给了太原汉奸一些买路钱，路上没遇到麻烦，真是有钱能使鬼推磨。”

赵元初点头笑道：“三娘，这一趟你真辛苦了呢。”

“说不上的么。”

“三娘，你派人去一趟完县，找到天凤，让她寻找一下张宗民。咱们费力给他筹集了一些军火，联系不上他怎么行呢？”

梅三娘点头：“我让立春去一趟吧。”说罢，一双大眼睛亮亮地看着赵元初，嗔怪地皱皱眉头，又娇羞地一笑：“先不说这些了，这小两个月不见了，你不想我吗？”

赵元初怔了一下，苦笑了：“三娘呀，我怎么能不想呢……”说着，就伸出了双手去抱梅三娘。

梅三娘呢喃细语：“是么……”就势倒在了赵元初的怀里。

福国义之死

为了尽快恢复市场，安定民心，日本人在成立了维持会之后，又成立了保定商会，意在尽快恢复已经凋零的保定商业。名誉会长由中村担任，会长由赵至孝担任，副会长则由虞世通等几个中国商人担任。中村却没有想到，商会刚刚成立，一个理事却被日本兵打死了。

被打死的理事是连鹏。

“老保定面馆”也被连鹏纵火烧了。

日本人进城之前，连鹏即让妻子李氏带着儿子躲到满城县的大平台去了。连鹏或是想大平台是个山区，日本人一时半会还到不了那儿呢。连鹏把伙计也都辞了，自己一个人在保定守着饭馆。手艺人么，总得挣钱养家。连鹏没想到，他这手艺饭却要“吃到头儿”了。

事情竟由福国义引起。

日军进城之后，连鹏的面馆生意清淡下来了。满街都是日本兵，胆小的都不敢上街吃饭了。那天，福国义带路，引来了几个日本兵，日本兵吃过了付账，用的是日本军票①。连鹏却“不认”日本军票，坚持要银圆，说日本票子不好用。日本兵便说可以记账②。连鹏勉强同意了，那就……先记账吧。

连鹏面馆的“味道”的确好，这几个馋嘴的日本兵又一连吃了两天。

第四天，福国义又带着两个日本军曹来了。这回连鹏先说话了，问他们带银圆没有，一个日本军曹说仍然记账。连鹏却不干了。连鹏手语加口语连比画带说：“不是我连鹏小气，一呢，事不过三，你们已经记了三天账了，这账如果总挂着，我这小本生意搭不起呀，我连进货的钱都没了。二呢，你们是日本人，你们吃完了，一拍屁股走了，我老连找谁要账去？中国人可以记账，你们日本人不行，干脆一句话，没有银圆，就另找别处去吃吧。几位听懂了吗？”

连鹏说得合情入理，日本人也没词儿了。

一旁的福国义却笑道：“连掌柜，我是中国人，我总可以记

---

① 即“日银券”。日本人刚刚进保定，日本军票还没有推广使用。

② 史料记载，日军占领保定之后，最初对商界还算比较客气，只要不是公开抗日的商家，他们还是伪装出一副中日亲善的姿态。

账吧？”

连鹏讪笑道：“你还算中国人吗？”

福国义的脸登时红了，张嘴骂道：“连秃子，你他娘的不就是个削面条的么，你他娘的神气什么呀？”

连鹏赶忙摆手笑道：“好，好，福队长，你也别骂了，我给你们削面就是了。”

福国义怒气未消地骂：“你这贱人，说好话你不听，非得挨骂才痛快？告诉你，老子现在就能把你弄到宪兵队去，你信不信？”

连鹏笑嘻嘻地点头：“福队长，你把我送到宪兵队去？过一会儿我肯定相信，可现在我不信。我进了宪兵队，谁给你们削面呀？”

福国义忍不住笑了：“少啰唆，快点儿吧，皇军都饿了，我也饿透了。”

连鹏笑了笑，就开始和面，片刻工夫，他便做好了一个面团，鐾了鐾削面刀，就开始削面。但见连鹏削成的面条，似雪片般飘落到锅里。连鹏今天或是来了精神头儿，一边削面，嘴里还哼着小曲儿。两个日本军曹看得惊奇，凑上前仔细观察。

锅中的水开得欢快，连鹏削落的面条在锅中似一群小鱼儿上下翻滚游动，连鹏放下面团，朝两个日本军曹比画着笑道：“两位太君走近些看看么，面条马上就变成小鱼儿了。”

福国义嘴一撇：“连秃子，你别他娘的说瞎话糊弄皇军呀，变什么小鱼儿？我看看。”说着话，也凑上去了。

福国义根本没有料到，连鹏突然扬手扔了面团，表情立时变得狰狞，挥着削面刀扑向两个日本军曹，说时迟那时快，连鹏削面的刀割断了两个日本军曹的喉咙，鲜血溅到锅里，锅中立时红浪滚滚了。

福国义吓得蒙了，醒过神来，转身就跑，可是他已经来不及了，连鹏扑上去，把削面的刀刺进了福国义的心脏。连鹏恶声笑道：“福队长，你还能把我带到宪兵队去吗？”

福国义瞪着恐怖的眼睛，像一颗被砍断了根的白菜，扑通栽倒了，张着大嘴，已经不能说话，肚子里或正在问候连鹏的祖宗十八代。

福国义绝对没有想到，他会是这样一个蹊跷的死法，死在了一把再寻常不过的削面刀上——马凯旋与赵元初也绝对不会想到，福国义会这样死掉？真是省事儿了。

说来也巧，又有两个日本士兵走进了面馆。

店里的景象让两个日本士兵看呆了，等他们醒过神来，连鹏已经坐在板凳上，跷着二郎腿喝茶了，两个日本士兵端枪向连鹏射击。不待枪响，连鹏即一脚踢翻了灶台，一锅热汤如箭雨般泼向了他们，登时响起一阵鬼哭狼嚎，灶中的煤火也“惊蛇入草”般在店中乱蹿，店中一些油脂被燃着了，烈火熊熊燃烧起来。

街中巡逻的日军冲过来，连鹏中弹倒地。

连鹏与他的“老保定面馆”都葬身于火海之中了。

有心理学家讲过，世间总有一些胆怯懦弱的人，似乎习惯了逆来顺受，习惯了被别人骑在脖子上拉屎，但他们心里却隐藏着一根不容易被发现的导火线，一旦被点燃，此人即会变成一团烈性炸药，引爆后，周围即会被炸为平地。连鹏如是说。

市井坊间流传，连鹏最后一句话竟是：“小日本，你们也太他娘的着急了，真不让老子喝了这口茶呀！”

连鹏之死，引发了山口一郎与刚刚上任的特高课副课长的争论。

特高课新任副课长，就是在保定潜伏多年的李天曼。

李天曼是中国人，却还有一个日本名字：高桥秀子。李天曼的父母是杂戏艺人，而且很有名头。因土肥原贤二喜欢杂戏，李天曼的父亲就与他有了来往，后来成了朋友。李天曼的父母因长年累月在外演出，居无定所，李天曼很小的时候，即被父母交给土肥原贤二抚养，并认土肥原为义父。土肥原把李天曼送到日本去读书，回来后，即留在土肥原身边工作了。之后她受土肥原的派遣，以李天曼的身份混入方千明的杂戏社，她本来还要继续潜伏，可是，近期在保定频频出现日军士兵被暗杀的事件，日军驻北平特务机关长松井太久郎十分恼怒。为了大力推动日军在保定的“肃正行动”，松井太久郎命令山口一郎立即扩编保定特高课，并直接任命在保定“潜伏”的高桥秀子为保定特高课副课长，主管保定特高课行动队，加大对保定抗日组织的打击力度。

李天曼即被通知归队，出任日军驻保定特高课副课长。

李天曼接受任命之后，即向方千明辞别。方千明大吃了一惊，他做梦也想不到，当年中村给他介绍的这个女弟子，竟然是日本的潜伏特工，而且还是“高级特工”。方千明急忙找出李天曼的拜师帖子，诚惶诚恐地欠身说道：“天曼……不，秀子小姐呀，方某只是个市井艺人，身份低微，当不起你师父呢，此帖就此奉还。”

李天曼却仍旧是一副小心翼翼的表情，欠身笑道：“方师父，天曼不才，却知道礼数。所谓一日为师，终身为父。天曼得列方师父门墙，实属三生有幸。方师父保重，今后无论有何差遣，天曼仍唯方师父马首是瞻。方师父千万不要多想呢。”

李天曼说罢，再次躬身揖过，然后转身出了街门，径直去了莲花池。

日军特高课在保定莲花池办公。

方千明兀自追出门去，望着李天曼远去的背影，感慨之余，一种春风得意的情绪油然而生。是呢，自己的弟子竟然当了特高课副课长。师以徒名，方千明今后的身份行情岂不是要暴涨了呀。

李天曼走进保定莲花池，她知道，当她走进保定莲花池那一刻，李天曼便不再是杂戏演员，而是以日本特务高桥秀子的身份出现在保定了。

（《保定传说》记载：保定沦陷后，日军驻保定特高课，办公地点设在保定莲花池内的御苑。日军的梅机关的办公地点，也在此处。御苑为慈禧的行宫。当年八国联军侵华，慈禧太后连夜逃出北京，路过保定，曾在此下榻，御苑曾一度遭联军破坏，后李鸿章征用工匠修葺，有工匠在屋脊雕刻了一个荷叶，托一只大桃。取谐音“连夜脱逃”，含讥讽之意。

谈歌查阅历史，《保定传说》记载有误：一则，梅机关建立于上海，主要职责为负责扶植并监视汪精卫的伪国民政府。因该机关选址在上海虹口日侨聚集区一座“梅花堂”的小楼内，即被称为“梅机关”。此机关与保定没有往来，揆诸历史资料，谈歌不曾见到。时下一些涉及抗日战争题材的影视剧，无论地点，动辄梅机关，实属编导不知历史。

二则，光绪二十六年，八国联军侵华，慈禧仓皇辞庙，出居庸关一路向西，经由宣化、大同。并未择路保定，所谓“连夜脱逃”一说，乃市井人云亦云，穿凿附会，谈歌不予采信。)

让一个中国人出任特高课副课长，且主管行动队，这却是开了日军的先例。日军驻保定司令部内颇多议论。山口一郎却心知肚明，如此重用高桥秀子，皆因松井太久郎是土肥原的学生。

古今中外，只要有人撑腰，说话自然气粗。高桥秀子倚仗土肥原贤二与松井太久郎的背景，对山口也有些不买账。

李天曼对山口说：“机关长，‘老保定面馆’出事，损失了大日本皇军四名军人的宝贵生命，这种事件，很让人遗憾，所以说，松井将军对你在保定的工作情况很不满意。”

山口讥讽道：“高桥副课长，我只是个特务机关长，只做情报工作，不管治安上的事情，你可以去指责丰田司令官。”

李天曼皱眉：“机关长，你不应该有这种情绪和态度。”

山口冷笑：“高桥副课长可以将我的态度汇报给松井将军，可以派别人替换我这个机关长，比如高桥副课长，就可以接替我的工作么。”

二人越谈越僵，李天曼摔门走了。

李天曼走后不久，丰田司令官便打来电话，语气很严厉地要山口带着中村去他那里。山口知道高桥去丰田那里告状了，便打电话找来中村，两个人一同去了丰田那里。

山口并不在乎丰田电话里的严厉口气。山口心里自然明白，丰田不过是做个样子给高桥秀子看呢，丰田给他打电话时，高桥秀子一定就站在丰田身边。丰田私下曾对山口流露过，他很看不起松井太久郎，只不过碍于土肥原的“情面”，才勉强同意高桥秀子任保定特高课副课长。

连鹏杀人的事，对日军震动很大。丰田与山口和中村商量之后，即以日军驻保定司令官丰田的名义签署布告：日本人的军票强制在保定市场流通，凡不接受军票的商铺，一律以抗日罪论处。史料记载，这就是日本的军票在保定流通的开始。

（连鹏的儿子，名叫连续。抗战胜利后，连续在保定重新开张了“老保定面馆”。据说，傅作义到保定视察，还吃过连续的削面与拉面。坊间有传说，喜吃面食的傅作义，曾有意让连续关了饭店，去给他当厨子，却被连续拒绝了。中华人民共和国成立后，连续经营的“老保定面馆”更名为“新保定面馆”。1954 年，新保定面馆公私合营改造，连续作为资本家身份享受红利，并作为技术人员留用。连续于 1962 年病故。连续有两个女儿，大女连芬芳，保定师专毕业，后在保定五四路小学任数学老师；二女连春丽，曾在保定热电厂当工人。连家无人继承连续的削面与拉面手艺，连家的手艺至此失传。）

李家集惨案

梅立春匆匆赶去完县李家集找梅天凤。

保定陷落之前，乔运典就被戴笠调走了（还有一说，乔运典临阵脱逃，给南京发电告了病假，带着章玉琴去了重庆）。乔运典以复兴社的名义组织的所谓“青抗军”，一时成了没有窝的马蜂，各自乱飞了。乔瑞霖与马凯旋各自立山头。梅天凤干脆带着杂戏社的一些艺人，组成了一支杂戏游击队，到城外打游击了。

梅立春快马赶到李家集时，才知道李家集昨天发生了惨案。

李家集地处保定完县西部的太行山脚下，距离保定城约六十公里。这是一个“奇特”的村庄，如果套用一句俗语，这个村子或是很能体现“燕赵多慷慨悲歌之士”的精神。李家集位于太行山脉的入口，周遭多是丘陵山地，百姓们多是进山打猎，民风颇为强悍。所谓强悍，就是敢闹事、不怕死，信奉“脑袋掉了碗大个疤”的人生观。当年冯玉祥手下的大刀队员，竟有十几个是李家集人。

谈歌再讲一个不适于“正统观点”的例子，当年太平军北进，即在李家集遭遇到了奋勇的抵抗。李家集的老百姓，或是很讨厌这些不信奉孔孟之道的“长毛贼”，村中无论男女老少，抱着绝不欢迎的态度，一起上阵，用所有能找到的武器打击太平军，如猎枪、砍刀、铁锨、锄头。一齐上阵，妇女们也都拎着菜刀跑出来，村民们眼中冒火，同仇敌忾，大杀大砍。《保定往事》记载：由于李家集村民们殊死拼杀，太平军“惊惧而退”。此事传开，保定府衙给予李家集隆重表彰。曾国藩任直隶总督时，曾亲笔写了“燕赵猛士第一村”的匾额。① 但是，曾大人的表彰还没过多少年呢，李家集却让采取不抵抗政策的官府尴尬了，八国联军进入保定后，清政府也表示和谈了，八国联军的十六名士兵，在李家集一带游玩打猎时，却被李家集的猎户当作猎物全部捉住砍了头。官府介入勘查破案，李家集的猎户李五仓投案自首，一人担当了杀人罪责。李五仓的观点：这是我们的地方，外国人凭什么过来打猎？光绪二十七年（1901）秋，李五仓被判斩首，在保定南河坡引颈就戮。据目击者说，李五仓面带微笑，毫无惧色。

而今，李家集遇到了更残酷的事端。

昨天傍晚，一个小队的日军搜山，经过李家集，李家集照样没有含糊。全村的男人们，把妇女、老人、孩子送进山后，即开始与日本人血拼了。日本人攻进了村子，村民们用手中的猎枪、铁锨、锄头、镰刀等，与日本人进行了拼命式的“巷战”。日语和汉语交织在一处的咒骂与呐喊，在空中阵阵爆裂。一些村民扑上去，与日军

---

① 此匾额曾悬挂在李家集的祠堂里，“文化大革命”中被村民藏起，躲过了红卫兵的“破四旧”，“文化大革命”后重新悬挂，1999 年秋天的一个雨夜，竟被盗走，至今没有下落。

士兵滚在一处，殊死搏斗，有的乘势拉响了对方腰中的手雷，带着一种与对手同归于尽的最大满足，慨然赴死。舍了命打吧！自古狼都是被打走的，谁见过狼是被劝走的？

此次战斗，日军被干掉了十几个。①

梅天凤事前派到李家集宣传抗战的十五个杂戏艺人，与李家集一百三十七名坚决抵抗的村民全部遇难。无一人投降！

梅立春在村头下马，村道上皆是刺眼的血泊，人们默不作声地装殓尸体，村道上摆满了棺材。梅立春仔细数了，共有一百五十二口棺材。梅立春向前望去，梅天凤正站在对面的山坡上，指挥着人们挖坟坑，梅天凤也看到了梅立春，她一双泪眼望着梅立春。

悲凉的秋风追魂儿似的在山坡上吹过，姐妹二人的目光对接了，都能感觉各自的心肺在一寸一寸地崩裂。

梅天凤站在山坡上，她看了看已全部挖好的坟坑，似一只只愤怒的眼睛，又看了看村道上停放的一百五十二口棺材，再看看坡下的村民与游击队，她猛地高声喊道："从今天起，李家集的乡亲们，和我们的杂戏游击队，与该死的日本人就有了血海深仇！不共戴天！"

一百五十二口棺材逐一入土，一片坟头在山上长起。梅天凤率先祭拜了，她颤声喊道："乡亲们，你们没有丢脸，你们先走一步，我们活下来，就是为了再多杀些日本鬼子！"

梅天凤从山坡上下来，情绪仍旧沉浸在悲痛之中。

梅立春迎住了她，凄然叹道："天凤呀……"

"大姐呀，这小日本也太畜生了。"

姐妹二人一时沉默不语。

梅立春回过神来："天凤呀，我找你有事呢。"

"什么事？"

---

① 数字有两个说法：《保定抗战史料》记载，日军死亡十三人；《保定往事》记载，日军死亡九人。

“咱娘让你去找张宗民。”

“张宗民还活着？他在哪儿？”

“我也不知道呢，或许就在完县的山里吧，你找到他之后，把赵司令的信交给他就行了。”梅立春掏出一封信，递给梅天凤。

梅天凤接过信说道：“好，我明天就进山找他。”

邯郸出走

日军进入保定那天下午，曹正汉与葛云梁找到梅可心。三个人聚在“伯伦不归”的店里，商量如何组织人手与日本人拼命。

三个人边吃、边喝、边聊。梅可心说得少，喝得少，吃得也少；葛云梁吃得少，说得少，喝得却不少；曹正汉则说得多，喝得多，吃得更多。曹正汉多年后回忆，他那天竟然吃了一条猪腿、两根灌肠、十二个驴肉火烧、四个窝头、两碗咸菜、一斤枣酒加一盆菜汤。

梅可心看着狼吞虎咽的曹正汉，惊讶地笑道：“老曹呀，都说你肚皮大，我今天可真是见着了，也开眼了。你咋这么恨食呢？你这是吃绝户饭呢？还是吃你这辈子最后一顿饭呢？我家这小店可禁不住你这样胡吃海塞呀！”

曹正汉摸了摸肚皮，皱眉苦笑：“不好意思，我还真没吃饱呢。”

又说了几句，梅可心看看窗外，天色已晚，起身说道：“散了吧。”

三人即出了酒店，梅可心锁了店门。走了几步，却迎头遇到了十几个日军士兵。看样子他们都喝多了，一个个东摇西晃，肩上的枪斜挎着。① 为首的一个军曹即上前拦住了葛云梁，两下里说话却都听不懂，越说越急，葛云梁听得不耐烦，酒劲往上涌，就骂了起来。为首的日军大概听出不是好话，就扬手打了葛云梁一个耳光。葛云梁不是个能吃亏的，当即还手打了那个为首的日军。十几个日军就冲上来，要绑走葛云梁，曹正汉就与这些日军撕扯开了。

---

① 史载：日军进入保定后，照例放假三天，纵容士兵们在城内吃喝玩乐。

梅可心摇头苦笑："老葛呀老葛，都是你贪杯惹的祸呀！啥也别说了，先打这帮狗日的吧！"说着话，就箭步上前，挥手打倒了两个日军。

三个人就跟日军们打了起来。

曹正汉伸手捉住了一个日军，扬手扔出去七八步远。这气势很磅礴，日军们看着曹正汉，或许酒也醒了。他们又惊讶又害怕，他们或是受过相扑教育，或是一时把曹正汉当成相扑运动员了，于是乎，日军们便丢开葛云梁与梅可心，纷纷挽了袖子，朝着曹正汉冲过来。

曹正汉冷笑了一声，破口骂道："狗日的想打群架呀！"话音未落，他已伸手捉了一个冲在前边的日军，但见曹正汉擒小鸡儿似的拎起了那个军曹，高喊了一声，这日军即被曹正汉抛起了一人多高，曹正汉再伸手接住，如同舞台上演杂戏一般。

日军们登时惊得目瞪口呆。逆天呢？这是什么力气呀？再接下来，他们就不仅仅是惊愕了，而是要吓死——但见曹正汉将这个日军的衣领揪住，大吼了一嗓子，扬拳砸下去，只听一声骇人的闷响，那个日军的脑袋就被曹正汉生生拍烂了，像拍一个西瓜似的。这动作十分熟练，如同女人做饭拍黄瓜，小孩子拍肥皂泡儿。这……可是拍人呀！

脑浆迸裂之际，血光四下飞溅，在黄昏中已经十分骇人，再看那个没了脑袋的鬼子，被曹正汉抓起来，在手中上下飞舞，看起来格外诡异可怕。眼前这十几个日军，锐气登时折了，杀气瞬间灭了，一个个都魂飞魄散立马僵住了，哪个还敢近前呢？这……还是人吗？在这群日军的眼里，面前这个年轻的中国汉子，绝对不是什么超级猛男了，他变成了一个来自太古蛮荒的凶神恶鬼。

梅可心与葛云梁也登时怔住了。

（谈歌写作此书时，唯恐笔下也落入"英雄主义表现手法"，所以此书重要情节，都有纪实名分。写作之中，行文慎之又慎，唯恐走形，重要情节及细节，多是再三推敲，方敢斟酌下笔。

关于曹正汉拍烂日军士兵脑袋的情节，谈歌采信于《保定日报》记者冯征于1995年发表在《保定日报》上的《采访老战士曹正汉》一文。曹正汉讲述，当时他也不知道如何就将那个日军士兵的脑袋生生似西瓜一般拍烂了。曹老先生讲，或是寸劲儿？目击者之一梅可心，也曾在《保定文史资料》发表文章《抗战初期的保定》，文中也提到过曹正汉拍烂日军脑袋的这个情节。如此梅可心所说，曹正汉生生拍死鬼子的情节，并非坊间杜撰，确为事实。谈歌予以采信。）

曹正汉大喝一声：“两位，快走吧，还愣着干什么？”

葛云梁和梅可心急忙捡了两支枪，一路向南跑了。不一刻，曹正汉从后边追上来，三个人从城墙的缺口跑出城去。站在郊外的野地里，梅可心惊讶道：“老曹呀，你有多大力气呀？把一个小日本儿的脑袋生生给拍烂了？拍西瓜呢？我大姐、二姐的力气都够惊人的了，我看你远在她们之上呢。”

葛云梁赞叹道：“曹兄弟，你真如天神下凡一般呢。”

曹正汉摆摆手苦笑：“行了，行了，我也不知道怎么有了这样大的力气呢，这还真是头一回呢。快走吧！”

三人一路去了高阳县，投奔了薛永春。可他们刚刚到了高阳县，日军就攻陷了这里。薛永春对曹正汉三人说，他不乐意剧社给日本人唱戏，他要带着二十多个人的剧社去邯郸，投奔他的一个表哥。薛永春曾带着剧社到邯郸演出过两回，都是这位表哥照顾的。薛永春这个表哥在邯郸政府当差多年，颇有些势力。

曹正汉三人听了，却有些犹豫了。薛永春皱眉苦笑：“唉，三位呀，这乱世道你们能去哪儿呢？大家都是朋友，你们先跟着我走吧。”

曹正汉三人依旧有些犹豫，但还是随着薛永春的剧社去邯郸了。

薛永春没有料到，他们还没走到邯郸呢，日军就攻陷了邯郸。他们进了乱哄哄的邯郸城，薛永春的表哥早已不知去向。薛永春还想再往南走，可一路仓皇奔波，有两个演员病倒了。薛永春只好在邯郸暂时歇脚了，剧社住在了邯郸“牡丹剧场”的后台。

曹正汉与葛云梁、梅可心私下商量，往下怎么办？曹正汉说，他不愿意跟着薛永春再往南跑了。梅可心皱眉说：“曹正汉呀，你不说这句话，我也得说。我早就后悔了，跟着这个薛大头除了跑路就是跑路，不让日本人打死，也得累死。”

葛云梁苦笑：“可心姑娘，我们除了跑路，还能有什么办法呢？”

梅可心叹气：“我真想回保定了，死也得死在家里呀。姑奶奶杀几个日本人也就够本了。”

曹正汉点头道：“葛兄呀，可心姑娘说得有道理，咱们死也得死家里呀，咱们跟着薛大头一路乱跑，真是要窝囊死呢。”

葛云梁点点头：“行呀，你们两个人说回去，我就跟你们回去。”

于是，他们决定第二天早上就向薛永春告辞。可他们没想到，薛永春的剧社出事了。

有句成语，邯郸人都知道：鲁酒薄而邯郸围。典故么，就不讲了，大概意思就是说，因为酒不好，打起仗来了。薛永春却是因为喝酒，惹出了麻烦。

薛永春在邯郸住了两天，得病的两个演员也恢复了，薛永春就想继续往南赶路。临行前，薛永春在街中的饭馆摆了一桌酒，答谢“牡丹剧场”周经理这几天的照顾。想不到呢，这一场酒竟然喝出事儿来了。

薛永春只带着几个女演员陪酒。（薛永春后来追悔，如果那天带着曹正汉去吃饭，或许就没事儿了。有这样一个大力士当保镖，谁还敢闹事儿呢。可是薛永春一时动了小心思——嫌曹正汉吃得太多，没带。或是为了一视同仁，连葛云梁、梅可心也没带。唉，薛先生小气了呀！或是兜里带的钱不多，怕“吃冒了”？）

周经理也带来了几个演员赴宴，酒喝到半截儿，周经理手下一个名叫李世冬的男演员竟然喝高了，借着酒劲儿，开始调戏薛永春身边的一个名叫刘燕的女演员。起初大家也没在意，喝高了么，都能理解，谁没喝高过呢？可是李世冬越闹越不像话了，众目睽睽之下，竟然动手动脚了，或是一把摸到了刘燕的不便之处，刘燕被吓得大呼小叫。薛大头也不是个好脾气，忽地站起身，当下就给了李世冬两个耳光。李世冬或是被打“醒”了，惶惶地“狠”了薛永春一眼，就起身出去了。

酒喝到这个份上，就扫兴了。周经理急忙赔礼道歉，薛永春得理让人，也拱手说自己没修养。这场面就算圆下来了，又喝了两杯酒，大家都要起身离席散了，谁也想不到，李世冬又回来了，身后还带着十几个流氓地痞。但见李世冬一指薛永春，扯着嗓子喊了一句：“就是他！”得，这帮流氓地痞二话不说，冲上来就打，把薛永春打了个乱七八糟、“六亲不认”。周经理被唬得脸白，好说歹说、强拦硬扯，总算是拦下了，薛永春被送进了医院。那伙流氓还骂呢：“立刻滚蛋，否则，见一回打一回！”那个李世冬还威胁呢：“再不识相，把你们送进警察局！”

曹正汉三人得到消息，赶到了医院。梅可心当下就火了，就要去找那个李世冬算账，却被周经理死活拦下了。周经理惶惶地说，这个李世冬有些背景呢，他的姐夫是前保安团长，现在投降了日本人，当了邯郸伪警察局的局长，惹不起呢。周经理还说，你们趁着那个李世冬的酒还没醒，快走吧，否则明天他们肯定还来捣乱。于是，众人便抬着浑身缠着绷带的薛永春，趁着黄昏出了邯郸城。可是去哪儿呢？

薛永春躺在担架上，对曹正汉说：“曹兄弟呀，我都这样了，你就当家吧。”

曹正汉皱眉说：“咱们去哪儿呢？要我说，咱们还是往西北走吧，听说小日本还没打进山西呢。”

梅可心思忖片刻：“我看行。”

众人也都没主意，行了行了，你曹正汉说去哪儿就去哪儿吧。于是，曹正汉就带着众人往西北走。走出去几里路，天色完全黑下来，却发现丢了梅可心。曹正汉急了，急忙让葛云梁回去找。葛云梁返回去找了几里路，却没有找到。

曹正汉顿足道："唉呀，怎么就能走丢了呢，可心要是有个三长两短，我可怎么跟梅师傅一家交代呢。"

葛云梁叹气："你急也没用呢。快走吧，我担心那个姓李的不依不饶，再追上了来呢。"

曹正汉无奈，便带着大家继续惶惶地赶路了。

天光灰灰亮的时候，他们进了武安地界，地势渐渐崎岖，风也渐渐硬朗了。葛云梁四下看看，对曹正汉说道："正汉呀，我当年曾来过这里呢，再往前走便是大片山林了，我们可先寻个地方歇歇脚了，那个李世冬追不上咱们了。"

薛永春也说："曹兄弟呀，让大家歇歇吧，这一夜赶路，都累坏了。"

众人就进了路边的树林里，一夜劳累，大家很快就睡着了。曹正汉睡得正香，却被人踢醒了，他睁眼一看，惊讶得跳起来——但见梅可心手里拎着个包袱，笑嘻嘻地站在他眼前。

曹正汉大叫了一声："可心呀，你跑到哪儿去了？快急死我们了！"

众人都醒了，都围过来看梅可心。

梅可心走到薛永春面前，薛永春被人搀坐了。梅可心把那"包袱"丢到他面前。葛云梁疑惑地上前解开了那包袱，当即惊得跳了起来。

众人上眼去看，全都惊得失声叫起来。

里边是一颗血淋淋的人头。

薛永春认出了，正是李世冬的人头。

曹正汉惊讶地问："可心呀，你杀了他？"

梅可心冷笑了一声："这个王八蛋靠着小日本儿，仗势欺人，他就是个汉奸，不该杀吗？昨天夜里，我越想越生气，高低忍不下这口气，就赶回城去杀了他。薛班主，我算是替你报仇了呀！"

薛永春感激地拱手道："可心姑娘，多谢了，我薛某人算是出了口恶气。"

葛云梁惊愕地问："可心呀，你一个女孩儿，竟然敢割人头，不说你胆儿多大了，先问你腻歪不？恶心不？"

梅可心尴尬地笑了："咋不恶心呢？更腻歪呢。可是想这狗东西是汉奸，就顾不上啥了。跟杀鸡宰狗差不多。"

葛云梁点头挑指称赞："真服死你了。"

曹正汉佩服的目光望着梅可心，称赞一句："可心姑娘，你真是有仇就报，巾帼不让须眉呀！"

梅可心讪笑道："曹正汉呀，你就别给我念戏词儿了，这一夜我追你们追得辛苦，腿脚累乏了，耳朵也累了，我得找口水喝，真是渴坏了。"

"耳朵累坏了？"薛永春奇怪地看着梅可心。

梅可心笑了笑，做了个鬼脸儿，转身找河沟去了。

曹正汉按照葛云梁所说，带着众人继续往西北方向去了，走出去十几里路，便到了皇母山，沿着山路上去，寻到了一座寺庙，已经破败了多年，早已没有了香火，更没有僧人。但见寺庙残垣断壁，还有些残缺不全的壁画，虽年深日久，但还有些许艳丽的颜色。抬眼去看，还有一块蓬头垢面的匾额，尚可辨认出字迹：天书寺。

众人打扫一通，且算是安顿下来了。

由此，薛永春的剧社便在天书寺落脚了。薛永春的身体渐渐恢复，便带着演员们走村串乡演出，挣些散碎钱，从集市上买回些吃喝用度，勉强维持着生计。偶尔，梅可心带着曹正汉和葛云梁几个下山，拦截些过往的汉奸商客。

（谈歌查阅《邯郸民国资料》，曾被《邯郸闻报》刊载的一条消息吸引，特摘录于下：

据悉：邯郸周边的武安境内，有一伙土匪，活跃猖獗。有山西太原维持会会长李浩先生一行，路过皇母山，被土匪拦路。土匪中竟有女性，却不抢劫，只是强行与李先生赌牌。李先生被纠缠不过，赌瘾发作，与之赌局。无奈劫匪赌术高超，李先生所带财物，尽悉输了。土匪却不要李氏随身货物，只取走银钱。但见这一行匪人，扬长而去，没入山中。李先生瞠目结舌，惊遇奇匪。

至于是哪路女土匪，报中语焉不详。

读者或许与谈歌猜到了一处：薛永春的戏班子。)

眼见薛永春的身体渐渐复原了，曹正汉、葛云梁、梅可心便告辞——他们要回保定了。

薛永春十分不舍：“唉，这些日子承蒙三位照顾，薛某感激涕零。你们且回吧，我薛大头带着剧社，就此闯荡江湖了。青山绿水，咱们必定有重逢的一天。”说到这里，薛永春眼里含了泪。是呢，在这样一个充满离乱的战争年代，个人生死谁能预料？唉！天知道有无相逢的那一天呢。

薛永春带着剧社的二十几个演员，一路送曹正汉三人下山。到了山下，曹正汉三人拱手作别。曹正汉笑道：“薛班主请回，战乱年代，好生保重。”

薛永春拱手叹道：“三位一路顺风，小日本长久不了，咱们若有再见面的那天，薛某必定粉墨登场，给三位饱唱一回。”

梅可心呵呵笑了：“薛班主呀，我听说，你唱起来真是‘山摇地动’呢。”

薛永春笑了：“可心姑娘，现在薛某就给你唱上一段？”

葛云梁怅望了一眼灰灰的天际，皱眉低声对梅可心说：“可心呀，时候不早了，快走吧，你怎么敢把薛班主的戏瘾招惹上来呢？他要是唱上了劲头儿，咱们全都走不了啦！”

三人急忙转身走了。

薛永春哈哈大笑，放声唱道：

有朝一日春雷动，
困龙出水上九重……

正是腊月天气，北风刺骨，薛永春却站在风中引吭高歌，激昂壮烈的戏文，一路送着曹正汉三人的身影，渐渐消失在天际。

“割据”百丈岩

虞世通派人到完县、唐县的山区寻找张宗民。

梅天凤也带人在唐县的山区寻找张宗民。

他们却不知道，张宗民已在百丈岩扎了营寨。

2008年秋天，谈歌当向导，引北京、天津几个散文作家在保定周遭采风，再次去了百丈岩。这一回谈歌看得仔细（向导么，不看仔细怎么给人家讲）。诸位作家都感叹此地果然是一片地势险要的山崖。按照二十世纪三十年代的战争条件，如果没有空中支援，这里的确是一个让进攻者欲哭无泪的去处。假如山上有一百人坚守，你动用一千人围攻，三个月时间，你若攻打不下来，自己就会臊不叽叽地主动撤走了。为什么？你的粮草接济不上。你如果想长期围困山上的人，你必须要从山外源源不断地运送补给。你可能会说，这还不简单么，不就是运输么。你可别忘了，先不说交通困难——那年月可没有高速公路或省级公路，都是草绳子似的“崎岖”山路，你只能用骡、马、牛、驴这些原始的运输工具驮着走。若再赶上个天气不好，你想想，即使你千辛万苦地运到了山下，也得十分“发愁”。为什么？因为你找不到一个合适的存放“仓库”。而且百丈岩上的“对手”断不会讲究什么“道德操守”，他们会时不时下来抢劫或者破坏，包括使用放火焚烧这种污染环境的“恶劣”手段。你只能把补给分成若干份，去若干个地方储藏。

这还没完呢，即使你储藏了，你派重兵看守了，也难保他们就不会从隘口冲下来“抢劫”。在你带着部下加强戒备严防抢劫的日子里，你就会沮丧地发现：你所有的进攻部队，都在不知不觉中变成了“看守仓库”的保管员了。唉！这仗还能打吗？……撤吧！？

就在这样一个自古以来就让征剿者头疼死了的地方，假如张宗民某天睡一觉醒来，突发奇想，扯出个“替天行道”的旗号，招兵买马，称孤道寡——想当几天“皇上”过过瘾，估计当局也会装聋作哑——算了算了，只要你小子不再有更高的理想追求，不再继续扩大事态——在更大的区域里搞破坏活动，你就是想当皇上他爹——“太上皇”，当局也睁一只眼闭一只眼，假装不知道了。

可张宗民并不是个安分守己的性格，他动了扩大事态的“心思”。

如同有山就有石头的道理，凡有荒山野岭，必然有土匪。百丈岩周遭数十里，有大小土匪绺子近十处。张宗民想收编这些土匪，总之都是“绿林好汉”么。可是如何收编呢？张宗民在方法上犯了愁，便与唐行一商量。

唐行一听罢便笑道：“司令呀，你听过钧座当年在奉天，跟着张作霖剿匪的事儿吧？”

“听过不少呢。”

“想必你心得不少，感触颇深吧？”

“听钧座说么，当年张大帅多是以剿匪为名，以招抚为实，扩充自己的队伍罢了。”

“还有呢？”

“也听钧座说过，土匪么，多是被官府逼得走投无路，才进山为匪的。俗话讲，逼上梁山，就是这个道理么。”

唐行一摇头笑了：“不完全是呢，这些土匪祸害百姓，也是板上钉钉的事实呢。”

“唐参谋，你是什么意思呀？”

“历朝历代，对土匪么，向来是以剿灭为上策。斩草除根，以免死灰复燃。”

“唐参谋，我们为什么不能招抚呢，老辈子的朝廷也讲究招安呢。”

“司令呀，你肯定是听说书先生说‘水浒’给说糊涂了呢。古今中外，哪有土匪果真是杀富济贫的？偌大个水泊梁山，英雄豪杰无数，也都是说书的，或是唱戏的一门心思编撰出来，哄穷人开心的玩意儿。我这几天在山下转了转，听村民们讲，百丈岩周遭这些土匪，鱼肉百姓经有年矣，若不剿灭，我们收服不了民心，站不住脚。”

“唐参谋说得透彻呢。”

“必须尽剿!”

“那就剿他个狗日的。”

张宗民在百丈岩周遭调查了一番，果然如唐行一所说，农民们无不叫苦连天，抱怨土匪烧杀抢掠，为祸一方。张宗民摇头苦笑：“无怪乎唐参谋讥讽我，果然是听说书先生说‘水浒’太多了，听糊涂了呢。”

可还没等张宗民动手呢，周遭的土匪们先打上了张宗民的主意。卧榻之侧，岂容他人酣睡。张宗民这样想，土匪们也是这样想。我们在这百丈岩已经扎营多年，凭什么冒出个张宗民抢我们的地盘?打！当然要打了！只是怎么个打法儿呢?

别把土匪都想得莽撞如“李逵”，土匪中从不乏精明“计算”之人。

灵芝岩的匪首名叫“驴头三”，先派人给张宗民送信，表示愿意归降入伙。张宗民表示热烈欢迎，并让送信儿的给驴头三捎话儿，让“驴英雄”再联系其他山头儿的英雄好汉前来谈判。大家今后就是一家人了，总要排排大小个儿，安置好座次么。驴头三得到回信儿很高兴，仅用了两天的时间，就联系好了周遭其他八绺土匪的首领。

《保定往事》记载：这些匪首有九条腿、四面风、冬瓜皮、独眼龙、爬山虎同意跟张宗民谈判，地点么，不能在百丈岩。驴头三可不是驴脑子，到你张宗民的家里去谈?你杀了我们都没地方告状。经过商议，谈判的地点设在山下杨家村。

张宗民听了表示同意，就带着张永成，背着一口袋银圆下山，去了杨家村。

别往大里想，杨家村是个小村。多大?六户人家。

杨家村的首户杨长昆出面，在他家的院子里摆下了两桌酒，土匪首领们就和张宗民入座了。喝酒之前，张宗民先让张永成把那口袋银圆倒出来，堆在了院子里，说是给各位英雄的见面礼。匪首们都看呆了，他们都是穷土匪，土匪里边的贫下中农，哪儿见过这么多银圆呢。就这一手，匪首们都松懈了戒备之心。来啊！咱们喝酒吧！

这一场酒直喝到月上东天，匪首们都喝得东倒西歪了，驴头三却悄然溜出去了。按照匪首们的事先约定，当他们与张宗民都喝得酩酊大醉的时候，驴头三则中途“溜号”，带着这九个山头的土匪倾巢出动，悄悄地摸上百丈岩，灭了张宗民的队伍。谈歌猜测，驴头三临出门时，看着已经喝得昏头昏脑的张宗民，肯定暗自高兴呢。干成了张宗民这一票，他不只是成了百丈岩首富，更是周遭的老大了。张宗民的队伍和枪支都得归我了呀。谈歌相信，驴头三看张宗民的眼神，一定是流着口水，像看着一只油乎乎、香气四溢、即将烤熟了的“猪头”。

驴头三后来的故事，有点像时下不入流的电视剧情节了。他作为这个情节的“领衔主演”，带着九绺合为一处的百余名土匪，由隘路悄无声息地摸上了百丈岩，还没等他们喘口大气儿呢，忽听四下里喊声大作。驴头三立刻感觉不对了，四下去看，但见国军的士兵们呼啦啦地包抄上来，明晃晃的刺刀在月光下闪着凛凛寒气。土匪们被唬得一时回不过神儿来，呆呆地看着驴头三，目光中充满惶恐：还打吗？

唉！还打什么呀？驴头三率先举手投降了。

唐行一走上前来，呵呵笑道：“驴头三，你们还真把自己当回事了？张司令带几千号人马打仗的时候，你还是个小打小闹的小蟊贼呢。你们还敢跟张司令玩阴的？你们差得太远了呀！”

一会儿的工夫，张宗民押着那八个匪首上山了。

驴头三惊讶地看着张宗民：“张，张……司令，你不是喝醉了吗？”

张宗民哈哈笑道：“驴头三，就你们那点儿破酒想灌倒我老张？你真是做梦呢。”

天蒙蒙亮，张宗民就派出十几个人下山，告诉百丈岩周遭的老百姓来百丈岩观看。临近中午，百丈岩下拥来了几百个老百姓。

张宗民让士兵们把驴头三等九个匪首，还有二十几个土匪小头目，排着队押到百丈岩的崖上跪下了，张宗民即大喝一声："张永成，剁下这几个猪头，祭奠山神吧！"

但见张永成答应一声，即笑嘻嘻地挥起大刀，一刀一个，伴着一阵阵鬼哭狼嚎，张永成砍西瓜似的依次砍完了。一具具尸首被张永成逐一踢下了悬崖，夹带着片片血雾，"无角度自由落体"——陆续"砸"进了山谷。

张永成看看卷了刃的砍刀，双手一掰，即断成了两截，扔进了山谷。他讪讪笑道："带着这玩意儿，也算个证据，去阎王爷那里告状吧！"

山上山下，登时响起一片喝彩声。

百丈岩周遭横行近百年的土匪的历史，告一段落。

这天清早起来，张宗民与唐行一在山寨转悠，但见白云悠闲自得，草木郁郁葱葱。

张宗民笑道："唐参谋，咱们的新地盘如何？"

唐行一点头："张司令，这几天，我又仔细看过了，百丈岩确是个易守难攻的好地势。"

张宗民站在凛冽的晨风之中，突然有了些感慨，他用诚恳的目光看着唐行一："唐参谋，你么，就不要再想着回去了，跟着我老张一块干吧。咱们得搞出点儿名堂来，总要给钧座争口气呢。今天，老张就封你当我的参谋长。用张永成的话讲，我就是宋江，你就是吴用。怎么样？"

唐行一看着张宗民，他突然被一种情绪感动了。这种"感动"已经很陌生了，他在见徐飞扬的时候出现过，在马凯旋那里出现过，在赵元初那里出现过，现在竟然又出现了。他点了点头，郑重地说道："司令，这也正是我想说的呢。不过呢，我纠正你一句话，钧座才是咱们的宋江呢。你就当卢俊义，我还当吴用，如何？"

张宗民击掌大笑："说得好呀！还是你这读书人想得周到呢，钧座当然是咱们的第一把交椅呀！”

张宗民想了想又说道：“参谋长呀，这一带的土匪已经收拾干净了，可我还想把周遭几个村子都过过眼呢，别再有晾甲庄那样的浑蛋了。”

唐行一点头称赞：“有道理！咱们是得梳理一下这周遭的村落了。将来咱们在这里，肯定得与日军有一场大战呢，真要是再出现晾甲庄那样的浑蛋，还真麻烦了。”

百丈岩周遭共有十三个村落。以人口数量依次为：唐家寨、大井村、向家岩、山葫芦套、王家崖口、老虎口……不再逐一叙述，反正都是通信靠吼，交通靠走，治安靠狗的穷村子。

张宗民便与唐行一在十三个村子“巡视”，他以国军支队司令的身份查访“民情”。这天走到王家湾，竟然有一个姓蛇的猎户来告状（蛇姓很少见，也很恐怖，百家姓里查不着。谈歌活了这么大，还没遇到一个姓蛇的。据说至今唐县大茂山的山民还有姓这个的）。蛇猎户愤怒地诉说，民国十九年（1930），他家与山葫芦套的猎户秦大山作仇，他家杀了秦大山家两人，秦家却杀了他蛇家五人，蛇家也太亏了，要求张司令做主，让秦家偿命。张宗民便让手下把秦大山找来问话。秦大山委屈地说，蛇家虽说当年亏了，可今年赚了呀，蛇家年初复仇，杀了秦家六人，秦家却只杀了蛇家三人。

张宗民听罢，便派人把山葫芦套的首户喊来。

首户名叫李下山（他娘下山时生下他的），战战兢兢地被两个士兵带来了。张宗民便让人蛇秦两家把情况又讲了一遍，之后问李下山：“情况属实吗？”

李下山连连点头：“属实。”

张宗民问蛇猎户：“老蛇呀（说着、听着都别扭），过去的不说了，只说今年，你家一共杀了秦家多少人？”

“六人。”

“秦家今年杀了你家几人？”

“三人。”

“你家还有多少人？”

“大小还有九人。”

“你从家里挑出三人，给秦家抵命。”

蛇猎户如五雷轰顶：“张司令呀，秦家先杀的我们蛇家的人呀，我杀他家的人是为了复仇呀，凭什么还要给他们抵命呀？”

张宗民冷笑：“我刚说了，过去的事儿，本司令管不着了。今年本司令到百丈岩了，就要整顿秩序，账就从今年算起。你们两家杀人都不对，今年你蛇家杀了秦家六人，秦家只杀了你蛇家三人，折合下来，你家多杀了秦家三人，你蛇家就得交出三人偿命。你如果不送来，我就灭你老蛇全家。参谋长，本司令讲得在理不？”

唐行一点点头，微笑不语。

蛇猎户腿一软，当即跪下了：“张司令呀……”

张宗民想了想：“我看你也是可怜兮兮的，这样，你家要舍不得出人抵命，就出牲口吧。”

蛇猎户忙说：“行，行，出牲口。”

唐行一讪笑：“司令呀，牲口的命怎么能抵人命呢？”

张宗民挠了挠头皮：“参谋长说得是呢，这样吧，便宜些，一抵二，蛇家出六只牲口，无论骡马牛驴，送给老秦，宰杀存留，随老秦处置了。”

蛇猎户叫苦：“司令呀，我家没这么多呀……”

张宗民眼睛一瞪：“没有？那就还出三条人命吧！”

蛇猎户忙说：“有！我有牲口……”话没说完，当场晕倒。

张宗民与唐行一嘻嘻哈哈地扬长而去了。

其实，张宗民并非要刁难这个蛇猎户，他与唐行一已经暗中调查清楚，这一户姓蛇的，确属当地一个猎霸。类似而今的承包，他家独占了三处山头，在当地民愤很大。张宗民惩治他，一则除暴安良，二则收取民心。

张宗民仅用了一个多月的时间，即把百丈岩周遭的村落治理得井井有条。自己的队伍也已经有了二百多人。张宗民感觉已经恢复了元气，便想起了对晾甲庄的仇恨。张宗民想立刻就去报仇，便跟唐行一商量这件事。

唐行一点头："为虺弗摧，为蛇将若何？"

张宗民连连摆手："参谋长，别说字话，我听不懂。"

唐行一皱眉道："我是说，燕子岭晾甲庄这条小蛇打不死，长成了大蛇该如何办呢？与晾甲庄这笔账，我也一直记着呢，这个庄子为虎作伥，且过分猖獗，如再有不明真相的国军队伍路过，肯定还要吃大亏。那天的枪声我还记得很清楚，都是日本人的武器。我怀疑这个村子已被日本人占领了呢。但是，我们现在还不能去打晾甲庄，理由很简单，咱们的队伍正在恢复元气。"

张宗民恨道："参谋长，你的意思是再忍忍？"

"司令呀，忍忍吧！再攒攒劲儿么！"

"听你的，就再攒攒劲儿！"

正当张宗民为暂时不能攻打晾甲庄的事恼火呢，有一件事却让他心花怒放了。山下的哨兵跑来报告，说一个名叫梅天凤的姑娘找来了。

张宗民怀疑自己听错了："什么？梅天凤？"

"是啊！"

"快去，请她上山来，快去……行了行了！我自己去吧！"

张宗民急冲冲跑到山下，一眼就望见了站在山道上的梅天凤。张宗民兴高采烈地高喊了一声："天凤姑娘！"

梅天凤上前紧走了几步，拱手笑道："是张宗民司令吧。我是梅天凤。"

张宗民哈哈笑着，紧紧握着梅天凤的手："我可算又见到你了。"

梅天凤疑惑道："又见到我……张司令认识我？"

张宗民连连点头："是呀，是呀，好几年了，我找你找得好苦呀。"

梅天凤抽出被张宗民紧握着不放的手，怔怔地问道："张司令，你找我……"

张宗民便将那年从曲阳分手后，他如何寻找姓“魏”的姑娘，后来又找到梅天凤的真实姓名，说了一遍。

梅天凤听得呵呵笑了：“张司令，你这么一说我真还想起来了，是有过这么一档子事。区区一点小事儿，你不必如此上心呀。”

张宗民严肃地说：“滴水之恩，当涌泉相报。”

梅天凤点头笑道：“好了好了，不说这些了，我是受赵司令的委托，来找你的……”

张宗民摆手笑道：“先不说赵司令，我的话还没说完呢，我跟令堂梅师傅见过面呢。”

“我听娘说过的。”

“我想向天凤姑娘提亲呢。”

“提亲？提什么亲？”

梅天凤怔了，她不知道呢，张宗民下句话，能气得梅天凤登时想跳崖。

“我想娶你呀！”

“娶我？”

“是呀！”

“张司令，你说什么笑话呢？”

“天凤姑娘……不乐意？”

“当然不乐意了！”

“你为什么不乐意？”

“不乐意就是不乐意！”

张宗民皱眉道：“天凤姑娘，我可是一片痴心呢。”

梅天凤哈哈笑了：“张司令呀，你没有说全呀。你不只是痴心，还是妄想呢。”

张宗民听了一怔，也哈哈大笑起来。

梅天凤摆摆手：“别扯淡了，赶紧说正事儿了。赵司令让我转告你，尽快在山里扩充队伍，但不要轻举妄动，这是赵司令给你的信，你自己看吧。”说罢，即掏出赵元初的信递给了张宗民。

张宗民接过信揣起来，嘻嘻笑道："上山吧，咱们慢慢再说。"

梅天凤摆摆手："行了，我的事儿办完了，走了！"说着，便要翻身上马。

张宗民上前拦住，诚恳说道："天凤姑娘，你这一路辛苦，总要歇一天再走么。"

梅天凤摇头笑道："你都动了娶我的歪念头，我还敢住吗？"

张宗民忙说："哎呀！天凤姑娘啊，我娶你的事儿，咱们下来再说再商量。你总要住一天再走么。"

"别下来再说，你下辈子也别再说！"

"好，好！不说，不说了不说了。你还是住下吧。"

梅天凤笑了："张司令，不跟你说笑了，我真是急着回去呢。我出来十几天了，还要回去给赵司令回信儿呢。我怕他着急呢。好了好了，我走了啊！"

张宗民忙喊一声："天凤姑娘，且慢！"

梅天凤皱眉："你别再说乱七八糟的了，我可真没工夫儿跟你磨牙。"

张宗民笑道："天凤姑娘来一趟，我总要送你一件东西呢。"

"送我什么？"

张宗民把自己的手枪取出来，递给梅天凤："这是一把德国二十响，送你当个护身吧。"

梅天凤连忙摆手笑道："不行，不行，这怎么好意思呢。"

"当年梅姑娘伸出援手，张宗民至今也不好意思呢。"

"那好吧，我收下，两下里不欠账了。"梅天凤接过手枪，摆弄了两下，夸奖一句："还真不错呢。"就插在腰里，翻身上马，猛地扬鞭，便进了山谷。

张宗民目光怔怔地看着渐渐远去了的梅天凤，他突然拔起嗓子，大喊一声："天凤姑娘，我一定要娶你！"

梅天凤扬鞭策马，头也不回，哈哈大笑道："张司令，你就别做这个梦了。"

夕阳下，梅天凤如一个金色的仙女儿，她远去的身影，又如一棵金色的玉树，将她的美貌逐一摇落，漫散在草绳般的山道上。

张宗民也哈哈笑了。一阵寒风吹过去，二人的笑声在山谷里传得辽远悠长。

神秘“掌柜”

夜色如大墨染就，漆黑得似一口陈年锅底。

保定城在黑暗的夜里默不作声，显得神秘诡异。

中村一行五人，悄然走进了保定“劝学胡同”。

黑暗的早春之夜，格外寂静，只听到几个人的脚步声。

中村披一件风衣，身后跟“一丈青”等四个随从，一律短衣打扮，精神抖擞。五人在胡同深处的一个宅门前停下，中村没有敲门，只是轻轻咳嗽了一声，街门便缓缓地开了，五人走进去，街门便悄然关闭了。

中村站在院中，“一丈青”等四个随从站在他左右，警觉的目光四下扫视着。院子很宽绰，正房五间，东西厢房各三间，墙角处有两棵枣树，风儿吹过，树枝之间发出碎碎的声响，似两棵枣树在睡梦中发出的细微鼾声。

正房的门开了，一个身着长衫的中年男子快步迎出来，上前向中村深施一礼。

中村悄声问道：“伙计，都来了吗？”

伙计低声道：“回课长的话，都来了。”

中村点点头，又问：“‘掌柜’先生在吗？”说着话，把风衣脱下，递给了伙计。

伙计忙接过风衣：“在呢，课长快请进吧。”说罢，即头前引路，中村看看身旁的“一丈青”，轻声道：“你跟进去。”

“一丈青”随在中村身后走进了正房客厅。

客厅里却空无一人，两张太师椅安静地倚墙而放，西墙上有一个精致考究的佛龛。伙计朝着佛龛拍打了三下，墙壁便缓缓地洞开了，拓眼去看，是一间密室。伙计躬身朝中村一笑，中村点点头，走进密室，“一丈青”紧随其后。

密室很宽畅，可容得十几个人在这里聚餐或者开会。虽只有一支蜡烛燃烧着，却明亮得很。因为这是一支饭碗般粗细的蜡烛，伫立在密室的中间。

这一间密室，白天从来不用，只有晚上才有人进来。换句话讲，这是个制定阴谋与诡计的地方。密室中间置放了一张可容十几人围坐的圆桌，此时围坐着九个人。这九个人都是特高课安排在保定各行各业的眼线。

中村走进密室，围坐的九个人忙站起身来。

中村笑着摆摆手：“都坐吧。”

众人躬身坐了。

中村拣上首的椅子坐了，“一丈青”即站在他身旁。

中村轻轻咳嗽了一声，即说道：“诸位都到齐了，先汇报一下情况吧。”他看了看手表：“诸位抓紧时间。”

九个人的目光都看着中村。中村看了看众人，皱眉问道：“谁先说？”

有人说道：“课长，我先说。”

中村点头：“讲。”

这人说道：“庞文成，现住保定东大街三十五号，三十多岁，此人现为邮政局副局长，外表忠厚，暗中有反日情绪，他表弟是国民党中统特务，我怀疑他也是国民党的潜伏情报人员，应该除掉。”

中村听罢，皱眉问道：“除掉他？有证据吗？”

那人答道：“宁可错杀，不可放过，要及时除掉！”

却有人说道：“庞文成现在很受皇军器重，是奉行中日亲善主张的模范职员，如果没有切实的证据，贸然除掉他，许多与皇军友好的政府职员，情绪必定会受到影响呀。如果一定要除掉，中村课长应该采取怀柔手段。”

中村点点头：“你说得很对，杀人是一项讲究方法的工作，有些要制造出意外事件的样子，有些要嫁祸于人。针对有些特殊人物，则要传达出某种信息。诸位记住，扣动扳机很容易，但没有人知道我们的存在才是最为强大的。”说到这里，中村转头对身旁的“一丈青”说道：“你明天安排一起事故吧。”

“一丈青”躬身答道：“属下明白。”

又有人说道：“保定师范学校副校长汪献文，仍然纵容学生在课堂上高唱抗日歌曲，肆无忌惮，影响恶劣。”

中村“哼”了一声：“汪献文必须死。唱歌的学生么，也要给予警告，学生中的头面人物，也要采取措施。但此事确属于治安范围，接下来我通知宪兵队，由他们出面解决。”

又有人说道：“紫石胡同的屠夫张大水，倚仗其姐夫为皇协军团长，横行市井，前天在街中，哗众取宠，与巡逻的皇军发生冲突，险些酿成斗殴事件，惹得街中有反日情绪的市民为之喝彩，影响恶劣。建议立即捕杀此人。”

有人插话：“张大水就是个市井泼皮，上不了台面。”

有人讥笑道：“前天在街中枪毙的那个冯广财，不就是个卖糖葫芦的小商贩吗？有台面么？就为了一串糖葫芦，他跟皇军起了争执，不也被皇军当街枪毙了吗？张大水为什么上不了台面？”

中村冷笑一声：“既然杀了冯广财，那个张大水也要杀。他们竟敢当街辱骂皇军，就是十恶不赦。杀！杀一儆百！”

众人一时无语。

墙壁上响起两下敲击声，很轻很轻。

中村四下环顾，点点头：“今天的例会就到这里。近一段时间，国民党与共产党的特工活动十分猖獗，诸位切记要小心，隐藏好各自的身份。下次开会，另行通知。”

众人起身向中村躬身施礼，鱼贯出了密室。

中村闷闷地坐着，等人们都走尽了，即对“一丈青”说：“你且出去吧。”

“一丈青”点头，转身就走。

墙壁里却传出一个干涩声音：“美惠子小姐不必走，听听我们的谈话也好么。”

“一丈青”怔住了，她看看中村。

中村点点头：“‘掌柜’先生要你留下。”

“一丈青”即转身走回来，表情木然地站回原来的位置。

中村皱眉说道：“‘掌柜’先生，我看捕杀行动是否可以停止了？我们还要建大东亚共荣圈的模范城市呢。”他的声音有了些许疲惫。

墙里传出了一声讥笑：“中村课长，你胆怯了？”

中村摇头笑了：“‘掌柜’先生，我的身份是大日本帝国的军人，从不会胆怯。”

墙壁里的人讥讽地问道：“若不是胆怯，那你这‘停止’的话头儿从何说起呢？”

中村迟疑地说道：“‘掌柜’先生，现如今，皇军已经征服保定，关键的事情是要繁荣市场。出现几个有反日情绪的人，也属正常，我们大可不必草木皆兵。如此继续捕杀，势必造成人心惶恐，对建设保定大东亚共荣圈的模范城市不利！”

墙壁里的人叹了口气：“中村君，你真的不懂吗？或许你长期经营商业，一贯倡导和气生财，对政治生疏了。对中国人，一定要让他们在恐怖中生存，这才是统治的道理。一旦放松，就会有反日的人物跳出来寻衅。你们的任务，就是永远不要让这些人冒出来。”

“……‘掌柜’先生指教得是。”中村勉强点点头。

“只是么，那天你们当街枪杀冯广财，的确有些急躁了。一个小商贩么，为了一串冰糖葫芦，与皇军士兵起了争执，说起来也就是小本生意难做罢了。我断定这个冯广财绝对没有什么反日倾向，你们贸然杀了他，此事怕是会引起市民的愤怒呢？”

“此事我当天就向机关长检讨了，确是急躁了。”

墙壁里又长叹了一声：“既然你已经知道犯了焦躁，那为何今天你又同意杀张大水呢？是否是为了扰乱一下市民的视线？”

中村皱眉说道：“张大水与冯广财相似，都是些上不得台面的小人物，杀了他们，或可震慑一下有反日情绪的市民。”

“其实，这两个小小不言的人物都不值得杀，可以押解他们去做苦力么，你们日本不是一直劳工匮乏吗？”

“是的。”

“即使要杀这种小市民，也不是这么个杀法，可以暗中除掉之后，嫁祸给国民党或共产党呀，他们潜伏在保定的特工最近一直没有消停，借此破坏一下民众对他们的感情，不是很好吗”

“‘掌柜’先生想得很周密，中村望尘莫及。”

“好了，不要客套了。还有什么事？”

“还有一事，不知当说不当说。”

墙壁里的人干干地笑了：“我知道你想说什么，你是不是想说赵元初呀？我告诉过你们，赵元初根本靠不住，山口机关长为了利用他的威望，我才同意暂时留着他。杀他可以，但是眼下不行。”

“据眼线报告，赵元初与保定的城匪走动密切。”

“哼，赵元初原本就是保定城匪的领袖，之所以留着他，也是为了安抚保定的城匪，否则，他早就应该死了。”

“机关长也有这个想法。”

墙壁里又“哼”了一声：“你们有些当断不断了。算了，此事不再提了。我想问，你与虞世通的关系如何？果然是你说的那样，虞世通只是个见钱眼开的商人？”

“虞世通么，本就是一个商人，商人是要挣钱的。”

“我却听下属说，虞世通与赵元初走动得依然密切。试想，赵元初只是维持会会长，就是个替皇军办差的角色，早没有往日的威风，虞世通若无利可图，为什么总是烧赵元初这只冷锅冷灶呢？”

“我想他与赵元初有生意来往。”

墙壁里疑问：“是什么生意？”

“这个么，我还不大清楚。”

“中村，我提醒你，你是保定特高课课长，当年你是光和商社的社长，那也只是你的身份掩护，现在你的真正身份已经公开，你不要混乱了角色才是。”

“中村明白。”

墙壁里停顿了片刻：“……虞世通这个人怕是不简单呢。”

“我重新对虞世通展开调查？”

“……你们且去吧。”

中村站起身，带着“一丈青”默默地走出密室。就在他要关上密室的暗门那一刻，忽听到墙壁内又传出声音：“中村君且留步。”

中村站住，折身回来。

“郭子路这个人，你准备什么时候解决呢？”

“……再容我想想，我还有用他的地方，再有，此人胆小如鼠，翻不出什么浪头来。‘掌柜’先生是否多疑了？”

“或许你说得对吧，但我总对此人感觉不好。”

“‘掌柜’先生多虑了，此人除了会日语，别无所长。”

“你说他是个废物？”

“应该是这样。”

“但愿我看错了。你们去吧。”

中村与“一丈青”走出了密室。穿过客厅，走到了院子里，三个随从仍然在院子里警戒。

“一丈青”低声问道：“课长，这个‘掌柜’先生是什么人？”

中村摇摇头，仰望夜空，轻声说道：“美惠子呀，你什么也不需要知道。”

“一丈青”躬身答道：“恕属下冒失了。”

虞世通的情报

谈歌数年前构思此书时，曾采访过几位亲历抗战的老者，他们以切身经历告诉谈歌：如果没有汉奸“为虎作伥”，日本人绝对不可能在中国占领八年。这个观点谈歌非常同意。1937 年 10 月至 1938 年初，保定市民的反日斗争，因为被汉奸们无耻地出卖，而渐渐走入了“低潮”。

已揭秘的日军驻保定档案记载：山口一郎和日军驻保定司令官丰田秀男，曾多次与保定代号“掌柜”的汉奸密谋策划，他们一致认为：在不破坏保定建设东亚共荣圈“模范城市”的“祥和气氛”的基础上，确定对保定城内的抗日分子一律采用“秘密镇压”策略，主要措施有三项：一、高度重视利用舆论导向，大力提高积极与皇军合作的保定知名人士的“声誉”；二、扩大保定警察局侦缉队编制，不计出身，网罗所有死心塌地为皇军效力的保定人，以在更大程度上与范围内对保定市民进行分化瓦解；三、鼓励并重奖告密者。

在以上方针策略指导下，山口负责的日本特务机关，在保定各行各业寻找汉奸，收买告密者。由他们提供情报、名单，日本特务机关与日本宪兵队每天夜里便衣出动，“按方抓药”，搜捕抗日分子。逮捕之后，若无利用价值，无须审问，一律秘密处决，尸体拉到郊外焚毁。

在如此疯狂“杀戮”之下，短短两个月的时间，保定城内失踪的人数猛增。《保定时报》与《保定生活报》在一段时间内，竟是整版整版地刊登“寻人启事”，仍然不能满足客户要求。保定城内一时人心惶惶。

山口与丰田则乘势频频出面，或广播讲话，或视察街道，疾言厉色地要求保定警察局尽快破案，严惩破坏东亚共荣圈“模范城市”秩序的作案者，以安抚民心。并且由日军宪兵队出面，四处张贴悬赏缉拿杀人者的布告——真是滑天下之大稽的“贼喊捉贼”。

对于保定人来说，日军这种“下三烂”的杀人方式，太凶残、太狡猾、太缺德了；对于日军来说，这种杀人方法，简捷、迅速、成本低、见效快；对于汉奸们来说，他们在日本人刺刀的保护下，找到了做奴才的“全部快乐”，他们可以趾高气扬地“鸟瞰”自己的原生“同类”了。

如保定教育局局长韩雨石①，无耻地把“大东亚共荣圈”奉为

---

① 直隶宝坻县人，燕京大学毕业。曾任保定中学校长，保定教育局局长。

“圭臬”，竟公然在《保定时报》撰文，厚言“……大日本皇军乃是保定市民的‘福星’。在保定建立东亚共荣模范城市，是大势所趋，是‘天意民心’。彻底改造中国人的性格、修养、素质、习惯的大时代，已经到来。任何想阻挡这个历史潮流的保定人，都必将被历史所淘汰……”

唉，文化人无耻起来，必定变得更加无耻。或是这个王八蛋令人呕吐的程度，大大超过了教师们的正常忍受极限，一时间，教师们纷纷辞职。

保定在这种恐怖与无耻的气氛笼罩下，罢市、罢工、罢课无从说起。在如此残忍的暴力和死亡的威胁面前，“沉默”永远是正常的选择。因为手无寸铁，所以保持沉默。愤怒的沉默也只是“沉默”！

在日伪合流营造出的恐怖气氛中，保定这座城市，一时恍若“坟场”。山口却看到，保定城内原本阴霾重重、混乱不堪的治安秩序，仿佛已经出现了一派“诱人”的霞光曙色。据说，有一次山口用得意的口气教训小野：“如此方式，相比你在街中枪杀马长江，效果如何？”

小野心悦诚服：“机关长英明。”

山口讥讽地笑道：“小野君，征服人，首先是征服人心，所谓征服‘人心’，不是让他们‘愤怒’，而要让他们感觉到‘恐怖’，我们的好朋友‘掌柜’先生一语中的，要让这种恐怖的感觉，时时刻刻地‘笼罩’着中国人。”

恐怖的气氛暂时没有弥漫到大发车行，虞世通与中村的生意就像开上了顺风船，越做越好了。中村还推荐虞世通当了保定工商会的副会长。

但中村绝对想不到，虞世通却准备对中村下杀手了。虞世通请示马凯旋，有必要对日本人采取些行动，打击一下日本人的嚣张气焰，鼓舞一下保定民众的抗日信心。可是没想到，马凯旋却向虞世通传达了龙成立的命令：暂时避开日本人的锋芒，秘密组织地下武装，等待时机，以保存实力为最高目标。

虞世通很郁闷，龙成立你什么意思？你的上峰戴笠处长，曾指示对日本人要采取“以暴制暴”的对策。你的官大还是戴笠的官大？可县官不如现管——时下保定的国民党特工组织是龙“现管”说了算。

东边日出西边雨——总有龙“现管”管不了的。梅三娘下命令给虞世通，要他组织“兄弟社”的弟兄们，以牙还牙，以血还血，多杀一个日本人是一个，以此“铁血”手段唤起保定民众抗日的信心。

龙成立？梅三娘？一座庙里供着两尊佛爷，虞世通应该听谁的呢？

正当虞世通犹豫不决的时候，中村却给他带来了一个消息，这个消息给了虞世通采取行动的机会。

这天，中村穿着一件中式灰布长衫，笑呵呵地来到大发车行。此时的中村，虽已就任日军特高课课长的职务，但名义上仍是光和商社的经理，他与虞世通的生意仍然继续。而且中村对所有买卖都十分“上心”。

（抗战胜利后才搞清楚，中村除了在军界任职，他的生意也从来没有放松过。因为中村在光和商社的大多股份，已于抗战开始转给了天皇的表弟佐藤大男。天皇的这位表弟，是个见钱眼开、锱铢必较的家伙。所以，中村不敢在生意上有丝毫懈怠。国民党的地下组织利用这层关系，也做了不少事情。）

中村笑道：“虞经理，近日生意如何？”

虞世通欠身笑道：“托您的福，还不错，上一回您那批白洋布，还真是赚了不少呢。”说着话，从钱柜里取出了一张银票，递给中村：“这是一万三千块钱，存在您名下了。”

中村收了银票，小心揣到袖子里，满意地笑道：“虞经理，你是个很好的生意伙伴，我相信，我们还会有更大的利益前途。”

“那是，那是。跟着中村太君，生意肯定错不了。”

“虞经理，最近有件事情，还要请虞经理大力支持呀。”

“太君太客气了，您请讲。”

“山口太君要过生日，想演一场堂会，你这车行总要表示一下才好。这不是钱的事，是加强日中关系的好事儿呀！”

“哎呀，太好了。我早想结识山口太君，正苦无门路呢，这可是天赐的机会呀。您帮我拿个主意，我出多少合适呢？不过，您也别太……”

中村哈哈笑了：“虞经理别误会，我让你出钱表示，绝非勒索，而是为了提高你的知名度。你应该知道，为了结识山口机关长，保定商家都争先恐后地想表示心意呢，我还是把最好的机会给你了呀。数目么，你出五千大洋就是了。”

“五千大洋么，应该没问题。”

“虞经理果然是聪明人。”

“敢问给山口太君弄堂会，都请哪位名角呢？虞某可以帮忙吗？是听河北梆子呢，还是听平剧？还是听昆曲？还是……”

中村摆摆手，摇头苦笑了：“原来我也是这么想，还辛苦张罗了北平、天津的一些名角，却白白搭了工夫，机关长改了主意，一概不想听呢。”

虞世通被弄糊涂了：“河北梆子不听，平戏不听，那山口太君想听什么呢？山西梆子？还是……”

“唉！你想不到，机关长想看杂戏呢。”

“杂戏呀，哎呀，这好办，保定的杂戏班子多得很呢。”

“这我当然知道，但总要有几个知名的艺人演出才是，我现在只有一个方千明的杂戏班子可用，略显单薄了些。我也派人从保定周遭找过几家杂戏班，我逐一看了，技艺低下，不可用呢，保定虽然有可用的杂戏班子，我却不好出面去请呀！”

“我听出意思了，您是说想请梅家班吧？”

中村皱眉道：“是呢。可是我听方千明说，这梅三娘有反日情绪，不好用呀。”

虞世通嘴一撇：“嘁！什么呀？梅三娘就是个江湖艺人。艺人么，就是挣钱吃饭，断不会有什么反日情绪。方先生的话就是扯淡。虞某说透了吧，方先生这是犯了‘同行是冤家’的臭毛病。”

“如果真如虞经理这么说，那我就放心了，可以请梅家班演出。”

“中村先生呀，只是梅家班与方家班……却是一向不大和气呢，要是同台演出……”

“这我知道。不要紧的，演出么，各演各的，各显其能，或是他们之间有嫌隙，必定要争奇斗艳，他们都能拿出自家的绝活儿，更能增加演出效果。”

“佩服！中村先生想得深远呢。”

“虞经理，你是否帮我去请梅家班呢？”

“这个么，虞某有些为难呢，我不大与杂戏艺人们来往呢。”

“虞经理没说实话吧？我可听说你与梅三娘的关系融洽，十分密切呀。”

“中村先生，我与梅三娘之间，也只是生意上的往来，做生意么，当然要融洽了，可绝对谈不上密切。跟我做生意的多了去，难道都密切？扯淡的话么！”

“哈哈，我也是人云亦云，虞经理别介意！不过呢，你既然与梅三娘有生意来往，也可以提醒一下梅三娘呢，不要与皇军做对么，皇军已经给她的梅家班留面子了呢。”

“那是，那是。”

“那梅家班的事儿……”

“我找人去邀请。皇军能上赶着找他们演出，他们必定乐不可支呀！哈哈！”

“好，就有劳虞经理了。”

“应该的应该的！中村先生，你太客气了呀！”

中村起身告辞，虞世通送到门外，中村突然想起了一件事，转身对虞世通笑道：“虞经理呀，还有一事相求，你是保定大商家，结识的人多，可帮我打听一下，保定大慈阁那尊青铜鼎的下落。”

“青铜鼎？不是丢了吗？”

“是的，可是上峰一定要求找到，而且我们可以出重金收购。”

“这个么，我一定尽力。”

“那就拜托了，告辞。”

虞世通目送中村走了，他心里好一阵激动。

山口要唱堂会？他感觉这是一个有如神助的机会。如果利用这次演出堂会，对日寇采取刺杀行动，必定能打击日本人的嚣张气焰。人莫予毒的山口一郎过于自信了。山口或许认为他给保定人制造了恐怖，他就拥有了“恐怖”的权力？殊不知，恐怖对山口一郎来说，也会“不期而至”呢。

虞世通当天夜里，就把情报送给了梅立春。

梅立春马上向马凯旋汇报了。马凯旋认为，这确是个好机会，如果能在堂会上动手，必定能震动保定，这是日本人占领保定后，国民党特工的第一次武装行动。一定要最大规模地击杀日伪，以达到震慑敌胆的效果。马凯旋叮嘱梅立春，此事暂不报告龙成立。

梅立春皱眉：“我考虑了，咱们人手不大够呢。”

马凯旋摆手说：“这个有办法。此事可借用季钧的力量。”

梅立春疑惑：“季钧？他肯帮忙。”

“这不是帮忙的事儿，杀日本鬼子，是每个中国人的本分。季钧是个热血汉子，他不会推辞。”

“三哥出面去找他？”

“这几天总有特高课的特务在我这门前晃悠，我不方便出去。你去北大街，到吴记理发馆找吴笑一师傅，由他带你去找季钧。”

“吴笑一师傅？”

“他现在是我和季钧的联络员。”

“好再来”酒馆

紫石胡同曾经有一家小酒馆——“聚仙店”，因为生意不景气，日军攻陷保定之前，就转手了。新店主接手，重新起了字号：“好再来”。生意却也一直不好，有时候一天也见不着一个客人上门——

“好再来”几乎成了“没人来”。

酒馆就一直稀松寡淡地开着，没有人能合理想象这样的酒馆能赚钱。

但酒馆的掌柜似乎并不在意赚钱与否，他们并不进货，酒馆里除了几坛酒，几乎见不到什么吃的东西，而且价格很贵。这样的酒馆一定不赚钱。但天底下的商人没有不想赚钱的，或许这不是个一般的商人？

酒馆里只有一个年轻的伙计，却有三个掌柜：大掌柜张东山；二掌柜李小仙，一个模样端庄的年轻女人；三掌柜胡庆魁。

“好再来”酒馆还附带经营着一个“好再来”车行。车么，没几辆，装卸工倒是养着一百多号。车行也没什么生意，这一百多号人基本就是“闲待着”。

车行这一百多号人，都归三掌柜胡庆魁领导，绝对是胡“领导”去哪儿，工人们就跟着他去哪儿，近乎寸步不离——绝对保证胡掌柜在视线之内。奇怪吗？还有奇怪的呢，胡掌柜呢，竟然归酒馆的伙计领导。奇怪吗？还有更奇怪的，大掌柜和二掌柜也全听伙计的。读者明白了吗？这个伙计才是真正的掌柜。

伙计的名字叫季钧。

保定陷落之前，乔运典调离保定。季钧则奉命留在了保定，其身份仍是南京特务处派驻保定的督察专员，主要任务是寻找那尊不知去向的青铜鼎，并接手了乔运典组建的保定“青抗军”。乔运典奉调之前，已然知道了戴笠派季钧来调查他的事。乔运典感觉人格很“受伤”，一怒之下，“青抗军”的名单只交给了季钧三分之一。

季钧即由曹正汉介绍，接手了“好再来”小酒馆，作为身份掩护。

季钧明明知道乔运典交给他的名单打了埋伏，却无可奈何。人手不够怎么办？季钧想尽快拼凑力量，壮大组织。他请求上峰派些人手过来，北平站却只派来了一个名叫车晓义的年轻人，给季钧做交通员。车晓义是戴笠最新训练班毕业的学员，这么一个毫无经验的年轻人，能顶什么大用呢？就是在这个背景下，季钧又招募了张东山、李小仙、胡庆魁三人。

那天，季钧在街中听说张东山、李小仙、胡庆魁因为诈骗，被保定警察局逮捕了。季钧对这三人很熟悉。季钧当年在涿州当警察的时候，这两男一女因为行骗被他捉过，季钧当时没怎么为难他们，训斥了一顿就放了。季钧觉得这三个人有些用途，便通过马凯旋，向警察局局长赵之间递了一张人情帖子，外加三十块银圆。赵之间当即亲自判案："三人系外埠人氏，在保定偶尔失足，免其既往，仍交原籍管束，一体开释。"这三个人获释后，季钧便让他们在"好再来"酒馆当了"挂名"掌柜。

季钧留下这三个骗子做什么？这三个人可不是一般的骗子，而是大骗子，更是大骗子中的神品。

三百六十行，骗子王中王——先说大掌柜张东山。

张东山四十多岁，看长相忠厚老实。若不共事，你就不会知道他有多少花花肠子。那年，他在涿州，曾跟两个朋友打赌，说他能在北平全聚德白吃白喝一个月，朋友绝对不相信，赌约便定了一千大洋。

张东山便先去天津找古董商人崔广明，佯作与崔广明谈一大笔古董生意，生意没谈成。两人聊天的时候，张东山向崔广明讨要了一张名片，说是为了接下来好联系，还让崔广明签了个字，说是留作纪念。然后，张东山拿着这张名片去了北平，找到了崔广明的弟弟崔子世。

崔子世了得，北平大名鼎鼎的药材商人。张东山向崔子世"出示"了有崔广明亲笔签字的名片，说要跟崔子世谈药材生意，请崔子世去全聚德吃饭。崔子世是个街面上的人，哥哥的朋友来了，自然要做东了，不就吃一顿饭么，毛毛雨啦！二人就去了全聚德，崔子世在这儿记账。

生意么，自然也没有谈成。张东山手中便又有了崔子世亲笔签字的名片。依靠这一张有崔子世亲笔签字的名片，张东山天天来全聚德吃完了“挂账”，白白吃了一个月，最后一天，张东山还把涿州的狐朋狗友都请来了，敞开了肚皮胡吃海塞了一顿。大家都佩服得五体投地，张东山赌约赢了一千大洋。

最后自然事发，张东山影儿都找不着了。崔子世非常生气。他恼火地问崔广明：“哥呀，你认识的这是什么烂人呀？哼，白吃了我一个月呀！”

倒霉的是，崔广明就是拍破了脑门，却一点儿也想不起来这人是谁了，他见天在交际场里混，哪记得住谁是谁呢。崔子世恨恨地嚷道：“我说哥呀，他可是拿着你的名片呢，你还在上边签字了呢。”

崔广明苦笑：“兄弟啊，你的名片不也是到处撒么，你不也签字儿了呀？”

（唉，哥俩都记住这教训吧，今后千万别给人乱签字了。以为你们哥俩是周润发？还是刘德华呀？）

再说二掌柜李小仙。

李小仙已经三十岁出头，但依然楚楚动人，虽然不能“十分”羞花，大抵也能“八分”闭月。传说李小仙是妓女出身，因为“非常”不讲职业道德，屡次诈骗嫖客钱财，妓院老鸨“屡教”，李小仙坚决“不改”，最后被赶出了妓院。

李小仙行骗更是别出心裁，市井传说，那天。她在街中扒窃一个富婆，却不想被那富婆当场捉住了手。

富婆冷笑：“干什么呢？老娘就是这行出身。”

却看众人围观之下，李小仙不急不躁，嘴里嘻嘻笑着：“娘呀，我是您女儿呀，您认不出我了？唉……我爹死了，让我找您来了呀！”

那富婆当街晕菜。围观的人们便走散了，人家母女相遇，有什么看头儿呀。

富婆拉着李小仙的手，软声问道：“孩子呀，你仔细给我说说……”

李小仙笑道：“娘呀，咱们到路边，我慢慢跟您说。”

二人说着话走到街角，李小仙假装弯腰提鞋，捡起半块砖头，挥手将富婆砸晕了。但见李小仙声泪俱下，抱住富婆喊道：“娘呀，你等着我，我去找医生。”说罢，起身跑了。

再看那富婆挣扎着身子喊道：“你给老娘回来……”

诸多路人感慨：“这女儿真孝顺呀！”

李小仙经常以老师或家长的身份出没各个校园，以找亲属的名义乱“逛”，她爱好“借用”某个同学的自行车。她借车时，一准儿都能亲热地喊出人家的名字，有时还能友爱地喊出人家的乳名，比如：“哎呀，小虎子呀，我用一下车，有急事儿呢，两分钟就回来。”

往往这时候，受害人大都“蒙圈”，一时反应不过来。能喊我小名儿，肯定“熟”呀！急事儿，不就两分钟么。再说了，长得这么好看的一个青年妇女，能让人不相信吗？骑走吧！嘁，两分钟？她这一骑走就是肉包子打狗了。

李小仙能够屡屡得手，源于她常常偷听有“单车一族”的同学讲话，便悉心记住了人家的名字，还经常以尾随跟踪的方式，记死了人家的住址。为什么还要记人家的住址？李小仙要一鱼两吃，她一旦骑上了这学生的车子，出了校门，就一定会找到这位同学家里，干什么？借钱。并说好明天就还。她也从不多借，或二十块钱，或三十块钱，最多五十块钱。

学生家长也不好怀疑，看这女人长得端庄，言语得体，必定是大家闺秀呀，而且还骑着自家孩子的自行车呢。“脑回路”登时变得“过长”，爽快掏钱借给了李小仙。结果呢，孩子回来生气地说，根本就不认识这女人。得，丢了车，还丢了钱。

最后说说三掌柜胡庆魁。

胡庆魁三十多岁，相貌端正，中等身材。他酷爱打扮，衣冠楚楚，时髦排场。无论春夏秋冬，一律正装出场。如春秋两季，多是“标配”格子衫，白色长裤，尖头皮鞋，手提文明棍，且出入坐车。为什么？职业需要。人是衣裳马是鞍，不穿得像回事儿谁能相信你。

他的行骗手法数年如一日，借熟人的钱，“凶狠”的高利贷也敢借，理由都是投资生意，比如做粮食生意、做布匹生意、做进出口生意等。开出的条件很简单，着急用钱，肯定给你高额回报。其实他什么也不做，骗来了钱就吃喝嫖赌，挥霍一空。债主找来了，他两眼一瞪，双手一摊：“没钱！”

还没等人家开骂或开打呢，胡庆魁便会笑嘻嘻地说：“干脆你跟我入伙一块干吧，你再找个下家，你担保，我出面，继续借，不然的话，你的钱也回不来！”

遇到正派的，就认倒霉了，打他一顿出出气就算抵账了。若遇到胆大且财迷的债主，就真被他拖下水了，一起以借行骗。于是，入伙的人，滚雪球一般，越来越多。

读者看到这里，肯定“哇”的一声明白了，“好再来”车行里的一百多号装卸工，男女老少，都是死心塌地“追随”胡庆魁的“债主”。

季钧的手下就是这样一帮人。人么，一百多号，的确不少，可哪儿有战斗力呀？这些人各怀鬼胎，或者是刚说要上阵，就敢散伙了。季钧还能指望这帮乌合之众打仗？这不是胡扯么！

保定陷落前夕，季钧竟然别出心裁，想出一个不是办法的办法。季钧找曹正汉帮忙，把会变魔术的梅可心请来了。季钧开门见山，请梅可心设局，仗着手快出老千，赢这些人的钱。梅可心听了，对季钧摇头撇嘴：“哎呀！季掌柜，你这招数也太损了点儿吧。”

季钧摊开双手，苦笑道：“可心姑娘，我也是万般无奈呀，你就帮帮忙吧。仅此一回，下不为例。”

于是，季钧在“好再来”车行摆下赌场。梅可心冒充银行家的千金小姐，曹正汉与葛云梁则冒充跟班的。二人各拎着一只皮箱，当众打开，全是一捆捆的钞票。梅可心热情邀请这些人赌博。这帮见钱眼开的家伙，眼见来了一个大财主，都想借机发财呢。于是，轮番上桌，赌了个昏天黑地，却统统输给了梅可心，每人还另外欠下了梅可心一屁股赌债。梅可心当下就“翻脸”不认人了，逼着这伙人掏钱还赌账。梅可心还找来了几个艺人冒充“城匪地头蛇”，声言不给钱，都当场打断各位的腿。

季钧则趁势出面调解：“大家输的钱，先欠着吧，将来跟日本人打仗，领了赏钱，再还给梅姑娘吧。”

阿弥陀佛，这帮人总算守住了即使欠下追命的高利贷，也不能被打断腿的生活底线。按照季钧的预案，当即组成了一支抗日的队伍。唉，将就点儿吧，这支队伍的素质肯定好不了。但是若论要钱不要命的赌徒精神，这帮乌合之众肯定比普通百姓更有战斗力。

梅立春与吴笑一找到季钧，开门见山，请季钧组织力量，在山口一郎生日的堂会上动手。

季钧笑道：“行呀，这是个机会，我把手下能干的都拉出去。”

梅立春担心：“季先生手下人够用吗？”

季钧拍胸脯道：“放心，这些人打真仗或许不行，搞个偷袭破坏，还没问题。”季钧另外告诉梅立春，“好再来”酒馆距离南大街日本人的信托银行仅有百十步远，他正准备让这些手下挖条地道进去，干这个银行一票呢。

梅立春忙摆手说：“季先生，先不急于打日本人银行的主意，先干好堂会这一票吧。你挑些精明强干的混进去，配合梅家班的刺杀行动。”

季钧点头说：“行！”

梅立春皱眉说：“还有一个困难，那天的堂会，无论在什么地方演出，日本人肯定会加强警戒，如何对付这些负责警戒的日军与伪军，顺利让你的人混进去，得想想办法呢。”

季钧说：“这事儿我就交给那三个掌柜的了。”

吴笑一摇头苦笑：“季先生，你可别误了事，这三个骗子能干什么呀？”

季钧笑道：“你别看不起他们。”

鸡鸣狗盗之徒，或能派上用场？能！他们绝非“浪得虚名”，绝对正在“浪得难受”。

唉，杀兔子过年，将就材料吧。

突袭堂会

中村有点儿烦，有点儿乱，有点儿头疼，厘不清。

本来么，给山口长官过个生日，举办一场堂会，不会是个难事，就是邀请些有头有脸的客人过来，诸如车士行、韩雨石、赵元初、冯大正等人，大家嘻嘻哈哈拱手入座，吃饭、喝酒、看戏，最多再来个切蛋糕、吹蜡烛的西方传统节目，便是皆大欢喜了。

可是领导一张嘴，下边跑断腿。饶是个乱套呢。

堂会由中村的光和商社出面组织。中村首选的是中国戏曲，山口是个“中国通”，对中国戏曲肯定内行。投其所好么！半个月前，中村便从北平、天津邀请了一些名角，还从保定邀请了几位唱河北梆子的名角，付浩声自然是首选。让中村懊恼的是，付浩声已经不在保定住了，据说是搬到城外去了。付浩声这明摆着就是躲了么。中村考虑到付浩声的人望，不好发作，即考虑再找几位有名的演员，为付浩声的缺席补台。

中村还没想好人选呀，山口却临时更改了演出样式，他告诉中村，他不想听戏曲了，他要看杂戏魔术。山口说，杂戏堂会与传统的戏曲堂会不同，杂戏堂会显得热闹。一些演员做出些惊人的动作，或是更刺激，更让观众过瘾。中村只能“临场”改节目，他急忙退了预约的北平、天津与保定的戏曲名角，重新张罗保定的杂戏演员。中村首先考虑“一丈青”夫妇带着徒弟参加演出；方千明的方家班理所当然也来捧场。为了防止意外发生，中村终于听从了方千明的建议，他通知虞世通，不再邀请有反日情绪的梅家班来参加演出。

（中村哪里知道，梅家班不请自到，届时仍然暗中前来参加“演出”了。）

分析中村的本意，他应该是借山口的生日堂会，拍拍山口的马屁。而山口的本意却不是为了自己过生日，而是要以这个私人理由与更多的社会贤达、闻人名流联络感情，借以在政治上笼络人心。

一般来说，这种事情从“明面上”去看，似乎“拍马者”与“被拍者”之间没有矛盾，都是为了把事情办好。但是如何办？二者如果在之前没有深入沟通，难免要发生冲突。举例来说普通百姓家办喜事，主家说请十桌，管事的竟然给招来了二十桌或三十桌，虽然出乎主家的意料，但终归是皆大欢喜。但是，如果管事的“不长眼”，过分“积极”张罗，招来了一帮不懂事儿的客人，而且还招来了一帮子不仅白吃白喝不给份子钱，还外带喝高了就捣乱的，那主家可就费劲了。

更让中村头疼的是，山口不仅临时更改了演出样式，还更改了演出地点，堂会演出现场改在了“军校演操场”。

中村后来才知道，山口一郎接受了掌柜的建议。掌柜认为大舞台空间有所限制，山口应该多请些人过来，借以收买人心。山口当即命令把堂会改到保定军校的演操场。中村暗自顿足叫苦，军校演操场可就是出城了呀。他心里或是要大骂山口脑子进水了。这可是早春天气呀，柳树都没长芽儿呢，露天演出得多冷呀，机关长您的身体吃得消吗？若是冻出个感冒发烧，打针吃药带输液，算谁的？

更让中村头疼的事儿，安全第一呀。这荒郊野外的大操场，若有胆大妄为的抗日分子来凑热闹，趁着黑灯瞎火，搞个突然袭击该怎么办？于是，中村先派工兵去拉露天照明线，再赶紧增加警戒力量，调来了一个中队的皇协军，加强演出现场的安全防范措施，力争做到万无一失。中村绝对没有料到，山口一郎接受了“掌柜”这个“建议”，事后证明是绝对“明智”的。这场兴致勃勃的堂会演出，竟然变生肘腋，险些要了山口一郎的性命，如果这场堂会仍在大舞台演出，且不说山口会不会被刺杀，山口一郎很可能会在瞬间发生的“踩踏”事件中丧生。

《保定往事》记载：民国二十六年（1937）十一月二十九日夜晚，保定军校的演操场上临时拉起了照明灯，亮如白昼。且天公作美，气温虽然干冷，却没有风。前来参加山口生日堂会的人们，都在操场中央围坐了。山口头戴礼帽，身着中式棉袍，满脸笑容向来宾们逐一施礼。宾主寒暄不必细说，傍晚六时许，演出准时开始了。

谁也没想到，演出刚开始，负责警戒的一个是军小队，一个是皇协军中队，竟然官兵平等，日中同“泄”——集体“哗哗”跑开了肚子，演出现场临时搭建的两个厕所，很快就排起了长龙。过于“等不急”的，干脆去周遭野地里解决，稀里哗啦的排泄之声，顿时风起云涌，沸反盈天。

怎么搞的？吃坏了！

唉，中村弄巧成拙了。为保证警戒部队能够专心致志地坚持岗位，不至于因饿着肚子而走神儿，中村命令负责警戒的日军和伪军，集体提前一个小时用餐，饭菜统一由保定“得月楼”饭庄送到演出现场。中村是个负责的，他派宪兵在“得月楼”现场监督了整个烹饪流程，并负责押送，怎么能吃坏了肚子呢？

中村哪知道，“得月楼”做饭的时候，季钧派了张东山、李小仙、胡庆魁三个人，趁着饭庄忙乱，化装成厨师，混了进去，悄无声息地在做好的饭菜里下了巴豆粉。这三人虽然是骗子，但读者可以相信，他们此次“现场操作”，绝对能够保证下巴豆不会“缺斤短两”。

日伪军集体跑肚子，只是为方便季钧的手下悄无声息地混入，却并不影响堂会的热闹与杂戏的精彩。先是保定几个杂戏艺人上演了几个杂耍，接下来就是方家班的集体戏法儿。方千明还真是卖了力气，他带着弟子们演出的几个节目，赢来了阵阵掌声。

山口与来宾们正聚精会神地直着脖子呆看呢，却听到了两声手榴弹爆炸的轰响，惊慌错愕之际，操场的灯光全都熄灭了。可别以为这是放映美国大片呢，这是梅立春与马凯旋既定的计划，前来参加刺杀的队员们，听到爆炸声后，即在黑暗中动手，既便于敌人辨别不清刺客，更便于得手后全身而退。

黑暗之中，先是中村惊呆了，不对呀，所有请来的客人都事先接到通知，绝对不许带武器进场。所有参加演出的演员和所有来观看热闹的人们，也都一律经过了搜身程序，没有谁能带着手榴弹混进来呀。

没等中村想明白呢，喊杀声顿时暴起。

梅立春后来回忆说，那天，她是化装后进入演出现场的。她事先没有想到，这次刺杀行动，竟然是她参加抗战的第一场“恶战”。她一共带去十七个艺人，还事先叮嘱艺人们：“诸位同人，今天，我梅立春与你们一起去刺杀这些小日本儿，还有那些厚颜无耻给日本人献媚的同行们。如果咱们被他们抓住了，或是被他们砍死，‘咔嚓’一声，或是被他们枪毙，‘啪’的一声。这个时候，我们都得沉住气，咬紧牙关挺住，才算是好汉，才算是好艺人!”

但是，梅立春没有想到，现场的搏杀比她预想的还要残酷十分。爆炸之后，操场上立刻打斗成了一团，但见季钧手下的几十人手持砍刀之类。乘黑拥进现场，专砍日本人和皇协军。梅立春带来的杂戏艺人，则与方千明手下的艺人大打出手，或是熟人与朋友，许多人多是同台演出过，现在竟然成了敌我双方对阵，在搏斗中或是彼此叫着小名、艺名，或诨名对骂，那边骂：“你们是日本人的走狗!王八蛋!”这边骂：“我们卖艺不卖身，靠本事吃饭！你们才是王八蛋!”或是彼此并不相识，此刻却成为不共戴天的敌人，死神牢牢抓住在场的每一个人，不得脱身。激烈的打斗很快就演变成了疯狂的死拼，双方像一锅粥，搅在了一起。场内的号叫声和惨叫声，好似屠宰场，令人闻之悚然。

梅立春身在其中，她打倒了几个方千明手下的艺人，她身临这种惨烈对杀的境地，也为之身颤心酸，但她也只能硬起心肠，指挥手下向前冲杀。她直扑台下的山口一郎，却没有料到，竟然有一个黑衣人已经率先抢到了前边，一刀劈死了山口身旁的副官。梅立春看得明白，此人的功夫远在自己之上。

刚刚还在热闹演出的现场，瞬间变成了真正的人间地狱。“一丈青”“矮脚虎”带着他们的几个徒弟，奋力卷入了这一场都不知道“对手”是谁的厮杀，“黑旋风”与“豹子头”在拼杀中负了重伤，浑身血洞；“青面兽”与“浪里白条”则在拼杀中丧命；“矮脚虎”

的两眼被刺中，一条腿被砍断。

艺人之间的拼死搏斗开始之时，山口最初还很冷静，他认定，这是抗日的杂戏艺人与拥护皇军的诸如方千明这些艺人窝里反了，从而演变成了激烈的自相残杀。

山口一郎最初还抱着幸灾乐祸的态度隔岸观火，像看一场真实的中国人近身搏杀“表演”。可当他的副官死于砍刀下的时候，山口才恍然大悟，这并不是中国艺人的内讧与自相残杀，而是百分之百地冲着日本人来的。更准确地说，百分之二百五是冲着他山口一郎来的。山口惊慌之下，拔出手枪，朝天放响了，没等他再放第二枪，中村带人冲过来，架起山口便往外跑。闹肚子的日军、伪军或是被这场面吓得停止了排泄，纷纷端着枪冲了上来，枪声立时就响成了“疙瘩”。

艺人们当即停止了疯狂的搏斗，四下跑散了。一些来观看演出的日伪要人，也惊慌地抱头鼠窜。许多人当下被挤倒，凄惨的叫声不绝于耳。

《保定时报》描述当时情景：“……演出现场，须臾间呈被挑飞的马蜂窝状，观众登时哄散，人们一时拥挤不堪，数十人被挤倒于地，众人踩踏，哀号声不绝于耳。事后清场，计有三十六人毙命，五十四人被踩伤，其中九人重伤……”

山口在小野宪兵队的掩护下，仓皇逃离了演出现场，车士行、韩雨石、赵元初、冯大正等人也魂飞魄散，紧随山口一郎，仓皇离去。

午夜时分，打斗停息了，照明灯重新亮了，但见军校演操场躺满了尸体，犹如发生了一场屠杀。

（诸位来之前，都投人身意外保险了吗？如果都投了，保险公司得抓狂！）

谁制造了这场刺杀？

冯大正事后秘密向中村举报，此事与赵元初有关。

冯大正的理由是，袭击者多是杂戏艺人，其中必定有梅氏杂戏社的艺人，而赵元初与梅三娘的杂戏社关系密切，十有八九跑不了赵元初。

中村讥讽地说："证据呢？如果没有证据，你敢去山口机关长那里汇报吗？再则，赵元初当场也险险丧命，冯先生怎么解释？"

冯大正没法儿解释，喏喏而退。

到底是谁干的呢？

山口副官的尸体旁留了字条：来无影。

来无影？如此看来，"来无影"果然匿身在保定？

山口找来宪兵队长，恨恨地骂道："要立刻找到这个'来无影'。"

来无影么，顾名思义，当然就是没影儿了。那就抓捕所有参加演出的艺人们吧，难道你们都是"来无影"？

可是艺人们也大都抓不着了，梅家班的艺人已不见踪影，其他演出的艺人也都跑了大半，只有方千明的方家班全部落网。当然了，第二天上午，方千明就由中村保释了。

山口就是用屁股想，也不会怀疑方千明呀。

山口这一场生日堂会演出，简直是一场恶梦。

山口后来说，这是他进驻保定之后，第一次感到了恐惧。

山口呀，且少安勿躁，你更大的恐惧还在后边。

张宗民被捕

民国二十七年（1938）春，张宗民的队伍已经有了三百余人枪。张宗民按照唐行一的策略，对外则"号称"有三千余人枪，共有十几个山头。这个"造假"数据，除张宗民、唐行一之外，所有下属一概蒙在鼓里。

唐行一认真地说："司令，这样虚张声势，实为兵不厌诈。这个'诈'字么，不只为了蒙蔽日本人，也要蒙蔽我们自己的部队，目的是提高部队的战斗士气。"

张宗民则苦笑说："参谋长呀，你这真真假假的，我也给搞蒙了呀!”

这天早上，张宗民冒着潇潇的春雨巡山回来，摘了帽子甩甩雨水，对唐行一笑道：“参谋长，咱们憋屈了一个冬天，春暖花开了，咱们得练练手呀!”

“司令什么意思呀?”

“我们去打晾甲庄。”

“我同意，现在咱们人多势众。”

“那就早动手。”

“司令说得对，这种事儿赶早不赶晚。”

“参谋长，还有一件好事。”

“什么好事?”

“前些日子派出去的探子昨晚回来报告，杨大友、刘啸尘都活着呢，手下还有百余号人枪，在插箭岭一带活动。”

唐行一喜出望外，击掌笑道：“太好了，让他们来百丈岩会合。”

张宗民鬼鬼地笑了：“我仔细想了，我带着队伍迎迎他们，干脆在燕子岭会合，把晾甲庄的事儿也顺手办了。”

“好，就在燕子岭会合。”

“我明天派人去插箭岭，给杨大友、刘啸尘送信。”

“事不宜迟。”

没等张宗民派人与杨大友、刘啸尘联系，马凯旋却派人匆匆赶到百丈岩，给张宗民送来一封信——赵元初写的。

赵元初在信中说，要求张宗民与唐行一考虑，与特务处保定情报组联合搞一次行动，对保定城内的日伪部队进行一次报复性打击。赵元初要张宗民进城一趟，与马凯旋当面协商具体方案。

张宗民看了信很高兴，他跟唐行一商量后决定，他先去保定，与马凯旋商定联合作战的具体方案，待此次战斗结束后，再商议如何收拾晾甲庄。唐行一即写信给杨大友与刘啸尘，命令他们在插箭岭多盘桓些日子。

第二天，张宗民便带着十几个人，匆匆下山。

唐行一送到山下，与张宗民作别。叮嘱张宗民路上小心，早去早回。唐行一却万没想到，张宗民这次下山，日军事先已在途中埋伏了。唉，说来泄气，日军早已收买了张宗民的随从司定元，司定元早就暗中当了日军的情报员。

司定元是什么时候叛变的？

张宗民率部于百丈岩站住脚后，一些生活用品多是派人到唐县、完县甚至到保定秘密采买。因路途太远，有时来回要几天时间。张宗民要求采购人员回来时不要带来尾巴，他却没有想到，有人会在途中叛变。比如司定元。

那一次司定元下山，任务是到保定买药。不承想，他途经唐县的时候，便被唐县的侦缉队盯上了。侦缉队抓了司定元，最初只是怀疑，并无证据，可是司定元竟然是个不禁打的㞞包软货，只被拳打脚踢了一顿，还没动大刑呢，他就哭哭啼啼地全交代了。

侦缉队做梦也没想到还真抓了个抗日分子，而且还是张宗民的随从，当即就把司定元交给了唐县的日军宪兵队。唐县的日本宪兵队长名叫佐藤树下河之地小时野夫，他的直觉认定了司定元的“重要性”，即直接打电话给山口。山口当即命令佐藤，要“策反”司定元，争取拿到准确情报，以期一举消灭张宗民的部队。于是，司定元便当了日军的“卧底”，他每每把情报按约定时间送到百丈岩山下的一棵树下，佐藤则派人去取。这次张宗民下山的消息，即是司定元头天晚上送出去的。

张宗民走出百丈岩山谷的时候，突然起了疑心。

有人给张宗民通报消息了？绝对没有。张宗民后来说，他只是凭着多年的战争经验，对危险有了直觉。他感觉似乎有杀气一路尾随着他，他感觉前边或是有一大网已经张开，正等着他。作为一个戎马多年的职业军人，这种直觉很靠谱，绝非疑神疑鬼。张宗民满腹狐疑地走出百丈岩山谷，立刻让一行十几个人分成三路，各自取道，到保定城内集合。

张宗民后来说，他当时想的是，分成三路，就等于分散了日伪的注意力。即使日伪军真的为他张开大网，他们也未必知道张宗民在哪拨人里边。可张宗民还是失算了，如果专心致志要逮一只兔子，猎人绝对不会只设一张网，张宗民这只“兔子”还是被日军准确地打了“伏击”。因为，他身边有司定元这个日本人的“卧底”。

张宗民带着司定元三个人，刚刚走到唐县城外，便被日军伏击了，张宗民手下的两个警卫员被打死了，张宗民则跟司定元跑散了。

张宗民知道，此时若回百丈岩，肯定还会遇到埋伏，他干脆一路向北跑下去了。一群日伪军则在他身后穷追不舍，因为他们知道，这个人不是“兔子”，而是条“大鱼”。他们更知道的是，这条“大鱼”就是大名鼎鼎的张宗民。

往北去十多里，是一个名叫于家坊的大镇子，这天正是集市，人来车往，十分热闹。（保定沦陷后，周遭集市贸易虽然大减，但是民间商业总是要进行的，而且日军为了制造东亚共荣的假象，以混淆国际视听，也极力推动集市贸易。）日伪军追进来，集市一片大乱。路边有一个卖糖的老汉，老汉“盯”了张宗民一眼，紧两步上前，拉住张宗民。张宗民刚要挣脱，老汉低声道：“跟我走！”便拉着张宗民跑进一条胡同，把张宗民领进了一个宅院，关了街门。这是老汉的家。

老汉请张宗民进屋，二人相对坐了。

张宗民拱手道：“感谢老人家，今日亏得你掩护才脱险，来日定当厚报。”

老汉摆手笑了：“张司令，莫要说厚报的话，日本人早就悬赏一千大洋买你的人头，我若贪财，就去报告了。”

张宗民惊讶了：“你认识我？”

老汉长叹一声：“张司令还记得不？当年有个姓杨的王八蛋，欺侮了我女儿，让赵长官下令枪毙了，那时，你是赵长官的部下，是你亲手枪毙了那个姓杨的王八蛋，我不会记错。我今天敢在街中救你，一是本分，二是报恩呢！”

“是……这样呀！老人家，你一家人还好吗？”说着话，张宗民四下打量，屋内空空，没有他人。

老汉摆了摆手："提不起了。我老伴和女儿、女婿，还有一个外孙，都被日本人的炮弹炸死了，现在只剩下我一个人了。"说着，两行老泪就落下来。

"……老人家，节哀顺变吧。"张宗民难过地点头。

老汉一番唏嘘之后，便去给张宗民做饭了。

张宗民悄然走到院子里，借着街门的缝隙去看街中，但见有日本兵在街中匆匆过往。张宗民正寻思着脱身的办法，老汉喊他吃饭。

张宗民回到屋里，炕桌已经摆好，老汉端着一碗面条进来了。

张宗民笑着叮嘱了一句："老人家，一会儿我便走了，我来你家的事儿，千万不要对别人讲呢。"

老汉怔了怔，即把面条放在炕桌上，嘿嘿笑了："张司令，你还真是疑心呀。行，行！你吃饭，吃完了，我有个让你放心的'办法'呢。"

张宗民点头笑道："你能有什么让我放心的办法呢？"就乐呵呵地吃面条。

吃完了，他感觉还是口渴，想喝碗面汤，就喊老汉盛碗面汤进来，可是老汉没应声，张宗民就自己端着碗去了厨房，登时就傻了，一只碗"咣当"扔在了地上。

老汉躺在了厨房里，厨房里一地血泊，老汉已经用菜刀抹了脖子。唉呀！难道这就是老汉让张宗民放心的"办法"？

张宗民当即傻了。他狠狠打了自己一个耳光，为什么要怀疑人家呢。这老汉的性情真是刚烈呀！

不是所有的草民都能被收买，不是所有的草民都见钱眼开。

张宗民落泪了，他扯下炕上的席子，卷裹了老汉，即在院子挖了个坑，埋了老汉。他跪下重重磕了三个头，拾起身叹道："我真是个糊涂虫啊，连你老人家的姓名都没问呢！老人家暂且安歇，过后，我张宗民一定给你做副上好的棺材，重新入殓！"

张宗民只身去了保定，他进城之后，便去了西大街，找到了一个算卦看相的“命馆”。他左右看看，即抬腿走进去。但见一个戴着瓜皮帽的汉子低头坐在屋里。

张宗民笑呵呵地上前问一句：“老赵让我来算一卦，算算我走不走运。”这是一句接头暗语。张宗民刚刚说完，他就后悔了，他醒悟自己过于急躁，且疏忽大意了，这个已经几年不用的联络点，或是已经暴露了。

戴瓜皮帽的汉子抬起头来，冷冷的目光着看张宗民，张宗民见势转身要走——已经来不及了，一阵脚步乱响，门外闯进来几个便衣，用枪逼住了张宗民。一个便衣上前，下了他的枪。

再听到几声干笑，中村走了进来，讥讽地笑道：“张司令，你就不用算了。我已经替你算过了，张司令今天很不走运，有虎落平阳之虞呀！”

中村身后跟着耷拉着脑袋的司定元。张宗民看了看司定元，呵呵笑了：“我说么，日本人怎么像狗似的跟得这么紧呢，原来是你个王八蛋捣鬼呀！”

司定元红了脸：“司令……”

张宗民嘿嘿笑了，瞪眼问道：“司定元，你把我老张卖了多少钱呀？”

司定元支吾其词：“这……”

张宗民瞪眼吼道：“你个浑蛋，你出卖了我，总得让我知道我被卖了多少价钱吧？”

中村上前，拍了拍张宗民的肩膀，非常友好地嘿嘿笑道：“张司令，事已至此，何必闹脾气呢。走吧。”

中村把张宗民带到特高课关押了。

山口一郎事先叮嘱过中村，抓到张宗民之后，不急于审讯，先晾上几天，去去他的火气再说。

山口并指示中村，关于张宗民的事儿，可以与“掌柜”先生商量下。

中村按照山口的指示，又去了那间密室。

只是密室的入口又改到了一间宽绰的书房里。外观上看，这间书房的墙壁与普通墙壁没有什么差异。外人不知道的是，普通的墙壁是固定的，这间书房的墙壁却可以移动。

一面墙是书橱，另一面墙上悬挂着王献之《雨季帖》摹本条幅。中村伸手转动了一下条幅的垂轴，他眼前的墙壁开始缓缓移动，渐渐完全洞开。中村看了一眼身后的“一丈青”，“一丈青”会意，率先走进了密室，中村随后跟了进去。

中村始终弄不明白一个问题，他每次与掌柜谈话，“掌柜”为什么坚持要竹桥美惠子跟随呢？离群索居、首尾不见的“掌柜”先生，或与美惠子之间藏匿着什么秘密？

中村进入之后，或是踏动了机关，密室的门缓缓闭合了。

密室深处有一微弱的烛光摇曳，中村与“一丈青”的身影被夸张地放大了，在墙壁上绰绰晃动，中村倏然间感觉到莫名的压抑。

中村走到烛光前，平淡地说道：“‘掌柜’先生，我来了。”

密室深处的墙壁里，传出来“掌柜”那干涩的声音：“中村课长神机妙算，恭喜你抓住了张宗民。”

中村笑道：“纯属偶然得手，‘掌柜’先生过奖了。您有什么吩咐？”

“掌柜”问道：“我请中村课长过来，只是想问问，你们为什么没有枪毙张宗民？”

中村笑了笑：“如何处置张宗民，由山口机关长决定，我没有权力过问。”

“掌柜”冷笑了一声：“我猜得不会错，山口一郎对张宗民另有企图吧？说得直白些，山口机关长想劝降张宗民。”

中村点头道：“我也这么考虑过。”

“他为什么不让赵元初去劝降呢？”

“或许机关长正在考虑。”

“中村课长，告诉你一个我的人生经验：古往今来，世界上所有自作聪明的失败者，错误的根源就只有四个字。”

“请‘掌柜’先生指教，哪四个字？”

“一厢情愿。”

中村听得肃然，一时沉默无语。

“掌柜”突然干咳起来，好一刻才停下来，嘲讽道：“此事你不能糊涂，张宗民此人，性格顽劣且固执，任何人劝降，也必定无济于事。即使赵元初出面劝降，不仅无效，二人若策划些什么，或许还要惹出别的事端。山口那里我会去说，总之，张宗民必须死。”

“一丈青”看到，中村的身体轻微地颤了一下，没有说话。

“掌柜”的干涩声音哑了片刻，兀自委顿下来，低叹一声：“我再重复一遍，你们如果不杀掉张宗民，必定后患无穷。中村课长，我请你过来，只是想证实一下你们的心思。我已证实过了，你们……走吧。”

中村对“一丈青”轻声说道：“我们走了。”说罢，二人的脚步有些迟缓地走出了密室。

中村走出书房，站在院子里，呆呆地抬头望天。

“一丈青”不知所措地站在中村身旁。

中村仰天站立了片刻，轻轻叹了口气。

“掌柜”猜测得很对，不杀张宗民，山口的确有些想法，中村知道山口想劝说张宗民投降。如果张宗民能够归顺，无论在政治上还是军事上，都是对瓦解保定抗日力量的一个大大的收获。山口岂能放过这个机会。山口通过司定元的情报，已经仔细分析出，张宗民确属周遭力量最强的抗日部队，他手下有“三千余人枪”的队伍呢。

（行文至此，读者明白了吧，这便是唐行一数字造假的社会效应。）

中村却也知道，劝降张宗民是一件难度很大的事。

他不理解山口一郎，为什么不让赵元初出面劝降呢？张宗民曾是赵元初忠勇的部下，一直唯赵元初马首是瞻呀。中村想象不出，赵无初如果知道了张宗民被捕的消息，会有什么样的反应呢？

赵元初得到张宗民被捕的消息时，正跟徐飞扬喝茶聊天呢，赵元初心里一急，当下就把茶碗摔了。他顿足道：“哎呀，张宗民呀张宗民，你怎么就不会小心一点儿呢！”

徐飞扬皱眉：“义明呀，你先别急……”

“我能不急吗？”

“我知道，你们情同父子……”

赵元初气急败坏地摆手：“不是这个事儿，是他手下那些人……”

“你且听我说，日本人暂且还不至于……”

赵元初冷静下来，点了点头：“你说得是，山口还不至于立刻就杀掉张宗民。”

徐飞扬皱眉想了想：“我猜测，山口必定有招降张宗民的心思，他不仅看中了张宗民手下的三千余人枪，还奢望利用张宗民的能力与声望，为日军组织人力、物力。要做到这些，山口必定要使用张宗民的旧交去劝降，首当其冲包括你。”

“如果是这样，就给了我们喘息的时间，我们就能想办法救张宗民出来。”

“对呀！”

徐飞扬所料不错，山口想招降张宗民，是因为他预想张宗民投降后的成果很大。

山口后来说，他不仅看中了张宗民手下那三千多人的队伍，他还要利用张宗民的组织能力和声望去组织兵源，为皇军所用。而且更想利用张宗民的队伍去剿灭保定周遭的抗日武装。

山口先是找来吕士奎与高达成兄弟，让他们以旧友的身份前去劝降。山口命令中村，继续寻找能与张宗民套上交情的人物去劝降。一句话，张宗民这个人以及他手下的三千多人的队伍，对日军很重要。

中村则当面向山口建议，应该先让赵元初出面，赵元初曾是张宗民的直接上司，更容易说话。

山口却摆手笑道：“赵元初么，我最后再派用场吧，先让吕士奎这些小虾小鱼戏戏水，我也借此机会，看看他们的深浅呢。”

中村皱眉道："'掌柜'先生却建议我们立即杀掉张宗民，他担心如果一味招降张宗民，怕是要生出事端。"

山口的口气有了讥讽的味道："哈哈！'掌柜'先生一贯心思缜密，这一回或真是多虑了。所谓智者千虑，也有一失么。"

中村知道，山口一郎对一直躲在幕后的"掌柜"颇有微词。"掌柜"倚仗着与土肥原的莫逆交情，偶尔在山口面前也显露出前辈教训后辈的口气，虽然这种口气不多见，但是已经深深刺激了自信而傲慢的山口一郎。

中村担忧："机关长，张宗民是一员猛将，他能轻易被劝降吗？"

山口讥讽地笑道："猛将？你是读过中国书的，当年那个名叫洪承畴的猛将，结果怎样？还有梁山泊那些好汉结果又怎样？"

中村点头笑了："机关长说得是，中国人所谓的好汉，大都信奉不吃眼前亏的处世哲学。"

钱如雪之死

民国二十七年（1938）六月，日本驻北平山田司令官给日军驻保定丰田司令官发来电报，日军定于八月初在北平召开"庆祝日军进驻北平一周年暨建设东亚共荣模范城市"的大会。保定作为北平周边城市，山田司令官要求保定派遣数名社会贤达代表参加庆祝大会，并要求再派遣若干知名艺人届时到会奉献演出。

由"掌柜"提供建议名单，丰田司令官与山口机关长商定，即决定了参加此次会议的社会贤达名单，如车士行、穆柏枫、赵元初、徐飞扬、傅剑涛、冯大正、韩雨石、赵至孝等人；并圈定了进北平奉献演出的艺人名单，如方千明、梅三娘、许敬豪、付浩声、钱如雪、袁世河、张士杰、秦玉鹏等人。

由山口一郎亲自出面，邀请社会贤达进京与会，除穆柏枫与徐飞扬托病不出外，其他人都欣然接受了邀请。

由中村青木出面，邀请参加演出的艺人们。他先找到了方千明，方千明登时喜出望外、万分感激，当即满口答应，表示一定要拿出看家本领为皇军献演。但是方千明出于“争宠”，却提出了一个条件，他坚决反对与梅三娘和许敬豪同台演出。他并“好心”提醒中村青木，如果这两个人在演出中故意演砸喽，且不说他方千明脸上无光，也怕是搅了皇军的“兴致”呢。

中村把方千明的意见如实反映给了山口。山口细想想，也认为方千明讲得有些道理，便从名单中划掉了梅三娘与许敬豪。真是有如神助，方千明这个“同行是冤家”的提议，却是解救了梅三娘与许敬豪。

除却方千明几个想在日本人面前露脸的艺人，当即欢欣鼓舞，一些不愿意给日本人演出的艺人，却是为难了。可是为难归为难，刺刀下的协商还能有什么结果，唉！去演吧。

但是，就有坚决不肯去演的。

比如钱如雪。

这天清晨，钱如雪刚刚练完功，中村便亲自登门邀请，具体说了邀请钱家班去北平参加演出的事儿。钱如雪听罢，则不卑不亢地说，要跟班子里的同人们商量商量，便打发走了中村，请他去“静候佳音”了。

钱如雪住在保定南大街“柳树胡同”的一个大宅子里，宅子很阔绰，三进两出，前后院共十七间房子。院子里养花种草，还种着苹果树、柿子树、梨树、枣树，十分宜人。这宅子原是钱如雪的父亲钱志明当年在保定落脚后买下的，钱志明去世后，钱如雪就住在这里了。除了嫣红陪她，钱如雪还雇着两个男用人。一个名叫张鹏，看门；另一个名叫李初冬，洗衣做饭。

中村走后，钱如雪便把嫣红叫到了屋里。

嫣红问：“大姐有事儿?”

钱如雪长叹一声：“妹子呀，钱家班要散了。”

嫣红愣怔了一下：“大姐……”

钱如雪点了一支烟，深深吸了一口，徐徐吐出烟雾：“是真的。”

嫣红眼里含了泪：“怎么会这样……”

钱如雪优雅地吐了个烟圈儿，伤感地笑了笑：“嫣红呀，常言道，人生如戏，戏如人生，热闹与冷清，从来都是如影随形。屈指算来，你跟我九年多了，咱们姐妹也算得上知心了，你若看上谁了，就嫁了吧。姐出嫁妆。”

嫣红抹了把眼泪，叹了口气：“大姐不嫁人，我就不嫁人。”

钱如雪凄婉地笑了笑：“我这辈子么，跟过许多男人，可我一个也没看上。还别说，我最近还真是看上了付浩声，可是我这人心高气盛，竟也跟他闹了多少年的别扭……算了，不说了不说了。”钱如雪摆摆手，长叹一声：“我这辈子也就这样了。”

钱如雪掐掉了手里的烟，起身从衣橱里取出一个包袱，放到嫣红面前：“妹子呀，这是五十根金条，你知道姐姐我手面大，这些年挣了不少，也都胡乱花销了，这是给你攒下的，你拿去找个好人家……”

嫣红的泪就落了下来：“大姐，我这辈子就跟定你了，哪儿也不去。”

钱如雪摇头笑笑：“说傻话呢？日本人已经盯上我了，你要跟着我，便是走不脱了，拿着这包袱，快走吧，如果我能躲过这一劫，咱们姐妹还是要见面的。”

嫣红只是哭，不作声。

钱如雪登时恼了，厉声喝道：“你哭什么哭？我还没死呢！快走吧！”

嫣红不敢再说，起身拿了包袱，重重地看了一眼钱如雪。

钱如雪则转过身去，挥挥手：“快走吧！别让我着急了！”

嫣红抹了把眼泪，出门走了。（唉，嫣红却是没有走。她是个厚道性格，出了钱宅，她兀自想想，前几天上街没带钱，在脂粉店铺赊了账，她思忖这一走或是不能回来了，即去了城西的脂粉店铺还账。按说，这也用不了多少工夫儿，坐人力车一会儿就到了。可嫣红却是个节俭的性子，她总想着钱掌柜挣钱不易，她是走着去的，保定城虽说不大，可从城东到城西，也要走一阵子呢。嫣红去店铺交了钱，就耽误了时间，城门已经封锁，她就出不去了。后来，她又遭侦缉队追捕，东躲西藏，疲于奔命之际，竟然投奔了马凯旋。始料不及的是，最后她竟然被马凯旋发展成为军统的地下交通员。此是后话，下面再说。）

钱如雪转过身，看着嫣红出了门，便派张鹏去挨个儿通知戏班子的十几个人来她家吃饭，又让李初冬到街中采买熟食。不一会儿，戏班子的人都陆续赶来了，在院子里的一张大桌子围坐了，钱如雪让大家喝酒吃饭。钱如雪喜笑颜开，似乎什么事情也没有发生。众人吃饱喝足，正在嘻嘻哈哈地说笑，钱如雪则起身宣布：钱家班就此解散。

众人都大吃了一惊。

“钱先生，这……”

“钱先生，为什么呀？”

“钱先生……”

钱如雪摆了摆手，朗声笑道：“诸位同人，且听我细说，中村这个小日本儿要咱们钱家班去北平演出，哄北平的日本人高兴。我钱如雪是个戏子，可我是中国人的戏子，不是小日本儿的戏子，我就是解散了钱家班，也不会去参加这次演出。所以，刚刚我们吃的是散伙饭，钱家班从此解散。大家听明白了吗？”

众人当然听明白了，却脑袋蒙蒙地看着钱如雪，谁也不说话。

钱如雪苦笑了一声：“诸位，我钱如雪五岁登台，唱了整整三十年的戏，如果说这世上还有什么让我着迷的，那还就是唱戏。为了唱戏，我钱如雪至今也没嫁人，为什么？我怕嫁人耽误了我唱戏。解散戏班子？我做梦也没有想过呢，可今天，我就得解散这戏班子了。这比拿刀子割我的肉还疼呀……”说到这里，钱如雪的声音哽咽了。

众人默不作声听着，有人低声哭了。

钱如雪顿了顿，使劲儿憋回了眼泪，她冷冷笑道：“小日本儿把我钱如雪当成什么人了？休说让我给他们唱戏了，我钱如雪就是改行到窑子里当‘婊子’，也只伺候中国的爷们儿，也不会伺候小日本儿！我从业三十年，精忠报国的戏我唱过不少，可那都是在台上唱。现在，我钱如雪就想在街上唱唱‘精忠报国’了！”

众人鸦雀无声，满院子只听到钱如雪愤慨激昂的声音回响。

钱如雪的声音再次哽住，她不再说了，挥手让张鹏、李初冬从屋子里搬出来两个箱子。打开一看，里边装满了银圆。

钱如雪说：“今天解散了钱家班，大家也就得另谋生路了。这一箱子钱，大概有大几千块吧，是我这些年唱戏积攒下来的，我这人爱吃爱穿更爱花，攒不下钱财，也就剩下这些了，大家分一分，就各自回家吧。”

李初冬颤声说道：“钱先生呀，我没家了，爹娘都给日本人的飞机炸死了，我就跟您了，您去哪儿，我们去哪儿。”

“是呀，钱先生，我们就跟定您了……”

“就是跟着您了……”

钱如雪摆手笑了：“大家说笑话呢，我不唱戏了，你们跟着我吃什么？喝西北风呀？你们总得吃饭呢。戏嘛，你们总是要唱的，只是记住，咱不要给小日本儿唱！”

“钱先生不给小日本儿唱，我们都不给小日本儿唱。”

“钱先生放心吧，谁给日本人唱戏，谁就是王八蛋。”

“不唱！”

钱如雪哈哈笑了起来：“好，好！咱们不枉搭班唱了这些年呢，你们这话对我的心思，分钱吧！”

众人就上前把钱分了。

钱如雪让张鹏从屋里拎出两桶煤油，在前后院十几间房子的周遭泼了。众人看得眼呆，但见钱如雪划火柴点了支烟，随手将火柴丢过去了，就听“轰”的一声，十几间房子登时被烧着了。房子或是被这突如其来的大火烧得疼了，发出痛苦的爆裂声。很快，房顶也劈劈啪啪地烧穿了，火苗子惊慌失措地向着天空窜逃。

有人惊讶地问：“钱先生，您怎么烧房子呀？”

钱如雪冷笑："我就是要断了我钱如雪的退路。兄弟呀，听你口气，你舍不得呀？"

有人竖指笑了："钱先生呀，您烧您的房子，我们有什么舍不得的，我们是服气您钱先生，真是巾帼不让须眉啊。"

钱如雪笑道："好了，大家都散了吧，消防队要来了呢。"

顷刻工夫，便听到街中急急的铃铛响，消防队救火车匆匆赶来了，乘着消防队乱哄哄灭火的时候，钱如雪换了便装悄然出城去了。

这是钱如雪事先设计好的，趁乱出走。可是钱如雪千算万算，却没能走成。

警察局已经派了侦缉队在各个城门盘查。李二愣在城南的出口拦住了即要匆匆出城的钱如雪。

李二愣讪笑两声："钱先生，您这是去哪儿呀？"

钱如雪眼睛一瞪，讥讽地说："李二愣，你也真神气了？我去哪儿你管得着吗？"

"不敢，不敢，我当然管不着了。"

"闪开，我要出城。"

"哎呀，钱先生，您别为难我，我也是给人办差呢。您看，有人追您来了呢。"

钱如雪回头看，但见小野和李铁牛带着人匆匆追赶来了。

钱如雪摇头苦笑了一声："看起来，我钱如雪今天果然出不去了呢。"

李二愣赔笑道："钱先生呀，有什么事儿好商量么，您……"

钱如雪冷笑了一声："你说的是屁话呢，我钱如雪能给日本人唱戏吗？"

小野和李铁牛赶上来，小野皱眉道："钱，你去哪里？"

钱如雪柳眉竖起，瞪着小野："我去哪，你管得着吗？"

李铁牛恼了："钱如雪，你别给脸不要脸呢。"

钱如雪一口唾沫啐在了李铁牛的脸上："呸！你才不要脸呢，华侨山死了没几天呢，你就有了新主子了？还是日本主子？”

李铁牛揩了揩脸，“咣”地火了：“钱如雪，你不就是个臭唱戏的吗？你别不识抬举。”

钱如雪冷笑：“李铁牛你个王八蛋，老娘是唱戏的怎么了，唱戏的都是要场面的人呢。你知道什么叫场面吗？”

“你要什么场面？”

“场面？今天的场面，就是你去死！”话音未落，钱如雪已经腾身拧了一个旋子。

若说钱如雪，真是一个天生的戏骨，这一个旋子拧得如鸟儿一般轻盈，如风一般迅速，人们看得眼呆，但见钱如雪一个旋子拧过，已经劈手夺过了一个警察手里的步枪，手再一扬，步枪就箭一般飞了出去。这步枪若是不响，能有什么用呢，岂不是烧火棍了吗？但是，钱如雪的力道却让这支步枪有了标枪一般的锐利，只听“噗”的一声，这条步枪的枪筒就硬是扎进了李铁牛的前胸，登时鲜血迸溅。再听李铁牛痛苦地大叫了一声，眼睛直呆呆地看着仍然在空中旋转的钱如雪，然后，李铁牛就像一根被砍下来的木桩，“扑通”一声栽倒了。

如此下场，李铁牛到死也不会想到。

这骇人的场面突如其来，小野被惊得连连倒退了几步。

钱如雪亮了一个“平沙落雁”的式子，就稳稳地站在了城门口。钱如雪茫然四顾，但见一群警察和日军士兵荷枪实弹地围了上来。

钱如雪仰天长叹了一声：“唉！偌大一个保定城，谁都知道我钱如雪是个要样儿要面儿的人呢，真是想不到呀，我今天死得竟然是这样不体面呢！”

说罢，钱如雪腾空而起，闪电般拔出了小野腰中的挂刀。小野惊慌失措，连连倒退了几步，呆呆地看着钱如雪。

但见钱如雪仰天爽朗一笑，便横刀自刎了。

惊慌失措的小野忙上前去看，钱如雪已经倒在了血泊之中。

钱如雪不必惋惜她死得不体面，她死得绝对有尊严而体面。

[保定学者何云龙先生在《保定民国艺人考》一文中说：日军侵占华北后，艺人的出路只有三种。一、“好汉不吃眼前亏”，投降日寇，极尽谄媚奉承之能事，票房照旧，且只多不少，日子优哉游哉。如张士杰、秦玉鹏等。二、歇业改行，拒不上台。如付浩声躲到乡下种菜，再如京戏名家梅兰芳蓄须罢演。这类艺人的生活境况，必定穷困潦倒。三、“宁死不合作”。如钱如雪这类，结局只能是“慷慨赴死”这四个字。

当代作家张固先生赞叹钱如雪：慷慨赴死，求仁得仁。惟其义尽，必定仁至。钱如雪给保定艺人长了“颜色”。钱如雪竟是个出淤泥而不染，芬香四下，没有俗气，只有一缕英气留汗青。

《保定人物》记载：钱如雪（1903—1938），女，直隶通州人。民国时代著名河北梆子演员。她五岁登台，八岁唱红。短短的一生，演过三百余种剧目。曾灌有唱片《大登殿》《汾河湾》《瓦岗寨》等十余种。]

钱如雪死了。山口怒不可遏，狠狠打了小野几个耳光：你真是个笨蛋呀！怎么能眼睁睁看着钱如雪在你面前自杀了呢？

山口再次重申了命令，无论如何也要找到付浩声。已经死了个钱如雪，付浩声不能再出意外。如果付浩声再出意外，你们就统统死啦死啦地……

这可给小野出了难题，付浩声早已经解散了戏班子，举家离开了保定，谁知道他去哪儿了呢？其实，小野即使找不到付浩声，山口也不能真的让小野死啦死啦地，那就只有……放弃了吧。可小野竟然找到了付浩声的下落。

唉，从来都是家贼难防呀。付浩声的徒弟李宝明得知了日本人寻找付浩声的消息之后，立刻跑去宪兵队报告了。李宝明言之凿凿地说，付浩声在满城县。因为他曾见到颜若兰搬家往满城县方向去了。

小野当即带人匆匆赶到了满城县，却找不到付浩声的住处，便让李宝明四处查寻，李宝明便在满城县乱找了一气，不经意间却发现了正在街中匆匆赶路的颜若兰。

颜若兰跑出来干什么?

这事儿说起来也是个纠结，付浩声解散了戏班子之后，郝宝成死活不肯离开，便跟着付浩声到了满城。付浩声前几天闹嗓子，有事弟子付其劳。郝宝成便去保定城给付浩声抓药。那天郝宝成进了保定城，便看到了日本人刚刚张贴的文告，文告公布了保定进北平演出的艺人名单，付浩声名列其中。郝宝成抓药回来便告诉了付浩声和颜若兰这件事儿。

颜若兰料想日本人绝不会放过付浩声，她今天起了个大早儿，瞒着付浩声进保定城找到梅三娘，央求梅三娘给付浩声另找一处藏身之地。眼下颜若兰不敢相信别人，却信得过梅三娘。梅三娘爽快地答应了，她让颜若兰赶紧回去收拾一下，随后便让梅立春带付浩声一家去完县孙家村。

颜若兰兴冲冲从保定回来，却没想到，李宝明竟然一路悄悄跟踪了她。

颜若兰回到了雾灵山脚下，进了院子，付浩声正在跟郝宝成浇菜地。见颜若兰进来，付浩声停下手里的活儿，笑道:“若兰，你一大早就悄悄走了，上哪儿去了?”

颜若兰尚未答话，但听街门一响，李宝明闪身走进来，拱手笑道:“师父，多日不见了。”

付浩声惊讶了一下:“哦，宝明呀，你怎么来了?”

“师父呀，我是一路跟着师娘来的。你这地方好难找呢。”李宝明笑嘻嘻地四下打量。

颜若兰怒目而视:“李宝明，你长胆子了，敢偷偷跟踪我?”

李宝明急忙笑道:“师娘，别误会，我可不敢跟踪您呀。”

付浩声皱眉道:“宝明呀，找我有什么事吗?”他使了个眼色给郝宝成，郝宝成便出了院子。

李宝明摆手讪笑道:“师父呀，我是一个人来的，日本人不知道您住这儿。”

“多谢了。”

“师父呀，我这次找您来，就是劝您去北平演戏呀。师父呀，你如果不去，日本人是不肯善罢甘休的。”

“这我知道。”

“那您答应了？”

“宝明呀，你跟了我多少年？”

“师父呀，我是民国十三年跟着您的，那时师父刚刚搭班儿，嘿嘿，算起来，戏班儿里我是最早跟着师父的呢。”

“你是怎么进班的？”

“师父呀，当年我饿倒在城外的路边，是师父捡回来的呀。”

“我如果不捡回你呢？”

“哎呀，我早就死了，师父对我有救命之恩呢。”

“好，好，亏你还能记得。”

“师父……”

“你还记得当年我与钱如雪翻脸之后，我的戏班儿闹过三回事儿，赔了不少票房。你知道是谁干的吗？”

“都是胡宝良干的呀，他见钱眼开，被钱如雪那个贼女人收买了，才干出那种吃里爬外的缺德事儿。师父菩萨心肠，没有惩治他，真是便宜了他。”

“我没有惩治胡宝良，是因为胡宝良还有人性。”

“人性？他胡宝良还有人性？”

“我了解过了，胡宝良的父亲得了重病，他无钱给他父亲治病，钱如雪才能乘虚而入。总之，胡宝良是为了孝敬老爹才坑害我的。我没有揭破这件事，只是因为他嗓子坏了，不能再吃唱戏这碗饭了，让他体面地离开了付家班。”

“我知道他的嗓子坏了，唱不了戏了。”

“可你知道胡宝良的嗓子是怎么坏的吗？”

“……不知道。”

“是我给他弄坏的。”

“这……”

“简单说吧，是我给他下了药，使他从此嗓音嘶哑。之后我给了他一笔钱，算是补偿，让他回家了。什么意思呢？我就是不让他再吃唱戏这碗饭了。再往明白里说，我不能再让这样一个烂人祸害戏班子了。”

“哦，原来是这样。”

“可是我放过了一个人，一个帮助胡宝良给戏班下泻药的人。”

“谁？”

“你。”

“师父……”

“我现在可以告诉你了，胡宝良临走前良心发现，向我交代了一切，他告诉我，是你收了他的钱，帮助他给戏班下了泻药。”

“师父……”

“我当时为什么没有惩治你？因为你毕竟跟我时间太久了，日久生情，我待你视如己出，我想或是你年轻懵懂，一时犯了糊涂，便想让你主动承认，人生便是长了个教训。可是你没有。我就想再等等，可是呢？”

付浩声摇头苦笑了：“我一直等到日本人进了保定，你也没有向我坦白这件事。”

颜若兰听得呆住了，这事儿付浩声竟然一直瞒着她。

颜若兰冲上前，愤怒地大喝了一声：“李宝明……”

付浩声轻轻摆手，制止了颜若兰。

他冷若冰霜的目光看着李宝明：“宝明呀，江湖上有一句骂人的话——婊子无情，戏子无义。真是难听得很呀！其实呢，我们唱戏的，天天在台上演的，就是那些个忠孝节义的故事，警世也警己。我们耳濡目染，口口相传，也就是这些个礼义廉耻的故事。为人处世么，戏子最应该讲究义字当先，为什么就招来了‘戏子无义’这句挨骂的话呢？细想想，这个行当，也就是让你们这些害群之马搞得声名狼藉了呀。宝明呀，我早就想找你了结这笔旧账。不承想呢，你今天竟然送上门来了。”

李宝明大惊失色：“师父……”

付浩声长叹一声：“宝明呀，说实话，今天你进门之前，我还没有动过杀你的念头，只是想若见到你，当面教训一顿，把你逐出师门便作罢。可是，你投降了日本人，还帮着日本人来找我，如此欺师灭门，我就只能杀了你这个孽徒。”

李宝明惶惶地说：“师父呀，您不能……”

“如果你还有什么话，就去对阎王爷说吧。”

付浩声的目光中便有了凛凛的杀气，李宝明不敢再看，猛地转身，就向街门外跑了。

李宝明惶恐地跑出门外，却扑通倒在地上了。他的头被一柄斧子砍碎了。脑浆迸裂，一地脏腥的血污，着实骇人。

付浩声和颜若兰追出门来，看到郝宝成怒目圆睁，手里拎着一柄沾血的斧子。

付浩声皱眉看了郝宝成一眼：“宝成，你……”

郝宝成怒声道：“这种事儿不劳师父亲自动手。”

付浩声望着李宝明的尸体，摇头长叹一声：“李宝明呀，早知今日，当初我何苦收留你呢。真是个人生若只如初见呀。”

颜若兰一旁催促：“浩声啊，别磨蹭了，一会儿立春就来了。咱们快收拾吧，我担心小鬼子随后就到了呢。”

付浩声回头看了看院子里，一片菜地已经绿油油长起，他苦笑了一声：“唉，还奢望什么‘落寞山村学灌园’呢？我付某人果然没有立锥之地了呀！”说到这里，他仰天长叹：“钱大姐啊，你在刺刀之下，修得正果；付某无力回天，只能东躲西藏，穷途末路啊！付某人真是……不及大姐你一二呀！”

孙家村

梅立春赶着一挂马车，送付浩声一家到了完县孙家村。梅天凤已站在村口等候了。付浩声远远地下了车，上前急走了十几步，向迎上来的梅天凤拱手笑道："天凤姑娘，付某给你们添麻烦了呢。"

梅天凤拱手笑道："付先生，此话见外了呢。"

颜若兰赶上前来，朝梅天凤欠身笑道："天凤姑娘，多谢你们援手呢。"

梅天凤呵呵笑道："大嫂呀，此话从何说起呢，不是骂妹子的时候了？"

颜若兰有些尴尬地笑笑："好妹子呀，大姐的脾气臭，之前若有什么对不住的地方，妹子就担待了吧。"

梅天凤凑上前，贴近颜若兰的耳边，嘻嘻地小声笑道："付大嫂呀，放心你家付先生吧，谁也抢不走他，他可是舍不得比翼双飞的付大嫂呢。"

颜若兰讪讪地笑了："你这妹子呀，嘴好刁呢。"

说着话，梅立春带着付浩声一家进了孙家村。孙家村的保安队长孙馀君一拐一拐地走过来了，朝付浩声拱手笑道："付先生，孙家村小地处，您一家受委屈了。"

付浩声摆手笑了："真不可这么说呀。付某感激涕零呢。"

孙馀君对梅立春道："弟妹呀，屋子都收拾好了，先让付先生一家安顿了吧。"

众人便朝村里走去。

行文至此，谈歌交代几句孙家村：孙家村共有四个村子，即孙家老村、孙家新村、孙家小村、孙家后村，统称孙家村。《顺平县志》记载：孙家村自明永乐初年建村，到清光绪三十一年，即分成四个自然村落。

如果用航拍的方法，可以清楚地看到，这四个村子是一个布局很奇特的村子。孙家村像是一个很方正的"井"字。"井"的外围，是孙家村的土地。"井"的中间，是四个村子的场院。

这样的布局，使这四个村子遥相呼应，摆成了一个可攻可守的阵势。在冷兵器时代，这四个村子如同一个坚固的堡垒，任你从四面攻打，它都如铁桶一般。如果你侥幸想从场院偷袭，那你真就像掉进了一只早已张开的口袋里。

孙姓四个村子，同宗同族，有两千余口人。

孙家村向北五余里，是一座山丘，是孙家的祖坟。沿着山麓，按照序次排列着孙家祖先的坟墓。孙家墓碑正中都刻着“方某某”，墓碑下端是亡者子女的姓名，却都刻着孙姓——这是怎么回事呢？还有一件奇怪的事儿，村里人若起了口角，愤然之下，常常骂一句诅咒的话：“你快姓方了。”这是什么意思呢？

1997年秋天，谈歌曾与《河北工人报》的石桥、阿民两位记者采访过孙家村。孙家村的村主任孙岁和接待了我们。谈歌问及这四个村子与方姓何干？孙岁和呵呵笑道：“人一闭上眼，就姓方了，这不是新鲜事儿。我死了也姓方呢。”他接着说：“活着姓孙，死了姓方，这是从祖宗留下来的传统呢。孙家村等四个村子，现有八千多人，村民都姓孙，过去连倒插门的女婿也要姓孙，死后一律姓方。嫁出去的姑娘却不必受这个约束。中华人民共和国成立后，孙家老村的一个上门女婿不同意这个规矩，告到了县政府，县长亲自断了这官司，这才不允许上门女婿姓孙了。”说到这里，孙主任笑了笑说：“现在孙家老村还有我一个爷爷，你去找他聊聊，他比我们知道得多呢。”于是，谈歌便采访了孙家老村的孙馀秀。孙馀秀已经九十五岁了，却口齿清楚、思维敏捷呢。他详细地告诉了我们，孙家村的来历与死后姓方的缘由。按照孙馀秀老人的口述，谈歌了解了孙家村的大概历史。记述如下：

孙家的老祖宗名叫方天也，祖籍富春①，方天也是燕王朱棣手下一名校尉，朱棣南征时，方天也曾充任先锋，冲锋陷阵，屡建功勋。在白沟河一战，方天也为了掩护朱棣突围，在阵中拼死冲杀，负了重伤，朱棣便让他留在保定养伤。一年之后，朱棣在南京当了皇上，一怒之下杀了不肯合作的方孝孺，而且株连了“十族”。方天也一家是方孝孺的同族，当然也在必杀之列。万幸朝中有方天也的朋友，

---

① 今浙江富阳。

朝廷问罪之前，先一步给方天也透了消息。方天也听后大惊失色，快马加鞭去了南京，晋见朱棣。朱棣感念方天也在南征时舍生忘死立下的战功，圣心慈悲，网开一面，算是放过了方天也一家人的性命。朱棣却要方天也一家改姓氏，恰逢方天也请皇上赐姓。朱棣便赐了孙姓，方天也由此改称孙天也，并赐封地——保定府完县，孙天也一家在此建孙家村。朱棣为什么要赐方家孙姓呢？没有考据。

孙家村留有传说，朱棣一怒之下杀掉方孝孺后，有了些许后悔，他赐这个孙姓，或是要给方家留下些子孙吧。如此猜测，未必合理，或是合情？

孙天也将军鞍马劳顿了大半生，或是感觉身心疲惫，决心安生过日子了。由此即在完县繁衍后代，逐渐购置了几千亩土地。孙将军去世前，把三个儿子叫到床前，认真嘱咐：这人多了，劲头就足。你们不要分家，能过上几代，孙家就强壮了。另外，他特意留下一个后代必须铭记的遗嘱：孙家人死后，一律改回方姓。

孙天也的后人一直遵循孙天也的遗训，孙家村一直是几世同堂，一同生活。孙天也后人的名字，要一律按照“千字文”排序，即天地玄黄宇宙洪荒日月盈昃辰宿列张寒来暑往秋收冬藏闰馀成岁……谈歌只能背到这里了，读者若有兴趣，自己翻书（或是孙天也想得长远，想着孙家要传到千秋万代）。

按照中国农业宗法制度，每个农民家庭，即是一个生产单位。儿子成家之后，都应该另起炉灶，分家而居，自立门户。而孙家村却一直保持家长制，即由年纪最大、辈分最高的人做家长，全家千余口人住在一起，不分灶，不分户，日出而作，日落而息，全村和睦，日子过得非常红火。如遇重大事情，必在祠堂召集“家长会议”，由几位辈分最高的长者集体商议决定。

孙家村还有一个规定，是当年孙天也将军留下的遗嘱，凡是考了功名，在外做官的。一律要到县衙起文书，证明与孙家脱离干系。致仕之后，可重新申请归籍孙氏。此事看出了孙将军的精明，自古就是个高危职业，昨夜还嫌纱帽小，今晨或是锁枷杠。谁知道哪天栽了跟头呢。好比你天天匆匆忙忙过马路，哪天或是你不留神，或是车不留神，指不定就“咣当”撞上了。再则你在经济上，或是政治上，出了事儿必定要殃及池鱼。你要做官，与家里先撇清关系。等你安全退休了，再回来认祖归宗。孙家这个规定执行得很严格。据孙家祖谱记载，乾隆年间，孙家真还有两个做官的，先后出事儿了。一个被抄没家产，充军发配；另一个全家被绑赴刑场，杀头了。可是追究起来，二人之前都已经与孙家族人断绝了关系，且有官府文凭为证。孙家村自然没受到株连。

到了光绪三十二年，孙家村繁衍到了二十五代“闰”字辈，计有两千余口人，家长是二十二代的孙收恬。人丁兴旺，树大招风，有人就妒忌了，保定周遭传开了谣言，说孙家村从不分家，军营编制，暗中操练兵勇，必是勾结乱党，准备造反呢（唉，自家过日子，招谁了？惹谁了？真是日子好了也“躺枪”呀）。谣言传到了保定知府，保定知府门惠丰便差人到完县，要知县去仔细打探。完县的知县名叫赵得中，他摆手说：“皆是谣传。孙家村我知道的，纳粮纳捐，从不拖欠，向来安分守己。”

师爷则说：“门知府有令，大人总要认真些么。”

于是，赵知县亲自微服去孙家村调查研究了一番，回来给知府门惠丰写了一份调查报告，报告说：孙家村计有两千余口，人丁兴旺，日出而作，日落而息，大灶吃饭，生活和睦，安分守己，父慈子孝，兄友弟恭，却从来没有什么异常动静，更不要说什么练兵了。

门知府看罢了赵知县的信，却仍然心有余悸，赵知县的话他不敢全信，或是赵知县吃了孙家的贿赂也未曾可知。便绕过赵知县，派人到孙家村传令，要户主来保定，门知府要亲自问话，关于孙家村图谋不轨的传闻，要孙家自证清白。

孙家村气愤了，族人们要去找知府辩白。

当时，孙家最大的家长是孙收恬，这年已经九十三岁了。他对大家说：“你们该做什么就做什么，该打柴的打柴，该下地的下地，该做饭的做饭，此事我去与知府大人说清楚。”

二家长孙收垒也九十岁了，他抢着说道："大哥，这件事我去吧。"

三家长孙收月八十八岁了，也争先恐后地说："两位哥哥不要争，还是我去与他们理论吧。"

孙收恬摆手笑道："你们不要争了，我是大家长，我必须要去呢，放心吧，不会有事的。"于是，孙收恬就上了马车，跟着公差去了保定知府衙门。临出门，孙收恬养的一条老狗也跟着爬上了车，孙收恬轰它下去，这畜生却不下去。

孙收恬苦笑："这是不放心我呢。也好，随我一同见官去吧。"

孙家的人送出来，千余人一直送孙收恬到了大路上。

孙收恬说："都回去吧，我不会有事的。"说罢，对车夫说："走。"

谁也想不到，马车的后边除了那只老狗，竟然还跟了三十多只大小狗，一路浩浩荡荡，气派非凡，就成了沿途一道热闹景观。

一路到了保定知府衙门，已经偏晌，门惠丰知府迎出来。门知府拱手笑道："老爷子呀，此事本官还不能过问了，孙家村的事情已经惊动了直隶总督袁世凯大人，他今天要亲自与您讲话呢。您先吃饭，吃过了再说。"

孙收恬欠身拱手谢了："谢过大人了，这些畜生跟我跑了半天，一定饿坏了呢，让它们先吃吧。"

谁知道呢，这些狗们却不吃，眼巴巴看着那条老狗，意思是等那条老狗吃了，狗们才肯吃。那老狗却也不吃，竟眼巴巴地看着孙收恬，意思是主人吃了它才吃。

孙收恬只得先吃，狗们才依次吃了。衙门里的人，个个看得惊奇不解。

门知府感慨叹服："唉，狗犹如此，人何以乱。"

匆匆吃罢了饭，门知府便带着孙收恬，一路去了直隶总督衙门。

袁世凯在大堂上接见了孙收恬，或是看孙收恬年纪大了，便免礼赐座。

孙收恬欠身拱手笑道："想不到草民的家事还惊动了总督大人。"

袁世凯也笑了："其实呢，你孙家的事儿我早就知道了，你家族中有一个名叫孙闰乡的后生秀才？"

孙收恬笑道："闰字辈的，应该是我曾孙。"

袁世凯点头："你这位曾孙去年在《申报》上写文章，论及宗族制度。你家的事嘛，我便知道了一些。"

孙收恬"哦"了一声。

袁世凯笑道："老人家呀，袁某曾读《旧唐书》，上边记述过一件事，当年唐高宗巡游，到了郓州的寿张县，拜访一位百余岁的老寿星，此人名叫张公艺，他家九代同堂，竟然是一堂和气。唐高宗问其和睦之道，张公艺也未说话，拿起笔来，一口气写了一百多个忍字。唐高宗当时就看得落泪，赐号'百忍堂'。"

孙收恬手捋胡须，点头笑了："大人真知灼见。百忍之堂，起于百忍。"

袁世凯郑重说道："老人家，我就是这个意思。治理这偌大个家业，若是有一时不忍，便也要分崩离析了呢。"

孙收恬摇头笑了笑："大人只说了一半，还应该有一半，即无论几世同堂，要做到一堂和睦，只在忍与不忍之际。当忍则忍，不当忍则必定不忍呢。"

袁世凯听得怔住，旋即点头叹道："老人家说得在理，治国治家或是一个道理呢。"

孙收恬说："不瞒大人，老朽年幼时曾读过闲书《石头记》，或是说，大有大的难处。反过来讲，小也有小的别扭呀。"

袁世凯笑道："孙老先生，若是家大业大，久合必散呢。"

孙收恬摇头："袁大人，未必呢。"

袁世凯"哦"了一声，坚持说："或是呢。"

孙收恬坚持说："大人呀，未必呢。"

袁世凯口气便硬了："老人家，或是呢！"

孙收恬立即缄口。

袁世凯呵呵一笑："老人家，回去再想想么。某读才子书《三国演义》开篇语，论天下大事，合久必分，分久必合。天下如此，况一家乎？"

袁世凯放孙收恬回去了。

孙收恬到家之后，便召集众人在祠堂开会，讲了"分家"的事情。之后孙收恬在祖先的灵位前大哭了一场。

孙收恬对两个老弟弟感慨地说："确是有人对孙家村不满呀。这不满的却不是别人，就是咱们孙家人呢。看样子，他们的心思是要分开呢，那就分了吧。"

两个老弟弟坚决反对，不分家已经二十几代了，如果分了家，地下的祖宗会作何想呢？

孙收恬长叹了一声，说道："我何尝不知道这些，如此做了，就愧对祖先了呀。可而今西风渐进，咱孙家有些后生也是人心不古了呢。如果不分家，怕是要有大祸临头了呢。"

孙收恬怏怏地回到屋里，即让人把曾孙闰乡找来。

孙闰乡进来就磕头："曾祖请吩咐。"

孙收恬点了点头："起来说话吧。"

孙闰乡就站起来，束手立在一旁。

孙收恬叹道："闰乡呀，你在《申报》写过文章？"

"是的。"

"你为什么要写这文章呢？"

孙闰乡无语。

孙收恬道："说说你的道理吧。"

孙闰乡怯怯地说："曾孙总觉得，两千余口人绑在一起实在荒唐。而且现在是动乱年代，稍有不慎，给人口实，就会给灭族。如果分家，大家都会各自想主意自保。"

孙收恬沉吟了片刻，即点头："闰乡呀，你说得颇有些道理呢。你去吧。"

之后，孙收恬便具结请示了县衙，即让孙家最大辈分的孙收田、孙收月、孙收地各立门户，由此分成了孙家老村、孙家新村、孙家小村、孙家后村。

[几世同居共处的孙家村，几经岁月蹉跎，在官府的压力下，变成了带有近代气息的四个自然村落。民国三十四年（1945）抗战胜利后，孙家小村孙馀林家的女婿李保柱因为当选村长，被孙家一些人忌恨，后经区上做工作，李保柱搬出了孙家小村，迁到距离村子三里外的庄稼地里重新盖房子，几户在村子里比较吃不开的人家，也随李保柱搬了出来，成了一个新的村落，取名李家村。李保柱是个场面人，他找到完县政府，几经疏通，李家村得到了官方承认。到现在，李家村已经有了百十户人家。]

《完县县志》记载：孙闰乡是个有些作为的人。他曾留学英国，从英国回来后，便在完县办新学堂。孙闰乡是第一个在完县教导孩童们洗澡、刷牙的人。

孙馀君与孙馀鑫是孙闰乡的儿子，受父亲新派思想的影响，孙馀君报考了黄埔军校四期，毕业后，孙馀君参加北伐，在南昌战役中负伤掉队，便辗转回乡养伤。民国二十二年（1933），孙馀君到南京做枣酒生意，通过黄埔老同学引见，与六期同学戴笠相识了。戴笠很欣赏孙馀君的精明，戴笠告诉孙馀君：中国之所以受日本人欺侮，就是太软了、太散了、太弱了。中国要强大，应该承认一个国家，一个领袖。孙馀君听罢戴笠的话，当即心潮澎湃，倍受鼓舞。经戴笠介绍，孙馀君从南京回到保定，便参加了复兴社特务处在北平的外围组织。在一次行动中，孙馀君的小腿负伤，因救治不及时，最终落下了残疾，便回乡了，即在孙家村组织成立了“孙家村联防自卫队”，自任队长。保定陷落后，孙馀君将孙家村联防自卫队改名为“孙家村抗日救国支队”。

他听弟妹梅立春说了付浩声不肯给日本人唱戏的事，孙馀君很是激赏，他非常欢迎付浩声一家来孙家村避难。

付浩声一家随着孙馀君进了村，去了孙馀鑫的宅子。孙馀鑫已经打扫干净了宅院，在门口拱手相迎了，孙馀鑫笑道：“付先生呀，光临寒舍，荣幸之至呢。”

付浩声急忙还礼：“拜识孙先生。付某一家纯属不速之客，要多多打扰了呢。”

“付先生客气了，请！”

付浩声全家进了孙馀鑫的宅院。院墙上爬满了丝瓜枝叶，墙根种着南瓜，绽开着黄灿灿的花朵，走进去，却是个两进两出的宅子，前院三间北房，东西厢房各两间，由孙馀鑫一家三口住。后院已经腾出，有北房三间，东西厢房各三间。付浩声、颜若兰和他们的女儿付云雁住北房，徒弟郝宝成住东房。

孙馀鑫笑道：“付先生，就是窄了些，您暂且受些委屈了呢。”

付浩声笑道：“孙掌柜，你真是客气了，这偌大的院子，我可是要翻着跟头睡觉呢。”

孙馀鑫左右看了看：“立春呀，没有人知道吧？”

梅立春笑道：“绝对没有人来，咱娘随后就到了。”

梅天凤道：“姐夫呀，你也过于小心了。”

孙馀鑫嘿嘿笑道：“咱娘说的，小心些好呢。”

梅立春说：“日本人的驻防距离这里有多远？”

孙馀君说：“三里路。现在日本人正在修炮楼。”

“我看到小李庄有日本人的骑兵。”

“那是日本人的骑兵中队。”

梅立春笑了：“是不是可以做做文章呢？”

梅天凤看了看街中那个酒馆，对孙馀君说道：“馀君哥呀，你说这个酒馆是否有些突兀呢？”

孙馀君狡黠地笑了笑：“天凤呀，莫疑心，这是我安排的眼线，凡经过孙家村的人，大都不能逃过这个酒馆的眼睛。”

梅天凤“哦”了一声，有些疑惑地看了孙馀君一眼。

定县“募捐”

民国二十七年（1938）八月，戴笠领导的特务处在重庆召开了

“迁都”后的第一次工作会议，各敌占区的特务情报组织派代表参加了，军令部二厅和中统调查局也派员“旁听”。戴笠主持了会议，并在会上要求，各战区的特务组织要展开对日寇“以血还血，以牙还牙”的斗争策略。（史载：这是在大庭广众之下，戴笠第一次神采奕奕地领衔主演，颇得蒋介石欣赏。）

季钧从重庆开会回来，却没有了特务处保定督察的职务。经戴笠授意，季钧被特务处北平情报站任命为保定情报组长，季组长归属特务处北平情报站管辖。原组长龙成立调回北平情报站任副站长。马凯旋“应名”了几个月的代组长使命，也就此结束。

查阅史料：此时保定抗日特工组织混乱，除中共保定特委杨昆平领导的特工队伍之外，《保定志》记载：民国二十六年（1937）至民国二十七年（1938），国民党在保定的特务情报系统有三个：一是中统，二是国民党军令部第二厅，三是特务处。

谈歌查阅史料如下：中统在保定有十四个基层组织，成员一百四十二名；国民党军令部第二厅在保定有二十三个基层组织，成员三百零五名；特务处势力最弱，龙成立交到季钧手里的只有四个基层组织，成员仅五十六名。

这三股势力各行其是，也没个伯仲叔季的排序，政出多门，常争吵不休。如此内耗，季钧很是头疼，他左思右想，最终出于公心，电告特务处北平情报站，请求将保定特情工作的实际情况呈请特务处上报重庆高层，给予整齐划一。

北平情报站的站长是祝贺之。祝贺之是戴笠的亲信，便把季钧的意见电报了戴笠，但是戴笠能有什么办法？此时戴笠羽翼未丰，虽然有了风生水起的迹象，但还没能独树一帜，他一个特务处长，哪里惹得起中统与国民党军令部第二厅呢。季钧还在电报中呈请戴笠上报高层？高层是谁？蒋委员长。季钧真敢异想天开呀，戴笠长了几个脑袋，敢拿这点儿破事儿去“打扰”他老人家？戴笠心中大骂季钧是个猪头。他强按下火气，电示祝贺之站长转季钧组长：季钧组长可按照自己的办法制定行动方针。唉，这基本就是句“废话”，大概意思就是，你想怎么办就怎么办吧。

季钧能怎么办呢？乔运典给他的名单不足三分之一，而可供他使用的力量又是这三分之一中的三分之一，其中许多人仍以乔运典马首是瞻，根本不买季钧的账。季钧招募的手下，多是些社会上的地痞、流氓、赌棍，战斗力可想而知。而且经费不足，戴笠拨来的经费由北平情报站统一发放，七折八扣，到季钧手里的钱便是蚊子解手：少得可怜了。季钧的队伍，都是些见钱眼开的货色，总是欠饷，更影响了这些人的行动积极性。

正当季钧感觉“没人没钱更没辙”的时候，曹正汉、葛云梁、梅可心回来了，三个人投奔了季钧。季钧大喜过望，当下委任曹正汉为行动队长，葛云梁、梅可心为副队长。

曹正汉看了看季钧的一百多名手下，他认为这群乌合之众留在保定城里什么也干不了，等于“养大爷”。而且还都是垂直联系，若让日本人逮住一个，必定会咬出一串儿，那可就真出事儿了。曹正汉建议季钧挑选几个还能用的留下，余下的都解散，或者弄到城外去。

季钧摇头发愁，许多人不肯解散呀。再则，这些人去了城外能干什么呢？总不能让他们自生自灭呀。

曹正汉一时也没主意了。

季钧却突然挠挠头笑了：“对了，正汉呀，我想起来了，马凯旋说过，百丈岩有张宗民的队伍，让这些人投奔张宗民吧。”

曹正汉疑惑：“我听说张宗民被日本人关着呢。”

季钧笑道：“现在百丈岩是唐行一当家，季组长可找马凯旋写封信，唐行一是他的学生，必定能暂时接收这些人呢，戏文里说：以不教而战，是为弃之。是骡子是马，先让唐行一遛遛他们！”

曹正汉登时眉开眼笑了：“这样最好，季组长尽快去找马医生吧。”

季钧又皱眉了：“老曹，这些人虽然能解决了，可咱们还是没钱呀。没钱谁给咱们卖命呢？眼下要紧的是找钱！”

曹正汉也发愁了，从哪儿搞钱呢？正在挖空了心思乱想，葛云梁突然想起，他早上在街中闲逛时，听到了一个消息，伪省行政公署①的于凤州督察要到定县视察。

葛云梁问季钧，能不能利用这个机会。

梅可心听罢先笑了："这可真是个好机会啊。"

季钧疑惑："什么机会？可心姑娘的意思……"

梅可心看看曹正汉："老曹，你觉得呢？"

曹正汉点头笑道："可心的意思么，就是用用这个于督察的名头，捞点儿钱用用。"

季钧仍然疑惑不解："正汉呀，你们想……"

葛云梁讪笑："季站长，你还没听明白吗？趁着于督察还没来呢，咱们先行一步。"

季钧恍然大悟："我听明白了，就是冒名顶替啊！"

众人商议了一番，葛云梁和梅可心便到成衣铺买回几件行头，曹正汉挑选了季钧手下的张东山和一个名叫周玉桥的画匠，各自装扮了一番，一行人便鲜衣怒马地去了定县。

定县伪县长名叫席子新。（《保定民国人物》记载：席子新，男，1892 年生，直隶武清县人。席子新是保定陆军军官学校三期炮科毕业，曾任北平政训处长、枪械专员、定县县长。定县陷落后，席子新出任定县伪县长，兼任定县维持会会长。）

席子新接到电话，河北省行政公署的于凤州督察，今天来定县周遭巡视。于督察是定县人，省政府大员回乡，定县县政府当然要热情接待，席子新便派手下请来了于凤州同族的两位长辈，以示隆重。可是一直等到了中午，也没见到于督察的影子。席县长正在沮丧，手下报告，一行人大摇大摆地走进了县衙。看衣着，这行人不俗呢。

席子新赶紧迎出来。来人通报了姓名，为首的名叫葛云梁，自报家门是于督察的副官。身旁一个年轻漂亮的女子，自报家门姓梅，

---

① 驻地天津。

是于督察的秘书。

葛副官说，于督察临上车时，突然被皇军叫走了，皇军有急事儿与于督察商量。于督察公务繁忙，要迟一两天才能来定县。要他们几个先行一步，为于督察打个前站。

席子新急忙招待葛副官一行吃饭。

酒足饭饱，葛副官悄声对席子新说，于督察此次定县之行，是想筹些款子，而且要现银，回天津救济灾民，要席县长配合。席子新听得疑惑，也没听说天津闹灾呀？怎么要救济呢？但他不敢细问，只好疑惑地带着葛副官，去定县城内挨门摊派。

席子新终是放心不下，悄悄派手下去电报局给北平的于督察发了封电报。傍晚的时候，于督察回了电报，他的确是派了葛副官、梅秘书等人先行去了定县，要席子新募些救济款子，他两天后就到定县。席子新这才放下心来，急忙要手下着力去摊派征收。席子新哪里知道呢，曹正汉带人已经先把电报局长的家人绑了，电报局长在曹正汉的胁迫之下，让说什么就说什么呀。给席子新的电报，就是电报局长亲手伪造的。

席子新很是尽心尽力，为于督察办事嘛。第二天，筹集的救济款项先后收上来了，葛云梁让张东山、周玉桥逐一清点，席子新亲自登记造册。

梅秘书与曹正汉则到定县塔去游玩了。

正赶上集市，定县塔周遭十分热闹，除去赶集买卖东西的，还有江湖艺人的杂耍，还见了一男一女唱“什不闲儿”，招惹了一群人“上瘾”着听。走走停停，又见到一个热闹处，许多人正在围观，并不时地喝彩，曹正汉和梅可心凑上前观看，但见一个年轻汉子正起劲儿地抽“地牛”①。

---

① 抽“地牛”，即是北方常见的民间冬季体育娱乐活动。还有个名称：抽“懒老婆”。材料采用硬木，削成（或用车床旋成）木疙瘩，呈萝卜状，上粗下尖。用鞭子抽打，那木疙瘩便会疯癫般旋转起来。谈歌小时候玩过，不承想，此项活动而今在南北城市竟蔚然成风，男女老少，争相参与，且乐此不疲。

曹正汉搭眼看去，那抽“地牛”的汉子二十岁出头，五短身材，脚下却虎虎生风，但见他在场子里一溜儿小跑，闪展腾挪，十分利落。手上的鞭子甩得“啪啪”脆响，那“地牛”被汉子策动得似有了“奔放”的生命，近乎欢呼雀跃，在场子里旋转成了一圈圈漂亮的白影儿，似有若无，很是精彩惹眼。

围观者越来越多，人群中不时爆响起阵阵喝彩。

如此精湛的技艺，确为少见，曹正汉和梅可心也看呆了。

那汉子或是受到了鼓舞，鞭子抽得更加“愤怒”，那“地牛”也愈加奋力转动。但听那汉子大喝一声，猛地转身，扬手再挥了一个响鞭，那“地牛”便似精灵一般腾空而起，带了一条漂亮的弧线，在空中转动瞬间，即飘然落地。

周围又是一片喝彩声。

那汉子或是累了，四下里微笑着拱手致意，便将鞭子“挎”了，再放手出去，直如蟒蛇缠树一般，缠住了飞旋的“地牛”，汉子再一扯，那“地牛”竟似惊得呆了，戛然停住。

围观者登时又爆出喝彩声。

曹正汉与梅可心嘀咕了几句，二人便上前，与那汉子闲聊起来，扯了几句，便知道了抽“地牛”的汉子是山西五台人，放羊出身。名叫郑放羊（名副其实）。郑放羊自说自话，他自小给财主放羊，因为无聊，便常在山上抽石头，能把石头抽得飞起来。那一年，因为两只羊被狼吃了，财主便让他赔，郑放羊“赔不起”，便跑了出来，在江湖上闯荡，靠着给人打零工糊口。

梅可心听罢，觉得这汉子确是块浑金璞玉，稍加打磨，必定能派上个用场，便朝曹正汉使了个眼色，曹正汉会意点头。

曹正汉便笑道：“郑放羊，你这抽‘地牛’的本领颇让我们喜欢呢。你不妨跟上我们走吧，有生意做呢。”

郑放羊听了大喜过望，当即鞠躬谢过了曹正汉。

梅可心呵呵笑了：“行了，郑放羊，收了你的‘地牛’，一会儿跟着我们吃饭去吧。”

傍晚的时候，席子新把筹好的款子全部登记完了，恭恭敬敬交给了葛副官。

葛云梁笑道："席县长也要有些表示才好么。"

席子新听得心跳，哎呀！这是要让我放血呢。他急忙赔笑："葛副官，席某是个清官呀！"

葛云梁讪笑："席县长莫急么，其实，只是要你表示一下，钱么，不在乎多少，比如说，您写一张支票，就算是县上的捐助了么。于督察的面子上也好看了啊！"

席子新苦脸道："那……得多少呢？"

"意思意思就是了，一百二百都行吧。"

席子新登时松了口气："一百二百？好，那好！多谢葛副官体恤，席某这就拿钱。"

"席县长呀，不要现金，你就写一张支票，做做样子么。"

"支票？"

"唉，您是个县长，无论捐资多少，手里拿着支票，总是能显出身份么。"

席子新恍然大悟，频频点头："对，对，还是葛副官想得周到呢。"

席子新便开了一张两百元的支票，交给了葛云梁，为表达对葛副官的关照体恤之情，当晚，他特意请葛副官一行到定县城内最大的沙河饭庄吃了一顿上好的酒席。席间推杯换盏，席县长不觉间酩酊大醉，被手下搀回家去睡了。

席县长第二天早晨醒来，却发现自己的金壳手表不见了。现在一块手表不算什么了，可是当年一块手表可是个钱，何况还是金壳的呀。且席县长是个吝啬鬼，更是急得心疼、肉疼、头疼，却想不起手表丢在哪儿了，他想去找葛副官问问。

席子新便匆匆去旅馆找葛云梁，可是一行人却不见了。

旅馆的伙计说，这些人一早就走了，不知去向。

席子新一时搞不清楚葛副官去了哪儿，他快快不乐地回到县政府，等到了下午，也不见葛副官一行人的影子，却等来了于督察一行人。

席子新猝不及防，惶恐地去迎接了。

于督察恼火地说，本来么，他昨天一早就动身了，可临上车，他突然接到一个电话，说北平市长和几个日本人要到天津。于督察不敢怠慢，急忙取消行程，回到办公室等候。可他傻呆呆地等了一天，也没见到北平市长的影子，便小心翼翼地给北平政府打电话询问。北平政府说，根本没有市长要去天津这回事。于督察登时气得“蒙圈”了，不知道是谁搞了这么个“恶作剧”。

席县长听到这里，脑袋“嗡”的一声，登时就变成洗脸盆大了。他恍然明白了，所谓“葛副官”几个就是一帮骗子呀。他们必定事先知道了于督察要来定县视察的消息，便冒名顶替，先到一步，骗了钱溜之乎也。

可倒霉的事儿还没完呢，银行经理惶恐不安地来找席子新，说今天一早，有人拿着席县长签字盖章的空头支票，在金店里买了许多金银首饰。金店到银行兑现支票，才发现支票是伪造的。唉，烧香拜佛，这是让一帮“假和尚”给骗了呀——好比说几个“剃了秃瓢儿”逛妓院，嫖完了不给钱，还说是“化缘”来了。

席子新叫苦不迭。

（席子新因此被免职，在家赋闲一年后，被日军重新起用，曾任河北省伪政府巡视厅副厅长、警察局副局长。1945 年 10 月被保定政府逮捕，1946 年 3 月以汉奸罪被枪决。）

伪造支票是周玉桥干的。葛云梁朝席子新要了一张二百元的支票，便是为了让周玉桥“照猫画虎”，连夜仿造出了一张大额支票，并伪造了席子新的印鉴和签字。借用时下的话表述，周玉桥真是个“创客”呀。

［周玉桥原是保定南大街一个裱字画的，却还是个造假的高手。抗战爆发之前，保定一个姓梁的干部为了被提拔，给一个喜欢字画的南京大领导送礼，可是手里没好货，即花大价钱聘请周玉桥造假

了一张唐伯虎的山水美人图。坊间传说，这位大领导便把这张画上了贡。不料假字画造假还是被发现了。因此这位大领导的脸上自然挂不住，非常生气，便找个由头儿，让北平督察处“请”这位送礼的梁干部去“喝茶”。按说，此事怎么也扯不到周玉桥身上，只要那梁干部一口咬定是买来的，打了眼。此事即告结束。可梁干部却是个软骨头，据说还没怎么着呢，就破了胆，供出了造假的周玉桥。周玉桥朋友多，事先得了消息，便惶惶地跑路了。从此，周玉桥就在江湖闯荡，以画画为生，好辛苦挣了点儿钱，却被胡庆魁以“投资”的名义骗光了。于是，他追着胡庆魁的屁股“要账”，也就随着胡庆魁一同跟了季钧。葛云梁了解了周玉桥的手艺，建议曹正汉带着周玉桥来定县。这便有了伪造支票这出好戏。

周玉桥后来的下场不好。

抗战胜利后，周玉桥被秘密发展为中共保定地下党的外围情报人员，因了他曾伪造敌人的印鉴，救出了一些同志，立了大功。

（“创客”表现尚佳。点赞！）

中华人民共和国成立后，他被任命为保定市文化局艺术科副科长。但是周玉桥有旧艺人习气，干了没几天，便觉得被人管着不自由，而且工作也了无兴趣，便辞职去开了一家画店。公私合营之后，他的画店归属保定文化馆。他便成了文化馆的专职画家。这期间，他却干了许多不法勾当，做假古今名家字画印章，诸如齐白石、张大千、石涛甚至徐渭等名家的字画。他把这些假字画拿到地下市场卖了钱，都消费了。由此被人揭发，他因此受了处分。

（“创客”欺世盗名。拍砖！）

1961年，他却犯了更大的事儿，他竟然“伪造”全国粮票，由此被判刑十五年。

（“创客”登峰造极。该判！）

他在交代罪行时说：旧社会“穷”，我这人又爱吃爱喝，怎么办呢？就学着作假画么。在多年的造假过程中，我的造假能力也得到了提高。

（“创客”直白如此。瞠目！）

端的是，成也造假，败也造假。周玉桥有如此结果，让后人一声叹息，无话可说。

《保定往事》片语记载：周玉桥，男，河北枣强人。保定近代画家。1964年病逝。]

曹正汉喜气洋洋地带着“募捐”来的款子和金银首饰回了保定。季钧高兴极了，这就暂时解决了“活动经费”的困难。季钧随即策划暗杀保定汉奸的行动，季钧的暗杀名单上有赵元初、冯大正等头面人物，以及汉奸艺人方千明等。

宴会投毒

《保定往事》记载：驻北平日军司令部举办的“庆祝日军进驻北平一周年暨建设东亚共荣模范城市”的大会，如期三天结束。为大会奉献演出了五天的方千明、秦玉鹏等知名艺人及赵元初、冯大正、韩雨石、赵至孝等社会贤达，如期回到了保定。

尽管钱如雪与付浩声都没有参加北平演出，但是方千明的杂戏社却在演出中获得了“好评”。北平山田司令官为此特意给丰田司令官打了电话，表示对方千明杂戏社的出色表演十分“满意”。山田要求丰田与山口对方千明的杂戏社给予表彰和奖励，以表达皇军对中国艺人的“友好”态度。

丰田与山口深感欣慰，方千明等艺人载誉归来之时，山口亲自带人到车站迎接。一时间，保定火车站张灯结彩，锣鼓喧天，鞭炮齐鸣，热闹一时。欢迎仪式结束后，山口设了宴会，为参加北平会议的诸位保定社会贤达与参加演出的艺人们接风洗尘。山口还精心准备了讲话稿，即在酒宴上对方千明的杂戏社隆重表彰。

宴会地点设在保定“得月楼”饭庄，摆下了二十桌。宴会开始前，山口首先代表因事不能到会的丰田司令官向参加北平会议的社会贤达及参加演出的艺人们表示亲切慰问。山口刚刚要大家共同举杯时，中村苦着一张脸跑进来，对山口叽里咕噜地讲了几句日本话，山口的笑容僵住了，当即摔了酒杯。

中村掏出手枪，朝天上放了一枪，命令在座诸位都不准动。

餐厅里刚刚还是一堂吉庆祥和，转瞬之间变得杀气腾腾了。方千明和他的杂戏社的人登时吓得面如土色，不知所措地站在那里。冯大正、赵至孝、韩雨石、胡景山等人也面面相觑。只有赵元初听明白了中村刚刚说的话：宴会有人下毒。

其实，宴会开始前，中村已经接到了“掌柜”派人送来的紧急情报：国民党特工准备在宴会上投毒，厨师长很可能是国民党的特工。

中村当即派人去抓厨师长，厨师长是“得月楼”的达二年师傅①，达师傅却已经不见了踪影。中村便拦下了所有要陆续上桌的菜肴，他命令两个伙计吃了一些，两个伙计果然中毒倒地。中村当即命令宪兵，立刻抓捕“得月楼”饭庄的掌柜和伙计。

宴会厅已经大乱了，请来的宾客们都吓得脸色焦黄。在街中站岗的宪兵们冲进来，中村请示山口，是否搜查来宾。

山口皱眉问：“中村课长，你怀疑下毒者就在来宾中间？”

中村结舌：“这……”

郭子路在一旁脱口说道：“山口太君，方千明和他手下的艺人都有嫌疑。”

郭子路或是一时急切，说话的声音很高，方千明和手下听得真切。

方千明当即气晕了，郭子路，我可没惹你呀，你干什么陷害我们呀？

山口斜眼看了看郭子路，呵呵笑道：“郭翻译，你知道方千明这些人是什么身份吗？”

“演杂戏的呀。”

“不，你说错了！他们都是我的好朋友，我能怀疑我的朋友吗？”

---

① 沧州人，一说衡水人。

说到这里，山口转过身，笑呵呵地看着方千明和他的手下，问道：“方师傅，我说得对不对呢？”

方千明听得登时感激涕零，血脉偾张，他站起身高声喊道：“太君英明呀！”

方千明的弟子们也高声附和。

山口走近前，抬手拍了拍郭子路瘦削的肩膀，讥讽地笑了：“今天到场的宾客，不仅方千明师傅，其他人也都是我的好朋友。郭翻译，你挑拨我和朋友们的关系，是何用意呢？”

郭子路张口结舌：“太君，我……”

中村忙说：“机关长，郭翻译对皇军……”

山口摆摆手：“中村君，你不必再说了，先把郭子路抓起来，他这样明目张胆地挑拨离间，我非常愤怒。”

郭子路惊慌地喊起来：“太君呀，我可是一片忠心呀！”

山口向中村使了个眼色，中村登时意会了，喊过两个宪兵，将郭子路五花大绑。

方千明幸灾乐祸地呵呵笑了，看着垂头丧气的郭子路被押出去了。

山口朝众人摆手笑道：“诸位，少安勿躁，都请坐吧。”

众人忐忑不安地重新落座。

山口一郎坐了，刚才冷冷的目光变得温和了。他四下环顾：“诸位，你们都是我们大日本皇军忠实可靠的朋友，可是，总有一些反对日中友好的暴乱分子，投毒、杀人、放火、抢劫，制造种种暴行，千方百计地想破坏大东亚‘共荣秩序’。今天的事情不仅十分扫兴，也令人愤怒，更让朋友们受惊了，本人深表遗憾，我代表丰田司令官向诸位道歉了。”说罢，山口站起身，郑重其事地向众人鞠躬致意。

方千明激动地站起来，高声喊道：“大日本皇军万岁！”

韩雨石也扯着嗓子喊道：“机关长英明，日本天皇万岁！”

许多人便跟着高喊起来，会场的秩序一时混乱，艺人们的情绪昂扬起来了。

冯大正也跟着喊了两声，他兀自看了看身旁的赵元初。

赵元初正在若无其事地低头喝茶，一副无动于衷的淡漠表情。

冯大正低声笑道："赵会长，您怎么跟没事儿人似的？"

赵元初淡然笑道："老冯呀，这茶真不错呢，喝吧，没毒。"

冯大正苦笑："您真行，我佩服死您了。"

山口很遗憾地宣布宴会中止，他告诉大家，他一定择日重新宴请。

众人纷纷起身离座，山口却留住了赵元初。

餐厅里只剩下了山口与赵元初，山口让厨师炒了几个菜，让中村上了两瓶清酒。

山口笑道："赵会长，难得如此清静，你我二人对饮几杯吧。"

赵元初摆摆手，哈哈笑道："机关长，这不妥呀！你让众人没吃饭就走了，你我二人却留下来吃喝，你有假公济私之嫌呀！传扬出去，你的面子上不好看呢。"

"哈哈，说不上的。你我二人的交情胜过那些人，传扬出去，最多也是个近水楼台么。"

二人对饮了两杯，山口的身子略略前倾，笑问："赵会长，你对今天的事情怎么看呢？"

赵元初摇头苦笑："郭子路何辜？"

山口点头微笑："赵会长聪明人，这也是应急之策，真要搜查起来，皇军的颜面便要扫地了呀，只能当众委屈一下郭翻译了。赵会长不知道的是，郭翻译被绑出去之后，便被放了。"

"呵呵，机关长这出戏演得不错，赵某佩服！"

"你认为方千明与他的手下有无投毒的可能？或者说，他们中间可否有那个姓达的厨子的同伙？"

"这个么，我想不会，他们刚刚从北平演出回来，对皇军应该是忠心耿耿。"

"我也是这样想。其他人呢？"

“这就不好讲了。比如赵某，似乎也应该在嫌疑之列呀。”

山口摆摆手，呵呵笑道：“好了，赵会长，咱们不谈这件事了，我想说的是另一件事，还要请你鼎力相助呢。”

“机关长是让我去劝张宗民归降？”

“哈哈，赵会长洞若观火，果然是聪明人呢。”

“机关长是跟我商量，还是命令我呢？”

“你我二人是朋友，说不上命令，当然是商量。”

“机关长说得好，你若是命令赵某，赵某敢不从命？若是与赵某商量呢，赵某恕难从命。”

“此话何意呢？”

赵元初举起酒杯，与山口碰了一下，仰头一饮而尽，他放下酒杯，再夹口菜吃了，呵呵笑了：“机关长呀，你既然如此说了，那我就跟你说句朋友的话吧，劝降张宗民，赵某却不是合适的人选呀。”

山口摇头不解：“为什么？张宗民过去不是你的部下么？”

赵元初讪笑道：“机关长念过大学，而且是中国通。赵某只潦草读过几年私塾。中国的书，您必是比赵某看得还多，您肯定知道这么一句中国古话：权后知轻重；度后知长短。物皆然，心为甚。”

山口点点头：“深以为然。”

赵元初继续说：“中国的事儿么，您也应该比赵某人知道得更多吧。先说个远点儿的，三国时代，有一个名叫姜维的军人，先前是曹魏的将军，姜维后来投降了蜀汉。您设想一下，如果让曹魏的人去劝说姜维投降东吴，姜维能同意吗？再说个近些的，韩复榘将军原是冯玉祥的部下，后来归降了老蒋。你若让冯玉祥去劝说韩复榘投降你们日本人，且不论冯玉祥如何说道，只说那韩某人能听吗？”

山口点头微笑了：“谢谢赵先生提醒，您的话让我茅塞顿开。中国文化中的人情世故，的确有独到之处呢。好了，此事不再劳烦赵先生了，可是赵先生能否为我推荐一个说客呢。实话实说，皇军对张宗民将军确是很看重呢。”

赵元初笑了笑：“赵某认为，这个说客么，必须有‘德高望重’

的身份。机关长适才说到人情世故，中国人尊老爱幼，常常是老人家出面，后辈总是要给几分面子的。张宗民也不例外。”

“请赵先生推荐一个。”

“赵某若推荐一人，必能堪当此任。”

“哪个？”

“保定名士徐飞扬。”

“不瞒你说，我也想到过此人，只是徐先生以闲云野鹤自诩，我担心他不肯出山呢。”

“精诚所至，金石为开。或是机关长不够诚恳？”

“我们日本有句话：若想让人家给你脸面，首先要给足人家脸面。意思差不多吧？”

“机关长的学问博大精深，赵某佩服。”

“那好，我今天要外出一趟，三两日就能回来，我便去登门拜访徐先生。不过，还要赵先生陪同前往。”

“这个好说。赵某愿意为机关长引路，现场帮腔。”

“有赵先生引荐，徐先生必定会接受这件事情的。”

赵元初又喝了一杯酒，放下酒杯笑道：“今日就到这里？”

“好，我们改日再聚。”

二人哈哈大笑，双双起身走出了饭庄。

还没走到门口，便听到一个女人尖声叫喊：“山口，你给我出来！”

赵元初心里笑了，他知道，是郭子路的老婆任雪儿找来了。

这个任雪儿，可不是个省油的灯呀，一定是谁把郭子路被绑走的消息告诉了她，且看山口怎么解释吧。

山口急忙走上前，但见任雪儿正叉着腰跟中村破口大骂呢。

中村满脸通红，正耐心跟任雪儿解释什么。唉，这女人，先是仗着她舅舅王揖唐，现在又仗着她的姨父是岗村宁次的翻译官，她在山口一郎或丰田秀男面前都从不客气呢。哪里还在乎一个中村。

山口上前一步，呵呵笑道：“郭夫人，你怎么来了？”

任雪儿吼道："山口，你把我男人关哪儿了？"

中村再也忍不住了，上前愤怒地喝道："任雪儿，你太浑蛋了！你怎么能用这种口气对机关长说话？"

任雪儿指着中村骂道："你才浑蛋呢。中村，你就是个大大的大浑蛋！"

山口却摆手制止了中村，嘿嘿笑道："郭夫人，刚刚发生了点误会，郭翻译官已经回家了，你没有遇到他吗？"

"山口，你可别骗我。"

"郭翻译官是我们日本人的朋友，我们怎么能把他关起来呢。郭夫人快请回家吧。以你中学教员的身份，于街中大吵大闹，真要让人笑话了。"

"山口，我可告诉你，如果我男人没回家，我还来找你。"

"当然。"

任雪儿转身就走，走了两步，忽又转回身，跺脚骂道："山口呀，我男人顶着个汉奸帽子，整天被人骂着，还卖力地给你们干活儿，你们竟然绑了他，你们还有良心吗？你们的良心让狗吃了？"

山口依然笑道："郭夫人，的确是误会。"

任雪儿"哼"了一声，便转过身，屁股一扭一扭地走了。

赵元初走上前，看着任雪儿的背影，摇摇头对山口讪笑道："郭翻译官娶这么个婆娘，真是够受的了。"

山口讥讽地笑道："我想起你们中国有一个成语'河东狮吼'。真是入木三分呢。"

赵元初皱眉道："这女人是否有反日情绪呢？"

山口摇头笑道："这种就知道天天打牌，天天跟丈夫要钱的女人，怎么会有反日情绪呢？元初君，多虑了。"

中村上前报告："机关长，出发吗？"

山口点头："出发！"

中村便亲自牵来一匹马。

山口翻身上马，朝赵元初摆手笑道："赵会长，我出城一趟。咱们回来见。”

赵元初微笑挥手：“好！好！”

赵元初看着山口和中村带着这一队日本骑兵扬鞭去了，他疑惑不解的是，《保定时报》的记者王亚雄也背着照相机一并去了。

赵元初后来才知道，山口去了燕子岭。

山口一郎要去燕子岭考察。山口昨天听了中村的汇报，三天前，有一支百余人枪的抗日队伍经过燕子岭，被晾甲庄的自卫队击溃了，打死八十余人，俘获十三人，只逃走了十余人。经审讯俘虏，得知这些人曾在山口的生日堂会上发动过袭击。

山口听罢非常高兴，他认为，击溃了一支百余人枪的抗日部队，不足称道，重要的是，燕子岭能出现这样一个与皇军“精诚合作”的民间自卫队，却是一件值得大做文章的事情呢。

晾甲庄

谈歌不想隐瞒，动笔之前，曾心下不安，一度犹豫再三，曾多次试想回避了这一章。

有关“晾甲庄”情节的这一章，谈歌写起来笔下非常艰涩、生冷且尴尬。但是，谈歌如果不写，又的确绕不过去。

只能硬起头皮写了。

晾甲庄自卫队伏击的这支抗日队伍，即季钧派往百丈岩的队伍。数日前，季钧找马凯旋商议，想让他的手下去百丈岩参加唐行一的队伍，由唐行一课以训练。马凯旋当下同意，即给唐行一写了封信。季钧便让张东山、李小仙、胡庆魁带着这支由各色人等组织起来的队伍去了百丈岩。谁能想到呢，队伍路过燕子岭的时候，遭到了意想不到的“伏击”。队伍伤亡惨重。张东山与李小仙当场死亡。

胡庆魁带着残余的十几个人，惶惶如漏网之鱼，逃出了燕子岭。晾甲庄的自卫队非常“自豪”地在他们身后放枪“欢送”。

胡庆魁白捡了条命似的跑回保定，向季钧如实汇报了。季钧大吃了一惊，伏击他们的不是日本人，竟然是晾甲庄的农民自卫队。

季钧的脑袋简直要气爆了，他破口大骂晾甲庄丧尽天良、认贼作父，必遭天谴。大骂一通之后，季钧赶紧关了“好再来”酒馆与车行。他知道，被晾甲庄俘虏了的那几位，没一个硬骨头，只需一巴掌，就一定先交代“好再来”这个“窝点”。

[燕子岭位于易县、涞源、唐县、完县、满城五县交会处。燕子岭下的晾甲庄有近三百户人家。这些人家，散落在燕子岭周遭五余里的山中，统称晾甲庄。庄内以于姓为主，传说是明代名臣于谦的后裔。于谦被害之时，几个族人唯恐被株连加害，即逃离京城，流徙此地避难。庄内胡姓、张姓、冯姓等，多是后来迁此落户的。

燕子岭地处丛山深林。当年区域管辖不清不楚，被人称为“五不管”（五县交界之处）。也是土匪出没之地。民国初年，燕子岭最大一伙土匪以郑大发为首领。

郑大发原是涞源县二道沟的牲口贩子，此人生来脾气暴躁，经常与人打架斗殴。人以类聚，他与涞源县城的几个地痞流氓，多有义气交往。那年正月，郑大发因生意赔了钱，与主顾口角，争执得愤怒了，竟持刀杀了对方。有了人命官司在身，他干脆扯上几个流氓弟兄，上山为匪了。郑大发的队伍渐渐发展到数百人之众。燕子岭一带的百姓，多被祸害。曾有乡绅到保定告状，请政府派兵剿匪。可保定政府却抱着司空见惯的态度，并不在意，哪儿的山里没有土匪呢（真不作为呀）？而保定政府对燕子岭一带的税收，却从来不减。民国十年（1921），财政开支紧张的保定政府，终于派人来燕子岭缉拿了十几个抗税的百姓，将他们关进了保定大狱。苛捐杂税加上匪祸，燕子岭老百姓的日子过得真是惨兮兮啊！

民国十六年（1927）春天，或是从来不看黄历的郑大发，竟然犯下了一桩大案，惊动了张作霖，以致招惹了塌天大祸，令郑大发噬脐莫及。

此案由一个名叫于连起的直系士兵引起。于连起是晾甲庄人。此人自幼懒惰成习，经常在庄子里偷鸡摸狗，后来便混不下去，即投军当兵了。当兵之后，其恶习不改，多在军中赌博，后来因赌博输急了，便打斗起来，被捉到军法处。于连起却不知怎么逃脱了，而且还带着军中几个酒肉朋友，持枪逃出了军营。于连起走投无路之际，便想起了家乡的匪首郑大发，便去投奔了。细说起来，郑大发还是他的一个远房表亲呢。

郑大发“热情”地接待了于连起，所谓“热情”，缘由郑大发看中了于连起带来的十几条快枪。或是于连起看出了郑大发有吞并他的心思，喝过酒吃过饭，便带着人走了，他要另立山头。于连起先是在唐县大茂山当土匪，两年下来，渐渐聚集了几十号人，名头也渐渐响亮起来。自认为有了与郑大发平起平坐资格的于连起，便邀请郑大发谈判，要联合起来做生意。土匪能有什么生意？就是合伙抢劫。古今中外，利益就是朋友。于是。郑大发和于连起这两个“匪友”，联合做了第一笔生意（也是最后一笔生意，所谓开端即是结束）。他们在官道上抢劫了十七驾马车，百余驮子货物。两绺土匪坐地分赃之后，便愉快地哼着小曲儿，喜洋洋地各自回山了。他们做梦也没想到呢，这十七驾马车和百余驮子货物，给他们带来了灭顶之灾。

这些驮子和马车是北平政府的给养运输队，出事儿的第三天就让张作霖知道了。张作霖当时在北平刚刚就任北洋政府陆海军大元帅，代表中华民国行使统治权。这不是给春风得意的张大元帅戴眼罩吗？

张作霖怒冲冲派了一个正规师，紧急赶到燕子岭剿匪。

大兵压境，两下里交上了火，这场力量极不对等的战役很快结束，于连起被击毙，郑大发则侥幸逃出去了（尔后再无下落，传说饿毙于口外）。按说，清剿大获全胜，事情到此便圆满了，殊不知这支剿匪的队伍，是张作霖从东北带来的兵，许多人就是土匪出身，或是杀红了眼，什么军纪呀影响呀，统统丢到了九霄云外，竟然重新回归了当土匪时的本色，顺手洗劫了晾甲庄，理由是，于连起是该村人，该村必有包庇之罪。无辜的晾甲庄遭遇了噩梦般的血洗，许多村民被杀，其中有一些孩子都被杀了，许多女子都被先奸后杀，还烧了全村过半的房屋。如此逆天暴行，令人发指。你们这是什么王八蛋政府军呀？连土匪还不如呢！

由此，村民们便与政府的军队势不两立了。

此事过后几年，保定光和商社新上任的社长中村青木，一路考察到了燕子岭。他来此考察的初衷，即想在山区地带，发动农民种植鸦片。他一路到了晾甲庄，正当这一年燕子岭周遭闹虫灾旱灾，老百姓颗粒无收。中村看到了晾甲庄一带的惨境，便立刻派手下回了保定，给晾甲庄运来了不少粮食，无偿地赠给了村民们。明摆着，日本人使用的怀柔收买政策，而对于晾甲庄无疑是雪中送炭，很让燕子岭的老百姓感恩戴德。

中村做了这件收买人心的事之后，便摊开底牌，商请晾甲庄的农民们种植鸦片。中村信誓旦旦地对老百姓讲，他请百姓种植鸦片的用途是制药，制药么，当然是为了救死扶伤，而且，中村绝对用高于市场的价格收购。对于“恩人”如此“正当且美好”的要求，晾甲庄的村民自然是一呼百应。从此，晾甲庄成了种鸦片之地。换句话说，晾甲庄成了燕子岭周遭的一颗最大的毒瘤。

民国二十三年（1934），当时在北平特务机关的山口，听了中村的汇报，为之心动，曾亲自到此考察，为了更彻底地收买人心，山口“慷慨”地给村民们发放了衣物，还配发了枪支弹药，让晾甲庄成立了自卫队。无论是国军还是共军，只要踏入燕子岭地区，一律“抗击”。由此，晾甲庄成了日军的“根据地”。说来可叹，国民党的部队与土匪之合力，起到了为渊驱鱼，为丛驱雀之功效。

这就是上一次张宗民在这里败走的真实原因。不知底细的季钧的队伍，也在这里吃了大亏。写到这里，谈歌心痛至极，除去日本人的收买政策，还有什么更深的原因促使晾甲庄数百个农民倒向了日本人一边呢？实事求是地分析，在晾甲庄村民的心底，生长了一种由愤懑到暴怒的情绪，这是比死亡本身更加酷烈的情绪。政府的勒索，军队的抢劫，已经使晾甲庄农民对政府的原始忠诚化为乌有。由此观之，晾甲庄是邪非邪？

回顾历史，无独有偶。1944 年春夏之交，当国民党汤恩伯的部队向豫西撤退时，惊世骇俗的一幕出现了。豫西山地的农民举着猎枪、菜刀、铁耙等种种有杀伤力的农具，到处“截击”国民党部队的散兵游勇，发展到后来，以至于成建制地整连整排地解除国民党士兵的武装，缴获部队的枪支弹药，以及高射炮、无线电台。除了截掠，他们甚至枪杀、活埋国民党的部队官兵。由此，豫西百姓，“协助”仅有五万余兵力的日军，打垮了共计四十万余人的国民党部队。共计有五万余人的国民党官兵的肉体被消灭。

美国《时代周刊》的记者白修德采访河南之后，道破了个中原因：1942 年，河南豫西遭大旱，河南灾民成千上万地濒临绝境，沿途村庄，十室九空。易子而食，已不鲜见。可是蒋介石不相信河南的灾情，认定河南省政府虚报灾情，刊登河南灾情的《大公报》被勒令停刊三天。于是，河南省继续向灾民们“敲骨吸髓”般“照纳国课”。超额完成征收军粮任务的河南粮政局局长卢郁文，受到了蒋介石的记功褒奖。之后，复刊的《大公报》援引了政府喉舌中央社发自河南的消息：“豫省三十一年之征实征购，虽在灾情严重下，进行亦颇顺利……征购情形极为良好，各地人民均罄其所有，贡献国家。”《大公报》社长王芸生亲自撰写社评：“‘罄其所有’四个字，实出诸血泪之笔。”

其实，一部中国抗战史，此种情况，并不鲜见，《剑桥中国史》记载：“1943 年，中国湖北一位司令官抱怨说，‘乡民……偷偷地穿越战线，把猪肉、牛肉、大米和酒送给敌人。乡民情愿让敌人统治，却不想在自己政府下当自由民’。”

史料还有记载：日军攻克的汤恩伯部仓库中，仅面粉便有一百万袋，足够二十万军队一年之用。白修德曾发出疑问：“为什么不分出一些来赈灾呢？”一个官员振振有词地告诉他：“如果民众饿死了，土地还会是中国的；但如果士兵饿死了，日本人就会占领这些土地。”这个自以为是的官员或是说出了蒋介石的“心声”，但是蒋介石或许没有想到，日本人竟然在灾区拿出军粮“赈灾”，此举导致河南民众最终唾弃了国民党政府。

为此，白修德后来喟然长叹：“如果我是一个河南农民，我也会被迫像他们所做的那样，站在日本人一边，并且帮助日本人对付他们自己的中国军队。我也会像他们在1948年所做的那样，站在不断获胜的共产党一边。”]

晾甲庄伏击了季钧的队伍的第三天，山口由中村和宪兵副司令西乡正平陪同，到燕子岭愉快地视察了两天。《保定时报》的记者王亚雄一路陪同并为此做了专题报道：

……山口机关长到此之后，即召集了全体村民开会，称赞了晾甲庄村民勇于自卫的行动。山口机关长再次声明，日本皇军是晾甲庄的坚强后盾，有了皇军的保护，有了晾甲庄的村民自治制度，晾甲庄村民一定会过上幸福的生活。山口机关长表示，保定周遭地区有皇军的支持，会更多地建立晾甲庄这样东亚共荣的模范村庄。山口机关长的讲话，更加激励了晾甲庄村民的昂扬斗志，他们纷纷表示，在日本皇军的保护下，晾甲庄一定要为建设东亚共荣圈做出贡献……

《保定时报》一并刊登了山口一郎与晾甲庄村民热情交谈的合影照片，以及晾甲庄自卫队为山口做射击“表演”的照片。

得意扬扬的晾甲庄村民还不知道，他们这种“知恩图报”的行为，这种卖力“支持”日本军队、维护自己村庄利益的举动，终于在后来的日子里招致了凶狠的报复。

他们很快就要把张宗民这只狼给招来了。晾甲庄自己给自己带来了灭顶之灾。

此是后话，且按下不提。

赵元初“推荐”徐飞扬

山口在燕子岭视察了两天，便热情邀请了晾甲庄村长兼自卫队队长于荣魁一同回保定。

于荣魁到保定之后，在大舞台接连做了三场“关于中日亲善之现身说法”的专题讲演，并受北平司令官山田的邀请，又去北平做了两场同题讲演。

于荣魁讲演的主题，即以自身的深切体会，控诉了国军与土匪对晾甲庄百姓的残害与压迫，称赞大日本皇军对晾甲庄的支持与友爱。《保定时报》《保定新报》《大公报》都为于荣魁的讲演做了专题报道。

于荣魁这个不以为耻、反以为荣的“讲演”，激怒了广大的保定市民，更激怒了国共两党在保定的地下组织，他们都接到命令，除掉于荣魁这个无耻的汉奸。于是，于荣魁在保定街上遭遇到了两次袭击，皆侥幸躲过。于荣魁心惊胆战，不敢继续住在西大街的旅馆里，山口便把于荣魁接到了宪兵队暂住了几天。

山口感觉于荣魁讲演的效果已经达到，再留下他，浪费警力不说，万一被人杀了，特务机关的面子也不好看。山口即命令小野带着一队宪兵，“护送”于荣魁回燕子岭。走到半路，小野悄然枪毙了于荣魁，让手下将于荣魁装殓了，将棺材运回了晾甲庄——这是山口私下给小野的命令。山口私下指示小野，于荣魁一定不能落在抗日队伍的手里。利用此人做宣传的目的已经达到，最后一用，即是“秘密处决”。之后小野沉痛告知晾甲庄，于荣魁先生在返乡途中遭遇抗日游击队“伏击”致死。由此嫁祸，以激起晾甲庄周遭村民对抗日队伍的仇恨。

山口“热情洋溢”地送走了于荣魁，便带着中村和西乡去见赵元初。山口要求赵元初陪同他去找徐飞扬，恳请其出山，劝说张宗民投降。

赵元初称赞道：“机关长，你这个决策甚好，我前几天已向您推荐过了，若徐先生劝降，应该是最佳人选。”

山口点头笑道：“元初君，但愿如此。徐先生乃当今名士，如困龙潜水蛰伏保定多年，若能为我大日本皇军所用，真乃日中共荣之‘幸事’呀！”

赵元初笑道：“但愿徐先生开明，不似穆先生那般不识时务啊。”

山口摇头笑了："中国的先哲曾讲过，以其终不自为大，故能成其大。穆柏枫达不到这般境界，他或是中国文人的穷酸精神罢了。"

赵元初点头："穆先生不肯与皇军合作，但皇军对穆先生依然礼遇有加，令赵某十分感佩。我相信，必定是机关长从中周旋，穆先生才能在这战乱年代安然无恙呀。"

山口摆手笑了："不提他了。"

一行人都换了便装，分别乘车去了徐飞扬家。

赵元初和山口先后在徐飞扬的街门前下车，赵元初却看到了两个便衣特务，他心下"一动"，难道徐飞扬也被监视了？

赵元初上前叩响了门环，片刻，徐飞扬打开了街门，山口紧忙上前一步，拱手笑道："在下山口一郎，特意登门拜访徐先生。"

徐飞扬拱拱手，讪讪地笑了："徐某在野老叟，息交绝游多年，真当不起山口机关长大驾光临呢。且进来说话吧。"

山口即向徐飞扬介绍了中村与西乡，宾主寒暄了几句，便走进了院子。

赵元初进院便愣了一下，但见穆柏枫一脸肃穆地端坐在院子里。

穆柏枫从日军监狱出来之后，便住在家中。穆柏枫虽依然拒绝与日军合作，日军却也没有再为难，只是派了一个班的日军和几名特务住进了穆柏枫的宅第，名为"保护"，实为"监禁"。穆柏枫每次出门，必有日伪特务跟随。

赵元初心下松了口气，街门前那两个便衣是跟着穆柏枫来的。

山口一郎点头笑道："没想到，竟在这里遇到穆先生了，用你们中国话讲，不期而遇，即是缘分呀！"

赵元初欠身笑道："赵元初问候穆专员。"

穆柏枫冷淡地说道："赵会长说错了，此处没有穆专员，只有穆囚徒。寸木岑楼，不敢伛偻高攀。"说罢，稍稍欠身，算作致意了。

赵元初点头："听说了令爱一事，十分同情。"

"有劳赵会长惦记了。"

"穆先生保重！"

穆柏枫冷了赵元初一眼，语中带刺地说道：“老朽已是心不在焉、‘徙宅忘妻’的年纪，视而不见，听而不闻，食而不知其味。行尸走肉般坐吃等死罢了，谈何保重？赵会长志存高远，维持会会长一职，做得敬业辛苦，却是要保重呢！”说罢，头转向了一边。

赵元初有些尴尬地摇摇头，干笑了两声，不再说话了。

山口打量了一下宽绰的院落，点头笑道：“结庐在人境，而无车马喧。问君何能尔，心远地自偏。徐先生，好是悠闲自在呢。”

徐飞扬呵呵地笑了：“此中有真意，欲辩已忘言。真是想不到，机关长对中国的诗词竟然颇有研究。只是老朽无此心境，白头搔更短，浑欲不胜簪。”

山口意味深长地笑了笑：“徐先生果然君子笃行呢。”

徐飞扬摇头笑了：“老夫不在此岸，不在彼岸，不在河中，真不知身在何处呢。”

山口也摆手笑道：“老先生若无过去心，无将来心，无现在心，何谓本来面目？”

徐飞扬点头称赞：“山口先生好文采呀！”

穆柏枫沉着脸站起身来，朝徐飞扬拱手道：“徐先生，你有贵客，穆某智井瞽人，不好打扰，告辞了。”说罢，他并不理睬山口与赵元初，昂头转身走了。

徐飞扬哑然失笑，起身送穆柏枫出门。

山口望着穆柏枫的背影，对赵元初讪笑道：“赵会长，你这位老朋友果然倔强，对你也太没有礼貌了呀！”

赵元初不在意地笑了：“中国文人么，自古清高。从另外一个意义上讲，这也是考验机关长与丰田司令官的政治‘耐心’呀。”

山口点头：“中国有三顾茅庐的故事，皇军自然也有这个‘雅量’。”

徐飞扬走回来，与山口和赵元初重新在院中落座，中村和西乡则在一旁陪着坐了。

山口笑道：“穆先生是徐先生的老朋友了？”

徐飞扬讪讪地笑了："穆先生可是难得到我这里串个门儿，适才刚刚坐下，话还没有说几句，却被你们几个'冲散'了呢。"

山口欠身道："不速之客，实在抱歉。"

徐飞扬看看山口与赵元初，淡然问道："山口机关长与赵会长都是百忙之身，突兀光临寒舍，不知何事。"

山口开门见山地说了来意。

徐飞扬摇头笑道："山口先生，徐某与张宗民并不相熟，你为何不找赵元初先生出面呢？且不说徐某不好抢赵先生的'彩头'，你们也舍近求远了呀！不妥，着实不妥呀！"说罢，连连摆手。

山口笑道："徐先生，是赵元初先生推荐的您呀。"

徐飞扬看了看赵元初，摇头哈哈笑了："赵会长果然心地歹毒呀。己所不欲，勿施于人，你是要陷徐某于不义之地啊。"

赵元初笑道："徐先生，您可别这么说呀。"

山口微微皱眉："徐先生这样讲，是什么意思呢？"

赵元初忙笑道："机关长，徐先生这是跟您客气呢。"

徐飞扬却恬然说道："徐某从不会客气。"

赵元初赧然讪笑："赵某素知徐先生有舌战群儒之才，即向山口机关长推荐了。以你我二人的交情，我这是举贤不避亲呀！"

徐飞扬"哼"了一声："难得赵会长体恤徐某这一回，且不说你这是遗祸江东，你却是要把老夫放在火炉上烤呢。"

山口笑了："徐先生，我的确是诚心诚意请你出山的。"

徐飞扬摇头笑了："请？山口机关长，你这一个'请'字从何说起呢？徐某一介布衣，时下如所有国人一般，如在覆屋之下、如在漏舟之中、如在薪火之上；或如笼中之鸟，或如釜底之鱼，或如牢中之囚，还如何奢求这个'请'字呢？日本即要中国人为奴隶、为牛马、为犬羊，凭你们驱使、任你们宰割，其种族沦亡，大惨大痛，山口先生也是个读书人，不似那些只讲烧杀抢掠的日本军人，徐某这番议论，你难道不能理解吗？"

山口皱了眉头，怔怔地看着徐飞扬。

赵元初忙摆手说道："徐先生呀，你这番议论，机关长未必听得明白呢，我就替您说明白点吧。机关长呀，徐先生的意思是说，你们这是倚仗武力，强迫徐先生为难呢。徐先生，我这么解释行吗？"

徐飞扬哂笑："大概就是这么个意思吧。"

山口摆了摆手，呵呵笑道："赵先生不必解释，我听得明白。徐先生，何必如此牢骚，我只是让你去劝说张宗民与皇军合作么。"

徐飞扬讥讽地笑了："山口先生，你应该知道，劝说一个中国军人投降你们日本人，这对徐某多年积攒下的声誉意味着什么呢？"

山口讪笑道："徐先生呀，大日本与中国是共荣的关系，这对您的声誉并无影响，相反，应该说您在日中共荣的问题上是能够做出贡献的。徐先生不要心存顾虑。"

徐飞扬苦笑道："此事虽非我情愿，但你们为刀俎，徐某为鱼肉，却不得不往呀。只是成效如何，徐某殊能预料？"

赵元初笑道："徐先生呀，您莫管有无成效，您辛苦去一趟，意思到了就行了。"

山口笑了笑："我们是爱惜张司令是个英雄，才肯如此耐心劝说呢，否则……"

徐飞扬摆了摆手，呵呵笑道："机关长，莫要说爱惜的话儿，明人不打哑谜，你们是看中了张宗民那支三千余人枪的队伍吧？哈哈！"

赵元初双手一摊，哈哈笑了："徐先生都把实话说了，机关长还有何话可说呢。"

山口尴尬地点头笑了："就算也有这个意思吧。"

徐飞扬摆手笑道："好吧，不必再说了么。你们费了这多口舌，徐某就答应了，明天就去试试。但倘若画虎不成，机关长可不能怪罪徐某'无能'呀。"

"哪里哪里。"

"徐某还有一个要求。"

"请讲。"

“徐某找张宗民游说时，不希望有旁人在场，比如你们几位。”

“为何？”山口皱眉。

“徐某不习惯在监督下与人谈话。”徐飞扬肃然说道。

山口起身，点头笑道：“就依徐先生，告辞。”

徐飞扬点头：“不送。”

山口走到门口又回过头，欠身笑道：“久闻徐先生有‘高贵三守’之说，谓之做人要守时、守信、守则。在下听过之后，竟有醍醐灌顶之感慨啊。”

徐飞扬淡然了：“承蒙夸奖，徐某粗读诗书，心得而已。”

山口点头：“此事还望徐先生三守。”

徐飞扬点头：“吾道一以贯之。”

山口笑道：“谢了。”即与赵元初和中村、西乡走出门来。

山口站在街中，又回头看了看徐飞扬已经关闭了的门，摇头讪笑道：“徐先生好一张利口呢。赵会长，此事还多亏你出马呢。”

赵元初忙摆手笑道：“机关长错了，错了呀，确系皇军威风所在，赵某断不敢贪功为己有呢。”

二人即在街中分手，一个日军士兵便牵着一条威武的大狼狗走过来，中村急忙上前接过牵绳。赵元初看到，不禁称赞一句：“好一条牧羊犬。”

山口怔了一下：“赵会长喜欢？”

赵元初笑道：“不瞒机关长，当年我在张作霖大帅身旁，曾经专门替大帅养过狼狗呢。”

山口笑道：“这是一条我心爱的狼犬，赵会长既然喜欢，那就送给你吧。”

赵元初忙摆手笑道：“可别可别，这怎么好意思呢？”

山口表情郑重地说：“赵会长，这条狼犬的名字叫‘井田’，刚刚从日本送来，它可是刚刚得了日本的‘飞神奖’呢。”

赵元初紧忙摆摆手：“哎呀呀，机关长如此一说，赵某更不敢接受了啊，君子不夺人所爱呀。”

山口哈哈笑了：“宝剑赠英雄，骏马与骑士。赵会长，我的确是诚心诚意。”

赵元初拱手道：“那……赵某就却之不恭，谢了！”

山口使个眼色，中村把“井田”牵给了赵元初。

赵元初呵呵一笑，便牵着“井田”上车走了。

山口目送赵元初的车子开出很远，中村与西乡走近前。西乡皱眉道：“机关长，你为何把这样一个心爱之物送给赵元初呢。”

山口笑了：“西乡君，中国人有句话，君子之交淡如水。你相信吗？”

西乡点头道：“中国人都喜欢这么说，尤其是读书人。”

山口摆手：“千万不要相信这句冠冕堂皇的话，这是一句非常虚伪的客套话。真正的中国人，如果友谊深厚，必定是酒肉朋友，你送他的东西越值钱，就证明交情越深厚。所以，这个民族的贿赂之事，自古蔚然成风，且愈演愈烈。我把这样一条值钱的爱犬送给赵元初，他一定会感恩戴德。若依赵元初的江湖性格，将来定要图报。”

西乡点头：“机关长思虑深远。属下佩服。”

山口又问中村：“奚月明的砚台做得如何了？”

中村忙说：“我刚刚又派人去看过，他做得很专心。”

山口点头：“很好。”继而又笑道：“中村君，西乡君，刚刚徐飞扬已经答应劝降张宗民了。你们预计效果如何？”

西乡正平皱眉道：“机关长，恕我直言，张宗民的态度依然强硬，徐飞扬去劝降也未必有效果。”

中村则道：“机关长，属下愚见，张宗民这个人，不过是一介赳赳武夫，我们一个月的优雅接待，给他降了许多火气，正如我们日本的清酒，存放若干年，便会烈性大减了。徐飞扬此时去劝降，等于给了张宗民一个体面的台阶，他应该会投降的。”

山口讥讽地摇摇头：“中村君，枉费你在中国做了多年生意，却对中国人的狡诈不甚了解呀。自古以来，反复无常的中国军人不计其数。就算张宗民答应投降，你认为他会是真心实意的吗？”

中村怔住：“这……”

山口郑重说道：“我之所以逼迫德高望重的徐飞扬去劝降，只是要在心理上对张宗民进行一次沉重的打击。中国是一个讲君臣父子秩序的国家，试想，长辈都依从了皇军，作为晚辈的张宗民还能抱什么幻想呢？”

山口说到这里，阴险地笑了。

中村醒悟道：“机关长高明。”

山口顿时收了脸上的笑容，冷冷地说道：“中村君，西乡君，你们应该明白，事情还有另一方面，我们在张宗民身上花费的时间似乎太多了些。如果为了一笔尚未确定的生意，还要追加过高的成本，这个买卖就基本可以考虑放弃了。中村君是经商多年的行家，这个道理应该比我体会深刻。”

西乡皱眉道：“机关长的意思是，如果徐飞扬出面仍然无果，我们就可以考虑放弃张宗民了？”

山口“哼”了一声，自信地笑了：“徐飞扬的劝说，无外乎出现两种结果。一、张宗民不答应投降，此人就要杀掉，不用再浪费时间；二、如果张宗民答应投降了，此人也要杀掉，不要相信他的话。”

中村惊讶了，疑惑不解地问道：“机关长，您说的第一句，我理解，可您说的第二句话，是什么意思呢？”

山口肃然道：“很好理解，徐飞扬如果不肯跟我们合作，他必定指点张宗民假意投降我们。所以，我们就杀掉张宗民，徐飞扬也要杀掉。以绝后患。”

西乡道：“那么……现在直接杀掉他们就是了。”

山口摆了摆手：“不，或许还会出现第三种情况。如果徐飞扬果真迫于压力，按照我们的意思去劝降呢？如果张宗民经过徐飞扬的劝降，提出了他投降的条件，或答应我们他要慎重考虑，我们就可以放他回去了。”

中村疑惑了："这……"

山口自信地说道："从来褒贬是买家。中村君，西乡君，二位都是北海道人，应该知道北海道有一句古老谚语吧——总是与你争论价钱的渔民，才真正想出售网里的鱼虾。同样的道理，只有张宗民提出了投降的条件，或是他答应考虑，我们才可以相信他是真心的。"

出 城

徐飞扬只身去见张宗民。

张宗民被关押在贡院街——日军宪兵司令部隔壁的一个大宅子里。门前站岗的赶紧去报告了，张宗民匆忙跑出门，拱手迎接徐飞扬："哎呀，怎么敢劳烦徐先生大驾呢。"

徐飞扬走进院子，皱眉"哼"了一声："你道我愿意来？我是被刺刀逼着来的呀。"

张宗民调皮笑道："徐先生也怕日本人的刺刀？"

徐飞扬没接话茬儿，他四下看了看宽敞的宅院，讪讪地笑了："看起来，张司令的日子很舒服呀。"

张宗民笑道："我这全是托日本人的福呢。"说着话，便引徐飞扬进屋，屋里有两个便衣特务欠身向徐飞扬致意。

张宗民挥了挥手，两个便衣便出去了。

徐飞扬与张宗民相对坐下，张宗民给徐飞扬泡了杯茶。

徐飞扬笑道："张司令呀，自古识时务者为俊杰么。"

张宗民泄气地说："徐先生，张某人并没有败在日本人手里，只是被内奸算计了。"

徐飞扬端起茶杯喝了一口，即四下打量，但见屋内装饰一新，红木家具齐整，窗明几净，几盆名贵的花草，亭亭玉立，在厅里摆放。徐飞扬呵呵笑道："张司令，真是个温柔之乡呢，好安逸么。你或有乐不思蜀之感慨了吧。"他朝张宗民使了个眼色，示意屋里的摆设。

张宗民明白了，徐飞扬是担心屋里有窃听装置。

张宗民哈哈笑了：“徐先生是前辈，张某今日要悉心听听教诲了。”

徐飞扬放下茶杯，起身对张宗民说道：“张司令，你这屋子里有些闷气，咱们在院子里走走，聊几句闲天如何？”

张宗民笑道：“那好，院子里说话吧。”

徐飞扬和张宗民走到了院中。张宗民对两个便衣说道：“你们回屋里待着吧，老张陪徐先生看看院里的花草。”

徐飞扬四下看去，但见花草茂盛，几株果树都挂上了果子，沿墙有一架葡萄，虽然没有成熟，却也长得精神抖擞。他点头笑道：“宗民呀，还别说，这院子里收拾得还真不错呢。”

张宗民讪笑道：“日本人不会过日子，种这些东西，哪如种庄稼呀！”

“宗民呀，你打算在这里住多久呢？日本人的耐性也是有限的呢，不会总敬你酒呢。”

“敬酒么，我吃过一个多月了，也真是吃腻烦了，老张也很想吃吃他们的罚酒呢，大不了一死呗。”

“宗民正是好年纪，如何想死呢？”

“徐先生呀，你不是真来当说客的吧。”

“我不是来当说客的，又是来干什么的呢？”徐飞扬放低了声音笑道：“还是赵元初向日本人推荐我来的呢。”

张宗民也低声说道：“钧座推荐徐先生来见我，或是有何妙计，救我出去呢？”

徐飞扬苦笑：“赵元初能有何妙计，无外乎你降与不降两条路么。”

“钧座要我投降？”

“你若说投降，日本人必然杀你。”

张宗民笑道：“我投降了，怎么还杀我？”

徐飞扬摇头：“山口这厮疑心太重，如果你答应投降，他必定怀疑你是诈降，如果你不投降，你还勉强能在这里多吃几碗敬酒，可最后呢，他还得杀了你。”

“那……我应该如何做呢?”

“你还有第三条路呢，我保你脱身无虞。”

“第三条路?”

“你要提些投降的条件，不妨苛刻些，之后，再答应考虑考虑。”

“这样？行吗?”

“当然行！只是这条件嘛，你切记不能开口要军火，那样容易引起山口疑心。你只要钱，而且要银圆，你一定要做出个见钱眼开的样子。”

“银圆？要多少呢?”

“你要十万银圆。山口必定要砍价，你最后让步到五万银圆，不可再少。”

“五万银圆?”

“对，你一定坚持要现钱，而且山口答应之后，你还要装作信不过的样子，一定要求跟着押钱车一同出城。车到了城外，赵元初必定会派人接应，你就脱身了。”

“嗯嗯，我记下了。”

徐飞扬皱眉道：“我听赵元初说，山口这人十分自律清廉，没有不良嗜好。我跟他闲聊时观察，其人外表谦恭，内心阴暗，这种人虽然心思缜密，却大都狐埋狐搰，疑心太重。你言语之间切要小心，不能让他有分毫疑虑。”

“明白！就跟真事儿似的，跟他谈买卖。”

“我相信，你一旦出了城，山口就会后悔。”

“那他一定后悔得肠子都青紫了呀!”

“告辞了。”徐飞扬走到门口，转回身来笑道：“徐某闲居保定数年，得识张宗民，初感只是一介武夫耳，今日之讨论，却是让徐某大开眼界。有俊杰如张宗民，知中国抗战不仅可为也，而且必胜也。”

张宗民挠挠头皮，苦笑：“徐先生，你这些话，我可真听不懂呢。”

徐飞扬意味深长地笑道：“来日方长，你我仍有共事机会，那时，你便听得懂了。行了，你与山口的这场博弈，已经到了最要紧的关口，你好自为之吧。”

张宗民送到街门，看看左右四个站岗的，苦笑道：“徐先生，我现在是阶下囚，只能送到这里。失礼了。”

徐飞扬扬手笑道：“张司令，请回吧。”

徐飞扬走到街中，左右看看，便径直去了维持会。站岗的报告了，赵元初匆匆迎出来：“云长先生台驾到此，赵某有失远迎，得罪了。”

徐飞扬摇头叹气：“唉，徐某并非专程到此，适才劝降张宗民，游说得口干舌燥，正路过你的衙门口，便进来讨一碗茶喝。”

赵元初讪笑：“云长先生辛苦了！”

徐飞扬摆手笑道：“不是辛苦是命苦呀。传扬出去，徐某人游说张宗民投降日本人，保定城内的老百姓肯定破口骂大街呀。”

徐飞扬进了屋，却见唐行一起身躬揖迎来。徐飞扬欢喜道：“品直呀，你何时来的？”

“我下山打探一下张司令的消息。听钧座说，徐先生去游说张司令了，张司令怎么样？”

“他现在还是日本人的座上宾，吃喝不愁呢。”

“徐先生这一遭游说效果如何呢？”赵元初笑着问道。

徐飞扬便将张宗民的情况大概讲了，他呵呵笑道：“山口这两日必定放了张宗民。义明呀，我正要说，你立即选派人手，到途中接应张宗民脱身吧。品直正好在这里，那此事就由品直去办吧。”

唐行一点头：“明白。”

徐飞扬笑了：“义明，你我交往多年，及尔如贯，谅不我知？我今日要走了，临行前来讨一杯酒吃。”

赵元初奇怪：“云长先生去哪儿？”

徐飞扬笑道："张宗民一去不回，日本人必定怪罪于徐某，徐某当然有性命之虞，君子不立危墙之下，自然要未雨绸缪啊。三十六计，走为上计。"

唐行一点头："走之'计'么，也分两种，徐先生文走还是武走？"

徐飞扬笑道："自然是文走。"

唐行一问："徐先生去哪儿落脚？有意去百丈岩吗？"

徐飞扬摆手笑道："我早已选好一处了。百丈岩那里有你唐参谋运筹，用不着老夫呢。徐某去找学生梅天凤入伙，她应该在紫荆关一带。"

唐行一摇头笑了："徐先生厚此薄彼呀。"

赵元初笑道："品直呀，徐先生辅弼梅天凤，应是梅天凤的福分。你莫沮丧，赵某也同样厚此薄彼呢。我给你们筹集了一批军火，过几天即可交给你们了。"

唐行一大喜过望："钧座，你真是雪中送炭呢，太好了呀！"

徐飞扬呵呵笑了："义明兄，你对张唐二位，真够仗义呢。但不知你这军火从哪搞来的呢？断不会从山口那里虎口拔牙吧？"

赵元初摆手笑道："山口这厮小气得很，若从他那里搞军火，无异于与虎谋皮。这批军火么，赵某却是独辟蹊径呢。"

徐飞扬狡黠一笑："如何独辟蹊径？抑或来路不明？或是那年你搞的什么杂戏魔术大赛，北平拨了专款，市井多有赞助，你或从中渔利？说来听听么。"

赵元初急忙辩白："徐先生嘴下留情，北平拨款，乃专款专用，民间捐助，乃民脂民膏，赵某岂敢染指。实在是另有来路。"

徐飞扬用贬损的口气笑着说："无论猫路狗路，总要有个来路么。"

赵元初赧然摆手道："天机不可泄露。不便说，不便说呀！"

三人哈哈笑了。

赵元初笑道："且不说军火的事了，云长先生，你今日来得正好，我让厨子做了狗肉，你尝尝。”

徐飞扬听得一怔：“狗肉？”

唐行一笑道：“闻得狗肉香，神仙也跳墙。早闻听徐先生喜爱狗肉，今日必定要大快朵颐了。”

赵元初神秘地说：“这只狗可真是不寻常呢。”

徐飞扬摆手：“义明呀，不要故弄玄虚，狗肉么，谁没吃过？”

赵元初哈哈笑道：“这次的狗肉呀，徐先生一定没有吃过。”

徐飞扬笑道：“这可就怪了，莫非还能是外国狗肉。”

赵元初点头：“果然让徐先生猜中了。”

唐行一也惊讶了：“果真是外国狗肉？”

赵元初笑道：“是日本狗肉。”

徐飞扬疑道：“你从哪儿弄的日本狗肉？”

赵元初笑道：“那天从徐先生家里出来，山口或是一时高兴，便送给我一只狗，说是他的爱犬，名字叫什么……忘了，还刚得了日本国竞狗比赛的冠军呢，我客气了两句就接受了。今天正好唐参谋进城来，我就让厨子杀了这只冠军狗待客了。徐先生真有口福，你要我为你饯行，却赶上了狗肉席。”

徐飞扬听得连连咋舌：“义明呀，你真是暴殄天物呢，你知道这样的赛狗多少钱吗？你就当作普通的肉狗，生生给宰了？你……”

赵元初“哼”了一声，淡然说道：“日本的赛狗就不能吃了？徐先生，我连日本人的肉都想吃呢，别说他们的狗了。”

唐行一笑了：“钧座说得痛快。”

徐飞扬听罢点头：“义明呀，我听明白了，你果然是个奇人呢。好哇，今天吃狗肉，如品直所说，大快朵颐。”说罢，他又笑了：“只是……你如何向山口那厮交代呢。”

赵元初讪笑道：“自然不能怠慢人家了，我给他留一个狗腿，请他品尝，我还写了一封信，请徐先生过目斧正，再斟酌一下词句，总要客气几句么。”说着，就从书案上拿过来一封信，递给了徐飞扬。

徐飞扬接过看了：

山口机关长台鉴：承蒙所赠之爱犬，不胜感激。所赏珍味，欣得其珍贵，朵颐有幸矣。不敢独占，乃归璧一股，以示情谊，与君同乐耳。肃此。赵元初顿首

徐飞扬读罢，击掌哈哈大笑："我说赵元初呀，你这是要活活气煞山口了，他不吐血才怪呢。好，徐某今日大饱口福一回。"

赵元初笑道，便喊了一声："老蔡，端上来！"

三人入座，厨师老蔡就笑呵呵地把一大盘狗肉端上来了。登时满桌的肉香四溢开来。

唐行一嗅了嗅鼻子，点头笑道："果然是日本好狗肉呢。"

赵元初讪笑道："只是可惜穆柏枫先生不在场，错过了这桌狗肉宴。唉，他对我多有忌恨呀！"

徐飞扬意味深长地笑了笑："说到穆柏枫，我还要嘱咐两位一句，徐某出城之事，你二人断不可对他说起。而且，今后有关徐某的一切事情，切记不要对他说起。"

赵元初疑惑："为什么？"

徐飞扬淡然一笑，意味深长地说道："不为什么，我或是不想给穆先生'添堵'呀，他现在仍为笼中鸟，徐某却是海中鱼了呢。两位记下了？"

赵元初、唐行一面面相觑，兀自点头。

徐飞扬笑道："顾不及说穆专员了，吃肉呀，我这喉咙里都馋得伸出手了呢。"

赵元初举筷子招呼："各自下筷子。"

三人举杯、下箸、饮了、吃了。

说说笑笑吃过了一会儿，赵元初问道："徐先生，何时动身出城？"

徐飞扬放下筷子："一会儿就走。"继而又皱眉说道："徐某今日

来此，一是作别，二是有事相求。”

赵元初放下筷子，肃然答道：“徐先生但讲。”

徐飞扬放下酒杯，笑道：“求赵会长给徐某准备五百斤炸药。”

赵元初当即变色：“徐先生意欲何为？”

徐飞扬摆手笑道：“莫紧张，闲暇置办忙时用，我只是想预备下，为补日后一时之需。”

赵元初点头：“这个还容易。我吩咐下边去办就是了。”

徐飞扬道：“此事还需要赵会长保密，炸药准备好，再要劳烦一趟品直了，为我安排好炸药的去处。”

唐行一忙拱手：“但听徐先生吩咐去处。”

徐飞扬道：“品直呀，你或是知道，完县皇子崖上有一处道观，名为忠烈观。”

（顺平县境内一座孤峰，衔接完县西部的伊祁山。传说，唐代“安史之乱”时，一位太子被叛军追赶，走投无路之下，即在山顶投崖自尽。当地百姓感念这位忠烈，有一个道士便乘势在周遭募捐，即在山顶建立一处道观，取名“忠烈观”，以纪念这位绝不投降的太子。

有文字记载：明清两代，忠烈观一度香火兴旺。常有千里之外的善男信女，到此进香。“庚子事变”那年，八国联军追杀百余名义和团成员至皇子崖峰顶，在忠烈观大开杀戒，并放火烧了道观，忠烈观由此败落，断了香火。曾有乡绅建议重修此观，但鉴于忠烈观已成凶观，重修之事，竟无人响应，只能作罢。）

唐行一点头：“皇子崖我去过，依景致而言，确是个好去处，忠烈观么，据说是唐末前后的建筑，宋代妙观道人曾在此修行，只是辛酉年间断了香火，荒芜至今，没有道人住持了。”

徐飞扬笑道：“品直知道的典故确是不少呢，道观下边有一层密室，你可知晓？”

唐行一点头：“这个我也是知道的。”

徐飞扬叮嘱道：“品直费心，将炸药安放此处即可。”

唐行一郑重点头：“在下悉心记下了。”

徐飞扬道：“再有，此事只我三人知道，法不传八耳。如何？”

赵元初、唐行一相视一笑，都点头应了。

徐飞扬笑道：“此事办妥，徐某便是无忧了。”说罢，便抄起筷子，再夹一块狗肉丢到嘴里，欢呼一声：“果然好肉呢！”即大嚼大咽起来。

赵元初皱眉疑道：“徐先生安放炸药，有何机关呢？”

徐飞扬哈哈笑道：“他日你便知了。只是……”他即岔开了话题，用沉重的目光看了看赵元初：“义明呀，我却是担心你呢，你这终日里与日本人辛苦周旋，若稍有不慎……”

赵元初摇头苦笑：“徐先生说得是，国民党、共产党、日本人、汉奸，我要同时在这四只鸡蛋上跳舞，闪展腾挪，还不能踩破了任何一只，果然是如临深渊、如履薄冰，确实要煞费苦心，八面玲珑呀。赵某每日清晨照镜穿衣，偶尔感觉赵元初此人真是内心复杂，面目‘可憎’啊。”

唐行一点头叹道：“钧座实为不易，外人看来，山口视钧座为股肱，实则，山口视钧座为鸡肋。其中虚与委蛇，钧座必定十分辛苦。”

徐飞扬叹道：“这些年来，我近观义明兄，果然是鲁莽英雄外表之下，竟有百变之身。徐某佩服得紧！今日别过，君为其难，暗作机关；我为其易，明火执仗。义明兄，切要多多保重！”说罢，目光炯炯，盯着赵元初。

赵元初眼里登时有了泪，他摆了摆手，叹道：“云长先生，且不说这些了，我眼下不敢为主而为客，不敢进寸而退尺，拿个戏文打比方么，我就是暂栖许昌城内的刘玄德呀，但借惊雷来掩饰，谁知道哪天掩饰不住，便是身首异处了呢。”

唐行一却笑了：“其实两位不必客气，所谓君子笃行，各有千秋呢。”

徐飞扬笑道：“品直不妨说来听听？”

唐行一忙放下筷子，欠身笑道："那就恕晚生无礼，姑且妄言两句。徐先生科举出身，文胜于质，却经过风浪场面，或是个宁折不弯的脾气；赵司令江湖闯荡，质胜于文，却阅历了陷阱机关，或是个弯而不折的性格。两位行事，气质不同，方式不同，却都是道德的，经世的。所谓文质彬彬，然后君子。晚辈如此说法，不知可否中的。"

徐飞扬听罢，与赵元初面面相觑，同时哈哈大笑起来。

赵元初竖指称赞："品直呀，你这一番议论，虽不中却不远矣。"

徐飞扬转移了话题："品直，徐某曾听马放歌说起，你也曾学过平戏（京戏），只是不曾彰显。"

唐行一粲然笑了："晚生这些年么，很喜欢听付浩声先生的戏，私淑久矣，也曾冒昧拜访过听雷先生，这才知道，付先生不仅是当之无愧的河北梆子之魁首，在平戏界却也是个翘楚人物呢，承蒙付先生慷慨，晚生即使向付先生学过几出戏，却只学了个皮毛而已。"

徐飞扬朗声笑道："徐某此去，还不知何时能与两位再见，别离之际，便有个不情之请，品直为老夫唱上一段，壮壮行色如何？"

唐行一即起身拱手笑道："徐先生既然提出，晚生不揣浅陋，也是理所当然。献丑了。"

唐行一便唱了一段：

> 葡萄美酒夜光杯，
> 将军欲饮马上催。
> 醉卧沙场君莫笑，
> 古来征战几人回。

徐飞扬听罢击掌喝彩："想不到呢，几句耳熟能详的唐诗，一经品直磅礴唱出，竟然是豪气干云呢。徐某多年不曾听到如此苍凉雄壮的调子了。多谢品直了。"

说到此处，徐飞扬慨然拱手："义明，品直，饶是如此，人生不相见，动如参与商，明日隔山岳，世事两茫茫。各自珍重吧！”

赵元初听得沉重，皱眉问：“徐先生这就动身了？”

徐飞扬笑道：“还要向赵会长讨一匹脚力。”

赵元初笑道：“这个容易。”就喊人进来，吩咐给徐飞扬牵一匹马。

徐飞扬又喝了一口茶，放下茶杯，起身告辞。

赵元初、唐行一送徐飞扬出来。卫兵已经牵了匹马站在门外。

徐飞扬欣然一笑，随即认镫扳鞍上马。

唐行一在旁看了，不觉击掌赞叹：“徐先生好身形呀！”

徐飞扬摆手笑了：“老了啊，真不比当年了呀。”

赵元初笑道：“老当益壮赵子龙当如是，七擒孟获也是一马当先，豪迈不减当年呢。”

徐飞扬拱手笑道：“就此别过，二位保重。”

赵元初、唐行一也忙抱拳揖礼。

红日悬空，万里无云。赵元初、唐行一目送徐飞扬挥鞭策马去了。

赵元初收回目光，轻轻一叹：“品直呀，你与徐先生相识多年，你如何看他呢？”

唐行一收了笑容，正色说道：“属下观徐先生为人处世，坦荡磊落，当如曾子曰，可以托六尺之孤，可以寄百里之命，临大节而不可夺也，君子人与？君子人也。”

赵元初点头称赞：“此言用于徐先生，着实不虚啊！”

张宗民“脱身”

徐飞扬离开保定第二天，赵元初接到了山口的电话，要他过去一趟。赵元初猜测山口准备放张宗民回去了，便让唐行一带人去城外准备接应张宗民。唐行一匆匆走了之后，赵元初蹒跚着去了山口一郎的办公室。

赵元初进门便笑道：“机关长，昨天晚上，我派人送来的红烧狗肉，味道如何？”

山口不禁皱眉，摇头长叹道：“唉！我与元初君交往多年，还是第一次知道，元初君原来还是一个能够暴殄天物的饕餮之徒呢。”

赵元初嘿嘿笑道：“让机关长笑话了，人生各有所好，老赵确实是美食第一呢。”

山口摇头“哼”了一声，又无奈地点点头，讥讽地说道：“中国文化博大精深，往往有些惊世骇俗的东西，真让人瞠目结舌呢。比如《红楼梦》，在这一部杰出的小说里，竟然能有那种不知深浅，撕扇子听响声的愚蠢美女。如此说来，生活里或是就应该有元初君这般烹饪赛狗的好汉呀。山口学识浅薄，这一回确是领教了元初君的厉害。”

赵元初拱手笑道：“知我者，山口君也。”

山口讪笑着摆了摆手，即郑重说道：“赵会长，我今日邀你来，并非要与你讨论狗肉的味道。说正事吧，徐飞扬先生昨日劝降，很有效果。刚刚张宗民打电话过来，表示愿意和我谈谈条件，我想听听你的看法。”

赵元初拍了拍脑袋：“看我这脑子，差点忘了。昨天徐飞扬找过我，他说张宗民已经有了归降皇军的意思，但是张宗民想要钱呢。我提醒机关长，中国人可有狮子大开口的习惯呀，你可要小心呢。”

“哈哈！我不管狮子大开口，还是老虎狗熊大开口，他张宗民只要开口讲价就行。”

“机关长要重金收买他？此人能收买吗？”

“天下没有不能收买的人。”

“但依我的经验，一个人如果有了价码，就不值钱了呢。或者说一文不值了。”

“赵会长此话迂腐了，这是空泛无物的书生议论。其实，世界上任何交易，都有价码，都能在钱上讨论，对于双方来说，这才是最公平的。”

“钱真能收买吗？”赵元初还是摇头。

“所谓不能收买，都是在价格上起了争执。不是吗？”

“机关长果然参透了人情世故呢。”

“我们一起去见见张宗民。”

“我去……好吗？”

山口哈哈笑了：“还要劳烦赵会长帮着我烧这最后一把火呢，否则这锅饭难说煮得熟呀！”

山口当即与赵元初一道去见张宗民。

赵元初很清楚，山口此次亲自出面，是最后考察张宗民的态度，也是能不能放走张宗民的最后一关。

山口与赵元初见了张宗民，三人相对坐下。

山口满脸堆笑：“张司令呀，你适才在电话里说，同意归顺皇军，张司令能这样做，我十分高兴。”

张宗民急忙摆摆手：“机关长呀，先打住，我刚才在电话里对你说了，咱们得谈谈条件。你得先答应我的条件，我再说投降你们的事儿。我三千多人的队伍，人吃马喂，得要军饷呢。我的条件简单，就是想要十万块银圆，山口机关长能答应吗？”

山口冷下脸来：“张司令呀，你是个做大事儿的人，还在乎这点儿小钱儿吗？”

张宗民摇头“哼”了一声，用力摆摆手：“小钱？机关长是饱汉子不知饿汉子饥呀。我现在就是‘穷鬼’一个，手下也都是‘饿狼’似的兄弟。如果你不答应给我钱，我真不能答应投降。你也得替我想想呀，赵会长可以做证，国民党政府从来不管我们的军饷，一直让我们自筹。如果你们也不管，我这投降不投降还不是一个模样呀。算了吧，你要是不考虑给钱么，我也不考虑投降的事了，你们还是杀了我，也省得我投降了，一点儿好处都没有，还得顶着个汉奸的帽子。手下的弟兄们会怎么骂我呀？老张可是把脸面看得比性命重要呢。”说着话，又对赵元初笑道：“赵会长，你说是不是呢？”

赵元初摇头苦笑：“张宗民，你还是这样财迷转向呀。”

张宗民坏坏地笑了：“人穷志短，让赵会长笑话了。”

山口皱眉问："如果有了军饷呢？"

张宗民嘿嘿笑了："那……有了钱么，当然钱比脸重要了。不好意思，又要让机关长笑话了，老张是穷怕了呀。"

山口仰天大笑起来："哈哈！张司令爽快，区区小事，马上就办。"说罢，就朝门外喊了一声："井田！"

井田副官从门外走进来："机关长。"

张宗民忙起身说道："且慢，机关长，我可不要日本票子，也不要银行的支票，我得要银圆。"

赵元初皱眉："银圆？"

张宗民眉头一扬："对！"

山口点头说道："张司令，皇军可以给你银圆，但是，这第一次的军饷呢，我先拨给你两万，余下八万，等你把队伍带到保定城，再一次付清。如何？"

张宗民断然摇头，"不行。机关长，我手下可是有三千多兄弟呢，这两万块钱实在少了些，真不够弟兄们分呢，也别说什么八万几万了，老话讲，宁要今日的铜，不想明日的金，机关长呀，你再高高手，就多给些吧。"

"好，我再加一番，四万。"

"机关长呀，你刚刚都说了，十万块钱对你来说都是小钱呢，我也不多说了，就再说个实在的数，你先给我五万，行不？"

赵元初讥讽地笑道："张宗民，你真是斤斤计较呢。"

张宗民双手一摊："赵司令，这不是……穷怕了么。"

山口略一沉思，嘿嘿笑了："好吧，那就先给你五万。"

张宗民立刻呵呵笑了，起身拱手说道："机关长呀，你还真是个大方人呀！我老张就愿意跟着你这样的人做事。按说，五万元不多，但这是我老张第一遭给弟兄们挣来的军饷呀，太谢谢了！"

山口嘿嘿一笑，转身对井田说："你去给张司令准备五万银圆的军饷，立刻送来。"

井田答应一声，出门去了。

山口笑了笑，淡然说道：“张司令，你可以先走一步，我让井田副官随后追你就是了。”

张宗民听得一怔，急忙摆手道：“机关长，这可不行，我必须跟着银圆一起走，否则，我心里不踏实呢。”

山口皱眉：“你信不过我吗？”

张宗民讪笑道：“不是信过信不过的事儿。机关长呀，我刚才说了，我是真穷怕了，见到钱就像见到了亲爹。我亲自押着五万银圆上路，心里踏实呢。”

山口哈哈笑了：“那样也好，张司令，一会儿你就可以带着五万银圆回百丈岩了，我让小野队长随你一块去。我希望三天之后，你带着队伍到保定。届时，我与赵会长几个头面人物，给你摆酒接风。”

张宗民笑道：“好呀好呀，弟兄们也好解解馋呢。”

赵元初皱眉，低声对山口说道：“机关长，且还要叮嘱一下，不能让张宗民的手下扰乱街市呢。”

山口点头：“说得是，张司令，你的队伍进城后，你还要严加管束。”

张宗民笑道：“我明白机关长的意思，但请放心，有了钱，弟兄们绝对不会在城里乱挂账、吃白食的。”

一会儿的工夫，井田便将装了二十箱的五万银圆送到了，山口让张宗民逐一打开箱子查验。山口当即又喊来小野，让他带一个小队的日军，“押解”这二十箱银圆，跟随张宗民去百丈岩“受降”。

张宗民心满意足地跟着小野出城去了。

山口送张宗民出来，他站在街中，望着张宗民的背影，若有所思。

赵元初一旁皱眉道：“机关长呀，我还是有些担心呢，如果……”

山口摆手笑道：“元初君，我并非完全相信他，但是我相信那五万银圆啊。我们日本人有句话，在人上计算，莫如在钱上计算。”

赵元初暗自讥讽：“机关长，中国人也有句话，叫作千算万算，难免失算。我总感觉机关长过于自信了。”赵元初一副忧心忡忡的表情。

“哈哈，赵会长，你多虑了呀。”

“但愿赵某杞人忧天。”说罢，赵元初淡然一笑，扬长而去。

山口望着赵元初的背影，兀自笑了。赵元初是个聪明人，却表现得过于“聪明”了。总是聪明外露的人还是“聪明”人吗？或许，这次张宗民投降，让赵元初跌了面子。面子么，对于任何一个男人，都是至高无上的。山口扬眉一笑，心中瞬间闪过一个场景：丢了面子的赵元初，这几天必定是神情沮丧啊。

山口心情舒畅，怡然自得地回了办公室。

山口打开案头上的《唐诗三百首》，正要看，桌上的电话响起来，山口接了电话，竟是“掌柜”打来的。山口听了几句，即笑道：“‘掌柜’先生，此事您多虑了，我相信，张宗民的确是一个能被收买的中国军人。这几年，中国军人被我们收买得还少吗？哈哈！”

“掌柜”那边听得沉默了，良久无语，即叹息道：“此谓放虎归山，机关长怕要失算了呀。”说罢，便挂了电话。

山口放下电话，窃笑“掌柜”神经太过敏了些。他不再多想，即开始阅读《唐诗三百首》。

两个小时之后，山口接到了小野的电话，这个电话似一记铁锤，把山口砸晕了——或好比刚刚低价淘得一件元代青花瓷瓶般的美好心情，登时被砸得支离破碎。

果然被“掌柜”言中，山口失算了。

小野慌张的声音在电话里报告：他带着队伍押着二十箱银圆，跟随张宗民经过满城街中时，十几个山民装束的汉子从两旁闪出，鸣枪拦住。街中登时大乱，小野当即带着手下与这些人交火，却不料，街道两旁竟又冲出几十个人，疯狂扑上前来，砸开箱子抢劫银圆。混乱中，几个骑马的人冲上来，劫走了张宗民。抢劫的人也随即一哄而散。小野清点银箱，发现银圆被抢了近乎一半。小野说，他相信这一切应该都是张宗民安排的，但他想象不出，他一直跟着张宗民，不离左右，张宗民是怎样安排的。

山口听得目瞪口呆，他醒过神来，当即命令副官井田立刻带人去逮捕徐飞扬，他认定，张宗民昨天虚与委蛇的一番话，必定是受了徐飞扬的指点。

一会儿的工夫，井田即回来报告，徐飞扬已不知下落。

山口颓然坐下，长叹一声："井田君，这些中国人的心机深不见底呀。适才我接到了'掌柜'先生打来的电话，告诫我不可以相信张宗民，我不以为然，正巧我读了中国唐代诗人刘禹锡的一首竹枝词：瞿塘嘈嘈十二滩，人言道路古来难。长恨人心不如水，等闲平地起波澜。这首诗令我有所体会呀！"

井田皱眉道："机关长有何体会？"

山口讪笑道："还是'掌柜'先生说得对呀，我不应该放走张宗民。中国人的心机，难以揣测呢，此谓放虎归山。"

井田疑惑道："机关长事先看出了什么蛛丝马迹？"

山口摇头苦笑道："我曾想过，如果张宗民什么条件也不要，答应投降，那他一定是诈降；如果他提出条件要军火，他一定是要借机武装实力，继续与皇军对抗；如果他真心投降，就一定会要钱。但是，张宗民似乎看透了我的心思，他果然提出要钱，这就是虚则实之、实则虚之的道理。这个主意，不会是他想出来的，这个幕后的诸葛亮，就是徐飞扬。井田君，我如此说，你以为如何？"

井田欠身道："机关长熟读中国兵法，在下惭愧，不敢应对。"

山口长叹一声站起身："我一会儿就去找'掌柜'先生当面道歉，我的确由于过分自信，才棋错一着，输了全盘。我明天还要告诉赵元初，收回我说过的话。赵元初说得很对，人并不是都可以被收买的。这个世界上，总有一些人是不能够被收买的。这样的人要受到尊重，即使是我们的敌人。比如张宗民。"

山口当即打电话请示丰田秀男，派唐县、完县、满城三县的驻军清剿张宗民。

“掌柜”现身

还是那间密室，烛光仍然暗淡。

六个男人围着圆桌闷闷坐着，其中有人忍不住低声嘀咕了一句：“你们听说了吗？张宗民的队伍又多了不少人，皇军剿了几回，根本不见成效。”

“百丈岩那鬼地方，张宗民仗着地势险要，皇军不会有什么便宜。除非动用飞机。”

“山口机关长糊涂呢，他若能听‘掌柜’先生的建议，杀了张宗民，何至于让他逃出生天呢？”

“唉，可惜了‘掌柜’先生一番苦心。日本人蠢笨呀！山口简直就是个扶不起的刘阿斗。”

一个粗嗓子忧郁地叹道：“当断不断，必遭其乱。‘掌柜’先生也未必能料到今天这个局面，城内的抗日分子越来越多，城外抗日游击队的势力，也眼见越来越壮大，已经成了心腹之患。”

有人还要说话，却闭了嘴巴。因为都听到了轻微的响动，密室的门打开了，三个人影闪进来，走在前边的一个高大身影低低地咳嗽了一声。正是“伙计”。他手里提着一只马灯，身后的两个壮实的男人，应该是保镖。

“伙计”在首席坐了，顺手将马灯放在桌上，两个保镖站在了他身后。

“伙计”四下环顾，阴沉着声音问道：“都准备好了吗？”

那个粗嗓子率先答道：“按您的吩咐，我们都准备好了人手，请您布置任务。”

“伙计”淡淡地说道：“‘掌柜’先生希望你们办好这件事。”

有人问道：“到底什么事儿？”

“伙计”冷冷地说道：“诸位想必都清楚，时下城外的抗日游击队越来越多，严重破坏了保定周遭的治安秩序。皇军多次围剿捕杀，因为情报不准，收效甚微。‘掌柜’先生制订了一个计划，让你们带人去到各游击队卧底。再说得具体些，你们与各自的手下，伪装成民间抗日分子，近些日子，即在保定城内放火杀人，尽量制造出些大动静，然后，你们逃出城去，分头打入各个游击队的内部。”

众人登时沉默了，深入虎穴当卧底？“这活儿”好干吗？

“伙计”四下环顾，稍稍停顿了一下，继续说道：“诸位不要有畏难情绪，虽然这是一件很危险也很让人疲惫的事儿，‘掌柜’先生还是相信大家能完成的。‘掌柜’先生让我转告大家，办完这件事，大家可以领到数目可观的奖赏。”说着话，从袖子里掏出几页纸，递给粗嗓子：“这是皇军初步掌握的游击队的情况，大家传阅一下。”

粗嗓子惴惴不安的目光，看了看“伙计”先生，小心接过那几页纸。六个人依次传看了。

有个尖嗓子轻轻咳嗽了一声，说道：“既然‘掌柜’先生制订了这个计划，我们努力完成任务就是了。”

“伙计”没有接尖嗓子的话头，郑重说道：“这的确是一件危险的任务，你们在保定城内制造事端之后，宪兵队和特高课就会对你们发布通缉令，为了把戏演得‘逼真’，特高课的特工们会全力追杀你们。不如此，抗日游击队就不会相信你们。希望诸位与你们的手下，要善自珍重呀。”

六个人都沉默了，是呢，特高课的追杀虽然假戏真做，可是如果特高课“入戏”过深，那枪子儿可不长眼呀。他们本来是给皇军干活儿的，如果最后被皇军误杀了，这岂不是太冤了么。

“伙计”看破了这几人的心思，笑道：“诸位不必过于担心，追杀诸位的尺度，特高课与宪兵队都会悉心掌握。”

有人疑虑道：“如果我们能顺利打入各游击队内部，皇军怎样接应我们呢？换句话说，如果没有接应，我们岂不是孤军作战了？话说回来，如果接应我们的人一旦失手，被游击队抓获，出卖了我们，我们如何脱身呢？”

“伙计”笑了：“你们不必想这些，如果你们顺利打入游击队，‘掌柜’先生会亲自派人与你们联系。保密工作‘掌柜’先生会做得很好，他一定会不遗余力保护诸位及你们手下的安全，但请放心。”

有人说道：“事成之后的奖赏先不说，行动之前，‘伙计’先生可否发些活动经费？这毕竟是可能掉脑袋的事儿呀。”

“伙计”点头：“这个要求合情合理。‘掌柜’先生已经为诸位准备了充足的活动经费，散会之后，我即发给大家。”

粗嗓子笑了：“那好，一会儿领了经费，哥几个先找个地方乐呵乐呵呀……”

忽听凭空传来一阵咳嗽声，人们听得惊悚，粗眉毛登时不敢说话了。

“伙计”或是没提防这咳嗽声，他抄了马灯忽地站起，因起身太急带了风，桌上的烛火登时摇曳起来，墙上的人影婆娑，像一群正在施法的神汉。

“伙计”举着马灯，恭敬地朝着墙说道：“‘掌柜’先生，请吩咐！”

又是凭空响起两声咳嗽，随之墙上竟缓缓打开了一扇门，竟然又是一间密室，刚刚的咳嗽声就是从这密室传出的。马灯昏暗的光线照进去。照出了一个坐着的人影。但听那人影沙哑着嗓子说道：“我知道，大家一直想见我，不妨就走近些看吧。”

众人放轻脚步，走近了看。人影是个男人，一个看不出年纪的男人。人们没有顾及这男人的穿戴，只盯着他的脸看。这是一张恐怖的脸，脸上有两道很骇人的刀疤。他当年长得不会这般恐怖，只因伤残后才变得可怕。微弱的光线里，这男人的眼睛十分明亮，依稀能看出他“白衣少年”时的英俊。

借着昏暗的光线，能看出密室里的陈设很简单，一张床，两只木椅，一张破旧的茶几。茶几上放着一壶茶，男人手握着一只茶杯，慢慢地喝茶。茶杯并不考究，是城中苦力日常使用的那种粗瓷大茶杯。但茶确是很讲究，人们站在外边便闻到了芬芳的茶香。

“诸位。咳！”男人咳嗽了一声，把茶杯放到茶几上，嗓音变得更加沙哑，像正被粗砂纸打磨着："我刚才都听到了，大家不要再说三道四了。皇军掌握的各游击队的情况，刚才大家也都看了。过一会儿，中村课长还要来与诸位见面，给诸位提供具体细节。他来之前，先让'伙计'与诸位商量一下各自的分工。好了，我不再说什么了。"

墙上那扇门缓缓关上了。

"伙计"举着马灯，恭敬地朝墙站着，望着这面墙缓缓恢复如初。

"伙计"转过身来："诸位今天能见到'掌柜'先生，应该感到荣幸。'掌柜'先生对诸位寄予厚望，诸位当努力做好各自的事情。好了，我们商量一下分工吧。"

"伙计"将马灯重新放到桌上，马灯的光线里，几张表情各一的脸孔显得惶惑而紧张。

马灯的光线之外，黑暗吞噬了密室。

马凯旋任职

《保定往事》记载：自民国二十七年（1938）下半年开始，保定的地下抗日情报特工组织，经过逐渐整合，基本达到了国共四方力量共存的平衡状态。笼统写来比较乱，谈歌逐一梳理个清楚：

一、中共保定抗日情报站，由敌工部长杨昆平领导。

二、国民党军统局驻保定工作站，由原特务处北平站副站长兼情报组长龙成立，调任保定站站长①。副站长为乔瑞霖、胡景山、季钧。情报组组长马凯旋。行动队队长黄山明。

三、中统驻保定情报站站长，代号"火锅"。

四、军令部第二厅驻保定情报组，由冯书恺领导。

就此多说几句冯书恺。冯书恺一贯坚持反共，他一再告诫保定的军统和中统的组织，保定特务工作的重点，不仅要对日本特务和重要的汉奸采取暗杀行动，更要警惕共产党的活动。他已经注意到，最近

① 1938年复兴社特务处独立，成立军统局，此时的戴笠已成气候，独树一帜。

一个时期，共产党在保定活动猖獗，打着抗战的招牌，宣传共产主义，跑到共产党根据地的青年学生越来越多。一些共产党的刊物和报纸，在保定的学校里也多有发现。冯书恺忧心忡忡地提醒手下："现在是抗战时期，大家都跟着喊抗日，其实，我们最终的敌人，不是日本人，而是共产党。俗话说，家贼难防。共产党就是最大的家贼，是我们的心腹之患，我们要像对付日本人一样对付共产党！"

冯书恺这番理论颇有市场，在保定国民党情报组织内部广为传播，产生了一定影响。他如此明目张胆地"单边行动"，破坏抗日统一战线，被杨昆平抓了"把柄"，将情况如实反映到了重庆八路军办事处。搞得蒋介石很尴尬，当即把军令部第二厅主管华北情报的副厅长郑介民喊去，臭骂了一通，郑介民则照本宣科，把冯书恺喊到重庆臭骂了一通。民国二十七年（1938）底，冯书恺闷闷不乐地奉调第二厅北平情报站，任情报组长，第二厅北平情报处另派施乐然(天津人)，接替了"名嘴"冯书恺。

民国二十七年底，保定民众对日本人炸药般的愤怒情感接连引爆，并且高度发酵蔓延，不断有日伪人员在街中被人袭击。在这样一个背景下，戴笠专门给军统北平站发来电报，命令北平站顺应周遭民意，联络中共情报人员，立即对北平周遭的日伪发起大规模的"刺杀行动"。行动代号："天火"。①

军统北平站即向保定站传达了戴笠的指令。站长龙成立接到戴笠电报后，却没有与杨昆平联系，他只与副站长乔瑞霖、胡景山、季钧匆匆商议之后，决定单独行动（当然要单干，绝不能让共产党抢功)。龙成立草拟了暗杀名单，日伪的首脑人物，自然列为首选目标，诸如丰田、山口、中村、赵元初、赵之间等人，但是这些人出入防范十分严密，不好下手。龙成立便要求负责行动的副站长季钧，针对这些目标，拟订刺杀方案。季钧考虑到行动时人手不够，便让

① 史料记载，当时的中统与华北战区的特务组织，工作重点仍以收集情报为主。刺杀任务，主要由中共的情报组织和龙成立掌管的军统执行。

行动队队长黄山明去联系“兄弟社”的杀手。(黄山明原是育德中学的学生。民国二十四年（1935），马凯旋奉龙成立命令，在保定秘密举办特务训练班，共录取十五人，黄山明在其中。某天晚上，黄山明悄悄外出访友，归来时已近天明。那时的黄山明或是年轻胆小，他担心若睡觉，怕是醒不来，耽误了上课，索性读开了孙中山的《三民主义》。恰逢马凯旋陪着龙成立查夜，见有人如此勤奋攻读，通宵达旦，便走到黄山明的房间，龙成立问及姓名，黄山明毕恭毕敬作答。龙成立大加赞赏：“同志们若皆能如此，何等振奋精神呀。”自此，黄山明便深得龙成立和马凯旋的青睐。抗战开始，黄山明与邓超、吴数等人留在了马凯旋身边。

马凯旋后来发现，黄山明品行很势利。黄山明先是跟着组长邓超，后来攀附上龙成立，当了行动队队长，职务便在邓超之上了。有一次，邓超找黄山明办事，事情紧急，邓超推门便进来了，黄山明则皱眉：“邓超，你下次记着喊报告呀。”邓超皱眉：“哎呀，山明，事情急呀！”黄山明讥讽地看着邓超：“急？再急也要讲规矩么！”邓超气得当时说不出话，下来便告诉了马凯旋。马凯旋摇头苦笑：“黄队长如此姿态，我也始料不及呀！”）

季钧却没想到，黄山明拒不执行命令。他直言不讳地告诉季钧，乔瑞霖副站长正在安排刺杀行动，此事他只听乔副站长的。而乔副站长对“兄弟社”的态度是有保留的。

季钧火了：“黄山明，你别忘了，我是负责行动队的副站长！”

黄山明双手一摊，为难地说：“可乔副站长是第一副站长呀。”

季钧瞪了一眼黄山明：“行呀，黄山明，你学会攀高枝儿了？别忘了，你归我管！”

黄山明皱眉：“季副站长，你们上峰之间闹矛盾，我这当下属的很为难呢。你应该与乔副站长沟通么。”

季钧怒冲冲地去找乔瑞霖。

季钧强按住火气，十二分耐心地说：“乔副站长，此次行动是龙站长交给我并由我策划具体行动方案。所有行动，都在我职责范围之内，乔副站长越俎代庖，让我很为难。”

乔瑞霖淡然一笑：“季副站长，刺杀行动么，断不可莽撞行事，需要再仔细研究，才能更稳妥。”

“研究？此事不用乔副站长研究。”季钧冷笑。

乔瑞霖瞟了季钧一眼，突然笑嘻嘻地问道：“季副站长，你哪年入党？”

季钧怔了一下：“民国二十三年。”

乔瑞霖点头笑了：“我是民国二十一年一月入党。比季副站长早了两年多。”

季钧“哼”了一声：“乔副站长的资历，我听说过。”

乔瑞霖呵呵笑了：“我是说，只讲党内工作经验，我应该比你早走过两年的路，比你早吃过两年的米。对吗？”

季钧不耐烦地摆摆手：“乔副站长，现在讨论的是，该不该由你布置刺杀任务，我不是来跟你讨论走路与吃米的问题。”

乔瑞霖有些恼了，忽地站起身：“季钧同志，我希望你严肃些。我感觉跟你谈话很困难，无异于对牛弹琴。”

季钧冷笑了一声：“乔瑞霖同志，我也是这样想的。”说罢，摔门走了。

乔瑞霖勃然大怒，追出门来吼道：“季钧，你摔谁呢？”

季钧气急败坏地找到龙成立理论。

龙成立听罢长叹：“保定站的工作，都要让这个女人搅乱了，可咱们惹不起她啊。且不说她哥哥是乔运典，戴局长虽然与乔先生有些不睦，可他们兄妹都是陈部长面前的红人。戴局长也得给几分面子呀。”

季钧瞪眼说道：“站长，你不能纵容这女人呀。”

龙成立无奈地摆摆手，苦笑道：“那你让我怎么办呢？就随她去吧。我在她眼里，也就是个挂名掌柜，你在他眼里，还能算个什么呢？”

季钧登时哑然。

龙成立的潜台词是，如果说保定站是一个饭店，乔瑞霖才是这店里真正当家做主的“掌柜”。季钧不过是她手底下的一个小伙计。龙成立这位大掌柜也就是个挂名的。于是，军统保定站的刺杀任务，便由乔瑞霖“全权负责”指挥实施。

其实，在下达代号“天火”命令之前，保定暗杀日伪的行动，已频繁活跃。比如，总有一个神秘刺客，多次在公众场合杀死日本人或汉奸。这人有一个特点，从不用枪，一概用刀，而且一刀致命。此人是什么身份？却不得而知。乔瑞霖知道，保定周遭有四个潜伏特工，直接听命于戴笠，紧急情况下，也能接受华北战区的指挥。其代号分别为火车、秋风、步枪、松树。乔瑞霖非常自信地认定，这一系列暗杀就是这四人中的人干的。乔瑞霖不知道的是，中共在保定也有两个秘密特工，代号分别为猎枪、武松。

这四个神秘杀手当然引起了山口的高度关注。保定特高课已获得情报，确定了这四个杀手在保定真实存在。中村曾指派李天曼牵头，组织力量调查这四个影子般的人物，但始终没有结果。

乔瑞霖多次指挥对日伪首脑的刺杀行动，都没能得到那四个神秘特工的配合，从而屡屡失败。损失最为惨重的一次，是刺杀赵元初的行动。那天傍晚，乔瑞霖亲自带着黄山明的行动队袭击维持会，目标直指赵元初，本来应该完胜，却中了埋伏。行动队牺牲了三个人，此外多人负伤。乔瑞霖由此怀疑内部有奸细。可谁会是奸细呢？乔瑞霖在保定站内部秘密排查了近一个月，却毫无收获。（乔瑞霖多年之后到了台湾，才彻底搞明白了这件事，龙成立明里给乔瑞霖下达刺杀赵元初的命令，暗里却将乔瑞霖的刺杀计划告知了赵元初。如此让乔瑞霖带人上门送死，只是一场“纵深无际”的苦肉计，为了让日本人更加相信赵元初而已。可悲的是，乔瑞霖当时被蒙在鼓里。乔瑞霖后来在回忆录（《梦里寻它千百度》）中写到这件事，她感慨万千：“……如此拿着部下性命毫无珍惜地去牺牲，真是愚蠢之举，或许只有军统才做得出来？”）

就在乔瑞霖正在周密策划安排下一次刺杀行动时，军统北平站来了紧急电报：保定站暂停徒劳无功且损兵折将的刺杀行动。据说戴笠接到了有关保定站的密报，非常恼怒，痛骂保定站是龙多不治水，鸡多不下蛋。他急令龙成立、乔瑞霖、胡景山三人回重庆述职，之后另行安排工作。

龙成立走了，乔瑞霖走了，胡景山也走了，谁来接任站长？就是闭着眼想，也当然是季钧了。大出季钧意料的是，他竟然没能按顺序接替龙成立。军统北平站又传来命令，由马凯旋接任保定站站长，季钧仍是副站长。季钧心里能是什么滋味儿？

垂头丧气的龙成立和胡景山，与悻悻的乔瑞霖一同去了重庆。(谁承想，回重庆途中，龙成立与胡景山竟然神秘地失踪了，乔瑞霖只好一个人怏怏不乐地回重庆述职。后来才知道，龙成立与胡景山被跟踪而至的特高课特务策反了，二人或是因为突然被撤职，心中不满，同时背叛。二人因多年在北平做特工，熟悉北平的情况，日军特高课即把二人安排到日军北平特高课。军统北平站很快得到消息，通知军统保定站紧急做好转移工作。果然，日军保定特高课与宪兵队，在保定展开了大搜捕。所幸马凯旋已经提前完成了转移工作，损失不大。

可恨呀，叛徒历来是特工们的最大威胁，出了龙成立、胡景山这两个曾在领导岗位上工作过的叛徒，军统保定站的工作，一时走入低潮。)

季钧尽管没能接任保定站站长，尽管对马凯旋不甚服气，但终归调走了压在他头上颐指气使的乔瑞霖，也让他由衷地痛快了。

但是，究竟是谁给戴笠发了密报？却一直是个谜。

多年后，季钧与马凯旋交情逐渐深厚，曾私下问过马凯旋："站长啊，当年是不是你给戴老板发的密报呀？"

马凯旋摇摇头，嗤之以鼻地笑了："老兄呀，马某一生光明磊落，从不会做这种背后告密的下三烂的事儿。"

蔡元“下毒”

许敬豪被宪兵队抓了。

保定陷落前，许敬豪或深情厚意或自作多情，从天津接回了从骏夫妇。他老来“多情”善感，本想与从骏夫妇多聚合些日子，但因看轻了从骏夫妇“为人寡淡”，更看透了方千明的“为人险恶”，就想尽快离开保定回南京去了。谁承想，许敬豪或是因为心中气闷淤积，临行前竟然病倒了，更没想到，这一病就是半年多时间。

许敬豪生病这些日子，多亏了梅立春、梅可心小心照料，他在南京的两个徒弟郭月波与董大鹏，也赶紧赶到保定，侍奉左右。这期间，保定已经陷落，许敬豪就滞留在了保定。梅三娘回来后，先把东大街一处闲置的宅子打扫干净，再将许敬豪从客栈里接出来，让他安心休养。

那么，许敬豪怎么被抓了?

事情起因并不复杂。

山口想在保定筹建东亚共荣的模范城市，为营造气氛，即让中村成立了“日中共荣保定杂戏会社”，“一丈青”出任社长，副社长由方千明和从骏夫妇“担纲”。方千明或是为笼络业内的人心，即向中村推荐师兄许敬豪一同出任副社长。中村青木和“一丈青”都很高兴，许敬豪在魔术界的威望谁都知道啊，快请老人家出山吧。

中村没想到，热脸却贴了个凉屁股，许敬豪断然拒绝了。而且在“杂戏会社”成立的庆祝会上，日中两国的杂戏艺人，都上台奉献了精彩节目，许敬豪却一点儿面子也不给，托病不出。这且不说，更让中村恼火的是，“一丈青”与方千明和从骏夫妇带着礼物登门“拜望”，许敬豪竟然拒而不见，而且还隔墙破口大骂，送进去的礼物都被许敬豪“咣咣”地扔到了街上。真是烧香拜佛却“撞上鬼”了，三人垂头丧气地回来向中村汇报了经过。中村勃然大怒，于是，许敬豪以反抗皇军的罪名被宪兵队抓了。

许敬豪却是个硬骨头，在宪兵队被折磨得死去活来，仍然破口大骂小日本儿王八蛋。谈歌曾在《保定文史资料选辑·第六辑》读到过这个情节，很是高山仰止。一个艺人能够这样看重道德名声，更显得那些心甘情愿为日军服务的艺人，品格低下、卑劣不堪了。

梅三娘在街中得知了消息，匆匆地去找赵元初商量。

赵元初在家中系着围裙，端坐桌旁，正用礤床儿做萝卜丝。见梅三娘匆匆进来，便请梅三娘坐下，听梅三娘说了许敬豪的事，他撩起围裙揩了揩手，皱眉说："三娘，我已知道了这事。许师傅这次的确是犯了糊涂。唉，他应该学付浩声呀，躲出去么。这件事明里是中村做的，背后的主使却是山口。山口是要借许敬豪的事情，恐吓保定有抗日情绪的艺人们。"

梅三娘疑惑地摇摇头："如果只为恫吓艺人们，他们值得如此大费周折？就没有别的缘由吗？"

赵元初点头："你猜对了，还真有一个山口不好明说的原因。日本驻北平的特高课已经给中村下了命令，尽快找到大慈阁丢失的那尊青铜鼎。山口与中村都认为，许师傅是个'收藏家'，与文物收藏界非常熟络，一定能知道那尊青铜鼎的下落。这才是他们抓捕许师傅的真正原因。所以说，搭救许敬豪的事很不好办。不过你放心，有'青铜鼎'这件事儿吊着日本人的胃口呢，他们暂时不会对许师傅怎么样。"

梅三娘恨道："元初呀，我就搞不明白了，保定这几件宝贝，日本人怎么都门儿清呢？见鬼了？"

赵元初点头冷笑："说的是啊。没有家贼，引不来外鬼。《保定时报》有个记者，专门照相的那个，叫王什么雄？"

"王亚雄。"

"哼！就是这个王八蛋，拍过许多保定文物的照片，这尊青铜鼎，他也多次拍照，还写文章介绍过。你知道吗？如果不是抗战爆发，这尊青铜鼎就要弄到北平故宫博物院了。战争爆发，就顾不上了。马凯旋也想过办法，可是这尊青铜鼎的目标太大，没能运出保定。我想，应该是被军统藏起来了。本来，日本人对这件事尚不知晓，可王亚雄这个汉奸，却把青铜鼎的照片与资料都送给了中村。”

“这人太坏了，真该死呢。”梅三娘跺脚骂道。

“不说这人了。许师傅的事，你先别着急，容我想想办法。”

“元初呀，我知道你的为人，你不必说，我知道的，现在保定人都误解你了呢，你不要往心里去。”

“三娘呀，有你理解就行了呀。”赵元初嘿嘿笑了。

“你别太为难，日本人虽然暂时相信你，但未必不怀疑你。你出面说情怕是更不好呢，实在不行的话，我带人袭击宪兵队，救出许师兄……”

赵元初急忙摆手：“三娘呀，你可千万别冒险，劫狱真不是小事儿，宪兵队戒备森严，万一有个不测，把你也搭进去，我就真得疯了。你别急，总会有办法的。”说罢，他转移了话题：“三娘呀，不说这件事了，你难得来我这里一回，今天就留下吃饭吧，也让蔡元师傅显显手艺，给你做几个拿手菜。”

梅三娘心不在焉地问：“这个蔡师傅手艺还行吧？”

赵元初笑道：“蔡师傅当然不错了。今天我让他给你做一道‘西湖醋鱼’，如何？”

梅三娘粲然笑了：“西湖醋鱼？我当年到杭州演出，真是吃过呢。蔡师傅何时学了这道手艺？”

“说起来你未必相信，这道菜还是我教给蔡元的呢。”

“你？我可不敢相信呢。”梅三娘撇撇嘴。

“你不信？”

“我就是不信么。”

赵元初认真说道：“三娘呀，可别小视我。这‘西湖醋鱼’的做法却有三个讲究呢，且听我给你说说。一则，改刀。一条草鱼共切九刀，鱼切成两片，有鱼骨的一片上切五刀，中间的一刀切断，七八这两刀，去鱼两边的牙齿，第九刀将没有鱼骨的一片从中间切开，贴着鱼皮而不能切破。二则，开水下锅，下姜片、葱段、料酒、盐。把鱼顺一个方向推入锅，汆一支烟的工夫，但见鱼眼冒出，即可起锅，再喷些生抽就可盛盘了。三则，锅中依次放些清酱、水、白糖、白醋、水淀粉，浇汁淋漓就行了。”

梅三娘听得呆住，哑然失笑：“元初呀，你真可以开饭庄了呀，我现在都能听到‘欻啦’葱姜蒜下油锅的声响了。”

“这其中还有秘诀呢。”

“什么秘诀？”

“所谓秘诀，就是鱼为一斤半左右为好，鱼太小，则肉少，鱼太大，则肉老。再则，盛鱼的盘子，要事先加热，再铺垫些许萝卜丝，如此，鱼肉就没有了腥味。”

梅三娘点头赞叹：“元初呀，见微知著，你果然是个聪明伶俐的人儿啊。”

赵元初哈哈一笑：“三娘呀，我还真是禁不住夸奖，这样吧，我今日就亲自下回厨，让你尝尝我的手艺。”说罢，转头喊了一声：“老蔡呀！”

蔡元匆匆从厨房跑出来了，见到梅三娘，忙躬身问了声好。

“菜都做好了吗？”

“都快好了。”

“那道西湖醋鱼做了吗？”

“还没有。”

“洗好了吗？”

蔡元忙道：“洗……洗好了。”

梅三娘笑道：“蔡师傅呀，今天这道‘西湖醋鱼’，就让赵会长上手吧。”

赵元初对蔡元笑道：“你做完那几道菜，就歇了吧，那条鱼给我留下，今日我老赵露一手儿。”

蔡元点头：“赵会长一定是高手。”

赵元初笑道：“对了，昨天你做的葱爆羊肉味道很好，你自己觉得如何？”

蔡元摇头：“我……没尝，赵会长都吃完了。”

赵元初怔了一下，哈哈笑了，拍拍蔡元的肩膀："守规矩的厨子呢，好了，你去准备作料吧，我给三娘露露厨艺。"

蔡元似乎有些心绪不宁，点头笑了笑，就下去了。

赵元初朝梅三娘嘿嘿一笑，便去了厨房。片刻工夫，赵元初果然端着一盘鱼上来了。

梅三娘上前端详，嗅了嗅，连声夸奖不错，刚刚举箸，却突然被蔡元拦下了。

梅三娘笑笑："蔡师傅，莫非你还有什么绝活儿？"

蔡元眼里就有了泪，他长叹了一声，就扑通跪下了。

赵元初怔了："老蔡，你这是……干什么？"

梅三娘也皱眉道："蔡师傅，快起来，有什么事，快起来说。"

蔡元哭道："我在这鱼里……下毒了……"

赵元初惊得呆住了："什么？……你下毒？为什么？"

蔡元断断续续地哭诉道，城里的抗日组织逼迫蔡元给赵元初下毒，他一直下不去手，今天是最后一天，抗日组织已经绑架了蔡元的家人，如果今天再毒不死赵元初，就杀了蔡元的家人。蔡元便在洗鱼时下了毒，可他没想到梅三娘来了，他想起了当年梅三娘对他家的种种好处，终于没忍心让梅三娘中毒，道出了实情。

梅三娘听得瞠目结舌。

赵元初的脸渐渐黑下来了，他猛拍桌子，怒声吼道："老蔡，你快说，哪个王八蛋绑架了你的家人？你告诉我！"

蔡元胆怯地摇头："赵会长，我真的不知道呢，只是……威胁我的几个人，我却见过其中一个，是大发车行里的人……"

"真的？"

"没错的，我见过他。"

梅三娘长叹一声，扶蔡元起来。

蔡元又哭了起来："赵先生是好人呢，我却给您下毒……真是对不住您呢。"

赵元初叹了口气："老蔡呀，你迷途知返就好呢，谢谢你的一片心意，是我连累了你呀。可你说说，我赵某人是汉奸吗？”

蔡元连连摇头：“不是，不是呀！我心里明镜，我跟了您两年，我是知道底细的，赵先生明里给日本人应付差事，暗地里却是抗日的啊。”

赵元初长叹了一口气：“老蔡呀，你明白就好呢。”

蔡元点了点头，张口还要说什么，却突然软软地倒下了，嘴里吐出来一摊黑血。

赵元初惊愕了一下，瞬间即明白了，蔡元服了毒药。

梅三娘冲过来，伸手试了试蔡元的呼吸，她叹息一声，无力地摇了摇头：“死了。”

赵元初勃然大怒，抓起桌上的电话，拨通了大发车行，即厉声吼道：“我是赵元初，告诉虞世通，让他跑步到我这里来！”

梅三娘急忙劝道：“元初呀，你且冷静一下……”

赵元初怒道：“三娘呀，我能冷静吗？这些王八蛋都敢逼着我的厨子给我下毒，我还怎么冷静？”

梅三娘皱眉：“到底是谁干的呢？绝对不会是虞世通呀，你可别为难他呀。”

赵元初压着怒火，“哼”了一声：“他脱不了干系。”

梅三娘一时无语。

一会儿的工夫，虞世通匆匆跑来了，他进屋先见到了蔡元的尸体，登时愣了：“钧座，这是……”

赵元初怒目而视：“虞世通，你看到了？老蔡畏罪自杀了。我限你两天之内，给我查个清楚，到底是谁绑架了老蔡的家属，到底是谁逼着老蔡毒死我。去吧！”

虞世通看着老虎发威一般的赵元初，不敢再问什么，惶惶地答应一声，转身去了。

赵元初喊进来两个卫兵，摆摆手：“到会计那儿支些钱，买口好棺材装殓了，再通知蔡元的家人。去吧。”

两个卫兵抬走了蔡元的尸体。

赵元初神情黯然地说："三娘呀，如果老蔡没认错人，那就是说，'兄弟社'的人，要对我下手了。"

梅三娘皱眉："元初呀，你先别这么说。"

赵元初摇头苦笑："眼下中统、军统的人要杀我，想不到呢，'兄弟社'也瞄上我了。我的身份还不能暴露，看来只有被人误杀了。"

梅三娘叹气："我知道，连可心都处心积虑地要刺杀你呢。这可怎么是好，我又不能跟她说破你的真实身份呢。"

赵元初笑了笑："三娘呀，可心不会得手的。"

梅三娘惊愕地看着赵元初："元初呀，可心可不是你的对手呢。"

赵元初说："你放心吧，我不会伤害可心的。"

梅三娘刚要说什么，桌上的电话响起来。

赵元初接了，脸色登时大变，他只说了一句："知道了。"他放下电话，转身对梅三娘说道："出事了，葛云梁叛变了。你知道可心在哪儿吗？赶紧去让他们转移！"

"葛云梁叛变了？消息……可靠吗？"

"绝对可靠。我在日本人身边安排了眼线，你快去吧！"

梅三娘慌了："那好，我这就去找可心。"

赵元初看梅三娘匆匆走了，便又惶惶地拿起电话，他要第一时间通知马凯旋。

窗外阳光明媚，赵元初心头乌云密布。

解决日军骑兵的"药方"

谈歌笔下繁忙，闲置了徐飞扬。

且放下赵元初，该说说徐飞扬了。

徐飞扬那天出了保定城，走走停停，一路打听着去了紫荆关飞箭岭，找到了梅天凤的队伍。梅天凤接到哨兵报告，急忙下山来迎接徐飞扬。

徐飞扬四下环顾，呵呵笑道："天凤呀，此处山林茂密，曲径通幽，可谓世外桃源了。日本人轻易不会上来，大可养尊处优呀！"

梅天凤脸就红了，摆手笑道：“徐老师，别再讥讽学生了。这几个月来跟小日本儿打过几仗，多是没占到什么便宜，弟兄们也损失了不少，学生只是想在这里休养生息几天，可没有‘世外桃源’的意思呀。”

徐飞扬摇头：“退避三舍？若无击敌之策，便要消磨士气了呀！”

梅天凤脸更红了，忙说道：“徐老师，学生正要带队伍去完县呢。”

徐飞扬点头笑了：“这就好，这就好！我知道完县马耳山是个好去处呢。”

梅天凤笑道：“哎呀，徐老师，咱们想到一处了。我之前已在马耳山驻扎下几个人，咱们去了也有个接应呢。”

徐飞扬点头称赞：“行呀，天凤，狡兔三窟，虽无三十六计之形，却在三十六计之理。你有了心得呀。”

梅天凤便带着队伍，与徐飞扬去了完县的马耳山，梅天凤来此之前，已有了一个想法，马耳山下的曲逆河岸边，驻防了日军一个骑兵中队，梅天凤打上了主意。可这支骑兵中队有百余匹战马，梅天凤感觉一口吃不下去。

行军途中，有人提议，下毒，将这些马匹毒死，就等于消灭了这支骑兵中队。

徐飞扬听罢，断然摆手：“天凤，此计不可行！毒死了这些马匹，我们并无所得，徒劳无功，不可不可！”

梅天凤皱眉：“徐老师，如果咱们硬打呢？”

徐飞扬仍是摆手：“不急，容我们想想办法。”

到了马耳山，队伍安顿下来。第二天清晨，徐飞扬与梅天凤便下山，二人边走边看，正在左右观察地形，远远地走来了一个人。

近了些看，却是一个老道士。

但见这老道士白须白眉，却是红光满面。他头戴诸葛方巾，肩着一个背搭子，脚穿麻鞋，身上的道袍虽然破旧，却有一派“仙风”之气。

老道士走近前，打揖道："无量观，两位施主可好?"

徐飞扬、梅天凤急忙拱手还礼。

老道士笑道："贫道以为，徐施主与梅施主在山下悠闲徜徉，想必不是游山赏景吧?"

徐飞扬与梅天凤当即怔住了，二人面面相觑，一时不知所以然。

徐飞扬惊讶道："道长……认得我们?"

老道士点点头，呵呵笑了："你们不认识贫道，贫道却认得二位呀。一位是如雷贯耳的徐施主，一位是大名鼎鼎的梅施主。"

梅天凤皱眉惊讶："道长何时认得我们了?"

老道士笑而不答。

徐飞扬欠身问道："请教道长尊号?"

老道士双手合十笑道："贫道乌有。"

徐飞扬若有所思："乌有道长?或有玄机?"

乌有道长摆手笑道："道号么，或也有些妙处，说来话长，且不提了。贫道见二位施主目光忧虑，心中当有牵挂之事，贫道冒昧揣度一下，二位施主或是惦记上了日军的那支骑兵?"

徐飞扬与梅天凤顿时瞠目结舌。

梅天凤兀自抬头去看，已经日上三竿，真不会是大白天遇到了鬼吧?

乌有道长笑了笑："日军这支骑兵，计有一百多匹战马，且此去向东十余里，还有日军驻防完县的一个步兵中队。梅施主手下应是一百多人，如果偷袭，且不说是否成功，一旦有了僵持，这支日军步兵中队，倚仗汽车摩托的速度，片刻工夫便会赶到，两下里加持攻击，梅施主必会大败无疑。这种偷鸡不成蚀把米的买卖，你们不能做呢。"

梅天凤点头称是："道长讲得入情入理。"

徐飞扬拱手问："道长有何高见?"

乌有道长却嘿嘿笑了："二位不必疑惑，今日遇到了，便是天赐的缘分。贫道出个主意，二位便可轻而易举夺了那些战马。"

梅天凤拱手道："请道长赐教。"

乌有道长笑了："主意却也简单，攻其不备，只在'不备'二字。徐施主熟读兵书，自然是知道的。"

徐飞扬连忙拱手："着实不敢议论，今日得遇高人，徐某惶恐惭愧。"

乌有道长笑了笑："这支骑兵中队，每隔几天便将马匹牵出营地，到曲逆河中饮马洗澡。贫道这里有张药方，按照一百二十匹战马的数量处方，二位施主可照方抓药，焙干研碎，煎熬五个时辰，将汤滗出，即成药饵。事先沿途将药饵泼洒了，那些战马遇到药饵，便会忘乎所以，争相来吃，队伍必定大乱。你们趁势攻击，即会大获全胜。"说罢，乌有道长从背搭子里掏出了一张叠成方形的信纸，递给徐飞扬。

徐飞扬急忙躬身接过来，展开看了。

竟是写了茴香（贰斤）、豆蔻（壹斤）、当归（半斤）、鹿茸（半斤）、黄芪（半斤）、黄豆（伍斤）、黑豆（拾斤）、芝麻（叁斤）、麝香（半斤）等十余味药。

徐飞扬看罢，便将药方递给了梅天凤，拱手朝道长笑道："多谢道长了，我们一定照方抓药。"

乌有道长微微一笑，摆手道："不必谢，贫道还没说完，再有一事，你们必须要先杀一个人，才可实施这个行动呢。"

梅天凤怔住了："杀人？"

徐飞扬警觉了："杀什么人？"

乌有道长笑道："二位且听贫道'摘要'讲来。日军骑兵驻地，距离曲逆河不远，饮马洗澡之处，却是个水面宽阔，水势舒缓的地方。贫道得知，日军驻保定司令官丰田秀男，有钓鱼的爱好，保定商会副会长赵至孝，也有钓鱼的兴趣，此人还是个钓鱼高手。他时常引路，陪丰田钓鱼。如果赵至孝把丰田引领到这里垂钓，此地周遭必然警戒，安排岗哨。你们的计划便不好实施了。"

梅天凤顿然醒悟了："道长的意思是……"

乌有道长呵呵笑道："你们行动之前，务必首先'解决'了赵至孝。虽说赵至孝未必天天到此钓鱼，但是此人若心血来潮，突然引丰田秀男至此，与你们的行动撞到一处，你们势必被动。"

梅天凤疑惑："可没有了赵至孝，丰田也一样会来这里呀。"

乌有道长摇头笑了："断然不会。没有了赵至孝，丰田秀男就没了向导，便不会来这儿垂钓了。保定周遭可以钓鱼的地方很多，丰田未必肯舍近求远。赵至孝引丰田秀男来这里，只是他对这里颇有私人想法呢。"

梅天凤疑惑："什么想法？"

乌有道长左右望去："赵至孝来这里，只有一个心思，即想在这里'圈地'。完县自古出产桃子，马耳山一带的桃子更是上品，别有味道。赵至孝在保定开有一家果品加工厂，他很想在这里搞一片种植农场。他近几个月频繁引丰田来这里钓鱼，便是想与丰田笼络感情，日后借丰田之力，将马耳山周遭数片林子，占为己有呢。"

徐飞扬和梅天凤听得心中敲鼓，这个乌有道长怎么连这些都知道呢？

乌有道长看着徐飞扬和梅天凤："所以，你们必须要先杀掉赵至孝。"

徐飞扬拱手笑道："敝人仍有一事不明，还要请教乌有道长，道长如何与我们相识？还请示下。"

乌有道长摆手笑了："徐施主莫要再问，其中一些机巧，贫道还不想说破。暂且告辞，若有机缘，贫道与两位施主还会见面的。"

梅天凤忙道："神仙道长，何时再能见面？"

乌有道长呵呵笑了，双手合十道："梅施主呀，莫忘了古训——不交僧道，便是好人。哈哈。"说罢，乌有道长肃揖一礼，转身大步走了。

望着乌有道长扬长而去的背影，梅天凤疑惑道："徐老师呀，这个老道是何方神仙？果然神奇骇人呢。"

徐飞扬收回目光，点头说道："这个乌有道士说得对，我们要先除掉赵至孝。”

“我带人进城，除掉这个汉奸。”

“天凤呀，这事儿交给别人办吧。”

“徐老师，您说别人……”

徐飞扬不屑地一笑：“你找个人进城，给赵元初送封信，请赵元初解决赵至孝，就不劳我们动手了。”

“秋风”之死

“叛变”一词，若套用财务术语，叛变即是“转账”，即从一个账本上转到另一个账本上。但资金流动原因颇多，难以说清。若从政治上理解，却通俗易懂：即背叛自己的阶级或集团，投靠到了敌对一方。落实到实际生活中，叛变的理由虽然多种多样，而其最终原因，概是源于信仰的丧失。

敌对双方，各自真正的精英骨干，叛变概率基本等于零。这些精英骨干都有着坚不可摧的信仰。对于真正的信仰而言，永远高于生命原则和利益原则。坚持信仰，信徒从来不惜牺牲一切。但在任何阶级或集团内部，坚定的信徒与精英骨干，总是少之又少。

为“利益驱动”的投机者总是多数。当投机者遭遇到或生命考验，或利益考验等必须抉择的关口，叛变行为便顺理成章了。比如，为了活命、为了金钱、为了男欢女爱，种种的叛变行为，我们见得还少吗？再比如“好汉不吃眼前亏”啦、“识时务者为俊杰”啦、“良禽择木而栖”啦，种种为叛徒“遮羞”的“警世格言”或“心灵鸡汤”，我们听过得还少吗？

葛云梁为何叛变？

葛云梁叛变，竟是源于他和李天曼的一场“男欢女爱”。

那天，葛云梁从曹正汉那里出来，信步走到街中，突然感觉有些饿了，便想找个饭馆，却迎头遇上了一个漂亮女人——李天曼。

李天曼则是在魔术杂戏大赛开幕那天，就认识了摆地摊变戏法儿的葛云梁。

李天曼迎着葛云梁走过去，鞠躬笑道："葛先生，多日不见了。"

葛云梁登时怔住了，他记不清这个年轻漂亮的女子何时认识自己的。他赶忙拱手笑道："恕葛某眼拙，您是……"

李天曼邪魅一笑："葛先生真是贵人多忘事呢，在下是方千明师父的弟子，名叫李天曼。咱们在魔术杂戏大赛上见过面的呀。"

葛云梁尴尬地摆手："您记错了呢，我没参加比赛，只在场外摆过地摊。"

"我就是在地摊上见过您的，我还记得，您的毽子真是踢得出神入化呀。"

"李小姐见过葛某踢毽子？"

"当然记得。我还知道葛先生有个好朋友，是位大力士，名叫曹正汉。"

"对，对，他是葛某的好朋友。"

如此越说越近乎，李天曼或是看出葛云梁"饿了"，便邀请葛云梁去"喝酒"。街中遇到美女，而且还被请去喝酒吃饭，葛云梁何乐不为呢，大喜过望之下，便乐颠颠儿地跟着李天曼去了。

李天曼找了一家酒馆，二人进去坐下。李天曼随意叫了几个菜，二人便喝上了。葛云梁平日里酒量不小，可今天奇怪了，三杯酒下肚，脑袋便晕晕的，有些把持不住。他后来说，当时怎么看李天曼都是个下凡的"仙女"。

李天曼微微笑道："所谓佳人，在水一方。葛先生，你以为如何？"

葛云梁嘻嘻笑道："我真听不大明白，李小姐以为如何就是如何。"

李天曼莞尔笑了，起身结了账，便带着葛云梁出门，喊来一辆车，二人去了一家旅馆开了房，葛云梁就跟李天曼上床了。

一番鱼水欢爱之后，葛云梁快乐地昏昏睡着了。

葛云梁一觉醒来时，李天曼却不在床上了。几个穿便衣的男人竟凶巴巴地站在床前。

葛云梁惊慌失措地翻身坐起，未及说话，但见李天曼穿戴整齐，款款走进门来。

李天曼笑嘻嘻地问道："葛先生，睡醒了？"

葛云梁惶恐地看了看那几个男人，疑惑地问一句："李小姐，他们是……"

"他们都是特高课的。"

"这……怎么回事？"

李天曼收了笑容，郑重说道："很好解释，葛先生，你被捕了。"

葛云梁被捕之后没上刑，经过李天曼一番"情爱绵绵"的"说服"后，便"顺风顺水"地"投降"了，之后竹筒倒豆子，一口气供出了曹正汉、梅可心、季钧等人，还供出了与他联络的"兄弟社"联络员上官城。

李天曼笑眯眯地问："没有了。"

葛云梁色眯眯地看着李天曼："没有了？"

李天曼皱眉："不会漏掉一个两个？"

葛云梁伏身摸着李天曼的纤巧小手，笑道："李小姐呀，用说书人的一句话，葛某是倾其所有了。"

赵元初安插在特高课的眼线，第一时间向赵元初报告了葛云梁叛变的消息，赵元初当即通知马凯旋立刻转移。

梅三娘匆匆找到梅可心与曹正汉，让他们躲藏起来。

季钧接到了马凯旋的紧急通知，迅速带着手下撤离了据点。

大发车行的襄理上官城被捉进侦缉队，挨了一顿鞭子，虽然鬼哭狼嚎了一番，但还是咬牙硬扛住了，问什么一概回答不知道。

李天曼走进来，看了看浑身是血的上官城，示意给他松绑。然后，从包里掏出三根金条，"哐啷"扔在了上官城的脚下，只说了一句："把我想知道的，统统告诉我。"

李天曼说罢，扯过一把椅子，在上官城对面坐下，目光如炬地盯着上官城。

上官城看了看李天曼，低头叹了口气，即拾起了那三根金条，轻声道：“我说。”

上官城供出了他背后的虞世通。

当天傍晚，虞世通刚从赵元初的办公室出来，埋伏在路旁的十几个宪兵和十几个警察便冲了过来（抓一个虞世通何必如此兴师动众？唉，他们是害怕虞掌柜身上的四条蛇呀）。但听到两声干涩的笑声，赵之间迈着四方步走过来，扬眉问道：“你叫虞世通？”

虞世通呵呵笑道：“赵局长健忘，我从生下来就叫虞世通。”

赵之间冷冷地说：“虞世通，你被捕了！”

“哦？”虞世通有些惊讶。

“走吧！”赵之间人畜无害地笑了笑。

虞世通被押进了宪兵队，见到了指认他的上官城。

上官城顿时痛哭起来：“虞经理，对不起，真对不起，是我害了你呀！”

虞世通却面色如常，笑呵呵地对上官城说道：“上官城，事已至此，就不要再胡咬乱攀了呀。一切事情，都是虞某所为。”

中村悻悻地来见虞世通。

中村讥讽地说道：“虞先生，你隐藏得很深呀，而今你的真实身份已经暴露，你还有何话讲呢？”

虞世通点头道：“中村先生，事到如今，我也不再隐瞒，虞某确是军统保定站的负责人，为了抵抗你们的侵略，我不得不与你们拼命。既然已经暴露被捕，你们杀了我就是。我的手下么，如认罪，当无可恕。求仁得仁，求义得义，死而无怨，不必再酷刑加之。请你们稍稍有点儿人道主义精神，从而维护你们日本皇军的体面。如何？”

中村讥讽地说：“虞经理好镇定么！到了这里，仍能巧舌如簧，悍然面对。”

虞世通讪笑：“彼此彼此，中村课长抓获了虞某，也好得意么！”

中村“哼”了一声：“虞经理，想到你过去对我的种种欺骗，确实让我恼羞成怒。不过，我敬重你是我曾经的‘朋友’，我不会对你滥施武力。”

虞世通很“友好”地笑了笑：“多谢中村课长了。”

中村打量了一下虞世通袖口露出的四只蛇头：“只是，你现在已经到了这里，你身上的朋友，就应该放生了吧。”

虞世通摇摇头，呵呵笑了：“呵呵，这个么，恐怕不行。如果现在你们枪毙了我，我身上这四位小朋友也就随你们处置了，如果你们现在还不想杀我，这四个小朋友，就要跟随我，我们已经相伴多年，不弃不离呀。”

中村点了点头，讥讽地说道：“好吧，看来虞经理这四位‘小朋友’，比你的手下要忠诚得多呢。”

虞世通笑道：“课长说得是。有时人真不如蛇呢。”

中村又瞪了一眼坦然自若的虞世通，即转身走了出去。

中村到了门外，对小野说：“虞世通自供是军统保定站负责人，真假且不说，他必定掌握很多秘密，这个人，来硬的未必奏效，先关押几天，降降他的火气，再劝降他。”

小野点头：“属下明白。”

葛云梁突然叛变，对保定站总算有惊无险。因其掌握的机密毕竟不多，加之马凯旋众人转移得及时，给军统保定站造成的损失并不大。军统北平站狠狠训诫了马凯旋，马凯旋则狠狠训斥了季钧。北平站重申了纪律，今后所有新加入人员，一律严格审查。马凯旋即向全站传达北平站的命令：第一，全力营救虞世通；第二，尽快除掉葛云梁。

特工这一个行当，有一个基本“行规”：凡人员被捕，即意味着“放弃”。虞世通应该例行。但此次上峰一反常态，严令全力营救虞世通，可见虞世通绝非平常角色。马凯旋不敢怠慢，他亲自与季钧策划营救虞世通的行动方案。跟踪刺杀葛云梁的任务，季钧便交给了曹正汉和梅可心。季钧要求他们，尽快摸清葛云梁的行踪，伺机下手，不能让这个叛徒继续逍遥自在。

曹正汉、梅可心与葛云梁也太熟了，他二人若去跟踪，基本属于自我暴露。曹正汉决定把跟踪葛云梁的任务交给强大水。

强大水是保定站的外围情报员，葛云梁对他不熟悉。强大水掩护身份是东大街一家字号“烤兔子”小饭馆的厨师。“烤兔子”位于日本宪兵队路东五十余步，曹正汉认为葛云梁肯定经常出入宪兵队，让强大水跟踪盯梢很方便。

强大水三十多岁，身材魁梧。他原是新城县走街串巷的剃头匠，剃头很麻利，有些名声。有一回因“剃技”没掌控好，剃出了麻烦，砸了自家的“牌子”。

强大水那天在街中给一个老汉剃头，没想到那老汉竟然憋着泡尿，剃完了头，老汉竟然憋死了。老汉家里有点儿小势力，便找了强大水的“麻烦”。老汉的儿子说，你按着我们家老爷子的脑袋动刀子，他敢动弹呀？不憋死才见鬼呢。于是就打了官司。亏得县衙办案的人还算明白，只说了一句：一个大活人还能让尿憋死吗？当堂判强大水无罪。

强大水赢了官司却生了真气，剃头还剃出人命来了？晦气。一怒之下，强大水扔了剃头刀，发誓再也不干这行了。之后，强大水学着掌勺做饭，在新城县开了个小饭馆，经营家常便饭，生意算是凑合。日本人攻陷了新城县后，烧了他的饭馆，他一路跑到了保定，在“烤兔子”当了厨子。曹正汉跟饭馆张掌柜很熟，常来这儿吃饭，就认识了强大水，后来就发展强大水做了外围情报员。强大水剃头多年，手上功夫精湛，竟练出了一手绝活：手剥兔子，谈笑之间，手指上下灵巧活动，兔子皮已经被完整剥下。

曹正汉带着梅可心来找强大水，强大水正在剥兔子。但见强大水剥完了皮，把皮晾了，肉便可以烧烤了。梅可心头一回看强大水“徒手”剥兔子，惊叹道：“大水哥，你就这么剥兔子吗？太麻利了呀！”

强大水哈哈笑道：“可心妹子，我还想着给小鬼子剥皮呢！”

（一句戏言后来竟然成真。冥冥之中，或有神仙笔录？）

梅可心好奇地问：“你这手艺是如何练成的？”

强大水嘿嘿笑道："雕虫小技，熟练就行了。可心妹子，正汉老弟，你们今儿找我，不是来吃烤兔子的吧？"

曹正汉笑道："路过么就不能错过，烤兔子当然要吃。不过么，找你还真有事儿。你得帮我们盯住一只两条腿的'兔子'。"曹正汉便说了派强大水跟踪盯梢葛云梁的事儿。

强大水听了满口答应："正汉老弟，你放心，我肯定给你盯死了姓葛的。如果机会合适，我就直接干掉那畜生算了。"

曹正汉把安排强大水跟踪葛云梁的事，向季钧汇报了。季钧却正为营救虞世通的行动发愁呢。

虞世通被关押在宪兵队，若想营救，只能劫狱。"劫狱"却是个难事，且不说宪兵队戒备森严，保定站的行动队，也真挑不出几个硬手。既然曹正汉已经派人跟踪葛云梁了，季钧即命令曹正汉、梅可心也参加营救虞世通的行动。

曹正汉听罢，却为难地对季钧说："季副站长，虞世通被关在宪兵队，那可是狼窝虎穴，救他出来？谈何容易啊。"

季钧叹了口气："是不容易呢。可你猜猜，北平站怎么给咱们马站长下命令的？"

"怎么个命令？"

"北平站命令：保定宪兵队就算是十八层地狱，保定站就算是'拼光'了，也要救虞世通出来！"

"虞世通……这么重要？"曹正汉惊讶道。

季钧叹道："马站长也说，他入党以来，还是第一次接到如此严厉的命令。马站长其实也明白，上边这么着急营救虞世通，就是为了'利用'虞世通，把'兄弟社'拉过来，收编成为军统的一支力量。"

曹正汉点头："如此说，营救虞世通的行动，真是迫在眉睫了。"

"为了配合这次行动，马站长已经报请北平站同意，立刻启动了我们潜伏在日伪中的情报员'秋风'。"

"'秋风'？'秋风'是谁呀？"

“这人是戴局长直接领导的‘秘密’情报员，不到紧急关口，重庆是断不会动用的。正汉呀，这次为了虞世通，咱们要下大本钱了呀！”

“还真是下大本钱了。”

“上边如此重视，可见虞世通对我们是有大用场的呀！正汉，我再说得明白些，就是用你的命，用我的命，能换虞世通出来，也值了！”

曹正汉一时听得热血沸腾，当即点头道：“季副站长，我听懂了，老曹就是搭上这条命，也要把虞世通救出来！”

正当季钧集结人手，准备拼死劫狱的时候，马凯旋却突然命令季钧停止行动。

怎么回事？

马凯旋接到了“秋风”的一份情报：警察局局长赵之间日前向中村课长建议，警察局关押了几个“兄弟社”的重要成员，其中有人已同意与皇军合作。若把虞世通转押警察局，可方便让这些“兄弟社”的人劝说虞世通投降。中村或是听赵之间讲得有道理，即采纳了赵之间的建议。根据这一情报，“秋风”决定从警察局营救虞世通出去，军统的行动队，可在“秋风”指定的时间地点，接应虞世通与“秋风”。

马凯旋当然喜出望外。“秋风”如果能单枪匹马救出虞世通，再好不过，保定站就能避免劫狱的牺牲了。马凯旋立刻命令季钧，准备人手，接应虞世通与“秋风”。

虞世通果然被转押送到了警察局。当天夜里，警察局局长赵之间带着两个警察提审虞世通。

赵之间嘿嘿笑道：“虞经理，想不到呢，你还是个坚定的抗日分子呀。”

虞世通讥讽地笑了：“我也想不到呢，赵局长是真心实意地为日本人卖命了。”

赵之间道：“虞经理呀，其实皇军，尤其是中村太君，对你可算得上以诚相待啊，这是多大的殊荣啊？你得识抬举呀！”

虞世通哂笑：“说来听听，日本人怎么对虞某以诚相待了？”

赵之间看了看虞世通袖口露出的蛇头，干干地笑了一声：“你看么，连宪兵队这样吃人不吐骨头的地方，对虞经理都是‘礼遇有加’呢，还许可你这几个‘小朋友’不离身，真让人羡慕啊。”

“赵局长想把我的小朋友拿走？”

赵之间忙摆手：“别，别，虞经理自己留着玩儿吧。”

虞世通呵呵笑了：“赵局长真是不贪财呀。”

赵之间也笑了：“我一般不贪财，若贪起来可就‘不一般’了。”

二人又“乱聊”了一通，就到后半夜了。

赵之间伸了个腰，打了个长长的哈欠，苦笑道：“我还真是有些饿了呢，虞经理，咱们喝两口？”

“赵局长还敢跟我这个抗日分子喝酒？而且还在你这警察局？你不怕日本人知道？”

“话不能这样说么，虞经理一旦归降了皇军，咱们就还是一家人么。那时候再说起来这顿酒，我赵某人当初可没有亏待你虞经理呀。”说着话，赵之间掏出两块银圆，对做记录的警察说：“小李子，你辛苦一趟，到街中搞些酒菜来。”

姓李的警察为难地说：“局长，这都什么点儿了？都打烊了呀！”

赵之间恼了：“笨死个猪呀，你不会砸门呀。你就说警察局叫他们准备夜宵，这是给他们脸呢，他们敢不伺候？快去吧！”

李警察无奈地答应一声，接过钱出去了。

赵之间又接连打了两个哈欠，转身对另一个值班的警察说：“老张啊，你困了就眯一会儿吧。”

张警察笑道：“报告局长，属下不困。”

赵之间笑道：“你还真行，我可是真困了啊。”说着话便站起身来，伸胳膊抬腿，活动起来——突然，他挥起一拳，打昏了张警察。

事发突然，虞世通看得怔住了：“你……”

赵之间一边飞快地脱着张警察的“衣服”，一边低声对目瞪口呆的虞世通说：“长话短说，我是军统的特工，代号‘秋风’。保定陷落之后，我奉命诈降卧底。我本来是休眠状态，准备长期潜伏。此次被紧急唤醒，就是为了救你出去。”

“哎呀，赵局长，原来你是……”

“不多说了。”赵之间把张警察的衣服扔给虞世通：“赶紧换上。我说你听，警察局有许多中村的眼线，他们随时都会过来查看，刚才被我支出去买酒的那个姓李的，就是监视我的。咱们得快走，如果遇到阻碍，你从西墙跳出去，外边有人接应。”

虞世通匆匆换上张警察的衣服，跟着赵之间向外走。真是不巧，他们刚走到院子里，迎面遇上了副局长申长河，正带着十几个警察巡夜回来。申长河看到赵之间，便谄媚笑道：“局长呀，这么晚了，还没歇着呢？”

赵之间含糊其词地答应了一声，带着虞世通继续往外走。

申长河登时起了疑心，盯了虞世通一眼，皱眉问：“你是谁呀？”

赵之间说：“新来的，你不认识。”

申长河挠挠脑袋，狐疑道：“不对呀，我看着怎么……”他凑近了虞世通细看，立时跳脚喊起来：“虞世通要跑！弟兄们，拦住……”他未及喊完，虞世通袖子里的毒蛇便闪电一般蹿出，咬住了申长河的喉咙。

申长河惨叫一声，倒在了地上，他身边的警察们先后端起枪来。与此同时，赵之间手里的枪已经响了，当即放倒了两个警察。

守在门口的值勤警察，闻声端着枪冲了过来。

大门肯定出不去了。

赵之间皱眉道：“老虞呀，我掩护，你快跳墙走。”

虞世通断然说：“要走一起走！”他吹了声口哨，袖子里的蛇箭一般飞了出去，几个警察惨叫着倒下了，余下的警察惊恐地退到门口，继续向赵之间射击。

赵之间急眼了：“老虞快走，不然都走不了！”

虞世通吼道："赵之间，你把我当成什么人了？一起走！"

赵之间一边打枪，一边暴声吼道："虞世通，你要出了事，我就没完成任务。明白吗？我是在执行任务！拜托！你是我的'活祖宗'，总行了吧？赶快走！"

虞世通重重地看了赵之间一眼，一咬牙，纵身翻墙出去了。

虞世通脚刚刚落地，迎面过来了萧家广，虞世通惊讶地叫了一声："大姐，你……"

萧家广急忙说："赵局长派我来接应你。快跟我走。"

虞世通高兴地说："大姐，真想不到呢，你也是……"

萧家广点头笑道："二弟呀，先不说了，快跟我走！"

眼看二人就要跑出这条街，却迎面冲过来十几个巡逻的日军，只听他们"叽里咕噜"地喊了几句日本话，不及萧家广、虞世通回答呢，日军就开枪了。

虞世通恨道："难不成跑不脱了？"

萧家广一边开枪还击，一边说："你快走，我掩护。"

虞世通说："我不走，萧大姐，咱们跟这帮畜生拼了吧！"话音未落，突然日军身后一阵密集枪响，但见那十几个日军纷纷被放倒了。

萧家广与虞世通怔住了，是谁接应他们呢？

二人向四周看，却空无一人。

萧家广说道："咱们快走！"

二人消失在了灰蒙蒙渐亮的晨光中。

警察局的院子里，枪声响成了一片，赵之间与冲上来的警察们对射着。

……但见赵之间掏出了双枪，大吼一声，目中无人地大步走到了院子中间，"玉树临风"般站定，前后横扫，左右开弓，警察们纷纷毙命，但看又一群警察冲上来，赵之间的双枪响成了疙瘩，随后冲进来的日本兵也纷纷被击中倒地……

对不起读者，上述这个"陈旧落套"的牛逼场景，是谈歌按照时下电影、电视剧流行的“狗血套路”，为赵之间设计的“理想动作”。可惜，历史不是剧本，谈歌不是导演，真不敢这么“没羞没臊”地胡编乱写。

真实的情况一点儿也不“狗血”，赵之间没有双枪，他枪里的子弹也不多，事后据在场的警察陈述，赵之间只换过一次弹夹，赵之间最后一颗子弹，打进了自己的太阳穴……

山口接到报告，带着中村匆匆赶到警察局。山口站在院子里，看着赵之间的尸体，恼怒万分。他万没想到，一向对他点头哈腰的赵之间，竟然是个深藏不露的“卧底”。

中村走过来，疑惑地问山口：“机关长，赵之间竟然是卧底？”

山口“哼”了一声，恨恨地说：“是的，我们安插在重庆的谍报员发来电文，重庆已启动特工‘秋风’营救虞世通。他应该就是代号‘秋风’的国民党特工。还有一个代号‘松树’的国民党特工，今天也参与了这件事。可惜，我们没能抓住‘松树’。”

“松树？”

“对，松树。”

“机关长……”

“但是，我们毕竟消灭了‘秋风’。这恼人的‘秋风’啊！”山口深深叹了口气。

“秋风”如秋风一般吹过，只给人们留下了风一般的记忆。

呜呼，赵之间“投降”日军之时，其母已悬梁自尽。母子二人上演的这出“苦肉计”，不仅蒙骗了日本人，也着实“蒙蔽”了保定的市井坊间。赵之间的消息传开，保定城内一片唏嘘。

有分教：真相瞬间大白，母子千古流芳。

[《保定往事》记载：赵之间，男，1900 年生，直隶新海县（今河北黄骅市）人。1931 年，加入国民党，1935 年秘密加入复兴社，被任命为保定区域地下情报员。1937 年奉命打入日伪内部，1939 年春，在执行任务中牺牲。]

救出了虞世通，季钧命令曹正汉，继续刺杀叛徒葛云梁。曹正汉便去催促强大水。强大水却苦着脸对曹正汉说，姓葛的鬼精，或是担心被人盯上，从来不走前门，强大水连葛云梁的影子也没看到过一次。

曹正汉情急之下竟有了个主意，他回来后跟季钧汇报，想让吕小莲帮这个忙，引葛云梁出来。

季钧却提醒曹正汉："正汉呀，我手下说，葛云梁曾去纠缠过吕小莲。这女人的心思，有时可摸不准呢。你想挽个套儿逮狼，可别把自己套进去呀。"

曹正汉皱眉："你是说……小莲跟葛云梁好上了？"

季钧摇头说："我也说不好，总之你要小心些。"

曹正汉旋即摆手笑了："小莲不会，她心里肯定有数呢。"

曹正汉匆匆去了南大街，去找吕小莲。

保定陷落后，曹正汉一时下落不明，吕小莲没有了生计，更没了依靠，便去了南大街的一家小妓院"满庭芳"，重新当了妓女。

唉，世人重操旧业者，多是万般无奈呀。

（"满庭芳"原是一处宅号为"韩府"的官邸，前后院五进三出，十分阔绰。

《保定掌故》记载：同治年间，一个名叫韩应琦的显赫官员，致仕后到保定落户，总督衙门出资为其建造了这处官邸。

民国之后，韩家没有了依靠，家境迅速败落，成了生冷宅门，以至时常断炊。

韩家老太太万般无奈，便让家中的女眷暗中从街中拉客。俗称"暗门子"。

后来，渐渐有了些名声，韩家人干脆挂出了招牌"满庭芳"，正式经营妓院生意。

保定陷落后，韩家为了多有进项，除却韩家的女子继续经营皮肉生意，也招徕一些生活无计的妇女，到这里从业谋食。

读到这里，谈歌感慨，一处显赫的大宅门，青云直上，几经排场，竟跌落红尘，沦为妓院。古人有分教：训有方，保不定日后作强梁；择膏粱，谁承望流落在烟花巷。)

曹正汉走进“满庭芳”的后院，找到吕小莲的住处。曹正汉细打量，这房子原是一间马厩，改造成了妓女的房间。

吕小莲开门，见到曹正汉，先是惊讶了一下，即皱眉问道：“你怎么来了？”

曹正汉笑道：“我不能来看看你呀？”就走进屋子，四下打量，这间马厩改造的屋子也过于简陋了，仅靠一根房柱支撑着屋顶，曹正汉咳嗽了一声，屋顶的秸尘竟落下来了。曹正汉皱眉摇头：“这地方……也实在应该打扫打扫了。”

吕小莲倚着房柱，脸就黑下来了：“你今天怎么有空了，带钱来了吗？”

“小莲……”曹正汉听得一时怔住了。

吕小莲突然提高声音嚷嚷起来：“姓曹的，省省吧，甜言蜜语的少说吧。我早从心里看浅了你。快滚吧！”即给曹正汉丢了个眼色。

曹正汉猛地醒悟了，急忙说道：“那好那好，我先走了……”

“哈哈，你走不了啊，曹兄弟。”随着一阵笑声，门被推开了，穿戴一新的葛云梁走了进来。

曹正汉讥讽地笑了：“葛云梁，才几天不见，衣帽整齐的，果然阔绰了。看起来，日本鬼子还真喜欢你这个汉奸啊。”

葛云梁先是撇撇嘴，再摆摆手：“曹兄弟呀，行了行了，快行了吧，别整天张嘴就汉奸呀，汉奸呀，烦不烦啊？这人活着不就是为了享福么，你今后跟着老葛，包你天天吃香的喝辣的。”

“呸！葛云梁，老曹我当初瞎了眼，怎么结交了你这么个王八蛋？信不信？我今天一定弄死你！”

葛云梁哈哈笑起来：“曹兄弟，我知道你是个大力士呀，你能把我扔出去摔死。可你不如子弹快吧？来呀！”

一阵脚步响，十几个便衣特务冲进来，用枪逼住了曹正汉。

葛云梁呵呵笑道：“曹兄弟，投降吧。”

曹正汉冷笑道：“葛云梁，你想什么呢？”说着话，曹正汉突然出手，屋中的房柱就被他推倒了，房顶立时呼啦啦塌落下来。

曹正汉一把扯住吕小莲，纵身一跃，跳了出去。葛云梁和手下的特务们躲闪不及，全被埋在了屋里。等他们“灰头土脸”地从倒塌的房子“钻出来”，曹正汉已不见踪影。葛云梁带着特务们追到门外，只见吕小莲气定神闲地站在街中。

曹正汉已不知去向。

葛云梁边拍打着身上的土，边气喘吁吁地问：“曹正汉呢？”

吕小莲看了看土哄哄一脸狼狈的葛云梁，嘲讽地道：“你问我？我哪儿知道呀。老曹还算有情义，能把我抢出来，没砸在里头。”说罢转身，风摆荷叶般走了。

葛云梁把特务们臭骂了一通，命令他们四下搜捕曹正汉。

葛云梁知道，抓住了曹正汉或梅可心，才能获知军统保定站的情况。

葛云梁思来想去，觉得还是要利用吕小莲，才有把握找到曹正汉。

于是，在葛云梁“威逼”（找不到曹正汉，就弄死你）“利诱”（找到了曹正汉，就大把给你钱）之下，吕小莲总算答应了葛云梁。

可是，吕小莲也找不到曹正汉的人影了。

吕小莲知道，葛云梁或是急得心里都“长痱子了”。

吕小莲哪儿知道呢，曹正汉与梅可心被马凯旋临时抓了“差事儿”，派他们去执行一个“刺杀”任务。

刺杀谁？

杀掉萧长生。

萧长生何许人也？

小人物。

读者可别低估有些小人物。

因为有些小人物的“位置”至关重要，关乎大人物的“安危”。

萧长生是赵至孝的警卫队长。

赵至孝“溺水”而亡

保定工商界尽人皆知，赵至孝靠“玩命”似的“巴结”中村，才当上了保定商会会长。中村对赵至孝很信任。

赵至孝很有野心，且日渐“膨胀”。他很想取代赵元初，兼任维持会会长。他曾把这个想法暗示给了中村青木。中村答复得很痛快：不行！

中村之所以断然否决赵至孝日益膨胀的“理想”，因为中村深知赵元初在山口心中的位置，至少短期内不可替代。山口并不信任赵元初，但仍然倚重赵元初。赵至孝想替换掉赵元初，还远远不到时候。

赵至孝绝对不会想到，当他处心积虑想搞掉赵元初的时候，赵元初已经受徐飞扬之托，准备“搞掉”他了，而且已付诸行动。

赵元初很理解徐飞扬的想法：“干掉”赵至孝，要先“干掉”赵至孝的警卫队长萧长生。但凡赵至孝出门，萧长生从来不离左右。不干掉萧长生，就不好解决赵至孝。

萧长生，陕西汉中人，三代行伍出身，身材魁梧，为人机警，手持双枪，弹无虚发。且武功很高，不仅有家传武学，还是国术大师杨澄甫的入门弟子。萧长生祖父当过皇宫里的步兵统领。其父萧争光，曾在陕西靖国军李云龙部任营长（提请注意：此李云龙非《亮剑》李云龙。同名同姓不同人。此李云龙为陕西临潼人，民国将领，刀客出身。中华人民共和国成立后曾任陕西省政协委员。读者如有兴趣，可以翻书。）。民国十四年（1925），萧争光在河南黑石关战役中丧命。民国十八年（1929）萧长生入伍于宋哲元部队。因其有拳脚功夫，即调到司令部当卫兵，后提拔为警卫排长。

民国二十五年（1936）初，南京政府军政部委员赵得法，奉蒋介石之命，至北平视察军务。公务之余，北平要员为讨这位钦差的“欢心”，即邀请赵得法居住在保定的叔叔赵至孝到北平一聚。赵至孝“受宠若惊”地赶来了。酒席之中，叔侄闲聊，赵至孝愁眉苦脸，感慨时局不稳，自己的安全也没有保障了。赵得法当即对作陪的宋哲元说，自己就这么一个叔叔，想孝顺，无奈鞭长莫及，还请宋委员长照拂一二。

宋哲元当即满口答应。宴会结束后，宋哲元即精挑细选了十名兵士，任命萧长生为队长，组成警卫队，派遣至保定。任务么，专职给赵至孝当警卫，兼看家护院。保定陷落后，赵至孝当了汉奸。警卫队的士兵耻于“追随”，先后走了。只剩下萧长生。

萧长生后来说，他当时内心很矛盾，本着军人以服从命令为天职的信条，并兼有嫁鸡随鸡的“女人”心态，坚持留在了赵至孝身边。赵至孝当了保定商会会长之后，山口即给赵至孝派来一小队伪军做警卫。由赵至孝举荐，萧长生再次当了警卫队长。

萧长生做梦也想不到，竟然有人想结果他的性命。

萧长生有个习惯，赵至孝在商会办公的时候，萧长生总到商会对面的“大碗居”吃馄饨，萧长生喜欢这一口儿。他或是想过，赵会长上班的时候，人身应该绝对安全。他忙里偷闲到“大碗居”吃碗馄饨，小小不言，也在常理之中。

可萧长生没想到，他这次来“大碗居”吃馄饨，却真“不走运”，刚走上楼梯，便被梅可心用枪逼住了，他本能反抗，却被力气远远大于他的曹正汉当场按住。萧长生动弹不得，只好任凭对方给绑了。

这天上午，赵至孝在办公室坐下不久，“大碗居”的伙计便慌张地来送信了，说萧队长被绑架了，绑匪索要一万银圆，否则就“撕票”。

赵至孝听罢，不屑地“哼”了一声：“他们真敢开口，一万银圆？让他们用屁股想想，萧长生值一万银圆吗？你告诉他们，乖乖地放人，老子一个子儿也不掏！别拿撕票吓唬老子，皇军饶不了他们！找死呢？滚吧！”

伙计连声答应，仓皇走了。

在赵至孝眼里，萧长生就是个跟班的下人。绑匪们莫非吃错药了？敢狮子大开口勒索一万银圆？赵至孝把这件事当成了一个“偶发”事件，没往心里去。

曹正汉多年后回忆，他之所以没有当场杀掉萧长生，是因为之前他对萧长生有些了解，他敬重萧长生是个“讲义气”的汉子，想降服他，为保定站所用。而萧长生却固执地认为，他在赵至孝心里的位置“很重要”，他不能背叛。于是，曹正汉便与萧长生打赌，当即说了个萧长生认为合理的价钱：一万银圆，便让伙计去送信了。萧长生认定赵至孝会立刻掏钱来“赎”他的。送信的伙计气喘吁吁地跑回来，即原原本本说了赵至孝的“态度”，萧长生顿时齿冷心寒，那点儿“期望”彻底烟消云散了，自己在赵至孝眼里，就是一条“看门狗”，没有了再换一条罢了。于是，萧长生决定跟着曹正汉干了。萧长生提供了赵至孝出行的所有地点与习惯。

赵至孝却不知死神即将降临，他一如往常陪着丰田去马耳山钓鱼，丰田繁忙的时候，他就陪着中村去白洋淀钓鱼。这两个人若都繁忙，赵至孝才到商会上班。由此，商会私下给赵至孝起了个绰号：钓鱼会长。

一个风和日丽的天气，赵至孝又陪着丰田司令官和中村青木课长去白洋淀钓鱼了。这一趟，赵至孝却很不走运，鱼没钓上来，他却掉下河去，“溺水而亡”。

赵至孝死得十分“蹊跷”，不就钓个鱼么，怎么至于落到水里淹死了呢？而且赵至孝是识水性的人呀。

谈歌曾探访过赵至孝落水的地方，在安新县与雄县接壤之处，名叫何家湾，是保定东部有名的垂钓之处。谈歌去采访时，但见岸柳青青，景色宜人。谈歌兀自有些恍惚：当年这里果然发生过一个不为人知的“秘密”吗？

《保定传说》记载：赵至孝突然钓到了一条大鱼，喜出望外，欢快地起身沿着河岸“遛鱼”，走出十步，竟失足掉进了水里，以至没顶了。在岸边“守护”的警卫和特务们看得心慌，匆匆跳进水里搭救，竟一时摸不到赵至孝。近一个时辰好不容易才摸到，惶惶地把赵至孝推上岸来，赵至孝却已淹死了多时。

“大人物”死于非命，当然要追究责任。可丰田司令没当回事儿，钓完鱼便扬长而去。或许在丰田的眼里，自己才算个“大人物”，汪精卫也算个“大人物”，其他人算个屁呀，死了个中国“商人”更算不上回事儿了。

中村却大为“光火”，翻译官郭子路难脱干系，因为凡赵至孝钓鱼，中村总让郭子路带着几个人，一直跟在赵至孝身边。你们是怎么保护赵会长的？郭子路被中村臭骂了一顿之后，关了禁闭。

可是，郭子路还没关上半天呢，任雪儿找上门来，朝着中村“暴吼”了一通：你们还讲不讲道理了，我们家郭子路别说钓鱼了，他从来都不吃鱼，耐着性子“辛苦”陪着你们钓鱼，他姓赵的出事儿了，你们凭什么怪到姓郭的头上？

中村自然惹不起这个“刺猬”般的女人，只好赶紧放了郭子路。

中村十分“失落”，他很“在乎”赵至孝。若回到当时的环境“分析”，中村于1932年任保定光和商社经理，便开始与赵至孝“来往”。或许赵至孝已经看到日本人终归要进驻保定，未雨绸缪，以商人的“精明”，与中村的关系逐渐“升温”。中村的生意，得到过赵至孝诸多帮助。保定陷落后，赵至孝经中村“推荐”，当了商会会长，更上心并“热心”地为中村办了不少事情。赵至孝在中村心目中的位置，自然相当重要。

抛开日军的政治原则，去理解中村兔死狐悲的沮丧情绪，其“利益当先”的商人心态，即暴露无遗。

赵至孝溺水而亡。丰田司令官没了向导，近期内肯定不会来马耳山钓鱼了。梅天凤与徐飞扬决定，立即对马耳山下的日军骑兵动手。

这一个月来，他们已经摸清了日本骑兵的活动规律，梅天凤早已派人拿着乌有道长给的“方子”，从城里抓来了配药。即又派人从山下的村子里借来三口大锅，连夜焙干研碎熬制药饵，熬成之后，竟然是浓郁的香气。

梅天凤高兴地笑道："莫说是牲口了，就是人闻了，也会觉得香气扑鼻呢。"

徐飞扬点头笑道："可去试试了。"

天蒙蒙亮时，梅天凤让手下把这些药饵背到山下，伺机等候。日上三竿时，日军骑兵的驻地，一百多匹战马鱼贯而出。

梅天凤多年后回忆，当时"人莫予毒"的日军完全没有防备会有人暗算他们。日军一路牵着马唱着歌向河畔去了。

日军队伍过后，梅天凤便让人下山，在日军骑兵饮马归来的途中漫洒了药饵。日本人饮马洗澡回来，马队在途中嗅到药饵立时就乱套了。马群不再听指挥，四下里忘乎所以地抢吃药饵。

马队吃得正酣，埋伏在山道两侧的游击队发起了冲锋。日军被突然出现的攻击队伍惊呆了，等他们从惊愕中醒过来，游击队已经冲到了面前。日军仓皇之间，根本来不及抵抗，做梦似的就被梅天凤的队伍砍瓜切菜般收拾掉了。

营房里的日军听到外边响起激烈的枪声，紧急集合了队伍赶出来接应。他们哪儿能想到，徐飞扬事先已带着队伍在营房两侧悄然埋伏了，营房中的日军刚冲出来，即被徐飞扬打了个猝不及防。梅天凤率队赶来，与徐飞扬合兵一处，冲进营房，打死了所有日军，缴获了营房中的军火物资，然后放了一把火，把营房烧了个干净。

马耳山下的日军骑兵中队，就这样被彻底消灭了。少量被打死的战马，被游击队炖了吃肉。大多活着的战马，则被梅天凤组成了一个骑兵连。这支骑兵队伍可不是一般的骑兵，按照徐飞扬的编制，每个骑兵都配备两匹战马，跑累了就换一匹。在没有高速公路的年代，这支骑兵队伍，机动性太强了，如果长途奔袭，他们不舍昼夜，中途换乘，几百里的路程，半天就能赶到。

梅天凤的这支骑兵让日本人吃了大苦头，短短十几天，他们长途奔袭了唐县、曲阳、定县、涞源、涞水等地的日军据点。

每每得手，皆有斩获。

消息接连传到保定，丰田司令官勃然大怒，命令驻完县、唐县、望都、行唐的日军抓紧清剿，一定要消灭这支“不知来路”的抗日骑兵。

柴绍中之死

虞世通从警察局脱险后，继续调查蔡元家人被绑架的事情。调查了几天之后，虞世通终于查清楚了。绑架蔡元家人逼迫蔡元下毒的，竟是大发车行的柴绍中带着几个“兄弟社”的人干的。

柴绍中三十多岁，读过私塾，肚里有些墨水儿，曾当过大发车行的账房。此人的身材魁梧，且好勇斗狠，在“兄弟社”很有威望，颇得虞世通倚重。保定陷落后，柴绍中暗中纠集了十几个“兄弟社”弟兄，组成了一个团伙，专门干“拿人钱财，与人消灾”的生意。

虞世通想破脑袋也想不透，柴绍中怎么能对赵元初下手呢？

虞世通来到柴绍中家里，拍着桌子连连吼道：“老柴呀老柴，你们昏头了？亏得你还是个识文断字的人呢，你怎么能对赵司令干这种事儿呢？你闯下大祸了呀！”

柴绍中却满不在乎地笑了：“虞经理，我闯什么祸了？什么赵司令，啊呸！狗屁！他赵元初就是个汉奸，人人可得而诛之。我知道你当过赵元初的下属，交情颇深。可别忘了，他现在是汉奸呀！”

虞世通顿足道：“唉！你知道个屁呀，赵司令是给日本人支应差事呢。他能是汉奸吗？你知道他是什么人吗？”

“他是什么人呀？”

“他是……算了，不说了！”

虞世通逼问：“谁让你们这么干的？”

“啊？谁是‘谁’呀？我没听明白。”柴绍中佯装糊涂。

“谁让你们干的？”虞世通拍桌子瞪眼。

“……军统呀。”柴绍中见虞世通脸色不好，赶紧说了实话。

“军统？军统的什么人？”

“有些日子了，军统的一个娘儿们找我们。”

“娘儿们？叫什么？”

“叫什么姓什么都没说。挺年轻的，外地口音。模样么，长得也还行。”

“没问你这个。说要紧的。”

“她让我们除掉赵元初，答应给一千块钱，而且还先付给了五百大洋定金，另一半事成之后再付。我开始也犹豫，这活儿不大好干呢。可弟兄们说，杀一个汉奸，还能挣钱，好事呀！为啥不干呢？我这才找了蔡元，让他下毒。谁想到呢，这个蔡元却是个尿货，竟然下不了手。我只好绑了他的家人，逼着他动手。”

“老柴，你真是蠢蛋呢，那蔡元跟赵司令两年多了，赵司令对他一向不薄，他能对赵司令下手吗？这事儿你总应该先告诉我一声呀。”

“虞经理，反正这事也出了，你说怎么办？”

虞世通搓着两手，在屋子里走圈儿，发愁地说：“这事可怎么收场呢？老蔡死了，赵司令不依不饶，我得把你交出去呀。”

“别……别呀！”柴绍中胆子登时“缩水”了。

“唉，老柴你别怪我，我也没好办法呢。赵司令一定要见你，参与了此事的弟兄，也得一并见他呢。”

“哎呀，那赵元初还能饶得了我吗？不行……我跑路算了。”

虞世通冷笑一声：“你跑路？哼！赵司令能派人追你到天涯海角。他脾气再上来，真敢杀了你全家。”

“那我可怎么办呀……”

虞世通泄气地说：“试试吧，到时候你多说点好话，或是赵司令能放你一马。我再请梅师傅出来，一起帮你说说情，兴许能混过这一遭。”

“虞经理，这事你可得管呀。”

“老柴呀，咱们兄弟一场，我尽力而为，你……就听天由命吧！”

当天夜里，虞世通心情灰暗地引着赵元初和梅三娘，去了柴绍中藏身的宅院。

赵元初率先进屋。梅三娘和虞世通急忙跟进去了。

柴绍中和几个“兄弟社”的弟兄，忐忑不安地在屋里等着呢。

柴绍中偷偷打量了一眼满脸怒容的赵元初和梅三娘。

可怜的柴绍中，他肯定到死都不会知道，眼前这两个人，竟然是“兄弟社”最大的“首领”。

赵元初拣了张凳子坐下，冷眼看了看那几个耷拉着脑袋的“兄弟社”弟兄，讥讽地笑道：“我赵元初是汉奸，你们尽管来杀我好了。可你们真下作呀，竟然偷着绑架老蔡的家属，逼着他给我下毒，这叫什么？这叫有贼心没贼胆，呸！你们也太王八蛋了吧？你们为什么不明着干呢？”

虞世通一旁赔着笑脸：“钧座，消消气儿，慢慢说。”

赵元初“哼”了一声：“虞世通，老蔡死了，你说这事儿怎么解决？”

虞世通赶紧说：“我多给些抚恤金给蔡家大嫂，再让这几个没长眼的王八蛋多拿些钱出来……”

赵元初挥手打断了虞世通，冷笑道：“虞经理说得好轻巧呢，钱？是钱的事吗？那是一条人命！”

虞世通登时无语。

屋里一时静若坟场。

赵元初“黑”着脸看着众人：“说吧，谁带头绑架老蔡家人的？”

虞世通脸色变了，心里咚咚乱跳，忍不住咳嗽了一声。

他袖中的两只蛇头闪电般探出来，凶凶的目光盯着赵元初。

赵元初瞪了那两只蛇头一眼，冷笑一声：“虞世通，你想让你的小朋友出来吗？哼，你真长出息了呀。”他猛地站起身，大喝一声：“你放出来呀！”

赵元初的声音像寒风一般，在屋子里扫荡，登时回声隆隆。

虞世通脸色苍白，额头上立时冒出了一层细汗，他急忙摆手解释：“钧座，您别误会，千万别误会！世通不敢，世通可不敢！”他慌忙间吹了声“口哨”，两只蛇头又闪电般缩回去了。

赵元初冷冷地说："虞世通，甭废话了，把人交出来吧！"

虞世通迟疑了一下，即无力地摇摇头，朝面如土色的柴绍中招招手。

柴绍中上前"哆嗦"了一步，即"扑通"一声跪下了，战战兢兢地说道："赵司令呀，我……"

"错了！我现在不是什么赵司令了，赵某现在是大日本皇军下属的保定维持会会长。"

"呵呵，见过赵会长。"

赵元初冷笑一声："柴绍中，你这个账房先生还真行呀，长行情了？放下笔能拿刀了？你想杀我？可以呀，你可以明着来么，干吗要绑架老蔡的家人呢？老蔡死了，是被你逼死的。你还想怎样？还想找谁毒杀赵某人？说！"

柴绍中惊慌地抬起头："赵会长，我……"他用求助的目光看了看虞世通。

赵元初也看了看虞世通，硬硬的声音问一句："虞世通，此事你知道吗？"

虞世通叹了口气："钧座，此事世通的确不知情，世通若知道，必定阻拦……"

赵元初点头："行了，此事且算与你无关。"他掏出手枪，顶在了柴绍中的脑袋上，恨道："柴绍中，你要给老蔡抵命呢！"

柴绍中惊慌地喊起来："虞经理，你说过要保我的呀……"

虞世通尴尬地张了张嘴，却什么也没说出来，便背过身去了。

赵元初怒道："姓柴的，你要真是条汉子，就敢做敢当。别再喊了，有什么话，去找阎王爷说吧！"

赵元初的枪响了。

柴绍中"宽厚"的身材，就像块被立时掀翻的门板，"扑通"一声倒下了。

屋子里登时没有了声息。人们都恐慌地看着赵元初。

柴绍中死了，下一个是谁？

赵元初冷眼看了看众人，却收了枪，从兜里掏出一叠银圆，“咣”地扔在了地上，对虞世通说道：“无论如何，柴绍中想着杀我这个‘汉奸’么，也算是条汉子了。虞经理，我出钱，给他买口棺材吧。”

说罢，又转身朝那几个“失魂落魄”的汉子说道：“诸位，赵某人就在保定维持会办公，现在就是给日本人做事呢。说起来，我这个维持会会长，也真是招摇呢。诸位有铲除汉奸之心，赵某佩服！你们要杀我，就直接找赵某，不要再牵扯旁人。否则，柴绍中就是个例子。听清了吗？”

“听清了……”几个汉子发出的声音，却像蚊子叫。

“大声点儿！”赵元初怒吼。

“听清了！”几个人扯着嗓子喊道。

“告辞！”赵元初推开门，大步走了。

虞世通目光无力地看着梅三娘，长叹一声：“梅师傅，你……总应该说句话么，柴绍中终归是我的朋友呀。”

梅三娘摇头冷笑：“心得呀，你让我如何说话？老蔡……也是我的朋友呀！”说罢，即起身走了。

柏应春“事件”

民国二十八年（1939）五月，军统在日军内部潜伏的“火车”，破例向重庆发出紧急情报：一个名叫柏应春的国军军官，秘密回定县“奔丧”，因走漏了消息，中途即被日军逮捕，当即押解到保定审讯，之后叛变。

“火车”的情报，当即引发中国北方战区司令部的震动。柏应春并非普通军官，他身为重庆军令部第一厅刘斐厅长的上校参谋副官，掌握着国军各战区兵力部署情况，皆是国军核心机密。重庆直接急电军统局保定站，从速刺杀叛徒柏应春。

（唉，前边所谓情报处副处长申胜虎失踪纯属“凭空捏造”，这个作战参谋柏应春可是“确有其人”呀！这回是玩真的了，诸位赶紧着，想“辙”吧！)

“火车”很快又发来第二份情报：柏应春已答应保定日军特高课，他可以交代中国北方战区的军事部署，还可一并交代军统在保定的部分重要情报员名单。但他提出一个条件：他只向山口机关长本人提供。除却山口机关长，柏应春谁也不相信。柏应春告诉中村，保定日伪内部，多有国共两党高级情报员潜伏。他被捕的消息一旦被国共卧底得知，他的口供便一文不值。

山口一郎此时正在北平参加山田司令官召开的军事会议，两天后才能回来。换句话说，这次刺杀行动，军统保定站只有两天时间。马凯旋当即命令保定站全体特工，不惜任何代价，两天之内除掉叛徒柏应春。

柏应春的“位置”在哪儿呢？监狱？宪兵队？特高课？日军驻保定司令部？或日军某人的单身宿舍？他到底在哪儿呢——人都找不着呢，刺杀从何谈起。唉，这次的刺杀行动，简直成了一个无从下手的任务。实在糟糕透顶，又能怎么办呢？还没准备动手呢，已经变得一塌糊涂。

马凯旋硬起头皮下令：站内所有人员，及在日伪机关潜伏的所有内线，立即打探柏应春这两天的居住地点与动向，时刻准备付诸刺杀行动。很快，打入日军内部的“一亩泉”给马凯旋传出情报：柏应春现被软禁在日本宪兵队。

此情报是废话一句。宪兵队必定加强了警戒，硬要闯进这个狼窝展开刺杀行动，成功概率近乎为零。季钧沮丧地认为，有限的人力，有限的时间，匆忙行动，无疑是飞蛾扑火式的“自杀”。

山重水复之时，“一亩泉”却又传出一个让马凯旋顿感柳暗花明的情报：特高课得知柏应春非常喜欢跳舞，为投其所好，定于今天晚上在“知春鸟”舞厅①，为柏应春举办专场舞会。

马凯旋进退维谷，“知春鸟”届时必定戒备森严，这当然不会是

① 今保定莲池南大街“古城涮肉”处。

一个刺杀柏应春的好地方，但这的确是刺杀柏应春的唯一机会。

马凯旋找来季钧紧急商议。马凯旋想在柏应春去往“知春鸟”的途中，行动队冒险拦截，以狙击手击毙柏应春。

季钧摇头说：“站长，途中肯定不行，且不说柏应春一旦出来，必定有大批军警随行，戒备森严，我们无从下手。再则，柏应春受到攻击若缩了回去，再也不肯露面，我们便是前功尽弃。”

“那你的意思？”

“可在柏应春进入‘知春鸟’的时候动手。柏应春当由‘知春鸟’门前下车，进入舞厅，这中间只有半分钟时间。我们如果能找到一个合适的制高点，狙击手即可一枪击中，柏应春毙命无疑。”

“如果不行呢？则在舞会上动手？”

季钧果断地说道：“是的。如果狙击方案不行，梅可心等人即以舞女身份混进舞厅，在舞会上刺杀柏应春。”

马凯旋点头：“好。行动！”

尽管马凯旋与季钧精心策划且周密安排，却还是失算了。且说首先——也甭“首先”“其次”了，干脆直说吧：舞会上根本没见到柏应春。梅可心带着行动队刚刚进入“知春鸟”，但见李天曼带着一群日伪特务迎头冲过来，枪声登时大作，舞会顿时乱成了一锅粥。行动队队员多被当场打死，还有两个队员负伤被捕。亏了曹正汉与萧长生及时增援，梅可心才和队员岳阳侥幸脱身。

梅可心与岳阳狼狈不堪地跑回来，向马凯旋报告了。梅可心恨恨地说道：“站长，我怀疑有内鬼事先向日本人报信了。要不然日本人怎么知道我们要在舞会上动手呢？”

岳阳愤愤地说：“站长，我们等于让日本人‘包饺子’了啊！”

马凯旋看着二人：“我怀疑这就是一个假情报。”

“假情报？”梅可心与岳阳面面相觑。

马凯旋点点头：“是啊。我们的卧底‘一亩泉’，或许已经叛变，至少是情况不明。所谓为柏应春安排舞会，就是日本人给我们放出的‘诱饵’，企图一举把我们收网。”说罢，马凯旋摇头叹息：“都怪我呀，操之过急，太不慎重了。”

“这……可能吗？”梅可心不解地问道。

马凯旋苦笑：“可心呀，通过你们这次遇险，我得出一个经验，与日本特务打交道，如同下棋一般，我们必须弄清对方是怎么个计划。如果只按照我们的思路去想，只能越想越合理，每一步都感觉是妙着神算，一局定乾坤的盲目‘喜悦感’，油然而生。”

岳阳点头称道：“站长说得精辟。”

马凯旋却冷冷地笑了：“岳阳呀，你果然厉害呀！”

岳阳皱眉问道：“站长是什么意思呀？”

马凯旋厉声喊道：“来人！”

门被“咣”地推开，季钧带着几个人大步走进来。

马凯旋恨道：“绑了！”

季钧亲自上前绑了岳阳。

岳阳惊讶喊道：“站长……”

梅可心感觉脑袋登时大了，她呆呆地看着马凯旋：“站长，这是……”

马凯旋皱眉道：“可心，我刚才的话还没说完呢。干我们这一行，如果考虑不到对手的变化，考虑不到对手会出怎么样的杀着，我们便总是面临陷阱。每每想到这里，我都会惊出一身冷汗，感觉每时每刻，面前总有一只黑洞洞的枪口近距离瞄着我。比如岳阳。”说到这里，马凯旋转身看着已被五花大绑了的岳阳：“我已接到其他渠道送来的情报，岳阳即是日本人安排在我们保定站的卧底，代号‘飞龙’。”

梅可心惊讶地看着岳阳：“你是……‘飞龙’？”

季钧也疑惑了：“岳阳是‘飞龙’？”

岳阳大喊起来：“站长，我不是啊……”

马凯旋摆摆手，季钧便把连连喊冤的岳阳押了出去。

梅可心惊愕地望着岳阳的背影，一句话也说不出了，她还是不敢相信，她印象中，一直忠厚老实的岳阳，竟然会是“飞龙”？

或许就在马凯旋识破岳阳的同时，日军保定特高课也接到了山口从北平发来的紧急电报：着令保定特务机关，全力保护柏应春的安全。山口认定通过这次诱捕行动，“一亩泉”已经暴露，着令中村取消所谓放长线钓大鱼的计划，立即逮捕与“一亩泉”有联系的所有军统保定站的地下人员。

[二十世纪九十年代中期，谈歌查阅了一批已公开的敌伪档案，了解到一些有关“一亩泉”的材料：“一亩泉”即军统潜伏在光和商社的丁克木。

丁克木，育德中学毕业，在学校曾参加过徐飞扬与乔运典组织的“童子军”，毕业后，参加了戴笠举办的训练班，而且是班里的高才生，其特工能力考核，胜出班里的任何同学，时常被老师表扬。或是得意忘形，丁克木有一次喝多了酒，竟当众调戏猥亵女同学，予以除名。之后，百无聊赖的丁克木即在保定市井混迹。民国二十五年（1936）底，中村的光和商社招聘中国员工，丁克木前去报名，以优异考绩被光和商社录用。再一年，乔运典到保定秘密组织“青抗军”，丁克木以学生的身份前去攀附，乔运典即任命丁克木为“机要”。乔运典离开保定后，季钧接管特务处保定情报组的工作，丁克木即想改换门庭投靠季钧，季钧听说此人性格轻浮，则拒之门外。丁克木伤了自尊，即写信给上峰，表示痛改前非。尔后被“重新招募”，任命其为保定外围情报员，归属季钧领导。季钧即派丁克木在中村的商社秘密潜伏。丁克木即以“一亩泉”的代号做了卧底。

卧底潜伏者，必须具备坚忍不拔的精神。丁克木却是个极不坚定分子，其聪明外露，性格彰显轻佻，渐渐引起了中村的“警觉”。几天前，中村秘密逮捕了丁克木，中村原只是想试探一下，谁能想到呢，丁克木竟然是个“尿货”软蛋，中村还不及动大刑呢，丁克木当即叛变。此次中村让丁克木用“一亩泉”的名义与马凯旋联系，传递假情报，即是想利用柏应春做诱饵，力图一网打尽保定的军统地下组织。

中村根据“一亩泉”提供的线索，当即对军统和中共的三个地下联络站动手。但是中村晚了一步，这三个地下联络站，都已经事先撤走了。精明的山口没有料到，军统保定站怀疑“一亩泉”已经叛变，当即切断了与丁克木的所有联系。

保定马号，发达于清代嘉庆年间，为保定城内集市贸易所在地。几经岁月，逐渐发展成为一个集零售、餐饮、文娱、休闲于一体的大棚式商贸中心。马号地处西大街闹市，功能多样，四通八达。二十世纪“文化大革命”初始，马号在“破四旧”的浪潮中被红卫兵拆除，后被改建为保定商场和红星影剧院。]

殊料中村兴师动众，却无斩获。只在东大街的“江湖杂戏社”，抓住了一个名叫陈五两的杂耍艺人（袭击了山口的生日堂会之后，梅立春即感觉“梅氏杂戏魔术社”太过显眼，必定引起日本人的关注。即做主“梅氏杂戏魔术社”停业，更名“江湖杂戏社”，在东大街找了一处宅院另行开张，撇开了与梅三娘的关系。梅三娘回到保定后，即夸奖梅立春行事果决。）唉，此事说来也是别扭。梅可心后来回忆，马凯旋怀疑“一亩泉”叛变之后，即命令凡与“一亩泉”交接过情报的联络点一律转移。“江湖杂戏社”当然关门，陈五两几个也撤走了。陈五两走到半路，却发现落了件心爱之物。

什么物件？一只铜皮酒壶。这酒壶不大，只能装三两酒（谈歌猜想或如当今小瓶二锅头形状）。陈五两偶然从旧货市场上淘来，非常心爱。陈五两“嗜酒”，即将此壶揣在怀里，时而取出“喝口儿”，美哉优哉。刚才接到了“撤退”的命令，匆忙换了衣服转移，这只“酒壶”竟被落下了。陈五两犹豫再三，终于还是跑回去取了。结果，他刚刚拿上酒壶，即被前来搜捕的日军宪兵抓住了。

漫天撒大网，只捞到了陈五两这么条小鱼儿？心情非常沮丧的中村连夜提审了陈五两。陈五两拒不承认自己是军统或中共，也不承认是抗日分子。他讪笑道：“你们抓错人了，我就是个变戏法儿的。”

“变戏法儿的？”中村当然不相信。

“是呀！”陈五两笑道。

中村冷笑道：“你认识梅三娘？”

陈五两凭空拱手：“老人家是我师父呀。”

“为了能够证明你的身份，你露两手给我们看看？”

“小菜一碟。”

“你能变个什么呢？”

“诸位闭上眼。”

陈五两笑呵呵地亮开双手，但见他双手晃了几晃，竟然在中村等人聚精会神的注视下，摸走了中村腰里的手枪。他当即用枪顶着中村的额头，鄙视地笑了：“你看，我这两下子怎么样呢？”

中村大惊失色，一动也不敢动了。几个手下当即拔枪围上来，瞄准了陈五两。

陈五两哈哈大笑：“你们小日本儿是兔子胆儿啊？岂不知，我们变戏法儿的都讲艺德呢。”说罢，即转过枪口抵住自己的脑门儿，开枪自杀了。

中村看得目瞪口呆，醒过神来，望着陈五两的尸体，兀自摇了摇头，沮丧地对手下说：“埋了吧。这是个值得尊重的艺人！”（此事多有说法，有人讲，陈五两开枪打死了几个日本人之后，才自杀的。实际上，这是理想主义的说法。陈五两确实没有开枪杀中村。按照普通人的想法，他至少也应该拉几个垫背的，可是，陈五两没有，他就是自杀了。所以才引出中村“值得尊重”的话来。

梅天凤回忆陈五两时，深深叹息：“五两师兄是个厚道人呢，他或是不愿意偷袭中村青木吧？他自杀或是为了证明自己“光明磊落”？“梅家班”的艺人果然‘要颜面’呀！”

陈五两，可惜了！）

马凯旋后来搞清楚了。“一亩泉”传送假情报，只是山口与中村阴谋的冰山一角。山口早就认定日军内部有军统或中共的卧底。他怀疑这些“卧底”就在他们身边。他在北平打电话给中村，就是让已经叛变的“一亩泉”放出为柏应春开舞会的风声，隐藏的卧底必定向军统或中共传递这个情报。同时，还让“一亩泉”不断向在军统卧底的日军间谍“飞龙”传递假情报或过期情报，以“扰乱”军统的“视线”。其实，这个“飞龙”根本不存在，只是山口凭空编造的一个代号，其目的是让军统内部互相猜忌，引发混乱。果然，马凯旋怀疑并关押了无辜的岳阳。

山口果然狡诈！

两天的黄金时间过去，山口已登上火车，正在返回保定的途中。

军统保定站仍然束手无策，特工们感觉刺杀柏应春，成了一个根本无法完成的任务。马凯旋却没放弃刺杀行动，困兽犹斗，马凯旋准备“玉石俱焚”拼死最后一搏，就是让保定站与柏应春“同归于尽”，他也在所不惜。他命令保定全体特工组成“敢死队”，一律身缚炸药，准备冒死冲进宪兵队，找到山口和柏应春，“你死我死一起死”，杀身成仁。

就在马凯旋集结队伍之时，山口快步走出了保定火车站的检票口，匆匆坐上了中村接站的汽车。最多再有二十分钟，山口就能见到柏应春了。

十五分钟之后，山口见到了柏应春。

但是柏应春爽约了，他什么也没有告诉山口。

柏应春敢给山口一郎放鸽子？

并非如此，山口见到的是柏应春的尸体。

死人是不会开口的。

柏应春在山口到达前的十分钟，被暗杀了。

看押柏应春的四个日军宪兵，也被杀了。

这一间屋子里，没有存活者，没有目击者，只有五具尸体，都是被刺中心脏，一刀毙命。

刺客似乎不愿意让山口头疼猜谜，留下了一张署名的字条。

这张字条山口多次见过：来无影。

山口看过字条，铁青着脸慢慢地撕碎了，他撕得很认真，很专注。撕完了，他猛地转身，将纸屑摔了中村满脸，扬手打了中村两个重重的耳光之后，气冲冲夺门而去。

马凯旋第一时间收到了中共保定特工传来的情报：柏应春已被“来无影”杀死。

马凯旋当即解散了正要出发的敢死队，他长长出了一口气。神秘的“来无影”竟然出手了，替军统保定站完成了这个眼看着就不能完成的任务。

唉，重庆军令部第一厅及刘斐厅长终于可以高枕无忧了，国民党保定地下特工组织，也终于躲过了柏应春的出卖，躲过了这近乎灭顶之灾的一劫。

“来无影”是谁呢？

许敬豪之死

赵元初以皇军要博取民心的“正当”理由，反复劝说山口释放许敬豪。之前更有穆柏枫不顾阻拦，硬闯山口的办公室愤怒抗议，痛斥山口迫害一个无辜的艺人，实属丧尽天良。两下里合力，山口即感觉到，为了一个许敬豪惹恼了诸多中国人，有些不值。便命令宪兵队释放了许敬豪。

遍体鳞伤的许敬豪，仍是一副威武不能屈的表情，颤颤巍巍地走出了宪兵队。他的两个弟子郭月波和董大鹏，雇了一辆人力车，一早就在宪兵队门前等候了。五月天气，暖风习习，郭月波和董大鹏上前搀扶了师父，给许敬豪更换衣裳之后，即按照赵元初的嘱咐，将许敬豪送到了维持会。

许敬豪乘坐人力车在维持会门口停下。等候了多时的赵元初和梅三娘，快步迎上前去。赵元初拱手欠身：“许师傅多日受苦，赵某问候了。”

梅三娘上前搀扶了许敬豪下车，目光暖暖地看着许敬豪，笑呵呵地说道：“大师兄威武不屈，让我们万分敬佩。只是也让我们担心了呀。”

许敬豪拱手笑道：“多谢赵会长援手，多谢梅师妹担心了。”

梅三娘对郭月波、董大鹏笑道："两位贤侄辛苦了。"

郭月波、董大鹏急忙揖礼："师姑辛苦!"

赵元初侧身笑道："许师傅，屋里请!"

梅三娘在饭庄叫了一桌酒菜，已在屋中摆好了。梅三娘请许敬豪坐了上座，她与赵元初两侧陪坐，郭月波和董大鹏于下首坐下。赵元初亲自打开了一坛陈酒，酒香立时弥漫开来。

许敬豪凑近前嗅了嗅，竖指称赞一句："果然好酒！保定枣王?"

赵元初点头笑了："许师傅好见识！确是窖藏多年的'保定枣王'。今天一定要多喝几杯，一则，为许师傅压惊；二则么，许师傅经此大难，必有后福啊。来啊，倒酒。"

卫兵上前，依次给大家斟酒。

赵元初后来回忆说，他原想乘着酒兴，与性格固执的许敬豪再认真谈谈，仍要建议许敬豪暂时躲到城外，避免日本人再度纠缠——赵元初却万没想到后来的变故。

酒过三巡，许敬豪看着赵元初，尴尬地笑道："赵会长呀，当年的事，许某很对不住啊。你于困顿之际，许某非但没有援手，却还赶你走了，如此雪上加霜，便是小人行径了，如今想来仍然无地自容呀！再则，我那不争气的徒弟童年和……竟然……"

赵元初忙起身摆手笑道："许师傅呀，不要再提陈年旧账了，那件事也实在怪不得许师傅，的确是我那个不争气的婆娘执意烂杏出墙，鬼都挡不住呀。咱们今天旧话不提，不提！只是快乐饮酒，我再给您满上一杯。"

梅三娘边给许敬豪夹菜，边笑道："大师兄呀，就不提旧事了。月波，大鹏，敬你们师父酒呀。"

董大鹏端起酒，欠身笑道："师父呀，师姑说得对呢，不提旧事了。"

许敬豪皱眉摇头："你们呀，总要让我把话说完么。大鹏先放下酒，且听我说。"

"好，好，您继续说。"赵元初坦然笑道。

许敬豪怅然说道："赵会长，且依你，旧事不提了。只说眼下，别人骂你是汉奸，我许敬豪心里知道，你是好人，绝对不是汉奸。你跑前跑后为日本人做事，必定有你的道理。对吗？"

赵元初"哦"了一声，不置可否地笑了笑。

许敬豪摇头叹道："赵会长，可是你此番……却是做错了呀！我本来就是想死在日本宪兵队，可你偏偏救我出来了。"

众人听得愣住了。

赵元初笑道："许师傅，不必客气了呀，救你出来，是我分内之事嘛。"

梅三娘笑道："大师兄呀，你不要……"

许敬豪摆手苦笑道："你们还是没听懂我的话呢。之前呢，梅师妹曾劝我学付浩声，躲到城外去，避免日本人找麻烦。可我为什么没有躲出去呢？因为我不想躲呀！"

许敬豪此言一出，众人都怔住了。

梅三娘疑问道："师兄为什么呀？"

许敬豪看着梅三娘："师妹呀，容我再说几句，你且听听？"

"大师兄请讲。"

"咱们赵家班声名显赫，却出了方千明这样一个汉奸，已经丢人现眼了。继而从骏夫妇竟然也学着方千明的样子，唯日本人马首是瞻了。这……让我们九泉之下的赵师父……作何感想呢？"许敬豪哽咽着说到此处，即拍响了餐桌，厉声发问："赵师父何辜？"

众人默然无语。

许敬豪继续说道："我知道得罪了日本人，这次进了宪兵队，就没想活着出来。我许敬豪，就是想死在日本人的大牢里，给赵师父，给赵家班，挣上一个脸面！可是赵会长、梅师妹却大费周折，救我出来了。这……这就是天意啊，天意不成全我许敬豪呀！"

许敬豪仰天长叹，泪流满面。

"大师兄……"

"许师傅……"

“师父……”

“师父……”

许敬豪擦了擦泪水：“赵会长、梅师妹，你们且听我再说最后几句，别嫌我话多。大鹏、月波不要插嘴。”

赵元初与梅三娘面面相觑，一时不知如何作答。

许敬豪自饮了一杯酒，随即站起身，郭月波与董大鹏也急忙随之起身。

许敬豪拱手对赵元初笑道：“赵会长，梅师妹，大恩不言谢了。月波，大鹏，此生要铭记赵会长与你梅师姑的援手之恩。我适才酒喝得猛了，出言无状，讲得不周之处，还请赵会长和梅师妹包涵。我就此别过，要动身出城了。”

赵元初当即站起，他没提防许敬豪突然告辞，心里登时有了忐忑，微微皱眉说道：“许师傅不必行色匆匆么。”

梅三娘也站起身，她有些疑惑不解：“师兄呀，你再稍坐一刻么，光喝酒了，这饭还没吃呀。”

许敬豪嘿嘿一笑：“师妹呀，我是性急的人，既然你们一再劝我出城躲躲，我依了你们就是了。”

梅三娘将信将疑：“大师兄果然如此？”

“的确如此！”

“大师兄还有什么需要……”

许敬豪摆摆手笑了：“师妹呀，师兄要笑话你一句了，你果真是个操心劳碌的命呢。有月波、大鹏两个弟子跟着我，你就不必担心什么了。临别之前，师兄却还有一句话要对你说说呢。”

“大师兄请讲。”

“你为人仗义，敢做敢当，是巾帼不让须眉。我只劝你，凡师门中或人或事，你切莫一味顾及情面听之任之。我只讲从骏夫妇，这二人么，的确有诸多让人心疑之处，你要仔细品味呢。”

（你品，你细品。）

梅三娘“哦”了一声，皱眉问道：“大师兄可否直说了呢，这

‘心疑’二字，要从何讲起呢？”

许敬豪皱紧眉头，摆摆手：“我真说不大确凿，但你心中要有个‘度数’呢。”

梅三娘皱眉道：“我听说，从骏师兄要成立杂戏班子，还要在马号摆场子请客呢。”

许敬豪“哼”了一声，鄙薄地笑道：“有道是，人作孽，不可活。我想么，他们或许快到了原形毕露的时候了。”说罢，他起身向赵元初拱手说道：“赵会长，就此告辞。月波，大鹏，咱们动身吧。”

赵元初、梅三娘无奈，只好送许敬豪到了门外，肃揖作别。一直望着许敬豪师徒三人渐行渐远了，赵元初才与梅三娘回到了屋里。

梅三娘兀自冷冷地说了一句：“大师兄说的是呢，我也真该跟从师兄和陈师姐算算细账了呀。”

赵元初摆摆手：“算什么细账？这账怎么算？三娘呀，从骏夫妇终究是三个孩子的亲生父母啊，你不要过于……”

梅三娘慨然说道：“元初呀，此事你别管了。你没听出来吗？刚才大师兄的话里有话呢。我也没有告诉师兄，其实，之前我已经雇了两个‘风筝’去打探了。等我弄清楚了，会给你一个交代的。”

赵元初刚要说话，卫兵匆匆跑进来报告，有一个叫张宗民的汉子求见。

赵元初吃了一惊，如果没有紧急事情，张宗民不会冒险进城。他忙让卫兵快请张宗民进来。

但见一身农民打扮的张宗民匆匆走进来，一把扯下头上的羊肚毛巾：“钧座……梅师傅也在呀……”

赵元初皱眉道：“宗民，你慢慢说。”

梅三娘忙倒杯茶递给他：“宗民，你喝口茶再说。”

张宗民喝了口茶，报告了赵元初一个坏消息，赵元初费尽周折筹备的那批军火，在运往百丈岩的途中，遭到一队僵尸拦截，所有军火被抢劫一空。

梅三娘听得呆住：“宗民呀，这是怎么回事？僵尸？你看准了？”

张宗民苦脸说："梅师傅，我是亲自带队呀，绝不会看错。那些僵尸有十几具，在月光下，结队而行。一个个披头散发吐着赤红舌头，面目狰狞骇人，一律行走如飞，猴子一般灵巧。我可不是个胆小的人呀，当时却也麻爪儿了，脑袋都空了。我那些手下全都吓得魂儿飞了，眼直了，腿软了，有的当下就尿了裤子，手里的枪根本就放不响了，哪里还有什么战斗力，眼睁睁地看着这群僵尸赶走了车辆。"

赵元初怒喝一声："张宗民，我就不相信！你这就是说，聋子听哑巴说，瞎子大白天看见鬼了？"

张宗民摊开双手，泄气地说："钧座，您信不信的吧，也没有聋子哑巴瞎子的事儿，我可是亲眼所见，我这是头一回见到僵尸呀！"

梅三娘冷笑一声："宗民呀，你是被人蒙骗了呢。"

张宗民委屈地说："梅师傅，对天发誓，我可没有一个字的瞎话呀！"

梅三娘点点头，皱眉说道："恐怕与日本人有关呢。元初呀，你尽快调查'一丈青'那几个日本武士，看他们最近有什么反常。"

张宗民疑惑道："'一丈青'？难不成她与此事有关？"

梅三娘皱眉思忖："我也只是这样想，或许和另外的……什么人有关？"

张宗民瞪大眼睛："另外……什么人？他们是谁？"

梅三娘苦笑："你就别问了，'他们'就是'他们'吧，会有一个结果的。"

赵元初疑惑道："三娘呀，你是说……"

梅三娘摆摆手："我还没从头到尾想明白呢，你就等我的信儿吧。宗民，我先走了呀。"说罢，她匆匆出门去了。

赵元初疑惑不解地看着离开的梅三娘，怔了片刻，对张宗民说："宗民呀，军火和僵尸的事情先放下。我还有一件要紧的事正要找你呢。"

张宗民皱眉："青铜鼎？还是……"

赵元初摆手：“都不是。你还记得邱振江这个人吗？”

张宗民点点头：“不就是受了华侨山排挤，一口气忍不下，带队伍跑路了的邱振江么。他不是投降了日本人了吗？”

赵元初叹气：“唉，他去年带着两个营跑到了曲阳，自立了山头，几个月的工夫，就拉起了千余人的队伍，却被日军围困，便投降了。想来他必定也是迫于无奈呀。他跟了我多年，我大概了解他的为人，他虽然比不上你张宗民强悍，也还算有点血性呢。你丢的这批军火，我就是让他给弄的，他没说二话呀。”

张宗民点点头：“这小子还行呀！他想反正了？”

赵元初看着张宗民：“是呢。前几天他派人送信给我，说现在日本人不相信他，皇协军也排挤他，他让我给他谋划个出路，我想把唐行一派过去。”

张宗民忽地站起：“唐行一？”

赵元初笑道：“是呀，唐行一。他是个胆大心细、见机行事的性格，他肯定有办法把邱振江拉回来。”

张宗民摇摇头，挠挠头皮笑了：“钧座，嘻嘻，能不能换个人呀……”

赵元初眼睛一瞪：“张宗民，你舍不得了？小气！”

张宗民肃然立正道：“是！不能小气。一切听钧座的。”

“你先回去吧，告诉唐行一，近期就过去吧。”

“是！我让他尽快动身。”

“你也快走吧，你这张脸好多人都认得，不好在城里露面。”

“那批丢了的军火……”

“这事你别管了，我一定查出来到底是谁干的。你放心吧。”

“那我走了。钧座保重！”

张宗民走了，赵元初静下来，觉得这批军火被抢劫得过于蹊跷，便想给马凯旋打个电话，邀他晚上出来，讨论一下军火被劫的事。他刚拿起电话，卫兵跑进来报告，说适才走了的董大鹏一路哭着回来了。

赵元初一怔，心下登时惊慌了，他放下电话："快让他进来。"

董大鹏痛哭着走进来，扑通给赵元初跪下了。

赵元初一把扯起他，怒声道："先别哭了！出什么事儿了？"

董大鹏收了眼泪，告诉赵元初，许敬豪死了。

许敬豪从赵元初这儿离开，却并没有出城。许敬豪执意让董大鹏、郭月波跟他坐车去了贡院街。到了贡院街，许敬豪便在宪兵队的门前摆摊儿变开了魔术，当即招来了许多人围观。许敬豪看着人渐多了，便收了摊子，开始骂街。先是破口大骂了日本人，然后又大骂了方千明和从骏夫妇，再然后，他一头撞向了宪兵队的院墙，当场脑浆迸裂而亡。郭月波、董大鹏扑上前，抱着许敬豪的尸体大哭起来。郭月波哭完了，起身冲到宪兵队门前，扑向站岗的日军拼命，当即被日军开枪打死了……

赵元初听得呆住了，颓然坐在了椅子上，目光直直地望着董大鹏，喃喃道："许师傅呀，有道是，青山不倒，绿水长流。你这是何必呢……大鹏呀，许师傅还说了些什么？"

董大鹏泣道："师父一路上总说，他本来就是想死在日本宪兵队，给赵旺才师爷挣个脸面回来。让人们看看，赵旺才大师的传人，并非都是方千明、从骏、陈玉英这等猪狗不如的东西。师父还说，赵会长拼力从宪兵队救他出来，这叫'因危易行'，却是他不愿意的呀，赵会长叫他为难了。还有么……总之他说了许多，我也记不清了。"

赵元初仰天叹道："许师傅呀许师傅，你是个热血沸腾、宁折不弯的汉子，赵某也是个真情实义、敢作敢当的男人。我救你的性命，却不为你接受，我便是有了'讨好'的嫌疑。赵某人愚钝，不明白你的品格高远，不问青红皂白救你出来，真是糊涂至极，我对不住你许师傅呀……"

赵元初顿时哽咽，泪如雨下。

（写到此处，谈歌唏嘘不已，世间寻死的方法诸多，唯许敬豪寻死，孤独壮烈。

雄安作家赵建民先生曾对谈歌议论许敬豪，许之死，却有些不值，若仅为赵旺才师父挣回个脸面，至少要打死几个日本人。他的徒弟郭月波之死更有些莽撞，那不是上前拼命，而是送命呀。

如此说，谈歌或是应该重新结构情节，让许敬豪率其弟子郭月波奋起精神，杀掉几个日本兵或汉奸，再壮烈自杀？

可是历史不能如电视剧般任意编排。许敬豪如此死法，谈歌只有照实写来。

唉！书中诸多人物之死，各有姿态。所谓性格即命运，套用一下，死法即性格？

《保定人物志》记载：许敬豪（1878—1939），男，祖籍南京，生于北京。清末民初著名魔术师，著名收藏家。自幼师从魔术大师赵旺才，后组建“许家班”，民国初年名噪一时……）

“从骏夫妇”的秘密

《保定掌故》记载：民国二十八年（1939）六月八日上午，在“日中共荣保定杂戏会社”社长“一丈青”的大力支持下，从骏夫妇在东大街租赁了一处宅院，粉刷一新之后，热热闹闹地放了一通鞭炮，“日中共荣保定杂戏会社”的分支——“从氏杂戏班”就算挂牌开张了。

“一丈青”与方千明一早儿就赶来助兴，杂戏同道的许多人纷至沓来祝贺。

梅三娘却推托身体不适，没来。梅家三姐妹在外走学，也没来。梅三娘只托人送去一份贺礼。

挂牌开张仪式结束，从骏夫妇当即在“马号”摆了几桌酒席，招待前来捧场的“一丈青”等嘉宾。从骏热情地告诉来宾，酒宴之后，从骏安排了一场演出，为“从氏杂戏班”开张助兴。[21]

酒桌上，方千明四下观望，即对从骏夫妇笑道：“师兄师姐，梅师妹高低没来吧？我就说过么，梅师妹的确是牛气冲天呀。哼！”

从骏摆手笑道：“哈哈！方师弟呀，她不来就算了，就不要再说了。”

陈玉英问道：“方师弟听说了吗？前天晌午，许师兄在宪兵队门前自尽了。还听说，许师兄的一个徒弟在现场闹事儿，当下让日本人打死了。”

方千明喝了杯酒，重重叹道：“我当天就知道了。许师兄这个人么，榆木疙瘩，脑袋不开窍啊。你们说说，他跟日本人叫什么劲吗？他叫得过吗？唉，这师徒二人，一个呢，自寻死路，一个呢，不自量力。唉，真是的，这人要找死，鬼都拦不住啊！”

陈玉英叹了口气：“按说呢，毕竟同门师兄弟，我们也该出头露面，给许师兄料理下后事。可我们夫妇初来保定，人生地不熟，又不知底细，真不好上前呢。许师兄招惹了日本人，我们也真是怕沾包儿呢。”

方千明点点头：“师姐说得是，人之常情么，这事儿真得躲远点儿，我也没靠前，佯装不知道罢了。日本人咱别招惹，或许宪兵队正盯着抓他们师徒的同党呢。”

从骏放下筷子，皱眉问：“谁收的尸？”

方千明道：“董大鹏。”

陈玉英疑惑：“这人是谁？”

方千明咧嘴笑了：“师姐健忘啊，许师兄的一个穷徒弟么。”

陈玉英脸上闪过一丝尴尬，笑道：“我这脑子也真坏了，记不起了。”

方千明讥讽地笑道：“说起来，也真叫人上火，许师兄也真是让他那些穷徒弟们给拖累了。前年的事儿了，许师兄强买强卖，硬是卖给了梅师妹一件古董，说是咱师父留下的。先头儿他是想卖给我，我一看那就是假的么，没要，也没好言语。可梅师妹却打眼了，傻不拉叽地还真买了。我听说她花了好几千大洋呢。可这钱呢，许师兄硬给他那些穷徒弟们分光用净了。你说说，这不是犯傻是什么？得，许师兄死了，那些受过他接济的穷徒弟们哪个靠前呀？别说，也就剩下这个董大鹏，总算还有点儿良心。嘁！”

从骏叹道："唉，梅师妹这人是真傻呢。听说，那师徒二人的棺材钱，都是她自己出的。她是显得仗义了，可她就不怕日本人挑衅吗？真是傻呀！"

陈玉英撇嘴："她傻？未必呢。你们想想呀，料理许师兄的后事，我们不去归不去，她怎么也得知会咱们一声呀，好歹咱们都是同门师兄弟么。她可好，唱独角戏？好名声都让她一个人挣走了。她也真有点儿不大地道了。"

方千明摇头："梅师妹这个人呀……算了，算了！不提了呀！"

从骏看了看手表，起身道："方师弟，咱们走吧，中村先生要到了。"

但见从骏起身，众宾客也匆匆放下碗筷，去了演出现场。

演出场地设在马号外边的空场里，临时搭建了舞台。从骏夫妇的名头响亮，保定城里的杂戏艺人多来献艺捧场，有的是碍于情面友情出演，有的则是为了日后攀附从骏夫妇主动赶来奉献。演出没排先后次序，谁准备好了谁上台表演。

让从骏夫妇遗憾的是，原本答应前来捧场的中村和李天曼，因临时军务，都没能到场。"一丈青"代表中村课长向从骏夫妇致意。

从骏忙向"一丈青"欠身致谢："社长您太客气了。快请入座。"

从骏夫妇即与"一丈青"、方千明及十几个贵宾，在前排就座。"一丈青"带来的几个日军军官坐在了"一丈青"身后。舞台周围站满了观众，有些是慕名而来，有些则是日军从商会和维持会摊派来的。

从骏夫妇和方千明却都没看到，梅三娘化装成了一个卖菜的妇女，在马号里四下转悠，远远观察着兴高采烈的从骏夫妇。

演出按时开始。先是方千明的两名弟子，表演了几个魔术，便在喝彩声中退场。随之保定几个杂戏艺人上场，表演了空中飞人、踩高跷、钻火圈等。这几个退场之后，并未冷场，一个身材苗条的老妇人随之走上台，表演抖空竹，人们起初并不在意，抖空竹有什么稀奇？人们期盼着从骏夫妇最后的压轴节目，必定精彩啊。

可渐渐地，人们却被抖空竹的老妇人吸引了，这位老艺人竟把空竹抖出了百般花样，台下掌声登时热烈起来。“老妇人”莞尔一笑，却收了空竹，向台下的一个日本军曹招招手，示意这军曹上台。那个军曹不知所以，便探身问前排的“一丈青”，“一丈青”笑呵呵说了几句什么，日本军曹点点头，好像听懂了，即起身分开人群，兴致勃勃地走上台。那老妇人笑呵呵再朝台下招手，台下便有一个“乞丐”挤到了台口，递上两只枣木棍，紫红的木棍上穿着粗粗的“麻绳”。

台下看得疑惑，但见那“老妇人”笑嘻嘻接过了木棍，将麻绳缠绕在日本军曹的腰上，那军曹不知所以地愣住了，那老妇人便将绳子抖动起来，那军曹看得哈哈笑了，随着绳子上下旋转起来，绳子转的速度渐渐加快，那军曹渐渐平躺在了绳子上，却不再笑了。但看这军曹似空竹一般旋转，渐渐地离开了地面，且越来越高。

围观者几近失容。抖空竹，变成了抖活人，这可从没有见过呀。

那日本军曹真似变成了一只空竹，渐渐被抖到了几尺高，台下围观的人们看得精彩，一边鼓掌，一边哈哈大笑。“老妇人”突然发声喊，那军曹竟被抛起丈余高，又直落下来，但听一声闷响，那军曹直挺挺摔在了台下。众人拥上去查看，但见那军曹七窍流血，已经是死人了。

哎呀，抖空竹怎么抖出人命了？舞台下面登时像捅了马蜂窝，一时大乱。观众们四下里争相跑散了，几个值勤的日军和警察跑上前，赶快寻找抖空竹的“老妇人”，却已无影无踪。

在台下看热闹的梅三娘淡然一笑，转身走了。

刚才的“老妇人”，是梅立春装扮的，递绳子、木棍的乞丐，则是梅可心装扮的，许多看热闹的观众，则是“兄弟社”的人。

喜事办成了丧事。“一丈青”脸色骤变，忽地站起身，一招手，场外几个日本宪兵冲过来，不由分说，就把从骏夫妇押走了。方千明赶忙上前，惊慌地说道：“这……”

“一丈青”皱眉道：“方先生，你也不能置身事外，也要去一趟宪兵队，把今天的事情说个清楚。”

方千明苦脸摇头：“唉呀，你们竟然连我也怀疑？果然曹营之事不好办呢。好，好，我跟你们去。”

从骏夫妇和方千明被押到宪兵队的院子里，二十多个来参加开业宴会的杂戏艺人，也一块被押来了，全都靠墙蹲着。艺人们战战兢兢，暗暗叫苦。到了这个鬼地方，恐怕谁也不能全须全尾地出去了。

中村青木走进院子，凑到“一丈青”耳边，低语了几句，“一丈青”紧绷的脸孔，立时缓和下来，她欠身点头，转身出了院子。

中村看着失魂落魄的艺人们，扬扬手，请大家都站起来。中村笑嘻嘻地大致问了问情况，又拍了拍从骏夫妇和方千明的肩膀：“从师傅、陈师傅、方师傅，刚才手下莽撞，误会诸位了。三位可以带大家走了。”

艺人们出乎意料，如大赦般走到街中。有人摇头恨道：“刚才有惊无险，真是侥幸呀！这日本人都是属狗的？怎么说翻脸就翻脸呀？今天算是领教了。”

方千明则呵呵笑道：“好了好了，皇军也是为了清查暴乱分子。大家也都看到了，中村课长的态度很好么。天不早了，我做东请个酒，算给师兄师姐压压惊，诸位也都去陪陪吧？”

有人花钱请客，自然乐意奉陪。众人便跟着方千明去了望湖春饭庄。方千明摆了三桌酒席，众人嘻嘻哈哈吃到夜深，才各自散去了。

从骏夫妇喝得头晕脑涨，坐人力车回到唐家胡同住处。陈玉英摸出钥匙开门进屋，从骏掏出火柴，刚要点灯，却听到屋内有人咳嗽了一声，黑暗中低低的声音说道：“不要点灯！”

从骏吓了一跳，酒意登时去了大半：“谁？”

从骏身后的陈玉英怔了一下，迟疑地问道：“梅三娘？”

“是我。”

从骏疑惑地问：“师妹呀，你是怎么进来的？点灯怎么了？”

“我不想看见你们，我想与你们黑着灯说话。”

“为什么要黑着灯说话呀？”陈玉英不解地笑了。

从骏很不高兴地说：“师妹呀，还是点上灯吧……”

梅三娘冷冷的声音说道：“按我说的做，不要点灯！”

从骏与陈玉英迟疑了一下，不好再问，便摸索着坐下了。

从骏试探着问了一句：“三娘，为什么不点灯呢？”

梅三娘叹了口气：“因为……在黑暗里说话，我们不必躲闪彼此的目光，不必琢磨彼此的举动。你们且忍耐一下，我说完几句要紧的话，你们再点灯吧。”

“师妹有什么要紧话？”

“许师兄死了，你们知道了？”

“……知道了，让人惋惜。”

“他生前怀疑过你们。”

“怀疑我们？”

“怀疑你们的身份。”

“我们的身份？”

“你们到底是谁？”

从骏、陈玉英登时沉默了。旋即，从骏呵呵笑了起来：“师妹呀，我们还能是谁呀？”

“说实话，你们到底是谁？”梅三娘提高了声音。

“哎呀，我是从骏，她是陈玉英，你的师兄师姐呀！”

“不对！你，不是从骏，她，也不是陈玉英。”

“师妹呀……”

“说实话吧！你们到底是谁？”梅三娘怒声问道，或是因为愤怒至极，她的声音颤抖了。

“师妹呀……”

“你们点上灯吧！你们看着师父！你们敢告诉师父，梅三娘说错了吗？”

陈玉英颤颤地划根火柴，点上灯，灯亮了。

墙上挂着赵旺才的遗像，一双小眼睛似笑非笑，目光似有了些嘲讽的神采。

梅三娘站在灯光里，目光如炽如炬。梅三娘的身后，站着面无表情的梅立春和梅可心。

从骏夫妇对接了梅三娘的目光，但只是片刻工夫，从骏夫妇的目光便“软弱”下去了。

从骏低下头，长叹了一声：“唉，师妹呀，你……你都知道了？”

梅三娘长长叹了口气，伤感地说道：“其实，你们不说，我也知道你们是谁了。”

陈玉英惊异问道：“师妹呀，你……什么时候看出来的？”

梅三娘摇了摇头：“我……是你们的师妹吗？是的。但是，我们之前认识吗？你们见我第一面时，我就感觉师兄陌生了，师姐也陌生了。师姐好像不是那个师姐了，师兄好像也不是那个师兄了。”

梅立春和梅可心看着梅三娘，表情十分迷惑。

灯，虽然点亮了，真相却仍旧掩盖在黑暗之中。

从骏与陈玉英渐渐有了些哀怨的目光，弱弱地看着梅三娘。

梅三娘凄婉的声音变得干涩了：“其实，我前后看到的是两个从骏，两个陈玉英。这就是当年从骏师兄和玉英师姐宁肯坐牢，也不肯说出的秘密。我这样说对吗？”说罢，梅三娘望着墙上那张赵旺才的遗像：“师父啊，三娘说错了吗？”

陈玉英浑身一颤，眼泪便落了下来。

从骏也深深埋下头去。

梅三娘悠悠地叹了口气：“还是……让我替你们说吧。”

从骏缓缓抬起头，如呆似痴地看着梅三娘。

梅三娘的干涩声音有些颤抖了：“真如河水中的倒影，我见到的是两个从骏与两个陈玉英。却又不是河中的倒影，第一个从师兄，第一个陈师姐，即是被北洋政府捉进大牢的从师兄和陈师姐，的确是已经作古。第二个从骏师兄，第二个陈玉英师姐，即是坐在我面前的这两个人。这两个所谓的从骏师兄与陈玉英师姐，到底是谁呢？

你们自己说！”梅三娘愤怒的声音突然提高了。

梅三娘的声音如疾风骤雨，劈头盖脸砸向了从骏，砸向了陈玉英。

陈玉英把头埋得更深了。

从骏已经泣不成声。

梅三娘仰天长叹一声：“你们不愿意说，就让我替你们说吧。”

已经目瞪口呆的梅立春和梅可心，如灵魂出窍一般，木然看着梅三娘。

梅三娘看了看梅立春和梅可心，语气凄凉地说道：“立春，可心，我也是最近几天，才顿悟般解开了这个谜底。当年你们的赵旺才师爷，一共教授了五个弟子，即许敬豪、从骏、方千明、陈玉英，还有我梅三娘。赵师父教授弟子们的魔术，皆是因人施教，方法都是不同的。曾听许敬豪师兄说过，他曾因为私下打听从骏师兄的‘炮打活人’的技巧，竟被师父狠狠打了一顿，关了两天，不给吃饭。师父绝不许可弟子们私下串联手艺。不瞒你们说，我当时私下嫌弃师父狭隘，一度心生怨恨。可我后来知道了，师父的确有一番良苦用心，魔术艺人若想在江湖上吃饭，必须有自己的绝活，方能立足呀！我当时哪里知道……”

梅三娘一时哽咽，说不下去了。

从骏，陈玉英，梅立春，梅可心，都屏气凝神，看着梅三娘。

梅三娘顿了顿，继续讲下去：“我曾雇用了两个‘风筝’，专程到清河县去查访，便知道了从骏师兄是孪生兄弟，他还有一个同胞弟弟，名叫从山。我还让这两个‘风筝’到张家口去打探，陈师姐也竟是孪生姐妹，她还有一个妹妹，名叫陈玉琴。”

从骏与陈玉英面面相觑，登时愣住。

梅立春与梅可心一脸惊愕的表情，静静地听着。

梅三娘凄惨地苦笑了：“关于这件事，师父始终瞒着我们五个弟子。再说明白些，师父不是五个弟子，而是七个。他一共有七个弟子。第六个是从不露面的从山，第七个是从不露面的陈玉琴。炮打活人这个魔术，一共需要‘两个从骏’和‘两个陈玉英’，钻进炮筒那一个，便是从骏与陈玉英，总是站在场外的那一个，便是从山与陈玉琴。师父一直瞒着我们，每当演出这个节目的时候，从山与陈玉琴才会‘暗中’赶来。节目结束，从山与陈玉琴便悄然‘消失’了。”

屋里的空气似乎静止了，但听梅三娘的声音入耳入心。

梅三娘顿了顿，继续说道：“我现在猜想，宣统二年，师父主持了从骏师兄与陈玉英师姐的‘婚事’，并指定了从骏师兄为赵家班的少班主。之后，师父便冒雨进城了，他并非去与江湖上的朋友喝酒了，他必定又去主持了从山师兄和陈玉琴师姐的‘婚事’。师父半夜大醉归来。那天师父反复说的‘双喜临门’，即是指这两桩弟子的婚事。我，不仅是我，还有师兄师姐，一直认为师父这双喜临门的说法，是指从骏师兄成婚，并被指定为赵家班的继承人这两件事呢。现在想想，我们当时真是愚笨透顶了！”

窗外大夜沉沉如墨，屋内一时静若坟场，大家近乎能听到彼此的心跳。

梅三娘苍凉的声音再次停顿了一下，又继续说道：“江湖艺人，从来生计艰难。我现在理解了师父，他当年始终不让从山师兄与玉琴师姐光明正大地进入赵家班，只是为了魔术的神秘感，只是为了赵家班的生计，只是为了赵家班得以在江湖上长久存活。可是，师父心中那种不能在光天化日之下与弟子见面的痛苦，谁若能设身处地想想，也必定是锥心刺骨的疼痛，这是让人难以承受的痛苦，师父太难了呀……”

梅三娘又哽咽了。

梅三娘顿了顿，目光如炬看着墙上赵旺才的画像，语气阴晴不定地说道：“可是呢，师父去世之后，或是情感压抑的时间太长了，从山师兄与陈玉琴师姐，便想以真面目现身江湖。可是，他们有障碍。障碍就是从骏师兄与陈玉英师姐。”

陈玉英听到这里，再也忍不住，捶胸顿足地哭了起来：“师妹呀，我承认了，我就是陈玉琴呀，我求你……不要再说下去了……”

梅三娘苦声叹道：“我相信，从山师兄与玉琴师姐成婚之后，一直易容在江湖上走动。‘姜展武’与‘花蝴蝶’这两个江洋大盗，其实就是从山和陈玉琴两人的化名。你们为了自己不再被埋没，才狠心把从骏师兄和玉英师姐送进了监狱，你们……”

梅立春登时惊讶：“娘，按照当时的说法，潜入故宫的是四个人呀……”

梅三娘讥讽地冷笑：“所谓‘四个人’，其实就是两个人，也就是他们两个人，潜入故宫之后，他们在警卫面前多次变化，摘下面具即是‘从骏夫妇’，戴上面具即是‘姜展武夫妇’，在故宫警卫面前反复现身多次，就是为了让警卫与值更见到这‘四个人’，之后便可当堂‘指证’从骏夫妇在故宫盗窃。”说到这里，梅三娘用冷冷的目光看着从山夫妇：“从山师兄，玉琴师姐，我说得对么？”

“从骏”已经涕泗横流，他颤抖着身子站了起来，对梅三娘说：“三娘呀，我就是从山……你就不要再说了呢，当年，我们也是一念之差，才把哥嫂……”

梅三娘已是满脸泪水，她坚定地摇了摇头：“我要说，从山师兄，玉琴师姐，这件事情必须要说清楚，这并非你们与我梅三娘之间的事，而是对孩子们的一个交代。”

梅立春、梅可心早已听得呆住了，傻傻地看着梅三娘。

梅三娘叹道：“从山师兄，玉琴师姐，你们设局构陷从骏师兄与玉英师姐这件事，我不再评论，你们毕竟是同胞骨肉，毕竟是血浓于水，其中是非曲直，自有天地良心鉴定，不必由我梅三娘评判。”

屋里只听到从山与陈玉琴的哭泣声。

梅三娘叹道：“我起初只是怀疑，是你们害死了从骏师兄与陈玉英师姐，后来我却调查清楚了，从骏师兄与陈玉英师姐，的确是在狱中病殁了。你们之所以冒名顶替，不只是为了借尸还魂重现江湖，更是为了争夺那块‘匾额’。所以，你们收买了监狱的管事，隐瞒了从骏师兄和陈玉英师姐已病死的消息，对吗？”

从山叹道："我不再隐瞒，我们确实想要得到师父留下的那块匾额。"

梅三娘点头说："从山师兄这样说了，我还能理解。做我们这行的，从来都是把名头与传承，看得比身家性命还重。我只是不明白，师兄师姐呀，你们为什么一定要追随日本人呢？莫非这天下之大，就没有你们安身立命之处？你们或许迫于压力，只得曲意逢迎日寇，变节献演，这也就罢了。可你们为什么要假扮'僵尸'，抢劫抗日的军火呢？你们岂不是为虎作伥到了丧心病狂的地步吗？"

梅三娘的声音并不高，却如五雷轰顶，陈玉琴与从山浑身一震，登时停止了哭泣。二人面面相觑，从山的脸色瞬间变得惨白，他怔忪地问道："三娘呀……抢劫军火的事……你……也知道了？"

梅立春、梅可心惊疑不定地看着梅三娘，梅可心惊讶问道："娘呀，被抢走的军火，难道不是'僵尸'做的吗？"

窗缝中有夜风溜进来，桌上的灯火惊异地晃动起来，屋中的人影，开始在四面墙上摇曳不定。

（夜灯之火欲明欲灭，僵尸之说才能若有若无。天下所有的鬼故事，只有在扑闪不定的油灯下讲述，才能让人听得心悸提神啊。）

梅三娘看着梅立春和梅可心，长叹一声："傻孩子呀，光天化日，寒来暑往，朗朗乾坤，生老病死，这世上哪里有僵尸劫掠的事情呢。"

［所谓赶僵尸，即民间巫术的一种。旧年代乃保定西部山区的一种迷信活动。传说由上古蚩尤最先使用，为解决运送战场上死去的士兵尸体回乡埋葬，所采用的方法。

赶尸由专业赶尸匠操作。按民俗说法，赶尸匠必须有三种功夫：一、站立，即能让尸体站立起来；二、行走，即能让尸体走动起来；三、转弯，即尸体能够在行走中自行转弯。另外还有下坡、过桥、涉水等功夫。赶尸匠多是世代单传，传男不传女。理由是，男人主阳，阴阳交错，才可使尸体移动。

再说说赶僵尸的规矩与套路：一则，必须是夜晚，人烟稀少的地方最佳，白天阳气太重则不成。二则，所赶僵尸，必须是三具以上，太少则驱赶不动。谈歌查阅资料，考据这种迷信活动，多在保定西北部山区。如唐县、完县（今顺平）、曲阳、涞源、涞水、阜平、易县、满城等地。既是迷信，也是民俗——现在香港恐怖的鬼片中可以看到。

二十世纪末，谈歌曾到唐县、完县、涞源一带采风，当地的老者告诉谈歌，所谓赶僵尸，多是一些在外地经商或求学，或是一些闯荡江湖的人，死后不愿意葬在异地他乡，却也买不起棺材，便由巫师出面，给死者穿上黑衣，包括黑裤、黑袜、黑鞋、黑面罩。而后，巫师自己泼上狗血鸡血，手持桃木剑——以保定顺平县的桃木为上乘，燃烧黄符，求神作法，使死者直立起来，晓宿夜行，走路回乡。

《野史文化》记载：有些路途远的，大多要走上数月，以至僵尸走得断筋裂骨。途中若遇到人，赶尸的则喊道："客官礼让些，有体无魂魄者赶路呢。"于是，途人便匆匆躲闪让路，巫师再念动咒语，僵尸们便跑步前行。至于巫师们念的何种咒语，已经无从考据。

谈歌曾在沈从文先生的小说中，看到过这种神奇情节。沈先生写的是湖南湘西的民俗。而保定这一带的赶僵尸民俗，谈歌听到的多是民间的口头传说。

《完县县志》记载：有清一代，则出现了一种名为"引魂驱尸"的邪术，可以使三个以上的死人，从棺材里出来，替活人做工。他们的力气大得骇人，不仅可以做工，而且还可以帮助强人拦路抢劫官家财物。至于僵尸为什么会做工以至抢劫，至今也是传说，并无目击者的实例。乃是以其昏昏，使人昭昭的议论。]

梅三娘摇摇头，愤然看着从山夫妇："我已经调查清楚了，那天半夜，在满城往易县的山路上，张宗民的车队被僵尸抢劫，就是你们夫妻二人带人做下的勾当。不是么？"

从山惊恐地说："师妹呀，我们也是受他人怂恿啊！"

梅三娘恨道："你们装神弄鬼，帮助日本人抢中国人的物资，岂不是万恶不赦？”

梅立春惊讶地看着梅三娘。

梅可心仍然疑惑地问道：“娘呀，果真没有僵尸吗？”

梅三娘叹道：“孩子呀，我刚才说过了，世间何来赶僵尸的事儿？说白了，只是魔术而已，再说得明白些，就是利用了人们的幻觉。从山师兄与陈玉琴师姐，就是利用了张宗民与部下的恐怖心理，让士兵们争相躲避逃跑，他们便轻易夺去了那些军火。那些雨地里的脚印，也应是从山迷惑张宗民的道具。师兄师姐，是这样吗？”

从山为难地摇头：“师妹，我的确不能讲呀。”

陈玉琴叹气：“三娘，这都是日本人逼着我们做的呀。”

梅三娘摆手叹息：“并非日本人，而是另外有人逼你们做的呀！”

从山惊讶道：“师妹，你……都知道了？”

梅三娘提高了声音：“你们可以告诉我了吧？那些军火你们放到哪儿了？”

从山弱弱地说道：“唉，一概……存放在光和商社的仓库了。”

梅三娘“哼”了一声，转身对梅立春与梅可心说道：“你们去通知吧。至于通知谁，就不用我说了吧？”

梅立春与梅可心答应一声，转身出去了。

梅三娘叹了一口气：“师兄师姐，你们知道么？我为什么让立春和可心离开吗？”

从山点头叹道：“师妹必定还有话要问，不想让孩子们听到。”

梅三娘声音软了下来：“你们总算还明白呀。我就说穿了吧，你们并非给中村做事，中村只是个幌子，你们是给你们自己的孩子做事！”

从山和陈玉琴面面相觑。

梅三娘摇头苦叹一声：“唉！你们是被自己的孩子拖下水了，若说你们真心实意地帮助日本人，我根本就不相信。我了解过了，当年你们在北平隐身，曾多次到日本表演过魔术，当时中日并无战争，你们与日本人往来，并无不当，有了交情，也是理所当然。你们在日本期间，与喜欢魔术的土肥原贤二有了来往，你们的孩子，即被土肥原资助接到日本读书。由此，孩子认土肥原做了‘义父’，土肥原还给孩子起了个日本名字。孩子回国后，自然而然被招募到土肥原门下，顺理成章地当了日本特务。后来，这孩子被土肥原推荐给了北平的日军特务机关长松井，就是这个孩子，指使你们给日本人做事，你们也甘愿为刍狗，任其驱使。真是……可怜天下父母心呀。”

说到这里，梅三娘的泪又流了下来。

从山和陈玉琴听得浑身颤抖起来。

陈玉琴惊慌地问：“师妹呀，你是怎么知道这一切的呀？”

梅三娘挥手擦了眼泪，冷眼看了看从山夫妇，嘲讽地说道：“因为，我见过这个孩子变魔术，比如空手抓牌，其手法，就是赵家班的，精彩绝伦。这并非方千明的传授。许敬豪大师兄曾对我说，这孩子的手艺实在‘很差’。许师兄看到的却是假象。这孩子为什么要以假象示人呢？由此引起了我的怀疑。我随后调查了这个孩子的历史，便知道了大概。还要我把这孩子的名字说出来吗？”

从山夫妇满脸惭愧，深深埋下了头，一言不发。

梅三娘再次抬头看了看墙上，赵旺才的遗像似乎在微笑，梅三娘登时心中疼痛极了，她恸哭道：“师父呀，你就显显灵吧，徒弟我真不知道眼下如何是好了呀！师父呀……”哭着，便扑通一声，跪倒在赵旺才的遗像前。

从山夫妇也随着梅三娘跪下了。

屋里只是响着三人的哽咽声。

好像过了一百年，逐渐停歇了哭泣的从山夫妇抬起头，却又呆若木鸡了。梅三娘早已经不在屋中了。夫妇二人面面相觑，忙站起身，追出门去，但见沉沉的暗夜，哪里还有梅三娘的踪影。

梅三娘如此悄然走了，或是给了从山夫妇一个机会，一个让他们在师父的遗像前表白自己的机会。

夜如墨染。墨染般的黑夜，究竟遮掩了多少人间秘密呢？

接连两天了，刚刚挂牌开业的“从氏杂戏班”宅门紧锁，“一丈青”两次登门不遇，当即起疑，带人匆匆去从氏夫妇的住宅寻找。住宅却也是房门紧闭。

“一丈青”情急之下，破门而入……但见从氏夫妇已经悬梁自尽。

无论他们死得“有无所谓”，千古艰难唯一死——他们采用这种最极端的方式结束了生命，即表明他们拒绝了继续玷污赵旺才的一世清名。

呜呼哀哉！两个技术高超的杂戏艺人，从此彻底销声匿迹。

消息传出，保定的艺人们莫名惊诧，市井坊间议论纷纷，从骏夫妇为什么寻了短见呢？人们走上街头，但见方千明满脸悲痛之色，带领李天曼诸弟子，匆忙为从骏夫妇料理后事。

也算作是一片哀荣了？

奚月明的“不解之谜”

这本书的枝节太多，谈歌行文匆忙，赶紧说说奚月明与他的“巨砚”。

民国二十八年（1939）五月，经过了小一年的时间，奚月明辛苦制作的巨砚，终于雕刻完毕。

这天早上，奚月明终于刻完了最后一刀。他收了刻刀，喝了口水，靠在椅子上歇了歇气儿，便站起身，把正在院子里整理石料的李双喜和张振富喊进屋来，当着现场看守的四个日本士兵，皱眉说道：“双喜、振富呀，这近一年了，你们的活儿也做得太差了，我给你们发了工钱，你们先回家歇了吧。”

李双喜和张振富面面相觑，一时愣了。

奚月明从柜子里取出一叠银圆，悉心数过，想了想，却又放回去几块，即把银圆放到桌上，讪笑道：“每人二十块。”

每人二十块银圆就打发了这两个徒弟？张振富终于忍不住，率先嚷起来：“奚师父，我们干了小一年，就值二十块钱？师父这不是打发要饭的吗。”

李双喜掂了掂手里的二十块银圆，皱眉道：“师父呀，振富说得对呢，我们没日没夜地干了近一年，就值二十块钱？我们回去怎么跟家里说呀？”

奚月明讥讽地笑道：“你们该怎么说就怎么说么，你们出徒都几年了？手艺还是不精，怨不得别人呀。”

张振富咧嘴：“可这二十块钱，也……太少了吧？”

奚月明登时恼了：“嫌少？嫌少就别要了！”

话说到这个份儿上，师徒就反目了，奚月明与两个徒弟争吵到了街中。店里的四个日本兵也看得愣神儿了，跟着师徒三人来到街上。一时间，招来众多街人围观。奚月明的面子挂不住，怒冲冲当众宣布，李双喜、张振富被逐出师门了。李双喜和张振富却也志气，每人手里的二十块银圆，都“乒乒乓乓”摔在了当街。

二人朝着奚月明，狠狠“呸”了口唾沫，各自扬长而去了。

奚月明大骂了一句：“浑蛋啊！”随即忙着低头“捡”银圆。

围观的街人们讥笑着一哄而散，都骂奚月明真黑呀。你做了一块大砚台得挣多少钱呀？两个徒弟起早贪黑出了多少力气呀？哥儿俩每人二十块钱就打发了？奚掌柜真行，端的是财迷他娘给财迷开门——财迷到家了呀！

中村当下便知道了巨砚完工的消息，即带人匆匆去了奚月明的店里。店门敞开着，奚月明却不知去向，那块巨砚擦拭一新，立在店中。一幅八仙过海图雕刻得活灵活现。但见八仙神态，彼此观照，呼之欲出。中村惊讶的目光被牢牢地“吸附”在了上边，好一刻，中村才醒过神来，竖起大拇指，由衷赞叹了一句：“鬼斧神工！”

奇怪的是奚月明一直没有回来，更奇怪的是，看守奚月明的四名日本士兵也都不见了。中村派人四下搜寻，仍不见踪影。莫非他们跟着奚月明上街喝酒去了？中村一时心急，哎呀，且不管他们了，赶紧先把这块烫手山芋似的大砚台，送到山口机关长那里去，再出了什么事儿，就算他山口一郎的了。当天下午，这块巨砚被搬运到山口机关长的院子里。在场的日本军人看得目瞪口呆，一起高呼：

“天皇陛下万岁！”

时近傍晚，天空灰蒙，凉风阵阵，似有大雨将至。山口凝神站在巨砚旁边，轻轻抚摩，喃喃自语：“想不到呢，保定城内，竟会有如此能工巧匠。真是个人杰地灵之处呀！”

山口围着巨砚踱了几步，抬头看着围观的军官们，军官们皆是一片喜悦之色，他们都已经知道，这块巨砚是送给北平山田司令官的。而山田司令官，一定是要奉献给天皇陛下的啊。

山口突然想起什么，眉头便皱了起来，奚月明竟然没有到场。他转身问中村：“奚月明先生呢？”

中村忙笑道：“我这就去请他过来。”

中村刚要出院门，门外的卫兵匆匆走进来报告：“报告机关长，奚月明掌柜给您送来了一封信。”

山口忙道：“拿来。”

卫兵上前把信递给山口，山口打开一看，呆住了，竟是一张白纸。

白纸么，空空如也。

山口皱眉看着卫兵，问道：“为何放奚先生走了？他为皇军尽心尽力，我总要当面夸奖几句啊。”

中村问卫兵：“奚月明什么时候送信来的？”

“半个小时之前。”

山口有些恼怒了：“为什么才来报告？”

“长官刚才正在凝神观看巨砚，我们不敢打扰。”

“他留下什么话没有？”

“奚月明并无留言。”

“他向哪个方向去了？”

“他骑着一匹马，去了城南方向。”

中村皱眉道：“莫非他出城了？”

山口冷笑：“果然名士作派，功成身退呀！”他略加思索，对中村说道：“我们去追赶奚月明，不能让他走了。”

山口一行快马出了保定南关。

保定南门外，但见五里长亭，晚风吹拂杨柳，漫不经心的毛毛细雨飘飘而落。

山口举目望去，细雨之中四周景致绿肥红瘦。大道上车马疾驰、行人匆匆，哪里还有奚月明的踪影。

山口一郎勒住坐骑，摇头对中村叹道："不必追了。奚先生是不会让我们追到的呀！"

中村哑然无语。

山口凭空长叹了一声："奚先生呀，我本意是要杀你的，可惜我迟了一步，竟被你走脱了啊。"

中村怔住，不解地问道："机关长，要……杀掉奚月明？"

山口冷笑道："中村君，道理很简单，杀掉奚月明，这块巨砚便成了'举世孤品'，它的价值便会'直线攀升'呀！"

中村呆呆地看着山口，觉得一层冷意从心底倏忽掠过，这个平时表面温厚的上司，心中竟有如此恶毒的想法。

山口伸展目光，再次向前望去，神色有了些凄迷，兀自慨叹了一声："奚先生，山口自幼喜爱工艺，对中国砚台早已情有独钟。若非两国战事燃眉，山口必定不惜程门立雪，拜在先生门下学习制砚技艺。只是从此一别，你我何时再见呢？"

没有人回答山口一郎。

但见蒙蒙细雨之中，暮色苍茫而落……

看守奚月明的四名日本士兵，失踪两天之后，终于被找到了——尸体在奚月明店铺后边的白菜窖里被发现。

奚月明的菜窖很讲究，上下一律用青砖碹了，似碹窑一般（大多数人家的菜窖都是裸窖）。菜窖入口很小，却愈深愈纵，窖底宽绰，两侧掏成如房间大小，其中一个"房间"，当中摆放了一张饭桌，已经没有了生命迹象的四名日军士兵，围桌而坐，姿势像是睡着了。桌上碗筷整齐，有留下的残渣剩饭，还有一坛喝光了的枣酒，菜窖里没有打斗或挣扎的痕迹，也排除了食物中毒可能。后经日军军医分析，这四个士兵是因突然“窒息”而死。

如果这个分析成立，就留下了令人“恐怖”的疑问：

其一，这四名日军士兵如何要标新立异，一定要到菜窖里吃饭呢？换句话说，奚月明使用了什么样的方法（或说魔法）？与这四名日军士兵达成了什么样的“共识”或一致“意向”，才能使得他们自觉自愿地深入菜窖里吃饭喝酒呢？

其二，四名日军士兵果真是憋闷“窒息”而死吗？为什么没有一星半点儿死亡前挣扎的痕迹呢？他们会不会是吃了什么有毒的食物呢？为什么化验不出来呢？

除去奚月明，没有人能回答。这似乎是一个不解之谜了。

日本人此时还并不知道，这只是奚月明留给他们的第一个不解之谜。

不久，奚月明还要给他们留下第二个不解之谜。而这第二个不解之谜将更加恐怖。

山口收到巨砚第二天一早，即派了专车，由数十名宪兵将这块巨砚押运到了北平山田司令的官邸。山口哪会想到呢，这块巨砚将要“热情邀请”山田司令官走上黄泉之路。

山田见了巨砚，顿时喜出望外。他兴高采烈地当众表示，要将这块大砚台尽快运回东京，奉献给天皇陛下。第二天上午，山田按捺不住喜悦之情，如此宝贝，若无人欣赏，岂不是明珠暗投？山田当即电话邀请了北平一些日伪首脑来他的官邸吃中午饭，同时参观这块神奇的巨砚。

这块巨砚摆在了山田官邸的院子里，来宾们看后，个个称奇，赞不绝口，誉之为夺天地之造化，鬼斧神工。

观赏完了，众人落座喝酒，频频举杯向山田祝贺。

山田乘着酒意，要在这块砚台上“试墨”，手下立刻邻着巨砚，摆放了画案，铺好了宣纸，两个日本兵取来一枚书本大小的墨块，山田手持墨块，四下展示，得意地向众人夸耀，此乃中国宋代徽墨。经考据，应是宋徽宗藏墨。这块墨是王揖唐先生奉献给他的。

众目睽睽之下，士兵往砚台上汩汩注了清水，山田亲自执墨块在巨砚上研了起来。但见随着清水渐渐变黑，阵阵墨香便四下弥漫开来，人们迭声称赞，果然是好墨呀。谁能想到呢，山田研墨正在兴趣盎然之时，巨砚竟剧烈“爆炸”了。

据北平的《顺天晚报》翌日披露，这块重达两千余斤的砚台，竟然炸成了无数的碎块，山田当场死了，站在山田身旁为之铺纸呈笔的两名日军军官，也同时死了。在场的二十几个日本军人被炸伤，重伤者七人，后送医院不治而亡一人。当天来参加午宴的，还有天津市高凌霨市长的秘书常凤柱，他的一条腿被炸飞的碎石穿透，由此截肢，落下了终身残疾——事隔多年，常凤柱回忆此场景，仍是惊魂未定，他说那块巨砚就像被闪电击破一般，巨大的气浪四下散开，官邸所有的玻璃都被震碎，院里的几棵大树，均有树枝断落。

《顺天晚报》报道：昨天中午时分，大日本皇军驻北平警备区司令官山田一夫将军的官邸，发生一起爆炸事件，一块重量达两千余斤的砚台，突然莫名爆炸，大日本皇军驻北平司令官山田一夫将军，当场身亡，麻绳太郎大佐与小林中佐同时殒命。当场受伤的共计二十六人，其中重伤者七人，送医院治疗期间，中野重文少佐不治身亡。据北平日军特高课调查结果，这块巨砚的爆炸能量，至少为三百公斤黑色炸药。其爆炸原因尚在调查之中，但已经排除军事袭击的可能。经北平日军特务机关初步确认，此巨砚为直隶保定易州人奚某制作。

山田的暴毙，震惊了日军高层。岗村宁次惊愕之下，亲自过问此事，严令日军北平特高课尽快调查爆炸事件真相。日军北平特高课首先将山田官邸的勤杂人员锁定为重点怀疑对象。于是，山田的司机、两名厨师、两名勤务兵、三个用人均被逮捕。经特高课秘密审讯，一个勤务兵与司机“供认不讳”，此次爆炸事件，均由他们策划并实施。

北平特高课呈给岗村宁次的最终调查报告为：巨砚本身并无“疑点”，因曾在山田将军官邸存放一天一夜，其间，被北平抗日分子得知消息，重金买通了山田将军的司机和一名勤务兵，二人合谋，暗中在巨砚下边置放了烈性炸药，制造了这起爆炸袭击事件。这二人供认后即被秘密枪决。这个最终调查结果，使邀功心切的山口“置身事外”，侥幸逃过了军法制裁。

山口心如明镜，那二人的确是屈打成招，代人受过。北平特高课如此嫁祸于人，只是为了保护山田家族情面。这个由奚月明精心设计的爆炸事件，成为山口一郎心中永远的“惊恐”。这场莫名其妙的爆炸，也给后人留下了无数想象的空间。

这即是奚月明先生留给日本人的第二个“不解之谜”。

(2010 年春天，谈歌写作此书之前，为考证奚月明的传说，采访了河北易水砚总公司的工艺美术大师邹洪利先生。

邹先生听谈歌说罢，即皱眉摇头，说易县从未有过奚月明这个人。谈歌登时十分扫兴，竟问不出个所以然呢。

邹洪利分析说，这个奚月明先生，很有可能是从安徽过来的。安徽也是砚台之乡，主要是奚家制作砚台。而有据可查的是，奚家的祖上是易水，唐代时从易水搬迁去了安徽。邹洪利先生还告诉了谈歌一些关于砚台制作上的技术问题，比如，一块重达两千多斤的巨砚，如果只是一个匠人雕刻，无论如何也要用一年以上的时间，而奚月明先生只用了不到一年的时间，就雕刻完成，其中难度超出想象。所以，邹洪利先生以其多年的制砚经验分析，奚月明先生一定有人帮忙。这就印证了传说中奚月明先生曾有两个徒弟帮工的传说。

至于砚台为什么会爆炸，邹洪利先生解释说，制作砚台的大师，各自都有窍门。如果说一块重达两千余斤的砚台，藏匿三四百余斤炸药，应该是可能的。这几百斤的炸药，威力可想而知，能炸死许多日本人，也就不足为奇了。可是如何引爆炸药，邹洪利先生却没有答案。

前年初，谈歌去逛保定旧货市场，遇到了一个搞石刻的老艺人，此艺人名叫应如愿，河北曲阳人。谈歌上前搭讪了几句，熟悉之后便攀谈起来，应师傅这年七十四岁，已经从事石刻六十余年。

提到了当年奚月明制作的砚台爆炸一事，应师傅竟也知道。

应师傅告诉谈歌，奚月明这方砚台，或是掺进了磷粉，若在地表空气温度达到三十度的阳光下，或在较强烈的灯光下研墨，砚台下的磷粉就会活跃，因为摩擦用力，势必激活藏匿在砚台中的硝粉，此时，炸药中的木炭与硫黄成分就会相对活跃起来，磷粉便可能激活炸药。抗日战争年代，做石雷的匠人，也用过这种方法。再远点儿说，古代制作火器，也使用这种方法。奚月明先生是否也是用的这种方法呢?

应如愿师傅讲得头头是道，却也只是凭空猜测，并无实践证明。

此事或是永无真相了。)

有人分析说，这砚台应该是奚月明奉献给日本天皇的“礼物”，如果山田真把这块巨砚运送到东京，那么，倒在血泊之中的，必定是日本天皇了。可是山田竟然酒后试墨，由此说，山田应该是为了保卫天皇陛下而稀里糊涂地献身了。

奚月明先生果然设计了一个巨大的刺杀计划，这个计划是针对日本天皇的。可惜九分人算一分天算，如此完美的计划，竟然意外阻断在山田这里。可叹呢，江流石不转，空留八阵图。奚先生的夙愿与遗憾，怕是无人知道了。

奚月明从此下落不明。

他或似一阵风，人们只听到风声过耳，却不知风归何处。

一阵风，或就是一段人生吧。

酱肉铺“暴露”

民国二十八年（1939），伪河北省行政公署由天津迁至保定后。伪省长池宗墨为了制造渲染和平气象，定于本年度，于省会保定举办一次“东亚共荣冬季运动会”。池宗墨并专为此事做了广播讲话。

[《百度百科人物》：池宗墨（1890—1945），温州平阳水头（今属苍南县）人。曾留学日本，毕业于东京高等师范学校。曾任伪

“冀东防共自治政府”委员兼秘书长，伪河北政府省长。民国三十四年（1945）冬，池宗墨以“串通敌国，图谋反抗本国”罪，被处以极刑。

池氏善书法，著有《农林须知》一书留世。非常搞笑的是，江河不废万古流，此贼身灭名未灭——池宗墨的书法作品却流传至今，被时下的书画市场高价热炒，深为收藏家“宝重”。]

国共两党的保定地下组织，都认定这是刺杀日伪高官的绝好时机。可是，正当双方组织筹备刺杀行动时，国共两党的地下组织却起了冲突①，冲突源于日军保定特高课策划的阴谋而发端。这场冲突，情节颇为复杂周折，若细细写来，篇幅太过冗长，谈歌说说梗概。

之前，日军保定特高课秘密派出代号“白玫瑰”的特务，潜入军统保定站卧底，任外围交通员，归属季钧领导。“白玫瑰”随之假意被中共地下党出卖，遭日伪“追杀”致死。马凯旋即命令季钧调查此事，季钧一怒之下，不问青红皂白，当即给予报复，即在街头打死了中共保定情报员许复生。中共保定地下党的领导杨昆平震怒，当即派人给马凯旋传话，要求军统保定站对此突发事件给予合理解释。

马凯旋严厉批评季钧莽撞行事，要亲自调查此事。马凯旋还不曾展开调查，日军特高课即派出了另一个代号“车夫”的特高课特务，冒充中共情报员，破坏了军统保定站的一个联络点，打死了三名军统行动队员。“车夫”后被季钧手下抓获，经审讯，“车夫”对自己中共保定地下情报员的身份供认不讳。马凯旋却觉得此事过于蹊跷，值逢马凯旋接到命令，去北平参加紧急会议，临行前叮嘱季钧：“立即调查清楚，不可采取鲁莽行动。”

马凯旋走后，季钧再次审讯“车夫”，车夫仍然一口咬定，他就

---

① 《保定文史资料选辑·第九辑》记载：1939年秋冬之交，军统与中共保定地下情报组织，一度发生了激烈冲突。

是中共保定地下情报员，季钧动了重刑，“车夫”致死也没改口（兵法曰“死间”，如是也）。季钧当即怒不可遏，对部下说：“中共既然做了初一，我们必须做十五！”

季钧立刻决定武力铲除中共保定地下情报组织。短短几天时间，几个中共保定情报员相继遇害。以上即是此次冲突的概况。

双方顿时剑拔弩张。

杨昆平认定，此事十分可疑，应另有缘由。他派人通知马凯旋，紧急要求见面详谈。

马凯旋刚从北平开会回来，得知情况，顿足道：“季钧误事！”

《保定往事》记载：那天早上，杨昆平扮作求医的患者，去了马凯旋的天马诊所与马凯旋碰头儿。杨昆平与马凯旋对上了既定的接头暗语，马凯旋给李峰使个眼色，李峰便出去挂了“停诊”的牌子。

马凯旋淡然一笑：“杨先生，有什么话尽管讲吧。”

杨昆平愤愤地说：“马站长，到昨天上午，我们又有三个同志，倒在了你们军统的枪口下。你们这是一而再再而三地在用自己同胞的鲜血，为日本人涂抹天空。”

马凯旋皱眉：“你们的人也枪杀了我们的人。”

杨昆平怒道：“我们从没有杀过你们的人。杀你们的人，就是杀害自己的同志。我们不会干这种令亲者痛仇者快的蠢事！”

“我们有人证。”

“那算人证吗？日伪再简单不过的反间计罢了，马站长也看不破吗？”

马凯旋含糊道：“……这其中或许有误会。”

“误会？这可是抗日志士的性命与鲜血。就被你们‘误会’掉了？”杨昆平怒道。

“我会……彻查此事的。”马凯旋感觉有些气短。

“你们必须立即停止这种敌对态度的凶杀。”

马凯旋稍稍镇静了些，诚恳地说道：“杨先生，不必隐讳，我们曾经是敌人，但是眼下日寇入侵，我们要赓续旧好，一致对外，国共两党早已经制定了统一战线，我们应该是共同抗日的战友。”

杨昆平激动地说：“马站长，先不要说是不是战友，首先，我们更是抗日的同胞，日本人已经在我们的家里了，我们理应同仇敌忾，为什么还要自相残杀？关于这起事件，我一定会向重庆讨个说法。”

“我同意杨先生的意见，听凭重庆怎么讲吧。如果是我的手下做了什么对不住贵党的事情，马某当严惩不贷。请您相信，我的态度是坦诚的。我将严肃纪律，保证此类事件不再发生。”

“我很欣赏马站长的态度。我的态度也是坦诚的。为抗日大计，我还是那句话，马站长要立即制止目前的冲突。”

“一定。”

“一言为定。”

“杨先生保重。”

“马站长保重。”

杨昆平从天马诊所出来，一阵清风正从街中徐徐吹过，他感觉到了些许清爽，心里也稍稍平静了些。几年的接触中，杨昆平感觉马凯旋的人品还算是周正，讲信用。如果他亲自处理这件事，必能制止近乎疯狂的季钧。出现在国共地下组织之间的冲突，便会告一段落。

唉，国难当头，都向前看吧。杨昆平如是想。

杨昆平叫了一辆人力车，向南大街匆匆去了。下午三点，他要参加一个紧急会议，商讨对日伪的下一步行动。会议地点是南大街“龚记酱肉铺”。他已经有几个月没见到龚萍和杨昌贵了，他也很想念杨晓冬这孩子呢。

杨昆平在路边给杨晓冬买了两串糖葫芦，他能想象出杨晓冬见到糖葫芦时那欢喜的表情。（“龚记酱肉铺”所有收入，都是中共保定地下组织的“活动经费”，杨昌贵和龚萍克己奉公“抠门儿”得很，从不给孩子买零食。）

杨昆平走到半路，却被匆匆迎头赶来的甄广宁伸手拦下了。（此时甄广宁是杨昆平的交通员，公开身份仍然是“糊纸”的艺人。)

杨昆平看甄广宁满脸焦急的神色，知道有事，急忙下车，掏钱打发人力车走了。

满头大汗的甄广宁告诉杨昆平，“龚记酱肉铺”暴露了，杨昌贵和龚萍大姐都被特高课盯上了，现在李天曼亲自带着特务们已在“龚记酱肉铺”四周埋伏好。

杨昆平惊得怔住：“消息可靠?”

甄广宁点头：“绝对可靠!”

甄广宁说，消息是梅立春冒险找他通知的。按照组织规定，梅立春是“绝对不能”直接与甄广宁联系的，可是事发紧急，梅立春便冒险找到了甄广宁，向他传达紧急通知：此次会议取消。并要他立刻联系并通知杨昆平。

杨昆平焦急道：“那龚萍她……”

甄广宁突然说道：“您看呀……”

杨昆平翘首去看，“龚记酱肉铺”竟然起火了，但见火光一时冲天，滚滚的浓烟心事重重地向天空奔涌。不用说了，这肯定是杨昌贵与龚萍情急之下，给大家发出的危险信号，埋伏在四下里的特务们登时冲了进去，一会儿的工夫，便把杨昌贵、龚萍和他们的儿子杨晓冬带了出来。

杨昆平远远看到，李天曼和葛云梁走了过去，似乎杨昌贵、龚萍与李天曼对着争吵了几句什么，杨昌贵和龚萍便同时扑向了李天曼，杨晓冬也扑了上去。李天曼来不及提防，被扑倒在地，四个人扭作一团。周围的特务们便拥了上去，浑身凌乱的李天曼被特务们扶起来，而杨昌贵和龚萍还有杨晓冬则倒在了血泊里。

杨昆平看得目瞪口呆，手一松，两串糖葫芦便掉在了地上。他心中登时有了一阵锥心的疼痛，这疼痛潮水一般弥漫了他的全身，他痛苦地闭上了眼睛，泪水不住地流了下来，他用低低的声音骂了一句什么，便昏倒了。

甄广宁急忙拦下了一辆人力车，把杨昆平抱上去坐下，转向去了医院。

杨昆平在半路上醒过来："小甄，我们去哪儿？"

甄广宁跟着人力车跑，他惶惶地说："杨先生呀，你刚刚吓死我了呢，我送你去医院看看医生吧。"

杨昆平脸色苍白，无力地摆了摆手："快停下！小甄，我没事了，刚才可能是一时犯病了。歇一下就好了。停下，快停下！"

甄广宁只好让人力车停下了。皱眉道："杨先生，我们……"

"小甄呀，咱们柜上'账目'搞乱了呢（暗语：内部出了问题），我得让伙计们'收收账'去呢（暗语：让同志们严查）。你先去忙吧。"

"杨先生，我怀疑有外人（暗语：日本奸细）捣乱呢，要不就是少东家（暗语：军统）那边出什么事儿了？"

"我知道了，你快去忙店里的事情吧（暗语：组织的事），我先去了呀。"杨昆平让人力车转了个方向，匆匆走了。

甄广宁看着杨昆平远远去了，刚才杨昌贵一家三口惨死的景象又浮现在他的眼前，经过血与火、生与死考验的杨昆平，一定不止一次见到过自己的战友倒在眼前，这一次怎么会受了这么大的"刺激"呢？（唉，事后甄广宁才知道：杨昌贵竟然是杨昆平的亲哥哥，龚萍是杨昆平的亲嫂子，杨晓冬是杨昆平的亲侄子。夫妻二人是杨昆平的交通员。甄广宁后来感慨万端：一个血性男人，眼睁睁看到自己的哥嫂和侄子，就在自己的眼前被敌人凶残杀害，自己却还要做到不动声色，这是一件多么难以接受的事情呀。）

吕小莲之死

曹正汉被葛云梁死死地"盯"上了。

曹正汉多年后回忆说，他当年与葛云梁斗法，或如多年后那个家喻户晓的《猫和老鼠》动画片，猫鼠互动。曹正汉这只"猫"正盯着葛云梁这只狡猾的老鼠呢，葛云梁这只狡猾的"老鼠"却别出心裁，给曹正汉这只"愤怒的猫"下了个圈套。

国共两党的保定地下组织紧张冲突之时，山口便给中村的特高课下达一道指令：国共两党地下情报组织正在内讧，我们要趁火打劫，对其展开逐一击破的策略。根据山口的指令，中村对保定国共两党地下情报组织，制订了一系列行动计划。其中一个计划，即要求李天曼最大限度地利用葛云梁的剩余价值，继续拉拢、诱降军统保定站相关人员，达到瓦解继而消灭军统保定站的目的。

李天曼即与葛云梁商议，葛云梁认为，曹正汉有被争取过来的可能，即决定在曹正汉身上打开“缺口”。

葛云梁决定再利用一次吕小莲。

葛云梁找到吕小莲，嘻嘻笑道：“我说小莲妹子，你还是要找找曹兄弟呀，把他劝说到日本人这边来么。这样，他也不用天天东躲西藏了，你们也可以相亲相爱团聚了，我们兄弟也能天天在一起了。”

“葛大哥呀，我跟姓曹的早没有了联系，我无依无靠，现在也就听你的了。你要让我找他，我就去找他么。”

“妹子真是个爽快人!”

“葛大哥，你说这世上有白用人的事吗?”

“妹子呀，爽快人说爽快话，你开个价钱。”

“真的?”

“看你说的，我能骗你?只要你把曹兄弟邀出来，我就给你一大笔钱，你爱怎么花就怎么花，也别再做这皮肉生意了。”

“葛大哥能出多少呢?”

“两千现洋，行吗?”

“呵呵，葛大哥你可真行，张嘴就来了，你也不怕风大闪了舌头呀，现洋两千?你掏得出来吗?”

“小莲妹子，你不信我?你葛大哥可是个吐唾沫砸坑的人呀！我先给你五百现洋，算‘定钱’。这总行了吧?”

“好吧，葛大哥只要肯掏钱，我就信你一回。不过呢，曹正汉在哪儿，我也不知道，我得让‘小跑儿’们替我四处打听打听。咱们得说在前边，你可不能派人盯我的梢，不然，吓跑了曹正汉，我可不管呀！”

“放心，我不让人跟着你。我这就给你定钱！这总信我了吧。哈哈！”

在葛云梁眼里，吕小莲性格简单，就是一个见钱眼开的风尘女子。葛云梁之所以对吕小莲一直彬彬有礼，因为他知道吕小莲是曹正汉心爱的女人。如果过于为难吕小莲，曹正汉必定要对他疯狂报复。葛云梁自忖已讨得了吕小莲的欢心，吕小莲拿了他的钱，就一定会替他找到曹正汉。

女人么，能不爱钱？

葛云梁却没想到，吕小莲与曹正汉却是一对情投意合的恋人。自古以来，这种“柔情似水”的爱情关系，若遇到什么阻碍，立时会变得“铜墙铁壁”般坚硬，任是什么诱人利益，或成堆的银圆、成捆的金条，也休想打开一丝缝隙。说来感慨，葛云梁的人生词典里，或许只有“婊子无义”这样的词条，他并不知道，世间还有苏三、杜十娘这般“如钢似铁”的风尘女子。吕小莲就是这样。

吕小莲满脸愁容地告诉了曹正汉：“看样子，葛云梁捉不到你是不死心呀。正汉，你还是先躲躲吧。”

曹正汉呵呵笑了：“小莲呀，那我就与他见面么。”

吕小莲怔了：“正汉呀，你疯了？葛云梁见你，必定设了陷阱呀！”

“我也给葛云梁准备了一个陷阱呢。”

“正汉，你想怎么干？”

“我想就坡骑驴，除掉葛云梁这个汉奸。”

“那……你想和他在哪儿见面？”

“容我想想……”

吕小莲笑了：“你也不用想了，我给你找个地方吧。”

曹正汉也笑了：“哪儿？”

“北河沿的‘沿河小酒馆’。”

“我知道那儿，你为什么要选那儿呢？”

“一呢，那儿紧傍着护城河，路通东西南北，你们肯定要多去人呀，如果见势头不对，你们也好撤退；二呢，这酒馆是我表姐夫开的，事先我可以让他们暂时躲避，免得你们打起来，伤了无辜呀。”

曹正汉点头称赞：“小莲，你想得周到呢。”

“正汉呀，可是你们……行吗？葛云梁贼精，不好对付呀！”

“放心吧，小莲。”

“真没事儿？”

“没事！”

“真没事儿？”

“哎呀，真没事儿呀！”

“正汉，你总得小心点儿！”说罢，吕小莲忧虑地走了。（《保定往事》记载：“沿河小酒馆”是吕小莲的表姐夫开的，表姐夫名叫罗满长，这个酒馆生意一直不好，罗掌柜干脆歇业了。也是后来才知道，吕小莲安排曹正汉与葛云梁在此见面，她确是动了心思的。）

第二天晚上，吕小莲便带着葛云梁去“沿河小酒馆”见曹正汉。

葛云梁进了门，四下打量，酒馆里并无生意，不见掌柜也不见伙计，几张餐桌冷落着，只有曹正汉坐在凳子上，表情悠闲地喝茶呢。

葛云梁稍稍欠身，讪讪笑了一声：“曹兄弟，好久没见了呀。”

曹正汉放下茶碗，打量了葛云梁一眼，讥讽地说道：“老葛呀，总是衣帽光鲜，精神抖擞，看样子混得真不错嘛。”

“兄弟见笑了。哥哥我就是在日本人手下混口饭吃。”

“小莲说你急着找我，什么意思呀？”

“明白人不说假话，兄弟你还是跟着哥哥干吧。”

曹正汉呵呵冷笑：“葛云梁，你想得容易呀，你以为是人都想给日本鬼子当狗吗？你今天来了，却走不了呢。来人。”

曹正汉话音未落，里间屋的门帘儿一挑，便走出来梅可心等十几个人。梅可心冷笑了一声，上前用枪逼住了葛云梁。又沉下脸说道："老葛呀，多日不见了呢。"

曹正汉讥讽地笑道："葛云梁，你还有何话说？"

葛云梁却哈哈笑了："哎呀，就你们几个还想算计葛某人？"

"你还走得脱吗？"曹正汉"哼"了一声。

梅可心屏气凝神听了听，即对曹正汉皱眉说道："老曹，葛云梁这王八蛋真带人来了，有七八十个还多，我听得不会差，门外正在包围咱们呢。"

葛云梁哈哈笑了，拿起曹正汉的茶碗，呷了一口："我早年听说书先生说过一个词，叫什么'螳螂捕蝉，黄雀在后'。可心姑娘耳聪得很，必是听得真切。曹兄弟若不信，可出门看看么。"

曹正汉一怔，他起身出门，四下看去，但见月光下面，黑压压的一片便衣特务持枪围了过来。曹正汉心里一紧，没想到葛云梁会带了这么多人过来。他与梅可心事先猜测，葛云梁至多也就是带了十几个特务，把他们擒下，应该是小菜一碟。

曹正汉转身回到屋里，盯着葛云梁。

葛云梁又呷了口茶，他抬手看了看表，用满不在乎的口气"哼"了一声："诸位可看清楚了？曹兄弟，可心姑娘，葛某给你们几分钟，你们再好好想想，这门外可是埋伏了百十号弟兄，任你曹兄弟力大无穷，任你可心姑娘身手高超，你们就是变成孙悟空，也逃不脱这百十号人的枪口呀。"

葛云梁说罢，把茶碗用力蹾在桌上，又轻轻拨开了梅可心的枪口，呵呵笑着："曹兄弟，这茶么，还真有点滋味呢。"便拂袖出门去了。

梅可心一时也怔住了。不是说好了守株待兔吗？这到底谁成了兔子呀？她脑袋蒙蒙地看了看曹正汉。

曹正汉回过神来，看了一眼吕小莲："小莲，这是怎么回事？"

吕小莲皱眉："正汉呀，我确是不知道呢，姓葛的怎么带这么多人来呢。"

曹正汉疑惑："小莲呀，你不会是与葛云梁一起来算计我吧？"

梅可心怒道：“吕小莲，你真是个婊子呀，无情无义。”

吕小莲坦然笑了：“可心呀，我可是你嫂子呀。”

梅可心撇撇嘴，冷笑道：“曹大哥认你，你是嫂子；曹大哥不认你，你就是婊子！”

吕小莲颓然坐下，摇头长叹一声：“可心姑娘，你们真是误会我了，我没想到事情会搞成这个样子。只能说葛云梁这个王八蛋太精了呀！”

梅可心怒道：“你还狡辩？你就是跟姓葛的串通一气了，我立马毙了你，信不信？”说着话，枪口抵住了吕小莲的头。

曹正汉急忙拦下梅可心：“算了算了，现在说什么都没用了。”他看了看手下的十几个队员，慨然说道：“兄弟们，既然咱们中了葛云梁的圈套，咱们就跟他血拼一回吧。打仗么，从来就没有杀不出去的道理，也从来就没有被活捉的道理。每人给自己留下一颗子弹，咱们现在就冲出去，我在前边！”

梅可心眼睛一瞪：“曹正汉，你说的这是什么屁话，凭什么你冲在前边？真要冲，我也要在前边！”

曹正汉摆摆手：“可心，你别跟我争了，我说的就是命令，我在前边，你在后边。”

梅可心眉头一扬：“不行，我在前边！”

吕小莲忙说：“可心姑娘，你们不用冲出去呀。”

梅可心瞪了吕小莲一眼：“不冲出去，让他们抓俘虏？你闭上嘴！”

吕小莲无奈地苦笑道：“可心姑娘，我真是左右都说不清楚了。我还是要说一句，姓葛的虽然鬼诈，我也留了心思。我让正汉来这儿与葛云梁见面，自有我的道理。葛云梁做梦也想不出，这饭馆里有一条暗道。”

暗道？曹正汉与梅可心面面相觑。

吕小莲站起身，用力推开了柜台，一个洞口露出来。吕小莲说：“正汉，你们沿着这条暗道出去，便是东大街拐角处一口枯井，你们快走吧！”

曹正汉和梅可心怔怔地看着吕小莲。

梅可心有些不好意思地笑了：“吕小莲，没看出来，你还真行呀！我刚才冒失了，下来给你赔礼呀。”

吕小莲看了看门外：“你们快走吧，再晚了，就真让葛云梁包饺子了。”

曹正汉担心道：“小莲呀，那你怎么办？”

吕小莲冷笑了一声：“他葛云梁能拿我这个婊子怎么办？你们快走吧！”

曹正汉和梅可心重重地看了吕小莲一眼，便带着队员们逐一进了暗道。

葛云梁得意的声音在门外响起：“曹兄弟呀，想好了吗？我手下的弟兄们都等不及了。一旦他们冲进去，你们就被打成筛子了。”

吕小莲把柜台推了回去，稳了稳心神，款款走到了酒馆门口，优雅地朝着远处的葛云梁招了招手，嘻嘻笑道：“葛大哥，曹正汉答应投降了。你进来吧。”

葛云梁、李天曼相视一笑，李天曼会意点头，便指挥特务们包抄过去。

吕小莲水蛇般柔软的身子倚在了店门口，朝特务微微笑着，特务们一时有些懵懂。月光之下，但见吕小莲傲人的胸脯，峰峦起伏，风姿绰约，高雅脱俗，似下凡的嫦娥，俏丽无比。吕小莲再次朝远处的葛云梁款款招手：“葛大哥，快进来呀！”

吕小莲嫩嫩的葱白一般的手臂，在月光下轻轻摆动，真是勾魂摄魄，冲在前面的十几个特务登时心旌摇荡。但看吕小莲风吹杨柳般轻盈地转身，婀娜多姿地进了酒馆。心猿意马的特务们，脚步轻快地追了进去。

跟在后边的葛云梁当即放心了，即要随着进去，他身后的李天曼却看出了什么，急忙大喊一声：“老葛，小心些！”

李天曼话音未落，酒馆里竟突然发生了爆炸。

葛云梁事后回忆，但见火光一闪，他的双耳当即被震得失聪，感觉自己就像一只棉花包，被轻飘飘地扔出了十几步远。待他瞬间再睁开眼睛时，“沿河小酒馆”已经是火光冲天了。

吕小莲与十几个特务同归于尽。

待硝烟散尽，李天曼才心有余悸地走进已成废墟的酒馆，望着遍地死尸，她的心中一阵沮丧。她转过身，看到浑身是土，一脸不知所措的葛云梁。李天曼恼羞成怒地问道：“老葛，这就是你信任的吕小莲吗？”

葛云梁苦着脸，看看一脸怒容的李天曼，便佯装拍打着身上的土，什么话也说不出了。

听到剧烈的爆炸声时，曹正汉与梅可心带着十几个队员，刚从东大街的一个枯井中爬了出来。众人转身去看，“沿河小酒馆”的方向已火光冲天。

多年后曹正汉回忆说，他一直没弄明白，吕小莲究竟在什么时候，神不知鬼不觉地在酒馆里准备了那么多炸药。

（这件事的确是一个谜，吕小莲如何事先在“沿河小酒馆”匿藏了这么多炸药，至今无人能够回答。《保定传说》一书也有说法，该书记载，吕小莲拉响了藏在酒馆中的成束手榴弹，与日本特务同归于尽。这个说法听来十分豪气，细想却也牵强。

酒馆里哪来那么多手榴弹？

1995年8月，保定纪念抗日战争胜利五十周年，一个名叫尹石喻的作家，在《保定日报》发表了一篇《纪念吕小莲》的纪实文章。文章说：吕小莲引爆炸药的酒馆字号为“府河小酒馆”（并非“沿河”），这家酒馆的真正掌柜，并非罗满长，而是吕小莲的表哥王宗仁。

王宗仁原是满城县一个开山采石的匠人，挣了钱即开了这家小酒馆，交给了妹夫罗满长打理生意。后来日军攻陷满城，王宗仁开山采石的生意便做不下去，即将剩余的炸药存放在酒馆的后院。据尹石喻先生认真推算，酒馆里应该藏了数百斤开山的炸药，这才有了后来吕小莲与日军同归于尽的情节。

尹先生如此说，或是给这个事件做了一个圆满的解答。)

梅可心遥望远处的冲天火光，躬身拱手，长叹一声："吕小莲……对不住啊，可心……错怪你了呀！"说着，泪水就不住地淌了下来。

鱼悦然

"黄土岭战役"，即八路军于保定涞源县境内的黄土岭与日军展开的一次重要战役。

这场战役由民国二十八年（1939）十一月三日至七日激烈开端，共歼灭日军九百余人，缴获大量军用物资，击毙了被日本国民誉为"名将之花"的日军中将阿部规秀。

这是八路军继"平型关大捷"后的又一次重大胜利（阿部规秀是八路军在抗日战场上，击毙的日军最高将领）。阿部之死，在日本朝野引发了巨大震动。日军华北司令官多田骏哀叹："名将之花凋谢在太行山上。"这句哀叹，后在日军中流传甚广，日军士气大为受挫。

黄土岭战役极大鼓舞了中国抗日军民的胜利信心。保定周遭的抗日队伍，借势对日军展开了强烈攻击。华北各城市的国共两党抗日组织，也空前活跃起来。

矛耶盾耶？相辅相成。华北各城市的日伪特务机关，也把打击国共两党的地下情报组织，作为了首要任务。匪夷所思的是，保定日伪特务机关，则别开生面，竟把打击"兄弟社"，作为了重中之重的首要举措。

[《保定往事》记载：民国二十八年（1939）底，梅三娘召集"兄弟社"各路头目，发出了"向日本人和汉奸复仇，不管三七到底二十几，没有仁慈，没有道义，遇佛杀佛，见道杀道，以性命相搏"的命令。"兄弟社"备受鼓舞，由此不断对日军特务机关发起突然袭击。开场戏即在山口的特务机关驻地的院子，凌空扔进来两个炸药包，院子里停放的汽车被炸坏了两辆。根据爆炸现场分析，袭击者

是想炸死山口，所幸炸药落点偏移，山口没有被伤到。山口查看了爆炸现场，即对神色惊慌的中村摇头讪笑道："这起袭击如此不严谨，显得十分匆忙，根本就不是训练有素的军人所为，而是民间行为。"

中村疑惑："民间行为？"

山口冷声道："说穿了，就是保定城匪们干的。"

山口所料不错，确是"兄弟社"所为。伪河北省长池宗墨的官邸，也被"兄弟社"的成员扔进了炸弹——池宗墨那天不在家，全家念佛吧。即将开幕的"东亚共荣冬季运动会"的赛场，也被"兄弟社"几度袭击，导致准备参赛的诸多运动员心生畏惧，纷纷退赛。日伪精心准备的"东亚共荣冬季运动会"由此流产。

"兄弟社"频繁的袭击行动，引起了山口的高度警觉。山口一直认为保定城匪乃乌合之众，不曾予以重视，没想到竟然有能力发动多次突然袭击，竟然还能袭击特务机关与池宗墨的住宅。这确是一支能够扰乱保定城市秩序的力量。军统之所以不惜代价，竟舍得牺牲"秋风"这样一个重要的卧底，而救一个虞世通出去。因为救出了虞世通，军统才能掌握"兄弟社"这一支民间力量。

山口似大梦初醒，即命令保定特高课，紧急捉拿城匪的首领虞世通，全力捕杀"兄弟社"成员。山口并找来中村与李天曼，当面训教："你们一定要想一个行之有效的办法，解决这些城匪。我说的'解决'，一则，收为我用；二则，歼灭干净！"

中村道："明白，如果收买不成，即把他们歼灭干净。"

山口皱眉说道："两位不可大意，'兄弟社'多是精明强悍之徒，他们之间早就结成了一荣俱荣，一损俱损的利益关系，其战斗力不可小觑。另外，按照'擒贼先擒王'的道理，你们一定要先抓到虞世通，使'兄弟社'群龙无首。"

中村立刻在全城搜捕"兄弟社"成员，并悬赏缉拿虞世通。

可笑呢，山口至今还不知道，"兄弟社"最大的首领，并非虞世通，而是梅三娘。而梅三娘身后的推手，却是笑口常开，经常与山口喝茶聊天儿的赵元初。

所谓灯下黑，如是也。]

保定特高课四处张贴布告，缉拿虞世通及“兄弟社”成员。但中村明白，张贴布告，只是虚张声势而已。在一个六万余人口的城市里，搜捕一个虞世通，谈何容易。捕杀所有“兄弟社”成员，也无异于痴人说梦。而且“兄弟社”神出鬼没，保定陷落后，成员大多流窜到保定周遭各县。日军即使竭力搜捕，也力有不逮。

《保定文史资料选辑·第九辑》记载，中村与李天曼商定了三个步骤：

一、保定城内对“兄弟社”成员欲擒故纵，暂且任凭其活动。而对流窜到周遭各县的“兄弟社”成员，则进行声势浩大的搜捕行动，从而驱赶其重新回流保定。二、待“兄弟社”成员大部回流保定之后，则立即全城戒严，加强各城门盘查，即在保定城内捕杀“兄弟社”成员。三、重金悬赏，缉拿“兄弟社”首领虞世通。中村认为，重赏之下，必定会有“兄弟社”知情的成员变节，出卖虞世通。

至此，一场大规模搜捕“兄弟社”的行动，在保定周遭各县展开了。少数“兄弟社”成员被捕杀，多数人则不出中村预料，纷纷潜回了保定。李天曼即向中村建议，城内可以实施戒严了。

保定城戒严第一天，五个从唐县潜回到保定的“兄弟社”成员，在北大街被日军和特务追杀，仓皇抵抗之时，被季钧率领的军统行动组撞见，当即与日军发生激烈枪战，行动组的五名队员当场牺牲，只剩下一个车晓义。五个“兄弟社”的成员，也先后死了四个，剩下一个中年汉子腿部中了一枪。季钧眼见不敌，而且子弹已全部打光，只好跑路。季钧与车晓义轮换背着那受伤的汉子，一口气跑过了两条胡同，甩掉了追击的日军，身后却有一条日军狼狗狂吠着追赶，且这条狼狗后边，竟还跟着三条日本狼狗，汪汪叫着紧追不舍。

季钧苦笑着自嘲：“老子今天出门真不顺，竟然撞上了疯狗运。

难不成要被这群畜生当屎吃了？”

车晓义惶惶地说：“这……怎么办呢？”

季钧怒道：“怎么办？”继而大吼一声：“找石头，砸死这些畜生！”

季钧当即放下受伤的汉子，捡了块石头，迎着第一条狼狗去了，手里的石头还未扔出去呢，那狼狗竟然“扑通”一声歪倒在地上，继而又听到一阵“破空”的响声，追上来的三条狼狗竟然先后倒地毙命，但见每条狼狗的额头上，都有一个大血洞，汩汩地冒着鲜血和脑浆。

季钧和车晓义正看得惊讶，却凭空听到一阵笑声，季钧抬头去看，只见一个年轻“后生”从街旁的屋顶轻盈跳下来，直似燕子抄水。这后生手里拿着一只弹弓，季钧看得明白，那四条凶猛的狼狗，都是被这只弹弓“射毙”。

那后生朝季钧、车晓义笑笑：“哎呀，快走吧，你们还想等着下一拨儿呀？”说罢，转身就走。

季钧醒悟过来，急忙让车晓义背起那受伤的汉子，追着那后生又跑出了两条胡同，方才停下来。

季钧抱拳对后生说道：“兄弟呀，谢了！”

后生摆摆手笑道：“不客气。”

“兄弟好功夫，神弹子呀！什么来路？”

“没来路，遇到了而已。”

“在下季钧，兄弟怎么称呼？”

“客气了，在下甄广宁。”

“甄兄弟呀，参加我们吧，老季保你荣华富贵！”

甄广宁撇了撇嘴，讥讽地摇头笑了：“荣华富贵？季老兄呀，你们都到了这一步狼狈田地，还荣华富贵？你吹牛也真不看时候呢？”

季钧尴尬地笑道：“甄兄弟，此一时也彼一时，明日风水转人家。要看长远些么！”

甄广宁拱手笑道：“季兄呀，什么组织我也不参加，我就是个过路的。后会有期!”说罢，转身走了。

季钧望着甄广宁的背影，对车晓义说道：“晓义呀，这人咱们一定要争取过来，真是把硬手呢。”他四下看看，此处距离马凯旋的诊所不远，又看了看那个腿上中弹的汉子，便对车晓义说：“你先回去。我背这兄弟去找医生。”

车晓义答应一声，转身跑了。

季钧背起那汉子去了马凯旋诊所。

马凯旋坐轮椅开了街门，惊愕了：“季钧，怎么回事?”

季钧放下那汉子，气喘吁吁地说：“遇到了几个‘兄弟社’的，跟鬼子干了一仗，他们当场挂了四个，就剩下这一个了，腿上中弹，您给他弄出来吧。”

马凯旋当即给这个汉子手术，一会儿的工夫，取出了汉子腿上的子弹。

汉子休息了一会儿，稍稍恢复了些体力，四下打量了一下诊所，目光竟有了些伤感。

马凯旋看在眼里，心念一动，便问道：“先生对这里熟悉?”

汉子急忙笑道：“不熟呢。”说罢，汉子便挣扎着身子扶了季钧站起，向马凯旋告辞。

季钧搀着汉子便要离开。

却听马凯旋咳嗽了两声，李峰会意，一个箭步冲到门口，伸手拦住了那汉子。

李峰凶狠地说道：“且留步!”

季钧登时惊讶万分：“李峰……你不是哑巴?”

马凯旋的脸色阴沉下来，没有理会季钧，问了那汉子一句：“我救了你，还不知道你叫什么名字呢?”

那汉子笑了笑，吞吐道：“我叫……鲁汉。”

马凯旋摇摇头，讥讽地笑了：“鲁汉?你不叫鲁汉吧?”

鲁汉脸上有了疑惑：“我不叫鲁汉……那叫什么呢?”

马凯旋冷冷地说道：“你当然知道你叫什么!我也知道呀!”

鲁汉登时惊讶了："你是……"

马凯旋"哼"了一声："我可是等了你多年，等得好辛苦呀。"说罢，伸手拔出在轮椅下"藏匿"的一把短刀。短刀握在马凯旋手里，迸着骇人的杀气，窗外射进来的阳光，片片"撞在"刀上。

季钧立时被唬得脸白了："您这是……"

马凯旋的目光充满了敌意："善者心著，恶者远离，我刚才看你脸熟，便知道了你的来路，你对这里很熟悉吧？你适才的目光颇有些流连忘返呀？或是'故地重游'，心头颇不是滋味吧？"

鲁汉愕然之际，摇摇头："我……"

马凯旋冷笑一声："我当年在父亲的诊所里见过你，你就是当年为麻家做伪证的'鱼悦然'，鱼郎中！"

鲁汉的表情登时迷茫，入定了一般，呆呆地看着马凯旋。

"民国二十年冬天，你在邯郸雇用杀手，纵火焚烧客栈，想夺我性命。"

"邯郸？"

"哼，民国二十三年春节，你潜入我的诊所行刺。"

"行刺？"

"何必遮掩，你适才已经认出了我。你之所以急于离开，是怕我认出你？"

"这……"

"你还不承认？"

鲁汉迟疑片刻，终于点了点头："我承认，我是鱼悦然，就是你当年见过的鱼郎中。但你所说的邯郸的事，还有什么民国二十三年行刺的事，我却是一无所知呀。"

"一无所知？哼！"马凯旋嘲笑道。

鱼悦然长叹一声，摇了摇头："马医生，当年的事情……唉！这其中确有些隐情，我真的不能讲呀！"

马凯旋突然推开轮椅，猛地站起身来，怒声喝道："你有什么不能讲的？"

季钧立时目瞪口呆，结舌道：“站长……你怎么能……我不是做梦吧？”

季钧没有做梦，马凯旋的确威武挺拔地站了起来。

鱼悦然惊讶了：“你……并没有瘫痪？”

马凯旋冷冷地“哼”了一声：“我当年在邯郸遇险，本以为你知难而退，就此罢手，谁知你害我之心不死，又有了一次行刺。我知道你还会来第三次，怎么对付你鱼郎中呢？我知道你身手很好，若想杀你，不能侥幸。于是，为了麻痹你，我佯装两腿瘫痪。就这样，我坐在轮椅上苦苦等了你五年，却不见你的踪影。知道吗？我等得非常辛苦，以至于等得非常绝望。但我相信你还活着，我一定会等到你。我却怎么也没有想到呢，你今天竟然会送上门来。真是苍天有眼呀！我……”

马凯旋激愤得一时说不下去了。

鱼悦然的表情却坦然下来，淡然说道：“马医生，事到如今，我也不想多讲什么。当年令尊的事，我的确不能细讲。我与令尊有过约定，即使你现在如何胁迫，我也是不能讲的。鱼某当年流落街头，承蒙令尊收留，这是天高地厚之恩，鱼某无以回报。令尊嘱托过的事情，鱼某必定守口如瓶。但是，我还要辩白一句，你所说在邯郸雇用杀手，还有之后行刺的事情，的确不是鱼某所为，你错疑鱼某了。今日不期而遇，你如此纠缠不放，鱼某或是只有一死，才可消除你的误会呀！”

说罢，鱼悦然朝马凯旋深深鞠了一躬，轻轻叹了一声：“唉，马医生，你真的错疑了啊！”便猛地掉头朝墙撞去。

马凯旋出手如电，一把拉住了鱼悦然。

李峰上前，把他按在了椅子上。

马凯旋看着一脸平静的鱼悦然，不禁怔住了，他摇摇头，凄然叹道：“鱼悦然，无论如何，马某岂能在这国难当头之际，取你的性命呢？你终归是一条抗日的汉子呀。”说到这里，他背过身去了。

鱼悦然目光复杂地看着马凯旋，但见马凯旋的身子微微颤抖，必定是抑制着巨大的悲情。

屋子里一时静若坟场。季钧已经呆若木鸡。

马凯旋沉默良久，缓缓转过身来，盯着鱼悦然，皱眉说道："鱼悦然，今日之事，姑且放下。待打走了日本人，马某如果还活在世上，再与你算这家仇也不迟呢。"

鱼悦然怔了怔，疑问："你让我走？"

马凯旋转过身，摆摆手："我不想再说什么了，你去吧。"

鱼悦然便拱手道："多谢马医生适才援手救治之恩。"说罢，站起身来，季钧忙上前搀扶，二人即走出门去，却被马凯旋叫住了："鱼悦然，且留步。"

鱼悦然回过头来。

"你适才说，民国二十年在邯郸追杀我，再有民国二十三年行刺我，都不是你做的？确实吗？"

鱼悦然正色点头："鱼某可指天发誓，的确不是我做的。"

马凯旋看着鱼悦然坦荡的目光，点了点头："或许……我真是错疑了你呢……你且走吧。"

鱼悦然点头道："谢了！"便扶着季钧转身走了。

马凯旋颓然坐下，抬眼望着屋顶，怔怔地出神。

报仇这种事，说起来的确需要"毅力"。马凯旋为引鱼悦然上钩，竟然佯装偏瘫，这一装竟然就是五年。这五年时间，马凯旋必定是无时无刻不提防着鱼悦然，必定每时每刻不欲杀鱼悦然而后快。如此联想，仇恨果真需要惯性呀。换句话说，深仇大恨必定要有惯性依托，如果没有惯力支撑，世间就绝对不会有诸如好了伤疤忘了疼之类淡忘仇恨的经验之谈。但是，马凯旋此刻却有些明白了，他或是真的错疑了鱼悦然？五年漫长等待，竟然全是白扯了呢。一种巨大的失落感，瞬间如滔天海浪般淹没了马凯旋。

马凯旋何等聪明之人，适才鱼悦然吞吞吐吐一番话，马凯旋已然听出了些"端倪"，父亲暴死或是另有隐情？

马凯旋闷坐了片刻，即让李峰去找梅立春过来，一并出城。

已经“开口说话”的李峰匆匆去了。

马凯旋此时心有旁骛，已将鱼悦然的事情置之脑后了。他当务之急，即是如何破坏日军对“兄弟社”的疯狂绞杀。日军已经在保定城内精心撒网，开始对“兄弟社”收网了，马凯旋最担心的是，以虞世通为首的城匪队伍，从无坚定信仰，若在日军软硬兼施的高压手段下，一旦被山口拉拢过去为其所用，那将会对保定地下情报组织造成巨大的危害。

如何调教好这支如鸡肋一般的队伍呢？马凯旋踌躇再三，还是要先给“兄弟社”找一个安身之地。抗战开始这几年，马凯旋逐渐感觉到，所谓全民抗战的大政方针，中共的确落到了实处。他们在保定周遭建立了诸多抗日根据地，与老百姓近乎形成了鱼水关系，广泛发动老百姓投身到了抗日战争之中。而国军与老百姓呢？却仍然是油和水的关系。换言之，国军不重视民间百姓的力量。

借鉴中共的经验，马凯旋一直想为军统保定站建立一个鱼水关系的农村根据地，作为城市情报工作的稳固后方。由此设计展开联想，马凯旋准备把“兄弟社”多数力量，转移到保定西部山区，暂且避开日军的绞杀锋芒。马凯旋选中了满城稆家村。

稆家村位于满城北山，与易县、完县、涞源接壤。其村落由上而下，呈梯次形状。因地势关系，稆家村形成了独特的气候，只说寒冬腊月时节，山上满目冰雪冻土，山下依然流水叮咚。村子周遭的数道山沟中，竟还有几处天然温泉。一年四季，红花绿草，暖意氤氲。更为关键的是，马凯旋在稆家村有两个徒弟。

源于民国二十五年（1936）夏天，时任特务处“外围联络员”的马凯旋，奉上峰龙成立的命令，以游医的身份，在满城易县一带的山区探查地形。那天，马凯旋路过稆家村，正遇上几十个农民在村外山神庙中烧香驱鬼。马凯旋即上前问了，便得知稆家村正遭受痢疾的蔓延传染，痢疾来势汹汹，不少村民已然丧命。马凯旋当即给村民开方下药，在村外官道上支起大锅煮药，供路人饮用。仅过了几天，稆家村的痢疾便消失了，稆家村即把马凯旋奉为“神人”。

马凯旋借此认识了村中的“郎中”稆家梁。稆家梁号称郎中，却是指上不明，医术浅薄（职称与技术严重不匹配），一贯倡导“小病吃药，大病烧香”。马凯旋便耐心教导稆家梁，医生治病救人，不可迷神信鬼。一席话下来，稆家梁竟如醍醐灌顶，登时心悦诚服了，当即要拜马凯旋为师，马凯旋推辞不过，只得收了这个徒弟。稆家梁却没有到此为止，或本着“一只羊是放两只也是赶”的人生经验，又拉出了女儿稆春平，也叩拜马凯旋为师了。

[忙里抽闲，说几句稆家村。民国二十六年（1937）秋天，日军攻占满城之后，稆家村随之成了敌占区。日军查看稆家村地理位置特殊，即在此地建了一处军需仓库，同时在稆家村建了一个炮楼，又派驻了一个班的日军驻守此地。民国二十七年（1938）春天，稆家村族长稆奉行秘密组织了“稆家村抗日自卫队”，稆家梁大夫也参加了。“自卫队”偷袭杀掉了稆家村炮楼中的十多个鬼子。此举当即招来日军报复，保定的日本驻军即派来两个小队加上伪军计三百余人，铁桶般包围了稆家村。稆奉行愤然对自卫队说：“咱们稆家村的人要有骨气，不能做小日本儿的亡国奴。拼了吧！”于是，稆奉行率领三十多个自卫队队员开始了寡不敌众的抵抗。这场实力极不对等的战斗很快结束，稆家村的自卫队队员尽数牺牲，稆家梁拉响手榴弹与敌人同归于尽。（战后得知，竟有两名自卫队队员负伤后，滚到了山沟里，才侥幸逃出生天。）史称“稆家村惨案”。当时的《抗战报》，专题报道了日军这一暴行。读者欲知详情，可查阅资料。]

除去稆家梁父女之外，马凯旋选中稆家村还有两个理由。一则，因抗日自卫队一体遇难，稆家村与日本人便有了血海深仇。以抗日闻名保定周遭的“兄弟社”若在此地落脚生息，老百姓必定欢迎。二则，日军于1939年秋天收缩兵力，稆家村炮楼里驻防日军全部撤走，其军需仓库因多次遭受八路军袭击，也随之废弃。若让虞世通带着“兄弟社”在这里暂且安身，确是个好地处。

梅立春很快跟着李峰来了。

梅立春见到站着的马凯旋，登时惊讶道："站长呀，刚才李峰找我说话，已吓得我'一佛出世'了，再看到你能站起来，又吓得我'二佛升天'了。你们主仆二人，今天可真是吓死了我两回了呀！"

李峰笑容可掬地站在一旁，却不说话了。

马凯旋哂然笑道："是呢，哑巴说话，瘫子走路，也真是吓人啊。"即对梅立春大概说了佯装瘫痪的原委。

梅立春听罢赞叹："站长呀，我真是佩服你们。换作我，最多假装一个月，就得露了原形。你们两位真是厉害呢，蒙骗了整个保定城啊！"

马凯旋尴尬地摆手："我却是自作聪明了。这五年光阴，我做梦也想等那个鱼悦然现身呢。他果然来了，天知道我枉费多年的心机，却是'等错人'了。且不说这个了，说正事吧。"

梅立春不再说笑，郑重问道："站长，咱们去哪儿？"

马凯旋忧郁地说道："咱们先出城看看吧，我想给'兄弟社'找个安身之地。"

梅立春点头称是："站长想得及时。鬼子已经对'兄弟社'下死手了。"

马凯旋却又笑了："等我们喘上来这口气，就要对他们下死手了呀！走吧，咱们去一趟稆家村。"

邱振江

谈歌笔下匆忙，花开数朵（不是两朵），也该写写邱振江了。

写邱振江绕不开唐行一。

民国二十八年（1939）十月，正是秋风扫落叶的季节，唐行一被赵元初秘密派到了邱振江的伪军队伍开展策反工作。[《保定人物辞典》记载：邱振江，男。光绪二十七年（1901）生。直隶顺德府广宗县人。东北陆军讲武堂第四期骑科毕业。历任东北军排长、连长、营长、团长。后任保定警备区直属旅旅长。抗战开始，邱振江投降日军，后率部起义……

这个人物简介过于笼统了，既没有写邱振江因遭受华侨山排挤，愤而率部出走的动因，也没有写邱振江在抗战初期孤军无援的百般窘态，更没有写邱振江对日军前恭后倨的细微变化，以至于他后来掉转枪口的复杂过程。]

邱振江这支伪军队伍的番号很啰唆，谈歌查了诸多资料，邱振江所部的番号为：大日本帝国陆军第四战区之下属皇协军第29师团之下属皇协军独立混成第十一旅团之下属第七独立混成大队。唐行一被赵元初介绍，参加了队伍之后，被邱振江任命为作战参谋。

唐行一刚刚上任，邱振江就遇到了一件麻烦事（你麻烦了，唐参谋才有机会）。皇协军独立混成第十一旅团长换人了。新任旅团长名叫冯文泉，齐燮元的亲信，与邱振江没交情。冯文泉身边的人传出“小话”，邱振江被冯文泉怀疑了，很快就要被解职。

唉！自古做官最怕这一出，上峰若起了疑心，你就真不好干了，哪天找你点碴儿，摘了你的乌纱帽，能让你抬屁股走人还算万幸，弄不好，你被摘了官帽还不算完，兴许再找个碴口儿，连你的脑袋一块儿摘喽。此事很让邱振江头疼，这天晚上，他匆匆把几个亲信找来商量。其中也有作战参谋唐行一。（唐参谋是赵司令推荐来的，自然也在亲信之列。）

赵元初曾告诉过唐行一，邱振江这个人，用人任人唯亲是出了名的。邱振江坚信“打虎亲兄弟，上阵父子兵”的传统带兵理论。他的部队中，举凡重要位置，都安排了他的同宗兄弟或亲戚朋友。这些人也就理所当然地成了邱振江的铁杆儿亲信。这也是邱振江当初能在华侨山的眼皮子底下，于光天化日之下，顺利把队伍成建制拉出来跑路的重要原因。

几个亲信听邱振江说罢情况，登时都十分气愤。有人建议邱振江去找冯文泉，当面锣对面鼓地讲清楚，凭什么解职呀？也有人建议邱振江拉着队伍“跑路”，另立山头，到哪儿不能吃碗饭呀！还有人说，干脆跟小日本儿拼了，也省得戴着个汉奸帽子，还备受猜忌，这算怎么回事嘛？众人鸡一嘴、鸭一嘴、狗一嘴议论纷纷，却也没个周正圆满的主意。

邱振江见唐行一沉默着不讲话，便要唐行一说说。

唐行一笑道：“刚才兄弟们的话，唐某都听了，感觉多是意气用事。其一，有兄弟劝邱司令找冯长官当面说清楚，邱司令却不能去，因为你说不清楚。话若说得多了么，冯长官或是认为邱司令无理狡辩。若两下里说僵了呢，冯长官就敢行使便宜之权，将邱司令扣押喽。”说到这里，唐行一肃然看着众人。

众人听得愣住，都不说话了。

唐行一继续说：“其二，有兄弟说拉上队伍走人，另立山头。说来轻松容易，可咱们往哪儿走呢？四下里全是日军和皇协军，我们绝对走不出去。说句泄气话，如贸然出走，我相信，我们还走不到满城呢，就会被日本人‘包了饺子’。”

唐行一又看了看众人，再说道：“其三，跟小日本拼命，听着解气过瘾，可现在还不是时候。满打满算，我们只有一千多人。且不说武器不如小日本儿，只说兵力，也绝不是其对手，若战事一起，必定一触即溃啊！”说到这儿，唐行一四下环顾，冷声问道：“诸位，唐某讲得在理吗？”

唐行一言之凿凿，众人一时作声不得。

邱振江皱眉道：“唐参谋，那你说说，我们怎么应对呢？”

唐行一笑道：“邱司令，唐某总觉得此事有些奇怪。冯长官怀疑之事，为何就传到我们耳朵里了？若细想，绝非传说得那般严重。其实，我看这位冯文泉长官，也就是想让司令给他送些好处罢了。”

邱振江一怔：“此话怎讲？”

唐行一悠然说道：“司令想么，你跟这位冯长官并不熟悉，他怎么会疑心你呢？不外乎两个理由，一么，有人在他面前告你的黑状。可往深里去想呢，却又不大可能。冯文泉初来乍到，所辖各部，大概跟你一样，也都两眼一抹黑，并不熟悉冯长官呀。他们自身尚且难保，有谁胆敢在一位不知道底细的冯长官面前，不知深浅地去讲你邱司令的坏话呢？”

邱振江想了想，便点点头：“唐参谋说得在理。”

唐行一继续说道：“二么，冯长官不过是借机敛财罢了。新官上任‘三把火’，先吓唬吓唬下属再说，这就是变着法儿向下属要‘孝敬’呢。现在的长官，如果仅靠上峰发给的那点儿薪水，灯红酒绿的日子如何过得下去？还都得指着下属的孝敬呀！”说到这里，唐行一看了看在座的人，淡然笑道：“在座这些手下，不也得变着法儿孝敬邱司令吗？你们敢不孝敬吗？”

在座诸人一时尴尬住了，有人回过神来笑骂道：“唐参谋，你初来乍到，就凭空乱讲，嘴上缺德呀！”

邱振江认真想了想，觉得唐行一的话很有道理，他皱眉问唐行一：“依唐参谋所说，该怎么办？”

唐行一呵呵笑道：“这事说容易也不容易，说不容易也容易，只是唐某不好说呢。”

邱振江皱眉道：“唐参谋，你是赵司令派来的，我信得过，你别卖关子了，赶紧说吧，怎么个容易？怎么个不容易？”

“那唐某就直言不讳了？”

“讲！”

“先说容易。司令自己去向冯长官送礼，重金呈上，冯长官必定对你另眼相看啊。”说到这里，唐行一顿了一下，继而说道：“可是今后的事呢，就真不好讲了。鬼知道这位姓冯的将来是个什么下场？现在时局不稳，万一他哪天翻了船，把司令行贿的事儿揭发出来，岂不是也得把司令拖下水了啊。这容易的事，却显得不容易了。”

邱振江沉吟了一下，点头道：“此话讲得是呢，你接着说。”

“再说不容易，司令找一个知己的人去见冯长官，这叫作帮腔的上台，代邱司令向冯长官行贿。最多，冯长官见司令不去当面孝敬，会骂司令牛气哄哄。可是冯长官收了好处，也就不会再多想什么了。

这样，司令就避免了‘抛头露面’。即使今后事发，或者冯长官下台，另换一个新长官调查此事，司令脖子一伸，眼睛一瞪，谁见老子行贿了？这叫扔了牛头不认账，谁也没辙。这不容易的事，又显得容易了。”

邱振江听罢深以为然，连声说好。亲信们也纷纷点头称是。

邱振江想了想：“唐先生，咱向这个姓冯的行贿，需要多少？”

唐行一笑了：“钓大鱼么，就得大鱼饵。所谓舍不得孩子套不住狼。”

邱振江皱眉：“这‘大鱼饵’得多大？”

唐行一正色道：“当然要大。小恩小惠不济事，还会弄一个肉包子打狗。不值！”

邱振江盯问：“你说个数，我听听。”

唐行一伸出五根手指。

邱振江笑了：“五条黄鱼？”

唐行一摇头：“司令小气了，至少五十条黄鱼。”

邱振江使劲摇摇脑袋：“不行不行！唐参谋，你这是要剥我老邱的皮呀，如此送礼，也太过分了吧？邱某人这些年辛苦积攒的‘养老钱’，也就是这些了。”

唐行一不说话，目光淡然地看着邱振江。

邱振江哑了片刻，泄气地说：“唉，火烧眉毛眼前急。就这样吧，五十条黄鱼。唐参谋，你说得对，舍不得孩子套不住狼啊！你就代邱某辛苦去一趟吧。”

唐行一连忙摆手：“不可不可。此事还须司令派遣个亲信去做才稳妥，在座诸位，都是司令的亲朋好友，司令可任意挑选。”

邱振江笑道：“唐参谋虽不是邱某的‘内亲外戚’，却是赵司令派来的，也算是我的心腹亲信呀。”

唐行一摇头笑道：“我不是这个意思，唐某毕竟初来乍到，带着大笔钱去办事，就难免有人讲我从中渔利。”说着，就嘿嘿笑了。

邱振江仰头大笑：“唐参谋放心，我不会听闲话的呀！”

唐行一仍然摇头："三人成虎，自古而然。司令恐怕也难免俗。"

邱振江骂道："你这叫狗屁话！不再说了，就是你了。"

唐行一呵呵笑了："好了好了，司令既然如此信得过唐某，唐某就走一趟了。"

第二天一早，唐行一就带着五十根金条去见冯长官了。

果然让唐行一猜中，唐行一前脚走，邱振江的几个亲信便不放心了，认为唐行一必定要中饱私囊。

邱振江的副官先说话了："司令呀，要是唐参谋只送去三十根或者二十根，自己昧下一半，鬼能知道呀？"

邱振江的大太太更不放心："万一这个姓唐的见钱眼开，半路跑了呢？司令可就亏大了呀。"

邱振江摆手笑道："唐行一是赵司令派来的，赵司令什么人？他能给我推荐一个贪小利的人吗？行了行了，都别乱说了。"

唐行一行贿果然有效，邱振江不仅没有被撤职，冯长官还允许邱振江收编了两支杂牌队伍。邱振江所部由此扩大了势力，不到一年时间，邱振江的独立混成大队，便成为保定周遭诸多伪军中的一支劲旅。

[写到此处，谈歌交代一下历史背景。民国二十九年（1940），中国的抗日战争进入一个敌我双方的对峙阶段。日军在华北的治安肃正行动结束之后，缩小了包括八路军在内的国民革命军敌后部队的控制区域。年初，华北治安军在北平成立，司令为齐燮元。三月，汪精卫在南京设立伪临时政府，华北治安军更名为华北绥靖军，名义上归属汪精卫政府管辖，实际仍归日本调遣。

伪军是一个复杂的话题。随着汪精卫伪国民政府成立，伪军数量急剧上升。许多国民党部队的指挥官，在面对战局不利的情况下，奉行国民政府逐步推行的"曲线救国"口号，即"为保存实力，暂时投降"。由此，伪军数量爆炸性增长。

抗战胜利后，调查统计数据显示，百分之六十二的伪军，皆是原国民党正规部队，其中绝大部分被调往华北地区，对中共建立的民主抗日根据地进行扫荡，不少伪军参与了日军对平民的屠杀。讽刺的是，抗战胜利后，华北治安军被改编为国民革命军第九路军。]

这是一个“有枪就是草头王”的岁月，更是一个“有奶就叫娘，有钱就叫爹”的年代。邱振江的势力壮大了，继而身价也水涨船高般地提升了。

民国二十九年（1940）秋天，国民政府第二战区曾万钟将军看中了邱振江这支部队，派了副官武仲明暗中前来游说邱振江起义。武仲明住进了保定“新安旅社”，秘密会见了邱振江的“特使”祁连城。

祁连城是邱振江的姑表兄。此人从前开过“香油坊”，（一说棉花铺子。）后来遭遇一场火灾，彻底破产了，便来投奔邱振江。姑表亲么，祁连城格外受邱振江重用，新近提拔当了机枪连连长。

武仲明代表曾万钟将军向祁连城郑重承诺：邱振江司令若能率部投奔，队伍照样带，随便扩充队伍，曾将军还许给邱振江一个整编师长的职务。

祁连城赶紧回来向邱振江汇报了，邱振江听罢十分高兴。一则，他不想继续当伪军了；二则，他也很想当个正牌师长过过瘾。他当即召集手下商量此事，手下们也想着水涨船高，都欣然同意。是啊，谁不想弄个正牌的旅长、团长干干呢。唐行一却连连摇头。唐行一沉着说道：“司令，此事不必匆忙，还得讨价还价一番才可成交。”

“如何讨价还价？”

“我们增加条件，还得先要他们补充一些军饷和弹药。”

邱振江疑惑：“唐参谋，如此加码，人家会同意吗？”

唐行一呵呵笑道：“司令呀，漫天要价，就地还钱，褒贬才是买主么，唐某不才，斗胆请缨，去与他们谈判。”

邱振江或是抱着多捞点儿是点儿的买卖人儿心态，便派了唐行一与武仲明正式谈判。

唐行一与武仲明见面，便说了诸多条件。武仲明不承想唐行一狮子大开口，当即一口回绝了。唐行一却不屈不挠，坚持说这叫

“一分价钱一分货”，即货有所值。如此讨价还价了两天。武仲明口干舌燥，终于纠缠不过唐行一，最后筋疲力尽地说道：“唐先生，武某也算有一张不饶人的嘴巴了，今日遇到你，小巫见大巫了，真说不过啊。好了，好了，就按照你提出的条件好了。”

唐行一欠身拱手笑道：“多谢武副官成全。”

武仲明竖起大拇指，讥讽道：“唐参谋，真服死你了，武某冒昧猜测一下，若能如此斤斤计较，毫厘不爽，一文钱都能抠出汗来，唐参谋一定是做小买卖出身吧？比如在街头卖过瓜子？或烤过红薯？”

唐行一自嘲道：“武副官猜得还真差不离，唐某当年卖过糖葫芦，一串糖葫芦从来看得比天还大呀！”

“哎呀！我说么我说么。”

“唐某一向见钱眼开，武副官见笑了。”

“哈哈，不瞒唐先生，彼此彼此，武某当年也曾走街串巷，卖过萝卜青菜呢。”

武仲明当下就先给了唐行一几张银票，算作给邱司令的见面礼。便催促唐行一回去后，赶紧与邱振江约定起事时间。

事情到了这一步，就应该成了。可是在这节骨眼上竟然出事儿了。

唐行一走了这两天，邱振江的家里闹出事儿了。

邱振江有三个太太，三太太张某是最近娶的。之前，邱振江一向宠爱二太太，自从邱振江娶了三太太之后，就冷落了二太太。二太太就顺理成章地吃醋了。

西人有谚：吃醋不是什么大事，却往往是女人“恶毒炸药”的导火线。此谚语若洋为中用，也是从来不虚。这女人若因吃醋狠毒起来，当真毒辣，抱着男人一同“跳井”的勇气都有。二太太真是豁出去了，将邱振江跟她在被窝里说的事，派贴身丫鬟向冯长官告密了。冯文泉登时要气疯了，当即以“开会”的名义把邱振江召了去，扣押软禁了。然后派了手下的刘副官，匆匆来邱振江的部队调查落实此事。

唐行一回来得知了事变，静心想了想，就以要事当面汇报的理由，单独邀请刘副官去饭庄喝酒。酒过三巡，唐行一就替邱振江喊冤。

刘副官嘻嘻哈哈地说道："唐参谋啊，我也不相信邱司令有异心，可他的二太太告状了呀，这叫被窝里造反啊！唐参谋，你要是能给出个不落窠臼的理由，证明二太太的确陷害了邱司令，这事儿或许还真有个转机。当然了，刘某也得费力……"话到此处，便用意味深长的目光瞟了瞟唐行一。

唐行一心领神会，登时松了一口气，抱拳称谢："如此先谢过刘副官了。"当即从怀里掏出厚厚的一沓钱，推给了刘副官："有劳刘副官费心，事后还有重谢。"

刘副官稍加推辞，即收了。他呵呵笑道："唐参谋客气了。刘某看出你也是个实诚人。来，喝酒！干！"

当天夜里，唐行一便派祁连城秘密杀了二太太和她的贴身丫鬟，将尸体拉到野外悄然埋了。对外即说二太太有了外心，卷了细软与人"私奔"了。然后，唐行一去找伺候太太们的何副官，他要何副官承认与二太太"有染"，承认二太太因奸情暴露，才栽赃陷害邱司令。

何副官听了，立时被唬得脸白得似纸，连连摆手："唐参谋，这可不行，并非我不肯帮助司令，我如果认下了这笔烂账，今后我还如何做人呢？唐参谋也替我想想呀。"

唐行一粲然笑了："何副官，你识文断字，为何不知道'树倒猢狲散'的道理呢？如果邱司令出了事，咱们都得完蛋。这只是个权宜之计，为了保住邱司令么。等事情过去了，唐某保证让邱司令在军官会议上给你辟谣，唐某还能保证邱司令给你官升一级。这买卖如何？"

"这事儿……"

"何副官呀，你还犹豫什么呢？"唐行一从怀里掏出一沓银票，拍在了桌上。

“这……”

“哎呀，拿着吧！”

唐行一软硬兼施，何副官终于答应了。第二天上午，唐行一就把何副官交给了刘副官。刘副官匆匆写了一份源于二太太“奸情暴露”，从而诬陷邱振江司令的调查报告，再由何副官签字画押之后，便带着何副官去了冯长官那里。何副官前脚刚被押走，唐行一后脚就派祁连城把何副官一家杀了，一个活口也没留（够狠），这都在唐行一的安排与掌控之中。

何副官在冯长官面前，承认因为自己与二太太有奸情，被邱司令撞见了，邱司令要杀二太太，二太太以图自保，才诬陷了邱司令。刘副官已经收了唐行一的好处，当然赶紧帮邱振江说情。刘副官拍着胸脯大包大揽保证邱司令没有一点儿反意，那个二太太做贼心虚，已不知去向——明摆着跑路了呀。

冯长官便放心了，当即放了邱振江，轻描淡写嘻嘻哈哈说笑了几句：“邱司令，我关押你几天呢，乃事出有因。放你回去，因查无实据。委屈了你呀，莫要记恨冯某啊！”

邱振江毫发无损被放回来了。

邱振江气还没喘匀实，即听唐行一和祁连城详细汇报了事情经过。邱振江皱眉摇头说：“唐参谋，你们这事儿做得委实狠了些，何副官跟我这些年，侍奉我的家眷，一向尽力尽心，并无过失呀，你们如此凶残手段对他一家人，于理不公啊！”

唐行一款款说道：“司令啊，都是我的主意，与祁队长无关。我也知道这些道理，可是我更相信何副官已经留了后手，他肯定将情况都告知了家里。人多嘴杂，殊能守密？一旦事情真相传扬出去，司令将如何处置？我不杀他一家不行呢！再则，何副官虽然担下了与二夫人的奸情，这也只是权宜之计么，你总不能让何副官顶一辈子屎盆子吧？如果将来何副官出语不慎，一旦走漏了什么，司令对他人将作何解释呢？到那时，司令恐怕真要左右为难了哟！”

邱振江还是摇头："话虽这样讲，可我心中着实有些不忍。"

唐行一耐心劝道："司令呀，古人讲，大行不顾细谨，大礼不辞小让。既然做大事，就不要顾及小小不言的细节。否则，干不成大事情。司令不能有妇人之仁呀。还有一件事要对司令说明，武副官给司令的见面礼，我都用了。除去贿赂了一些给刘副官，余下的都给了何副官，也算是给他家人的抚恤金了。"

"可……你们杀了他全家，还说什么抚恤呀？"

"总之要'意思'一下么。"唐行一说到这里，看了看邱振江一脸无奈的表情，即淡然说道："我了解过，何副官的老家河南鹿邑，高堂健在，兄弟也有几人。司令若心下仍有不安，可多寄些钱过去，也算是抚恤了。"

邱振江怔了一下，叹息着点头："唐参谋呀，我不能讲你做得对，可既然这样了，也就这样吧，这几天你跑前跑后，也忙坏了，歇着去吧。"

唐行一便转身走了。

邱振江望着唐行一的背影，苦笑着问祁连城："表兄呀，你说这唐参谋是个什么样的人呢？杀人不眨眼呀！二太太固然该死，可何副官一家呢？竟然也被他下令血腥屠杀，你对他却言听计从？竟然能如砍瓜切菜一般，杀得心平气和？我真替你捏了把汗呀，他没杀了你灭口，你就得认便宜呢。"

祁连城的心里登时冒出了一层寒气，他挠挠头皮咧嘴道："司令呀，你要这样说么，我真有些怕他了呢。"

邱振江却感慨点头："不过呢，此人下手虽然狠毒，却是真心对我的呢。"

何副官仍然被关押在冯长官那里，等待处理。何副官还满心指望着唐参谋救他出去呢，可没过几天，何副官就死在了禁闭室里，据说是吃了有毒的小米干饭。送饭的士兵也跑了，此事也就不了了之了。

这都是唐行一花钱运动做成的事儿。

邱振江回来之后，就召开军官会议。唐行一果断处理二太太之事儿有功，邱振江奖赏了唐行一五千大洋。勤务兵当即把大洋搬来了，哗啦啦堆满了桌子。

唐行一看着银光闪闪的一大堆钱，讪讪笑道："司令啊，钱么，的确动人心魄呢，唐某虽然心生贪婪，可还是送给赵司令吧，若不是他推荐我到您这里，也不会有我唐行一的这些赏钱。赵司令现在在日本人手下敷衍差事，暗中做自己的事，两下里用度，手面肯定窄了。这五千大洋送给赵司令，也算唐某孝敬他的一点儿心意吧。"

邱振江怔了怔，感慨叹道："唐参谋啊，大丈夫应该不忘本，赵司令没有看错你。这五千块钱，随你处置好了。"

民国二十九年（1940）十一月，邱振江率部投降了国民革命军第二战区，当了独立师师长，晋阶少将军衔。邱振江"梦想成真"之后，先提拔唐行一当了参谋长，又提拔了一大堆亲戚朋友。

唐行一皱眉劝阻说："师座啊，这样做，真就不妥了，这军营岂不是成了师座一家人的'买卖'吗？"

邱振江摇头说："参谋长，这一回我可不能听你的了，上阵父子兵么。我提拔这些亲戚，总是比提拔外人放心。当然了，你也别多心，我不是指你。你跟随我这些日子，我已经拿你当'亲戚'了。"

唐行一皱眉摆摆手："师座呀，我不是这个意思，我是说，你提拔的手下，若与你无亲无故，他很容易感恩戴德。可是亲戚呢？天下的亲戚大多都不知道感恩，他总觉得这是应当应分。照我看，这亲戚如果用不好，还真容易出事啊！师座没有想过吗？"

邱振江大笑："参谋长啊，你多虑了啊。"

唐行一就不好再说，可后来发生的事情还真让唐行一说中了，邱振江真就一个跟头栽倒在他"打虎亲兄弟"的理论上了。

（后边再说。）

齐燮元得知了邱振江反叛的事儿，登时抓狂，差点儿吐血。冯文泉当即被齐燮元撤职。懊恼不已的冯文泉，事先得知了自己即将被撤职的消息，趁着还没交接职务呢，先枪毙了那个曾经负责调查邱振江的刘副官，算是出了一口鸟气。

（刘副官从唐行一那里拿的果真是买命钱……买了他自己的命。）

半个月之后，邱振江的队伍奉命开拔山西。途经阜平时，第二战区却突然给邱振江派来了一个张副师长，一个周副参谋长。邱振江心如明镜，心情灰暗，却满脸堆笑，热情洋溢地迎接了张副师长和周副参谋长。悉心周到地安顿了这二位，邱振江急忙找来唐行一商量对策。

唐行一笑问："师座呀，看出什么了？"

邱振江愤愤地"哼"了一声："傻子也看得明白呀，曾万钟派了两双眼睛来盯着我呢，人家不放心呀，不定什么时候，曾万钟就敢撤换了我，我脑袋掉了也说不定呢！"

"师座明白就好。"

"参谋长，你出个主意吧！"

"师座，你当年是赵司令的亲信，我呢，也算得上赵司令的'心腹'了，我就诚心劝你一句，如果想干一番大事，就当机立断吧。"

"怎么个当机立断？"

"回去，找张宗民！到哪儿不是抗日呢？"

"张宗民？"

"你们都是赵司令的亲信，若能合作，必定同仇敌忾，能做出一番大事情呢。"

"张宗民，我了解，的确是条仁义汉子。"

"那司令还犹豫什么呢？"

"好，就这么定了！咱们就去找张宗民，两下里合兵一处。你说得对呢，到哪儿不是抗日呢？干好了，将来党国总得给我个说法儿吧？"邱振江点头呵呵笑了。

"新来的两位长官，师座想如何处置呢？"唐行一皱眉问。

"这确是个难题呢，你说个主意。"

"依我想么，不妨这样，今晚就给这二位长官摆酒接风，展开一场车轮大战，将二位长官灌得酩酊大醉。明天一早，队伍悄然开拔，这二人必定还在梦中做神仙呢。二人虽然辱了使命，却不会与我们伤了和气，日后也好见面。司令以为如何?”

“好。就这样!”邱振江当即同意。

这天夜里，邱振江在军营摆酒给张副师长与周副参谋长接风洗尘，二人的随从也被祁连城拉去另桌痛饮了。

酒桌上，邱振江率领手下轮番频频敬酒，张副师长与周副参谋长初来乍到，每一杯都不好拒绝呢，直喝得昏天黑地，一塌糊涂，邱振江才派卫兵将二位架回去睡了。待这二人一觉醒来，天光已然大亮，军营中早已空空如也。二人登时叫苦不迭，只能怏怏回山西复命，自然被上峰臭骂了一通。

此是后话，打住不提。

民国三十年（1941）三月，或是汪精卫正在南京举行庆祝伪国民政府成立一周年的时候，邱振江的队伍经过数月辛苦跋涉，终于到达了百丈岩。

张宗民之前接到了唐行一派人送来的消息，大喜过望，亲自到山下迎接，他见到邱振江，拱手哈哈笑道：“老邱呀，山不转水转，咱们又见面了呢。”

邱振江笑道：“宗民兄，多亏了唐参谋指点迷津呀。”

唐行一走上前，拱手笑道：“司令呀，一别经年，想念万分呀!”

张宗民哈哈一笑，猛地扑上前，紧紧抱住了唐行一，贴在唐行一的耳边悄声说道：“兄弟呀，我真怕你……回不来了呢……”声音就哽咽了。

唐行一眼里登时有了泪，悄声笑道：“大庭广众，张司令莫作女儿态呢。”

策反“老鼠屎”

有人说，日本人之所以在中国遭遇失败，除去非正义战争必然失败这个大前提，还有一个不容忽视的重要原因，即日本人在中国招募的汉奸，人品太坏、档次太低、素质太差——这句话基本就是胡说。好人谁当汉奸呀！这句话的核心意思，即日军是一支军事素质很高的部队，却招募了许多层次低劣的汉奸，以至于经常闹出“拆烂污”的事情，降低了日军以华治华策略的质量。

（难不成，几颗汉奸老鼠屎，坏了皇军满锅汤？屁话一句！扯不扯么？）

就在唐行一带着邱振江的队伍到达百丈岩的时候，季钧正在积极进行一场“拆烂污”，季钧要策反保定警备队的小队长安学瑞。

安学瑞长得“一表人渣”，两颗龅牙常年显露在外边，招摇过市。左脸上一块茶碗大的黑紫胎记，乃先天带来。右眼皮有块疤瘌，却是后天形成，坊间传说因其入女厕窥伺，被一烈性女子用簪子留下的终生纪念。一句话：安学瑞长得忒“苦瓜”。

安学瑞长得很“跑调”，行事很“高调”。查其来历，他原是保定城里的“非著名”痞子，励志作奸犯科的“爱好者”。那年冬天，他在街头跟人打架吃了亏，自思自想觉得人单势孤，闯不出名堂，便放下身段追着李二愣的屁股当了跟包儿，后来逐渐发达，当了街中一群小混混儿的老大。一个成功的流氓身后，总要跟着一群小流氓。

安学瑞觉着自己有了些名气，感觉爆棚，就另起炉灶，找碴儿与李二愣翻脸了。有一回二人“摽”上劲，相约在街头聚众斗殴，安学瑞竟然稍稍占了上风，李二愣被打得皮开肉绽，在家躺了一个多月，这让“成功动机过剩”的安学瑞心情十分舒畅，再次感觉到了一个“成功流氓”的真实喜悦，早晨照镜子，恨不能给自己烧香磕头，再看脸上那块黑紫胎记，也是金光闪闪沾有仙气了。

安学瑞尝到了胜利的滋味，顺理成章地想继续进步，“提速”发展。保定陷落后，他决定投降日本人，还没行动呢，李二愣已捷足先登，哈巴儿狗似的投靠了日本人，当了警备队小队长。

安学瑞羡慕嫉妒恨，眼神儿都要“气挺了”。于是，安学瑞也赶紧带着几个痞子参加了警备队。并且直言不讳张嘴要官，位置么，还不能比李二愣低了。

日本人或是考虑到此人是个流氓头子，总算有些利用价值，便将安学瑞安排进警备队，也当了一个小队长，并允许他扩充队伍。安学瑞当即“用活政策”，自行招工，他的警备小队成了一个藏污纳垢的大杂烩，特务、流氓、地痞、恶霸、骗子、小偷种种，总之瞎猫瘸狗什么烂人都有——节操丢了满地，却毫无违和感。

安学瑞当了小队长，更长脾气了。为了能在日本人面前高出李二愣一头，便发动手下献计献策。手下真给他出了个“拆烂污”的主意，找汉奸们的麻烦，借以抬高安队长的威信。安学瑞欣然采纳。本着“西瓜挑大个儿”的原则，安学瑞先瞄上了冯志平。

冯志平是维持会副会长冯大正的侄子，在商会当会计股长。安学瑞让手下收集冯志平贪污的罪证，七凑八凑，竟然搞出了一个冯志平私通八路的罪名，抓起来交给了宪兵队。冯大正急忙出面，拉上日军司令部的高参车士明一同找到山口，耐心细致地陈述理由，担保冯志平没问题。冯志平只被宪兵队训斥了几句，就全须全尾地给放出来了。

但安学瑞却得到了山口的表扬，夸奖他办事认真，坚守纪律。安学瑞受宠若惊，再接再厉，发扬“走到哪儿让人怕到哪儿”的霸道凶狠精神，白天“非诚勿扰”，晚上“砸门抓人”。比如，抓了警察局王巡长，也不说为什么，先关起来臭打一顿，然后就是知识问答题：你抗日不？你反对安队长不？王巡长回答：我坚决不抗日！我坚决不反对安队长。恭喜王巡长答对了！安学瑞又以“同党”的罪名抓了三个巡警，照样皮肉教育了一通，上述两个问题又问了一遍。恭喜三个巡警也答对了！便集体无罪释放了。安学瑞越干胆儿越肥，越干越上瘾，竟然有恃无恐地派人搜查李二愣岳父家（李二愣之前是光棍，当了警备队小队长，由一个无业游民，被日本人转成了干部身份，自然很容易地娶了媳妇），搜查的借口是有人举报李二愣岳父潘大年走私烟土。

潘大年是个卖炒瓜子的小贩，一向胆儿很小，安学瑞也就是想给李二愣脸色看，顺便敲诈几个小钱儿。没想到，潘大年自从有了李二愣这个女婿的仗势，脾气一路有恃无恐地暴蹿到了“涨停板”，当下跟安学瑞顶撞起来。安学瑞火了，把潘大年抓到警备队审讯了两天两夜，潘大年被打得鼻青脸肿。安学瑞以实际行动告诉李二愣，他安学瑞谁的头上也敢动土。

老丈人吃了亏，女婿脸上肯定没面子。李二愣以牙还牙，当即跑到中村那里告恶状，举报安学瑞是个暗藏的国民党特务，并找出了三个“污点证人”（后经查实，都是李二愣手下的流氓“友情”出演）。中村半信半疑，便半夜把安学瑞抓进特高课，审讯了几天。安学瑞抱着自己的脑袋明天还能继续长在自己脖子上的信念，咬紧牙关充了一回英雄好汉，硬是没有被屈打成招。

安学瑞本是个外陋内险的东西，怎能咽下这口窝囊气？安学瑞多次对手下讲，他最佩服的人是曹操。安学瑞没见过真曹操，却多次见过“假”曹操——戏台上的白脸儿曹操。他最欣赏戏台上曹操说过的一句话：宁可我负天下人，绝不能让天下人负我。安学瑞转述“曹先生”的理论是：安学瑞可以对不起别人，包括日本人。别人不能对不起我安学瑞，仍然包括日本人。安学瑞牢牢记住了中村给他的这顿皮肉教育，由此恨透了中村。

安学瑞被放出来之后，进医院躺了十天，估计最少在医院骂了九天半，且“余音绕梁”。他很想整治中村，可暂时没那个胆量。退而求其次，他想继续整治李二愣，整不死也得整残废了。可这件事非常有难度，李二愣时下是中村眼里的红人，安学瑞一时找不到下手的机会。

正在发愁上火，季钧派人来策反安学瑞，安学瑞便满口答应了，表示找机会就带队伍反正。为了表达诚意，他还领着季钧找到侦缉队队长徐小明，一并商量反正的事。

徐小明也是个“有故事”的流氓。他与安学瑞是结拜兄弟，当年二人一同打架斗殴、喋血街头，有着共同打人及“挨打与共”的交情（当谓蛔虫知己）。

徐小明原是大发车行的装卸工人，城匪身份，敢打敢拼，当年颇受虞世通的赏识。日本人进城之后，徐小明为了提高幸福生活指数，带着几个“兄弟社”的弟兄，自觉自愿地参加了皇协军。徐小明因为协助宪兵队搜捕抗日分子有功，被中村看重，提拔为侦缉队队长。由此，徐队长与安队长有了殊途同归的理想境界，同以江湖老大自居。徐小明更胜安学瑞一筹，具有强烈的品牌保护意识，不允许别人欺侮小视侦缉队。

有一回，他的两个下属在酒馆喝酒，与三个日本特高课的特务因为争一张桌子，发生口角，争吵之下就动手了，这两个人竟被对方开枪打死了。徐小明得知后勃然大怒，去找山口，强烈要求枪毙那三个日本特务，一命抵一命。

山口并未恼怒，和颜悦色地安慰徐小明：“徐队长啊，我调查了，此事起于口角之争，引发一时冲动，属误伤致死，绝非故意。我一定严惩这三人。”

山口说到做到，当即将那三个日本特务关了禁闭，并赔偿了侦缉队两个死者四百大洋，抚恤家属。徐小明没能如愿，觉得很丢面子。便召集亲信开会商量，他恨恨地说：“老子不好亲自动手，你们抽冷子弄死那三个日本特务。老子也有钱，赔他们就是。”

打死日本人，这可是要命的事呀，胆小的绝对干不了，可徐小明坚持要干。揣测徐小明的心态，只有闹出大动静，才能提高侦缉队的威望，打响侦缉队的品牌。在他的怂恿下，几个侦缉队队员寻机在街中打死了那三个日本特务。山口大怒，把徐小明喊了去，向他讨要凶手。

徐小明赔着笑脸说：“太君呀，一呢，凶手下落不明，一时找不到；二么，此事在我管辖的街面上发生，我代表侦缉队赔礼道歉，并赔偿六百现大洋。您看这样行吗？”

傻子也看得明白，徐小明是在报复。山口十分恼火。但徐小明为日本人办事一贯卖力气，山口还想利用他，此事便不了了之（人艰不拆了吧）。由此，徐小明在侦缉队的威信更上一层楼。

最近，徐小明蹬鼻子上脸又闹出了一件让日本人无奈且无语的糗事。侦缉队的军饷，本来少得可怜，还不能按月发放。徐小明暗中鼓动手下闹事，手下正中下怀。

这帮人本来就不是什么好鸟，干坏事儿轻车熟路。于是，这帮人便在街中滋事，买东西从不给钱，下饭馆吃霸王餐，顺手还干点儿砸明火拦路抢劫的活。套用时下的语言：没有最坏，只有更坏。一时保定城里被闹得乌烟瘴气。

赵元初拉着冯大正等人找到山口，反映商业秩序被侦缉队搞乱了，工商界闹着要罢市呢。（赵元初或是还友情提示：如此下去，“东亚共荣模范城市”还模范个屁呀。）山口很生气，即派中村去训诫徐小明。

徐小明紧急集合队伍，当着中村的面就骂开了大街：“闹什么闹？浑蛋王八蛋，这才几天不发饷就闹事？穷疯了？日本人是什么？人家是嫖客呀，咱们是什么？咱们就是婊子啊。嫖客能不爱婊子吗？嫖客能欠婊子的钱吗？”

侦缉队异口同声回答：“嫖客爱婊子，不欠婊子钱！”

中村听得目瞪口呆，他万没想到，徐小明会讲得这样粗鄙不堪，正被雷得惊愕，徐小明转过身来，笑嘻嘻地问：“中村太君，我们这样说对吧？我们这群婊子就等着您这嫖客的钱呢，您这嫖客舒服了，我们这些婊子也总得吃饭吧？”

如此粗鲁直率的语言，也算是性格突出了。中村听得清楚，登时面红耳赤，横了徐小明一眼，转身就走。中村或是已经感觉到，自己瞬间变成了一盘羊肉，被徐小明这个烂锅子给涮了。这侦缉队都是一帮什么浑蛋东西变出来的呀？中村彻底叹服。仅过了一天，侦缉队的军饷就发下来了。

徐小明得意地对手下说：“我怎么说的，婊子不使劲儿闹，嫖客能给钱吗？”

徐小明虽然脸面上风光了，可他心里跟“明镜儿”似的，自己得罪了中村，日本人迟早要报复。正是这种情况下，他与安学瑞

“反正”的想法，一拍即合。安学瑞有了徐小明这个帮手，心里更有了底。可他们再细商量，都还一时舍不得眼下作威作福的位置，就含糊其词地敷衍季钧：瞅准机会再行动。

马凯旋对此很犹豫，他提醒季钧，策动汉奸反正固然是好事，可是这两个家伙臭名远扬，让人不放心呀。

季钧满有把握地笑道：“请站长放心呀，不就是两个坏蛋么，我能控制。”

唉，季钧也太自信了。他绝对没有认真计算，一个坏蛋乘一个坏蛋，就不等于两个坏蛋了，而是坏蛋的平方。一个“独一”，一个“无二”，这种浑然天成“上头条”的负能量，你季钧能控制吗？这两人都是“锅上翻烙饼”的性格，你想策反他们？想让他们忠心耿耿？除非他们上一秒投降，下一秒死了。后来的突发事件证明，两个人渣真给季钧惹下了天大的祸事。

后边再说。

神乎其神徐飞扬

信马由缰写到哪儿了？

此书枝蔓过多，人物纷杂，谈歌赶紧抽出笔来，说几句徐飞扬。

《保定往事》记载：1938 年到 1940 年期间，徐飞扬和梅天凤成了让日军十分发愁的人物。在丰田秀男和山口一郎等人的眼里，徐飞扬不是个“合格”的优秀军事家，更像是一个完全没底线的土匪、流氓、无赖。徐飞扬不是狡猾，而是相当狡猾；梅天凤不是恶劣，而是相当恶劣。日军绝对不再指望徐飞扬与梅天凤发扬“费厄泼赖”精神，他们从不遵循光明正大的比赛规则，君子死不免冠？那是蠢人子路的打法。徐飞扬、梅天凤绝对不会刻舟求剑，他们从来都是偷偷摸摸、表里不一、朝三暮四、随心所欲、翻云覆雨，总之一句话，就甭指望他们按规矩出牌。

保定西郊山区各县已经摆开战场，徐飞扬带着梅天凤的杂戏游击队，家常便饭般偷袭日军据点。那天，他们打下了唐县城关镇的据点，抓获十四个日本士兵，带到城外的官道上，徐飞扬命令手下，用大刀砍下了十三个日本士兵的脑袋，剩下一个曹长没砍脑袋，只是割掉了鼻子和耳朵。徐飞扬给这个被毁容的曹长留了条命，却是“有偿”的——派这个今后不好意思“上街乱逛”的日军曹长，义务当了一回信使——给丰田秀男送了一封徐飞扬的亲笔信。

信中详细说明了徐某人如此残忍的理由：徐某人就是为了报复，今后凡是抓住日本人，士兵一律砍头，军官一律毁容处理。一报还一报，如果你们抓住我的人，也可如此照猫画虎做外科手术。

徐飞扬为什么要写这样一封信呢？谈歌查阅史料，读到这个情节时，有了些疑惑，杀日本人么，杀就杀了，毁容就毁容了，解气！何必要写这封信呢？谈歌后来弄懂了，徐飞扬就是要惹怒丰田，吸引日军到山区来征伐。徐飞扬要在山区与日军周旋，伺机绞杀。再说得明白点儿，老子不去城里给你们捣乱，有本事你们到山区练练？

如此没套路的打法，丰田秀男疾首蹙额，他一度认为这支游击队，不过芥癣之疾而已，不承想却是个心腹之患。丰田当即派了唐县、完县、涞源的日本驻军，兵分三路，到西部山区清剿徐飞扬与梅天凤的队伍。

骄横的日军总算明白了一个“硬道理”：不能拿豆包不当干粮，不能拿副牌不当主牌，不能拿游击队不当主力。饿得头晕目眩之时，杂粮胜似细粮；主牌打光了，副牌小 4 小 6 照样抠底；主力用不上的时候，游击队即是劲敌。

进山后的日军，地形很生疏，腿脚也慢了，一时找不到徐飞扬与梅天凤的影子，这二人则带领这支以杂戏艺人成分为骨干的游击队，继续上演着类似杂戏般的精彩游击“活报剧”。日军在接下来的一场接一场“说大不大”“说小不小”的战斗中，遭遇到的既不是双方对阵，大规模你争我夺的阵地战，也不是英勇冲锋刺刀见红的白刃战，而是神龙见首不见尾，从没有固定套路的游击战。

《保定抗战史》记载，徐飞扬之所以在战场上如鱼得水，一是机动灵活，二是徐飞扬在保定伪警备司令部安插了一个“卧底”，此人名叫刘月亮，保定军校毕业生，徐飞扬的学生。刘月亮曾在保定保安团任团副，保定陷落之后，他“投降”了日本人。因其精通军事，被日军委任为保定伪警备队副司令。刘月亮做“内应”很是当行出色，日伪在保定周遭的部署，徐飞扬“了如指掌”。

是年五月，完县城外炮楼里的日军，接到了完县维持会会长于忠辉（一说于魁胜）报告，城关的老百姓送来了活猪活羊、白面、小米等慰劳品，请接洽。日本人当然欢喜，即出了炮楼迎接。远远见到运送“慰劳品”的车队来了，然而走近据点，笑容满面的送礼队伍，亮出了他们礼物：武器。这个据点的七名日本士兵和二十六名伪军被全部消灭，武器弹药全部被抢走。

再半个月后，故技重演，日军驻满城的某据点，同样抱着喜出望外的心情，猝不及防地接受了梅天凤的慰问礼物：子弹和大刀。

再五天后，梅天凤故技重施，日军驻易县的某据点，悲剧再次雷同上演。

奇怪呢，一个办法用了三次竟仍然有效？日本人全是驽骀？个个脑子进水了？

答案就是四个字：兵不厌诈。

徐飞扬与梅天凤乐此不疲，继续带着队伍为日本人演出雷同的偷袭“节目”。上演一次，便能收获武器、弹药、粮食和衣物，这一份份的“戏银”太可观，何乐不演呢？

熟读中国《孙子兵法》的丰田秀男和山口一郎，感觉到脚下的土地颤抖了。徐飞扬用具体的战争实践训诫他们，真正的兵法，就是没有兵法，见机行事，见缝插针，见招即拆招，无招胜有招。这一支同仇敌忾的杂戏游击队，在战争中的精彩表演，比舞台上的表演还要美轮美奂。每每读到这支杂戏游击队的抗战“史料”时，谈歌都能再一次深刻领会毛主席关于游击战争的十六字方针：敌进我退，敌退我追，敌疲我打，敌驻我扰。

绝对不是十分精彩，绝对是十二分的精彩！

民国二十九年（1940）秋天，赵元初派人给徐飞扬、梅天凤送来一封急信。信中说，借八路军“百团大战”的声势，张宗民、邱振江二人很快要攻击吕士奎的伪军。吕士奎的部队很有战斗力，战事一起，张宗民、邱振江的部队伤亡必定很大，赵元初要求梅天凤的杂戏游击队尽快搞一批药品，支援即将作战的张宗民、邱振江所部，以解其后顾之忧。

徐飞扬读了信，点头道：“这事儿是很急呢。张宗民与吕士奎打仗，必是一场恶仗。药品的确是急需啊。”

梅天凤皱眉：“这事不太好办呢。大药店都在保定城里，即使我们花钱买上，可怎么运出城呢？日本人对药品一向卡得紧呢。”

徐飞扬笑道：“天凤呀，咱们吃饭不？”

“吃呀。”

“日本人吃饭不？”

“当然吃了。”

“咱们的队伍用药……”

“对呀，日本人也得用药呀，抢他们的！”

徐飞扬笑道：“据我所知，保定城内共有两家日军医院，一概都从天津进药，水路必经白洋淀，陆路必走容城。最近‘雁翎队’在淀上打得热闹，日本人很是畏惧，不敢再走水路，咱们在容城到保定的路上抢劫他们，必能得手。”

梅天凤呵呵笑道：“徐老师如此知情，必定心中有数了，日本人的运药车辆何时经过呢？”

徐飞扬诡秘地一笑：“若没有意外，今晚就有两辆或三辆药车途经容城。按时间推算，他们经过容城时，当在半夜前后。无论他们住宿或是赶路，我们都有机会动手。届时，我们包抄抢夺，必能满载而归。”

梅天凤抬头看看天色，正是太阳偏西之际，她击掌喝彩：“徐老师呀，今天真是个好日子呢。狼吃羊，冷不防。出发！”

梅天凤当即带着骑兵连，匆匆去了容城。这天夜里，正是月圆之时，梅天凤途中埋伏，若不被发现，谈何容易？可巧天公作美，天气悄然变化了，几片乌云掩住了月光，随即淅淅沥沥下起了小雨。但见三辆日军运药的汽车，碾着泥泞一路开过来，梅天凤蹲伏在路旁的部队突然冲了出来，在嘈嘈切切的雨声中，蜂拥而上，抢劫了这三辆药品运输车，车上押运的日军，全部被击毙。

打扫战场时，徐飞扬看了看药品产地，哂然笑了："杭州？怎么还有徐某家乡出的药品呢？"

梅天凤小心问一句："徐老师，这些年了，总也不见您回家乡呢。"

徐飞扬淡然笑了："妻儿健在，家计无忧。若一至故乡，恐被人情牵累呢。如果妻子缠绵，儿女哭啼，我怕是不能复出呢。"

梅天凤称赞了一声："徐老师，您真是先国后家的英雄啊。"

徐飞扬脸上的笑容渐渐消失了，慨然叹道："既以身为国难奔走，岂尚能以家系念耶！"说罢，转身走了。

梅天凤听得肃然，望着徐飞扬的背影，心中的敬仰又抬高了一层。

梅天凤当即派人把三车药品押送到赵元初指定的地点，便与徐飞扬带着骑兵连转回马耳山。途中接到探子的情报，易县工商会日前向驻易县日军建议，将易县城内前街改造为"共荣商业街"，驻地日军十分赞成，即由易县维持会出面，发出了"日中共荣，繁华市场"的倡议。易县一些工商人士纷纷响应，昨天已开张了二十几家店铺，其中还有两家日本商号，经营金银首饰。

梅天凤一时动了心思，如果抢了这条商业街，便是一大收获。可也是个难题。若只抢这两家"日本商号"，若再遭遇日军，确有些不值。若将一条街都抢了——这街中大多商铺都是中国人开的呀，那游击队在老百姓眼里成了什么形象？真是投鼠忌器啊。

此时将近五更，风收雨散，月新如磨。

队员们在月光下看着各自的小队长，小队长们却看着梅天凤，梅天凤则看着徐飞扬，徐飞扬竟然看着晴朗的夜空。

天空有什么吗？秋高气爽，一轮明月如银若洗。

“你们信天吗？或者再说，你们信地吗？”徐飞扬淡然笑问。

“信天？信地？徐老师……”梅天凤一时没听懂，疑惑地问道。

徐飞扬突然亮开喉咙，高声唱了一句：“苍天呀，你不惩恶人枉做天?！大地呀，你任鬼横行何为地?！”

徐飞扬悲愤的唱腔在秋风中渐行渐远，在山谷里回荡。徐飞扬唱得激愤昂扬，豪气冲天；游击队员一个个听得胆壮血热，却不知就里。

徐飞扬唱罢，即翻身上马，他看看梅天凤，冷冷地笑了：“天凤呀，在日本人眼里，我们就是‘土匪’。在那些甘做亡国奴的商家眼里，我们还是‘土匪’。既然是土匪么，就要做出点儿‘土匪的事儿’来，不能枉担个虚名儿呀。走吧！”说罢，便扬鞭策马，一路乘着夜色向前疾驰去了。

梅天凤在月光下望着徐飞扬的背影，兀自感觉到一股激昂的情绪，风急浪涌般涨满了胸襟。梅天凤哈哈笑了：“走呀，跟着徐老师去抢呀！”

梅天凤的骑兵连在晨风中，向着易县趵趵急驰。这一天一夜，竟是两次长途奔袭。这样百里之上的远程奔袭，队员们不只一次了。晨光伴着征途，但看人急马快，一个多时辰即到达易县城内，正是太阳升起的时候。梅天凤后来说，就在街上行人目瞪口呆之际，游击队已经开始抢劫前街的各家店铺了。片刻工夫，抢劫活动即告结束。梅天凤当即下令回去，却有人或是正在兴头上，内心仍然有所不甘，干脆放了把火，烧了那两家日本人的首饰店。

待日本在易县的驻军赶来时，但见前街浓烟烈火，梅天凤的队伍早已经不知去向。

消息传到保定，山口登时火冒三丈，他指着李天曼和中村怒声吼道：“今天是易县，明天是满城，后天就是保定了。我们或迟或早，要被这支游击队敲碎脑壳！”

中村诚惶诚恐地说道：“属下记住了。特高课一定全力协助各县驻军，剿灭这支游击队。”

李天曼怒冲冲说道："属下即刻带人出城，配合军队扫荡。"

山口尽力平息了内心怒火，舒缓了一下口气："两位，我们为什么不采用'以毒攻毒'的战术呢？"

中村一怔："机关长，请明示。"

李天曼疑问："机关长已经有了对策？"

山口点头说道："昨天晚上，我拜访了老朋友'掌柜'先生，叙谈之中，他建议我们以其人之道还治其人之身。"

中村恍然大悟："机关长，我们采取以游击对游击的方式？"

山口点头说道："对！我们要采用以游击对游击的办法，打垮这支让我们头疼太久的游击队。高桥小姐，此事即由你尽快筹备，以徐飞扬的方式，组建一支，不，要组建几支甚至十几支这样的队伍。名字么，可以称作'特别攻击队'，由你高桥副课长领导。"

（《保定文史资料选辑·第三辑》记载：1940年秋天开始，日军为了应对徐飞扬、梅天凤的游击队攻击，山口与"掌柜"共同筹划，由日军保定特高课组织，日军特高课行动队长高桥秀子出面，成立了数支专门对付"杂戏游击队"的"特别攻击队"。读者或是看过《敌后武工队》，书中的夜袭队，就是这路东西。

所不同的是，李天曼的"特别攻击队"，是由日本特工与汉奸混合组织起来的队伍。葛云梁的侦缉队，原本职责以维护城市治安为主，却也因了李天曼的推荐，"被"参加了"特别攻击队"。）

梅天凤第一次与"特别攻击队"遭遇，是在唐县大茂山中——梅天凤已筹划了很久，寻机拔掉日军在大茂山的两个炮楼。

那天，梅天凤带着队伍摸进大茂山，行军途中，却悄然起雾了，一时找不到路。在前边探路的队员跑回来报告，他在前边找到十几个农家汉子，与之攀谈，他们熟悉此处地形，愿为游击队带路。梅天凤听罢，显出十分高兴的样子。果然，迎面走来了十几个汉子，都是庄稼人打扮，拿着铁锨镐头。为首的是个胖脸大汉，笑嘻嘻地欠身说道："梅司令，早就听说过您的鼎鼎大名了。"

梅天凤笑道："你们也知道我？"

“打鬼子的梅司令，谁不知道呢。”

“你还知道什么呢？”

“我还知道……”胖脸汉子一时语结。

“哈哈，不知道了吧？我知道呢，来人！都捆起来！”

这些人大吃一惊，不及反抗，就被梅天凤的手下给捆了。有队员顿时疑惑了：“梅司令，你这是……”

梅天凤冷笑：“这荒山野岭，山雾迷茫，道儿都找不到，他们来这里干什么？他们手里既没弓箭也没枪，肯定不是打猎的。他们手里拿的铁锹镐头，都是新的，肯定也不是种地的老百姓。这些人若不是攻击队，还能是什么人？”

队员们上前，即从这些人身上搜出了手枪和短刀。

梅天凤的枪顶在“胖脸”的脑门儿上，笑嘻嘻地说：“再不说实话，我就在你脑门儿上添个窟窿！”

被捆绑的人里，突然有个汉子用日语骂起来，原来是个日本人呀。这家伙奋力挣身，一副要拼命的架势。

梅天凤冷笑一声：“把他们都杀了！”

手下立时冲上去，用刺刀挨个挑了。

梅天凤看着枪口下的胖脸汉子，冷笑道：“说吧，你们是干什么的？”

“胖脸”急忙说：“我说，我说，我们是‘特别攻击队’的。那几个日本人是特高课的，我们是葛云梁的手下。我们奉命在山里寻找你们，不想就撞上了……”不及胖脸汉子说完，梅天凤的枪就响了。

徐飞扬从后边赶上来，呵呵笑道：“天凤呀，你的眼睛果然厉害呢。”

梅天凤苦笑道：“徐老师，我说这些日子总不顺当呢，老百姓见了我们总是‘不阴不阳’的，原来都是这些家伙捣乱呢。”

徐飞扬四下看看，点头道：“先撤吧，我估计大茂山的鬼子也有了准备呢。”

特高课的“特别攻击队”，的确给徐飞扬和梅天凤带来了很多麻烦。攻击队经常假冒梅天凤的游击队，在保定西北部山区烧杀抢劫，老百姓真假难辨，对梅天凤的队伍产生了许多误解，对游击队的热情逐渐冷淡，支持力度也急剧下降。徐飞扬还遇到了夜宿某个村子，竟然叫不开门的尴尬事情。

刘月亮连续派人给徐飞扬送来情报，日军“特别攻击队”还在扩编。游击队感到了威胁。徐飞扬则对梅天凤冷笑道：“天凤呀，咱们眼里都揉不进一粒沙子，岂能让山口往咱们眼里插棒槌？”

徐飞扬想如何消灭日本人的“特别攻击队”呢？后边就要说到。

紧拉慢唱，一板三眼。且掉头说说张宗民。

祁连城之死

一山不容二虎，常常与仇恨无关，是指两个强势人物不可共事的“常规”法则。强者具有强烈的排他性。更通俗的表述就是：一个槽上拴不了两头叫驴。张宗民与邱振江之间，却不存在这个问题，因为他们眼中的“老虎”是赵元初。他们都曾是赵元初的“爪牙”，换句话讲，他们都是赵元初的旧部。他们更知道，眼下“扮猪吃虎”的赵元初，正客串“身在曹营心在汉”的角色。他们一以贯之仍唯赵元初马首是瞻。

《保定往事》记载：赵元初为张宗民与邱振江的身份归属，通过马凯旋经由军统北平站请示了重庆。重庆复电，不再追究邱振江附逆之罪。并给了张宗民与邱振江番号：张宗民所部为保定抗日独立一支队，张宗民任司令，晋阶少将军衔。邱振江所部为保定抗日独立二支队，邱振江任司令，恢复少将军衔。唐行一兼任两个支队的参谋长（有点苏秦的味道），晋阶上校军衔。

唐行一后来说，他原本与张宗民、邱振江筹划，学习八路军的经验，在百丈岩周遭建立一个抗日根据地。百丈岩险要，却是个能让部队休养发展的地域。可是，他们还未实施计划呢，却接到了北方战区的命令，借八路军百团大战之势，采取自选动作打击日军。

所谓自选动作，即可采取非常手段对日伪军发动攻击。赵元初随后写信给他们，上峰很可能命令他们消灭吕士奎所部。赵元初并在信中告诫他们，吕士奎的部队是皇协军中的主力部队，战斗力很强，切不可轻敌。

民国三十年（1941）九月五日，即赵元初写信来的第三天，北方战区的命令便送到了张宗民与邱振江所部。不出赵元初所料，上峰命令他们攻击的目标，即是吕士奎。

吕士奎所部现在在保定易县、涞源一带，协助日军进行扫荡。打掉吕士奎，即会粉碎日军对保定西部的扫荡战略。张宗民与邱振江认真商议后决定，张宗民部取道易县，邱振江部取道涞源，两路夹击吕士奎。二人便各自带着队伍出发了。

这场战斗果然被赵元初言中，不似想象中的那么容易。吕士奎的部队并没有被摧枯拉朽般击垮，吕士奎不是一颗软卵，而是一只坚硬的核桃。

张宗民与邱振江两部共计五千余人的队伍，与吕士奎近六千人的队伍在易县、涞源两地杀得难分难解。这场战役多在山地进行，彼此疲惫不堪。半个多月过去，双方的拉锯战僵持在了易县与涞源的交会地：紫荆关。

对于吕士奎来说，这一场战役不堪重负。当他知道了是张宗民攻击他的时候，则更为沮丧。吕士奎熟悉战争，熟悉战斗前的号角声与呐喊声，更熟悉张宗民。这个讲义气、重交情的老朋友（不惧军法处置，为他吕士奎打砸过张家口警察局），是一个非常可怕的对手。就吕士奎个人而言，此次战役，与政治立场或民族立场已经无关。如果被对方打败了，吕士奎将尊严扫地。

吕士奎深知张宗民打仗不要命。无数战场经验证明，只要不怕死，奇迹就可能出现。吕士奎清楚记得，当年他与张宗民同在冯玉祥手下效力，沽源一战，仅有百余骑的张宗民，竟然在日军占上风的局面之下，硬是追杀了日军一支近二百余骑的骑兵大队五十余里。那支号称“风神”，且具有武士道精神的日军骑兵，在张宗民的攻击下，大失水准。直是丢盔卸甲，仓皇奔窜。

被俘的日军少佐小田俊彦，之后心有余悸地对冯玉祥说：“在犹如凶神恶煞般的张宗民面前，皇军的骑兵竟似被施了魔法一般，毫无还手之力，他第一次感觉到了崩溃两个字的含义。”吕士奎当时对张宗民玩笑道：“宗民兄，日后若我与你对阵，或许也能知道崩溃的味道呢。”吕士奎当时绝不会想到，他竟一语成谶——多年后，他果然体会到了在张宗民猛烈攻击下的“崩溃”状态。

十分搞笑的是，日军的丰田司令官却低估了张宗民与邱振江；国民党北方战区则低估了吕士奎。双方的长官，不约而同地频频督促下属速战速决。他们都想当然地认定对手不堪一击，只是下属拖延了战机。每隔两天，双方都有督战的通讯战马飞奔，踏着黄尘卷地而来，直如催命呢。

民国三十年（1941），保定周遭大旱，残秋季节的山区，显得格外干燥枯冷，没有一点生机。张宗民后来回忆，他当时的心境也犹如干旱的天气，有一种随时都会枯死的感觉。吕士奎部队且战且退，撤到了涞水，张宗民与邱振江的部队则步步为营，一路追击到了涞水。吕士奎占据了险要的地势，坚守不出。

对峙，是战场上一种可怕的沉默。双方都无奈地消耗着各自的精神与士气。张宗民的司令部驻在涞水境内一个名叫周寨的村子里。

这天，张宗民盯着地图，苦思无计，却收到了军统保定站马凯旋派手下送来的情报。这是一个让张宗民如雷轰顶的情报：邱振江所部祁连城与吕士奎有暗中来往，祁连城极有叛变的可能。马凯旋手下将截获的祁连城给吕士奎的密信一并附上。张宗民看罢，登时似被人当头打了一记闷棍。

祁连城驻军于易县与涞水交界的徐水县遂城镇，这是一个重要的军事防区。因其重要，邱振江才将此地交与心腹祁连城坚守。若祁连城反水，邱振江与张宗民的阵地即成了被“拆除了院墙”的人家，吕士奎的部队随时可以“登堂入室”。

这件事非常严重。张宗民至此恍然大悟，吕士奎之所以坚守不出，原来是等祁连城反水。

张宗民与唐行一紧急商议之后，派传令兵去请邱振江过来。

邱振江驻地在二十里外的薛家村，一个多时辰后，邱振江便匆匆赶来了。他甩着马鞭走进张宗民的司令部，哈哈笑道：“张司令，找我老邱过来有什么急事？不会是想喝酒了吧？”

张宗民苦笑道：“酒的事以后再说，邱司令先看看这个。”便把那份情报递给了邱振江。

邱振江接过看罢，登时惊愕了：“这……会是真的吗？”

唐行一点头：“准确无误。”

邱振江脸色苍白，扔了马鞭，一拍大腿：“他娘的……这个王八蛋呀！竟然……”

邱振江非常信任祁连城这个表亲。当年祁连城穷困潦倒来投奔，邱振江看在姑表亲的份儿上，一步步将他提拔起来。这个王八蛋怎么……能忘恩负义呢？邱振江一时气得说不出话了。

三人相对枯坐，一时尴尬无语。

张宗民先自打破沉默，呵呵笑道：“邱司令，先别生气。咱们商量商量，怎么对付这局面。对了，邱司令不是想喝酒么，参谋长，咱们陪着邱司令喝几杯，边喝边说么。”

邱振江泄气地摇头：“唉，出了这种烂事，酒也喝不香甜了。”

唐行一皱眉：“张司令，先说正事吧。酒么，还是先不喝了吧。”

张宗民摆手笑道：“邱司令，唐参谋长，二位放心，不就是一个祁连城么，天不会塌下来。咱们呢，一边说，一边喝，也算是忙里偷闲么！”说罢，便让卫兵摆酒。

张宗民后来回忆此事，仍然悔恨不已。他那天摆酒，只是想缓和一下尴尬气氛，他深知邱振江极要面子，信赖的表亲突然反水，邱振江肯定羞愧难当。张宗民只想借酒宽慰一下邱振江，为他压压烦恼，圆一个脸面。殊不知，这场酒竟然害了邱振江。

三人在酒桌上紧急商定：邱振江亲自带一支骑兵，以视察名义，连夜去祁连城的驻地，以突然手段实施抓捕。计划定下，已是半夜时分，邱振江带着两个卫兵，匆匆赶回司令部，准备集合队伍出发。眼看再有几十步就进村了，邱振江却被在村口值勤的哨兵拦住了。但听哨兵在黑暗之中大喝一声：“口令？”

邱振江心里想着祁连城，仍在愤怒，加之适才酒喝得猛了些，一时竟想不起自己亲自下达的口令了。窘迫之下，他竟张口骂了起来：“浑蛋！连老子的声音也听不出来吗？”

说来也真是凑巧，这哨兵却是个极为负责的脾气，继续厉声问道：“少废话，口令？再不回答老子就开枪了！”

邱振江气急败坏，破口大骂：“浑蛋王八蛋，老子……”

邱振江骂声未完呢，哨兵真就开枪了。“咣、咣”两枪竟都打中了邱振江的胸口。

邱振江一头由马上栽了下来，身后两个卫兵这才醒过神来，急忙拔枪还击，哨兵当即被打死。听到枪声，村子里呼啦啦冲出来一队士兵，很快搞清了误会，他们惊慌地发现，竟然误伤了邱司令。

张宗民与唐行一闻讯匆匆赶到薛家村，几个医生正紧急给邱振江动手术，共取出了两颗子弹。邱振江醒过来，用弱弱的声音对张宗民说：“张司令，我老邱怕是不行了……”

张宗民忙劝道：“邱司令，千万别乱想。大难不死，你必有后福呢。”

邱振江对唐行一叹道：“参谋长呀，真是让你当年说中了，这些亲戚不知道感恩图报，还真靠不住啊。我真不应该提携祁连城这个王八蛋呀……”

唐行一忙说：“邱司令先养伤，过去的事先不说了。”

邱振江喘息了一会儿，咬牙切齿地恨道：“参谋长，劳烦替我跑一趟，你与姚副官带着骑兵连去遂城镇，抓捕祁连城，如遇反抗，就地处决。”

唐行一皱眉：“司令放心吧。不过……”

邱振江急道：“参谋长有什么话？快说吧。”

唐行一道：“恕我直言，眼下大敌当前，军中不可一日无帅，邱司令且安心养伤，邱司令所部可否交与张司令指挥呢？”

张宗民急忙说：“参谋长，这绝对不可。”

邱振江淡然笑了：“张司令，我与参谋长共事近两年了，我了解他，他做事从无私心，一向大局为重，就按参谋长说的，我的队伍从现在开始，全由张司令指挥。参谋长，你快去抓捕祁连城，我这就与张司令交接。”

唐行一点点头，走出门去，但见姚宝泉副官已率领骑兵连“精神抖擞”地在门前集合完毕。

唐行一刚要上前说话，却见张宗民匆匆追出来。

张宗民上前拉着唐行一的衣袖，低声急道：“品直呀，你刚刚说的什么呀？这个时候，我怎么能接管老邱的队伍呢？传出去，人家要说我乘人之危了呀！”

唐行一匆忙把张宗民扯到一旁，左右看看，低声道：“我是郎中出身，适才已经看出，邱司令朝不保夕，也就是这两天的事了，你若不接手他的队伍，还能让谁接手呢？”

张宗民惊愕：“邱司令……”

唐行一忙抬手压了嘴唇：“嘘！我断不会看错的。”

张宗民怔了怔，低声叹了口气：“那好吧，我就先接了吧。”

唐行一点头：“这就是了。我先去了。”说罢，便喊一声姚副官，带着骑兵连向祁连城的驻地飞奔而去了。

途经“山药坡”时①，唐行一看了看左右的树林，心念一动，带住了坐骑，喊过来四个骑兵，悄声交代了几句，那四个骑兵便拨马去了树林。

姚宝泉疑惑：“参谋长，这是何意？”

唐行一笑道：“姚副官，我这是闲时置下忙时用啊。快走吧！”便打马继续前行了。

人急马快，黎明时分，唐行一便赶到了祁连城的营地。祁连城

---

① 易县到涞水县的必经之地。

正要集合队伍开拔，突然接到卫兵报告：唐参谋长和姚副官来了。祁连城登时吃了一惊，忙与张团副及梁副官匆匆商量了一下，几个人疑神疑鬼地去营门迎接了唐行一与姚宝泉。

唐行一大步上前："祁团长呀，奉邱司令派遣，我和姚副官到新城县办差，路过你的防区，便想打个秋风。祁团长可不能小气呀。"说着话，就哈哈笑着拍打祁连城的肩膀，显得亲热极了。

祁连城听罢，狐疑地看了看唐行一满面春风的表情，并无异样。再看姚副官与骑兵连也都是常态，祁连城紧提着的心便渐渐放下了。他呵呵笑道："参谋长大驾到此，属下一定竭力奉承啊！"（张宗民事后仍然心有余悸，此事千钧一发，如果唐行一不及时赶到，祁连城就要拉着队伍去涞水投奔吕士奎了。）

唐行一又与祁连城的副官及团副寒暄了几句，便看看表，笑道："祁团长，咱们别光站着说话了，赶紧找个地方，我们吃喝完了还急着赶路呢。"

祁连城赔着笑脸："参谋长呀，祁某酒钱是有的，只是……我这儿穷乡僻壤，参谋长担待，您得凑合些了。"

唐行一摇头笑道："祁团长过谦喽。这'遂城镇'可不得了呀，当年名士刘伶就在此地醉酒扬名，怎么能说穷乡僻壤呢。"

祁连城佩服地说："唐参谋长见多识广，连刘伶醉酒都知道，好，属下今天就请参谋长喝刘伶老酒。"

祁连城引唐行一、姚宝泉去了遂城镇街中，寻了一家酒馆，祁连城的卫兵与姚宝泉的骑兵连就在外边站了，祁连城与唐行一、姚宝泉进去，张团副与梁副官随后跟着，五个人围着桌子坐下。祁连城喊了一声："店家掌柜，今日有贵客上门，你炒几个拿手好菜，再上一坛刘伶老酒。"

一大早就有生意上门，店掌柜自然欢喜得不行。厨房急忙点火，刀勺案板一通乱响。一会儿的工夫，一桌菜陆续端上了桌。店掌柜再搬了一坛刘伶老酒上来，当即启封，浓烈的酒香登时飘满了屋子。

唐行一对姚宝泉呵呵笑道："姚副官，你看么你看么，祁团长真是不小气呀!”

姚宝泉连连点头笑道：“祁团长本来就不小气么。”

祁连城谄媚地笑道：“参谋长，属下岂敢慢待您呀?”

酒过三巡，唐行一使个眼色，姚宝泉便借敬酒的机会，走到祁连城身边，掏枪顶住了祁连城，并下了他的枪。祁连城满脸惊慌，大喊起来：“参谋长，这……”

张团副和梁副官见状，也忽地站起，先后拔枪瞄准了姚副官。进来续酒的店掌柜登时吓得脸白，腿一软，就“窝”在了墙角。

唐行一“嘘”了一声，对张团副与梁副官摆手：“两位别急！我有话讲。”便凑到祁连城眼前，低声笑道：“祁团长少安勿躁，没什么大事儿，上峰有令，让祁团长跟唐某走一趟呢。”说罢，又小声笑道：“真不好意思，祁团长，你偷吃空饷的事，被人告发了，邱司令发火了，让我带你回去说清楚呢。”

祁连城满脸疑惑：“吃空饷？谁不吃呀？这算个事儿吗?”

唐行一满脸同情地皱眉道：“是呢，是呢，祁团长说得是，这种事儿说起来就是个屁事儿。可毕竟有人告发了，邱司令都火了。邱司令跟你是亲戚呀，他若硬护着你，他脸上也挂不住了呢。好了好了，你还是亲自去跟邱司令说说吧。”

祁连城狐疑道：“参谋长，真……再没别的事儿了?”

唐行一登时惊讶了，急忙凑到祁连城耳边，低声急问道：“活祖宗呀，你……还惹什么事儿了?”

祁连城急忙摇头：“没旁的事儿，没旁的事儿呀。”

唐行一直起身，长吁一口气，一副如释重负的样子笑道：“你差点吓死我呀，没旁的事就行了!”说罢，又看看神情紧张的张团副和梁副官，淡然笑道：“这里边没两位什么事儿，都把家伙收起来吧。”

张团副和梁副官面面相觑，再看看一脸轻松的唐行一，一时无措。

唐行一鄙视了张团副与梁副官一眼，再看看哆哆嗦嗦“窝”在墙角的店掌柜，便呵呵笑道：“两位，谁先把酒钱结了？小本生意不容易呢。”便负手走出了酒馆。

梁副官掏出两块银圆扔到桌上，与张团副前后跟着唐行一走出酒馆。

姚宝泉押着祁连城紧随其后。

唐行一却在酒馆门前站住了，姚副官也委实吃惊了。但见酒馆门口站了一群祁连城的卫兵，与骑兵连荷枪实弹对峙着。一个卫兵朝着唐行一大声喊道：“赶紧放了祁团长！”

有人吼道：“不放祁团长，大家一块死！”

“放了祁团长！”

“快放人……”

唐行一竖起大拇指，连连点头，对祁连城悄声称赞：“老祁行呀，你这兵带得不错么，对你真是忠心耿耿。让唐某好羡慕呀！”他转身对卫兵们高声说道：“弟兄们少安勿躁，我也不瞒大家了。祁团长因为军饷上的小事，被人告发了。这事嘛，还得祁团长亲自去见邱司令，当面说清楚。祁团长，你说是不是？你敢抗命吗？”唐行一的声音登时冷峻了。

祁连城迟疑了一下，便无力点点头：“祁某不敢抗命。”

唐行一猛地拍了拍脑门，摇头苦笑道：“哎呀，祁团长，你看我这脑子，这刘伶老酒喝多了，不仅要上头，还真让人忘事呢！邱司令说了，你走这几天，暂且让姚副官代理团长职务。”

祁连城怔忪了：“这……”

姚宝泉惊愕：“参谋长，这是怎么回事。”

唐行一皱眉道：“姚副官呀，这可是邱司令交代的。司令说了，我带祁团长回去，如果他吃空饷属实，真要关他几天禁闭，以儆效尤呢。你看我这嘴，这事儿不应该说呢，可既然说了，那我干脆就都说了吧。司令的意思是，关他祁团长几天禁闭，旁人也就无话可讲了。军中不可一日无帅，所以邱司令要姚副官代理几天团长的职务，咱们这骑兵连，也随你一同留下。”

姚宝泉讪讪笑道：“不就是几天的事儿么？好吧，我也过过当团长的瘾吧。”

祁连城紧张的表情也松弛下来了，苦笑道：“姚副官，那你就好好过几天当团长的瘾吧。”

唐行一笑道：“姚副官呀，那我就带祁团长回去了。”

姚宝泉担心道：“参谋长，你还是要多带些人呢。”

唐行一摆手哈哈笑道：“不用呀，你放心，这可是祁团长的地盘，谁敢奓翅儿？祁团长呀，咱们走吧，也让你的手下闪开一条路吧？”

祁连城垂头丧气地摆摆手：“都闪开吧，我去两天就回来了。”

茫然不知所措的卫兵们，迟疑了一下，便哗啦闪开了一条路，看着唐行一与祁连城翻身上马，一路去了。

唐行一与祁连城骑着马，一路走着。唐行一有说有笑，祁连城则沉默不语。走到山药坡时，已是日上三竿，唐行一懒懒地说：“老祁呀，真累了呢，咱们下马歇歇吧，抽支烟。”说罢，先跳下马来，祁连城也随之下马，二人就在路边坐下。

唐行一眯起眼睛，望着左右茂密的树林，意味深长地笑道：“老祁呀，这儿的风景真是不错呢。你说这人要死了，埋在这儿，也算是块风水宝地呢。”说罢，点着一支烟，又扔给了祁连城一支。

祁连城点了烟，深吸了一口，皱眉说道：“参谋长，我脑子虽然迟钝些，却还是怀疑这事了呢。”

唐行一笑道：“祁团长怀疑什么了？”

祁连城疑惑地问：“我总觉得不会是吃空饷的事呢。”

唐行一收了笑容，郑重点头：“你说得对呢，的确不是吃空饷的事呢。”

祁连城的脸色登时变了，他扔了手里的烟，忽地站起：“参谋长，那能是什么事呢？”

唐行一目光如炬：“祁团长，你自己做下什么事了？”

“我……”

“你与吕士奎暗中联系的事儿，有吗？”

“我……”

唐行一丢了手里的烟头儿，用脚“搓”灭了，随即冷笑了一声：“老祁呀，你还不想承认吗？”

“我……”

唐行一拔出枪来，瞄着祁连城，怒声说道：“祁连城呀祁连城，眼下邱司令与张司令正与汉奸吕士奎浴血奋战，你竟然暗通日伪，卖国求荣。遂城镇乃此次战役隘口，如此重地，邱司令交与你，那是莫大的信任呀，你却要背叛投敌，这何止是釜底抽薪，而是要置邱司令于死地啊！”

祁连城看着黑洞洞的枪口，脸色苍白。他无奈地点点头：“参谋长，既然你们都知道了，我也不必隐瞒了。我是与吕士奎暗中联络了，想投靠过去。人为财死，鸟为食亡。我接了吕士奎的金条，我想过舒服日子呀！”

“实话？”

“句句实话。你想拿我怎么办？”祁连城心虚地问了一句。

唐行一长叹一声：“本来么，邱司令让我就在遂城镇杀了你，以儆效尤。可是呢，我知道你与邱司令是姑表兄弟，这才在遂城镇编排了那些瞎话，让你安心离开，去见邱司令，由他处置好了。”

“参谋长果真要押我去司令那里？”

唐行一摇了摇头：“刚才我又想了想，怕是不行呢，邱司令若见了你，他若念及骨血牵连的分儿上，怎么好意思杀你呢？可他若不杀你，又怎么跟全军将士交代呢？怕他也是个左右为难呢。为了不让邱司令过于难堪，也看在咱们往日的交情上，我还是放你走吧。”

祁连城眼睛一亮：“参谋长真放我走？”

唐行一点点头：“是呀，我之所以只身押你回来，就是为了好放你走。但我有两个条件。”

“参谋长请讲。”

“一么，你从此隐没江湖，改名换姓，永远不要再抛头露面。”

“祁某死里逃生，哪里还再敢招摇过市呢。”

“二么，你要实话告诉我，跟你谋划叛变的，还有谁？”

“还有一营长和三营长。”

“就他们两个？”

“真的没有了。二营长这人太倔，不好说话呢，我想在起事的时候绑了他。”

“张团副和梁副官呢？”

“他二人是被我胁迫，不得不从了。”

“老祁呀，我相信你这一回，你走吧。”

“多谢参谋长不杀之恩。只是……”

“你还有什么疑虑？”

祁连城看了看唐行一手里的枪，苦笑了：“参谋长，并非我信不过你呀，你这人心眼儿太多，鬼都害怕呢。你看我手无寸铁，我前脚走了，你若从后边打黑枪……”

唐行一粲然笑了：“哎呀，老祁呀，是你心眼儿太多了呢。”说着，扬手把手枪扔给了祁连城。

祁连城接过手枪，掂了掂，嘿嘿笑道：“拜你所赐，还真是荷枪实弹呢。参谋长呀，祁某过去总觉得你鬼精鬼精的，这回算明白了，你还真是个实诚人呀。”

“你这回放心了？那就快些走吧！”

祁连城翻身上马，四下看了看，却嘿嘿笑了：“参谋长呀，我却是不好走呢。”

唐行一皱眉：“此话怎讲？”

祁连城讪笑了：“你老唐是个聪明人呀，你也得替我想想啊，我就此一走，亡命江湖。虽然留下一条命，却永无出头之日了。那种破烂日子让我怎么活呢？所以，我得杀了你，再赶回遂城镇，杀了姚副官，继续带着兄弟们起事，升官发财。”

唐行一望着祁连城，无奈地摇摇头，苦笑了一声：“老祁呀，唐某确是诚心救你，不承想，却真当了一回东郭先生。”

祁连城的枪口对准了唐行一，冷声笑道："参谋长呀，你聪明一世，却糊涂一时，你真是不应该放我走呀。祁某只能对不住了，下辈子再见吧！"

唐行一仰天长叹了一声："这人要是寻死，神鬼也拦不住的呢。"便转过身去了。瞬间即逝的工夫，唐行一听到了四声枪响，他缓缓转过身来，但见祁连城晃了晃，一头栽下马来。血从他的后背汩汩地涌了出来，他吃力地抬起头，用失神而惊恐的目光看着唐行一。

唐行一走上前，伏身看了看祁连城，摇头叹道："老祁呀老祁，你本来已经逃出生天，为何还要自寻死路呢？你我交往一场，你就不明白吗？唐某是很难被人算计的呀！"

一阵马蹄声响，唐行一抬头去看，但见四个骑兵从树林中冲了出来，他们在唐行一面前翻身下马。

唐行一伸手合上了祁连城的眼睛，起身对其中两个骑兵说道："把他埋到树林里去吧，坑要挖深些。"

是时傍午，树影婆娑。两个骑兵便拖着祁连城的尸体去了树林。

唐行一对另外两个骑兵说道："你二人火速前往遂城镇，传我的命令给姚宝泉副官，要他立即抓捕一营长和三营长，就地枪决！记住了？"

"报告参谋长，记住了！"

"重复一遍！"

"报告参谋长，立即捕杀一营长和三营长。"

唐行一点了点头："快去吧！"

但见两个骑兵策马而去，唐行一抽了支烟，等树林里的两个骑兵出来了，便翻身上马，一行三骑，赶往了周寨。

邱振江之死

唐行一快马赶回周寨，已经是子夜时分。他在张宗民门前翻身下马，却与匆匆走出来的张宗民撞了个对面。张宗民顾不及问唐行一些什么，只惶惶地说道："品直呀，快跟我走，邱振江不行了！"

唐行一吃了一惊："邱司令他……"

二人快马加鞭赶到了邱振江的司令部。

邱振江已没有了呼吸，安详地躺在炕上，睡熟了一般。

两个脸色苍白的随军医生伫立在屋子里，皆是目光呆滞。他们也为邱振江的突然去世，伤感不已呢。

张宗民与唐行一缓缓地走上前去，二人并立，脱帽致哀。

唐行一长叹了一声："邱司令呀，你走得太过匆忙了啊。"即想起与邱振江这些日子以来逐渐深厚了的交情，汹涌的泪水就夺眶而出了。

二人悲哀了一刻，张宗民低声问："参谋长，如何办理邱司令的后事呢？"

唐行一胸有成竹地低声说道："秘而不宣。"

张宗民惊愕："参谋长，你不是说……"

唐行一点头："司令，大敌当前，邱司令的死讯若传出去，必会军心大乱。我们现在只能说，邱司令尚在养伤。之前他已同意你全权指挥他的部下，你何不顺势而上呢？再有，我在邱司令的队伍里还算有些威望，我且代司令指挥便是。总之，邱司令的死讯，必须在解决了吕士奎之后才可宣布！"

"品直呀，这……"

唐行一皱眉道："司令呀，你切不可再犹豫了。"

张宗民点头："参谋长说得是。"便转身对两个医生厉声说道："邱司令去世的消息，绝对保密，如有走漏，军法从事！"

两个医生躬身喏喏。

张宗民说罢，便喊传令兵进来："命令邱司令的警卫连，立刻集合。"

唐行一低声称赞道："张司令如此决断最好。"

张宗民兀自摇头："参谋长，此事怕要招骂呢。"他走出门去了。

院子里，邱振江的警卫连已经荷枪实弹集合完毕。

张宗民看了看，即厉声说道："弟兄们，我可以告诉你们，邱司令伤情渐愈，为邱司令身体着想，经他本人同意，今夜便将邱司令送回百丈岩养伤，你等要一路护送，不可出任何差错。但有闪失，军法处置。”

警卫连连长大声回答：“属下明白！”

张宗民走近前，低声对警卫连连长说道：“让几位医生一同护送邱司令回百丈岩，告诉他们八个字——不离左右，精心护理。”

警卫连连长点头：“知道了。”便转身进了军帐。

张宗民和唐行一默默地站在夜色中，看着四个士兵缓缓用担架把邱振江抬出了屋子，张宗民走上前去，轻轻掀起布单一角，轻声对士兵说道：“邱司令睡着了，你们轻点儿。”

邱振江被抬上一辆布篷马车，百余人的队伍在夜色中悄然出发了。

送走了邱振江，张宗民与唐行一便召集邱振江的手下召开紧急会议，张宗民宣布了邱司令回百丈岩养伤的消息，并要求各部严阵以待，继续加强战前准备，以让邱司令放心。众人纷纷表态，完全服从张司令调遣。

张宗民与唐行一回到周寨营地，天光已经大亮。二人身心疲惫，却无困意，进了司令部，相对坐下。张宗民叹道：“参谋长，邱司令突然去世，等于断了我一条臂膀呀。想不到呢，吕士奎几年不见，竟然成了一块难啃的骨头了。今年保定周遭颗粒无收，军粮已经短缺，队伍饮水也成了问题，如果再僵持下去，军心必然浮动。如何能速战速决呢？”

唐行一皱眉道：“司令，无论如何也要速战速决。依我想法，此时就可发动强攻。”

“此时强攻？我再想想。”张宗民皱眉思索着。

唐行一笑了：“司令，自古两军对阵，必要先观察对手，慢中出快，快中出慢。占上风时不能走，僵持中求变化。环顾不决者，痴人也。傻子也。司令，我们不能当傻子呀！”

张宗民点了点头，却仍然不说话。

清晨的阳光渐渐饱满了，水一般悠悠漫进了窗子。张宗民突然一拍脑袋说道："哎呀！参谋长，我一时晕头转向，竟是忘了一件大事呢。吕士奎的参谋长要投降我们呢。"

唐行一惊讶："禹树声？"

张宗民点头道："就是他。"

唐行一疑惑道："我知道这个人，保定陆军学校五期炮科毕业，确是个人才。传说此人自视甚高，骄傲至极。抗战前夕南京制造申胜虎失踪一计，即是他与戴笠共同炮制。此人曾在南京部任职，因了一次会议上出言不逊，惹怒了委员长，便投靠了日本人。他曾任齐燮元的高级参议，因一言不合，即与齐燮元闹翻，学关云长挂印封金，浪迹江湖。后与吕士奎相识，便出山辅佐，二人见面一拍即合，吕士奎便让他当了参谋长。他如何会轻易投降呢？其中不会有诈吧？"

张宗民摆手笑道："听戏文上唱过，良禽择木而栖。前几天，我派了个探子潜入了吕士奎的营地，这探子是禹树声的小老乡，去试了试禹树声的态度，禹树声或是感觉到当汉奸有所不值，才顺水推舟，决定洗心革面，投降我们。"

唐行一"哦"了一声，抬头看着屋顶，不再说话。他在思考，如何对待禹树声呢？似禹树声这种习惯翻云覆雨、待价而沽的人物，如此轻易投降，或是另有心计。而且，唐行一还知道，禹树声与汪精卫颇有些交情。汪精卫逃离重庆后，禹树声曾在报上发表文章支持汪精卫，并大骂蒋介石无德无能，蒋对此人早已经恨之入骨，军统数次发布"通缉令"。如果他真的投降，这却又是重庆方面绝对不能容忍的事。若由此再惹出些什么"乱子"，于张宗民必定是个祸事呢。

张宗民看了看手表，呵呵笑道："品直呀，禹树声应该到了呢。"说罢，他起身喊来传令兵，要各团团长来此集合，迎接禹树声。传令兵匆匆去了。

唐行一点头讪笑道："司令如此礼贤下士，定能讨禹树声欢心呢。所有下属，也定能拼死效力。”

张宗民皱眉道：“品直呀，我听得出，你话里有话，你到底想说什么？”

唐行一不再笑，他看了看帐外渐渐强烈起来的秋阳，皱眉说道：“司令，我还有一事相求。”

“你讲么。”

“再有两个多时辰即将晌午，我想代司令在晌午之前，行使一刻全权指挥的权力。司令可否同意？”

“品直呀，你是什么意思呢？”张宗民当即皱眉，疑惑地看着唐行一。

“司令，唐某与你交往多年，你应该知道唐某的品行，我断无恶意，我只请求司令让我行使一刻全权指挥之权。”唐行一满脸正色。

张宗民哈哈笑了：“好，我不再问，就给你一刻全权指挥之权。”

“军中无戏言！”

“好！”

吕士奎之死

干燥的秋风在村道上细微并“迷茫”地刮着，似乎风儿一时间不知归路。

两个士兵引着禹树声走进张宗民的司令部。禹树声的脚步突然有了些迟疑，他还不清楚张宗民对他是个什么态度。他抬头看了看已是日上三竿的天空，突然感到非常沮丧。他与吕士奎几年的交情，怎么会闹到不欢而散的地步呢？或是说，世间最坚实与最不坚实的东西，就是情感？

唉，至于么？数天前，禹树声只是随声附和了几句下属撤退的建议，众目睽睽之下，他竟然遭到吕士奎劈头盖脸一通辱骂。一向清高自诩的禹树声，顿时感觉自己尊严扫地，几十年辛苦建立起来的声名，在吕士奎的辱骂声中，被撕成了碎片。刚愎自用的吕士奎呀，谋臧不从、不臧覆用，你可以逞强一时，但失败是最终的。禹树声感觉自己不会再被吕士奎倚重，他也不再奢求与吕士奎彻夜点灯倾心交谈了。他感觉自己很像一只受了伤的猫，默默不语地躲在自己的屋子里。

短短几天，他便尝到了门可罗雀的滋味。他那些一向召之即来、挥之即去的下属，一概看吕士奎眼色行事，对失宠的禹树声唯恐避之不及。前天夜里，他曾想努力挣脱这种卑下的感觉，强迫自己去找了一回吕士奎，试图与吕士奎谈谈心。可他在司令部门前傻傻地等候了近半个时辰，吕士奎却让卫兵传话：司令休息了。

禹树声至此彻底绝望。他这才明白，自己在吕士奎心中的位置，并不像自己想象的那样重要。他感觉自己很贱，很像一个追着嫖客谄媚卖笑的青楼女子。他怒火中烧，却不敢使性子请辞，他相信正在气头上的吕士奎会当众拔出枪来，顶在他的额头上。可怎么才能离开吕士奎呢？前天，禹树声的一个老乡奉张宗民之命，前来游说，正被愤懑情绪淹没了的禹树声，似抓到了一根“救命”的绳索，立即答应下来。今天一早，他借着“视察阵地”的机会，瞅了个空子，悄然逃了出来。

（写到这里，讲句闲话，抛开政治立场，谈歌对禹树声此类人物一贯小视。若论“事人”，总要讲一些“肚量”。大凡禹树声这类有些才气的中国知识分子，那肚肠狭小得“可怜”，一点点委屈也盛不下。这种人物，自古至今从未绝种。席宴上的一杯水酒，他们也能够争出个尊严，分出个高低。自大与自卑如昼夜交替，如影随形。而做人的底线与天线，在他们心中，却从来都含混不清。背叛与迎合，多是发生在一喜一恼瞬间即逝之际，断无章法规矩可循。）

张宗民已经在院子里等候，身后依次站着唐行一和几个团长。张宗民上前一步，双手握住了禹树声的手，粲然笑道：“张某能遇到禹先生，真是如鱼得水了。”

唐行一随后笑道：“禹先生，我们张司令当真是求贤若渴，大有‘玄德遇孔明’之感慨呀！”

唐行一与张宗民这一唱一和两句很简单的客套话，却使得禹树声登时热血沸腾了。他在吕士奎那里倍感受辱了数天，此时才感到自己的尊严正在一寸一寸地被“修葺”一新了。

禹树声拱手笑道：“禹某如何当得起张司令如此厚爱！禹某一介书生，一时失足，误投吕士奎，附逆反叛，今日能得到张司令的格外宽大，已是感激不尽了。”

张宗民笑道：“禹先生太谦虚了，张某就套用一句戏文吧，风云际会，乱世英雄。吕士奎限数既到，张某时来运转，谁也奈何不得呀。”说罢，张宗民即侧身，伸手相让：“禹先生，请！”

众人进了张宗民的司令部，唐行一给张宗民递了个眼色，张宗民会意，即恭请禹树声上座，禹树声推让了两句，便坦然坐在上座了。

（好一个禹树声，果然是自傲自大呢。）

众人依次两边坐下。

张宗民向禹树声逐一介绍了在座诸位。唐行一便向禹树声拱手道：“请禹先生展开宏论。”

禹树声连连道：“唐参谋长取笑了，禹树声有何宏论？井底之蛙之见，便是和盘托出了。”

张宗民笑道：“禹先生不必过谦，我们却是诚心求教呀。”

禹树声点点头，咳嗽了一声，笑道：“张司令如此诚恳待人，禹某便不揣浅陋，说上几句。依我之鄙见，张司令大可不必在此僵持。国军粮草短缺，吕士奎之军需却并未捉襟见肘。若一味对峙，吕士奎便有以逸待劳的优势。时下日军正在山区扫荡，苦与八路军纠缠，一旦抽身出来，必定援手吕士奎，国军便要两面受敌，不战自溃。以当下计，张司令只能一鼓作气，孤注一掷，以求速胜。”

张宗民不说话，手握着茶杯，表情淡然地看着禹树声。

唐行一笑道：“确如禹先生所说，于我军而言，粮草和人畜饮水都成问题，军心日渐浮动。如此全军对决，若稍有失利，或此战不胜，我们便是进退失据了。莫不如暂且避其锋芒……”

禹树声摆摆手，打断了唐行一：“参谋长不必再说，你宏论至此，却已有了三错。”

唐行一忙欠身拱手：“唐某错在何处？禹先生不吝指点。”

禹树声一笑，即娓娓而谈：“且说吕士奎在保定，虽有根基，却尚不得深入，若待其羽翼丰满之日，便是心腹大患。张司令此次开战，旨在一举获胜，若此番不胜则退，且不说战机失去，吕士奎休养生息后，便会倍增对峙之力。参谋长主退，此乃一错也。”说到这里，禹树声四下看，目光中充满自信。

（怎么没掌声呀？）

唐行一当即点头：“禹先生，请继续。”

禹树声提高了声音：“张司令乃军中虎将，攻城夺地，无往不胜，时下虽深得上峰信任，但行高于众，树大招风，当多有妒忌之声。且张司令与吕士奎当年过从甚密，此番若退走，必然流言飞动，所谓三人成虎，于张司令必是不利。参谋长主退，此是二错。”禹树声说到这里，用傲慢的目光看了看唐行一。

唐行一欠身称赞了一句：“受教了。”

禹树声声音里有了些得意：“且此次出兵征讨，是张司令与邱司令同行，若是不胜而退，对邱司令的声誉也多有亏损。邱司令前番奉命开赴山西，途中擅自行动，取道百丈岩，已招致上峰震怒。此次邱司令寸功未建，却又要不胜而撤兵，参谋长主退，试将邱司令置于何种境地？此是三错。”

不待唐行一答话，张宗民抢先笑道：“禹先生这些话么，要用说书先生的话讲，真是深入浅出，让人茅塞顿开呢。禹先生不妨再说得透亮些，如果强攻吕士奎，张某的胜算有多少呢？”

禹树声淡然笑道：“吕士奎久居保定，多得人心，且家乡子弟，眼下孤立无援，必是舍死相拼。国军奉命攻之，劳军袭远，已是输了一筹。但也有狭路相逢，勇者必胜一说。一鼓作气本是平常道理，若张司令迟疑不决，禹某不好再多言了。”

都听明白了，禹树声的意思是要强攻吕士奎。可若是强攻不下呢？不仅部队士气大落，而且一直坐山观景的日军，也必定趁火打劫，援手吕士奎，一举消灭张邱二部。屋里一时安静了下来。

张宗民沉默了片刻，皱眉道："禹先生高论，我听得却还是不大明白呢。我部若发起强攻，吕士奎也必有准备呢，要是强攻不下来，那……"

禹树声笑道："还有一件秘密，对张司令事关重大，禹某还不曾说出。"

张宗民疑道："什么秘密，禹先生请讲。"

禹树声呵呵笑道："丰田秀男于前几日，三番五次督促吕士奎，若不能速战速决，即令其转移至阜平一带，支援该地扫荡的日军。吕士奎自知不能速战速决，想必他要考虑退军了。如禹某所料不错，吕士奎今明两天就要退军了。张司令尾随追击，虽不能聚歼吕部，却必能大有斩获。"

张宗民听得心头一震，手中的茶杯也险些扔掉。他惊问一句："禹先生，情况属实吗？"

禹树声道："军帐之内，岂敢戏言？"

唐行一看着张宗民，朗声笑道："张司令，若如此，我军克敌，便是近日之事了。适才你我商定之事，司令不可爽约呢。"

张宗民看了下手表，当即点头，起身四顾，命令道："全体起立！"

除禹树声外，众人肃然站起，笔直立正。

张宗民厉声说道："诸位，本司令发布命令，即此刻起，我交付予唐行一参谋长所有指挥权。军中之事，听任其杀伐决断。再说明白些，唐参谋长从现在起，即是我军最高长官，凡抗命不遵者，一律军法从事！"说罢，便退到了唐行一身侧。

众人吃了一惊，面面相觑，不知就里。

窗外的风渐渐强硬起来，窗缝里挤进来阵阵尖利的嘶叫声。

禹树声也惊异道："唐参谋长，你要指挥这场战役？"

唐行一没有理会禹树声，他缓缓上前一步，轻轻咳嗽了一声，即沉下脸来，寒冷的目光扫视了一下屋中的团长们，郑重说道：

“诸位，唐某即此刻起，接手张司令指挥之权，发布如下命令，一、此刻起至子夜零时，凡无唐某手令，私自出营地者，一概格杀勿论！”

唐行一此言既出，众人心下惶恐，想不到呢，一向温文尔雅的唐参谋长，竟然变得如此声色俱厉。他本不是凶暴恶毒的人，但此时，团长们都感到了毛骨悚然。

张宗民此时也惊心动魄，他登时感觉到了唐行一身上正在释放出的腾腾杀气。

唐行一继续冷声说道：“二、子夜零时，即对吕士奎发起总攻。此为殊死一战，全军上下，当勠力同心。凡畏缩不前者，一概不问情由，就地枪决！”说到这里，四下环顾，继而强调了一句：“勿谓言之不预！”

人们怔怔地看着他。

唐行一大喊一声：“卫兵！”

四个荷枪实弹的卫兵应声走进军帐。

唐行一看了看禹树声：“三、经查，禹树声实为日伪情报人员，潜入我军，实施反间之计。即刻执行枪决！”

瞬间变化直如“白云苍狗”，禹树声登时急了，他“咣”地放下茶杯，高声喊道：“唐参谋长……”

不及禹树声再说，四个卫兵已经大步上前，将禹树声拖出去了。

团长们愀然变色，不敢置一辞。

但听到门外传来禹树声阵阵的哀号声，张宗民登时“醒悟”过来，抢身上前，大喊了一声：“刀下留人！”即转身怒吼道：“唐行一，你这是什么意思？你……”

唐行一怒声喝道：“张宗民，退下！军帐之中，不可放肆！再若喧宾夺主，扰乱当堂秩序，军法从事！”

张宗民看着唐行一威严且“恶毒”的目光，登时心生怯意，即刻回过味来，肃然退回原位，立正站好。

帐外响起了一排枪声，禹树声的哀号顿时消失了。

唐行一用严厉的目光看了看几个团长：“诸位辛苦，即刻回到指挥位置，准备进攻吕士奎！不可迟延！”

几个团长斩钉截铁般齐声答道：“是！”都转身出去了。

屋中只剩下唐行一和张宗民。唐行一如释重负地坐在了椅子上，看了一眼目瞪口呆的张宗民：“司令呀，唐某交还指挥权……”

张宗民这才回过神来，气急败坏地顿足吼道：“参谋长呀，你……为什么要杀禹树声？为什么呀？”

唐行一苦笑：“司令或是要问唐某，刚才还谈得投机入港，怎么瞬间就变脸杀人呢？”

张宗民愤怒地拍响了桌子：“是呀是呀，唐行一，你今天一定要给我说出个道道儿来！”

唐行一渐渐收了笑容：“司令呀，禹树声此人狡猾多变，他此时投靠，的确是看吕士奎朝不保夕，乃见风使舵之举。所谓小人多智，国家之害也。杀他，不足惜。且此人乃货真价实的汉奸，杀他，亦不足虑。再则，借我手杀他，世人或说唐某嫉贤妒能，司令却可免了杀降的恶名。”

张宗民冷笑了一声：“哼！这么说，我还得谢谢参谋长呢。”

唐行一摆手：“我杀他的关键却不在此。”

张宗民疑惑：“那……什么是关键？”

唐行一皱眉说道：“之前，我已知道了禹树声的一些底细，此人与汪精卫关系颇深，委员长已对此人恨之入骨，他早已是军统暗杀名单中的首要人物。若不杀他，司令就此便会在军统那里落下口实。日后若有宵小之人，诬告司令袒护汪伪亲信，到那时，司令能说得清楚吗？”

张宗民听得瞠目结舌：“品直呀，你……为何不早说呢？”

唐行一摇头叹道：“司令呀，你是何等暴烈脾气，我若是提前讲了，你还能那样心平气和地与禹树声来文言去语吗？你的神色稍有变化，那禹树声必如惊弓之鸟，他还能侃侃而谈吗？”

张宗民颓然坐下，良久，长叹了一声："品直呀，我懂了呀，你这是替我杀他，代我担了一个杀降的恶名啊。"

唐行一摆摆手："司令呀，你我之间，且不说这些了。脏活儿，总得有人干。此时我却有了些犹豫呢，一、禹树声提供的情报是否可靠？二、此时进攻，我们胜算多少？"

说到这里，唐行一起身走到窗前，但见天色有了些阴霾，天际处渐渐堆积起层层的乌云，正你追我赶地聚拢过来，偏斜的太阳渐渐被厚厚的云层掩盖了，秋风惊慌地吹过院墙，似乎仓皇间一时迷失了归路。干燥了数月的天气顿然昏暗下来，竟有了一派浓浓雨象。

就在唐行一与张宗民苦苦思索，仍为午夜攻击摇摆不定的时候，司令部的参谋给张宗民送来一份令人惊讶的情报，张宗民与唐行一登时如同拨云见日，不再彷徨。

这是一份什么情报呢？

今天上午，混入吕士奎营地的侦察兵看到，吕士奎手下几个团长匆匆赶到了吕士奎的司令部，军医官也惊惶惶地去了，一会儿的工夫，侦察员看到军医官从司令部出来，几个团长一路痛哭着走了。临近中午，一辆敞篷卡车停到吕士奎司令部院外，几个士兵将一具新油漆的棺材抬下来，放到了司令部的院子里。侦察兵由此判断，吕士奎死了。

傍晚的时候，张宗民又接到了第二份情报，吕士奎的确死了，自杀身亡。

张宗民和唐行一都疑惑不解，吕士奎为什么自杀呢？

唉，管他为什么自杀呢，这是一个天赐的战机呀，赶紧打吧！张宗民当即把进攻的时间提前到黄昏时分的六点一刻。

(后经被俘的吕士奎副官供述，吕士奎自杀身亡的缘由，或有两个：

一、丰田秀男对吕士奎不能尽早消灭张宗民部与邱振江部大为恼火，多次电报指责吕士奎贪生怕死，贻误了战机，有拥兵自重的嫌疑。后又命他迅速撤出战场，增援阜平扫荡的日军。吕士奎却坚决不同意撤出战场，他在电报中与丰田争辩：张宗民与邱振江已经为强弩之末，这个时候撤走，即是行百里者半九十，功亏一篑。他在自杀前曾给丰田秀男发了一封颇为愤怒的电报，这封电报底稿后被缴获，现存保定博物馆：“皇军手握数万精兵，保持重点于阜平、涞源，不趁敌疲惫不堪之际，一举而围歼于涞水、易县之间，反迟迟不前，又何深意？抑或以吕部为壑耶？借敌之手铲除之？”

分析这封电报，吕士奎与丰田秀男已然反目。吕士奎心灰意懒，即有了轻生念头。

二、吕士奎新娶了一个姨太太，正值蜜月，殊料这女人竟然暗中席卷了吕士奎的财物，不知去向。吕士奎得到消息，登时气得昏厥过去。

这两下里挤对，吕士奎被逼上了绝路。

张宗民后来回忆，吕士奎虽然为人聪明机警，却心胸狭窄。当年被冯玉祥痛骂两句，就耿耿于怀，想过自杀。所以，他忧愤自杀，虽感突兀，细想并不奇怪。）

大雨竟在黄昏时候急落下来，气势磅礴，如泼似倾。久旱的山区似乎被突如其来的暴雨所惊骇，顷刻之间，白水茫茫，天地浑然一体。

张宗民和唐行一奔出屋子，看着漫天雨雾，听着山谷中轰隆作响。

唐行一哂笑：“司令呀，莫非吕士奎自杀身亡，还引动了天哭？”

张宗民则摇头叹道：“吕士奎何德何能？或是邱振江猝然离去，才引发天哭呀！”

唐行一肃然点头：“邱司令之夙愿，今夜完成！”

张宗民愤然道：“今夜若不能破吕部，张某日后无颜去地下见邱司令！”

唐行一看了看手表：“司令，时间到了！”

唐行一话音未落，惊天动地的炮声便响了起来。

密集的炮声过后，但听启天明嘹亮的军号声穿透了层层雨雾，张宗民与邱振江的部队合为一处，向吕士奎的部队发动了全线攻击。张宗民已经阵前传令：凡击毙吕士奎者，赏十万银圆。

这是张宗民“孤注一掷”的攻击，更是“志在必得”的攻击。上苍赐给了张宗民一个绝好战机，刚刚丧失了指挥官的吕士奎所部，仓皇应战，怎能抵抗住张宗民的全力攻击。两个时辰之后，吕士奎部所有阵地全面崩溃。

(写到此处，谈歌感慨，所谓用兵之道：胜也如登，败也如崩。而已。

有史家研究，张宗民与吕士奎这一战，有效地中断了日军派兵增援阜平的计划，冀中抗日根据地由此得到了相对短暂的生息与安定。吕士奎所部确是保定周遭抗日力量的心腹之患，一直为丰田秀男所倚重。

丰田万没有想到，吕士奎会突然自杀，使得这支部队一时群龙无首，从而被张宗民把握战机，一举歼灭。随着吕士奎所部出局，冀中抗日根据地反复争夺的复杂局面，进行了暂时的“简化”。)

午夜时分，雨停歇了。

张宗民和唐行一前后蹚着满街的雨水，径直走进了吕士奎的司令部。一脚踏进院里，但见被暴雨打击得七零八落的灵棚下，一具黑漆棺材停放着，像暗夜中一只即将冒雨启航的船，吕士奎就在“船”里躺着，没膝的雨水已经到了棺椁半身。

张宗民眉头微微皱起，他兀自上前，伸手拍了拍吕士奎的棺椁，呵呵笑道：“久违了呀，士奎兄弟……”只说到此，张宗民的声音突然哽咽了，他摇了摇头，却再无话，即转身走了出去。

村道上，十几个被俘虏的军官被押解着一路走过来。

张宗民站在村道上，冷漠的目光逐一扫视着他们。这些人中的几个，张宗民是熟悉的。恍若昨日，他们曾同在冯玉祥麾下效力，出生入死，并肩对日军作战。此刻，这些人却以伪军的身份，成了他的俘虏。

张宗民一时百般滋味。他的目光突然一软，落在了一个走过去的军官身上。这个军官身材魁梧，面色黝黑，胆怯的目光不敢对视张宗民，深深埋下头去了。张宗民也默然移开了目光。这个军官名叫张宗强，是吕士奎的炮团团长，他还有着另一重身份——张宗民的同宗兄弟。张宗民如何对待他呢？

唐行一也走出了院子，站在张宗民身旁，闷声说道："我开棺验过了，确实是吕士奎。司令想……"

张宗民看了看唐行一，却没有说话。

唐行一知道，如何处理吕士奎的"后事"，对于张宗民，确是个"难题"。或许说，人死了，仇恨便会消失。人类历史中，掘墓鞭尸的极端行为总是少数。张宗民或许要亲自给吕士奎送葬？是啊，枪炮之声停歇，往事并不如烟。

张宗民沉默了片刻，用涩涩的声音说："品直呀，我与吕士奎曾在察哈尔并肩浴血奋战，他毕竟曾是我的兄弟呀！我要给他下葬。"

唐行一点头："天理、国法、人情。此乃人生在世之三要。但是……此事切不可声张呀。"

"……我明白。"

"我去找人做吧。"

"不必了，还是我亲自送送他吧。"

"就……不要竖碑了吧。"

"说得是，他还有何颜面竖碑呢？"

黎明之时，张宗民悄然带着十几个士兵，在山口寻了个地处，将吕士奎下葬了。

悄悄跟在后边的唐行一，借着晨曦灰灰的光亮，远远看去，一座无名的新坟拔地而起，但见张宗民站在那无名墓前，深深鞠了三个躬，随即默默地转身走了。

唐行一轻轻慨叹一声，他想象着张宗民站在那无名墓前，或是泪流满面？

张宗民正要集合部队，却突然接到了战区司令部密电：日前破获一个日军间谍网，被捕者供述，邱振江的两个手下，皆有间谍嫌疑。战区司令部命令：立即将这二人押解至战区司令部。因此二人牵涉人物关键，战区司令要亲自审讯。

这两位何许人也？一个是机要参谋张之丰，一个是电讯组组长李成。张宗民很是发愁，司令部距离此地百里之遥，途中要穿过日伪三道封锁线。如何押解这两个人犯安全到达战区司令部呢？还真是件难事了。他找来唐行一商量。张宗民的想法是派他的警卫连，押解二人去战区司令部。

唐行一思索了一下，则摇头道："司令，此事不宜如此，派警卫连押送，目标太大，很容易被日伪发现。行百里半九十，或许途中就被日军截杀了。"

张宗民疑惑："那该如何办呢？司令部催得要紧，又不能不送呀。那么就再派一个连，一同押送？"

唐行一想了想，便笑道："此事交给我来办吧。"

唐行一分别找张参谋与李组长谈话，命令二人扮作老百姓，一同去战区司令部报到，另有任用。谈话之后，这二人便愉快地去战区司令部报到了。

之后，张宗民很惊讶："你就让他俩这么去了？这二人肯定就跑路了呀。参谋长，你这葫芦里卖的什么药？"

唐行一笑道："司令，我这葫芦里是'迷魂药'呢。我了解过了，这两人虽然都有间谍嫌疑，但彼此并无来往，也就是说，彼此不知底细。我先私下命令李组长，秘密将张参谋押解去战区司令部。再私下命令张参谋，秘密将李组长押解去战区司令部。这二人都认为自己没有暴露，都会认真负责地把对方押解到战区司令部。如此而已。"

张宗民听得目瞪口呆。

两天之后，张宗民与邱振江两支疲惫不堪的部队，稍事休整，即撤回百丈岩。张宗民于行军途中，即向部队宣布了邱振江司令已于数日前去世的消息。全军闻此凶讯，当即哀号阵阵，泪飞如雨。其时，天色阴沉，秋雨蒙蒙，抑或天人同悲？

张宗民回到百丈岩，即派人去了唐县县城，雇一顶小轿，抬来了一位姓罗的风水先生，请其为邱振江选择墓地。

罗先生六十多岁的年纪，留着一绺山羊胡子，一副超然世外的表情。罗先生很认真地在百丈岩周遭踏勘了一整天，最终选在了距离百丈岩十余里处，一个名叫“落叶坡”的山中。事后，罗先生却拒收张宗民付给的一百银圆酬劳。

罗先生凄然叹道：“邱将军既为国捐躯，老朽怎么好收烈士的酬金呢？阁下若方便起见，可代为在邱将军墓前祭烧几页黄表，以寸敬老朽追仰之情吧。”说罢，朝张宗民深施一揖，便坐上轿子扬长而去。

张宗民目送罗先生下山，很是感慨了一番。

黄昏时分，悲壮的军号吹响了。以扈天明为首的几名号兵昂然站在山坡上，一只只擦拭一新的军号，在夕阳中闪动着黄金般的耀眼光芒。张宗民身穿崭新的军装，在前边引路，身后跟着两千余名官兵，为邱振江送葬。

沿山道十余里，白幡飘飘，纸钱飞扬。六十四名身材魁梧的士兵，抬着邱振江的棺椁，昂首挺胸，稳步前行。邱振江的大太太和三太太白衣素缟，左右扶棺，一路哀号挥泪。唐行一表情肃穆，紧跟在棺椁后边亦步亦趋。

一个方方正正的墓穴，已在山坡上挖就，三十二名荷枪实弹的士兵，围着墓穴肃然站立。六十四名士兵抬着棺椁走近，同时发出一声“落棺！”排子枪就在空中接连响起，邱振江的棺椁在枪声中徐徐地放进了墓穴。

张宗民第一个大步走上前去，接过士兵递过的铁锨，掘了一锨土，奋力扬了下去，继而仰天大吼了一声：“邱司令，好走！”

送葬的士兵都被张宗民的吼声震得愕然而惊，肃然而恐。几只山雀被惊得惶惶然举起翅膀，扑棱一声飞上天去，众人的目光兀自追着山雀向天空望去，但见残阳如血，飞云如海……

一座坟山，在千余名士兵的脚下巍然长起。

唐行一心中叹服，张宗民之所以厚葬邱振江，并组织了如此隆重的葬礼，除却张宗民性格厚道使然，也是为了表达军人之间的敬意，更是为了收拢邱振江所部已经散乱的军心。①

“雷人”的“天长节”

民国三十年（1941）二月末②，国民党中统保定站站长徐驰在街中吃饭时，被日军宪兵队逮捕，随之叛变。[《保定人物》记载：徐驰（1909—1940），男，保定曲阳人。徐驰原名徐奉中，黄埔军校三期毕业，曾任国民党宣传部组织干事，之后曾在中统北平情报站、天津情报站任职，后任中统局保定情报站站长……]因徐驰叛变，副站长于盛龙被捕。中统组织在保定的诸多人员因转移不及时被逮捕。由此带来了城门失火的糟糕效应。军统保定站以及中共保定地下情报组织随之人仰马翻，凡与徐驰有过工作联系或熟识的人员，一概遭到了逮捕与通缉。马凯旋紧急通知曾与徐驰有过接触的季钧等人，紧急撤离到城外。但吴笑一却撤离得晚了，日本宪兵队和特高课包围了吴笑一的理发店。吴笑一用剃刀割断了一个日本特务的脖子，然后割断了自己的“脖子”。

（写到此处，谈歌记起了吴笑一曾与马凯旋的“玩笑话”，竟然一语成谶。悲哉！壮哉！）

马凯旋慎重考虑了，中统被捕人员中，必定会出现大面积变节行为，其中或有人与赵元初熟识。即紧急请示重庆，请求赵元初等人撤离保定。重庆当即复电：赵元初位置重要，由赵元初自己决定去留。

马凯旋将重庆的命令告诉了赵元初。

赵元初却冷静地说：“马站长，一则我与中统从无联系，更不认识徐驰等人，被他们出卖，基本没有可能。山口、中村虽然对我早

---

① 《保定风物志》记载：邱振江的墓地，被当地人称为“将军坟”。

② 春节刚过。

有怀疑，但他们手中暂无证据。我此时若离开，或要加深他们的怀疑，便适得其反了。二则我为张宗民、梅天凤筹措的数万斤粮食，还没能运出去。我若撤离，此事必定搁置。总之，我不能撤走。”

马凯旋劝说无效，只得听之任之。他并不知道，赵元初不愿撤离，却还有第三则理由，一个更重要的理由。赵元初此时正与徐飞扬处心积虑地谋划，彻底消灭让抗日游击队十分头疼的“特别攻击队”。赵元初已找到了一个机会，正在精心布局。

赵元初肯定知道螳螂捕蝉这句成语，但他并不知道自己正在“身临其境”。在李天曼的眼中，赵元初就像一只捕蝉的螳螂，已被她这只警觉的“黄雀”悄然盯上了。

李天曼一直怀疑赵元初是国民党潜伏的特工。近来多有眼线向李天曼报告，一些形迹疑似军统的人，经常出入维持会，或与赵元初秘密联系。李天曼很想立即抓捕赵元初，但她碍于山口，投鼠忌器，便找中村商量。

中村听罢，皱眉说道：“高桥副课长，不瞒你说，我也一直怀疑赵元初，此人十分狡猾，绝不会与我们真诚合作。当初要他出任维持会会长，也是权宜之计。但是目前，机关长对此人仍然十分倚重。若没有过硬的证据，考虑到机关长和北平一些人的面子，我们暂时还不能抓捕赵元初。”

李天曼愤怒了：“我要向上峰检举山口机关长。身为帝国军人，他这种对敌人含混不清的态度，藏污纳垢的行为，上峰肯定会有说法。”

中村看了看李天曼，目光像打量一个不谙世事的顽童。他摆摆手呵呵笑道：“高桥副课长息怒，能听我说几句吗？”

李天曼皱眉：“洗耳恭听。”

中村说道：“我知道，你当年颇受土肥原将军器重，这才把你推荐给了松井太久郎将军。因了松井将军是土肥原将军的心腹，若由此说你是松井将军的党羽，也并不为过。只是你想过没有，山口机关长在松井将军心中的位置是怎样的？山口家族中的人在陆军总部任要职者有多少？高桥副课长还记得巨砚事件吗？”

“刻骨铭心。”

“山田司令官与数名大日本皇军精英暴毙，如此震动朝野的事件，北平特务机关在整个调查过程中，竟然多是敷衍塞责，只枪毙了司令官邸中几个下人便草草收场。奉献巨砚的山口机关长为何置身事外，毫发无损？据我所知，并非没人质疑，也并非没人举报，只是这些举报都被陆军总部压下了。还有，整个巨砚事件由始至终，松井将军为何没有明确态度？等等这些，高桥副课长考虑过吗？允许我冒昧说一句，时下战局不稳，你与机关长一旦反目，实属不自量力。用你们中国话讲，其所厚者薄，其所薄者厚，未之有也。上峰若在你二人之间取舍，我敢打赌，高桥小姐占不到半分便宜。”

李天曼怔了片刻，恍然大悟，急忙欠身施礼：“多谢课长指点迷津，属下只是一时激愤，绝无与机关长作对的意思。”

“这样最好。”

“依课长之见，我们应该如何应对？”

中村冷笑：“先抓与赵元初联系的人，发现一个便抓捕一个、审讯一个。我相信，酷刑之下，必有口供。哪怕屈打成招的供词，我们也可令其与赵元初对质。只要我们能从赵元初嘴里问出一丝破绽，穿针引线予以坐实，之后逮捕赵元初，山口机关长还有何话可说呢？”

李天曼点头称赞：“课长高见，一旦有了不利于赵元初的口供，机关长便无话可说了。”

李天曼即令手下，严密监视赵元初。李天曼却还不知道赵元初近期会采取什么行动。换言之，李天曼这只“黄雀”，并不清楚赵元初这只“螳螂”此时到底盯住了哪只“蝉”。

李天曼做梦也没有想到，赵元初竟然盯住了“天长节”。

四月二十九日，是日本的“天长节”，即日本天皇的生日。日军放假一天，以示庆贺。

保定维持会理所当然要有所表示，之前先由副会长冯大正出面，请示山口机关长：为庆贺“天长节”，维持会拟在“亚和轩饭庄”设宴，款待杀敌有功的“特别攻击队”全体队员。届时特别邀请山口、中村、李天曼等日本特务机关诸位要员光临。

山口听罢笑道：“多谢冯副会长。维持会如此盛情邀请，本人不胜荣幸，一定准时到场。丰田司令官或也可能拨冗前往。”

冯大正欢喜道：“山口太君呀，丰田司令若能光临，那是给了维持会更大的脸面呀！冯某这就去通知亚和轩饭庄，匡正之掌柜荣幸之至！必定感恩戴德啊！”

山口曾在“亚和轩”吃过几次饭，他对掌柜匡正之印象非常不错。匡正之很讲究饮食，谈吐也很风趣，很会说话，说的都是“有温度、有表情”的皇军喜欢听的话。

冯大正刚刚告辞走了，赵元初就匆匆赶来了，直言不讳地向山口举报冯大正：“机关长，冯副会长把宴会安排在亚和轩饭庄，是有私心的呀。”

山口却点头笑道：“冯副会长有私心，我心知肚明么。他或许在亚和轩饭庄有股份呢，近水楼台先得月，此是人之常情。赵会长不必过于认真了。你们中国人有句话，人至察则无徒呀。”

赵元初坚持说：“还是请机关长三思，赵某觉得在望湖春饭庄设宴，则更好一些。”

山口诡秘地笑了笑：“莫非赵会长在望湖春饭庄有股份？”

赵元初急忙摆手：“哎呀，瓜田李下，我不再说什么了。全由机关长定夺。”

亚和轩饭庄掌柜匡正之，闻讯喜出望外，严厉吩咐厨师们要拿出看家本领，全力以赴办好这场宴席。并联系了影楼摄影师，准备届时与丰田司令官合影留念。匡正之窃想，将合影放大后悬挂于饭庄显眼之处。与大领导合影从来都辟邪呀。更是给“亚和轩”做了免费广告呢。[《保定风物志》记载：亚和轩饭庄是保定老饭庄，位于保定北大街，建于光绪二年（1876），由河南人张建奇开办，乃当时保定最大的饭庄之一。饭庄内设十八个包房，三十余散座。后几次转手扩建，抗战前，转给了天津人匡正之。]

《保定文史资料选辑·第十二辑》记载：1941年4月29日上午11点，“特别攻击队”百余位人员参加了由维持会举办的宴会。山口与中村、李天曼应邀出席。

丰田司令官因另有公务，分身乏术，特意委托山口机关长，代表驻军司令部讲话。山口在热烈的掌声中即席讲话，他首先代表丰田司令官对“特别攻击队”致以节日问候。接下来，山口肯定了“特别攻击队”于近几个月来取得的战绩，表扬了他们勇敢顽强的作战精神。山口热情洋溢的讲话，时时被热烈的掌声打断。

维持会副会长冯大正作为主陪，端坐在山口身边，满脸微笑，不时地鼓掌。有人奇怪，冯大正副会长如此风头，赵元初会长去哪儿了？

唉，赵元初真没“口福”。宴会开始之前，山口突然接到军需仓库电话，说维持会送来的粮食数目有误，此事是赵元初经手，山口便让赵元初亲自去处理。

赵元初苦笑：“机关长，我真是个劳碌命，连顿安生饭也吃不上呢。”

山口笑道：“元初君，公务当紧。改日我一定请你喝上品清酒。”

赵元初郑重叮嘱冯大正：“老冯呀，你一定要陪好机关长。”

冯大正呵呵笑道：“赵会长，你放心，冯某别的不行，酒席上舍命陪君子，却是内行呢。”

赵元初拱手笑道：“那就拜托了！”便匆匆离席走了。

唉！冯大正哪能想到，他这一句舍命陪君子，片刻的工夫，即一语成谶。

或是就在“特别攻击队”使劲鼓掌的时候，徐飞扬与梅天凤率领游击队早已化装进城，悄然赶到了亚和轩饭庄后院，由赵元初事先安排的内线，引他们到仓库藏身了。

按原定计划，游击队员的枪支、手榴弹及炸药包，由两辆送煤的马车运送至亚和轩后院。行车路线是赵元初与徐飞扬反复研究确定的。

可是想不到呢，半路竟出了意外，几个侦缉队的特务在街中巡逻，拦住了这两辆运煤车，一定要卸车检查。其实就是想勒索几个小钱儿。车把式赶紧掏钱，可是这几位见钱来得如此痛快，便嫌少了，继续纠缠不休。扮作押车的几个游击队员登时急了，就想动手解决了这几个贪得无厌的家伙。刚要拔刀，却见翻译官郭子路，陪着太太任雪儿款款走过来。

其中一个车把式认识任雪儿，他曾给她家送过煤，急忙上前求助：“哎呀，郭太太，您赶紧帮着说几句好话吧。这几位大爷非要我们卸车检查。这耽搁了工夫，掌柜的就得扣我们工钱啊。”

任雪儿或是刚赢了钱，正在兴头上，路见不平，当即双手叉腰破口大骂：“你们几个浑蛋瞎眼呀？这是我家的亲戚，你们也敢勒索？我看你们是活得不耐烦了吧？”

几个特务都认识任雪儿，日本人都惹不起这泼辣女人，谁敢跟她纠缠呀？为首的赶忙上前赔笑：“郭太太呀，真不知道是您家的亲戚。回见了！”几个特务便慌慌张张地跑了。

两辆运煤车这才得以解困，匆匆去了亚和轩饭庄后院。早已等在那里的梅天凤和徐飞扬，眼睛都望穿了，但见车来了，急忙带着队员们取下了武器和弹药。徐飞扬看了看表，超过预定时间半个小时。

这半个小时鬼使神差，却救了山口几个的性命，他们应酬了片刻，便起身告辞。

冯大正代表维持会热情挽留：“机关长再坐一会儿么。”

山口摆手笑道：“我等还有公务，不好久留。再则，我们继续留在这里，在座诸位也会拘束呢。请大家开怀畅饮吧。”说罢，即与中村、李天曼走了。

或许就在山口几个离开“亚和轩”后的片刻工夫，游击队已做好了突袭准备。

徐飞扬即对梅天凤说：“开始吧！”

此时的亚和轩饭庄，因了山口几个退场，气氛顿时变得盎然热烈起来。特务们推杯换盏猜拳行令，好不热闹。

猝不及防之际，饭庄的窗子先后全被砸碎，成束的手榴弹和炸药包扔了进来，餐厅和雅间登时被炸翻了天，众多特务当场被炸死，主陪冯大正与作陪的匡正之也在其中。没炸死的特务魂飞魄散，蜂拥着夺门而逃，可他们哪儿能逃得出去呢。爆炸过后，梅天凤带人冲了进来，持枪横扫，想夺门逃命的特务们全被打死。唉，这事从何说起呢，兴高采烈地来赴宴，本想大快朵颐一回，却都把小命儿丢这儿了——真是一顿断魂儿饭呀！

徐飞扬与梅天凤相视一笑，梅天凤大喊一声："撤！"

事后梅天凤计算，这场突然袭击，用时不足十五分钟。当日本宪兵队如消防队员一般匆匆赶到事发现场时，徐飞扬和梅天凤早已带着游击队员们一道烟似的出城了。

梅天凤多年后回忆：亚和轩饭庄的位置在保定北大街，距离北城门两百步左右。赵元初之所以选择在此处，借宴请机会消灭"特别攻击队"，只是为了便于游击队事后撤离。赵元初安排此事，还能将自己置身事外，竟做得天衣无缝。

之前，赵元初曾暗示并怂恿冯大正，敲诈"亚和轩"掌柜匡正之。贪婪成性的冯大正欣然前往。匡正之用贿赂摆平了冯大正，出于"能赚不能赔"的商人心态，即请求冯大正多多照顾"亚和轩"的生意，并答应奉送冯大正"干股"。冯大正当然也想笼络匡正之，让其变成自己的钱袋。二人一拍即合，关系日渐密切。当赵元初提议维持会于"天长节"宴请"特别攻击队"之时，冯大正理所当然首选亚和轩饭庄。亚和轩饭庄遭突袭之后，山口做证，宴会地点由冯大正挑选，与赵元初无关。山口还说，赵元初还曾当面向他建议，要求改换宴会地点。如此一来，不用赵元初自证清白，山口已为他撇了个干净。

中村和李天曼却怀疑其中还有蹊跷，赵元初为何能躲过此劫？军需仓库的粮食数目为何偏偏这天出了问题？但是赵元初由山口担保，中村与李天曼虽然满腹狐疑，却也无话可说了。

山口侥幸逃过一劫。若猜测则个，山口如信奉洋教，定会感激涕零：多亏上帝保佑！他哪里知道，这跟上帝没半点儿关系，他得感谢那几个侦缉队的特务在街中无端勒索，无意之中延误了弹药运送，推迟了梅天凤突袭时间，才使山口等一干人得以安全离席。否则，他们必定要与“特别攻击队”一道，组团到阴曹地府旅行了。唉，此事必然会给山口带来强烈的精神刺激，心中阴影面积必是“大大的”了。日后但有宴请，他必是婉言谢绝。心有余悸，则心生障碍呀！

保定“天长节”遭袭击事件，当天即被北平新任特务机关长喜多诚一得知，他打电话狠狠训斥了山口。领导受了气，下属必定扮演出气筒角色，由此层层落实，更是惯例。山口顺理成章地痛骂了中村和李天曼。骂完了，出气了，可这烂摊子还得收拾呀。

山口与中村和李天曼紧急商量，采取了三个补救措施：

一、从日伪队伍里再次精选一百人，重新组成特工队；

二、在保定周遭全力搜捕参与袭击亚和轩饭庄的可疑分子；

三、继续发酵徐驰叛变事件，缉拿国共两党潜伏在保定周遭的地下特工。

葛云梁

还得说说中统保定情报站站长徐驰叛变，继而引发的后果。《保定抗战故事第三辑》讲述：是年五月初，马凯旋接到了军统北平站转达的重庆命令，因徐驰叛变，重庆震怒，戴笠命令保定站，组织一切力量，尽快处决叛徒徐驰，并营救于盛龙等人。（写到这里，读者或奇怪，中统出了烂事儿，有军统什么事呀？岂不是越俎代庖吗？史料记载，只因了徐驰出事后，陈立夫遭到蒋介石一顿臭骂，戴笠抱着为主分忧的积极态度，主动请缨，由军统出面收拾保定残局。）

马凯旋考虑，完成这个任务不是很困难，而是非常之困难。徐驰和于盛龙此时被关押在宪兵队，宪兵队戒备森严，仅凭季钧率领行动队，杀人的同时还要救人？这也太难为季钧了。好比要求黑旋风舞动板斧发飙之际，同时还得穿针引线绣花？马凯旋也就这么点儿家底呀。

季钧提议启用虞世通的“兄弟社”。马凯旋却断然否决了。马凯旋一直对上峰过度重视“兄弟社”颇有微词。马凯旋认定“兄弟社”就是不堪大用的乌合之众，这帮人虽在稻家村藏身期间经过了一段时间的训练，其战斗力仍然乏善可陈。若在街中寻衅滋事打个架，制造个混乱，或偷鸡摸狗盯个梢么，还能用得上。如此严密的劫狱行动，这帮人绝对派不上用场，若冒险用了，反而误事。

马凯旋想到了借用徐飞扬梅天凤的游击队。

但游击队刚刚袭击了亚和轩饭庄，队伍肯定正在休整，人家肯不肯帮这个忙呢？这可不是居家过日子，借一瓶子酱油，借两斤玉米面，块儿八毛的事儿，这是要人家帮着劫狱杀人，大活儿呀！徐先生虽与马凯旋有师生情谊，可是这种出大力气的事情，怎么好意思跟徐老师张嘴呢？马凯旋踌躇再三，便派了梅立春联络梅天凤，先试着探探口风。

梅立春很快回来报告，说徐老师和梅天凤满口应承。由梅天凤亲自带队伍，再次化装进城。马凯旋分外高兴，且不说国家大义，徐老师端的怜爱学生，梅天凤更是够同学、够义气、够朋友！

万事俱备，马凯旋却多虑了，此次劫狱竟然十分顺利，有如神助。梅天凤的队伍基本就没派上用场。劫狱这天晚上，日本宪兵队正忙活着给队长小野过生日，连看守们都锁了监门，颠颠儿地跑去给小野队长敬酒了，宪兵队喝到了集体找不着北的最高境界。季钧与梅天凤没费一枪一弹，轻而易举地救出了于盛龙等十一人。但是叛徒徐驰没了踪影——事后才得知，徐叛徒已被转移到了日军司令部。真遗憾，且让这厮多活几天吧。

经验告诉人们，世界上的事情少有一路顺风，多是一波三折。虽然少有，必定“也有”。梅天凤、季钧真就赶上了“一路顺风”。他们带着于盛龙一行七人，一路顺风地走出宪兵队，预先在外边接应的梅立春，匆匆迎上来。梅立春先与梅天凤一行游击队员作别，再引着季钧、于盛龙等一干人，一路顺风地去了事先预定的联络点——位于南大街的“红玫瑰舞厅”。

这家舞厅赫赫有名，几年前由中村的光和商社出资开办。中村即使想破脑袋也想不到，舞厅经理范示月竟是马凯旋派遣的卧底。马凯旋指定把于盛龙等人带到这里，是出于灯下黑的考虑，日本人绝对不会来这里搜查。

梅立春引一行人悄然进来，已是子夜时分，舞厅却仍然爆满，但见灯红酒绿之中，舞池内红男绿女舞兴正浓。范经理闪身出来，带众人去了后院，走在最后的梅立春正要跟上去，一个喝醉了的舞女却“踉跄”着步子走过来，嘻嘻笑着，一头“扑进”梅立春怀里，梅立春正要推开这舞女，舞女却紧紧握住她的手，梅立春心里登时惊讶了，她看这舞女竟有几分面熟，却一时想不起是谁，便抱紧了这舞女。

事后梅立春告诉马凯旋，这个舞女用明码电报的手法轻轻敲打她的后背，传递情报。舞女通知梅立春：“范示月已暴露，立即通知马站长，此联络站停用。去后院的人里有内鬼。”

梅立春即用明码电报手法回复舞女：“你是谁？情报从何而来？”

舞女回复：“我是‘猎枪’手下。情报无误。”

舞女即推开梅立春，一脸醉态呵呵笑道：“对不起……我……认错人了呢。”即又迈着踉跄的步子，摇摇晃晃地走了。

梅立春当即去了后院，对季钧说道：“刚接到上峰命令，此地不宜久留，要迅速转移。”

季钧迟疑：“这……”

梅立春厉声道：“季副站长，我传达上峰的命令，要你立刻转移！”

季钧忙说道：“那咱们快走吧。”

适才那个舞女的“情报”，梅立春感觉十分突兀，舞女又说这行人中有“内鬼”，更让梅立春心悚。她此时请示马凯旋已经来不及，当即“自作主张”，将于盛龙一行领到了南大街的“迎宾车马客栈”。这是个秘密交通站，只有马凯旋与梅立春知道。

梅立春将于盛龙一行暂时安排在这里，即去请示马凯旋，对这些人逐一甄别审查。且不说那个舞女的情报准确与否，诸位可都从监狱里出来的呀，天知道日本人会不会乘机派进卧底呢。梅立春急着回去向马凯旋汇报，便与一头雾水的季钧在客栈外边分手了。

梅立春快步走到了西大街，却遇到了三个巡逻的侦缉队特务，三个特务都喝醉了，上前拦住了梅立春的去路，色眯眯地调戏起来。梅立春左右看看，街中一片寂静，她赔笑道：“三位长官，放我走吧。我真有事呢?”

为首的特务是个“马脸”，嘿嘿调笑道：“不对吧，你一个年轻女人大半夜跑出来，还慌慌张张的，偷汉子去了?”

另一个邪笑道：“小娘儿们的模样还不错呢，你偷汉子怎么不偷我们呀?”

三个特务哈哈坏笑起来。

梅立春摇头笑了：“这大半夜的，你们三个男人欺侮我一个女人，这也太没道理了吧?”说着话，双手就晃了晃，“马脸”特务腰里的枪，瞬间已到了梅立春手里。

三个特务顿时目瞪口呆。

梅立春用枪指着三个特务，冷笑道：“说呀，你们这大半夜里出来，欺侮我一个女人，是不是太没道理了呢?”三个特务未及答话，梅立春已经腾身而起，“连环三脚”踢昏了三个特务，转身匆匆去了。

事后分析，或是梅立春过于自信了，抑或她太过匆忙，她这三脚并没有把这三人都踢昏过去。其中一个瞬间醒过来，便拔出手枪，朝天放了两响，又掏出警笛猛吹起来。登时街中的寂静便被打破了，一队巡逻的日本兵从梅立春的前边冲了过来。

梅立春见状，转身跑进另一个胡同，却见一队巡逻的警备队迎面来了。梅立春正进退无路，却听到身后一阵车声骤响起来。梅立春回头看，但见甄广宁一手持缰一手扬鞭，正奋力驱赶一辆马车，轰隆隆地冲过来，警备队登时两下里躲闪。

甄广宁低低的声音喊道："大姐，快上车！"

梅立春心中一喜，纵身一跃，便跳上了飞驰的马车。马车便一路狂奔，出了胡同，甩掉了身后追赶的警备队。

梅立春苦笑道："广宁，你真是个赵子龙呀！你怎么赶来了？"

甄广宁笑道："我刚刚送了些货物，巧不巧呢，正遇到了你呢。你去哪儿？"

"我去西大街天马诊所，快点儿！"

"那你坐好！"

飞奔的马车驰向天马诊所，到了诊所门前，甄广宁带住车，梅立春飞身跳下车去。刚要走，却被甄广宁喊住："大姐，有可心的消息吗？"

梅立春摇头："没有，你找她有事？"

甄广宁笑了笑："没事儿，打听一下么。"

梅立春笑了："想她了？"

甄广宁羞涩地笑了，低声说道："我走了。"即挥手扬鞭，马车奔驰去了。

梅立春望着甄广宁走远，心下叹息，她是过来人，感觉甄广宁真心爱上了梅可心，可梅可心是军统的人呀。眼下虽然共同抗日，谁知今后会怎么样呢。

梅立春心里有些乱，却无暇再想，转身走到天马诊所，抬手敲门。

李峰出来，警觉地四下看了看，即让梅立春进去。

马凯旋起身迎了："立春呀，还顺利吗？"

梅立春先自喝了口水，便逐一向马凯旋汇报了。

马凯旋听罢，皱眉道："立春呀，听你的意思，今夜的情况都不正常呢？"

梅立春疑惑地摇摇头："站长呀，确实不正常呢。"

马凯旋急切问："说说怎么个不正常。"

立春皱眉说："这次劫狱，好像太顺利了。为什么我们竟能在宪兵队不放一枪的情况下，即可将这一行人毫发无损地解救出来？据说宪兵队集体为小野过生日去了，以至于牢房的看守也全部离岗。这可信吗？再则，为什么在街中也无人拦截？我引着他们去'迎宾车马客栈'，路上连一支巡逻队也没有遇到。如此联想，似乎暗中有人为我们今晚的行动，事先安排好了一切。换句话说，这一台戏，事先就有了套路。"

"确实是可疑呢。你的意思呢？"

"暂且将于盛龙一行搁置，暗中逐一审查甄别。"

"说得是。你今夜的安排，十分得当，就让于盛龙这些人在迎宾车马客栈暂时住些日子。我先不接触他们，暗中观察一段时间。"

"站长，若果真如那个舞女所说，于盛龙一行确有卧底，那么我想，这个卧底或这几个卧底，一定坐不住。不出几天，就会露出马脚。"。

"你说得对。"

（读到这里，谈歌佩服梅立春与马凯旋见微知著的谨慎。这件事后来才搞明白，徐驰并没有叛变，于盛龙才是真正的叛徒，是他出卖了徐驰。被梅天凤救出来的十一个人，也都是叛徒。于盛龙等人被顺利"救"出来，即是山口精心部署，想借机让他们打入军统或中统。

说来让人感慨，生活总是充满了假象，而当事人却很难"穿越"这设置了层层叠叠假象的真实。梅立春精明啊。

不出马凯旋所料，于盛龙几个人在迎宾车马客栈枯等了几天，也不见有人与他们联系。他们终于坐不住了，或是担心已经引起了军统的怀疑，就悄然开溜了。谈歌查阅《保定抗战史》等资料，这几个人都没有记载。如此不值一提，可见他们并无什么作为。）

梅立春皱眉道："站长，那个舞女是谁？我看她有几分面熟呢……对不起，或许我不该问这个。"

马凯旋笑了："我正要告诉你呢，她是你的下线联络员，这人你其实熟悉。当年你看过钱如雪的戏吗？"

"看过的。这与钱如雪有什么关系？"

"这个舞女是钱如雪的贴身跟班，名叫嫣红。"（此时提到嫣红，端的突如其来。这个人一度失踪，原来被马凯旋收到了麾下。）

"哎呀，我说她有些面熟呢，只是，嫣红何时被咱们招募了？"

"钱如雪死后，嫣红没能出城，当时李二愣带人搜捕钱如雪戏班里的人。嫣红那天慌不择路，跑到我诊所躲藏，我打发走了前来搜捕的李二愣，之后与嫣红细细谈过，便知道了钱如雪对她有恩德，钱如雪之死，嫣红对日本鬼子有了切齿仇恨。我观察这姑娘厚道忠诚，即因势利导，发展她做了外围交通员。"

梅立春点头称赞："站长因势利导，细致入微呀！"

马凯旋皱眉："立春呀，眼下当务之急，是要找出咱们内部的敌人卧底。"

梅立春点头："说得是，可如何查出卧底呢？"

就在梅立春与马凯旋"暗查"卧底的时候，赵元初正与虞世通谋划一件事。这几天，赵元初突发奇想，竟有了一个大胆的主意，即让正躲避日本人通缉的虞世通"诈降"日本人，重新打入敌人内部。这个想法绝非心血来潮或异想天开，赵元初的思路源于葛云梁与中村的矛盾升级。

葛云梁没在"亚和轩"炸死，并非侥幸，而是他一阔脸就变的性格使然。那天，自视渐高的葛云梁不屑与"特别攻击队"那帮人为伍，老子凭什么跟那些乱七八糟的东西，坐在一张桌上吃饭呀？便托病没去赴宴，由此躲过一劫。

葛云梁叛变投敌后，在李天曼面前，他有了一种舒展，有了一种被呵护的恣意娇纵。对外，他则借着李天曼的名头，狐假虎威，气焰嚣张，自我感觉如日中天。

《保定往事》记载：葛云梁私下将侦缉队两个瞧不起他的特务砍死，尸体扔到了城外。副队长张顺子由于没有当众向他敬礼，则被他安了一个私通八路的罪名，枪毙了。张顺子是李天曼的红人呀，可李天曼的态度却出人意料，她装傻充愣权当不知道这回事。

保定教育局新上任的局长鲍孝和，在街中迎面遇到了正带人巡逻的葛云梁，因了鲍孝和高度近视，没戴眼镜（为何不戴？据说头天跟老婆吵架，眼镜被老婆砸了，新眼镜还没配好），没有看清楚葛云梁，就没打招呼。葛云梁登时生气了，认定鲍孝和对自己不恭敬，找了个理由抓了，先安了个“有通共嫌疑”的罪名打了个半死。鲍孝和的家属哭号奔走，据说都惊动了丰田司令官，鲍孝和才得以释放。

这几天，葛云梁又借着李天曼抓捕袭击亚和轩饭庄可疑分子的由头，逮捕了“共荣大药房”的掌柜于是强。

共荣大药房原先的字号是“安国大药房”，是安国药商于是强开的。保定陷落后，于是强与时俱进，更名“共荣大药房”。于是强与中村多有交情，日本人占领保定之前，于是强就与中村做过许多药品走私的生意。葛云梁并非不知道于是强的背景，可他看中了生意不错的共荣大药房，想找由头儿敲诈一笔。他怂恿手下举报，便给于是强扣了一顶“参与袭击亚和轩饭庄之可疑分子”的大帽子，抓到侦缉队来了。

于是强被抓进侦缉队，并不在乎，他倚仗着有中村这个背景，一路破口大骂：“葛云梁你敢抓老子？我让你吃不了兜着走！”

从来不怕“兜着走”的葛云梁，亲自提审于是强，葛云梁笑嘻嘻地说：“老于呀，先别说我兜着不兜着的话呢，先说说你吧，你到底拿了共产党多少卢布津贴？”

如果不是被铐在冷冰冰的刑讯室里，于是强肯定觉得像做梦，葛云梁脸上的笑容以及说话时的平和语调，就像老朋友聊天一般和蔼可亲。

于是强恨恨地“哼”了一声：“姓葛的，我什么时候见过卢布呀？我只见过土布，见过白洋布。什么卤布不卤布呀？你就是打死我，我也没见过，更没穿过。我跟共党无关。有种你弄死我，弄死我呀！”

葛云梁很“友爱”地摸摸于是强的脑袋，嘿嘿地讪笑：“于掌柜，你说什么呢？打死你也没见过？哎呀呀！我干吗打死你呢？我打你几下就行了！来呀，给于掌柜松松筋骨！”

葛云梁队长的工作方法就是四个字：简单粗暴。他从来不搞什么政策攻心，更不讲究什么说服教育，还一点儿也不讲武德——除了打，就是打，还是打，一直打！他曾多次嘲讽手下：“笨死个猪呀！怎么就会弄不出来口供呢？上刑呀，大刑伺候！老子想要什么样的口供，就有什么样的口供！”

既然葛队长“不徇私情”，手下赶紧给于掌柜动刑。

从行业角度分析，葛云梁是变魔术出身的，应该归类于搞艺术；刑讯犯人则应该归类于搞技术。葛云梁却自己证明了自己另行出色，搞艺术的胜过搞技术的。《保定往事》记载，葛云梁用刑狠毒，此人或许天生就是一个刑讯逼供的材料，刑讯手段独具匠心。比如，对拒不招供的犯人，葛云梁竟让手下把这犯人的头发一绺一绺地拔下来，再让犯人一口一口地吃掉。再比如……还是打住吧——太过恶劣而且更加恶心，此等刑罚能让犯人后悔被父母生出来。如此别开生面的刑讯逼供手段，天怒人怨。恕不再举例。

据说李天曼对葛云梁的手段都看不下眼了：“老葛呀，你就等着下地狱吧！”

葛云梁则笑嘻嘻地说：“天曼呀，这年头儿，地狱早满员了，我去不了呀！”

葛云梁带着下不了地狱的“遗憾”情绪，刑讯技术继续向高端发展。葛云梁给于是强使用了“高级”刑讯手段。

所谓“高级”就是“简单”，就是用鞭子抽。传说，那一阵子葛云梁很喜欢听鞭子落在肉皮上的声音，葛队长的名言是：“只要抽不死，就往死里抽！”是呀，无论是谁，如果让葛队长暴抽一顿鞭子，也会登时先仇恨人生世界，之后陷入生无可恋的深深绝望之中。

于是强终于挨不过了，泄气地对葛云梁说：“葛队长呀，你也甭再打我了，你说我拿了多少布就是多少布。无论土布粗布白洋布，我都认了。”

葛云梁笑道：“于掌柜呀，话儿可真不能这么说呢，我可不能逼你，你得自己说呀。”

于是强顺嘴交代了五万卢布。葛云梁嫌少，嘴一撇：“就这点儿？接着打！”

持续毒打之下，于是强的卢布数目由五万一路暴涨到了十万、二十万、三十万、五十万。可葛云梁还是不依不饶让手下继续打，直到于是强交代出了一百万。于是强自认为可以了，葛云梁也觉得差不多了。

可葛云梁吃晚饭的时候，细细一想，感觉这个数字过于“夸张”了。不行，还是继续打吧。数字在于是强的哀号声中，又一路持续暴跌，九十万、八十万、七十万、六十万、五十万，等于是强被打到浑身上下没有一处好地方时，于是强说到了三十万。

葛云梁斟酌了一下，感觉这个数字比较靠谱，予以采信。葛云梁即让手下把于是强送到医院治疗伤口。葛云梁感慨万端：“老于呀，我老葛可是个慈悲为怀的人呀，你若早说出这个数儿，不就少吃那么多苦头了。”

于是强瞠目结舌：“葛队长呀……天地……良心……”

数据上报了宪兵队，小野大喜过望。小野却是个认真的性格，亲自跑到医院找于是强当面核实口供。于是强已经让葛云梁折磨得只剩下半条命了，看样子这回真的不打了，可算遇到“文明人儿”了，立马就翻供：“太君呀，哪儿有这回事呀……呜呜……”

小野险些晕死，这前后的口供差大发了呀！他赶忙回去报告了中村。

中村勃然大怒，跑来找葛云梁要人。

葛云梁却不买账，坚决不放人。他冷笑了一声：“中村课长，也不带你这么玩的呀！我审出来的口供，你凭什么拿去请功呀。”

中村登时抓狂。唉，别怪中村没修养，遇到葛云梁，甭说中村，就是中乡、中县、中市、中省也得抓狂。中村当即斯文扫地，拔出手枪，顶上了葛云梁的脑门儿。

葛云梁表情“不屑”地“哼”了一声：“中村呀，你这王八蛋要是有种，就一枪崩了我。老子这可是为日本皇军干活呢。”

官司打到山口那里，山口却表扬了葛云梁，说葛队长坚持原则，忠于职守。葛云梁见好就收，说不看僧面看佛面，看在山口太君的面子上，把于是强交给中村保释了。当然，葛队长是个财迷性格，放人肯定是要钱的。于是强本着只当喂了狗的精神，掏了两千块钱的保释金。（于是强逃出生天，即惶惶地离开了保定。跟葛云梁这样一个咬人能咬碎骨头的王八蛋活在一个城市，不得天天做噩梦呀。唉，十年风水怎么转？葛云梁绝对想不到，这个于是强后来险些要了他和李天曼的命。此为后话，此处不提。

中村狼狈地丢了一回颜面，自然对葛云梁恨之入骨，恨到了三百六十度“无死角”。赵元初就是看准了这个机会，要虞世通利用中村与葛云梁的矛盾，诈降进入日军内部。

虞世通疑惑地问道：“钧座，这事行吗？我可是被日本人通缉的军统特务呀。为了救我还暴露了一个赵之间呢。日本人能信吗？”

赵元初笑道：“我仔细想过，此举为瞒天过海。所谓备周意怠，常见不疑。你借口与军统尿不到一个壶里，前去自首，中村肯定相信。他正想利用你与葛云梁争斗呢。”

虞世通点头：“我什么时候去见中村？”

赵元初沉吟了下：“此事嘛，我先去找中村露露口风，你再等几天，这些日子，日本人的心思都在魏图业身上呢。”

虞世通恨道：“魏图业这个王八蛋，早应该弄死他。”

赵元初笑了：“魏图业活不长了，他前些日子给徐先生‘挽套挖坑’，真是自作聪明呢。徐先生这几天就要‘请君入瓮’了。”）

魏图业

且说几句魏图业。

本书人物过于庞杂。本书动笔时，魏图业这个人物，谈歌本意忽略不写了，可魏图业的一个“情节”却关联到徐飞扬，如果不写魏图业，便少了徐飞扬些许精彩。斟酌再三，还是写吧。（《保定风物》记载：魏图业，男，河北徐水人，1900 年生。民国期间任保定警察局探长、副局长。抗战期间，委身日寇，任保定警察局副局长、局长，伪军警备司令……）

保定市井传说，魏图业是个矮胖子，矮得出奇，却也胖得出众，像个四方块儿。

此人虽然其貌不扬且“大不扬”，还稍有些口吃，脑筋却很活络，任探长两年期间，曾破获几件案子，多次受表彰之后，即晋升副局长。赵之间之后，即接任伪警察局局长。其任职期间，破坏抗日组织，抓捕抗日群众，魏图业干得十分卖力，很得日军欢心。

国共保定地下抗日组织多次下令除掉此人，但魏图业行事谨慎。

他住在伪警察局，很少回家，抗日地下组织几番行动，均未能得手。1941 年初夏，保定伪警备司令曲仲跃在围剿八路军的战役中丧命，经“掌柜”暗中向丰田荐举，魏图业出任保定伪警备司令。谁也想不到呢，魏图业这司令的板凳还没坐热乎呢，他竟托人给徐飞扬捎来口信儿——他准备反水，他不能对不起一个中国人的良心。

白云苍狗风马牛，好比说小板凳瞬间变成了大衣柜，丧尽天良的汉奸魏图业竟然良心发现了？

起因很复杂却也挺简单，日本人疑心过重，为了让一些汉奸死心塌地为之效命，即不定期派遣特高课特务冒充抗日游击队，杀死一些汉奸家属。目的么，即让汉奸们仇恨抗日游击队，疯狂图以报复。魏图业的一家也被特高课冒充的游击队杀害了。唉，魏图业家的人死光光，房子也烧成了废墟。

魏图业悲痛欲绝，当即派副司令刘月亮调查。刘月亮调查了几天，所有线索都指向了一个名叫北条大雄的日军军曹。刘月亮即秘密抓了北条大雄审讯，北条军曹也很直爽，对此供认不讳（杀几个中国人有什么了不起）。魏图业愤怒之下杀了北条大雄，也因此决定反正。他让刘月亮联系其老师徐飞扬。

刘月亮半信半疑："魏司令，这……行吗？"

魏图业满脸恨恨的表情骂道："月亮呀，你说说，小日本儿都杀了我全家，我不反水还是人吗？"

刘月亮皱眉摇头："司令，这可是掉脑袋的事呀！您再想想？"

魏图业叹了口气："月亮呀，我知道，我挺招骂的。其实，我给日本人卖命，也就图口饭吃，图个老婆孩子安生么。可是小日本儿真是畜生呀，竟然杀了我全家……"魏图业哽咽了。

刘月亮犹疑的目光看着魏图业，心里一时电闪雷鸣，他紧张地分析判断，这王八蛋是要来真的吗？

魏图业擦擦眼泪，继续说道："月亮兄弟，我知道，你这个副司令的位子坐的时间也不短了。我若不来呢，这个司令的位置当然就是你的了。哥哥保证，咱们投奔了八路，如果人家还让咱们带兵，咱俩换个位置，你当司令，我当副司令。怎么样？"

刘月亮默然无语，听魏图业继续说。

魏图业发急道："月亮兄弟，你还信不过我呀？我所以让你去联络，只因你是徐先生的学生，好说话啊！"

刘月亮看着泪眼迷离的魏图业，心中渐渐有几分相信了。他点头说道："魏司令，承蒙您看得起我刘某。刘某也是个讲义气的人，我这就去联系徐老师。"

魏图业激动地说："月亮兄弟，你真够义气，拜托了！"

刘月亮当夜秘密出城，找到徐飞扬细说了魏图业的决定。

徐飞扬和梅天凤听了都十分高兴，刘月亮却皱眉道："徐先生，我还是有些担心，这魏图业是真反还是假反呀？"

徐飞扬笑道："月亮呀，放心吧，魏图业现在走投无路了呀。"

刘月亮点头笑了："徐老师这样说，我就放心了。"

梅天凤笑问："刘副司令家眷在哪儿？"

刘月亮笑道："家眷都在乡下。有劳梅队长惦记了。"

徐飞扬稍加思索，便让刘月亮回去转告魏图业，他要与魏图业在明天下午会面。会面的地点定在距离保定四十余千米的完县塔坡的关帝庙内。

刘月亮当即回去了。魏图业正等得心焦，听刘月亮说了徐飞扬的态度，欢喜万分。

第二天下午，魏图业佯装打猎，只身出城，在塔坡关帝庙与徐飞扬见了面。魏图业见到徐飞扬便躬身揖礼，激动地说道："徐老师，感谢您接纳我呀！"

徐飞扬欠身笑道："魏司令，欢迎你迷途知返呀！"

魏图业长叹一声："说起来，魏某愧对徐老师的栽培呀！"

徐飞扬疑惑："此话怎讲？"

魏图业满脸愧色："当年学生魏某心怀报国之志，考入保定军校，曾听过先生授课，受益匪浅。可我后来却因为家贫，中途退学了……唉，真是提不起呢，不肖弟子魏图业愧对徐老师呀！"说罢，当即给徐飞扬鞠了一躬。

徐飞扬稍一愣怔，忙搀扶了魏图业，即呵呵笑了："魏司令这么一说，徐某倒也想起来了，确实有些印象呢。"

魏图业再次鞠躬："老师在上，再受弟子一拜！"

徐飞扬连忙再次搀住魏图业，呵呵笑道："魏司令，浪子回头金不换么。"

有了这层师生关系，徐飞扬与魏图业洽谈得十分愉快。徐飞扬与魏图业商定了一个计划：后天上午，魏图业设法将山口"诓骗"出保定，引到此处。徐飞扬带队在此埋伏，一举歼灭山口。

魏图业胸膛拍得直响："放心吧，徐老师，我一定把山口诳哄到这里，老师带人提前埋伏就是了！"

《保定往事》记载：民国三十年（1941）九月九日清晨，魏图业带着队伍直奔完县塔坡关帝庙，魏图业身后跟着山口一郎，带着百余名日军。一路上，并没有徐飞扬的埋伏，他们顺利到了塔坡关帝庙，寺庙内却空无一人。

魏图业正在疑惑，日军一个通信兵驰马而来，即向山口耳语几句，山口脸色大变，急忙带着百余名日军迅速回撤了，魏图业登时蒙圈“不知就里”。他哪儿知道，或是他与山口来完县的途中，徐飞扬竟然带人袭击了山口的特务机关。狡猾呀，徐飞扬使用了再平常不过的调虎离山之计。

魏图业很不高兴，当即再派刘月亮去找徐飞扬，捎去了他的口信儿，他对徐老师的不守信用非常失望，他好不容易把山口诓骗到完县塔坡，徐老师却爽约了，致使既定计划泡汤。徐老师如此朝令夕改，学生今后如何与您共事？

徐飞扬为了表达诚意，亲笔给魏图业写了封信，让刘月亮带给魏图业。

徐飞扬在信中一再道歉，诚恳解释说，因上峰突然有令，紧急派了差事，身不由己，这才临时爽约。如果魏司令初衷不改，徐飞扬愿意再次见面详谈。魏司令如果同意，见面时间与地点，徐飞扬临时通知。

魏图业欣然同意。

十几天过去了，徐飞扬却音信皆无，他好像忘记了这单生意。

徐飞扬为何没了音信呢？

这天夜里，魏图业正焦躁不安，突然卫兵跑进来，递上一封信，说有人刚刚送到。魏图业忙接过拆开看，竟是徐飞扬的亲笔信。徐飞扬信中说，有紧急情况与魏司令当面商议，魏司令接到纸条后，半小时之内与刘副司令到城外四里营见面。若不到场，则改日见面。

魏图业看过，急忙喊来刘月亮，把信递给了刘月亮，皱眉疑道：“徐老师为何这样匆忙？”

刘月亮看过信却笑了：“徐老师一向神龙见首不见尾，我陪司令去一趟，徐老师或临时有急事呢。”

魏图业疑惑地看着刘月亮道：“月亮呀，咱们不带些人去吗？”

刘月亮呵呵笑了：“司令呀，你还信不过徐老师吗？”

魏图业迟疑了一下，旋即笑道：“看你说的，我怎么能信不过徐老师呢。我小解一下，咱们就走。”

刘月亮便跟着魏图业骑马出城了，人急马快，片刻工夫便赶到了四里营村口，月光下，但见徐飞扬只身单骑，再无旁人。

魏图业刚要说话，徐飞扬却朗声笑道："二位辛苦了，切莫下马，随我来。"说罢，徐飞扬扬鞭策马去了。

魏图业与刘月亮面面相觑，不知就里，却只得跟上徐飞扬。

竟是一路狂奔。半个时辰后，徐飞扬在一片树林外勒住了坐骑，翻身下马，随后赶来的魏图业与刘月亮也跳下马。二人上前，未及说话，徐飞扬招招手，梅天凤从树林里闪身出来，上前下了魏图业的枪。

魏图业惊慌地说："这……是何意呀？"

刘月亮也疑惑不解："这……"

徐飞扬冷冷地问道："魏司令，你还有什么好说的吗？"

魏图业左右看看，树林里没有动静，他稍稍冷静下来，皱眉问道："徐老师，这是什么意思呀？"

徐飞扬笑了："魏司令，徐某看你胸有沟壑，且心事重重呢。"

"徐老师……"

"魏图业，你想学黄公覆，可惜徐某不是曹孟德呀。"

"徐老师，你不应该怀疑我！"

"古人讲：信信，信也；疑疑，亦信也。"

魏图业怔了一下，便冷冷地"哼"了一声："古人还讲过呢，好便宜者不可与其共财，狐疑者不可与其共事。真想不到呢，徐先生如此多疑，只能恨我魏图业明珠暗投，进错了庙门找错了神呀！"

徐飞扬也"哼"了一声："我不害人，人不我害。人之害我，由我害人。魏图业，说说吧，你与山口是如何策划这个苦肉计的？"

梅天凤掏出枪，顶上了魏图业的脑门儿："说！"

徐飞扬看了看一旁呆若木鸡的刘月亮："月亮，你二人刚才离开营房之时，魏图业是不是去小解了？"

刘月亮和魏图业一下都怔了。

刘月亮疑惑："徐老师怎么知道？"

徐飞扬笑了："我猜的呀。"

刘月亮皱眉不解："猜的？"

徐飞扬点头："月亮呀，魏图业没有去小解，他只是悄悄去告诉亲信通知日本人，让他们随后包抄我徐飞扬。我料定日军还在半路，所以才从四里营带你们跑到这里。我猜想，山口的队伍此时正在四里营挨家挨户搜捕我们呢。魏司令，徐某没有说错吧？"

魏图业登时呆了，回过神来，才沮丧地问道："你是如何看破的。"

徐飞扬摇头讪笑："魏图业呀魏图业，你以为徐某果然老迈昏庸了？你并非保定军校的学生，我教过的学生，至今如数家珍。即使是中途退学的学生，徐某也会有印象。你冒充军校弟子，只是为了接近我。岂不知，你画蛇添足，当时就露出了破绽。"

魏图业愣怔了，目光流露出怯意。

徐飞扬嘲讽道："再说缘由，你的家人没有死。所谓你家被日军灭门，是山口与你做下的圈套，为你诈降铺路。换句话说，你们这场戏是专门为刘月亮演的。对吗？"

刘月亮怔了："专门给我演的？"

徐飞扬叹道："月亮呀，其实你早已暴露，山口之所以没有逮捕你，只是想利用你演一出'蒋干盗书'，或者叫'月亮送书'？魏图业只想做个'黄盖'的角色。月亮呀，你怎么也不用心想想呢，似魏图业这种铁杆汉奸，怎么会轻易投降呢。此事从一开始，就是个圈套呀。"

刘月亮摇头叹道："徐老师，您事先没有透露一点儿机关。我果然愚笨，一直蒙在鼓里呀！"

徐飞扬苦笑了一声："月亮呀，此事不能怪你。你生性老实，不似魏图业这种奸诈之徒，我若事先揭破，你必定要在他面前没了常态，露出马脚，此人心疑，必定不会上钩，而且还要搭上你的性命。"

刘月亮诚恳地点头："老师一语中的，说到了学生的软肋呀！"

魏图业沮丧地低下头，再也无话。

梅天凤一旁愤怒地说道："徐老师，与这种丧心病狂给日本鬼子当狗的东西，还废什么话呀？"

徐飞扬点头道："当初留他一命，只是为了月亮安然无恙。眼下月亮已然脱险，还留他何用？"

魏图业登时吓得魂飞魄散："徐先生，您听我说，我有情报……"

徐飞扬冷冷地说："晚了呀。"

话音未落，梅天凤手里的枪就响了。

魏图业扑通倒下了。

徐飞扬看了看刘月亮，笑道："月亮呀，你回不去了，我推荐你去个地方吧。在那里，你必有用武之地。"

"但凭老师安排。"

"我介绍你去八路军冀中抗日根据地，依你的才能，必定能有一番造化。"说罢，徐飞扬掏出一封信，递给刘月亮："你去阜平找马叔乾县长，他必定给你一个用武之地。"①

刘月亮接过信，旋即笑了："老师原来早有安排呀。我这就动身。"

徐飞扬有些不舍的目光，重重地看着刘月亮，意味深长地说道："月亮呀，此去茫茫长夜，多多保重吧！"

梅天凤牵过来一匹枣红马。

刘月亮翻身上马，拱手笑道："徐老师，梅队长，来日再见！"便策马去了。（唉，饶是岁月无痕人生无常。刘月亮到阜平县后，任抗日游击队副司令，1942 年于反扫荡的战斗中壮烈牺牲，时年 39 岁。

《保定人物志》有刘月亮词条：刘月亮，男，河北沧县人，1899 年生，毕业于保定陆军军官学校。抗战时期，曾任保定阜平县抗日

---

① 马叔乾（1913—1986），河北完县（今顺平县）人，中华人民共和国成立后曾任冶金工业部矿山司司长。

游击队副司令……）

这天夜里，宪兵队和警备队扩大了“搜索”面积，天亮的时候，在城西万家庄外的树林里发现了魏图业的尸体。尸体运回城来，小野即把消息报告了山口。

山口怔了一刻，摇头叹息：“徐飞扬名不虚传。此谓将计就计，的确高我一筹呢。”

中村道：“机关长不必自责，此事实属魏图业自作聪明，被徐飞扬看出了破绽。”

赵元初敲门走进山口的办公室，惶惶地问：“机关长，听说魏图业司令死了？”

山口表情凝结：“魏图业司令昨夜追击企图攻城的八路军，身先士卒，不幸阵亡了。”

赵元初愣怔了一下，旋即长叹一声：“魏司令以身殉职，却是折了机关长的羽翼呀！机关长节哀顺变。”

山口朝中村示意，中村退了出去。

山口则转移了话题：“且不说这件事了。我听说赵会长要与梅三娘师傅结婚了？”

赵元初不好意思地笑了笑：“您……也知道了。我本不想惊动机关长呢。”

山口摇头笑道：“这就是赵会长不对了。我们是好朋友，你有喜事怎么能瞒着我呢？这杯喜酒我是一定要喝的。我听说之后，还特意为你们写了一幅字呢。”说罢，转身打开柜橱，取出一张字纸，在桌上摊开，竟是一首诗。

山口吟诵道：“羽古风，以阴以雨。宴尔新婚，如兄如弟。”

赵元初怔了怔，即鼓掌喝彩：“机关长，您真是大才呀！”

山口吟罢，双手将字纸拎起，伸直手臂，举得再远些，仔细端详，摇头笑道：“赵会长说错了，我哪里有这等才华，这是从《诗经》里抄录下来的呀。”

赵元初摇头赞叹道：“惭愧了。至少您还能找到，换作我，都不知道从哪儿去找这等美妙的诗词呢！”

山口笑问：“赵会长，何时举办婚礼呢？”

赵元初略加思索：“下个月吧。我把房子粉刷一下，就让梅师傅搬过来住了。”

山口点头笑了：“好呀，我一定要喝你们的喜酒呢。这幅字，算我提前送你们的贺礼了。”

赵元初双手恭敬接过，欠身笑道：“多谢机关长，赵某告辞了。”

赵元初刚走出门口，山口喊住他：“赵会长请留步。”

赵元初赶忙转过身笑道：“机关长，还有事吩咐？”

“赵会长爱梅三娘这个女人呢？还是说赵会长爱一个志同道合的女人呢？”山口微笑问道。

“两个都爱呢。”赵元初微笑答道。

“赵会长果然君子好逑啊！”山口哈哈笑了。

血战燕子岭

民国三十年（1941）十一月。张宗民接到了北方战区的命令，消灭驻守燕子岭的日军，摧毁日军在燕子岭的给养仓库。《保定抗战史》记载：国民党北方战区于三十年（1941）底，调整军事部署，为便于战区高度指挥，保定抗日独立一支队与保定抗日独立二支队予以合并。合并后的新番号为“保定抗日独立支队”。鉴于邱振江已去世，顺理成章由张宗民任司令。唐行一任参谋长。

张宗民接到命令，如同瞌睡时接了个枕头，登时情绪高涨，他对唐行一笑道：“参谋长，记得当年你对我讲过，燕子岭的晾甲庄是条小蛇吗？”

唐行一点头微笑：“我说过，为虺弗摧，为蛇将若何？”

张宗民笑道：“几年过去，这条小蛇也该长成大蛇了，那就更应该杀掉吃肉了。”

唐行一道：“司令，我请求带队伍去打燕子岭。”

张宗民哈哈笑了，摆手道：“参谋长呀，你就不要跟我争抢了。

还是你留下来看守百丈岩，我得亲自打一回燕子岭，出一口当年的恶气呢。行了，就这样定了。”

唐行一笑道：“谨听军令。”

张宗民当即集合两个团（共计三千余人）下山了。

张宗民同时派人去联络仍在插箭岭打游击的杨大友、刘啸尘，命令他们立刻向燕子岭聚集，参加此次战斗。

杨大友与刘啸尘自保定沦陷后，即在插箭岭落脚，当他们得知了张宗民的消息，即想到百丈岩与之会合，但此事却被唐行一劝阻了。

唐行一先用“狡兔三窟”的典故说服了张宗民，又用“鸡蛋不能全装进一个篮子”的道理说服了杨大友和刘啸尘。

于是，杨大友、刘啸尘仍然盘踞在插箭岭发展势力，而今已有了千余人的队伍，杨大友自封了司令，刘啸尘自任副司令兼参谋长。

杨大友与刘啸尘接到张宗民的命令，便带着部队从西边绕道狼牙山，开向燕子岭。杨大友郑重说道：“参谋长呀，多年不见张司令了，咱们这回可要争个脸呀。”

刘啸尘则笑了：“说得是呀，咱们这两个小司令，得给张大司令争大脸呢。”

队伍于傍晚时到达燕子岭，燕子岭的暮色已格外浓厚。前方侦察的探子回来报告了情况，杨大友与刘啸尘商议之后，即兵分两路，刘啸尘包抄日军驻燕子岭的一个运输小队，杨大友带人直扑日军给养仓库。

刘啸尘这边进行顺利，正在吃晚饭的日军运输小队猝不及防，即被刘啸尘迅速解决了。

杨大友这边却遇到了麻烦，他万没想到，队伍悄然经过晾甲庄时，竟被晾甲庄自卫队发现，当即对杨大友发起突然袭击。杨大友登时被打了个晕头转向，晾甲庄自卫队不仅武器精良，还配备了重机枪。短短几分钟，杨大友的队伍竟然伤亡三分之一。

更糟糕的情况接踵而至，日军给养仓库在晾甲庄北面的山洞里，看守仓库的是一支日军中队，听到枪声迅速出动，先拦截了杨大友，又分兵包抄了赶来支援的刘啸尘。

战后分析：一则杨大友与刘啸尘求战心切，急于建功，不待张宗民到达战场，提前发起进攻，企图在敌人猝不及防之下，侥幸偷袭取胜。

二则张宗民部队的行进速度迟缓了。张宗民取道完县由南边进入燕子岭，却在距离燕子岭二十余里途中，意外遭遇了日军一个巡逻小队，两下里就接上火了。张宗民本想快速消灭这支日军小队，继续赶路。殊料战事大出想象，这支日军小队极为强悍，紧紧纠缠住张宗民不放。张宗民竟然用了近一个时辰，才结束了这场辛苦的遭遇战。

三则晾甲庄自卫队突然出现，实在出乎杨大友意料。杨大友若能悄然接近给养仓库，打日军一个冷不防，那才是他与刘啸尘预想的战局。

打个比方——杨大友与刘啸尘这两位信心满满的厨师，虽然厨艺精湛，作料顶级，却没想到晾甲庄自卫队会突然介入，如同一粒老鼠屎，冷不防落进了鲜美的锅汤里，从而显得两位厨师原本高超的厨艺，大失水准。

为把这场局势复杂的战斗说得更通俗易懂，谈歌且再打个运动场上的比方：

如同一场接力赛，甲队是刘啸尘，顺利跑完了第一棒；

乙队是日本人，也跟在刘啸尘身后跑完了第一棒。

第二棒开始，应该接力的杨大友却不见了，上哪儿去了？他被日本人的啦啦队——晾甲庄自卫队给打晕了。

于是，甲队第二棒就没人跑了。而甲队第三棒张宗民，却被拦截在场外，且苦苦纠缠，张宗民不能在预定时间入场参赛了。这场接力赛么，只能眼睁睁看着乙队轻松跑完了全场，甲队完败。

若真是体育赛场，甲队运动员可以找裁判强烈抗议。重来！不算！有这么比赛的吗？可是以性命相搏的战场不是赛场，没有裁判。

输赢就是裁判。无论你是怎么输的。

谈歌说明白了吗？

刘啸尘被日军阻击在山坡上，根本救援不了被困的杨大友。可谓枪炮之声相闻，着急不能往来。但刘啸尘此时并不担心，他确信张宗民的部队很快就能赶到，届时就能对日军及晾甲庄自卫队进行反包围。

刘啸尘能够坚持，他相信杨大友也一定能够坚持。坚持就是胜利。

唉！刘啸尘和杨大友或是没想到坚持还有另外一种结果：坚持有时等来的不是胜利，而是坚持到死。二十里之外的张宗民，此时正被那支日军巡逻小队死缠烂打，而脱身不得呢。

日军给养仓库的守备队队长名叫石川。石川已接到日军驻保定司令部的电报：据涞源与满城驻军情报，先头攻击燕子岭仓库的部队，即为插箭岭杨大友与刘啸尘所部。张宗民的部队仍在行进途中。两个日军中队与一个皇协军大队已在燕子岭设伏，围歼张宗民所部。石川只需依靠晾甲庄自卫队，包围消灭杨大友与刘啸尘即可。

石川胸有成竹，当即令晾甲庄自卫队队长于宝贵、副队长于宝珍（一说于宝田），分头劝降刘啸尘和杨大友。

石川认为，中国人劝降中国人效果会更佳，亲不亲，一国人，好说话，好讲价。若能兵不血刃，石川也省了力气。

于宝贵是那个因“讲演”出名的于荣魁的同胞弟弟。于宝贵真是不想去呀，杨大友就是一个土匪么，晾甲庄当年被土匪“折腾”惨了。跟土匪有什么道理可讲？于宝贵知道土匪从来杀人不眨眼呀。可石川是战场指挥的最大领导，“大领导”发话，于宝贵不敢不听。他瞬间判断之后，押宝般选择了刘啸尘。

副队长于宝珍则去劝降杨大友。

于宝贵这宝可押错了。赌场经验，算计越细，输得越惨。杨大友土匪出身，却还讲些道理。刘啸尘却从来就不是个客气人儿，于宝贵话还没说两句呢，刘啸尘挥刀便把于宝贵砍了。砍死还不算完，刘啸尘还亲手把于宝贵大卸八块，让士兵丢到了山下。

此种暴行，日本人也发怵。刘啸尘用行为告诉石川，别以为我们中国人不会玩狠的，我们可以同样用“杀猪杀狗”的方法对付你们。

杨大友虽然没能与刘啸尘当面商量，他或是感应到了刘啸尘的杀气，或许仅仅与于宝珍扯了几句“淡话”，也动了杀心。他不仅杀了于宝珍，连同抓来的晾甲庄几个自卫队队员，杨大友也都让手下逐一砍了，尸体逐一丢下山去了。

火光之下，被宰杀的尸体，纷纷丢下山来，晾甲庄自卫队看得魂飞魄散。毛骨悚然之际，或许他们才明白，他们博取了日本人多少欢心，必定能够收获中国人多少仇恨。

石川十分惊悚，而且十分懊丧，当即抛开兵不血刃的理想主义，命令日军配合晾甲庄自卫队强攻上山。所谓配合，即晾甲庄自卫队在前边进攻，日军在后边压阵。所谓压阵是好听的假话，难听的真话则是，日军是督战队，晾甲庄自卫队则是炮灰。

战后分析，困在山林中的刘啸尘，此时若硬拼一下，或许还能突围出去。可是刘啸尘坚决不走。不是不想走，或许他认为已然走不了。周围的山林已被晾甲庄自卫队放火焚烧。

时值腊月，序数立冬。干燥季节，火势凶猛。熊熊大火之中，刘啸尘在树林里坚持到最后。后据逃出的士兵叙述，刘啸尘手持大刀怒目而视，高声吼道：“此处为刘某之阵地，更乃刘某之坟地！”

刘啸尘声如霹雳，在燃烧的树林中震荡，攻上山来的晾甲庄自卫队，惊惧得连连却步。刘啸尘即在烈火中，与晾甲庄自卫队战斗到最后一刻。（之后张宗民见到刘啸尘烧焦的尸体，泪如雨下：“刘啸尘自随我行武，始终都是坚守阵地，从不退却啊！”）

杨大友的队伍也陷入困境，在晾甲庄自卫队与日军的猛烈攻击下，渐渐不支，弹药殆尽之时。杨大友拔出大刀，振臂高呼：“弟兄们，好汉取义，英雄成仁，就在此时！”喊罢，杨大友率先挥刀，向山下冲锋。冲下去十几步，即中弹身亡。

贪吃、自私、胆怯、窝囊、警醒、勇敢、战斗、杀敌、牺牲！——即是杨大友从土匪到烈士的人生旅程。

时过境迁，而今检讨杨大友的一生，他的确是个好人。他从父亲手中接过望龙山的“家业”，对周遭百姓，却并不祸害。附近一些贫苦山民，他还偶尔帮衬。请人上山帮厨，他还照付工钱。听凭手下多吃多占，他装聋作哑。等等这些，足见其待人宽厚（或说窝囊）。他的性格使其没能像父亲杨玉喜那样，成为一时枭雄。但是，杨大友却英勇无畏地牺牲在了抗日的战场上。

杨大友千古！

石川终于以数十名日军士兵的尸体，与近百名晾甲庄自卫队的生命，先后攻下了刘啸尘与杨大友的阵地。石川暂时拥有了胜利者的喜悦。当发现张宗民指挥着两千余人的部队冲进燕子岭时，石川更加喜悦——张宗民的部队已经进入了日军与皇协军预定的伏击圈。

埋伏在燕子岭下的日伪军冲杀出来，登时将张宗民的队伍分割成了两段。你张宗民不就是一个大个儿肉包子么，不就是我们一口吃不下么，那好，我们从当中切开，一口一口地吃掉你。兵书上的说法：令其首尾不能相顾。

但是，日伪军很快就发现，兵书上的说法有时极不靠谱，否则就不会有马谡这等读死书的傻蛋了。

所谓伏兵，无非就是在对方毫无准备的情况下，突然杀出来的部队。伏兵这两个字，对于今天张宗民这支已经红了眼的部队，竟然无效。张宗民半夜三更跑到这里，就是要捣毁日军的给养仓库，就是要消灭守备仓库的日军，更是要消灭为虎作伥的晾甲庄自卫队。总之一句话，张宗民大老远跑到这里，就是找上门来拼命的。

于是，战场形势很快就发生了变化。在日伪军的眼里，张宗民的部队就像一群几天没吃饱肚子的饿狼。而日伪军则变成了一群羊。谁见过一群羊企图埋伏一群狼？张宗民的部队所到之处，日伪军根本抵挡不住，伏兵全变成了服兵。（彻底服气之兵。）

日伪军都恐慌了，他们稍有迟疑，张宗民的迫击炮和机关枪便开始了第二轮攻击，日伪军的伏兵，一触即溃，如中败革，张宗民的手下虽然多有战死，但日伪军的尸体更是急增。这支日伪伏兵，入场时还觉得稳操胜券呢，此时却感觉到了即将步入地狱之门的恐怖。(他们还是想错了，地狱是十八层，他们才刚刚拿到进门的入场券，还得接着往下走。)

战争残酷的规律是，不在于死了多少人，也不在于双方处于什么样的危险境地，更不在于彼此有多少取胜的把握，而在于只要开战，若没有一方首先溃败，就很难叫停。

直到参战的日伪军被全部消灭，晾甲庄自卫队才算是真正看傻了，本以为这次为日军友情出演，还能顺手牵羊捞个什么便宜呢，哪想到日伪军这么不禁打呀！

自卫队看着势头不对，便狼狈退回晾甲庄。他们或许天真地认为，我们退进庄里，你张宗民还能追着我们打吗？你总得叫停呀！而且，本着好汉不吃眼前亏的原则，自卫队还在庄前高高举起了白旗。我们都投降了，你们还能死缠烂打？也不带这么玩的呀！晾甲庄的自卫队怀着侥幸心理，欣喜地看到了张宗民的队伍在庄外停止了追击。

所谓天真，多是自作聪明。天真却并不可爱的晾甲庄村民，他们或以为晾甲庄是易守难攻的“祝家庄”，或以为张宗民是经常束手无策的“宋江”？

错！大错！晾甲庄不是祝家庄。张宗民更不是宋江——张宗民却是个催命鬼，今天是来给晾甲庄送终的！张宗民虽然没有冲进庄去，却不肯叫停。他下了一道极简单的命令：命令部队把手榴弹和炮弹，都要倾其所有“无私奉献”给晾甲庄。

在张宗民部队的“无私奉献”下，晾甲庄登时成了一片火海。晾甲庄村民在彻底绝望之中终于恍然大悟，张宗民不是菩萨心肠，他需要的不是投降，而是复仇，是以命抵命！

一直等到晾甲庄传出的哀号声渐渐小下去的时候，张宗民才恶声骂道："冲进去，这种吃里爬外，帮狗吃屎的汉奸村子，一个出气儿的都不能留下！"

部队饿虎扑食般冲进了晾甲庄……

接下来的情节，场面血腥，唯恐读者多有不适，谈歌不再写了。谈歌只告诉读者：晾甲庄于顷刻之间变成了一片焦土。

中村与山口悉心设计、精心打造的"东亚共荣圈之晾甲庄模范区"，当即不复存在。（2010 年夏天，谈歌去燕子岭，想看看晾甲庄的遗址，却已经寻不到了。问及这件事，当地人多是茫然不知。谈歌走在山间，阵阵山风迎面吹来，谈歌不觉仰起头，呆望着天空，正是六月天气，一轮如焚的太阳悬在空中。谈歌内心一时纷乱如草。历史果然如此健忘？或是后人羞于启口？

往事不堪。自民国十六年春天，张作霖手下在燕子岭"剿匪"——那场以抢掠烧杀为基本动作的"剿匪"启动的那一刻，就是极端报复行为。何谈为民意识？何谈保一方平安？由此开始，燕子岭周遭的民心如暴风骤雨之下的泥沙，急骤流失。在中国近代历史的汪洋大海之中，很难再有如此悲摧之情节。）

张宗民以隆重的仪式厚葬了杨大友与刘啸尘。

1995 年，抗日战争胜利五十周年，谈歌为报社赶写一篇稿子，由《保定报社》卢记者牵线，采访了一位名叫李四宝的老先生。李老先生那年 75 岁，于保定园林管理局副局长的岗位离休。李老先生参加过燕子岭战斗，时任张宗民的卫兵班长，张宗民埋葬杨大友与刘啸尘的目击者。

李老先生感慨回忆，燕子岭的战斗刚一结束，张司令即命令全体战士给杨大友、刘啸尘及全体牺牲的战士送葬。因来不及制作棺材，张司令带着战士们在山坡上挖了一个巨大的墓穴，将杨大友、刘啸尘与数百名牺牲战士的遗体一并埋葬了。完工时，天光已然大亮，部队围绕着这个巨大的坟墓肃然默哀。张司令泪流满面，率部队朝天鸣枪致敬，给烈士们送行……

李四宝说，战斗过后，张宗民心里牵挂杨大友的家眷，部队撤出燕子岭之时，张宗民即派人去了于家庄，将杨家妻儿老小接到了唐县县城。张宗民买了一处宅子，以做干鲜果生意的小贩身份，将杨大友遗属掩护起来。并高薪雇工，侍候这一家的日常生活。孰料第二年春天，日军轰炸唐县，杨大友的妻子和孩子都被炸死了。楚莲花却侥幸活下来。张宗民不敢再大意，即派人将楚莲花转移到保定城内，找了一个内线掩护起来。

日本人宣布投降那天，保定市民敲锣打鼓上街庆祝胜利，狂欢持续到夜晚，楚莲花站在院子里，兴致勃勃地仰头观看烟火，嘴也自然张开了，孰能预料，焰火烧尽后的颗粒凭空落进了楚莲花的嘴里，继而又呛住了气管，楚莲花窒息而死——真是无妄之灾呀。

谈歌计算，楚莲花终年六十五岁。

徐飞扬之死

（真是绕不过去，要写下徐飞扬的“终点”了。）

民国三十年（1941）冬月，丰田秀男为解除日伪军陷入游击战的窘境，调集了保定周遭的日军近三万余人，对保定周边各县的抗日游击队进行了残酷扫荡。正是草木凋零时节，没有了青纱帐的掩护，游击队一时无处隐身，加之日伪“清乡运动”步步推进，各县抗日武装力量都遇到了空前困难。

日军见机行事，为节省兵力，便又开始劝降各路抗日队伍。丰田秀男把徐飞扬当作了劝降的重点对象。他亲笔写信给徐飞扬，许以保定日军军事顾问，并兼任皇协军保定警备司令，希望徐飞扬回保就职。

《保定文史资料选辑·第十一辑》记载了徐飞扬给丰田秀男的回信：“丰田秀男司令阁下，阅十一月二十九日来书，以关山阻隔，传递迟迟，十二月十五日始得寓目，幸恕其未能及时谢罪投诚，又未能及时操笔作答也。阁下书中反复断得，无所新鲜内容，依旧谎言谬论，老夫闻之熟且厌恶久矣，近卫文麿、希特勒、墨索里尼诸狺狺狂吠之流乃世界之公敌，大中华民族早已深恶痛绝，且不惜牺牲一切与畏威而不怀德之日本蕞尔小国抗战到底（从略）……老夫傲骨天成，不为物移，度外生死，浮云富贵，但求为国捐躯，此外无暇计也。某有财产，任尔抢劫，某有妻室，任尔杀戮。阁下之苦口婆心，但博老夫一笑耳。大中华民国抗日战士徐飞扬启。”

《保定文史资料选辑·第十一辑》记载：丰田秀男读过徐飞扬回信，勃然大怒，立时给保定日军特务机关下令，着其全力配合此次扫荡，特务机关重中之重的任务，就是消灭徐飞扬与梅天凤的游击队。于是，山口亲自出马，率领日军特务机关，到各县督战。

冬至这天，徐飞扬、梅天凤率领的游击队，于满城灵山脚下与日军两个大队打了一场遭遇战，游击队伤亡很大。游击队极为倚重的骑兵连，为掩护队伍撤退而断后，数场激战下来，也损失殆尽。

三天之后，徐飞扬与梅天凤带着队伍又在曲阳与日军西乡正平大队遭遇，徐飞扬指挥着队伍一路向东撤退。山口亲自督战西乡，亲自带着队伍尾追徐飞扬不舍。山口急于消灭这支令他头疼太久的游击队，喜出望外之际，途中或是乐极生悲，竟然一头栽下马来，昏厥过去。当即被紧急送往了保定日军医院抢救。（山口是否“酒驾”？不得而知。但此次“交通事故”，竟让山口一郎性命堪忧——后面再说。）

梅天凤在撤退途中，焦灼地说：“徐老师，咱们不能总这么跑路呀。再这么跑下去，胆子都跑没了，军心都跑散了。您可是诸葛亮呀，您得想个以少胜多、出奇制胜的妙计啊！”

徐飞扬呵呵笑了：“天凤呀，你这全是‘说书先生’的词儿。自古打仗，以少胜多鲜见，寡不敌众则是常理。此次日军倾巢出动，我们必无便宜可占，退避三舍绝非胆怯。不瞒你说呢，我有上屋抽梯一计，已筹划多年，即是为今天的安排准备的，不仅要让骄横的日军吃上一次大亏，还要取了山口一郎的性命。”

梅天凤登时高兴了：“我说嘛，不能总这样一路狼狈地乱跑呀。老师快说说，是什么妙计？”

徐飞扬笑着摆手：“不可说，不可说呢。”

梅天凤疑惑道："徐老师，您果真有妙计吗？"

"天机不可泄露呢。"

"您别是哄我高兴吧。"

一路说着话，天光渐渐亮了，太阳东山再起之时，队伍就走到了完县界内"皇子崖"下。日军尚未追赶过来，徐飞扬便让队伍在山下休息。徐飞扬席地而坐，目光投向了高高的"皇子崖"。清晨中的皇子崖，愈加显得巍峨壮观。

徐飞扬兀自点了点头，转身对梅天凤说道："天凤，你歇一下便带着队伍走吧，给我留下几个人就行了……"

梅天凤不等徐飞扬说完，连连摆手："不行，不行！您说的是什么话？当然是我留下掩护，您带着队伍走呀！"

徐飞扬淡然一笑："天凤呀，我刚才说过了，老夫有一个上屋抽梯的妙计，早在此地为日本人准备了三年有余。我若走了，谁来实施呢？"

梅天凤半信半疑："老师呀，上屋抽梯……您果然有妙计呀？"

徐飞扬收了笑容，瞪了梅天凤一眼："你此问何意呀？徐某什么时候有过不实之词？"

梅天凤忙笑道："天凤岂敢怀疑，老师别生气，我带队走就是了。"

徐飞扬沉吟了一下，神色庄重起来："天凤呀，我有几句话要交代给你。"

梅天凤立时严肃了："老师请讲。"

徐飞扬淡然说道："眼下虽说是全民抗战，但是敌强我弱，此战必定会旷日持久。我年纪大了，人生已见黄昏，但凡有个三长两短，有些话却要提前说下。你若见到赵元初与马凯旋，我有几句话要你转告。"

"请老师交代。"

无际的寒风卷地而来，远天远地皆是昏黄的颜色，清晨的太阳变得十分曚昽。

徐飞扬一脸“曾经沧海”的表情，有些迷离的目光投向漫天的寒风，兀自慨然说道：“遥想当年，徐某年幼无知，醉心科举，不过是想奋力赚几层功名，光耀门楣而已。哪里知道“国家”是个什么东西呢？直到八国联军攻入北京，徐某才恍然大悟，世界上的人，原来是分为一国一国的呀。才知道了国家乃是全国民众的大家，才知道了人人当效力国家的大义。想透了这一层，徐某当时不觉冷汗三身又热汗三身。亦悲亦叹的却是，中国数千年来，竟然从来没有国家历史。在我冷眼看来，所谓二十四史，并非历史，不过是二十四姓的家谱而已。只知有个人，不知有群体，舍皇家之外，再无历史。这样的中国史学，并不能开启中国民智，反而成了徒耗民智之具。中国之史，应是大众之史。持此观点，我完全赞同共产党的主张，心向大众，民众主义，应该大行其道啊！”

梅天凤用力点头：“老师说得深刻，学生逐一记下了。”

徐飞扬摆摆手：“我还没说完。自抗战以来，委员长在国人督促之下勉强上马操戈，观其下属呢，却多是心猿意马，以致仍为一盘散沙。以我听之观之，共产党无一高层人物变节附逆，八路军、新四军也无一支队伍当了伪军。而国民党部队呢？却多是成建制向日军举手投降。国民党的高级官员呢？其表现更是不堪入目。文官降者多如牛毛，武官叛逃势如江潮。如此景象，让人心冷心痛，情何以堪？但愿后人哀之能鉴之，不使后人复哀后人也。你转告赵元初与马凯旋，对共产党要联合，心寄大众的共产党，当是国家民族的中流砥柱啊！”

“天凤都记下了。”梅天凤硬硬地点头。

徐飞扬说得有些激动了，挺身站起，迎着漫无边际的凛冽寒风，扬眉笑道：“徐某梦想将来，必定是大众主义者之天下矣！”

梅天凤随之站在了徐飞扬身边，感叹了一声：“老师呀，您说得真是精彩呢。”

徐飞扬笑道：“天凤呀，我再无话可说了。我们就此别过，你带队伍走吧。”

梅天凤翻身上马："老师保重！"

"不必担心，我心中有数。"徐飞扬在风中伫立，目送梅天凤带着队伍渐行渐远。

依稀听到阵阵马蹄声，徐飞扬转身去看，但见日军骑兵如一片蝗虫卷地而来。

徐飞扬对留下的十几个队员笑道："开枪！引小鬼子过来！"

排子枪声顿时响起，只见日军几个骑兵栽下马来。

日军骑兵的速度却没因此放缓。

徐飞扬哈哈笑道："弟兄们，咱们上山！徐某在山上埋伏了'十万雄兵'呢！"

徐飞扬当即带着十几个队员且战且退，顺着草绳一般毛糙且狭窄的山道，撤上了皇子崖。

徐飞扬走到山顶，稍稍喘息，抬头望去，但见锡箔似的太阳，犹犹豫豫地升高了，愣愣怔怔地悬在了中天。一阵阵冷峻的山风刮过，兀立的山峰似乎被吹得愈加僵硬了。再看断壁残垣的忠烈观，任凭山风穿堂而过，不时弄出些恓恓惶惶的骇人声响。

徐飞扬大步走进道观，搜寻的目光四下仔细看了看，随即径直走到一块石板前，用力踏了踏，开心地笑了。

徐飞扬走出道观，探头向山下望去，但见百十名日伪士兵，正艰难地缓缓攀上。

徐飞扬转过身，见十几个队员正不知所措，茫然四顾。

有人疑惑地问道："徐先生，咱们埋伏下的雄兵呢？"

徐飞扬淡定一笑："除我等之外再无一兵一卒。"

"什么？再没人了？"

"哎呀，就咱们几个？行吗？"

"我们是疑兵。什么是疑兵？就是诱饵。明白吗？"徐飞扬笑道。

众人愕然。他们对疑兵的概念可能不大清楚，对诱饵的用途却明白无误。诱饵就是用来钓鱼的，这荒山野岭的，徐先生钓什么鱼呀？

“徐先生呀……”

徐飞扬冷冷说道：“孤立无援，此为绝地。”

队员们登时都呆立原地，错愕的目光分明在发问：“徐先生呀，你只带着我们十几个上山了，能挡住山下这几百个日本鬼子，再加上几百个伪军？就咱们这十几个人？徐先生，您这胆儿也太肥了点儿吧？您这是跟我们……说笑话呢？”

徐飞扬淡然笑了：“诸位且放心，徐某但在这里，料也无妨。”说罢，徐飞扬看了道观门前的水井，即厉声说道：“观中尚有几只破旧的水筲，你们快些取来汲水！”

队员们一时怔住，不知就里。

徐飞扬登时剑眉倒立，大吼一声：“快去！”

队员们赶忙匆匆去了。

水井已经冰封，有队员投下一颗手榴弹，水便急涌上来。

徐先生渴了？不是。徐飞扬指挥队员们从井中汲水上来，一筲接一筲顺山势泼下去了。

立冬时节，滴水成冰，无论徐飞扬是否精通物理学，皇子崖在不断浇水之下，山头地带已与冰山相似。如此一来，日军可就非常辛苦了，他们必须先用硬器，比如刺刀、枪托，奋力凿出个把手，才能艰难向上行进。此时此刻，他们已经不像是军人，竟都变成“攀岩运动员”了。

徐飞扬看了看在山坡上艰难攀登的日军，摇头讪笑道：“真是难为了诸位。”说罢，他转身对队员们笑道：“这后山有一条险路，你们知道吗？”

众人面面相觑，纷纷摇头。

徐飞扬笑了：“当年老夫在保定军校教学，假期闲暇，曾携几个学生来此一游。当年老夫曾对学生们打趣说，将来此地或是有一场恶战呢。而今念及，果然一语成谶。我虽教学多年，多是纸上谈兵，不曾经历绝地恶战。今日有此一战，也算是人生一大快事了。诸位兄弟，你们就从这后山的险路脱身去吧！”

众人登时怔住。

徐飞扬笑道："不必为我担心，只给我留下一支步枪即可。所谓一夫当关，万夫莫开。我一人、一枪，足矣！"

众人仍旧怔怔地看着徐飞扬：我们走？您留下？一人？一枪？一夫？当关？徐先生，这玩笑开得……大……了……点儿吧？

徐飞扬看众人犹豫不决，摆手笑了："放心！老夫自有妙计。诸位快随我来吧！"

徐飞扬说罢，即引众人到了观内，让人搬开墙角处一块石板，一阵强硬的山风猛地兜上来，果然见一道铁索，已经是锈迹斑斑。铁索直通山谷。

人们望着深不见底的山谷，黝黑的山谷也默默地望着人们。

"快走吧。"徐飞扬催促众人。

"徐先生……"

"徐先生……"

徐飞扬笑道："你们快走吧！我随后就到了。"

十几个队员百感交集地重重看了徐飞扬一眼，即鱼贯而下。

徐飞扬低头去看，见队员们一路没进了山谷，心下登时坦然。转身回来，拿起步枪，伏身山顶，即向山下射击。

徐飞扬教官出身，枪法自是精准。但见一个又一个日军士兵中弹，如石头一般滚下山去了。

徐飞扬正打得兴趣盎然，子弹却已告罄。

徐飞扬沮丧地苦笑："扫兴呢！"便扔了步枪，起身进了道观。

徐飞扬用力搬开了观中的一块石板，但见一个深洞，他伸手进去，便扯出了一根导火线，撕开层层包裹的油纸，但见导火线崭新如初，一股火药味扑面而来。

徐飞扬微微笑了："蛰伏三年有余，今日火龙出世！唐品直呀，你办事果然认真而且干练呀！"

徐飞扬缓缓扯出了导火线，便在道观的门槛上从容坐下。他将导火线虚踩在脚下，仰头望着天空。空中铁红的日头或是烧得乏了，一路西移，似一个匆匆赶路的疲惫行者。

徐飞扬掏出纸烟和火柴，点燃了一支，徐徐吐出一口，他又虚浮着目光，看着香烟四散，感觉到了一种莫名兴奋。

终于冲上来了几个日军士兵，他们用疑惑的目光四下搜寻，却只看到了微微发笑的徐飞扬。

西乡中队长随后冲上山来，他身后跟着几十个气喘吁吁的日军。西乡四下张望，警觉的目光顿时松弛下来。他泄气地发现，山上只有徐飞扬一个人，端坐在道观的门前，淡定地吸着纸烟。

徐飞扬用蒙眬的目光望着西乡，用日语问道："你叫西乡正平？我们见过面。"

西乡惊讶地点头："想不到徐先生的日语说得如此之好。是的，我曾任保定宪兵队副司令，曾随山口机关长去过徐先生府上，只是匆匆一见，徐先生竟能过目不忘，徐先生好记性啊。"

徐飞扬皱眉问道："山口为何没来？"

西乡冷笑："徐先生也太不自量力了。抓你们区区几个游击队，何用机关长出面呢。"

"山口果真没有来吗？"

"当然没有！"

徐飞扬把手上的纸烟捻灭，颓然长叹："上苍何薄徐某？三年前筹划今日，我早已等得心焦若焚，总以为此计万无一失，却不承想，事与愿违，我徐某今日，竟也有了上方谷诸葛之遗恨。"

西乡不明就里，看着徐飞扬："你说什么？"

徐飞扬苦笑道："徐某本意图谋一虎，今日却只猎杀一犬，如此结果，并非徐某师心自用，确是谋事在人，成事在天呢！"

西乡再次四下张望，疑惑问道："徐飞扬，难道就你一个人吗？"

徐飞扬却似没有听到，又掏出烟来，所答非所问："你吸烟吗？"

西乡烦躁地摆手："不！"

徐飞扬掏出火柴，点燃了第二支烟，他徐徐吐出一口烟雾，然后用那只仍在燃烧的火柴，点燃了脚下的导火线。

导火线登时像一条受惊的长蛇，一路蹿着火光急惶惶地向着观中去了。

西乡登时惊呆了，他猛地感觉到了什么，本能地想跑，一时却迈不开脚步了。

徐飞扬望着西乡满脸惊慌失措的表情，微微点头笑了。

（谈歌写到这里，掷笔感慨想象……徐飞扬那一笑信心满满，那一笑绚烂至极，那一笑……）

但听得山崩地裂般的连声巨响，皇子崖的道观拔地而起。

高悬的太阳被惊得一时失措，惶惶地躲进了云层……

［此谓徐飞扬巅峰之作，天下谁可匹敌？

徐飞扬终年六十一岁。

徐飞扬一生是个传奇，包括他的死，也是十分离奇，富有神秘色彩。作为中国抗日战争中一个伟大的践行者，徐飞扬代表了一种民族精神，他注定成为一个永恒的传奇。

徐飞扬千古！

西乡正平的一个卫兵，名叫川平次郎。爆炸后即被气浪抛到了山坡上，如石头一般滚落到山下去了，侥幸存活下来。

事后川平奉命给山口写了这场战斗的书面报告，他在报告中描述："那天应有数百斤炸药的当量，整个山头似乎被炸成了粉剂状态……"

后人推测徐飞扬此举，的确是为了炸死山口——山口却因病住院，躲过了此劫，当属侥幸。

徐飞扬有诗数篇，传于后世。其中两篇，或是他的心境写照，特抄录如下：

之一：

一介书生搏寇仇，
十万豪气冲霄楼。
神州当然著青史，
穷身纵死复何求。

之二：

杀贼从来不眨眼，
冲冠一怒为桑榆，
洒血祭坛胆为戟，
还我河山还我妻。

《杭州地方志》三十三卷收录徐飞扬堂侄徐先影《小写族叔徐飞扬》一文，文中叙述，徐飞扬妻子程氏，与徐飞扬生有一子徐先河、一女徐先梅，一直在杭州居住。1937年8月15日，日军对杭州进行大轰炸，程氏与一子一女皆在轰炸中殒命。

皇子崖爆炸后，皇子崖下陈侯村，年仅十八岁的农妇冀燕华，瞒着家人，悄然上山，借口采药，央求看守现场的伪军连长冀东林(冀燕华的堂兄)，即放冀燕华上山。冀燕华一路寻到山顶，收敛了徐飞扬已经炸烂的尸骨，便从后山用绳子系下来。后她又瞒着家人，将徐飞扬的尸骨用事先准备的油布包裹，埋在了自家地里，并做了暗记。她回到家里，便给村里的抗战会通报了消息。

不料，抗战会竟有人已经叛变，冀燕华即被抓到乡公所拷问。冀燕华遭受百般毒打，坚决不肯承认。后经村里使钱贿赂乡公所，以冀燕华疯癫为名，方才将其保释出来。冀燕华经此一遭，不敢再给抗日政府报信。

抗战胜利后，国民党保定公署派员来找冀燕华询问此事，冀燕华也矢口否认。

中华人民共和国成立后，保定人民政府派专人来打听徐飞扬的尸骨下落，冀燕华这才说出实情。当即起出徐飞扬的尸骨，经梅天凤等人辨认，指认了徐飞扬口中的一颗金牙，确是徐飞扬无疑。徐飞扬的尸骨，即被安葬在保定烈士陵园。

徐家后人得知徐飞扬的尸骨能够得以保存，竟是仰仗于一个素不相识的农家妇女，就在政府的引见下，拜识了冀燕华。徐家表示谢意，政府也让冀燕华提些要求，冀燕华只是微笑摇头，后在政府的一再要求下，冀燕华跟政府要了一把铁锨。

冀燕华尴尬地笑道："当年挖深坑埋葬徐司令（当地一直误称徐飞扬为徐司令），夜深挖坑着急，加之天寒地冻，不太好挖，铁锨也挖断了，之后多被家里埋怨，却不敢言明，你们就送我一把铁锨吧，也算给家里一个交代。"

冀燕华于1994年去世。]

梅天凤当天便得到了徐飞扬牺牲的消息，痛哭了一场，随即进城，给赵元初送去了这个凶讯。

赵元初正与梅三娘商议虞世通重新卧底的事儿，惊惧间他仅听梅天凤说了两句，便大叫一声，昏厥过去了。醒来后，赵元初放声痛哭："云长先生呀……你怎么就走了呀……"

赵元初的确没有想到，徐飞扬三年前出城之际，安排唐行一去皇子崖布置炸药时，就已经安排好了自己人生的最后一刻。

梅三娘满脸是泪："天凤呀，徐先生留下什么话没有？"

梅天凤一双泪眼看着赵元初，唏嘘道："徐老师……还有几句话，要我转告赵司令与马站长。"

赵元初点了点头："你讲吧。我转告马凯旋就是了。"

梅天凤便转述了徐飞扬的那些话。

梅天凤此时才明白，那天徐飞扬说了那么多，竟是临终遗言。

赵元初听罢，呆呆枯坐，久久无语。过了好一阵，他终于长叹了一声："三娘呀，天凤呀，徐先生的确看得高远啊，其中的一些道理，赵某也是渐渐拨云见日了呢。唉！只是……徐先生过早离去，保定的抗战局面，确有折翼之痛呀……"

屋中一时静下来，只听到低低的抽泣之声。

谁也没有料到，三人沉痛悼念徐飞扬之时，死神正向赵元初悄然走来。

山口一郎之死

躲避特高课追捕多日的虞世通突然现身了，他站在特高课门前，要求拜见中村课长。

这是什么意思？自投罗网？主动投案？

卫兵通报后，中村同意接见。

虞世通满脸愧疚的表情，小心翼翼地走进了中村的办公室。

中村鄙视了虞世通一眼，随即骄傲地笑了：“虞经理，有些日子不见了呢，请坐吧。”

虞世通满脸堆笑地答应一声：“虞某惭愧，对不住课长了。”便在中村对面的椅子欠身坐了。

前两天，赵元初私下向中村透露，虞世通现在在军统不得信任，他感觉很憋屈，良禽择木而栖，便找人给赵元初捎话，想回来继续为中村效力。而且，赵元初愿“具结”担保。

中村略加思忖，便当即同意了。中村当然有自己的算盘。

一则他仍想与虞世通联手做生意。中村始终认为，虞世通是一个不可或缺更是不可多得的生意伙伴。

二则中村虽然一度怀疑赵元初，此番却认为赵元初讲得可信。中村认定虞世通必是在处处碰壁、走投无路的情况下，才重新投奔他的。好马不吃回头草。在中村眼里，虞世通不是一匹听话的好马，但他的确是一匹精明的烈马。中村有信心驯服这匹烈马。被驯服的烈马，当然就是千里马。

三则中村还有一个重要心思，他要利用虞世通，去对付那个蹬鼻子上脸，越来越令他厌恶的葛云梁。

中村笑道：“虞经理，我听赵会长说了，你在军统那边混得不如意，你真的是回心转意了吗？”他起身给虞世通端过一杯茶。

虞世通急忙起身，双手接过：“谢谢，谢谢！”

虞世通把茶放在桌上，尴尬地笑道：“中村太君，其实起初我也没敢回来。怎么说呢，闹了那么一出，我也觉得非常不好意思。可我在那边混得实在别扭，人家什么事儿都瞒着我，看我的眼神儿，都跟盯着贼似的，没劲透了。思前想后，我想通了，人活着，就是混口饭嘛，我还是觉得跟着您干，出气儿匀实，也有前途呀。这不，我就这么厚着脸皮回来了。您大人大量，不计前嫌，虞某定要痛改前非，继续为您效力!”

中村点头：“好呀！虞经理，我就再相信你一回。”

“谢谢中村太君！从今往后，我保证对您忠心耿耿！怎么说呢，从现在起，我就是您的一条狗，您让我咬谁，我就咬谁!”

中村怔了一下，仰头哈哈大笑：“狗？让你咬谁你就咬谁？好，好啊!”

“中村太君，您的意思……”

“虞经理呀，我今天还有公务，你先回大发车行吧，接着当你的经理。过些时日我要找你仔细谈谈，我确实有几件事，要与虞经理商量呢。”

“虞某随时听候您的吩咐。那，我先去了。”

“好的。”虞世通认真给中村鞠了个躬，便转身出去了。

中村看了看虞世通的背影笑了笑，便收回了跟虞世通好好谈谈的心思。

中村今天的确有事儿，他起身走出办公室，他要去医院探望山口。山口病重，中村这几天正在猜测，如没有了山口，特务机关长的位置会由谁来接任呢？

山口从前线被送到保定的日军医院，经医院检查，确诊为突然中风，抢救过来之后，山口提出想回国治疗，但被新任北平特务机关长多平俊村拒绝，要山口就地治疗。多平俊村如此不给面子，那么，山口一郎在日军驻北平司令部的眼里，已经是明日黄花了。

中村在山口的病房前被拦住了，守在门口的卫兵告诉他，机关长正在会见一个朋友，不得打扰。中村猜得出，山口必是正与“掌柜”谈话。尽管山口一郎对“掌柜”心存芥蒂，但他并不否认，“掌柜”一直是山口与丰田司令官的幕后智囊。

中村在外边候了片刻，即被告知可以进去探视了。

中村走进病房，但见病房里只有山口一人。中村猜想“掌柜”是从后门走了，这真是个影子一般的人物呀。

山口正倚在床上，盯着天花板发呆，或是刚才掌柜说了什么让山口深思的话题？

中村把一束鲜花细心地插进了床头的花瓶，欠身轻声说道：“机关长，中村青木特来探望。”

“多谢中村君。”

“此是属下应当做的。机关长感觉好些了吗？”

“有道是，清闲无事，坐卧随心，虽粗茶淡饭，但觉一尘不染；忧患缠身，烦扰匆忙，或锦衣厚味，只感万状愁苦。我此时确实是这么个心境呀。中村君见笑了。”

“机关长休养期间，应减少思虑。”

“请坐吧。”

“多谢机关长。”中村便在床前的椅子上坐下。

山口淡淡地问：“中村君是哪一年来中国的？”

中村欠身回答：“昭和六年（1931），我奉命接替大岛纠夫，接管保定光和商社。”

“光和商社在北平事变之后，才归属陆军省参谋本部的吧？”

“是的。商社的活动经费，之后由陆军省发放。”

“光和商社培养了许多人才啊。我的手下西乡正平，也曾是光和商社的人呢。”

“是的，只是西乡君……”

“我听说了，西乡正平为帝国尽忠了。”

“是的。万幸的是，徐飞扬也死了，去了我们一个心腹之患。”

“中国人的抵抗意志超出了我们的想象呀。”

“机关长说的是徐飞扬？”

“若不带敌意地评论，徐飞扬无愧中国军校的出色教官，的确是一个智力超群的对手，怎样高估他，都不为过。我了解了当时的战场，徐飞扬几年前就在那里为我们挖掘了陷阱。此人的可怕之处在于，他连自己的结局都预先布置好了。人生短暂且忙碌，如此从容的人极为少见呀。”

“他毕竟死了，我们少了一个对手。”

山口摇头叹道：“不，这样的对手我们还会遇到很多，徐飞扬只是一个代表。”

中村点头：“此人是一个坚定的抗日分子。”

山口摆手道：“我不是说徐飞扬，我是说这件事情，能够让我们认真思考的东西太多了。中村君，劳烦你扶我坐起来。”

中村急忙上前搀扶山口撑起身子，倚靠在床头。

山口喘了口气，继续说道：“中村君，这两天，我思考了许多问题，有了些新的感悟。”

中村不解地问：“机关长是说……”

山口叹道：“昭和十二年（1937），日本决定对中国全面开战。你知道我们为什么要全面开战吗？”

中村即起身立正回答：“因为我们知道，我们能赢！”

山口点头：“是的，当时日本举国上下都这么认为——哎，中村君坐嘛。”

中村重新落座。

山口喘息一下，继续说道：“土肥原将军当年很自信地对我说过，我们的国库比中国的有钱，我们的士兵比中国的精锐，我们的武器比中国的精良，我们有航空母舰，我们有零式轰炸机。而中国呢，则是军阀混战，民不聊生，哀鸿遍野，老百姓苟且偷安，黑社会猖獗横行。在我们看来，中国就是一盘散沙，软弱无能。中日一旦开战，中国必定一触即溃。”

中村讪笑道：“大日本当年举国上下，多是持土肥原将军这种观点。所以，当时我们认定，三个月可以灭亡中国。”

山口皱眉叹息了一声：“可是我们都错了，我们太不了解中国人了。这个民族，是我所见过最坚韧的民族。”

中村茫然不知就里地看着山口。山口为什么要说这些呢？

山口摇头苦笑道：“也真是奇怪呢，去年我在北平开会，有幸又遇到了土肥原将军，我曾私下求教。我问他，似这样一个毛病多多，有着无数劣根性的国家，为何有着让我们目瞪口呆的先进性，有着无限可能的潜力。”

山口喘息片刻，继续说道：“仅以保定为例，自从我们攻陷了这座城市，似乎一切都在瞬间变得白云苍狗，且不说国共两党，各路旧式军阀以及保定城匪‘兄弟社’那些泼皮流氓，都能毅然放下多年积怨，不再争斗，而是团结一致地对付我们。还有保定周遭的许多土匪，也都变得洁身自好，以抗日为主旨了。还有那些一向苟且偷安的老百姓，也登时变得凶悍无比，还有那些从来不问政治的戏子们，从古至今，这些有奶便是娘，有钱便是爹，惯于相互拆台，惯于各扫门前雪的戏子们，似乎一夜之间，竟然变得不自私、不怕死。比如付浩声，比如钱如雪。究竟有一种什么东西，注入了他们的骨髓，从而让他们变得坚强、勇敢、无所畏惧、一往无前？等等这些问题，不瞒中村君，土肥原将军当时听罢，却无言以对呢。唉！”说到这里，山口仰头长叹。

中村忙笑道：“机关长，我们毕竟还有方千明这些忠于皇军的艺人呢……”

山口皱眉道：“我们当然需要方千明这样有声望，且对皇军忠心耿耿的艺人，但是，这样的人却是太少了呀。”

中村无言以对，一时沉默了。

山口叹道：“中村君，恕我直言，这场战争就是一场赌博，我们已经输了。”

中村皱眉道：“机关长，这番议论……如果被军部知道……”

山口点头苦笑：“我知道，我现在感觉十分劳累，或许我的生命将要停止了，你我共事几年，配合默契，我确实是真诚地对中村君说这番话的呀。”说到这里，山口的目光，转向了窗外，其目光软弱无力，近乎曾经沧海。

窗外西风猎猎，卷起漫天的黄尘。

中村一时不知如何作答。他看了看山口：“机关长，您多保重。”

山口皱眉：“中村君，你今天来看我，还有什么话要说吗？”

中村怔了怔，欲言又止。

山口笑了："我知道，你是想说赵元初吧。你与高桥秀子虽然失和，但在赵元初的问题上，你二人却非常一致呢。"

中村小心翼翼地说道："机关长，我与赵元初交往数年，观察此人行止，有龙吟虎啸之状，且处事不同凡响，断不会久居人下，宜早除之呀。"

山口默默点了点头，淡淡一笑："中村君，你能有此坦诚态度，我十分赞赏。不瞒你说，刚才'掌柜'先生来过，他的建议与你们如出一辙，这也算是英雄所见略同吧。赵元初这人，我岂能不知呢，我与他的交往比你要早得多，此人心机过深，与我皇军早存二志。只是此人在保定的人脉厚重，门生故吏很多，社会关系盘根错节，我们目前打击或'降伏'保定的'兄弟社'，还要借用此人的声望，现在还不宜立即除掉，等保定局势稍稍平稳，再作计议吧。"

"机关长……"

"不必再说了，赵元初身边有我的眼线，他的一举一动，我都清楚。他就算是一只老虎，也已经被我捆住了手脚，关进了笼子。你想想看，捆住了手脚关进笼子的老虎，还算是老虎吗？"

中村点头："机关长想得长远，属下佩服。那何时能降伏'兄弟社'呢？"

"'掌柜'先生思考了一个对策，还在完善之中。"

"哦。"

"对了，你对'掌柜'先生怎么看？"

"'掌柜'先生很神秘，保定城内，除去机关长与丰田司令官还有属下我，再无人知道他的真实面目。只是，此人显得傲慢……"

中村如此说，因为他看出，山口与'掌柜'已然面和心不和了。

山口却似看透了中村的心思，他摆摆手："中村君，你不要怀疑我与'掌柜'先生之间有什么矛盾，我们日本有一句妇孺皆知的格言，真正精神独立的君子，彼此之间必定有争执，只有总是感觉无助的下等人，才会一团和气。我与'掌柜'先生绝非意气之争，只是观点方法之争。我们彼此投缘，相见恨晚。再则，他与土肥原贤二将军是莫逆之交，我则对土肥原将军执弟子礼。这就使我们的关系更加紧密了。”

中村内心很惊讶，他万没想到，山口却是这样看待“掌柜”的。这是真的吗？还是山口故作大度呢？

山口似笑非笑：“还有一件事，是不是每次“掌柜”先生邀你到他那里，总让你与‘一丈青’一同过去，你对此一直疑惑不解？”

中村皱眉点头：“是的，‘掌柜’先生如此行事，我确是疑惑不解。机关长……早知此事？或是机关长如此安排？”

山口摇头：“我早知此事，但此事却并非我的安排。”

“那……”

“有一个秘密，中村君不知道吧？‘一丈青’么，即是美惠子小姐，一直是我直接领导的秘密情报员，她在你身边，你的一举一动我都知道。”

中村彻底惊讶了，他一直视作心腹的美惠子，竟然是山口直接领导的日本特工？

中村结舌了：“机关长为什么……要告诉我……这些？”

山口叹了口气：“因为这已经不是秘密了，竹桥美惠子是土肥原先生派给我的呀，我想过，或许土肥原先生早将此事告诉了‘掌柜’先生，又或许‘掌柜’先生是从别的渠道知道了这个秘密。所以，他每次与中村君交谈，都让美惠子陪在你身边。我猜测，他应该只有一个目的。”

“什么目的？”

“即让美惠子把中村君对‘掌柜’先生说的话，逐一对我汇报复述。美惠子也的确这样做了。”

“这……岂不是多此一举吗？既然‘掌柜’先生与机关长是无话不谈的好朋友，他为何不直接告诉机关长呢？”

“中村君，你还是不了解‘掌柜’先生呀，他若告诉我，中村君对他讲过什么，岂不是有了挑拨是非的嫌疑吗？‘掌柜’先生笃行君子，却也煞费苦心了。”

中村一时呆若木鸡，良久，他问道：“属下愚钝，机关长为何要对属下讲这些？”

山口摇头叹道：“我自知病得沉重，怕是来日无多了。你我相处多年，配合默契，且中村君敬业守职，我十分感佩，与中村君早有了朋友的感觉。若不告诉你这些，心里确有不安呢。”

中村心里涌起一阵感动，他听得出，山口讲这番话确实是动了感情。他急忙说道：“机关长，多加保重。您一定会很快康复的。”

山口闭上了眼睛：“这就不是我考虑的事情了。中村君，请回吧，我有些累了。”

中村答应一声，即起身走出了病房。

山口却没能等到除去赵元初的那天，中村探望他的第二天，山口一郎突然再次大面积脑出血，抢救无效，昏迷两天后死亡。

这个精通中国文化的日军特务终于死了，他的野心也随之去了。

赵元初之死

（唉！应该写到赵元初的“最后”了。）

“顺手牵羊”是大家耳熟能详的一个成语，确有出处。《礼记·曲礼上》：效马效羊者右牵之。比喻顺便行事，就是顺便拿走别人的东西。如此说，这种顺手占便宜的事儿，古时候就有了，《三十六计》也将其纳入。

可天底下从来就没有便宜事。占便宜者往往吃大亏。

你敢顺手牵羊？你或许牵走的不是羊，或是狼呢？或是虎呢？事情的结果常常如同一块门板瞬间变成老母猪一般诡异。或许你经过验证，以为牵走的就是一只羊。那好吧，你真可能为这只羊把性命丢了。

安学瑞与徐小明很快就有了这种体会。

山口死了，安学瑞和徐小明的心里开始忐忑不安了。山口对他二人还算厚道，可中村、李天曼二人，就不那么好说话了。还有一个正在走红的葛云梁，整日里狐假虎威，也是难缠呢。更要命的是，新任特务机关长河边寅余造（什么破名字？行文匆忙，后边再说此人）总是用狐疑的目光打量他们，安学瑞、徐小明再傻，还没有傻到把河边狐疑的目光，看作大胆爱慕或者一见钟情的那般美好的地步。

他们一致认为，肯定是中村、李天曼这两个王八蛋，在河边面前说坏话了，往下的日子肯定没好果子吃了。他们不敢再犹豫，本着“跳槽发财”的觉悟，决定尽早“反水”，拉着队伍跑路。老子到哪儿不能吃饭呢？可不能死在日本人手里呀。二人紧急商量了一通，安学瑞赶忙亲自跟季钧联系，表明了态度。

季钧当即向马凯旋汇报了。马凯旋也勉强同意了，但他考虑到安学瑞、徐小明的队伍人员复杂，便派人跟张宗民联系，想让张宗民接收这支队伍，加以改造。

送上门的礼物总得收下呀（“犯财迷”是人的通病，张宗民焉能例外），虽然这支队伍声名狼藉，但是他们能带出来几十支好枪呀。张宗民的表态就两个字：欢迎。唉！张宗民哪里想得到呢，他很快就要为“欢迎”这两个字，后悔得肠子都青紫了啊。

安学瑞代表徐小明与季钧达成协议，约定明晚子时，安学瑞与徐小明拉出队伍，季钧带人在南大街接应。事情到了这一步，便是水到渠成了。但“性格即命运”这句屡试不爽的经验之谈，再次落实到了安学瑞身上。

安学瑞是个财迷。他突发奇想，临时节外生枝，想跑路之前再狠捞一把。他把主意打到了赵元初的头上，于是他决定到赵元初那里发一笔横财。（唉，多年之后揭开谜底，安学瑞想到赵元初头上捞一把，并非突发奇想，却是受了“高人”指点，财迷转向的安学瑞哪儿能料到，那位“高人”的指点，却是个没事找死型的馊主意，最终断送了安学瑞的性命。后边再说。）

徐小明却有些犹豫：“安哥，赵元初可是张宗民的老上司呀。咱们杀了他，将来见了张宗民怎么说话呀？”

安学瑞冷笑道：“呸！姓赵的是保定维持会会长，大汉奸呀。咱们杀了他，他张宗民有何话讲？咱们算是立功了呢。”

徐小明还是不放心：“这事行吗？”

安学瑞摆摆手：“杀他倒是次要的，关键是姓赵的肯定有钱呢，咱们兄弟杀了人，还能发笔小财，好事呀！我听说了，国军那边发军饷都困难，到了那边日子苦呢，咱们先得攒点儿私房钱呀！”

徐小明便眉开眼笑了：“安哥说的是呀！”

人类历史有一个定律：许多灾难决定于某些人的愚蠢决定，以至于被后人讥笑。在这个定律之下，当天傍晚，安学瑞、徐小明这两个愚蠢的家伙抱着发财的热望，冒着凛冽的寒风，带着队伍兴冲冲地去了维持会。

他们事先已经摸了底，赵元初经常住在维持会办公室。如果打死赵元初，打开他的保险柜，翻出金条、银圆、现钞种种，双手加双脚都数不过来呀，真是美好的想象呀！（对不起读者，谈歌正在“冒充小人之心”，揣度安学瑞与徐小明的小人之腹。）

唉，却扑空了。赵元初不在办公室。两个值班的警卫被惊醒，惊讶地看到了一脸发财表情的安学瑞和徐小明。两个警卫刚要问什么，就被安学瑞开枪打死了。

徐小明忙着四下找，哪儿有保险柜呢？他喊进来十几个手下，把几间屋子翻了个底儿掉也没找到保险柜，一点儿值钱的东西也没翻出来。安学瑞和徐小明大眼瞪小眼，他娘的，这趟莫非白干了？

按说，到了这个时候，这一对“糊涂虫”就应该停手作罢。可这二人一百个不相信，赵元初会是个清官？不可能！继续找！二人又让手下仔细搜寻了一遍，就差掘地三尺，或把维持会几间房子拆了。可……还是没找着。命中有时终须有，命里无时气死我！这趟真是……白来了？

徐小明心有不甘地看着两个警卫的尸体，抓耳挠腮咬牙说道：“安大哥，一不做二不休呢，咱们去赵元初家吧，他住在榆树胡同，我认道儿。我还真不相信了，他家里就没点儿值钱的东西？”

安学瑞当即同意。这二人便带着队伍匆匆去了榆树胡同。

因为徐飞扬的死，赵元初这些日子很是悲痛，这几天没去维持会，一直在家躺着。没承想安学瑞和徐小明带人摸进来了。

赵元初听到动静，急忙穿了衣服提着枪走出来，但见安学瑞、徐小明带人冲进来，赵元初便开枪射击。

安学瑞与徐小明前后夹击，赵元初身中两枪。他盯着冲上来的安学瑞与徐小明，皱眉苦笑了一声："没提防呢，原来是你们这两个王八蛋……"就轰然倒下了。

安学瑞冲上来，又朝赵元初开了两枪。

被惊醒的警卫们冲了出来，院子里一时枪声大作。

安学瑞和徐小明根本就没想过赵元初家里，竟然有这么多警卫。他们虽然发财心切，胆儿却没多肥。快算了吧！再闹出动静，就能把宪兵队给招惹过来了，到时候就彻底完蛋了。于是，他们急忙带着队伍跑了。

几个警卫赶紧把赵元初送进了医院，赵元初在途中醒过来，命令警卫们抬他去马凯旋的诊所。警卫们无奈，好吧，听您的。即转道去了马凯旋的诊所。马凯旋被敲门声惊醒，见状惊得魂飞魄散，急忙给赵元初做手术。

赵元初的神志尚且清楚，命令警卫们都出去，他着急地向马凯旋交代后事："不用费事了……我肯定……不行了，我死了的消息，你要保密三天，中村的计划……就不会……更改。你……就能按计划抢夺……小李庄的粮食仓库……"

马凯旋一边给赵元初止血，一边流着泪点头："我记下了……"

赵元初又吃力地说："去找梅三娘……虞世通过来……"

马凯旋急忙喊进两个警卫，让他们赶快去喊梅三娘和虞世通。

梅三娘惶恐不安地赶来时，赵元初已是弥留之际了。梅三娘冲到赵元初面前，泪如雨下，她抱着赵元初号啕大哭："元初呀……"

赵元初迷离的目光看着梅三娘，无力地笑了，只断续地吐出两个字："三……娘……"即再不能言。他的手欲抬却抬不起，双眼直视，恨恨地咽下了最后一口气。

赵元初，终年五十二岁。

虞世通一路喊着："钧座！钧座！"如飞的脚步闯进门来，扑通跪倒在赵元初的床前，放声哭喊："钧座呀……"

（无论是说"小河沟里翻大船"，或是说"大意失荆州"，赵元初如此死法，直让谈歌笔下欲哭无泪，无语凝噎。）

或是就在马凯旋极力抢救赵元初的时候，按照约定的地点和时间，季钧与梅可心、曹正汉带着几个行动队员，站在南大街路口接应安学瑞和徐小明。已经超过了预定时间，依稀还听到一阵枪声，仍没有看到安学瑞、徐小明的影子。

梅可心等得急躁了，看看表皱眉道："季副站长，这事儿还有准儿没准儿呀？那两个家伙怎么还不露面呢？刚刚的枪声是不是他们呀？"

季钧皱眉道："枪声不像是侦缉队那边传来的呀？"

梅可心冷笑："别是窝里反了吧？"

季钧摇头："不会，或许不大顺利。咱们再等一会。"

梅可心忽然说："他们来了。"

季钧看了看梅可心，疑惑道："你听到了。"

梅可心点头笑了。

半支烟的工夫，即听到了一阵乱糟糟的脚步声响，季钧定睛一看，远处影影绰绰跑过来几十个人。走近了些看，季钧便笑了："来了，就是他们。"

安学瑞和徐小明气喘吁吁地跑过来。

安学瑞满脸赔笑："季先生，我们是不是晚了点儿呀？"

梅可心冷笑："我还以为二位变卦了呢？"

徐小明满脸赔笑道："哪儿能呢。"

季钧打量了一下跟在这二人身后的几十个人，问："都带出来了？"

安学瑞点头："可靠的弟兄都带出来了。我那儿二十三个，小明兄弟那儿三十一个，加上我们两个，一共五十六人。"

季钧点头：“行了，快走吧。”

“去哪儿呀？”

“先到南大街‘盛友’车马店，一会就有人来接应你们，连夜出城。”

“好，好。城外安全呢。”

季钧即让曹正汉、梅可心去通知马凯旋，到南大街水仙胡同集合（季钧的住址）。

曹正汉和梅可心便匆匆去了。

季钧便带着安学瑞、徐小明一行人，径直去了南大街“盛友”车马店——等待张宗民带人接应。

路上，安学瑞得意地对季钧说了他们杀了赵元初的事。季钧惊讶道：“你们真把赵元初杀了？”

“杀了呀。太容易了。如砍瓜切菜一般。”

季钧登时喜出望外：“行呀行呀，你们还真立了一大功呢。真打死了？”

安学瑞奉承地笑道：“季先生，哪儿能哄您呢。我还补了两枪呢。我们弟兄入伙，总得有个见面礼呀。”

徐小明也得意地说：“放心吧，季先生，最迟明天，报纸上就有消息了。”

季钧眉开眼笑：“好好好，上峰肯定给你们记功呀。”

季钧先把安学瑞、徐小明一行安排到了“盛友”车马店，便回到水仙胡同住所，等马凯旋过来。按照预定计划，马凯旋负责联系已经进城的张宗民，带这支起义的队伍连夜出城。

两刻钟工夫，梅可心、曹正汉便带着马凯旋来了。梅可心和曹正汉的神情沮丧，一言不发地站在门口，季钧看着这二人的表情很是奇怪。（怎么一会儿工夫就这模样了？钱包丢了？）正要问，马凯旋低着头进来了。

马凯旋一言不发，拉一把椅子坐了，红肿的眼睛看了看季钧：“怎么回事？说说吧。”便掏出一支烟，点着了，低头闷闷地吸着。

（马站长平常不吸烟呀，怎么今天吸上了，高兴的？）

季钧忙给马凯旋倒了碗茶水，便把安学瑞、徐小明杀了赵元初的事儿，眉飞色舞地向马凯旋学说了一遍。

马凯旋听罢，扔了手里的烟，猛地站起身，扬手给了季钧一个重重的耳光，破口大骂："季钧呀季钧，你真是个成事不足败事有余的浑蛋呀，你策反这两个王八蛋干什么用呢？你死去吧！"

一边破口大骂，一边又连续打了季钧三个耳光。

季钧先被马凯旋打愣了，继而又给骂蒙了。一向冷静持重、斯斯文文的马站长，可从没有像这样当众动粗过呀！

季钧摸着涨红的脸，趔趄了两步，怔怔地看着怒气冲冲的马凯旋，又看了看满脸痛苦的梅可心和曹正汉，他疑惑不解地问道："站长呀，你干吗打我呀？"

马凯旋跺脚骂道："我打你？我还要枪毙了你呢！季钧呀，你真是个猪脑子呢。你惹下天大的祸事了！"

季钧怒吼起来："站长，你说清楚，我怎么了？我惹什么祸事了？"

马凯旋吼道："他们杀了赵元初……"

季钧疑问道："杀了赵元初怎么了……"

马凯旋怒道："你知道个屁呀，赵元初是军统高层安排在日伪内部的一颗钉子。他是我们的同志呀！"

季钧登时慌了："我……怎么不知道呢？"

马凯旋稍稍安静了些，目光空茫地看着天花板："赵元初是高级情报员，他直接归戴老板领导，你怎么会知道呢？"

季钧皱眉："可是咱们也刺杀过他呀……"

梅可心也疑惑道："是呢，我还参加过行动呢……"

马凯旋摆手叹道："那都是上峰安排的苦肉计，你们用心想想，你们刺杀了几次，哪次成功了？那都是我事先给赵元初报信了呀。所谓刺杀行动，就是给日本人摆摆样子的呀。"

季钧顿足道："我们不知情，安学瑞、徐小明就更不知情呢。"

梅可心小心翼翼地说："站长，这事怪不得季副站长呢，我们也认定赵元初是汉奸呢。我心里还一直埋怨我娘跟赵元初相好呢。不知者不怪呀。"

曹正汉随声附和着说："站长呀，也真怪不得季副站长……"

马凯旋搓着两手，在屋里来回踱步："现在说什么都晚了，得看张宗民怎么说吧。但愿能保住这两个浑蛋的脑袋哟。"

季钧急忙说："马站长，可不能让张宗民胡来呀，上峰很重视这两个人呢。"

马凯旋摇了摇头，"哼"了一声："上峰？张宗民是什么脾气呀？他还管什么上峰不上峰？谁都知道，张宗民跟赵元初情同父子。还要加上个唐行一呢，他对赵元初无限忠诚，他也必定不会罢休。"

梅可心忙说："站长呀，唐行一是你的学生呀，他得听你的话呀。"

马凯旋摇头叹息："可心呀，在赵元初这件事儿上，唐行一谁的话也不会听，他与张宗民都是赵元初的死党心腹呢。若乐观些想，他们能饶过你季钧就算不错了呢。"

季钧颓然坐在椅子上，连连跺脚："哎呀！安学瑞、徐小明这两个浑蛋呀，谁知道他们怎么干出这么一手呢？"

马凯旋刚要说话，就听到街门被撞开了，一阵乱糟糟的脚步就响了起来。

马凯旋皱眉叹道："唉，张宗民来了。"

安学瑞和徐小明之死

赵元初出事之前，张宗民和唐行一带着十几个人，当天下午进城，准备接手安学瑞与徐小明的队伍。一行人化装成牲口贩子，住进了保定东大街车马店。等到后半夜，仍不见马凯旋派人来联系，张宗民就与唐行一各自睡了。

唐行一刚躺下，派出去打探消息的扈天明回来了，惶惶地敲开了唐行一的房门，报告了赵元初遇害的事。

唐行一登时听得脑袋似手榴弹般炸响了，他打了个趔趄，一把揪住扈天明的衣领，大吼一声："你说什么？再说一遍！"

扈天明又惶惶地说了一遍。

唐行一的脑袋突然一片空白，他低低地吼了一声，随即推开了扈天明，他的身体渐渐绷紧，开始不停地颤抖，就好像被一条看不见的鞭子用力抽打，而后便向后倒下去了。

扈天明急忙上前扶住他："参谋长，参谋长呀……"

唐行一伸手扶住墙，泪水已经夺眶而出了。

张宗民住在隔壁，他刚刚睡着，就被唐行一房中的动静弄醒了，他忙穿衣起来，拎着马灯走到唐行一的门前，看到唐行一泪流满面，被扈天明搀扶着。

张宗民慌忙问道："参谋长，大半夜的，你这是怎么了？你……"

唐行一放声哭道："钧座呀……"

张宗民听得一惊，马灯就"咣"地扔在了地上，惶惶地问道："钧座怎么了？参谋长，你快说话呀！"

唐行一痛哭道："司令呀，钧座被人杀了呀……"

张宗民脑袋发炸，登时蒙了："什么……"

唐行一放声痛哭："呜呼钧座！英雄一世，竟死于两个无赖地痞之手。我为钧座悲，更为抗日悲啊……"

张宗民两眼发直，昏头昏脑地看着唐行一，腿一软，便瘫在了地上，瞪着眼，张着嘴，却是一句话也说不出了。

两个随从吓坏了，急忙上前，用力给张宗民拍后背，掐人中，折腾了一支烟的工夫，张宗民才暴喊出一声："钧座呀……"猛地张嘴，一口鲜血如箭雨般喷了出来。

随从们赶紧把张宗民抬进屋去，将他放在了床上。可转瞬之间，张宗民却豹子似的翻身下地，怒冲冲推开了过来扶他的随从，大步冲出门来，高喊一声："来人！"

十几个身着便衣的士兵，紧急在院子里集合了。

但见唐行一已穿好了衣服，表情冰冷地站在了门前。

张宗民擦了眼泪，看着唐行一怒声问道："参谋长，你告诉我，是谁杀了钧座？谁？"

唐行一冷冷地说道："司令，我细问过了，就是安学瑞、徐小明两个王八蛋干的，他们跑不了。钧座应该还在榆树胡同的宅子里呢，咱们先去看看吧。"

"走！"

张宗民暴吼一声，率先走了出去。

张宗民和唐行一带着人匆匆去了榆树胡同，进了赵元初的宅院，只见到地上躺着两个警卫，却没有赵元初。又去了几家医院，都没有找到赵元初，正在奇怪，有探子匆匆跑来报告，季钧现在南大街水仙胡同5号（季钧的家），马凯旋也去了那里。

张宗民、唐行一带着人匆匆赶到了水仙胡同5号。

张宗民率先一脚踹开街门，进了院子，院子里无人。

张宗民又上前踢开屋门，闯进去，但见马凯旋呆呆坐在屋里，季钧、梅可心、曹正汉黯然站在马凯旋身边。

张宗民拔出手枪顶上了季钧的脑门，怒声吼道："季钧，你这个浑蛋，是你招募的两个王八蛋害死了赵司令！"

季钧急忙举起双手，曹正汉忙着上前挡开了张宗民的手枪。

季钧嗫嚅道："张司令，张司令，先听我解释两句，我只是策反了安学瑞和徐小明，让他们加入抗日队伍，我绝对没有指使他们杀赵元初呀！"

唐行一上前冷笑一声，讥讽地说："季副站长，如果这种人物也能抗日，只怕他们就是反复无常的吴三桂或张献忠呢。"

张宗民破口大骂："季钧呀，都是你惹的祸呀！我今天先杀了你这个浑蛋。"说着话，飞起一脚踢翻了季钧，枪口重新瞄准了季钧。

马凯旋大喊一声："张司令，不要乱来……"话音未落，他手中的茶碗便飞了出去，茶碗击中了张宗民的手腕，手枪落在了地上。

曹正汉和梅可心同时拔出枪来，瞄准了张宗民。

张宗民怒吼一声："曹正汉，梅可心，你们也是安学瑞、徐小明一伙的吗？"

梅可心皱眉道："张司令，你不可为难季副站长。"

曹正汉小心说道："张司令，别让我们为难。"

张宗民"哼"了一声："你们这是要为难张某吧？"

马凯旋从地上拾起张宗民的手枪，递给了张宗民。转身对梅可心和曹正汉摆摆手："你们两个回避一下。"

梅可心与曹正汉看了看马凯旋，迟疑了一下，便出门去了。

唐行一关上门，转身对张宗民说道："司令，先不要动怒，且先问个清楚。"说罢，看一眼马凯旋，欠身说道："学生想听听老师怎么个说法。"

马凯旋叹道："安学瑞、徐小明误害了赵司令，的确该死。可这二人的确属于弃暗投明，其心可悯，其志可嘉，其情也有可原啊。品直，你说呢？"

唐行一表情复杂地看了看马凯旋，淡而无味地说道："老师讲得也对，此事确属安徐二人不知底细，情有可原。但是……"唐行一停顿了一下，登时提高了声音："这二人确是该死！该死！"

张宗民冷笑道："马站长，我真不能理解，你们军统为何要包庇这两个浑蛋呢？"

马凯旋哀叹道："张司令呀，安学瑞、徐小明固然可恨，可是您不能杀他们呀，上峰已经知道保定站策反他们，此举确是增加抗战力量也，杀他们，减少抗战力量也，若杀他们，上峰那里，何以善其后？两位谅察，善自图之……"

季钧也走过来，小心地说道："张司令，马站长言之有理呀。"

张宗民用凶悍的目光看了看季钧："姓季的，你给我滚一边去，我现在不愿见你，滚出去！滚！"

马凯旋给季钧使了个眼色："季钧，你先出去吧。"

季钧叹了口气，走出门去了。

马凯旋问唐行一："品直，你们想怎么办呢？"

唐行一铁着脸说道："老师，我们肯定知道应该怎么办。"

"品直，你们要三思呀。"马凯旋乞声劝道。

"这件事……恐怕要得罪老师了。"唐行一摇头说道。

门被推开了，一个探子跑进来，附在张宗民耳边悄声说了两句什么。

张宗民点头"嗯"了一声，探子转身出去了。

张宗民看着马凯旋，冷声发问："马站长，我问你，那两个王八蛋是不是住在'盛友'车马店了？"

马凯旋沉吟了一下，点了点头。

张宗民对唐行一道："参谋长，咱们走！"

唐行一走到门口，却被马凯旋喊住，唐行一示意张宗民先出去。

马凯旋长叹一声，眼泪又落下来，他悲泣道："品直呀，谁也想不到，赵司令竟……不说了，我只告诉你，明天上午……在西郊榆树林给赵司令下葬。"

唐行一皱眉："……这么匆忙？"

"唉！这是赵司令的临终嘱咐，其中有些原因，我不便对你说了，你与张司令……"

"我们一定要去的！"

"好吧，我等你们。"

"老师，学生先走了。"

"去吧。"

唐行一大步走了出去。

马凯旋听到乱糟糟的脚步声走出了院子。

他摇头叹了口气，起身走出屋，但见季钧、梅可心、曹正汉呆呆地站在院子里。

正是夜深人未定啊。

季钧皱眉走过来："站长，这事儿……"

马凯旋摆摆手，摇头长叹道："听天由命吧。"

梅可心也皱眉道："站长，你怎么能由着张宗民的性子来呢？"

马凯旋冷冷地笑了一声："可心呀，你应该知道，人生总要讲个快意恩仇，换作我是张宗民，也要这么干的，或是比他还狠呢！"说罢，他抬头看天。

清冷的天空，圆圆的月亮惨白着一张脸，缓缓穿过了云层。

马凯旋伫立良久，才转身说道："我们也去'盛友'车马店看看吧。我想，一切都应该结束了。"

马凯旋与季钧带着梅可心与曹正汉，匆匆赶去了"盛友"车马店。

马凯旋走在前边，一脚踏进去，看到值夜的伙计五花大绑，嘴里堵着抹布，被扔在墙角。曹正汉上前解开了他身上的绳索，扯出嘴里的抹布，伙计立时朝着季钧惊恐万状地大喊起来："季掌柜呀，杀人啦……"

季钧忙摆手，嘘了一声："别嚷了，带我去看看。"

伙计急忙带路去了客房。

季钧紧跟在后边，马凯旋和梅可心、曹正汉随后跟上了季钧。

伙计推开一间客房的门，惊叫了一声，倒退了两步，众人上前，房中浓烈的血腥味扑面而来，但见安学瑞和徐小明都躺在地上，各自身上都有十几个血洞，仍然有血汩汩地洇出来。二人表情恐怖，眼睛都大大地瞪着，似乎心有万分不甘。①

季钧问伙计："他们手下那些人呢？"

伙计惶惶地说："都在后院歇着呢。"

梅可心疑惑："后院？我听后院没人呀，似乎是流水的声响。"

季钧皱眉道："走，看看去。"

众人急忙去了后院。

他们一脚踏进后院，却猛地停住了。

真是太恐怖了，月光下，院子里横七竖八躺满了人，季钧匆匆

---

① 安学瑞，保定人；徐小明，保定人。二人出生年月不详，死期十分精确。

数过，共有五十四人，应该是安学瑞和徐小明带出来的全部手下，都已经死得不能再死了。

五十四具尸体都是七窍流血，马凯旋仔细看了，分明是中毒身亡。

五十四具尸体一概面目狰狞、五官扭曲，能够想象他们死前的极端痛苦。

（果然是不作死就不会死。下毒者分明不想让他们安乐死。）

梅可心听得准确，后院的确没有一个活人了。梅可心听到的不是水声，而是血液在地上流动的声音，这是常人听不到的声音，梅可心却能听到，那应该是一种令人魂飞魄散的声音。

季钧愤怒了："这是杀降呢。杀了安学瑞和徐小明还不够吗？怎么……"

曹正汉冷笑了一声："这是天谴！这些狗东西平日里无恶不作，确是该死呢。"

季钧看着马凯旋："是唐行一下的毒吧？站长教出来的好学生呀。"

梅可心"哼"了一声："看不出呢，唐行一文质彬彬，下手却如此歹毒呢。"

马凯旋却讥讽地笑了一声："唐品直，他果然菩萨心肠呢，这帮狗杂碎就这样睡着了，也太便宜他们了。换作我，应该碎尸！"

马凯旋竟然是这么一个态度？

众人一时愣住了。

季钧皱眉问道："站长，此事如何向上峰汇报呢？"

马凯旋摆了摆手，冷声说道："此事因牵扯到了唐行一，他是我的学生，我回避。季副站长如实向上峰汇报吧。季副站长，你现在最好离我远些，我也想杀人呢！"马凯旋突然暴吼起来。

季钧看了看满脸杀气的马凯旋，再也不敢说什么了。

梅可心、曹正汉看着一脸凶狠之色的马凯旋，心中登时有了阵阵怯意。

马凯旋走到街中，即到晨曦，寂静的城市似乎什么也没有发生，马凯旋突然感觉不太对，这一夜也太安静了。他心头登时生疑：这一夜怎么连巡逻的日伪军都没有见到呢？

马凯旋不会想到，在城中的另一处，他的学生唐行一也在思索这个问题，这一夜如此蹊跷，莫非日伪军都睡死了？

师徒二人或是心有灵犀？都想到了一处。

（唉！多年之后，他们的这个疑问才有了答案。可时过境迁，一切都晚了啊。）

第二天上午，马凯旋雇了一辆马车，与季钧将赵元初的尸体运到了西郊榆树林。早已在那里等候的梅三娘、梅立春、梅天凤、梅可心、张宗民、唐行一、曹正汉黯然迎了上来。

李峰已运来了一口棺材，停放在草地上。张宗民手下十几个士兵，已经挖好一个深深的墓穴。

众人将赵元初的尸体抬到草地上，李峰安放了香炉，大家依次在赵元初头前烧纸悼念。梅三娘已经哭得昏死过去了。

张宗民、唐行一、马凯旋、季钧、梅立春、梅天凤、梅可心、曹正汉跪拜在赵元初周围，全都泣不成声了。

梅可心则捶胸顿足："天呀！我真是糊涂蛋呢，竟是误会了赵司令多年，也伤了娘的心呀……我糊涂呀……"

人们正在失声痛哭，却听到阵阵号啕声远远而来，众人抬了泪眼去看，却见虞世通带着赵小龙一路跑来。

虞世通颤声哭道："小龙呀，快去磕头呀！"

赵小龙飞奔上前，一头扑在了赵元初身上，撕心裂肺地大叫了一声："爹呀……"

人们登时被赵小龙这一声哭喊，惊得目瞪口呆。

"爹呀……"但听到赵小龙阵阵号啕声在空中传开去……

众人面面相觑，不约而同地把目光盯住了虞世通。

这秘密抑或只有虞世通知道？

装殓了赵元初，即给赵元初下葬。众人在坟前祭拜。

虞世通看着仍在坟前痛哭的赵小龙，转过身来，长叹了一声，即对众人细细说了："赵小龙那年来保定找到了父亲赵司令，赵司令拒不相认，只是为了历练小龙。小龙没有了依靠，便在街中当了小跑。赵司令曾对我说，野地里长出的庄稼粗壮，市井中跑出来的孩子结实，就让孩子当小跑儿吧。"

梅三娘听得愕然，摇头叹道："元初呀，你果然是个奇人呢，把亲生儿子扔到街中乱跑，竟然放心得下？连我也被瞒过了呀。"

马凯旋泣道："赵司令出身江湖，却是高出江湖呀。"

虞世通哭着说："钧座生前嘱咐我，此事只让我虞世通一人知道，所以我是不能对诸位说的，连梅师傅也不知情呢。这些年，钧座一直让我暗中看护小龙，还让我暗中请了一个私塾先生，一直教小龙念书呢。"

虞世通擦了把眼泪，把赵小龙拉起，叹道："小龙呀，你爹对后事早有准备，他有遗嘱在我这里，你拿去看看吧。"

虞世通从怀里掏出叠得方方正正的几页纸，交给了赵小龙。

赵小龙接过，展开看毕，又号啕大哭起来。

众人将遗嘱传着看了，无不唏嘘。

小龙吾儿：

时局维艰，人生蹭蹬，生死之事，转瞬之间而已。唯恐再没有机会与儿见面，先写下此信，暂放在虞世通先生处。此信届时由虞先生转交给儿。

儿见此信时，仍为阳间一人，父已成阴间一鬼。长话短说，民国二十三年秋天你来保定找我，我已知道你是我的儿子，当年你母亲怀着你和你哥与人私奔。你戴的长命锁，即是我当年给你母亲的结婚信物。

我之所以拒不相认，拒而不见，为父确有一番苦心。

为父只是要你在街中混迹，以期增长能力与耐力。我暗中让虞世通在你窘境时，援手帮衬，确保你无虞。

为父此番苦心，只是要你明白，人生在世，当学会安身立命，要懂得感恩戴德。

儿子呀，天降大任于斯人，必先苦其心志，炼其魂魄。以我人生之经验，此言从不虚也。但愿你日后能有个出息，为父在地下也可含笑。

另，我也曾派人四下去寻你哥大龙，却一直不知下落。

你兄弟今生若能见面，为父这番话，你也要讲给他听听。

即日父字匆匆

赵元初如此胸襟，如此气度，直让人瞠目结舌。

（此信读罢，读者但见赵元初此信处处光泽，猜不透赵元初心中场景何等壮阔，但赵元初此信的汹涌之气，令读过之人的确震撼非常！）

让我们记住赵元初：

赵元初，字义明。光绪十六年（1890）生，直隶大城人。

幼年饱受孤贫。失学、丧父、学艺。十五岁（1905）即闯荡江湖，做戏法艺人。曾在许敬豪的许家班，做搭班演员。

民国十一年（1922），偶遇张作霖，赵元初以三十二岁高龄，参加奉军，追随张作霖，两年之内，先后任士兵、卫兵、班长、排长、连长、营长、团长、司令部副官。

民国十三年（1924）赵元初三十四岁，出任奉军炮兵旅长。

民国十七年（1928），赵元初三十八岁，在战场负伤。

民国十八年（1929），赵元初三十九岁，出任沈阳警备区副司令。

民国二十年（1931）赵元初四十一岁，由南京政府任命为师长，兼任保定督察区副专员，后任保定城防副司令兼保定警备区司令。

民国二十一年（1932），赵元初四十二岁，由白悦农介绍，秘密加入中国共产党。

民国二十六年（1937），赵元初四十七岁，因通共嫌疑被北平国民政府调查，后辞职。同年，日本攻陷保定。赵元初受国共两党派遣，出任伪保定维持会会长。从此为国共两党地下情报员。

民国三十一年（1942），赵元初五十二岁，遭汉奸杀害。

赵元初是一个有着雄心壮志的男人，他狡猾、毒辣、多变、机智、江湖、政客、义气、自负。他挥金如土、杀人如麻、双手沾满了鲜血却从不残害百姓。他是英雄，是好汉。他忠于组织，一诺千金。他热爱朋友，雪中送炭。他对恶人从不手软，对好人以德报怨。无论历史如何反复，英雄还是英雄。

赵元初是一个真实的英雄。

赵元初死了？

赵元初活着！

……

对于赵元初的死，戴笠非常生气，当即撤销了马凯旋保定站站长职务，降一级，暂留用军统保定站，做一般情报工作。站长一职，暂由季钧代理。

马凯旋对这个处理很坦然，欣然接受了。

季钧则万分尴尬，他十分内疚地对马凯旋说：“站长，此事完全是我的工作粗心大意，对安学瑞、徐小明考察不严，才铸成大错。为什么要撤了你，我竟不降却升呢？”

马凯旋皱眉道：“季站长，赵元初无端遇害，给保定的工作带来了巨大损失。责任完全在我。我是一站之长，如果不处理马某，实在说不过去。”

季钧有些惊讶了：“站长真的不在乎？”

马凯旋摇头苦笑：“季站长呀，保定站并不是我的诊所呀，我得服从命令，虽被撤职了，但还被留用，而且还法外开恩让我继续做情报工作，我已心满意足了。倘若军统清退我，我也无话可说，只能重操旧业，接着开诊所了。对了，今后不要再喊我站长，喊我老马就行了。”

马凯旋果然坦荡。

梅三娘之死

梅三娘死了，而且死得惨烈……

这一章节，谈歌初稿时原本计划不写了，或一笔带过，抑或缘由史料根据不足，而忽略不计。可是定稿至此，冥冥之中，笔下却犯了踌躇，思来想去，梅三娘之死，竟是无论如何也绕不过去的呢。

梅三娘之死，发端于青铜鼎。

保定大慈阁的青铜鼎，一度为掠夺成性的日寇垂涎三尺，其神秘失踪后，山口一郎却不再费心寻找。青铜鼎再度引发日寇兴趣，却是在山口一郎之后。

山口病死后，中村与李天曼都觊觎着其特务机关长的位置。可这两位近乎浪漫主义的理想或企图，仅仅存活了二十四小时，便如“肥皂泡”般地破灭了。

山口死后第三天，日军驻保定司令官丰田秀男大佐调任。新上任的日军司令官名叫武雄赫城。经武雄赫城推荐，北平特务机关派河边寅余造大佐（这日本人都什么乱七八糟的名字呀），接任了日军驻保定特务机关长一职。

河边上任之初，先把被监视居住了数年的穆柏枫再次抓进监狱（姓穆的，别太自在了，你不想跟大日本皇军合作，就别想在外边安乐享福了，去你应该去的地方吧。从来新官上任改章程，睁大眼睛看看，河边不是山口）。河边随后给中村、李天曼下了一道严厉的命令：一定要尽快找到青铜鼎。中村与李天曼都明白了河边的意图：二位别为提拔未果的事儿闹情绪了，该干什么赶紧干什么去。

中村明白，青铜鼎的确是让山口耽误了。保定陷落后，保定大慈阁内那尊名声在外的青铜鼎，进入了日军抢劫的计划中。根据汉奸们提供的线索，青铜鼎仍在保定藏匿。可是没想到，立功心切的汉奸们，热脸却贴了个冷屁股，山口没有重视这件事。或在山口看来，不就是一只青铜鼎么，不至于大张旗鼓、兴师动众，暗中慢慢查访就行了。于是，特务们调查青铜鼎的热情便被冷落了。

真是一朝天子一朝臣呢，谁能想到河边机关长对青铜鼎的兴趣却超乎寻常呢，领导动动嘴，下边跑断腿，那……就赶紧找吧！通过对连续数天的调查结果分析归纳之后，线索纷纷指向了梅三娘。（唉，事后得知，梅三娘藏匿青铜鼎的事，竟是被仙艺茶社那个多嘴的伙计马二年，绘声绘色地在市井坊间传讲开了，许多人都知道了，当年就是一个神秘的“白胡子老道”，将青铜鼎从大慈阁盗出，交给了梅三娘。）

所谓上山问樵，下海问渔，要找到青铜鼎，就先要找到梅三娘和那个“白胡子老道”。日本宪兵队以及特高课特务，在保定城内开始了对梅三娘和“白胡子老道”的大搜捕，同时贴出告示悬赏缉拿。

杨昆平得知了消息，却并不担心，因为梅三娘此时住在完县孙家老村，他已派人出城通知了梅三娘，最近一段时间不要进城。但是仅仅过了两天，杨昆平的心便重新悬了起来，他听说梅三娘化装进城了，这岂不是要自投罗网吗？怎么回事？莫非梅三娘没有接到他的紧急通知？此时，杨昆平即使想通知梅三娘出城，也已经绝无可能了。

梅三娘已经接到了杨昆平送来的消息，她并非不知道，日本人在保定城中已为她张开了天罗地网。

［看过一篇《梅三娘传奇》的文章（作者：张之时——这名字起得好，“涨知识”？）

作者在文章中“一厢情愿”地推论：“梅三娘的悲剧，缘由赵元初之死。梅三娘应是悲伤过度，从而心灰意懒，导致其去意决绝，即要尽快与赵元初在天堂会面……”

这样“离题过远”且不能自圆其说的结论，谈歌不予采信。梅三娘既不会把自己看成祝英台，更不会把赵元初看作梁山伯，二人身后与“化蝶”肯定无干。

“涨知识”先生执意从爱情至上的浪漫主义观点出发，考量梅三娘从容赴死的态度，实在不妥，也违背历史事实。

梅三娘冒死留在保定城内，应该缘由梅三娘猝不及防地面临着赵元初突然离去的“空白”局面。她悲痛欲绝的同时，义无反顾地接手了赵元初许多未及完成的事情，比如，她要代替赵元初整顿“兄弟社”，还把赵元初搞到的一批武器交付“兄弟社”；比如，她要替赵元初把几万斤粮食，运到抗日根据地。

还有一个最为重要的任务，她要杀掉方千明。此人不仅是罪大恶极的汉奸，而且已对抗日的艺人们形成了巨大威胁。这个原本计划由赵元初完成的任务，就责无旁贷地落在了梅三娘身上。为了完成这个任务，梅三娘准备付出最大的代价，不惜与之同归于尽。

后人比较靠谱的分析：梅三娘此举，乃性格使然。

且抛开梅三娘的党性原则不讲，仅以梅三娘的自身品行而言，她是一个极其敬业的人。她年幼时，师父赵旺才言传身教，教育她做人要“大义”，这应该是她性格形成的基础。几十年来江湖生活的艰辛困苦，使其性格有了千磨万击还坚劲的高强度与高韧度。几十年来的魔术生涯，使她对待革命工作的态度，势必极端负责。

确凿的事实却是，梅三娘并非有赴死的想法，她是被出卖的。出卖她的，竟是她多年的弟子，而且这名弟子当天即浮出水面，毫无悬念。

怎么回事?

读者莫急，后边就要说到。]

马凯旋很快知道了梅三娘进城的消息。经由季钧手下探查，梅三娘住在北大街的一处旧宅里，这处旧宅原是“梅氏杂戏魔术社”的房产。马凯旋当即命令梅立春与梅可心去找梅三娘，他嘱咐姐妹二人要力劝梅三娘，即使暂时出不了城，也要在城内躲避一时，无论如何也不要抛头露面。

姐妹二人匆匆找到了梅三娘，劝说梅三娘赶紧躲避，直说得口干舌燥。

梅三娘看着两个女儿焦急的样子，却淡然笑道：“这一次日本人抓我，只是为了青铜鼎，看他们疯狂的阵势，他们若是找不到我，城中凡与我相熟的人，便都要吃苦了呢。所以，既然日本人已经张开大网，我决定现身，你们都不要再劝我了。”

梅可心着急地嚷起来：“娘呀，听你这话音儿，分明是要自投罗网呀！”

梅立春也急道：“娘呀，我们劝了你半天，你莫非没听明白？你真得先躲躲呢。”

梅三娘点头说：“你们放心吧，日本人在没有找到青铜鼎之前，不会把我怎样。”说到这里，她朝梅可心摆摆手：“可心呀，你先出去一下，我与立春有几句话要说。”

姐妹二人面面相觑，梅可心看梅三娘一脸严肃，只好走出门去。

多年后，梅可心曾回忆过这个情节，当时她虽然心乱如麻，但却能清晰地感觉到梅三娘周身遍布的杀气，那是一种令人肃穆的杀气，更是一种不达目的绝不罢休，且不惜玉石俱焚的杀气。

梅三娘端坐在椅子上，看了看发呆的梅立春，肃然说道：“立春，你跪下！”

梅立春急忙跪下了。

梅立春事后回忆说，她当时已经隐约感觉到娘要交代后事了。她登时有了一种生离死别的锥心疼痛。

梅三娘皱眉说道：“立春呀，为娘一旦有什么不测，天凤和可心就交给你看护了。天凤性情直爽，难免轻举惹祸；可心少不更事，有被人引入歧途之虞呢。你当大姐的，要多费些心思呀……”

梅立春当即扑到了梅三娘怀里，放声哭道：“娘呀……”

梅三娘轻轻抚摩着梅立春的头，叹道：“立春呀，你们都长大了，我也放心了。”

梅立春摇头哭道：“娘……你不能去呀。”

梅三娘怒声道：“立春，你不要再劝我了！”

梅立春不敢再说话，只是埋头哭泣。

梅三娘缓了口气，继续叮嘱道：“再有，你师爷传下的那块匾额，你一定要保护好啊。”

梅立春点头：“娘呀，孩儿记下了。”

梅三娘道："……好了，我没有什么可说的了。娘要去办当紧的事了。"

梅三娘说罢，推开梅立春，起身走出去了。

梅立春急忙起身追到院子里，但见梅三娘已将梅可心揽在怀里，轻轻拍了拍梅可心的后背，便毅然推开梅可心，大步走出了街门。

姐妹二人一同追到了街中，同时喊道："娘呀……"

只见梅三娘大步流星，却不回头再看她们，只是凭空扬了扬手，分明是在制止她们什么，或者……

梅家两姐妹不敢再追，她们望着梅三娘的背影，泪如雨下，再次拉长声音喊道："娘呀……"

梅三娘自是听到了两个孩子撕心裂肺的哭声，她的脚步只是稍稍迟疑了一下，却仍没有回头，径直向前走了。

梅三娘去了北大街的"福字茶馆"。

茶馆掌柜阳光明满脸堆笑迎了出来："师父，您来了。快快请进。"

阳光明原是个走江湖的杂戏艺人，一度十分落魄，民国十五年（1926），阳光明与陈五两先后拜在了梅三娘门下，二人成了梅三娘最早的徒弟（前边讲过）。梅三娘挑班子自立门户之后，阳光明一直在梅氏杂戏魔术社做魔术演员。梅氏杂戏魔术社在保定落脚后，梅三娘出面做媒，阳光明便娶了同在杂戏魔术社的魔术演员于秀芹。

梅三娘即出资给夫妻二人开了一个杂货铺。阳光明却是个给点儿阳光就灿烂的精明人，仅不到一年的时间，杂货铺的生意就做得风生水起了。挣钱了嘛，自然要扩大再生产，于是阳光明便投资开了这个"福字茶馆"。他却没想到，梅三娘竟然劫富济贫，收回了阳光明的杂货铺，送给了弟子陈五两经营。

阳光明私下与街人透露，他心里虽然一百个不乐意，嘴上却也不敢说不行呀。街人都看得明白，自此师徒二人的情感便有了些生分，阳光明心里对梅三娘有了忌恨。

（唉，端的是：路遥知马力，财帛动人心。）

梅三娘笑道："生意还好吗？"

"马马虎虎，还行吧。让师父惦记了。"

"秀芹还好吧？老没见她了。"

"谢谢师父惦记，秀芹挺好的。"

"听说她有了身孕？"

"是呢。七个月了。"

"真是好呢。她一直怀不上呢。"

"唉，吃了不少药，也不济事。还是找马大夫开了几副药，吃下去真行了呢。"

"马大夫是行呢。"

"师父说得是呢。"阳光明说着话，就引梅三娘坐了。

阳光明亲自给梅三娘沏了一壶上品茉莉花茶。

梅三娘四下看了看几个零星的茶客，笑道："光明呀，你快去忙吧，我自己待会儿。"

"好，好，您慢用。"阳光明说罢便退下了。

谁承想，阳光明却悄悄地溜出茶楼，跑去告密了。

他先跑到了特高课找中村。中村不在，翻译官郭子路爱搭不理地接待了阳光明。

阳光明赶紧报告了梅三娘的行踪。

郭子路目光迷离，似乎刚刚喝过酒，昏头昏脑地没听明白，又让阳光明说了一遍，这才听清楚了。

郭子路皱眉问道："你小子这话有准儿吗？梅三娘不知道皇军正满世界抓她？她敢跑到你那儿喝茶去？"

阳光明急道："郭翻译官，我敢拿自己的脑袋开玩笑吗？"

郭子路便笑了，起身拍了拍阳光明的肩膀："行了行了，你回去等着吧，完事儿你再来领赏。"

阳光明便走了，待走到街中，又想了想，或觉得"迷迷瞪瞪"的郭子路实在不靠谱，于是转身又匆匆去了大发车行找虞世通。阳光明或是有个小算盘，虞世通重新投靠日本人不久，应该正立功心切呢。

虞世通听阳光明说了梅三娘的下落，“哦”了一声，上下打量了几眼阳光明，皱眉问道：“阳掌柜，你说的真的假的？”

阳光明嘻嘻笑道：“虞经理，我哪儿敢哄您呢？这不是……还有赏钱呢嘛。”他伸出手做了数钱的动作。

虞世通“哦”了一声，讥讽地点点头：“对了，你是为赏钱来的。”

阳光明尴尬地笑了：“虞经理，不为赏钱我干吗给您说这事儿呢？人为财死嘛。”

虞世通疑问：“这事儿你怎么不报告日本人呢？”

阳光明苦着脸摆手：“唉，别提了，我去报告了，可是日本人见不着呢，我只见着那个姓郭的翻译官了。可看他那样子，大概是想把赏金都独吞了。我这又赶紧上您这儿来了。”

虞世通起身笑道：“你且坐下，待一会儿对我说。我内急，先得方便一下了。”

阳光明坐下了。

虞世通转身出去了。真是十二万分火急，虞世通真没想到，梅三娘竟然在街中招摇过市，更没想到她的弟子会来告密。虞世通急忙喊来心腹手下袁四，让袁四立刻去“福字茶馆”给梅三娘送信。

袁四匆匆去了。虞世通即转身进屋，笑道：“阳掌柜呀，我知道你的买卖一直做得不错呀，你还‘图希’日本人这几个赏钱儿？”

阳光明笑道：“看虞经理说的，谁怕钱咬手呢。”

虞世通笑道：“你还真行。我记得你当年可是穷困潦倒呀，怎么就混成有钱人了呢？”

阳光明摆手讪笑：“虞经理别拿我开心了，我算什么有钱人，我不就开着个破茶馆嘛，将就过日子罢了。”

虞世通“哦”了一声：“我记得你当年就是江湖上一个变戏法儿的吧，跟要饭的差不多吧？”

阳光明听着不是话头儿，忙起身说道：“虞经理，您……”

虞世通笑了：“没事儿，咱们就是聊聊天，你坐下，坐下啊。”

阳光明就又坐下了。

虞世通看了看脚下跑来跑去的狗，笑道：“阳掌柜，你知道这狗跟人的区别吗？我告诉你，这狗啊，永远是狗。可这人呢，有时就不是人了。”

阳光明的脸色不好看了：“虞经理呀，您这话是不是……”

虞世通笑了笑：“我是说呀，如果当年梅三娘不收你当弟子，你现在能是什么烂模样呢？说不定你还要饭呢，或者早就饿死了吧？”

阳光明赶紧点头：“您说的是，算卦的说，我这人有财运。”

虞世通“呸”了一口：“狗屁！我是说，你小子早就饿死八回了。”

阳光明怔了，不知道虞世通到底想说什么。

虞世通起身笑道：“行了，你等着吧，我去找日本人，给你领赏去。你说得是呢，赏钱不能让郭翻译官独吞了。”

阳光明急道：“那我呢？不跟您一块去了？”

虞世通瞪眼说：“你先在我这儿等着，赏钱少不了你的。”

虞世通说罢，就喊进来两个手下：“你们好好伺候阳掌柜，我一会儿就回来。”

两个手下答应一声，就在阳光明身旁坐了下来。

虞世通朝阳光明笑了笑，就走了出去，随手把门关了。走出了两步，他便吹了一声尖利的口哨，再走了两步，即听到屋子里猛地响起了两声凄厉的惨叫。

虞世通点点头，苦笑一声：“梅师傅呀，算我替您清理门户了。”

（虞世通后来说，他已经想好了弄死阳光明的正当理由：阳光明私闯车行，图谋不轨，惹怒了虞世通宠养的毒蛇，以致被咬死。之后，虞世通还可对外人无不惋惜地说：“阳光明本可以领五百块钱的赏钱呢，可这人命薄呀，挣了钱，没花上。”

可是呢，虞世通万没想到的是……后边再说。）

虞世通喊了一辆人力车，慢悠悠地去了日本宪兵队，他向小野报告了梅三娘的下落。

虞世通心里很坦然，等日本宪兵去了“福字茶馆”，梅三娘早不知去向了呢。

可虞世通万没想到，当他跟着宪兵队赶到“福字茶馆”，却惊得目瞪口呆，中村的手下郭子路竟然也带着几个特务赶到了，还比宪兵队早到了一步。但见梅三娘被几个特务吆五喝六地押着，走出了茶馆。哎呀！这……是怎么回事？莫非自己的手下误事了？

虞世通正在疑惑，袁四惶惶地跑来了，悄声对虞世通说，他早把消息送到了，可梅三娘就是不肯走。看样子，梅三娘就是要自投罗网呢。虞世通抓破脑袋也想不明白，梅三娘为什么一定要让日本人给抓住呢？

梅三娘被带到特高课审讯室，中村走了进来，虞世通和几个特务跟在后边。

中村呵呵笑道：“梅师傅，好久不见了呢。”

梅三娘冷眼看了看中村，没有说话。

中村讪讪笑道：“梅师傅，我们请你过来，只问你一件事，你说明白了，就可以回去了。看在已故赵会长的面上，我不会为难梅师傅的。”

“中村课长，你是要问青铜鼎吧？”

“对，梅师傅果然是个聪明人，你告诉我，青铜鼎在哪儿？那个‘白胡子老道’在哪儿？”

“你想，我能告诉你们吗？”

“你要知道，特高课么，就是要人开口说话的地方。”

“哦，可总有人是不会开口的啊。”

“梅师傅，识相些。你现在就是虎爪下的羔羊，刀砧下的鱼肉呀。”

梅三娘笑了笑，闭上眼睛不再说话。

中村对身旁的虞世通笑道：“虞经理呀，有劳你劝劝梅师傅吧。”说罢，中村就走出去了。

虞世通一时怔住了，他知道，这是中村试探他呢。他该怎么应对呢？

梅三娘淡然说道：“你们有什么刑具都用出来吧。”

虞世通连连叹气，劝道：“梅师傅，你就说了吧。”

梅三娘摇头笑道：“虞世通，咱们交往多年了，你该知道我的脾气，我不想说的事，别人是问不出来的。”

小野不耐烦地说：“虞经理，不要废话了，上刑吧。”

虞世通一脸爱莫能助的表情，退到一旁。

小野猛地招手，走过来几个宪兵，待要动刑，却听到门外有人喊了一声：“且慢！”

李天曼与方千明走了进来，李天曼摆了摆手，小野便让准备刑讯的宪兵退下去了。

中村也悄然走进来，站在一旁。

方千明上前一步，拱手笑道：“师妹，好久不见了。”

梅三娘冷眼看着方千明，讥讽地笑道：“方师兄，真是许久不见了呢。你气色不错，看得出，你为日本人驱使的日子很滋润呢。”

“师妹呀，不要说得那么难听嘛。”方千明摇摇头，微微笑了。

“方师兄来此，为我而来？”

“听说师妹身陷牢狱，过来探望。”

“有劳师兄惦记了。”

“师妹呀，你是个聪明人，何苦与日本人作对呢？”

“方师兄此言差矣，我安分守己，何时与日本人作对了？”

“师妹呀，你若知道青铜鼎的下落，就说出来嘛。”

“方师兄也想知道青铜鼎的下落？或是还想知道别的什么？”

“师妹聪明，我并不关心什么青铜鼎红铜鼎，我只是想跟师妹讨要个物件。”

“什么物件？”

“师父传下来的匾额。”

“你想要那块匾额？”

“师妹想想，‘神州神彩’这块匾额，是光绪爷赐给咱家师父的。当年嘛，有许师兄、从师兄在前，我方某人断不敢有什么非分之想。而今呢，许师兄、从师兄和陈师姐都过世了，师父传下的匾额，是不是应该由我接手呢？也只有我方某才能将赵家班的魔术发扬光大呀。”方千明用力拍着胸脯。

“方师兄，你这口气似天大呢。”梅三娘冷笑了一声。

“难道方某讲得不合情理？莫非师妹想继承赵家班的门楣？”

“师父留下的东西嘛，三娘何德何能自认继承呢？但是，姑且如方师兄所说，你即使有资格接手保管，恕我也不能给你。”

“为什么？”

“你说呢？”

“师妹嫌我给日本人做事了？”

“方师兄果然聪明。却也不是都为了这个。”

“师妹另有什么心结？”

“方师兄虽然聪明，却心肠歹毒。所谓大树之下不长草，应该是方师兄的性格。我怎么能把师父传下的匾额，拱手送给一个心肠歹毒的人呢？我若猜想得不错，方师兄每日临睡之前，必定总是咬牙切齿地“挂念”着你的对头们，直恨不得他们一个个都突然死掉。江湖杂戏只留下你方千明一人，那真是方师兄的理想境界了。对吗？”

“这个么……我确实时常有此心思，只是我还梦想留下师妹，我的人生总要有个伴当。”

“方师兄呀，年轻时的心思么，就不要再提了。”

“我那段相思情分，难道师妹一点儿都不体谅吗？”

“我真是记不得什么了。”

“那就还是说说匾额的事儿吧。”

“方师兄这是志在必得了？”

“是的。”

“难为了。”

“听师妹如此口气，肯定是不能给我了？”方千明沉下脸来。

“师兄不会仗着日本人的势力硬抢吧？”梅三娘呵呵笑了。

“硬抢？我去哪儿抢呢？”方千明摇头苦笑。

“不过呢，我也可以给师兄这块匾额。”梅三娘扬眉一笑。

“你……不是说笑话？”方千明疑惑了。

“当真。人在屋檐下，怎好不低头。”方千明竖指称赞，“师妹聪明人！”

“但我有个条件。”

“师妹请讲。”

“我们可比试一场，如果你赢了，我便将匾额拱手送你。”

“不知道师妹要比什么？如果比试飞碟，我现在就认输，我断不是师妹的对手。”方千明皱眉摇头。

“三娘断不会恃强凌弱，如果比试纸牌，这可是方师兄的强项，师兄有把握赢我吗？”梅三娘哂然一笑，看着方千明。

方千明听得一怔，旋即哈哈笑起来：“师妹呀师妹，莫非你不知道师兄的手段吗？”

“你果真这么自信？”

“师妹呀，若是比试纸牌，我即便让你三分，你也占不到便宜呢。”

“方师兄不必客气，你的手段尽可使出来，倘若方师兄果真赢了三娘，三娘无话可说，自会把师父传下的匾额交给方师兄。”

“当真？”

“当真！”

“很好！”

“只是我还有两个讲究。”

方千明皱眉问：“什么讲究？”

“一、我每次演出前，都要到大慈阁拜佛进香。”

方千明点头：“这是行规，应该的。”

“二、我上台的行头，还需你们准备。”

方千明哈哈笑了：“区区小事，一概由我安排。”

梅三娘点头：“没别的事了。”

在一旁听了许久的中村也哈哈笑了。中村击掌称赞：“梅师傅果然快人快语。”

李天曼疑问道：“梅师傅说话算数？”

梅三娘冷声笑道：“梅三娘自江湖出道至今，从来说话算数。”

中村点头：“那好，一言为定！今天下午，方师父与梅师父，两位魔术高手，就在大舞台比试一番。我等也到场一饱眼福，也可做个见证，诸位以为如何？”

李天曼击掌笑道：“如此最好！”

方千明微微笑道：“师妹呀，咱们就说定了。”

梅三娘点头微笑：“自然说定了。下午见！大舞台！”

说罢，梅三娘便被几个特务跟着，先去了大慈阁拜佛进香，之后在街中吃过饭，梅三娘又去了街中的棺材铺，挑了一口柏木棺材，让掌柜送到大舞台。

一个特务不解地问：“梅师傅，你要棺材干什么呢？”

梅三娘笑道：“有了死人，就不能没有棺材；有了棺材，就不能没有死人。”

特务登时惶恐不安了：“死人？谁……死呀？”

梅三娘没再说话，直接去了大舞台。[上述这个情节，谈歌见于《保定往事》之《梅三娘的纸牌魔术》一文（作者：郝雪涛）。

文章说，梅三娘被捕后，方千明即向李天曼请求，他要从梅三娘手里得到赵旺才留下的那块匾额。方千明故意激怒梅三娘，与他比试纸牌魔术。中村和李天曼都同意方千明的做法，他们相信方千明稳操胜券。殊不知，梅三娘胸有成竹，岂能火中取栗。]

初春季节见于南方，早已是绿草茵茵，润雨如酥。北方的初春景色却不然，虽然熙熙攘攘的和风中已隐约有了斑斑驳驳的春意，藏身于天际之处的春色，或是也已铆足了力气，蓄势待发，但“强弩之末”的寒气却仍然盘旋在早晚之间，冷暗而且坚硬。

梅三娘看了看大舞台门前的几棵柳树，朦胧间似有了绿意在悄然萌动。梅三娘不由自主地站住了，这里是她熟悉的地方呀。她曾与赵元初多次出入这里如影随形，倾心相爱的话语犹在耳边。她曾与弟子们前呼后拥在这里登台演出，获得了无数喝彩，现在想来，恍如隔世。她此刻来到这里，形单影只，却要与狼共舞。

她抬起头，看了看清冷的天空，泪水瞬间盈了满眶。她抬手擦了擦泪水，扬眉笑了，她喃喃自语："元初呀，天气渐渐暖和了，花儿也要开了，你在那边还好吗？你留下的事情，还剩下一件，我也就要做完了，你且耐心等我一刻吧……"

（此语读来心痛啊！）

梅三娘健步走进了大舞台。

她此时的心中，从来没有如此的轻松。

她只剩下最后这一件事了！之后，即了无牵挂。

就这样了！——梅三娘心中已经放下了一切。

大舞台已被日军宪兵和警察戒严了。中村已下令，谨防梅三娘脱身潜逃。大舞台周遭已被围成铁桶一般。

虞世通心事重重地走进了剧场。或是外行只把梅三娘与方千明的竞技，看成了一场精彩绝伦的高手表演。虞世通却知道，这将是一场以性命相搏的魔术展示。虞世通看到中村与小野等一行人说说笑笑地已在剧场前排就座；另一些日伪头面人物，如李天曼、葛云梁等人也随后落座了。让虞世通惊愕万分的是，阳光明竟然……也来了，而且就坐在郭子路身旁。

虞世通一时不敢相信自己的眼睛，他再仔细看了看，果然就是阳光明……这家伙是怎么逃出生天的呢？

虞世通不由自主地走过去，打量着阳光明，奇怪地问道："阳掌柜，你……没死？"

阳光明笑了："我还没活够呢。"

"你……"虞世通一脸骇然，他今天没回车行，想不到阳光明还能活着。

阳光明讥讽地笑道："虞经理，我知道你特别想让我死啊，不行呢，我的赏钱还没领呢，怎么就舍得死呢。"

"你是怎么……"虞世通百思不解地打量着阳光明。是呢，谁能逃过虞世通宠养的"五步倒"呢？

"虞经理，还真是有劳你那两个手下，替我拦挡了你的两个小朋友呀！"阳光明眨眨眼，讥讽地笑了。

郭子路在一旁嘿嘿笑道："此次抓获梅三娘，阳掌柜是有功的，皇军的赏金肯定要大大地多给呀！"

虞世通拱手，嘿嘿冷笑道："恭喜阳掌柜发财了。"虞世通沮丧地走开了，走了两步，又回头望了望阳光明的背影，暗自咬牙切齿，却又疑惑不解地摇了摇头。

剧场开演的铃声骤然响起来，台上登时灯光雪亮。舒缓的音乐声中，方千明先走上场，他身穿一件黑色燕尾服，头戴一顶高筒黑色礼帽，脚穿厚底皮鞋。但见他躬身向观众致意后，继而欠身礼让，梅三娘便在追光灯的照射下走上场来。她身穿一件黑色披风，头顶一款黑色皮草礼帽，脚穿一双褐色马靴。

二人皆是满面春风，并肩走到台前，向台下鞠躬致意。

台下登时响起一片热烈的掌声。

梅三娘与方千明各自面带微笑，相互欠身致意。

方千明低声问道："师妹让人送来了一口棺材？"

梅三娘笑了："这口柏木棺材做工细致，很不错呢。"

方千明皱眉："你是给我准备的？"

梅三娘摇了摇头："我不会白白送棺材，还要送方师兄一句话。"

方千明笑问："什么话？"

梅三娘粲然一笑："套用古人一句话，今日请君入棺。"

方千明讥讽地笑了："师妹，你这话说早了呢。出手吧！"

在节奏渐渐加快的音乐声中，二人手中的扑克便飞舞起来。

忽如雪花飘飘，忽如秋风落叶，忽如春雨潇潇，忽如电光闪闪。如此超炫，观众目不暇接，满台眼花缭乱。登时掌声雷动。

虞世通后来回忆，当时外行的观众看的只是热闹，李天曼与葛云梁这两个内行却紧张万分，二人站起身来，目光如炬地盯着台上。

因为虞世通也看得明白，梅三娘与方千明出手的纸牌，张张都是夺命的招式。

但见舞台上如风卷雪花般，层层叠叠落满了纸牌。

谁也猜不透，二人身上究竟夹带了多少副纸牌。

终于，方千明手中的纸牌告罄，他两手空空，目光呆呆地看着梅三娘。

梅三娘笑了，笑得淡然而且自信。但见她伸手在聚光灯的光下微微一晃，手中竟又变出了五张纸牌。

欢快的音乐登时停了。

全场一时寂静得恐怖，但见舞台耀眼的灯光下，梅三娘讥讽地笑问：“鼎鼎大名的方师傅，只是这般手段？”

（技止此耳！）

方千明满脸大惑不解：“师妹……你竟然有这般高超手彩……？”

梅三娘冷笑一声：“我为何不能高超？”

“你……却从未彰显过呢。”

梅三娘讥讽地笑了：“那只是为了给当年的方师兄留碗饭吃。”

“你给……我留碗饭吃？”

梅三娘怒声说道：“方千明呀方千明，你一向自视过高，目空一切。你自认为你的手彩纸牌，独步天下，无人能出其右？你早将师门山外有山的教导弃之脑后了。我曾说过的，梅三娘踢你方千明饭碗之时，必是你方千明丧命之日。”

方千明摇摇头，凄声叹道：“师妹呀，想不到呢，我竟然会输在你的手里，直是断送了我这纸牌大王的名号呢！”说到这里，方千明的表情无比沮丧。

梅三娘冷声道：“方千明，你还有何话说？”

方千明看着梅三娘，登时惊恐万状，当年那个妩媚和蔼的梅三娘已经踪影皆无，眼前的这个梅三娘周身充满了腾腾杀气。

梅三娘话音未落，已经腾身跃起，她翻手一扬，五张纸牌如电光闪闪，飞向了方千明。大胆猜测梅三娘此时的心境，应该是铁胆赌徒信心满满的最后一道赌注，已把全部信心与期望押了上去，她要致对方于万劫不复的绝境与死地。

“梅师姑，不要欺人太甚！”瞬间即逝之际，竟然是方千明的徒弟李景大喊了一声，手持瓷盘，飞身抢上，用瓷盘替方千明挡了这五张纸牌。

李景或许自信能拦住梅三娘这五张牌，他没有料到，这五张牌竟然蓄积了梅三娘的全身之力，一如五枚尖刀一般锐利，李景这瓷盘岂能拦截得住，一声脆响之后，瓷盘登时四分五裂，五张纸牌穿过碎裂的瓷盘，继续飞旋，直直地刺进了李景的前胸。

李景当场毙命。

方千明眼前登时出现了一片腥红。

梅三娘沮丧地长叹一声：“唉！天意了！”

方千明大叫一声“不好！”便转身就走。

梅三娘哪肯容他溜走，怒喝一声：“你往哪里走？”话音未落，她再次腾身跃步，似鸟儿一般轻盈，行云一般流畅，人们眼花缭乱之际，方千明已经重重挨了梅三娘连环三脚。方千明即似个纸人儿飘逸地飞起来，又像一袋由悬崖上坠落的土豆，重重地跌到了台下。

剧场内登时大乱，李天曼等人醒悟过来，蜂拥冲上去，抬走了口吐鲜血的方千明。

中村瞬间醒悟过来，惶惶地下令开枪，他身旁的宪兵便向梅三娘扣动了扳机。

梅三娘死于乱枪之中。

（写到此处，心痛不已，呜呼哀哉，虽千万杂戏人，梅三娘往矣，梅三娘，生不逢其时，然虽死犹荣，死得其所！）

剧场此时已经像被挑飞了的马蜂窝，观众们骇然变色，疯狂地朝外拥挤而去，一些人被挤倒在地，踩踏中但听阵阵惨叫之声不绝于耳。中村一时不知所措，惶恐不安地举着手枪四下张望。

谁也没料到，中村身后座位上的阳光明，突然拔出一把短刀，腾身跳上前，凶猛地刺向了中村。中村慌乱中一闪，阳光明的刀偏了，竟扎到了中村旁边的小野，见红的短刀没入了小野的前胸，小野惨叫了一声，立时伸腿毙命。

(马长江的一把菜刀不曾砍死小野，今日，却让阳光明一柄短刀为之了却心愿。马长江若九泉之下得知，也当含笑。)

阳光明奋力拔出刀，被小野暴蹿出的鲜血，喷溅了满面，他抹了把脸，竟浑似一个红脸关公，他再次跳将过来，纵步腾身再刺中村。遗憾，中村左右的特务们开枪了，阳光明恰似一只欲腾飞的苍鹰，由半空里中枪跌落，扑在了血泊之中。

虞世通看得目瞪口呆，他痛心地“啊”了一声，看着倒在血泊中的阳光明，登时豁然开朗——阳光明必定是受了梅三娘指使才去告密的。之前市井坊间传说所谓阳光明与梅三娘心生仇恨，那只是为了掩人耳目，才使得这次告密成功。阳光明只身前来，就是为了行刺中村。他已然不惜一死，当然以命相搏。

行文至此，读者必定已经明白，梅三娘所说的最后一件事，即要杀死方千明。她在街中现身被捕，只是为了引方千明出来。她事先已经料定，方千明为了证明他才是赵旺才师父的真正传人，必定要千方百计拿到那块“神州神彩”的匾额。梅三娘即要以这块匾额为诱饵，引方千明比试手彩纸牌，从而置同门败类方千明于死地，且不惜与方千明同归于尽。

师徒二人，危乎壮哉！

呜呼哀哉！重读一遍这段古老的话吧！

若士必死，伏尸二人，血流五步，天下缟素，今日是也！

梅三娘，一代杂戏大家，如此殒命，可谓壮烈非常啊！

呜呼哀哉！三娘伟哉！三娘大哉！三娘不朽！

后人记住赵元初的时候，一定不要忘却梅三娘，这个为杂戏艺术作出过卓越贡献的女艺人，这个为抗战流过鲜血以致最后付出生命的女中豪杰。

梅三娘千古！

阳光明千古！

[阳光明死后三个月，其妻秀芹生下一女，取名阳海英。阳海英由于秀芹独自抚养。

民国三十五年（1946）秋天，于秀芹患绞肠痧病故。阳海英以烈士遗孤的身份，由保定党组织交由满城县堡垒户李大群收养。

1950年，李大群病故。梅天凤曾将阳海英收养，后又交由杨昆平收养。想不到呢，之后阳海英竟然也会有一番令人欲说还休的曲折人生。

且按下不说。]

报　仇

一夜春风归，杨柳朦胧绿。的确是一个明媚温暖的早春天气。

在这样的日子里给梅三娘下葬，或是合了她一生温润如玉的性格。

梅三娘的遗体由虞世通派人收殓，梅立春与梅可心唯恐日军再找麻烦，即雇车将梅三娘的棺材运到了郊外，在这样一个春意萌发的日子里深埋了。虞世通唯恐日伪掘墓泄愤，与梅立春商量后，没有为墓竖碑。

梅天凤得到消息，已是三天之后。

梅天凤由梅立春和梅可心引路，赶到了梅三娘的坟前，披麻戴孝，痛哭了一场。

梅天凤当然要报仇。此时，梅天凤的怒火已经淹没了悲痛。

她通红着两只眼睛，紧握双拳对梅立春与梅可心喊道："大姐小妹，不杀方千明，我姐妹誓不为人！"

梅立春与梅可心未及说话，但听一阵马蹄声由远而近。抬头去看，却见道上尘土飞扬，竟是张宗民与唐行一带着百余骑兵飞奔而来。

张宗民与唐行一带着队伍在梅三娘坟前翻身下马，二人先率队在梅三娘的坟前鞠躬默哀，之后转过身来，张宗民拱手对梅家姐妹说道："梅师傅的事，我们已经听说了，我与唐参谋长过来，送这支队伍给你们使用。"

姐妹三人急忙拱手谢了。

唐行一说："立春、天凤、可心，这支队伍，是张司令的警卫连，杀掉方千明绰绰有余。唐某愿与张司令一同率队前往，助你们姐妹一臂之力。"

梅立春却摇头："张司令，唐参谋长，杀方千明，我们有两个理由，一是家仇，二是国恨。我们姐妹三人，当然要替我娘给赵旺才师爷清理门户。这是我们梅家的私事，只需我们姐妹三人就足够了。至于国恨，待我们杀了方千明，方氏门下的那些汉奸走狗，我们自会带着队伍去逐一杀光的。"说到这里，她重重地看了看一旁的梅天凤与梅可心。

梅天凤点头不语。

梅可心点头称赞："大姐所说极是。"

张宗民听得凛然心动，暗自称赞，即拱手说道："立春呀，你说的确是在理呀。你姐妹三人，果然是巾帼丈夫，就按你们说的去干吧！唐参谋长，咱们告辞，就在周遭暂且歇了，静候佳音。"

姐妹三人拱手与张宗民、唐行一作别，看着这二人翻身上马，带着队伍走了，远远地没进了野道。

姐妹三人即化装进城了。

此一去，毅然决然，志在必得。

此一去，不惜同归于尽，不惜玉石俱焚。

姐妹三人先去找马凯旋，询问方千明此时的确切住处。

马凯旋告诉姐妹三人，方千明现住在日军保定医院。

三姐妹当即向马凯旋告辞。马凯旋态度平淡如水，默默不语送姐妹三人走出了街门。他站在街中，望着梅家姐妹一行远去了。

黄昏悄然降临了，整个城市渐渐被涨潮一般的暮色笼罩了，除却个别人家灯光明亮，街上已经是一片黑暗。

三姐妹走出不远，梅天凤却停下脚步，皱眉对梅立春与梅可心说："大姐小妹，我感觉马三哥今天的态度很是蹊跷呢。"

梅立春点头："你说得是，我也看出了，马三哥今日却有些反常呢，或是他刚被撤了职务，有些心灰意懒吧。"

梅可心摆手道："管他马站长如何呢。我们为娘报仇的事，与他无关呢。"

梅天凤摇摇头："可心呀，却是有什么不对了，我们还是要找他问问，他或是有什么话没有说出口呢。咱们还是再去问问他吧。"

姐妹三人便转身回来了。

马凯旋仍然影影绰绰地站在街门前。

梅天凤疑道："三哥呀，你知道我们要回来？"

马凯旋点头道："我知道你们必定要回来的。"

"你怎么会知道？"梅可心疑问。

"道理很简单，一则我们这几年出生入死，早已情同手足，你们此去冒险行刺，我却态度冷淡，这不合常理，虽然我已经被撤职，也不应该置身事外。你们必定起疑。二则梅师傅对我恩重如山，我这样一个漠然态度，你们一定要回来问个明白。"

梅立春点头："是的，站长猜得不错，或是我们母女有什么对不住站长的地方，还请站长说个明白。"

马凯旋摆手："立春呀，马某已经不是站长了，请不要再使用这个称呼了。"他沉吟了一下："咱们进屋慢慢说吧。"

姐妹三人随马凯旋进了屋子。马凯旋让李峰再点上一只马灯，大家相对坐下。

梅天凤拱手道："三哥，大姐小妹都是你的手下，你或是不方便说什么。我只是江湖中人，且与你有金兰之谊，三哥但请直言不讳。"

马凯旋叹了口气："唉，天凤啊，徐老师牺牲之后，你们的队伍虽遭受重创，但是总还是有些人手的，你何不多带些人过来呢？若只凭你们姐妹三人之力，去刺杀方千明，怕要事与愿违呢。你们且细想想，方千明乃是汉奸中的头面人物，其为日本人做事，一贯尽心竭力，日本人必定也视之若宝，他受伤住进医院，必定有日本人悉心看守。你们若杀他，日本人想必已事先料到，他们岂能坐视？虽方千明近在咫尺，你们也万难得逞，不仅报仇无果，还会白白搭上你们的性命，这样的行动，有何胜算呢？如若再等几天……"

梅天凤摆摆手，打断了马凯旋："三哥，天凤脾气暴躁，从不相信君子报仇十年不晚的话。我这性格，信奉快意恩仇。但有人给我初一，我必是初一还之；但若给我十五，我必十五还之。我自明白，如此去找方千明，我姐妹或是飞蛾扑火，或是万劫不复，但是，如果不报此仇，我姐妹怎能心安？"

马凯旋沉思片刻，扬眉问道："天凤，你们这次是不是只想杀方千明一人？"

"对，为我娘报仇。"

马凯旋点点头："那咱们的确要仔细商量一下，先说方千明所处的环境。"

"三哥请讲。"

马凯旋皱眉："方千明而今躲进医院，必是终日紧张。他心知肚明，梅师傅之事，你姐妹三人绝对不肯罢休，必定伺机向他寻仇，他躲在日军医院里，也必定要求日军对他严加保护。如果我们从医院下手，也必定多有难度。只说进这医院的大门，便是为难。所以，必须找一个人带你们进去。"

"日军医院可有朋友？"

"没有。"

"那如何找人呢？"

"可利用一个人。"

"利用谁？"

马凯旋道："经行动队调查，负责在医院保护方千明的日军宪兵小队，由宪兵小队长松下水地带领。松下这个人，是个贪杯的酒鬼，这就给了我们利用的条件。”

“三哥明示。”

马凯旋喊了一声：“正汉，出来吧。”

曹正汉即从里屋走了进来。

三姐妹同时怔了，她们疑惑地看着马凯旋和曹正汉。

马凯旋道：“天凤呀，此事也应该与曹正汉有个交代。”

曹正汉郑重道：“曹某知道应该怎么做。”

梅立春惊讶：“三哥……站长，你都安排好了？”

马凯旋摆摆手，沉吟了下说道：“此事嘛，你们暂且不可让保定军统站知道，因为……不说了吧，我把应该做的都做好了。你姐妹三个都要记住，刺杀方千明与军统保定站无关，与马凯旋无关，更与季钧站长无关。你们杀方千明，只是私人恩怨。你们明白了吗？”

（梅天凤事后才知道，北平军统站，此时正想策反方千明，保定站季钧正在设法与方千明接近。）

姐妹三人随即点头。

马凯旋看了看曹正汉：“正汉，你说说吧。”

曹正汉说道：“这几天，马站长，不，马医生派我去了解日军医院的情况。发现松下竟然嗜酒如命，他每天都要去医院对面的‘和顺酒馆’喝几杯，从无例外。如果你们在和顺酒馆事先埋伏，擒了松下，再由松下带路去医院，必能顺利找到方千明的病房。”

梅可心欣然说道：“如果这样，刺杀方千明就容易多了。”

梅立春疑问：“这个松下就一个人去酒馆吗？”

曹正汉说：“他或是不愿意被手下看到吧，所以总是独来独往。”

马凯旋说：“立春，若抓住了这个松下，你们就成功了一半。”

梅天凤看了看曹正汉：“我们事先埋伏在哪儿？”

曹正汉说：“和顺酒馆的掌柜与我熟悉，你们可以我亲戚的名义，借口路过讨碗水喝，先隐藏在酒馆后院。我则在街上望风，等松下进了酒馆，我即给你们发个信号，你们便从后院进去，我从街门堵住松下的退路，包管万无一失了。”

梅天凤点头："就这样定了。"

姐妹三人便带着曹正汉去了。

黄昏的时候，梅家姐妹进了和顺酒馆的后院。掌柜的听说是曹正汉的亲戚，便热情地请她们坐了。

梅可心站在窗前，观察街中，但见曹正汉化装成一个乞丐，蹲守在街前。过了一支烟的工夫，便见曹正汉挥了挥手，梅家姐妹便从后院进了和顺酒馆。

三姐妹冲进了酒馆，刚刚坐下还不及喝酒的松下登时呆住了。

三姐妹却笑了，她们有了意外的惊喜：葛云梁正目瞪口呆地坐在松下对面。

梅立春用枪瞄着松下，即伸手下了松下腰里的枪。

梅可心则下了葛云梁的枪，嘻嘻笑道："葛队长，别来无恙？"

曹正汉走进门，对葛云梁呵呵笑道："老葛呀，你怎么也来了？少见呢，你真让我老曹喜出望外呀。"说着话，掏出绳子上前捆了松下与葛云梁。

葛云梁咧嘴道："哎哟！正汉呀，看在往日的情分上，你手下留情呀。你这是捆猪呢？哎哟！哎哟……"

曹正汉讥笑道："捆猪嘛，当然要紧一些喽！"

梅天凤即让满脸惊慌的店掌柜关门打烊。

梅天凤走上前，用枪顶着松下的脑袋，厉声问道："说，方千明住在医院里吗？"

松下满脸惊恐，频频点头："是的，是的……"

梅可心看着葛云梁："你怎么跟他在一起？"

葛云梁苦着脸，摇头叹气："唉！算我不走运呀，今天李天曼派我过来，让我看看方千明的伤势恢复得如何了。我一时嘴馋忍不住，就跟着松下过来也想喝两口，谁知道遇到了你们呀。"

梅可心讥笑："只怪葛队长今天出门没看黄历。"

梅立春说："松下，你带我们去见方千明吧。"

松下迟疑了一下："这……"

梅立春的枪口顶在了松下的脑门上。

松下急忙说："是，我带你们进去，找方千明。"

曹正汉推了一把葛云梁："走吧，葛队长，你也一起去吧。"

葛云梁惊慌地说道："正汉兄弟，松下已经答应你们，我……就不必随你们去了吧。你们放过我，将来咱们也好见面呢。对了，你们需要情报吗？我可以给你们呀！"

梅天凤看着葛云梁，皱眉沉吟了一下，便将梅立春拉到一旁，耳语了几句什么。梅立春登时满脸惊讶，转过身来，目光如炬地盯着葛云梁，冷笑一声："葛云梁，说吧。"

"让我说……什么？"

"说实话！方千明到底在哪里？"

"我都说了呀，方千明在医院里呢，我刚刚见过他……"

梅天凤突然扬手，狠狠打了葛云梁一个耳光："说实话！"

葛云梁嚷起来："天凤呀……你轻点哦……"

梅天凤又是一个耳光："说实话！"

不待葛云梁开口，梅天凤接着又是一个耳光："说实话！"

葛云梁的脸登时"胖"了起来。

梅天凤后来回忆这个场景，她当时突然有了一种很不好的感觉。松下水地怎么会轻易答应带她们进医院呢？而且，松下水地如果真的嗜酒如命，中村绝对不会派这样一个酒囊饭袋到医院保护方千明。而且葛云梁突然出现在松下身边，口径也与松下很一致，似乎都是事先安排好的台词，梅天凤便当即起了疑心。

梅天凤给梅可心使个眼色："可心呀，葛队长是你的老朋友了，你劝他几句，让他说实话吧。"

梅可心掏出一只短刀，上前划开了葛云梁的上衣。

葛云梁顿时惊恐万状："可心姑娘，你要干什么呀？"

梅天凤一旁冷笑："葛队长，你也算是"魔术中人"了，这还看不出来吗？可心今天要给你变一个'掏心换胆'！"

梅可心点点头，讥讽地笑道："也叫作'黑虎掏心'呢。二姐呀，你给我找个水盆，我把葛队长的心掏出来，扔在里边，肯定是活蹦乱跳的呀。”说着话，梅可心用刀在葛云梁的胸膛上比画着。

葛云梁的脸渐渐变得苍白如纸：“哎呀，天凤呀，可心哟，看在咱们交往过的情分上，你们可别……”

梅可心的刀稍稍动了动，葛云梁的胸前便被划开了一道浅浅的口子，鲜红的血立时洇了出来。

葛云梁登时像被踩住了的小鸡儿，尖叫起来：“可心呀！别……”

梅天凤上前拦住梅可心：“葛队长，方千明到底在哪儿？说实话吧。”

葛云梁看着梅天凤，终于沮丧地点点头：“天凤，你是真聪明呀，方千明确实没在医院，他藏身在北大街‘乡旅客栈’。中村只是在医院给你们下了个套儿，让松下假意顺从，带你们进去，乱枪打死你们。这……可不是我的主意呀。”

松下水地突然站起，刚才脸上那种胆怯的表情荡然无存，他暴跳如雷：“葛云梁，你真是个软骨头……”不等他说完，曹正汉兜头猛砸了松下一拳，松下登时脑浆迸裂，污血流了满地。

葛云梁瞠目结舌，看着曹正汉：“你……打死他了？”

曹正汉冷冷地说：“他没用了。”

梅立春冷眼看着葛云梁说道：“葛队长，有劳你带个路吧。”

梅天凤朝葛云梁厉声吼道：“带我们去找方千明！”

葛云梁看着松下的尸体，惶恐地说道：“天凤呀，我提个条件行吗？”

梅天凤说：“讲！”

葛云梁说：“我投降日本人也是万般无奈呀。”

曹正汉火了：“老葛呀，你他娘的就不能不给日本人做事呀？”

葛云梁摇头叹气：“一念之差，天翻地覆，现在说什么都晚了。不扯这些了，我带你们去找方千明，你们可别杀我，从今往后，我就当你们的卧底，行吗？”

梅天凤看了看梅立春。

梅立春沉吟了一下："葛云梁，我们可以答应你。"

"真的?"葛云梁半信半疑。

"我们说话从来算数。走吧!"

精心设局的中村肯定不会想到，梅家三姐妹竟然去了方千明藏身的乡旅客栈。葛云梁路上告诉梅家姐妹，乡旅客栈已经被中村包下，里边的伙计全由特高课的特务装扮。门口也挂出了客满的牌子。

按照中村与李天曼的计划，梅家姐妹必定带人去日军医院寻找方千明，松下则按照既定计划带她们进日军医院。那时，梅家姐妹必定会被守株待兔的日军一网打尽。中村和李天曼怎么会料到，梅家三姐妹竟然闯到乡旅客栈去了。

月光下，但见乡旅客栈的街门虚掩着，梅可心仔细听了听，惊讶地说道："大姐，二姐，客栈里没人呀，或者说应该只有一个出气的呀。"

梅立春怔了："你听清了?"

梅可心点头："我不会听错。"

梅天凤皱眉："可心，你再好好听听。"

梅可心顿足道："我断不会听错的。"

梅立春果断地说："进去!"

梅家姐妹押着葛云梁走进乡旅客栈，柜上和账房都没人。再往里走，但见几个便衣特务倒在院子里，月光下，但见污血横溢，几个特务的脖子都已经被砍断。看得出，他们都应该是在没有防备的情况下，被人一刀致命。

梅家三姐妹面面相觑，葛云梁已经被唬得瞠目结舌，作声不得。

三姐妹押着葛云梁再往里走，只见客栈内已是血污狼藉。几个伙计的脖子被同样砍断，横七竖八地躺在了门外。葛云梁带着梅家姐妹进了方千明的房间。

眼前的景象让他们登时骇然。但见方千明被绳子绑着，坐在屋中的椅子上，已是半个死人了——方千明的手脚都被砍下，只剩下一具躯干。

方千明的眼睛惊恐地睁着，直直地看着梅家姐妹。

葛云梁惊得魂飞魄散，他奓着胆子，上前看了看还剩下半口气儿的方千明，再看看目瞪口呆的梅家三姐妹，哆嗦着问道："这……是……怎么回事？"

梅天凤怒声问道："方千明，谁来过？"

这个场面不仅恐怖，也太匪夷所思了。但是梅家三姐妹看得明白，之前来此行刺者，必定是一个或几个手段高超的刺客。而且，刺客留下了半口气儿的方千明，分明是为梅家姐妹留下亲手报仇的最后一刀。

方千明用愤怒的目光看着梅天凤，却是口不能言了。

梅可心恨道："二姐呀，还废什么话呀？"说罢，梅可心掏出短刀，就要上前。

梅立春却拦住了她，高声喊道："你们闪开，让我来！"

一向文静的梅立春，此时变得面目恐怖，但看她大步向前，拔出短刀，猛地插进了方千明的喉咙，一刀刀割断了方千明的肌肉与血管，方千明的人头竟被梅立春生生割了下来。梅立春随即转身，示威般高高举着方千明血淋淋的人头，大步流星走了出去。

葛云梁满脸堆笑，胆怯地问梅天凤："天凤呀，你们说话得算数呀，我……"

梅天凤"哼"了一声："葛队长请便吧。"

葛云梁大喜过望："谢了谢了……"

梅可心怒道："姓葛的，快滚吧，一会我就后悔了！"

葛云梁忙道："可心姑娘，别呀……"话没说完，便抱头鼠窜而去。

方千明的最后时刻，应该看到了自己的脖腔中冒出的污血。他或许还能听到梅三娘的冷笑，或许还听到了许敬豪还有赵旺才愤怒的责骂声？这应该是一瞬间的事，可一瞬间却是永恒。

方千明，作为一个遐迩闻名的魔术师，竟是这样一个惨不忍睹的下场，让人感慨万千，或有些莫名遗憾。但他作为一个为虎作伥的汉奸，有如此下场，必定大快人心。

梅家姐妹拎着方千明的人头，星夜出城，赶到梅三娘坟前去祭奠了。

[《保定传说》记载：方千明（1894—1942），男，民国时期知名魔术师。民国著名棋士方益年之子。曾拜著名魔术艺人林小五为师，后拜在魔术大师赵旺才门下。赵旺才去世后，方千明成立“方家班”，多次在北平、天津、上海等地演出，轰动一时。抗战爆发后，投靠日伪，被抗日志士所杀。]

撰读史料：方千明死后，梅天凤并不罢休，按照葛云梁提供的情报，她下令游击队一体队员，全力追杀方千明手下所有为日本人卖力做事的汉奸艺人。一时间，保定城内追杀之风甚嚣尘上。方千明的手下东躲西藏，有的干脆逃之夭夭，远走他乡了。

一个曾为方千明设计魔术动作的艺人，名叫李玉奎，干脆舍家撇业，惶恐不安地躲到了天津。两年之后，李玉奎给家人的信中，仍然心有余悸地写道：“再次寄语所有方千明杂戏社之同人，梅天凤当远避之。世间若有杀人不眨眼之魔鬼，梅天凤是也。”

名噪一时的“方家班”因作恶多端而销声匿迹，再无传人。

“锄草”行动

方千明被杀之后，军统北平站十分惊讶而且愤怒。方千明是他们圈定的策反对象，北平站计划利用方千明的声望和人脉，进一步策反北平一些汉奸头面人物呢。这个计划戴局长也同意了呀，北平站还指望方千明这块破云彩下雨呢，怎么就悄无声息给杀了呢？

北平站当即追责下来。

保定站站长季钧坚决否认，季钧电报北平站，刺杀方千明之事，与保定站绝无干系，他身为站长，对此一无所知。

季钧并敷衍搪塞分析说——行刺方千明之事，有诸多可能，很大可能是中共地下组织，抑或江湖义士所为。保定站正在追查真相。

北平站从季钧嘴里问不出个子丑寅卯，只好将调查结果电报重庆军统总部。策反方千明的事，之前戴老板知道，而且十分支持，看戴老板怎么个说法吧。

结果大大出乎北平站意料，戴老板竟然十分高兴。戴老板乐观地认为，杀掉颇有影响的汉奸方千明，比策反此人更有意义，足以震慑日伪头面人物。

如此说法，竟然是前言不搭后语。

北平站登时哑口无言。

查阅史料，多有记载表明，戴笠因受了方千明被刺之事启示，生发灵感，于民国三十二年（1943）三月十一日，给各地军统站发电，要求立即组织力量，广泛联合社会诸方面力量（戴笠没明说，即暗指中共与帮会），对各地日伪重要人物，展开大规模不择手段的刺杀行动，以烈火燎原之势，力求在精神上给予日伪沉重打击。戴笠亲自命名此次行动代号：锄草。

戴笠亲自另给军统保定站电示，“事急从权”，恢复马凯旋保定站站长的职务，季钧任第一副站长。戴笠要求马站长率领保定站，在此次代号“锄草”的行动中，多有斩获，起到模范表率作用。

往明白里说，“锄草”行动，即是一个“政绩”工程。

可以说，杀掉方千明竟然有了“蝴蝶效应”，引发了保定周遭铲除汉奸的民间运动的“兴起”。换言之，梅家三姐妹揭开了保定周边铲除汉奸的民间运动序幕。这场民间运动，就是要把一些背叛国家的中国人渣杀掉，唤起保定民众对所有汉奸的愤怒。

自保定沦陷后，不愿当亡国奴的保定民众，陷入了愤怒的旋涡而不能自拔，绝望与愤怒已经成为他们的生活主题，亡国奴的日子强加给他们的生活痛苦，分为了经济与精神两部分，在两者巨大压力下，他们都是愤怒积累者。对于他们来说，愤怒不是故事的开始，也不是故事的结束，而是故事的全部。只有经过愤怒的人，才能深切体会出愤怒的苦楚，才能明确知道如何炮制愤怒的解药。

解药就是：杀日本鬼子！杀汉奸！

时为民国三十二年（1943）春上。马凯旋复职之后，工作重心即是执行“锄草”行动。

俗话讲，大领导一喊热，手下就得赶紧配合脱衣服。为全面迅速贯彻落实戴笠局长的指示精神，马凯旋立即联络了中共保定地下组织及民间抗日力量，如梅天凤的游击队和虞世通的“兄弟社”，积极倡导他们投入“锄草”行动中来。与此同时，军统保定站已确立了刺杀目标，即首先除掉一些活动猖狂的头面汉奸，比如日军司令部高级参议车士行。

《保定往事》记载：车士行，直隶安州人，清末举人。曾任保定行署粮秣科长，保定行署秘书长，日军攻占保定前，穆柏枫生病住院，车士行临危就任保定行署代专员。国民政府曾让他南撤，可是车士行舍不下家财，便拖延时间留了下来。前边说过了——保定陷落后，车士行阖家高举自制的日本太阳旗，兴高采烈地走上街头，迎接日军进城。这一个情节，使得前任日军司令官丰田秀男对车士行格外重视。于是，车士行被日军聘请为日军驻保定司令部高级参议。

车士行当汉奸之后，保定诸多知名抗日民主人士，被其指认出卖，惨遭杀害。车士行成了保定大名鼎鼎的“一号”汉奸。

车士行深知自己罪恶昭彰、天怒人怨，多是深居简出。车士行一家住在保定西关唐家胡同二十三号院子里。这是个五进三出的宅院，警备队的一个班十余人的士兵，在院子里日夜值勤保护。车士行家的对面，驻有日军一个中队，若直接攻取，这个日军中队必定闻讯救援。

于是他们策划在车士行上班途中行刺，不过细想也颇有难度

——车士行家距离他上班的保定日军司令部，仅百十步远，车士行上下班均由日军宪兵派专车接送。且这一段距离，为保定要冲路段，日军每日警戒，刺杀不易得手。

正在为难，季钧却探听到了一个机会。

继赵元初之后，傅剑涛接任了保定维持会会长的职务。傅剑涛住在唐家胡同二十二号院，与车家仅一墙之隔。傅剑涛的女儿傅晓玉（一说傅小雨）本月初六结婚，清晨卯时迎亲。这时间车士行当然还未上班。

季钧建议马站长，“锄草”小组冒充迎亲的队伍，提前到达唐家胡同，届时大放鞭炮，利用鞭炮的剧烈声响，掩护“锄草”小组，直接闯入隔壁车士行的住宅，突然袭击值勤的警卫班，继而刺杀车士行。估算一下，整个行动仅需要十分钟，等真正的迎亲队伍到来，街中必定更乱，“锄草”小组便可乘机撤离。

马凯旋慎重考虑后，同意了这个方案。

初六这天，天蒙蒙亮时，季钧带领“锄草”小组十余人，冒充迎亲队伍，敲锣打鼓地来到唐家胡同，即在傅剑涛门前燃放鞭炮。一时间，鞭炮声大作，震耳欲聋。曹正汉与梅可心随即带人冲进了车士行的家中，十几个警卫瞬间都被乱枪打死，可是满院子找遍了，却不见车士行一家。

狗东西哪儿去了？

（唉，季钧千算万算，却疏忽了一件事，车士行不在十二生肖之列，他是属狐狸的，性格狡猾多疑。他得知了傅剑涛女儿结婚的消息，疑心或是有抗日分子混入，便提前带着全家搬走了。有日本人撑腰，车士行肯定不是房奴，绝对是“房叔”，他名下的房子多了去，谁知道他搬哪儿了。）

傅剑涛听到街中鞭炮声响，一时疑惑不解，便推开街门，探头去看，还没看明白咋回事儿呢，季钧就向他开枪了，傅剑涛应声倒在了血泊里。此时，没能得手的曹正汉与梅可心，也率人从车士行家里撤出来，季钧当即命令撤退。

一场刺杀行动就此草率收场，虽说没能成功，但终归杀了一个大汉奸傅剑涛，也算小有斩获。

（“锄草”行动，初见成效。马站长应该点赞！戴局长可发奖金？）

季钧事先不会想到，他杀掉了傅剑涛并非小有斩获，竟让日军驻保定司令官武雄赫城十分震怒。

武雄赫城气急败坏，或是考虑打电话说不清，竟不顾大领导的身份，亲自跑到河边机关长的办公室大发雷霆：你这个特务机关长是干什么吃的？集中那么多人力物力找青铜鼎？这是当务之急吗？你还能干点儿正事儿吗？莫非你地沟油吃多了？脑子不会转弯儿了？你真是个闲得蛋疼的猪头三呀！我当初真是瞎眼了，怎么推荐了你这么个缺心眼儿的傻王八来当机关长呀……

读者不必考据，武雄绝对没有上述不堪用语，纯属谈歌臆想猜测。抗日分子竟然杀到车士行与傅剑涛家里了，武雄赫城能不急眼吗？

河边脸色铁青着送走了武雄赫城，便气急败坏地把中村与李天曼喊来，照本宣科臭骂了一通。

（二位再次领衔扮演出气筒角色。）

河边这个“青铜”暂时不好意思再提青铜鼎的事儿了，当下命令中村与李天曼，集中力量，全力捕杀保定城内的抗日分子。

河边又亲自到侦缉队以及警备队巡视了一趟，吹胡子瞪眼拍桌子，狠狠臭骂了这些没用的中国人渣一通。翻译官郭子路紧随其左右，凡河边机关长脱口而出的精彩语言，包括照抄武雄赫城作业中的金句：诸如杂种、废物、王八蛋等种种不雅词汇，郭子路在一旁同步翻译，一个字也没漏掉。

这些汉奸被骂得狗血淋头。河边长官都急眼了，那就别说什么“没营养”的话了……赶紧抓人吧！

于是，一场在全城捕杀抗日分子的行动，在河边的亲自指挥下，全力展开。军统的“锄草”行动被暂时搁置了。

首战即出师不利，还招致了日本人的疯狂报复。马凯旋审时度势，立即命令季钧率领“锄草”行动小组转移，暂避一下敌特锋芒。马凯旋并让梅立春即刻联系梅天凤，建议梅天凤转移队伍，暂时“蛰伏”。

（游击队不归军统管，只能友情提示。）

令马凯旋没想到的是，他这个出于友情的爱心提醒，竟然好心当了驴肝肺——被梅天凤一口回绝了。

在敌我双方你死我活的胶着状态下，别说什么友情提示了，往往命令都不管用。不可阻拦的腾腾杀气，就是最高统帅，就是第一指挥官。

梅天凤要梅立春转告马凯旋，无论形势多么严酷，她麾下的抗日游击队，坚决要把“锄草”行动进行到底！

（愤怒从来不分身份与职业，忌妒的丈夫、愤怒的厨子、被羞辱的裁缝、被坑骗的木匠、被抢劫的小贩等，杀伐之心是一样强烈。而对日军而言，每一个被他们凌辱过的中国人，都是向他们索命的“无常”。）

马凯旋绝对不会知道，梅天凤真实身份乃是中共保定市委领导下的“敌工科长”。梅天凤已接受上级指示，即把“锄草”行动作为一次打击日伪，提高群众抗日信心的“霹雳”行动。为配合梅天凤游击队的“锄草”行动，上级动员“兄弟社”及张宗民率部分队伍进城，一并参加。上级要求即六个字：简捷、迅速、实效——后被简称为“六字方针”。

梅天凤多年后回忆，她理解的所谓“锄草”行动，就是“关上门打苍蝇”——读者都能明白所谓“关上门打苍蝇”的道理：关上门嘛，打死一只少一只。

梅天凤反对“锄草”行动的特务化、神秘化。她奉行发动群众这个硬道理。日本鬼子、汉奸特务总共就这么多，杀一个，少一个。中国老百姓如汪洋大海，多发动起一个人“锄草”，就多了一份力量。她就不相信杀不完这些鬼子和汉奸。

《保定文艺》（1980年第2期），刊载《梅天凤同志二三事》一文叙述：梅天凤在北大街一个名叫“紫艺茶坊”的茶社里，以听评书的名义，集合了她的队伍。

窗外潇潇春雨，茶社里济济一堂。梅天凤的表情凝重而恐怖。

她硬声说道：“我在育德中学念书时，曾听徐飞扬老师讲过用兵之道，深受其感染，如孙子兵法所说，所谓恶敌当前，如逢死地，战则存，退则亡，须并气合力，抽肠溅血，一死于前！”

茶社内一时间听得静若坟场。

梅天凤冷眼看了看众人：“我下一道命令，此次‘锄草’行动中，凡是畏缩不前者，一律就地枪决！绝不宽恕！”

梅天凤并非苛毒之人，使用无情语言，她向来慎重，此时以如此苛毒的口气说话，令人毛骨悚然，极大地震撼了游击队的战士们。

也正是这番话，激励了游击队的全体队员，撸起袖子加油干吧！

只有走出去的胜利，没有坐等来的辉煌！

一场威慑敌胆的铲除汉奸行动，在保定城内轰然开始了。

(后人追述这个情节，对梅天凤这个死地则战的决定，多为激赏。

谈歌读过，确也有疑惑，查找史料，方知梅天凤引述徐飞扬的这些话，并非孙子所说，却是唐代杜牧为《孙子兵法》作注时，引用的唐将军李靖的话。特抄录如下：“或有进军行师，不因乡导，陷于危败，为敌所制。左谷右山，束马悬车之径；前穷后绝，雁行鱼贯之岩，兵阵未整，而强敌忽临，进无所凭，退无所固，求战不得，自守莫安。驻则日月稽留，动则首尾受敌。野无水草，军乏资粮，马困人疲，智穷力极。一人守隘，万夫莫向。如彼要害，敌先据之，如此之利，我已失守。纵有骁兵利器，亦何以施其用乎？若此死地，疾战则存，不疾则亡。当须上下同心，并气一力，抽肠溅血，一死于前，因败为功，转祸为福。”《孙子兵法》谓之“帅与之期，如登高而去其梯……焚舟破釜。若驱群羊，驱而往，驱而来，莫知所之。

聚三军之众，投之于险，此谓将军之事也。”

以当代的观点分析这些论述，剔除古人的愚兵策略，不足取。却可看出古人对军事指挥员的要求特点，即指挥员不可“临阵动摇不定”，陷入绝地，便要拼死搏斗，完全排除退却的可能。

此是闲话，打住。)

车士行终于在上班路上，被游击队击毙。

这场刺杀的过程十分简洁明快，即事先在路上放置诸多“铁蒺藜”，扎穿了车士行所乘汽车的轮胎，待汽车停下，埋伏于街道两旁的游击队队员，一拥而上，以肉眼可见的速度，乱枪将车士行及其司机和两个随从当场击毙。

整个过程，不到二十秒钟。

车士行暴死，引起了保定城内日伪的恐慌。但是他们此时还并不知道，车士行的遇刺，只是噩梦开始。由车士行死亡发端，保定军统与中共地下锄奸队，刺杀日伪的激情被重新振奋。全面的刺杀行动，一如野火燎原之势，在保定城内蔓延开来。

揆诸史料，《保定往事》记载较为详细：自 1942 年 4 月至 6 月间，保定城里，但凡有些身份的日伪人物，接连不断地神秘死去，或用枪，或用刀斧，或用绳索，或被溺死，或被毒死……大都死得如万花筒一般，件件脱俗，花样翻新，当事者迷，毫无预兆。

《保定往事》记载：日本东亚银行驻保定信贷课长松本之助的太太刚刚从日本来保定探亲，久别胜新婚的松本课长，揽着太太的杨柳细腰，款款走在街上，逛街采购，优哉游哉，花钱消费就是一种人生快乐呀，却被不知从何方飞来的冷枪突然“击毙”。

又如，保定日中合作商会会长穆时雄，正在仁和轩酒楼好模好样地吃饭呢，突然间倒毙——根据特高课的勘查结果，竟然是被人在饭菜中下了毒。

再如，日本光和商社副经理石村征太郎，一向下班按点儿回家，从无早出晚归之例外。有一天却突然失踪了，家属与工作单位都丈二和尚摸不着头脑，哪去了呢？

几天后，石村在城外的荒草地里被发现，已被人勒死数日。

如此种种，让日伪心悚。这些死者身份特殊，一概是日伪在职人物。

事情远远没有完结，更糟糕的事情继续发生：上个月，北平来的日军大佐横田，无端死在了满城雾灵山中——横田大佐兴致勃勃地从北平赶来，即是去雾灵山打猎休闲，前呼后拥，众星捧月，别人好好的，他却猝不及防跌进了一个布满尖刀的陷阱，登时被扎成了蜂窝状，当即毙命。

经宪兵队与特高课及警察局联合调查，那个蹊跷的陷阱，绝非猎人为对付猛兽所设置，而是有人事先专门为横田大佐“热情”奉献。

谁挖的这个歹毒陷阱？特高课却一时晕头转向，抓不到凶手。

横田大佐死后的第二天，北平特务机关行动课长佐贺良木中佐，从北平匆匆赶来调查此案。佐贺中佐在保定的中亚旅社下榻，清晨起来，服务生进房间打扫卫生，却发现佐贺良木被人用牙刷扎透喉咙，死在了“盥洗室”里。

中亚旅社是保定最为豪华的旅社，住的多是些有身份的人物。谁杀了佐贺呢？

五天前，新任侦缉队队长张纹元，带着两个随从在酒楼吃饭，吃饱喝足，便乘兴去逛窑子，耳鬓厮磨之际，张队长竟然暴死在了里边——两个笑容满面、一直对张纹元队长情意绵绵的“窑姐”，突然变脸成了冷酷的杀手，竟然用一只木工用的锯子，锯下了张纹元的脑袋。并将脑袋挂在了墙上。之后，这两位青楼女子便雾气蒸发般消失了。

更为顽皮的暗杀是，保定伪警察局副局长刘汉成，竟然在姘头杨小凤的家中被一群马蜂蜇死。经警察局调查取证，那天有人给杨小凤送来了几盒点心，说是孝敬刘汉成副局长的。刘汉成来后，当即打开品尝，其中竟然有一个马蜂窝，憋闷已久的马蜂倾巢而出，刘汉成与杨小凤被痛苦蜇死。警察局勘查现场，认定此种马蜂为保定西部曲阳山区的大黄蜂，毒性极强，刘汉成与杨小凤的脑袋都肿成了脸盆大小。是谁不辞辛苦，为刘副局长从曲阳县弄来的致命“礼物”呢？

这是怎么了？

如此令人心惊的暗杀，竟然隔三岔五便发生，还时常拉大动作，十分走形。比如有一天，有人竟把两个炸药包隔墙扔到了宪兵队的院子里，造成一死两伤。

在武雄司令官与河边机关长看来，大日本皇军统治下的保定城，应是井井有条，市场繁荣，不知何时却突然变得凌乱不堪，惶惶不可终日。一些日伪职员干脆请假“泡病号”，猫在家里不上班了。

保定市民则拍手称快。这些被暗杀的角色，除去日本人，净是些民愤极大的汉奸特务，或是横行霸道的汉奸家眷，或是为虎作伥的汉奸商贾。总之没一个好人。

一向以稳健著称，闻名于华北日军将领间的武雄赫城司令官，终于坐不住了。呈持续发酵状态的暗杀行动，成了武雄挥之不去的噩梦。正在“东亚共荣”的保定城，如何变成了凶险万端的杀人场？这是向皇军叫板，这是变相考验皇军的统治信心，这是挑战皇军的治安能力。换句话说，这简直是拿皇军不当皇军，拿皇军当狗屎了？

查！谁干的？

怎么突然冒出来这么多干“湿活”的高手？①

特高课协助日军宪兵队和警察局一起破案。日军保定司令部也责无旁贷，紧急调动保定周遭的日伪特务进城。武雄司令官还特别命令河边机关长，既要对保定地下抗日武装组织大规模捕杀，还要对保定城内“兄弟社”成员紧急捕杀——武雄手下的特情人员分析：如此持续不断的暗杀活动，必定是国民党特务暗杀组织所为。而且必定有“兄弟社”介入。

① “湿活”：特工行业的术语，主要指暗杀、策动政变等暴力型秘密工作的行动。相对“湿活”，“干活”指情报收集与分析。

（真是急眼了，看谁都像偷斧子的？）

有道是，打铁还需自身硬。难不成，日本鬼子也适用？还真适用——日军也开始了内部调查。几天之内，中村的光和商社被捉走了几个嫌疑分子，他们被河边认定与“兄弟社”有秘密联系。而中村却顾不上这几个人了，他正忙着紧急抓捕一个危险人物。

谁？

（能称得上人物的，都不是一般人呀！）

郭子路。

因为一个污点证人的突然出现，让中村不得不对郭子路刮目相看——这个窝囊废似的郭子路，还真是个“人物”呀。

或许谁也想不到，这个污点证人，竟然是郭子路的哥哥郭子桥。

郭子桥当年伤了人命，便逃离保定，一路跑到湖北汉口。抗战开始，郭子桥入伍，参加了武汉保卫战。后被日军俘虏。日军见其身高力大，即押往码头，在日本仓库做苦力。做了两年的苦力，郭子桥寻机跑了。

本来已经逃出去了，可路经关口检查时，郭子桥却因神色一时慌张，又被抓了，于是郭子桥被押回了码头。日军为杀鸡儆猴，要把郭子桥当众枪毙。郭子桥为了保命，当即交代了他弟弟郭子路及其夫人是“国民党调查科”的特务，他亲眼见过国民党调查科给郭子路夫妇颁发的“委任状”。

日军武汉特务机关十分重视，当即录了口供，派专人将郭子桥秘密押往保定，以鉴定此事真伪（那时没传真，没网络，也没电子信箱，更没手机微信，只能辛苦当事人亲临现场指认），情况紧急，李天曼当即提审郭子桥。

李天曼却听得半信半疑，脑袋犹如洗脸盆大了，什么？就郭子路那个窝囊废，还国民党？还调查科？还特务？就任雪儿那个疯泼女人，也调查科？也特务？

信与不信，李天曼不是终审，当即报告了中村。中村登时听傻了，莫非……大智若愚？大巧若拙？装疯卖傻？如此联想，郭子路很可能是一个隐藏极深的卧底高手？任雪儿或许就是郭子路的暗中助手？中村回过神来，不敢怠慢，当即派李天曼秘密逮捕郭子路夫妇，中村要亲自审讯这夫妇二人。

（胞兄举报胞弟，当属大义灭亲。若非证据确凿，怎能骨肉相残。有分教：郭氏兄弟阋于墙，中村课长跟着忙。）

李天曼却扑空了。

郭子路失踪了，任雪儿也不知去向。

这一对活宝，跑哪儿去了呢？

且不管郭子路夫妇跑哪儿去了，郭子桥因检举郭子路有功，由中村担保开释，中村又亲自推荐郭子桥加入了保定特高课侦缉队，当了一名行动队员。

河边寅余造或是认为，既然基本清除了隐藏在内部的嫌疑分子，理当全力绞杀外在的抗日力量了。河边机关长亲自上阵督战，一场声势浩大的生猛搜捕，即在保定开始了。

保定周遭的车船码头，一律严加盘查，城内宵禁，昼夜巡逻。短短两个月时间，近千名嫌疑人被抓捕关押。其中但凡有点儿身份地位的嫌疑人，也先后被特高课或警察局请去“喝茶”了。可遗憾的是，声势与效果时常不搭界。各路人马两个月来马不停蹄搜查抓捕，真正像回事儿的抗日分子却没能抓到几个。

两个月，人吃马喂，得投入多少经费呀？皇军的经费也不是大风刮来的。于是，抓来的人都先后放了，不放就得管饭。上千人，得吃多少呀？警察局不是“舍粥棚”！

河边对此非常沮丧。

更让河边沮丧的是，暗杀仍没有停歇。

神出鬼没的刺客们好似打了鸡血喝了参汤，精神抖擞地继续顶风作案，暗杀仍然保持着强劲的发酵势头，一些汉奸特务照旧倒在血泊之中。

马凯旋很是奇怪。持续两个多月狂风暴雨般的暗杀行动，仅有几件是季钧的“锄草”小组所为，大多暗杀行动与军统保定站绝对无干。是何方神圣暗中推波助澜，从而使这场“锄草”行动好戏连台，且高潮迭起呢？

马凯旋坚信自己的判断：参与刺杀行动的，肯定有杨昆平领导的中共地下武装力量，肯定也有虞世通的“兄弟社”，肯定还有梅天凤的游击队……马凯旋近来私下认真检讨，对自己两个月前畏难退缩情绪十分懊悔，并为之深深惭愧。更让马凯旋“内疚”的是，他一度低估了“兄弟社”的战斗力，致使没有采纳上峰的建议，充分利用这支民间抗日力量。

马凯旋迷途知返，命令季钧放开手脚，多多倚重“兄弟社”和中共地下组织以及梅天凤的游击队，几家合力行动，一定保持对日伪猛烈的暗杀态势。

马凯旋秘密约见了梅天凤、虞世通和杨昆平。马凯旋倡议召开“锄草”行动段落总结会，并借此机会，共商下一步的计划。杨昆平欣然同意，虞世通表示赞成，梅天凤答应出席。

马凯旋与梅天凤等三人见面第二天，街中传开消息，日军保定特务机关长河边寅余造竟然辞职了。市井坊间议论，武雄接连不断地训斥河边无能，心神疲惫的河边机关长大概是在自尊极度受伤的情况下，向北平特务机关与日军保定司令部递交了辞呈。

嘁！干不了，还躲不了吗？

（气死个谁呢，想当初是你的武雄美其名曰友情推荐，实则死乞白赖强拉硬拽把老子弄到这么个破地方来受罪，老子来也就来了，哪天不是卖力气干活呀？你干吗还整天鼻子不是鼻子脸不是脸地乱吼乱叫，你狗呀？呸！老子这辈子、上辈子都不欠你的。这破买卖爱谁干谁干吧，反正老子不干了！）

河边寅余造辞职后，日军驻保定特务机关长换成了小林业四。

郭氏夫妇

《保定往事》记载：民国三十二年（1943）夏天，由马凯旋牵头，保定各抗战组织，召开了“锄草”行动段落总结会议。会议时间定于六月二十九日（农历五月十六日），会议地点定于保定满城“大平台”。参加会议的有：军统保定站季钧副站长领导的“锄草”行动小组代表、梅天凤领导的游击队代表、虞世通领导的“兄弟社”代表等。与会人员即以赶集的名义向大平台聚集。张宗民也派员赶来参加……

（这个情节么，谈歌写来感觉有些含糊不清。除却《保定往事》有张宗民派员参加此次会议的描述，谈歌所能见到的其他史料，均无张宗民派员参加这次会议的记载。

唉，反正这是写小说，姑且……就让张宗民派员参加了吧。）

六月二十九日上午，云淡风轻，参加会议的人陆续赶到了满城“大平台”。

（大平台是个奇特的景观，位于满城西去五十余里处高士庄村北的群山中，即由六条山脊托起的山顶平地，约有可耕种土地百余亩。传说明初年间，一对逃难的夫妇至此，男姓丘，女姓莫，开山造田，男耕女织，营造了这块“风水宝地”。野史？正史？读者考据。）

人们上得山来，说说笑笑坐在树荫下，等着开会。

甄广宁挨着梅可心坐了，笑道：“可心，总没见了。”

梅可心笑了：“是呢，你还好吧？”

甄广宁点头：“还好。就是……不想说呢。”

“不想说，就别说嘛。”

“可我……又想说呢。”

梅可心歪着头，坏坏地笑了：“可我不想听呀。”

梅天凤一旁看着这二人说笑，不仅触景生情，心中立时有了些许感慨。

她明白甄广宁爱上了梅可心。可爱情这种事，又实在勉强不得。梅天凤也深知自己爱上谁了，可这个爱却又近似于无望。换句话说，她能体会到甄广宁心中那种执着的热烈，因为她深深知道自己心中那种绝望的痛苦。

马凯旋看到了人群里的虞世通，便走过去笑道：“今天虞经理可是个重要角色呢。”

虞世通却摆手笑道：“马站长说错了，今天虞某可没事儿了。‘兄弟社’大掌门要亲自过来呢。”

马凯旋顿感惊讶：“你们的大掌门是哪个呢？真是神秘呢。”

虞世通嘿嘿一笑：“马站长，过去是谁我知道，后来是谁我也知道，现在么，我真不知道呢，一会儿赵小龙就领他过来了。”

说得是呢，“兄弟社”最早的大掌门很神秘，除去虞世通几个，无人知道是谁。但是人们影影绰绰地猜到了，大掌门曾是梅三娘。梅三娘离世之前，指定了继任的大掌门。而这个神秘的大掌门从未抛头露面，即使在此次暗杀行动中，也是一直通过赵小龙向虞世通及“兄弟社”下达掌门指令。

正在说话，就看到赵小龙引着郭子路和任雪儿上山来了。赵小龙四下拱手喊了一声：“诸位，‘兄弟社’大掌门郭子路先生来了！”

郭子路？兄弟社的大掌门竟然是郭子路？众人大惑不解，惊讶地险险叫出声来。

（读者想必也惊讶万分，“窝囊废”似的郭子路，怎么会是“兄弟社”的大掌门呢？莫非“兄弟社”改为“窝囊社”了？郭子路这个大掌门或是花钱买来的？抑或凭着一时手气壮，抓阄抓来的？呵呵，读者莫疑，接着往下看。）

但见郭子路与任雪儿携手缓缓走上坡来，在众人面前站定。

任雪儿今天的扮相很打眼，因了她没有了平日里的浓妆艳抹，而是素面朝天，而且穿着一身农家妇女的布衣。更让人眼生的是，任雪儿似换了个人，一脸文静的表情，完全没有了往日的骄横。

郭子路却仍旧穿着一身制服，表情似乎很疲倦。他茫然四顾，咳嗽了一声，声音涩涩地说道：“诸位，郭某就是‘兄弟社’新任掌门，这个座椅么，是赵元初司令与梅三娘师傅生前派给郭某的。郭某何德何能，推辞不过，勉强应允了，实属滥竽充数而已。但郭某一定尽心竭力，虽千辛万苦，其又何辞。还仰仗各位英雄多多帮衬才是。”说罢，他四下拱了拱手，任雪儿也随之肃拜了。

虞世通稍有愣怔，忙上前叩拜了郭子路。

梅可心几近失容，她低声对梅天凤、梅立春讥笑：“赵司令多精呀，咱娘也不傻嘛，两人聪明绝顶了一辈子，如何昏了头，挑选了这么个窝囊废做掌门呢？喊！”

赵小龙听到了人群中的讥笑声，便摆手说道：“诸位不要误会郭先生，他可不是手无缚鸡之力的书生啊。郭先生，亮个手段，给大家开开眼界如何？”赵小龙当即取下腰中的短刀，扬手扔给了郭子路。

郭子路伸手轻松接了，扬手扔出去，众人的目光紧追着那短刀飞到空中，但见一只麻雀被扎个正着，扑棱着落下来。

人群中响起一片喝彩，却也有人摇头。

赵小龙笑道：“事到如今，也就不瞒大家了，当今江湖上有个尽人皆知的飞天大盗‘来无影’，就是郭子路先生。”

众人听得目瞪口呆，一时如坠五里雾中。

季钧用怀疑的目光上下打量郭子路：“你是‘来无影’？”

虞世通惊讶万分：“‘来无影’？”

他转身再看赵小龙：“小龙呀，他……是吗？”

郭子路恢复了平日里腼腆的表情，他微微笑道：“是我，却又不是我。”

“此话怎么讲？”马凯旋一旁发问。

“‘来无影’是两个人啊。”郭子路招招手，任雪儿走上前来。

任雪儿浅浅一笑，四下拱手，看了看身旁的柳树，即纵身跃起，瞬间即逝之际，任雪儿又重新站在了树下。一只手向众人款款伸开，但见一只麻雀，从任雪儿纤细的掌中“扑棱棱”飞走了。

腾身捉雀？是真功夫？还是变魔术？错愕之际，众人都看得呆了。

梅天凤、梅可心也面面相觑，一句话也说不出了。

季钧仍然半信半疑：“郭掌门，任女士，二位的手段大家都见识了。季某还要再说一句，‘来无影’一向龙精虎猛，是做‘湿活’的顶尖高手。二位若真是‘来无影’，可否说说其中门道？让大家都听听。”

任雪儿笑了：“季先生不妨说得再直白些，我们两个有何本领能做江洋大盗？”

季钧不好意思地点了点头：“也就是这个意思吧。”

任雪儿收了笑容：“大盗就是大贼，绝非小偷小摸。回季先生的话，若做江洋大盗，至少要有两个本领。”

“哪两个？”

“第一，江洋大盗，多在城市作案。你无须知道周边情况，但你必须了解这个城市有多少条街道，多少个死胡同。你还必须学会跑直线。”

“直线？”季钧一时不解。

任雪儿淡然一笑：“任何城市，无论哪个方向，总有一条贯通直线。但这条直线多被房屋或街道阻隔。你必须练习越过这些障碍跑直线，即遇屋越屋，遇墙越墙，遇到什么越过什么。这是常人所不能练达的功夫。学会了跑直线，一旦被警察或对手追击，而追击你的或是普通警察，抑或一般对手，绝对跑不了这样的直线，你才能全身而退。”

“说得对！”虞世通脱口赞道。

“第二，你必须学会隐藏。打个比方，一片树叶藏在什么地方最安全？藏在什么地方最不容易被人发现？季先生想想。”

“这个……”

“季先生再想想。”

“应该……藏在树林里。”

任雪儿点头：“对！明白了这个道理，就会举一反三，比如，把一颗豆子放在豆筐里，把一个人藏在人群里。如无特殊需要，江洋大盗平时与常人无异。或者说比平常人还要平常。这也是逃脱的艺术。”

季钧心悦诚服地点头：“我明白些了，多谢指教。”说罢，拱手退到一旁。

梅可心上前拱手："我想请教郭掌门。"

郭子路微笑点头："可心姑娘请讲。"

"'兄弟社'杀人怎样定价？"

许多人听了立时皱眉摇头，梅可心真是出言无忌，怎么好问这个呢？

郭子路却不在意地笑了："一般来讲，'兄弟社'不到万不得已，不会杀人。'兄弟社'出手，一般只是伤人。最坏结果，致残而已。为什么？一旦事发，即使收监入狱，却判不了死刑。外边弟兄还可设法救你出来。如果杀人被捕，则要抵命。所以说，杀人的事，如理由不充足，'兄弟社'坚决不干。当然了，刺杀日伪，不在此例。"

"若致人残疾，价格如何计算？"

"一般情况下，一只腿一千，一只胳膊一千，左手五百。"

"右手呢？"

"右手不付钱。左撇子除外。"

"怎么讲？"

"若拿刀砍人，对方本能用右手拦挡，所以砍了不算，除非主家要求砍右手。否则，砍了右手只算白饶。你到店铺买东西，不也有饶头儿吗？"

梅可心心悦诚服，拱手道："明白了。多谢！"

郭子路欠身拱手："客气！"

甄广宁与曹正汉悄声嘀咕几句，曹正汉大步上前，拱手笑道："郭掌门，郭夫人。只说偷盗砍人，不能作数。你们若真是'来无影'，就该露两手给我们看看。"

甄广宁也上前拱手：'来无影'总要露两手，我们才相信呀！"说着话，对梅可心使个眼色："对吧？可心。"

梅可心会意，再上前拱手笑道："我们三个不才，愿与郭先生、郭夫人切磋几招。"

（莫非你们夫妇真是一直扮猪吃老虎？郭子路真是个扫地僧？那

任雪儿就是个扫地尼姑了？那就先过过招吧。)

郭子路、任雪儿面面相觑，又看了看这三人。

郭子路摆手笑道：“我夫妇二人断不是三位的对手。就免了吧。”

甄广宁忙说：“别介呀，还是切磋三招两式，也让我等开开眼界。”

任雪儿笑道：“恭敬不如从命，三位划个道儿吧。”

曹正汉笑道：“常说短兵相接，就比试几下短刀如何？”

任雪儿点头：“可以。”

梅可心再上前一步：“我先与二位比试。”

甄广宁赶忙上前拦了梅可心，笑道：“可心呀，还是先由我领教下二位的手段吧。”

梅可心虎着脸推开甄广宁，伸手向郭子路、任雪儿做了一个请的姿势：“二位谁先请？”

众人便闪开了一个空场。

郭子路皱眉看了看一旁站立的马凯旋，有些为难地问道：“马站长，真要比试吗？”

马凯旋点头笑道：“郭掌门，大家盛情难却，你们总要露一手么。”

马凯旋心里仍然疑惑，这一对夫妻真是‘来无影’吗？

任雪儿对郭子路笑道：“子路呀，以武会友，江湖规矩么。你就不要畏首畏尾，小家子器量了。”

虞世通击掌赞道：“郭夫人好个巾帼气概。”

郭子路无奈地苦笑点头：“老婆说得是呢。”

曹正汉、梅可心、甄广宁三人上前，各自取出随身的短刀，亮了个架势。

众人上前，屏气凝神地观看。

郭子路抱拳拱手：“对不住了！我二人今日班门弄斧，讨教一下三位的招数，承让了。”说罢，他与任雪儿相视一笑，但见二人纵身一跃，各自从柳树上折下一枝柳条，握在了手中。

众人登时喝彩。

二人适才纵身一跃，有如鸟儿一般轻盈，有如风儿一般无形。

但见二人手持柳条，一副淡然处之的表情走上前去，目光空旷地看着甄广宁、梅可心、曹正汉三人。

梅可心讪讪地笑了：“两位为何不用兵刃？”

郭子路摇摇头：“与同道切磋，我二人从不使用兵刃。三位，请出招吧。”

郭子路说罢，便与任雪儿退了半步，各自手中的柳条一甩、一抖，腾腾两团剑气竟骤然凝结，又四下散开。

梅可心、曹正汉、甄广宁不由得向后退了几步。

三人心下登时骇然，对方两根软软的柳条，瞬间竟变成了夺命的利刃。

（高手！飞花摘叶，皆可伤人？）

梅天凤正冷眼旁观，登时怔住，兀自心跳如鼓。

她看得分明，郭子路、任雪儿的刀剑之术已到了出神入化的境地。练刀剑者，先入刀剑，再入气，再入神，再入空。这二人已是入空的境界了啊。入空者，得其意舍其形，心中已空茫无物。

曹正汉、甄广宁、梅可心仍是静若处子的状态，内心却有了几分忐忑。

看得出，这夫妇二人绝非寻常之辈。三人不敢贸然出手，他们各自寻找突破的机会，那机会必定稍纵即逝，三人在悉心捕捉。郭氏夫妇似乎已经给了这三人诸多机会。夫妇二人周身上下似乎都是空门破绽。

但曹正汉、甄广宁、梅可心却看得明白，那绝不是空门，而是死门；那也不是破绽，而是陷阱。死门常常是美丽的，陷阱常常是诱人的。

空气中本来荡漾着一股浓浓的花草香味。而此刻，芬芳的花草香味似乎渐渐凝固。悠悠的风儿也吹不动这骇人的凝固。

郭子路手中的柳条在风中款款地摆动。

任雪儿手中的柳条在风中僵僵地沉静。

郭子路、任雪儿朝着三人微微笑了。

这是杀心夺魄的微笑。

围观的众人屏着呼吸收紧了心。

甄广宁手突然纵身一跃，如惊蛇般暴起，他大喊了一声："郭掌门，甄某领教了！"话音未曾落地，甄广宁已挥刀扑向郭子路。

几乎就在甄广宁扑来那一刻，郭子路竟像云朵一般飘起，随即，他手中的柳条发出一阵强烈的破空之声。唉，有多少习武之人穷尽一生苦苦练习，也无法使自己的兵器发出这种强烈的破空之声，哪怕手持截金夺铁的宝刀。而郭子路做到了，仅凭着手中一根绿绿的柳条。跟随这破空之声，郭子路身形落下之时，甄广宁手中的短刀已然落地。

面对这疾如闪电的一击，甄广宁惊得倒退了几步。

郭子路快速，甄广宁也不慢，否则，无数次与高手争斗过的甄广宁，不会活到今天。但他绝对没有想到，这个世界上还会有郭子路这样一个神仙般的人物。

甄广宁大出意外，骇然间称赞一句："厉害！"就呆若木鸡了。

柳枝如剑，剑如电。郭子路这一击疾如闪电，甄广宁良久才回过神来。他摇头长叹一声，他或许瞬间有了那种技不如人的沮丧，抑或是一种表达不出的心灰意懒。

不待观者回味，却听曹正汉一声暴喝，挥刀扑上，直取任雪儿。力大无穷的曹正汉，此夺命一击倾其所有，如泰山压顶，如排山倒海，殊不知却被任雪儿稍一闪展，即完全化去了，曹正汉当即奋起第二击，任雪儿的柳枝似铁条般却已点中了他的手腕。曹正汉手一软，短刀"哐当"落地，登时怔在了那里，任雪儿手中的柳条，已经横在了曹正汉的脖颈。（此处应该有对话。任雪儿：曹正汉，使绝招呀！曹正汉：我够不着呀！）

梅可心没有出手。她瞬间决定放弃。不胜而往，咎也。看过刚才的场面，她已经彻底明白，即使他们三人一起上前，攻取这夫妇二人，也无半点胜算（绝非伯仲之间，实难望其项背）。梅可心却还是不敢相信，平日里窝囊透顶总在街头流氓欺辱的郭子路，与眼前这个一夫当关万夫莫开的郭子路，是同一个人吗？平日里河东狮吼撒泼骂街的任雪儿，与眼前这个一脸文静贤淑、武功深不可测的任雪儿，会是同一个人吗？梅可心突然有了一种万丈高楼突然失足的感觉，一种莫名的苍凉感袭上心头。这是一种无奈且绝望的苍凉。相比郭子路夫妇，梅可心或是深深感觉到了自己多年功力的完全失败。她目光呆呆地站在那里，心头一时茫然无绪了。

（真跌份儿呀！三个在江湖上近乎侠客的人物，做梦也想不到，他们竟然在名不见经传的郭子路、任雪儿手里栽了。）

起风了。天边渐渐堆积起层层叠叠的云彩，云彩开始快速移动，点点飞鸟，箭一般飞向远方。逐渐猛烈起来的山风高高地扯将起来，凌厉地从山上的树林中穿过。晌午的太阳被树丛割成碎金烂银，在树林中纷纷散落着。

郭子路的表情仍然暗淡无力，任雪儿的目光仍旧空空如也。好像什么也没有发生过。

夫妇二人同时扬手，两条柳枝双双抛出去了，两条颤颤的柳枝竟如两只钉子，硬硬地插进了树干，枝条似铁条般发出了呜呜的金属声响。

（这不是夸张句式，而是标准的陈述句子。）

围观的众人一时看得眼晕。

任雪儿四下掠视，“酷酷”地笑了。

任雪儿款款说道：“甄先生的刀术应是天津霍家门的功夫。曹先生近身搏击，则是跟徐飞扬先生或是徐先生的传人所学。我曾见过徐飞扬先生的刀术与剑术，真可谓百炼钢化绕指柔啊。可惜曹先生没有学到炉火纯青。再则，两位只顾胜我夫妇二人，岂不是只想自己脸上光彩，却让我二人尴尬？凡天下之事，己所不欲，勿施于人。任雪儿愿与两位共勉。”说罢，任雪儿即向甄广宁、曹正汉深深一揖。

甄广宁、曹正汉登时满脸惶恐不安，急忙躬身还礼。

梅天凤上前几步，真诚地欠身拱手，哂然笑道："郭老师，郭师母，二位真是深藏不露呀。学生今日开眼了啊！"

郭子路、任雪儿双双拱手还礼。

任雪儿笑道："天凤姑娘客气了！"

梅天凤肃然问道："郭老师，学生想问一句，方千明是你们杀的吧？"

郭子路迟疑了一下，点点头，却又摇摇头："天凤呀，方千明最终还是你们姐妹杀的啊。"说罢他憨憨地笑了，似乎又恢复了平日里那种呆板木讷的表情。

大智若愚，以至如此？梅天凤心里好一阵感喟。

甄广宁悄悄走到梅可心身边，低声问道："看出什么名堂了？"

梅可心摇头苦笑："果然是天外有天，山外有山呀。我们都不是对手呢。"

甄广宁笑了："你不出手，怎么知道自己不是对手呢？"

梅可心狠瞪了甄广宁一眼："你想看我出丑吧？"她掉头走了。

甄广宁赶忙追过去："哎呀，你想歪了呢，可心啊！"

此时，马凯旋高声招呼众人："开会喽！"

众人赶紧收了心，向会场聚集。

[行文至此，谈歌揭开郭子路与任雪儿的真实身份吧。

《保定风物掌故》一书记载：郭子路的外公即是武术名家程天赐。郭子路自幼体弱，母亲程玉芳便将其送到父亲那里习武。郭子路竟是天生聪慧，继承了外公毕生所学，但他从不彰显。之后郭子路考入燕京大学英文系，在校期间，郭子路秘密加入中国共产党，后奉上级指示，由同学任雪儿介绍，加入了国民党，即参加国民党调查科外围工作。由此，郭子路即以中共情报员的秘密身份，在国民党调查科外围潜伏。

民国二十年（1931），郭子路于燕京大学毕业，郭子路与任雪儿同被调入上海调查科，任通讯员。二人还未及报到，却因了"九·

一八”事变后，华北局势逐渐紧张，二人奉命在北平周遭做情报工作。郭子路即与任雪儿受聘于保定育德中学做外文教员。

民国二十五年（1936），为工作方便，二人即以夫妻名义同居。民国二十七年（1938）十一月，任雪儿在南京参加国民党中央统计调查局（即中统）工作会议，因意见不同，在会上与徐恩曾发生争执。任雪儿脾气暴烈，一怒之下要求另行分配工作。

时逢戴笠新任军统局长，正在招兵买马之际，说服任雪儿加入了军统。不久，戴笠也将郭子路招募到军统。戴笠即命令二人仍以夫妻关系，在保定潜伏，并借助王揖唐的关系，让郭子路打入日军内部，代号：火车。任雪儿的代号：步枪。

关于任雪儿是王揖唐外甥女的说法，谈歌纠正一下。任雪儿籍贯合肥，其舅父王礼唐是王揖唐的同宗兄长。王礼堂为光绪二十七年二甲进士。曾任理藩院六品主事。清退位后，王礼唐赋闲在家。民国十二年（1923）中风去世。这即是任雪儿为王揖唐外甥女的由来。任雪儿加入国民党调查局之后，即利用王揖唐这层关系，活动于日伪内部。

任雪儿祖上数代习武，曾祖任海平曾考中咸丰七年的武探花。祖父任沿成于同治年间获赐武进士。任雪儿的父亲任玉侠，光绪二十四年秋考中武举。后因光绪末年取消武举制度，任玉侠晋身无望，即在合肥城内开办武馆，授徒办学。任雪儿自幼随父亲练习飞檐走壁，长拳短打。她的功夫也就不奇怪了。

郭子路与任雪儿之所以在此次会议上抛头露面，因了他们被郭子桥出卖而暴露。说起来，此事也是荒唐，郭子路当年参加国民党中统局调查科的事儿，本是个绝密。因郭子桥当年参与赌博，在家中翻找值钱的物件，看到了郭子路的委任状。真是疏忽大意呢。夫妻二人逃出之后，郭子路经请示戴笠，他们即公开身份，带领“兄弟社”与日本人作战。]

马凯旋主持的“‘锄草’行动段落总结会议”，会期一天，圆满结束。会议既定方针：坚持不懈地对日伪进行有效暗杀。并对前期的暗杀名单扩大范围。对于一些虽无血债，却有民愤的伪职人员，也要列入名单，寻机刺杀。

鉴于这个方针，《保定生活报》的汉奸主编，便有幸上了季钧的暗杀名单。

王亚雄之死

《保定生活报》的主编是王亚雄。

谈歌本不想详写这个“苍蝇”似的人物，可是总绕不过去。读者或许有这种经验，一只苍蝇总在身边飞来飞去，左右你也赶不开，真是讨厌至极。王亚雄就是这样一只苍蝇。这个王八蛋后来如何？谈歌给读者一个详细交代。

王亚雄，光绪二十六年（1900）生，直隶安州人。燕京大学毕业。此人在抗战之前，即声名狼藉。他喜欢黄赤之术，热衷于房帏之事的研究，非常之重口味。他时常买通老鸨，到妓院偷偷拍摄有伤风化的男女裸体交媾的图片，转手即在黑市上贩卖。

保定陷落后，他摇身一变，成了文化汉奸，在报纸上发表了许多宣传“中日亲善”的照片，由此，深得日本人喜欢，其无耻程度，常令保定一些臭名昭著的汉奸文人也瞠乎其后。比如，他请日本军官抱着中国老百姓的孩子作微笑表情；比如，他请日本人在市场里与普通中国人谈笑风生。这些出自王“导演”之手的照片，任其七十二变，却万变不离其宗——总之是夸奖日本人对中国百姓十分友好。这种造假宣传，影响恶劣一时，备受特务机关长山口的欣赏。王亚雄原是《保定时报》一名普通摄影记者，被山口亲自点名提拔为《保定时报》主编。（社长为日本人小泽平川。）

王亚雄上任后，得意之下，竟然忘乎所以，做了一件荒唐透顶的事。民国二十八年（1939）初，王亚雄在《保定时报》发起一回“民意投票”，选举保定年度名人。一时间保定市井坊间好不热闹，年底榜单揭晓时，第一名竟然是王亚雄。更让人大跌眼镜的是，第二名是保定名妓满月红。（保定人，原名满桂珍。与王亚雄长期姘居。）第三名是保定“得月楼”饭庄的女掌柜景月珠（传说王亚雄经常去那里白吃。）。第四名是小泽平川（保定火车站站长。）第五名才是保定日本特务机关长山口一郎。日军驻保定司令官丰田秀男则排在了第十三名。

报纸出来后，满月红还开了一个新闻发布会。发布会上，满月红搔首弄姿，不可一世，招惹得市井坊间一片哗然。特高课课长中村一怒之下，将王亚雄与满月红关进了宪兵队，险些枪毙。幸亏山口没当回事儿，山口对中村说，此人虽然无行，但如此效忠皇军的中国文人毕竟不多嘛。所谓投票嘛，权当一场玩笑。

王亚雄才得以释放。

但是《保定时报》他是待不下去了。山口便把他推荐为《保定生活报》的主编。王亚雄上任第一天，或是感念旧事，心有余悸，便在办公室制作了一幅中堂，上书：报馆被封门，不是好报馆；主笔若被抓，不是好主笔。其顺从主子之意，跃然纸上。据说，山口曾到报馆视察，见到这幅中堂，十分赞赏。传说山口坐在办公室喝茶时，王亚雄始终在一旁伺候。山口请他坐下，他则说：“您是父亲一辈的，我是儿子辈的。按照中国的传统文化道德，儿子在父亲面前，是不能坐的。”

唉！无耻至此，谁与争锋？

当然要尽快除掉这个为虎作伥的文化汉奸。《保定文史资料选辑·十八辑》收录《王亚雄其人其事》一文记载：因季钧临时生病，刺杀王亚雄的任务交给了梅立春。

王亚雄出任《保定生活报》主编后，搬进了保定南大街柳树胡同五号宅院。（史料记载：保定日军特务机关，为一些汉奸头面人物安排了住房。王亚雄算不上“头面”，其住宅应属破格安排。）王亚雄住宅门口有伪军站岗，院子里有伪军一个警卫班日夜值守，戒备很严。之前季钧已买通了警卫班班长张小富。那天半夜，张小富带班值岗，梅立春带人冲进了院子，打死了两个伪军，余下三人当即举手投降，而张小富早已拿钱跑路。可是王亚雄竟不在屋子里，梅立春打死了王亚雄的汉奸老婆贺铭燕。

梅立春扑了空，却并不气馁，她相信王亚雄绝对跑不掉，除非王亚雄突然掌握了第一宇宙速度，跑到火星上去。

王亚雄并没有去火星的理想。后来才知道，王亚雄那天晚上与几个人跑到火锅店喝酒去了，而且酒足饭饱后，就去了妓院。真是寸劲儿，王亚雄“嘿咻时”竟然把腰扭了，半夜三更被人搀到医院贴了膏药。

侥幸躲过这次暗杀，王亚雄吓得半死，日后便百倍小心了。

梅立春只得暂时把刺杀王亚雄的事放下了。

梅立春却没想到，王亚雄却在日伪保定市政府成立期间，死在了日本人手里。

王亚雄的死的确很意外。

民国三十二年（1943）秋天，日军处于全线防守之势。伪华北政府决定，为收缩力量，着令伪河北公署，以保定城关及附近农村设置保定市（辖城关十六坊及郊区）。十月十二日，伪保定市政府召开庆祝会，日军北平宪兵司令长官山木大佐应邀出席，以示重视。会后，新上任的伪保定市政府的首脑们，邀请山木太君莅临大舞台观看演出。

王亚雄正在现场采访，他自认为是名人，应该深得日本人喜欢，便挤出人群，大步抢在前边，主动给山木太君照相。不料热脸贴了个冷屁股，山木的卫兵却误认为此人有行刺嫌疑，当场击毙了王亚雄。

汉奸积极献媚，可谓不知所谓。

据目击者说，当时现场一片忙乱，但见山木司令官毫不在意地摆摆手，轻蔑地斜了一眼死在地上的王亚雄，随即“鹰视虎步”地走进大舞台。

一伙汉奸胁肩谄笑，踩过王亚雄的尸体，尾随着山木进了剧场。并无一人顾及死去多时的王亚雄，情状如同无视街中一条死狗。

(谈歌是个彻底的唯物论者，只有这一回，谈歌愿意相信，世间应该有报应一说。)

付浩声被捕

代号“伙夫”的军统特工，直属戴笠指挥。“伙夫”已在日军驻保定特务机关卧底多年，一直静默。这天，“伙夫”突然向保定站传出情报：新任机关长小林业四，准备设宴招待日伪特工人员。

马凯旋得到情报，喜出望外，忙与季钧商议，决定利用这个机会，刺杀小林业四，给予日军保定特务机关一次灾难性的打击，从而使已取得节节胜利的“锄草”行动，再上一个新台阶。季钧当即召集“锄草”行动小组，准备进行一次完美的刺杀行动。

市井传说，小林业四身材瘦小且相貌丑陋，却是日本“空手道”高手，黑带四段。败在他手下的日本“高段位”选手已无计其数；小林业四到中国以来，死在其手下的中国人，也不计其数。此人经常蒙着眼睛，练习听力，他常在夜晚行动，灵敏如白昼。他善用长刀、弯刀、短刀、链刀。传说他用长刀于阵前取对手性命，如“砍瓜切菜”般利落；他用弯刀割断对手的喉咙，似农夫用镰刀割草般轻松纯熟；他用短刀刺中对手心脏，像外科医生解剖一般准确；他用链刀绞杀对手，如同一个花花公子将一串珍珠项链温情脉脉地“挂上”情人的脖颈。坊间更是传说此人行动向来诡异，睡觉，要四间屋子；睡女人，要四个女人；沐浴，也要在清场之后，独自泡池子。

此人尤其喜欢行踪不定。比如，人们刚在城西见过他，他忽然又出现在城东。真如泥鳅一般滑脱？好像分身有术？

小林业四原是日军驻北平司令部的警卫队队长，此人以凶残杀人出名，此番被派到保定任特务机关长，足见日军对保定前一段暗杀事端不断升温的高度紧张与重视。故此，尽快刺杀小林业四这个魔头，对保定站来说，更显意义重大。

唉！刺杀这种活儿，很像厨子炒菜，备好食材，之后起灶、热油、炝锅、入料、掂锅、入盘、上桌，要一气呵成。

“完美的”刺杀行动也应是一气呵成的。先决条件是知己知彼。行动之前必须逐一摸清刺杀目标的翔实情况。而这极为重要的一点，马凯旋和季钧恰恰做不到。卧底“伙夫”，自传出那份情报之后，竟然再次静默。这让马凯旋和季钧十分狼狈。接着上边的比方说，已经备料了、起灶了、点火了、油也热了、葱花儿也下锅了，嗯？却找不到要炒的东西了。马凯旋和季钧这两个厨子，大眼瞪小眼，能不抓瞎吗？

小林业四举行宴会的“具体细节”，马凯旋与季钧一无所知。宴会地点？参加宴会人员名单？负责宴会安保的便衣人数？等等这些，一概搞不清楚，刺杀从何谈起？

紧急之下，马凯旋当即电报北平站，由北平站请示戴局长，紧急启动“伙夫”，迅速传递有关小林业四的宴会“细节”。北平站“紧急”请示了戴笠，奉戴笠指示联系上了“伙夫”。

别说，领导有了“指示”就是管用，“伙夫”很快给保定站传出第二份情报：小林业四两天后在保定庆祥楼饭庄举行宴会。出席宴会人员，皆为保定日伪头面人物。为安全起见，宴会一律不许带武器。由特高课与侦缉队派特务二十名，负责庆祥楼周围安保事宜。

季钧决定“狼吃羊，冷不防”。想想么，吃饭的一律不带武器，负责安保的特务也就二十人，“杀心勃勃”的季钧，能不“馋涎欲滴”吗？

“锄草”行动小组三十余人，当然要有备而去，先摸了那些安保暗哨，然后硬闯进去，冲锋枪直接突突，别说干掉小林业四了，连那些日伪头面人物也一块收拾了。这真是一次“超完美”的刺杀行动啊！

马凯旋却还是留有余地，他之前联系了郭子路，求援“兄弟社”随后跟进，但有变故，即掩护“锄草”小组迅速撤离。

唉，想不到呢，季钧不仅求胜心切，行动也草率了。这是一次过于冒险的“锄草”行动，干脆说有点儿傻乎乎。“伙夫”提供的情报完全是扯淡：庆祥楼饭庄等待季钧的并不是小林业四，而是预先埋伏的日军宪兵队；安保不是“共二十人”，而是百余人；不是“一律不带枪”，而是一体带着机枪、冲锋枪。

事后很快弄清了——提供情报的“伙夫”早已叛变。干脆说，“伙夫”的情报就是小林业四给军统保定站挖的一个“坑”。狡猾过人的小林业四，抓住了军统保定站立功心切的软肋，搞了一次完美的“请君入瓮”行动。

简单扼要描述一下现场：

季钧率领“锄草”行动小组，兴冲冲闯进庆祥楼饭庄，便立刻陷入了日军交叉火力射击之下。三十余人的“锄草”小组当即挂了一半，季钧胳膊两处中弹。所幸随后赶来接应的郭子路和任雪儿，带着几十名“兄弟社”的弟兄上前援手，成捆的集束手榴弹接连扔进饭庄，借着隆隆的爆炸与滚滚的浓烟，季钧和“锄草”小组残余人员才算得以脱身。

让马凯旋没有想到的是，季钧这次行动失败，竟成为保定周遭国共两党及民间抗日力量联合开展的“锄草”行动由主动转为“被动局面”的开始。

《保定往事》记载：民国三十二年（1943）七月九日傍晚，军统保定站“锄草”行动小组，于庆祥楼饭庄袭击日军保定特务机关首脑未果。保定抗日力量联合开展的“锄草”行动，由此被迫暂告段落。

“暂告段落”？纯粹是一句“自找台阶”的面子话。

为什么国共两党保定地下抗日组织的暗杀行动会全面“停摆”？

为什么保定民间抗日力量由此转入被动挨打的局面，频频被日伪特务追剿？

笼统说来有点乱，谈歌理理头绪：1942 年春季自梅家三姐妹刺杀汉奸方千明“发端”，再由军统保定站刺杀汉奸傅剑涛、车士行等人“接力”，从而导致日伪噩梦连连的“锄草”行动大面积铺陈开来，民间抗日力量的介入，更使得“锄草”行动“蓬勃多彩”。

为何突然中断？史料记载，却多为含混不清。谈歌于2008年构思本书之前，曾就这个问题，采访了几位当年参加过“锄草”行动的老同志。他们也没能给出明确答案。谈歌之后于保定档案馆，查阅了1942年至1943年间保定日伪档案，竟发现了一个被史家或有意无意“遮掩”或“忽略”的情况：

自1943年春夏之交，日军驻保定司令部及特务机关，对国共两党在保定的地下抗日组织，制订了严密的捕杀行动计划。行动代号：“围猎”。为完成“围猎”计划，保定日伪各特务组织很快充实了力量。新任特务机关长小林业四，秘密从北平带来了二十多名日伪高级特工，其中包括龙成立、胡景山等几个对保定情况非常熟悉的“变节”分子，成为此次“围猎”行动的“骨干”。①

1943年7月初，“围猎”行动毫无征兆骤然开始，国共两党保定地下武装及民间抗日组织猝不及防之下仓皇应对，在反“围猎”行动中，人员伤亡惨重，空前未有。临阵变节或脱逃者多多——这才是保定“锄草”行动被迫停止的真正原因。

而诸多史料一直语焉不详，谈歌猜测，此乃史学中“讳言节制”之通病所致。据杨昆平后来回忆，当时保定周遭，除中共保定地下情报网之外，诸如军统、中统、北方战区等特情组织，以及“兄弟社”等民间抗日组织，一概被“锄草”行动的接连胜利冲昏了头脑，并没有警觉日军已经悄然调整策略，将捕杀保定地下抗日力量，作为了重中之重的“重头”任务。于是，在反击“围猎”行动的斗争中，必然损失惨重，以至于大大伤了“元气”。

在日伪全力清剿的“高压”之下，本已在保定城内落脚的梅天凤，被迫带领游击队再度出城去了。“兄弟社”也以分散方式，向城外转移。军统保定站“锄草”行动组，也分批化装出城。梅可心带十几个人出城的时候，竟然被叛徒出卖，遭到日伪特务猛烈围攻，

① 之前龙成立、胡景山分别任日军北平特高课第三行动队正、副队长。

出城人员登时被打死半数，梅可心肩部中弹，亏得被预先在城门处接应“兄弟社”的甄广宁撞到。甄广宁当即带人上前援手，日伪一时应对失措，梅可心才得以死里逃生。

[梅可心被甄广宁送到郊外一户农家养了半月伤，甄广宁端药送饭，悉心呵护。梅可心后来说，这是她第一次与甄广宁如此近距离接触。

伤口稍稍愈合，梅可心便要归队。甄广宁依依不舍送她。

梅可心突然问甄广宁：“你怎么会在那个当紧关口出头呢？”

甄广宁笑道：“想你了。”

梅可心的脸一下子绯红了。

甄广宁突然在梅可心的脸上亲了一口，而后转身就走。

梅可心登时傻了，旋即怒吼道：“站住！”

甄广宁呆呆地站住了，却不敢回头。

梅可心却半晌无语，终于，轻声说了一句：“不能再有下回了。”

甄广宁却转身走过来，笑嘻嘻地说：“再亲一口行吗？”

梅可心恼了：“刚说过，没下回了！”

甄广宁笑了笑，伸手替梅可心拿背包，梅可心却握住了甄广宁的手，梅可心纤细的手指很娇嫩，似乎一碰就碎。甄广宁迟疑了一下，即缓缓翻过手来，握住了梅可心的手指……

（以上这个段落并非谈歌杜撰，皆从作家张固的纪实小说《梅可心》中摘录。）]

马凯旋的“天马诊所”也暴露了。马凯旋之前或有感应，当天晌午便关了诊所，与李峰到城外“出诊”了。傍晚时，李天曼带着特务匆匆赶到“天马诊所”抓捕马凯旋，却扑了空。

马凯旋分析，日伪特务如此来势凶猛，令人猝不及防，必是在某个重要关节出了问题。换言之，即组织内部必是出了叛徒。

谁是叛徒？马凯旋一时无从查找。

随着马凯旋的最后撤离，军统保定站及各方面的抗日地下组织暂时销声匿迹了。“围猎”行动却没有就此止步。小林业四严令特高课与日军宪兵队以及警察局与侦缉队，对保定周遭的地下抗日力量继续不遗余力地彻底清剿，坚决不留尾巴。

在此情势之下，“围猎”行动即在保定城郊各县延伸展开。马凯旋后来回忆，那一段时间，好似山重水复般进入了十面埋伏，总也走不出小林业四布下的“围猎”大网。

那天，马凯旋与李峰刚在满城一家客栈落脚，与来接应他的季钧刚刚见面，满城县几个日伪特务便赶来抓捕。两下里交火，李峰被一颗手榴弹炸断了一条腿，马凯旋与季钧轮换背着李峰，一路跑到满城雾灵山脚下，慌不择路之际，一头撞进了一户农家的院子。

马凯旋万没想到，望门投止，他竟然跑到了付浩声的宅院里。

端的是，千里有缘来相会，只是……时间不大对。

(行文至此，交代几句付浩声。付浩声在孙家村住了一年多，看日本人找他的风声渐渐过去，便执意搬回了满城。虽然孙馀成极力诚恳挽留，但付浩声却不愿意再给孙家人添麻烦，终归还是搬回来了。他与颜若兰带着女儿付云雁与徒弟郝宝成，屏迹山村，种花种菜，自给自足。因了此处位于山峦之间，日军扫荡多是匆匆路过，并不过久停留。在炮火连天、弹痕遍地的岁月里，找这样一个相对清静的立锥之地，也算难得。)

付浩声正拿着铁锹给菜畦培土，徒弟郝宝成汲水浇地，颜若兰坐在墙根儿哄女儿玩呢，看到马凯旋与季钧撞进了院子，全都怔住了。

付浩声直了目光，“咣”地扔了铁锹，大步迎上来。

马凯旋也惊讶地喊了一声：“大哥……”忙放下李峰，跑了过来。

兄弟二人已多年不见，紧紧抱在了一起。

马凯旋颤声问道：“大哥呀，一别经年，你……还好吗？”说着泪便扑落下来。

付浩声也泪流不止：“放歌兄弟，这不是……在梦中吧？”

相对唏嘘了一番，马凯旋便说了他们正被日伪特务追赶。

付浩声赶紧说道：“放歌呀，我这宅院后门直通雾灵山，半山腰有两个山洞，我在洞里储藏了些粮食和菜蔬，你们先躲到那里。等消停些了，你们再出来。”说罢，便让郝宝成带马凯旋上山。

马凯旋却担心付浩声：“付大哥，我们不能连累你呀。”

季钧摆手说：“不行呢，特务们肯定要找到这里来，付先生会受牵连呀！”

付浩声慨叹一声：“季先生呀，付某人只是一个唱戏的，虽跻身下流，却明白义气要紧。休要说你们是抗日的，就是你们犯了什么官司，付某人也会横下心来救你们。何况，我与放歌还是磕过头的兄弟呀，你们被鬼子追赶，我能坐视不管吗？快走吧！”说罢，即转身喊道：“若兰呀，带着孩子，跟他们一起走吧。”

马凯旋的泪水又夺眶而出，颤声说道：“大哥呀……”

季钧皱眉说：“付先生，那咱们一起走……”

付浩声摇头笑了：“不行呢，我若也一同走了，他们在这儿找不到，必定要去搜山，或是咱们到不了山洞，就要被他们追赶上了。我留下来，权当一个‘绊马索’。宝成啊，快带他们走吧！”

颜若兰催促道：“马兄弟，季先生，咱们快走啊！”

季钧便背起李峰，颜若兰抱着孩子，跟着郝宝成与马凯旋匆匆从后门走了。

付浩声看着众人去了，这才定下心来。随即神色安详地继续汲水引水，浇灌菜畦。又拿起铁锨在畦边细致培土。付浩声后来回忆，也就是前后脚的工夫儿，街门被“咣”地撞开，龙成立便带着特务们进来了。

龙成立见到付浩声，先自一怔，随即挥挥手，特务们便冲进了各间屋子。

屋子里登时传出翻箱倒柜的杂乱声响。

付浩声却听而不闻，继续给菜畦培土。

龙成立上前拱手，嘿嘿笑了：“付先生呀，久违了呢。我说这些年怎么见不到付先生在舞台上叱咤风云了，原来是归隐了呀。”说着话，他搭眼看了看院子里的菜畦。

阳光明媚，菜畦里一片翠生生的萝卜缨子在微风中摇摇摆摆，姿态翩跹，煞是好看。

付浩声抬眼看了看龙成立，悠然笑道：“付某现在已是山野村夫。恕付某眼拙，这位长官是……”

龙成立讪笑道：“当年付先生笑傲江湖，大名鼎鼎，哪里知道我这个小人物呢？我可是付先生的戏迷呢。”

付浩声摇头笑了：“世事多变，不堪预料呢。付某当年的诸多戏迷，竟然争先恐后，摇身一变，都成了‘日本迷’了。”说到这里，付浩声喟然长叹：“付某当年那些精忠报国的戏文，都‘瞎着嗓子’白唱了啊！”

龙成立的脸微微红了，干咳了一声，即呵呵笑道：“付先生，打听一句，刚刚马凯旋来过？”

付浩声点头：“来过。”

“人呢？”

“走了。”

“走了？”

“是呀，他水也没喝一碗，就匆匆走了。你们就是前后脚，他们刚走没一会儿呢，长官就进来了。”付浩声戏谑地笑道。

“去哪儿了？”

“这个嘛，他也没告诉我，我就不知道了。”

“你真不知道？”

“不知道。话说回来，即使付某知道，也不会告诉长官的。”

“你……”

“嗯？”

龙成立顿足：“他可是日本人通缉的要犯呢。”

付浩声摇头笑道：“付某跟日本人没生意可做呀。”

一个特务从屋里出来，向龙成立报告：“都翻遍了，没人！”

龙成立看着付浩声，皱眉说道：“那……就只好请付先生跟我们走一趟了。”

付浩声看了看一脸沮丧的龙成立，即开心得仰天大笑起来。

明媚的阳光下，付浩声笑得爽朗而灿烂。但见他一扬手，铁锨如标枪一般飞掷到了空中，划出一道雄壮的弧线，硬硬地插到了院墙处的菜畦里，晃了两晃，即稳稳地长住了。

龙成立看得呆住了，脱口称赞一句：“付先生，仍然好身手呢。”

付浩声收了笑容，掸了掸身上的衣服，淡淡地说道：“走吧。”说罢，便率先走出了院门。

龙成立醒过神来，急忙跟上去。

付浩声即被龙成立押到了保定，关进了侦缉队。

付浩声连续受了几天的苦刑，却不肯说出马凯旋的下落。

李天曼按捺不住心中怒火，便要枪毙付浩声，却被龙成立拦住了。

龙成立笑道：“高桥小姐，留着付浩声，是要引马凯旋上钩呀。葛队长，你说呢？”

葛云梁一旁宾服地点头，笑呵呵地对李天曼说：“龙先生说得对呀。我这侦缉队，从来不在乎多一具少一具尸体。付浩声在咱们手里，什么时候杀他，咱们说了算。你何必在乎早一天晚一天呢？”

李天曼看着葛云梁，冰冷的目光瞬间变得妩媚了：“好吧，葛队长都说话了，咱们就留着付浩声这条钓线儿，静等着马凯旋这条大鱼上钩吧。”

葛云梁真实的想法并非想钓“大鱼”，他恨透了龙成立，你小子把付浩声关到哪儿不行呀？干吗要关在侦缉队呢？马凯旋跟付浩声是金兰兄弟，军统必定全力以赴营救付浩声。付浩声在江湖上朋友众多，那些道儿上的人绝不会“坐视”。但凡付浩声有个“好歹”，无论他葛云梁、李天曼还是龙成立，都会成为人家报复的“首选”对象，众矢之的是什么好滋味呀？

葛云梁建议李天曼不杀付浩声，是给自己留一条后路。

还有个不能说的缘由，上次梅天凤放过他，他已欠下了梅家姐妹的一个大人情，总是要还的。付浩声应该是还这个人情的大筹码。

葛云梁这些日子有点儿痛苦，是那种同时爱上两个女人难以取舍的痛苦。

葛云梁从心里很是畏惧李天曼，这娘儿们简直就是个杀人不眨眼的魔头，但李天曼对他展开的爱情攻势越来越热烈，葛云梁无法摆脱，也不愿摆脱。在李天曼给他设置的温柔乡里，葛云梁很舒服，很安逸。葛云梁还没被李天曼“彻底攻陷”的时候，他又喜欢上了杨小月。

杨小月是李天曼派来“伺候”葛云梁的人。她年轻漂亮，虽然轻佻些，但有点傻乎乎，很顺从，很对葛云梁的心思。找女人不就是要找个听话的吗？傻点儿好，找个女人天天动心眼儿，男人不得累死呀？葛云梁偶尔窃想，干脆摆脱李天曼，明媒正娶了杨小月。但他又摆脱不了李天曼那妖媚柔软的身体，每每总使他走火入魔而难舍难分。唉，没女人爱不行，爱女人多了也不行。不就两个女人吗？就拆兑不开了？瞧你这点儿出息呀——葛云梁最近总这样暗中骂自己。

葛云梁回到家里，他想着杨小月一定会花枝蹀躞地迎接他。

葛云梁一挑门帘，张嘴笑了：“小月呀，我说……”他还没完全笑出声来呢，声音就像被刀子割断了，登时哑了。他看到杨小月被绑成了粽子模样，猫似的窝在墙角，嘴里塞着布，充满了恐怖的目光呆望着葛云梁。但见梅天凤端坐在椅子上，正细细地喝着茶，笑呵呵地斜眼看着葛云梁。

葛云梁下意识地想转身，却不敢动了。一只冰凉的刀，已经横在了他的脖颈上。一个过于熟悉的声音冷笑道：“老葛呀，小心些，你的脖子就要断了。”

葛云梁僵硬着脖子，勉强笑道：“正汉兄弟呀，别……别呀……”

曹正汉讪笑："要不要再捆你一回？"

"可别，千万别！正汉兄弟，你已经捆过我一回了，我的两条胳膊疼死了，半个月都抬不起来呀。你哪儿是捆人呢，是捆猪呢！"

（葛云梁或是心里骂，你老曹不是军统的人么，你天天跟着梅天凤这个野丫头混什么呀？你也不怕军统开除你？）

梅天凤笑道："葛队长，久违了。"

葛云梁忙谄笑了一声："天凤姑娘……"

"葛队长请坐吧。"梅天凤摆摆手，曹正汉收了短刀。

葛云梁满脸堆笑，小心翼翼地在梅天凤对面胁肩坐了。

梅天凤看着葛云梁，心绪一时有了些莫名的复杂，当年她与曹正汉，都曾接济过的那个走江湖变魔术落魄街头一脸辛苦的葛云梁，是眼前这个人吗？她心念一动，轻轻叹了口气，皱眉问了一句："老葛呀，你今天就别假惺惺的了。你跟我说句实话行不？"

"您让我说什么实话？"葛云梁一时疑惑不解。

"你告诉我，你为什么三番五次总是想置我们于死地呢？比如说曹正汉，你当年穷困潦倒的时候，老曹可是出过援手的呀，莫非他真有过什么对不住你的地方？或者说，你果真铁心投靠了日本人，这辈子要效忠日本人了？"梅天凤的声音有些激愤了。

葛云梁不再笑，他愣了愣神，抬眼看着梅天凤忧郁的目光，心里登时有些什么说不清的东西翻腾起来。他沉吟了一下，皱了皱眉头，压低了声音说道："我知道，你们都会这样说我。其实都不是。日本人眼下就是我老葛吃饭的东家，绝对说不上效忠二字。葛某人当年落魄，你们大家都帮衬过我，如果让我说句实话，正因为你们帮过我，我才更恨你们，既然我们已经不是朋友了，已经拔刀相向，就是敌人了。我必须要借日本人的手杀掉你们这些'敌人'，这样，我才能活得踏实些。天凤姑娘，我知道今天自己死到临头了，我也不愿意再胡扯，这就是我老葛的心里话。"说罢，即埋头不语了。

梅天凤听得愣怔了，她沉默了。葛云梁这几句话说得很绝情，却是真话。出卖朋友的叛徒，将旧友视为仇敌，多是葛云梁这种情感。叛徒不会感恩，只会更仇恨朋友，总想把朋友置于死地而后快。因为，只要朋友活着，叛徒就永远内心不安，永远愧疚。所以，他必须想方设法杀掉他当年的朋友，更不惜借刀杀人……梅天凤不愿再想下去了。

[接着葛云梁将朋友当作敌人的话题，谈歌闲扯几句："敌"字是个简化字。作家孙犁先生曾经折解过这个简化了的"敌"字。孙先生说，"敌"人多是"故"人。故人多指旧友或老朋友。"故"人头上一动歪心思（随随便便加上一撇），"故"人就成了"敌"人。唉，人生在世，谁都会赶上几个背叛自己的朋友。谁没尝过被故人出卖的滋味？问世间叛徒为何物？说人话——少见化"敌"为"故"；多是化"故"为"敌"！]

梅天凤摆了摆手，似要赶走一只讨厌的苍蝇："好了，咱们不说这些了。老葛呀，我也不跟你绕弯子。我今天来，不是为了杀你，我是为付先生来的。"

"哦……明白了。"葛云梁登时松了口气。身子一软，倚靠在椅子上。

梅天凤一招手，曹正汉上前，把一个小皮箱放在了茶桌上，打开，竟是满箱的金条。

葛云梁被"晃"得眼晕，立时"精神"了。

梅天凤轻轻敲了敲桌子："老葛，这是二十根金条，是付先生的救命钱。别对我说你没有办法。"

葛云梁目光"僵直"地盯着金条，脸上立刻堆满了笑："天凤姑娘，你一出手，总是这么大方呀，其实这件事嘛，也用不了这么多呢。我有办法救出付先生，你放心，有办法，有办法呢！"

梅天凤粲然一笑："葛队长果然识相。行，说说怎么办吧？"

梅天凤没有看错，葛云梁就是个见钱眼开的性格，这二十根金条必定能起作用。

第二天傍晚，葛云梁按照与梅天凤的约定，利用提审的机会，派手下张武把付浩声押出了侦缉队，走到街角，交给了已在暮色中等候的梅天凤。

梅天凤和手下忙把奄奄一息的付浩声抬上马车，匆匆走了。

张武望着远去的马车，皱眉问道：“队长呀，这就把人给他们了？”

葛云梁拍拍张武的肩膀，眉飞色舞地笑了：“兄弟呀，咱们可挣了金条呀。”

张武登时乐了：“我说呢，葛队长从来不干亏本的事嘛。”继而却又胆怯了：“可李副课长那儿……咱们该怎么说呀？可别……”

葛云梁坏坏地笑道：“那娘儿们是我的女人呀，有什么不好说的。赶紧回去，咱们分金条呀。”

张武乐眯了眼，向前走去。

葛云梁的枪就响了。

张武就像一只倒空了的麻袋，扑倒在地。葛云梁走过去，踢了踢死去的张武，冷笑一声：“哼！想分老子的金条？做梦呢？”

几个正在街中巡逻的日军宪兵，听到枪声冲出来，看见张武的尸体横在侦缉队门前，一时莫名其妙。稍顷回过神来，急忙端枪拦住了正吹着口哨儿、准备扬长而去的葛云梁。

付浩声就这样轻而易举被救走了，葛云梁被押到了特高课。

李天曼大发雷霆，当即审问葛云梁，为什么放走了付浩声。

葛云梁却概不认账：“天曼呀，这事儿可真不是我干的，我是看到张武神色可疑，才追出去的呀。他还想逃跑，你说，我能不开枪吗？”

李天曼摇头冷笑：“张武可是你的亲信呢，你就舍得下手？”

葛云梁点头：“没错，他是我的亲信。可亲信二字怎么讲？虽亲也不能相信呀！我亲眼看到他放走了付浩声，他跟付浩声私下有交易么，我只好大义灭亲了呀。”

李天曼无奈地摇摇头，又摆摆手，让众人都退出去了。

她虎着眼看着葛云梁，冷笑一声：“你咬定了张武有交易？老葛呀，你别是收了钱，想独吞，就杀人灭口吧？”

葛云梁摊开两手，苦脸道：“天曼，你要冤死我老葛呀……”

李天曼扑哧笑了：“算了吧，葛云梁，我算准了，你必定挣了金条呢。”

葛云梁急忙说：“没有呀……”

李天曼不再说，用力咳嗽了一声。里屋门开了，一脸妩媚的杨小月款款走出来。

杨小月笑嘻嘻地看着葛云梁：“葛队长，那可是二十根金条呀。”

葛云梁顿时瞠目结舌。此时的杨小月让他感觉太陌生，杨小月表情一点儿也不傻乎乎了，两只大眼睛忽闪忽闪地，突然有了无限内容。

李天曼看着葛云梁，皱眉说道：“老葛呀老葛，天地良心，我李天曼对你可是一片真心呀，你为什么总跟我藏心眼儿呢？”

葛云梁有些尴尬了，讪讪地说：“天曼呀，这事儿我很……抱歉。”

李天曼也讪笑道：“不必，每个人都有抱歉的事儿。”

“你不记这事儿了？”

李天曼摇摇头：“不，我忘不了的。”说罢，喊了一声杨小月，转身出门去了。

走到门外，李天曼又转回身来，粲然笑了：“老葛呀，其实，男人贪财好色，就是男人本色么。你又何必遮掩呢，其实呢，我很喜欢你这样子呀。”

“你喜欢我这样儿？”葛云梁惊讶极了，这娘儿们……几个意思呀？

李天曼笑道：“天下所有的金币银币都有两面，两面都会让人喜欢；天下所有的男人也都有两面，所不同的是，一面是让女人喜欢的，一面是让女人讨厌的。我在日本读书时，一个老师曾这样对我说过，‘如果喜欢一个男人，就要喜欢他的两面’。”

葛云梁感觉脑袋发蒙，一时听不懂李天曼是什么意思，他浑然不解地看着李天曼。

李天曼看了看杨小月，笑问道：“老葛呀，你说句实话，你有过多少女人？”

葛云梁脸色涨红：“这……”

李天曼苦笑摇头：“我有个问题总也弄不明白，为什么男人有许多女人，会被人羡慕。而女人有许多男人，就会被人瞧不起呢？辜鸿铭说过茶壶与茶碗的道理，你应该听过，你说这道理对吗？”

葛云梁看了看杨小月，就坏坏地笑了：“其实，坊间还有一个说法，男人是钥匙，女人是锁。一把钥匙能打开许多锁，称其为万能钥匙；而一把锁能被许多钥匙打开，只能说明这锁是把‘破锁’了。”

李天曼听得皱眉，却点了点头：“你说得似乎还有些道理。”随之莞尔一笑，给了葛云梁一个飞眼儿，扭着水蛇一般的身腰，揽着杨小月出门走了。

唉，女人对付男人的方法至少应该有一百种，李天曼用的是最有效的一种。葛云梁在她眼里就是一只拴着线的风筝，李天曼懂得什么时候收紧，什么时候放松。李天曼知道，如果想放好风筝，就要从风筝的角度去思考。如同想钓到鱼，就要从鱼的角度去研究。

葛云梁颓然坐下了，他这才明白，杨小月是哪门子女佣呀？她就是李天曼安插在他葛云梁身边的一只眼睛。杨小月就是李天曼手下的特务。唉！特务特务，无孔不入！

葛云梁却顾不及思想杨小月了，他担心的是付浩声。这十几天付浩声关在侦缉队，已经被折磨得奄奄一息，如果救不过来，他就等于又欠下了梅天凤一条人命呀。(如果说，葛云梁对李天曼是“害怕”，那么，他对梅天凤则是“恐惧”。害怕与恐惧这两笔账怎么个算法儿？读者自己比较。)

葛云梁的担心不无道理，这些日子在侦缉队被苦刑煎熬，付浩声已经被折磨得只剩下了半口气儿。梅天凤把付浩声拉到了城外于家庄，匆匆从村子里找来了一个姓魏的郎中。魏郎中给付浩声把脉，付浩声已气若游丝。

魏郎中皱眉叹道：“命在旦夕呢。”便匆匆给付浩声扎上了针灸，又开了处方，让梅天凤派人去他的诊所抓药，不一会儿，药抓来了，梅天凤急忙煎熬。勉强将汤药灌下去，付浩声的呼吸逐渐粗重了。

魏郎中摸了摸付浩声的脉搏，终于点了点头："人有救了。"

梅天凤揩了揩头上的汗，急忙道谢，递上一叠银圆。

魏郎中只取了一块银圆，其余的便摆手推辞了："用不了这么多呢，何况我还是付先生的戏迷呢。怎么能多收钱呢？诸位也歇了吧，我一两天后再过来。"说罢，便告辞走了。

马凯旋第二天一早匆匆赶来，看到付浩声已无性命之忧，这才放下心来。他看了魏郎中的处方，点了点头，皱眉自语道："这开药方的郎中嘛，应该是我们马家的人。"

梅天凤奇怪："你看得明白？"

马凯旋笑道："这是我爹的老处方，我为何看不明白？"

马凯旋便去见这个魏郎中，竟是魏宪臣。

马凯旋急忙上前跪拜了，颤声道："原来竟是舅舅呀！"

二人当即感慨落泪。

魏宪臣搀扶起马凯旋："外甥呀，真是多年不见了。坐吧。"

马凯旋随即问道："舅妈还好吗？"

魏宪臣凄然叹道："日本人占领保定那年，她在街中被枪杀了。"

马凯旋深深叹息："舅妈呀……"

魏宪臣想起了一件事，忙说道："外甥呀，你必定不知道呢，你爹还在呢。"

马凯旋听得魂飞魄散："舅舅说什么？我爹……他还在？这到底怎么回事？"

魏宪臣摇头叹道："外甥莫急，且听舅舅从头说起。当年呢，你爹于北平归来，即在保定开了"马氏诊所"，保定郎中麻其言患了中风，久治不愈，或是抱着有病乱投医的心态，找到你爹的诊所。你爹手到病除，医好了麻其言。按说，此人理应感恩戴德。谁想到呢，麻其言却是个蛇蝎心肠，竟然嫉妒你爹的医术高超，由此开始暗中算计你爹。其子麻正林让你爹给青儿算命，并以打赌讹诈你爹，其实背后却是麻其言指使，父子二人的如意算盘，就是合谋坑害‘马氏诊所’，其目的就是要败坏你爹的声誉，继而让你爹在保定站脚不得，及早离开。你爹自然知晓麻其言在保定颇有些恶势力，不愿与其纠缠争斗，便诈死了事。如此瞒天过海，你爹便出家当了和尚。”

“当了和尚？”

“当了和尚。”

（书中暗表：魏宪臣果然误传。）

马凯旋忙问：“我爹现在哪个寺里？”

魏宪臣摇头叹息：“我也不知道呢。依你爹的神龙首尾不见的性格，他怎肯屈居某处庙宇，此时或是云游呢。”

马凯旋顿然醒悟：“当年在邯郸追杀我……”

魏宪臣摆手讪笑：“我想，应该是麻其言指派人去做的。麻少爷失踪，麻其言如哑巴吃了黄连，作声不得。但他定是怀疑你爹从中做了手脚。鱼悦然曾贪图小利，帮着麻正林做伪证，麻其言当下信了，后来也应该醒悟。鱼悦然与你爹情感深厚，哪能被几个小钱收买呢？他必定看出，这应该是你爹在暗中指使。”

马凯旋奇怪：“麻正林如何失踪了呢？”

魏宪臣皱眉摇头：“这事嘛，我可不知道。坊间传说麻正林自知没脸在保定混事，便一走了之。但我想么，麻正林离开保定，应该是你爹与鱼悦然做的手脚呢。”

马凯旋点头长叹一声：“我果然错怪鲁汉了，真是难为他了呀，宁死也要为我爹保守这个秘密啊。”

马凯旋看护了付浩声两天，看他已无大碍，即匆匆回了保定。他想着召集手下，策划对日军发动袭击。马凯旋后来回忆，当时日伪对抗日力量的“围猎”捕杀行动，甚嚣尘上。民众情绪十分低落。在此时实施袭击，即是为了提高保定民众的抗日信心。

谁也想不到，马凯旋此行竟然被捕了。

龙成立与乌有道长

马凯旋化装进城后，即去了北关“顺达”杂货铺。这个杂货铺的掌柜柳玉川，是军统保定站外围交通员。据中华人民共和国成立后被捕的军统特务交代，军统保定站对城内联络站的使用，有严格规定：凡联络站，除交通员外，每个人只能用一次，之后为“死穴”（军统语言：废弃）。如无紧急情况，不允许特工在联络站过夜。若不得已过夜，也严禁与不知情者同屋过夜——包括不知情的配偶。［此规定看似刻板搞笑，却由沉痛教训得来。史料记载：原天津站特工张晓春（济南人），掩护身份为商行襄理，此人小心谨慎，且精明强干，做了多年情报工作，从未暴露。他的妻子名叫俞小玲，是商行经理俞万钧的妹妹，妻子却不知道其真实身份，他也从未暴露身份。谁也想不到，他竟然被妻子“告发”，告发缘由竟然是张晓春经常说梦话，张晓春有一次在梦中说了与人联系的方法与地点，俞小玲听到后，误认为张晓春在外边有了女人，登时打翻了醋瓶子，将此事对俞万钧说了。俞小玲万没想到，哥哥俞万钧却是一个日伪特工，对此起了疑心，便让妹妹多留心听张晓春的梦话。结果，张晓春由此暴露，即被日伪逮捕枪决。让人扼腕长叹。一个真正的特工，真的是睡觉都要睁着一只眼呀。时下热播的谍战电视连续剧，常常误导观众，多是认为间谍工作经常灯红酒绿，歌厅舞场，大把花钱，游戏杀人，多角恋爱，冒险刺激。岂不知，这从来都是个高危职业，且不说更多时候饥寒交迫，以至稍有疏忽，便会万劫不复。］

马凯旋这次破坏规矩，也是万般无奈，他如果不到此处，与季钧便联系不上。马凯旋自然非常小心，不许柳玉川外出，只可关了店铺坐等。近期以来，日伪对城内的军统联络点破坏严重，柳玉川是否仍然可靠，马凯旋一时吃不准。他没想到的是，柳玉川已经叛变，当天便出卖了马凯旋。

马凯旋正与柳玉川吃晚饭的时候，中村带着几个特务破门而入。

马凯旋看着中村，又看了看柳玉川，非常诧异。

中村拍了拍柳玉川的肩膀："柳先生，你的情报很准时呀。"便盯着马凯旋，讪笑道："马先生辛苦啊！"

马凯旋不答话，认真把碗里的饭吃干净了，才放下饭碗，兀自揩了揩嘴巴，看着柳玉川，皱眉问道："老柳呀，我可没见你出去过呀。"

柳玉川尴尬万分，低头不语。

中村哈哈笑了："马先生，柳掌柜虽然没有出去，消息却出去了啊。"

马凯旋不解地摇头（或突然有了落枕的感觉），他仍然想不通，柳玉川是怎样把消息传出去的。

中村一副"猫要弄老鼠"的表情："马先生在这里吃过饭吗？"

马凯旋还是不懂，这跟吃饭有什么关系呢？柳玉川并没有上街采买呀。

中村嘿嘿笑道："柳先生从不在这里吃饭，都是让人送饭，马先生来了，他才肯做饭。做饭么，就得生火。马先生，还用我继续说下去吗？"

马凯旋恍然大悟，点头叹道："我太蠢了。生火么，就要冒烟，用烟火传递消息，本是最古老的方法。虽然方法古老，却很有效。"

中村点点头："可惜呀，马先生明白得晚了些。"

马凯旋被押到宪兵队，几番酷刑，不必细说。马凯旋坚决不承认自己是军统，他一口咬定："我是南京政府派驻保定的经济情报员，与军统无干。你们可以找南京政府的商务专员齐全科先生调查呀！"

马凯旋后来回忆，情况紧急之下，他拉出南京方面的人当了说辞，算是捡回一条命。

马凯旋的话果然让龙成立起了疑心。

龙成立对中村说，当下时期，许多军统或中统的特工，都暗中投靠了南京。马凯旋或是汪精卫政府的特工呢？

龙成立这样说，中村也有了这种感觉。中村担心李天曼插手这件事，便把马凯旋暂且关进了警察局羁押所。因为不再提审，马凯旋应该不再遭罪。可想不到的是，他竟会被羁押所的一个看守折腾得狼狈不堪。

这个看守名叫郭宝，因马凯旋拿不出钱来贿赂，便心生忌恨，几乎天天虐待马凯旋。郭宝喜欢喝酒，但凡喝醉了，就往马凯旋身上撒尿。

马凯旋苦笑："郭宝呀，马某并非不想孝敬你，可我拿不出钱来呀。你这样狠毒对我，我即使有钱，也不能给你呀！"

郭宝坏笑道："姓马的，你好不识相呢！"

马凯旋讪笑道："郭宝呀，日本人能待多久呢？你也说不上来吧？"

郭宝讥笑道："日本人能待多长时间我管不着，反正你现在是落在我手上了。"

那天，马凯旋正要吃饭，郭宝走进来，一脚踢翻了饭盆。

马凯旋愤怒至极："这饭……还怎么吃？"

郭宝冷冷笑道："趴在地上吃呀，你总见过狗吃东西吧？"

马凯旋摇头叹气："你这人怕是不得好报呢，你想过今后吗？"

郭宝叼着纸烟，吐了个圆圆的烟圈儿，揶揄笑道："今后？你怕是看不到那天喽！日本人不会放你出去的，'叭'的一声，你就找阎王爷点卯去喽！"

郭宝得意地做了一个开枪的手势。

马凯旋摇头笑了："小郭呀，这天下的事儿，谁也说不准呢。我当年读《史记》，有韩安国一节，说到'死灰复燃'，或许真能应验在你我身上呢。你说么，我要出去了，咱俩如何再见面呢？"

郭宝将烟蒂丢在地上，伸脚狠狠踩灭了，冷笑了一声："姓马的，你少给老子说'道道'儿，你还能出去？你要真能活着出去，我真就不姓郭了！"说罢，郭宝哈哈笑着，仰着脑袋走了。

（马凯旋明白点儿了吗？这就是"规矩"，只有郭宝这等人，才能把火柴棍儿般的权力，用到丈八蛇矛的威武境界。）

郭宝却做梦也想不到，马凯旋真被放出去了。

释放马凯旋的，不是日本人，竟是龙成立。

那天中午，龙成立下班后，在街中吃了点儿，便回到家中。他想休息一会儿，打开家门，却惊讶地发现，那个乌有老道士竟然端坐在他家的客厅里。

乌有道士一手捻胡须，一手执麈尾，呵呵笑道："龙施主呀，别来无恙?"

龙成立一怔，旋即苦笑着双手合十揖礼："乌有道长，久违了。您也太神了，您是有穿墙过壁的本领?这门窗紧闭，道长如何进来的?"

乌有道士笑了笑，没接龙成立的话头儿，坦然问道："你们抓了马凯旋?"

"道长乃世外之人，想不到于红尘之中，也是消息灵通啊。"

"龙施主说笑了，时下还有一寸净土吗?世外即是红尘，红尘即是世外。"

"高论!"龙成立竖指称赞："道长打听马凯旋，或有心思?"

"贫道要龙施主放他出来。"

龙成立犹豫："这个么……"

"龙施主没有条件可讲，这是大势，未来可期。"

"道长说得是。"龙成立点头。

乌有道士颔首笑了："龙施主，且不说你与马凯旋有同学之谊，也不说他当年少不更事。我只说，如果没有你的挑唆，他必定不会加入什么国民党，更不会加入什么特务组织。若是那样，马凯旋此时，必定是一个救死扶伤的正经郎中呢。"说到这里，乌有道长冷眼看着龙成立。

龙成立默然无语，良久，轻轻叹了口气，点了点头："道长言之凿凿。"

乌有道长也停顿了一下，继而说道："贫道此番找你，并不想与你清算这笔旧账。贫道只想说，龙施主要识些时务呢。日本人已是强弩之末，你总要留条后路呀。贫道刚刚说过，此是大势，未来可期。大势如此，龙施主纵是聪明绝顶，也别无选择啊！”

龙成立怔了怔，旋即点头叹道：“道长说得是啊。我当年若只是介绍马凯旋参加国民党，不参加特务处，或许他也就不会被眼下的麻烦缠身了。”

乌有道士摇头笑了：“龙施主差矣。这两件事是一件事，如同一间房子有两个门，却只需一把钥匙。马凯旋本是个做事极端的性格，他既然加入了国民党，加入特务处也是迟早的事情。世间的事情，多是由心性而定，以马凯旋的性格，他若一脚踏入，便是九牛不回了呀。贫道说得对吗？”

“道长通达。”

乌有道士笑道：“贫道该讲的一概讲了。你理应放了他。”

龙成立疑惑道：“道长，你与马凯旋到底什么关系？”

乌有道长捻着胡须呵呵笑了：“这个么，龙施主就不必问了。”说罢，轻轻甩一下麈尾，便起身告辞。

龙成立送乌有道士走出街门，看着乌有道长的背影渐行渐远，心中却更加困惑了。这个神秘的老道士与马凯旋，究竟有着什么关系呢？

龙成立当即打电话，派两个手下去警察局，将马凯旋带到“清远茶楼”提审。

龙成立则先去了清远茶楼，等候马凯旋。一碗茶的工夫儿，两个手下便将马凯旋带来了。

龙成立摆了摆手，先让两个手下出去。

龙成立起身笑道：“老同学请坐。今日只有我们两个，喝茶聊天，只叙友情，不谈政治。如何？”龙成立起身给马凯旋沏了碗茶。

马凯旋一脸淡然：“龙队长闲情逸致呀！”

龙成立呵呵笑了：“浮生难得半日闲么。”

“云横秦岭家何在？龙长官仍在。”

“雪拥蓝关马不前。马医生当前。”

马凯旋扬眉一笑，点了点头："龙队长如此高深道行，马某便无话可说了呀。"

二人细细喝着茶，龙成立抬眼笑道："老同学，你果然不问时事政治了？"

马凯旋皱眉道："老同学呀，若细说起来么，马某心中还颇有些忌恨呢。马某本是个江湖医生，俗人俗世而已，却因你龙队长当年一味蛊惑，劝我稀里糊涂参加了什么'复兴社'，马某继而又盲人瞎马加入了什么'特务处'。认真理论起来，当然要怪我那时少不更事，人云亦云。马某本是一个靠手艺吃饭的人，与政治何干？若要联想马某眼下的糟糕境遇，皆因听信了你龙先生当初一番巧言令色、害人不浅的说辞呀！马某如此稀里糊涂'落井'，龙队长莫非还要仗势欺人'下石'么？"

马凯旋的声音里渐渐有了些许激愤，"咣"的一声，他把茶碗蹾在了桌上。

龙成立急忙摆摆手："放歌呀，弃我去者，昨日之事不可留呀，只说今日，你果真退出了军统？"

马凯旋"扑哧"笑了："老同学，你看我还像个军统吗？"

龙成立淡然摇摇头："这个么，我可说不好。所谓日久见人心，路遥知马力。"

马凯旋干干地一笑："日久见人心，却看不古了，路遥知马力，已是不足呢。"

龙成立怔了下，即哈哈笑了："哈哈，说得极是。"

"牢骚而已。"

"不瞒老同学，李天曼、葛云梁却对你格外上心呢。"

马凯旋"哼"了一声："他们或是被保定城内接连不断的暗杀，搞得杯弓蛇影，夜夜自危，疑人偷斧的事儿必是免不了的。"

"还有一事，望马兄如实告知，你可认识一位道士？"

"道士？"

"老道士。"

“老道士？”

“对呀，白胡子老道。道号乌有。他竟然替你求情呢。”

“不会是和尚吧？”

“唉，道士和尚我还是分得清楚的。”

“我从未结交过道士呀。乌有？那就是没有的意思了？”马凯旋微微皱眉。

“哦，你不认识那就算了。不多说了，我今天就放马兄出去。”

“你肯放我？”马凯旋有些惊讶。

龙成立苦笑：“老同学呀，不管怎么样，那个‘神仙’道士的面子，我总要卖一半么。另一半么，我们毕竟是同学呢。听你方才说的话，我的确有些惶惶惭愧了，如你所说，这‘始作俑者’还真是我呢。当年若不是我‘发展’你，你现在或许仍然在江湖上悬壶济世，或许已是一代名医了呢。唉，这人呀，变幻无常，谁又知道，哪一步走的对路呢？好了，不说了，你走吧。”

“我真走了？”

“走吧。我想你，还是行医去吧。”

“为何这样讲？”

“不瞒你说，你已是日本人重点监视对象。其实，我并非敢私自放你，之前日本人是同意了的。他们只想利用你这条长线，钓几条大鱼呢。我建议，你还是赶紧离开保定吧，这可不是日本人说的，而是我说的。”说罢，掏出十块大洋，递给马凯旋：“老同学，到街中换身衣服吧。”

马凯旋起身苦笑道：“人穷志短，马瘦毛长。这句话应在马某身上了。”他伸手接过银圆，欠身道：“龙长官体恤，马某谢了。”

龙成立摇头笑了：“怎么还客气上了。”即起身送马凯旋下楼。

今天正赶上集日，但见街中人来车往，川流不息，马凯旋走入街中，很快就淹没在了人群里。

望着马凯旋渐渐消失于人群，龙成立目光一时茫然，兀自叹息自语：“老同学，此一别，何时再见呢？”

唐行一“致残”

站在今天的视角去看，1942 年之后，侵华日军的败相已图穷匕首见，将无胜心，兵乏斗志。谈歌父辈中许多人参加过抗日战争，一些幸存下来的长辈曾告诉谈歌：仅以战斗力而言，1937 年刚进入中国的日军士兵，一概是百分之百或一等一的射击好手，大多有百步之内射杀目标的实际作战技术，稀有目标能够逃脱。1942 年之后，新补充的日军士兵，大都没有这样的射击水平了，拼刺刀的功夫，也不可同日而语。然而就是在这个时候，日军的疯狂程度却提高了，血腥屠杀已不可避免。

这即是灭亡前猖狂一跳。

如下试举保定特务机关长小林业四一例：

《保定往事》记载：民国三十二年（1943）九月十四日，这天是中秋节，是中国人团聚的传统节日。日军驻保定特务机关，“假手”伪河北省政府，于保定市四处送请柬，以赏月的名义，邀请了保定城内 117 名知识分子到保定行署，召开座谈会，并告之会后奉送节日礼物。邀请名单，皆由知道底细的汉奸“热情推荐”（指认）。一些本不愿参加座谈会的知识分子也都被“请”来了。

座谈会上，众人喝着香槟，吃着瓜子、花生、糖果，一些“知识分子”（文化人）左顾右盼，谈笑风生（可谓没气没囊，端的“补药碧莲”）。谈兴浓厚之际，伪河北省高级参议员吉炳良笑吟吟地站起身，拿出商务印书馆出版的《模范英语读本》，恳请在场诸位，每人朗读一个段落，朗读之后，皇军即馈赠纪念品。

听说有纪念品，几个喜欢“卖弄”的文人率先朗朗上口地读过了（不显摆能死啊）。余下的都是磕磕巴巴勉力朗读。朗读之后，众人望眼期盼纪念品（或是精美大礼包么）。当场或是有人私下窃想，发完了纪念品应该是吃饭的“节目”了吧？不请饭也能早点儿回家呀。

但见小林业四阔步走进会场，环顾众人，当场宣布：“凡懂英语的，都是亲英亲美的反日间谍。都是大日本皇军不共戴天的敌人。统统杀掉！”

小林业四的话音刚落，便闯进来一群日军宪兵，将这些不知就里的读书人轰起，如赶羔羊一般驱赶到了院子里。

圆圆的月亮惨白着一张脸，软弱无力地从东天爬上来，无助地呆望着这群刚刚“秀”完英语的读书人，一概惶恐不安的呆傻表情站在院子里。一群凶猛的日本宪兵端着刺刀冲上来，撕心裂肺的哭号声中，这些可怜的知识分子，逐一被日本人的刺刀挑死。

尸体当即被“扔”上了汽车，碾着清冷的月光运到郊外，一体埋在了一亩泉的深沟里。站在沟上监督作业的小林业四，仰天大笑，笑声一如“断帛”般刺耳。

（对不起了诸位！我们不是“装流氓”，我们是“真流氓”！）

见过杀人的，没见过如此丧心病狂的杀人者。只因日本与美国宣战，所有懂英语的都被认定为美英的间谍？这就是日本人的王八蛋逻辑。

事后，小林业四对下属训话：“战争永远是人的本性，只是傻瓜才叫嚷和平。杀人是世界上最伟大的艺术，刀剑与炸药才是人类最伟大的发明，只有傻瓜才会推崇文学艺术。我们毕生的任务与宗旨，就是战争与杀人。”

这是“人话”吗？丧心病狂之日本人，若不是祖宗遭受过天打雷劈，绝对讲不出这种丧心病狂的逆天之语，做出如此丧心病狂之举。

国民政府得知消息，怒不可遏，蒋委员长或是感觉被严重地侮辱了自尊心，当即责令军统局，不惜任何代价与手段，刺杀保定日军头目，施以严厉报复。

戴笠当即绕过军统北平站，照本宣科地直接给军统保定站下令：报复！

但是，军统保定站尚未采取行动，保定周遭的抗日力量，已经遭遇到了日伪军的猛烈打击。

民国三十二年（1943）秋末，驻保定日军鉴于兵力日渐薄弱，则对周遭抗日力量选择了重点打击。《保定抗战史料》记载：这是日军在保定最后一次重大军事行动。

冀中抗日根据地则针锋相对，也对日军进行重点打击。深秋季节，国共两党联合组织保定周遭的抗日武装，发动了有名的“满城歼灭战”。张宗民的队伍在这次战役中负责“打援”，梅天凤的游击队配合此次行动，队伍在满城雾灵山一带阻击从易县涞源过来解围的日伪军。

战斗进行了一天一夜，张宗民和梅天凤的队伍都损失过半，在阵地上指挥的唐行一，也负了重伤——左胳膊被炮弹炸断。

唐行一苦笑自嘲：“或是唐某少年无行，此遭却是老天报应呢。”

唐行一被匆匆抬下了阵地，他让士兵喊张宗民过来，他要求张宗民赶紧把他的左胳膊截肢。

张宗民跺脚急道：“品直呀，这怎么行呢？总是能养好的呀。”

唐行一皱眉摇头：“司令呀……我是学医的，若不能……立即截肢，我怕是就没命了呢。快些！”

张宗民还是不肯，皱眉道：“品直呀，现在连麻药也没有呀……”

唐行一笑道：“不用麻药。即使有麻药，我也不好用呢，我担心日后脑子就……不好使了呢，我这后半辈子还要指望脑子吃饭呢，你就直接……砍了吧！你们把我……绑起来！快点儿！”

“行……吗？”

“快点吧，晚了真怕……不行了呢。”

张宗民怔了怔，喊几个战士过来，绑了唐行一。

唐行一让张宗民亲自动手，张宗民闭着眼睛摇头：“品直呀，我真下不了手啊！”

唐行一急道：“司令呀，我怕别人更下不了手啊。你要……心疼我，就快些吧！”

梅天凤匆匆燃起了一堆火，张宗民上前把砍刀燎了。

梅天凤拿过来一根树棍儿，放进唐行一嘴里，唐行一用力咬上。

张宗民走近前，剑眉倒立，“虎脸”瞪着唐行一，颤声说道：“品直呀，你就忍一忍吧！”便大吼了一声，手起刀落，却没有砍下。

但看唐行一金刚怒目，汗流满面，但听这金刚闷闷地“哼”了一声。

梅天凤急得破口骂道：“张宗民，你娘儿们呀？利落些！”

张宗民立即抖擞起精神，再大吼一声，又是一刀砍了下去，唐行一的左胳膊生生被砍了下来。

唐行一登时昏厥过去了。

张宗民则颓然瘫倒在了地上。

梅天凤当即捧过预备好的医治刀伤的草药末，给唐行一揞上了。

（这是梅天凤自配的刀伤药。这种刀伤外用药，是梅天凤从马凯旋那里学来的，成分有：侧柏叶、白芽根、地榆、白及等。主要成分则是保定当地一种名叫“杀根”的山草。读者若有兴趣，可找一本 1962 年版的《保定民间验方 200 例》。该书记载了这个验方。贡献者：马凯旋。）

但看唐行一嘴里的木棍，近乎咬断。张宗民揩了把满脸的汗水，竖指称赞道：“品直你真行呢，硬没昏过去。”

唐行一清醒过来，气若游丝的声音说道：“我一直……听着，你一共……砍了两刀……”便又昏厥过去了。

梅天凤看着唐行一被几个战士抬到了屋子里，不禁连连点头，啧啧慨叹：“面若书生，性若金刚。好一个唐品直啊！”

（梅天凤或是想问：唐行一，你到底是什么变的呀？）

按照战前计划，主战场战斗结束，雾灵山顶的两个哨兵，立刻以放倒消息树为信号，通知张宗民（唉，没个手机也真是麻烦）。张宗民打援的任务同时结束，即撤出战场。可雾灵山顶上的消息树却如生了根一般，一直没有倒下。既然主战场还没完活儿，张宗民这里只得咬牙继续扛着。

又是艰难的半天过去了，梅天凤抬头看看天色，太阳已然偏西，她满脸疑惑地问道：“老张呀，按说这仗也应该打完了，怎么还不见动静呢？”

张宗民看看山顶上的消息树，仍然没有放倒。也疑惑地说：“天凤呀，我也感觉不对呢。派人上去看看吧。”说罢，转身喊过张永成：“永成呀，你带人去山上看看，他娘的，别是放哨的睡着了呀。”

半顿饭的工夫儿，张永成颠颠跑回来了，一路破口大骂：“真他娘的王八蛋呀！对面山上的消息树早放倒了，主场的战斗早结束了，大队早撤了，那两个看消息树的王八蛋真是害人呀，必是心急火燎，树也没顾上放倒，就跑了。”

梅天凤顿足：“这两个王八蛋，真该死呢！”

骂什么也没用了，张宗民和梅天凤已经失去了最佳撤离时机，他们已经被数千人的日伪军包围了。高氏兄弟的队伍从正面攻击，其他伪军从侧面呼应，日军督战队紧随其后（唉，炮灰就是伪军的“奶名儿”）。张宗民匆匆检阅阵地，自己的队伍已所剩无几，梅天凤的队伍也近乎打光。

张宗民打出了最后一张底牌，派张永成组织突击队，赵小龙组织第二突击队增援，拼死也要撕开一个口子，掩护梅天凤冲出去，赶紧寻找国军援兵——唉，就算我们是后娘养活的，就算我们是拐来的、抱来的，或是街中套圈儿套来的，国军也总不能扔下我们不管吧？张宗民心里已经开始酸了。

《保定文史选》记载：吕士奎死后，保定周遭的数支伪军，高氏兄弟的队伍即成为作战能力最强的一支部队。张宗民心里明白，现在自己这点儿残兵，根本不是高氏兄弟的对手。他只能指望国军的援兵了。眼见高氏兄弟的队伍与督战日军蜂拥般冲上来，伴着扈天明那嘹亮的冲锋号，张永成率领突击队迎头撞了下去，借着居高临下的“微弱”优势，一番舍命厮杀，终于咬开了一个缺口，梅天凤趁势带着几个人冲了出去。梅天凤匆匆去周遭寻找国军救援。

为撕开这个口子，突击队已然伤亡过半，张永成已杀红了眼，黑黑的脸上满是血污，恐怖而狰狞。手中的刺刀竟已弯曲，成了麻花状。但张永成很快就沮丧了，刚被撕开的口子，又被伪军合拢了。

赵小龙带着第二突击队赶上来援手，看着蝗虫般拥上来的伪军，吼道："张队长，你撤吧，该我了!"

张永成吼道："我不撤!"

赵小龙称赞一声："好!"即提着大刀迎头对冲下去了。

张永成也拣了把大刀，紧紧跟上了。

双方队伍在山坡上再次杀成一团，夕阳西下，冲上来的伪军渐渐不敌之际，后边督战的日军便蜂拥而上了。日伪军混杂在一处，越来越多，突击队队员却越来越少。正在危急之时，凭空但听有人高喊一声："杀鬼子报仇，就在此时!"

张永成猛回头看，竟是张宗民带着他的卫队冲下坡来。

张宗民挥刀向前冲杀，但听身旁两声惨叫，张宗民转头去看，竟是被赵小龙挥刀劈倒的两个向回跑的突击队员。

赵小龙满脸怒火，撕着嗓子厉声喊道："退后者死！张队长，保护司令！弟兄们跟我冲啊!"话音未落，他挥刀再次扑向了敌群。

张宗民称赞一声："好小子!"他欣然看着在敌群中横冲直撞的赵小龙，这个当年保定街中的"小跑儿"，已长成一条威猛的好汉了。他周身迸发着赵元初当年的勇猛血性，赵元初留在赵小龙血液中的凶悍之气，此时正如野马一般，奔放得淋漓尽致。

熊熊炉火中百炼成钢，心中愤怒也如同熊熊炉火，百炼之后，必成钢铁之人。

突击队员们都看明白了，这个小祖宗真是杀急眼了，都跟着这小祖宗往前冲吧，就跟这些鬼子汉奸拼了命吧!

拼了吧！拼了吧！刺刀见红砍刀也见红，仇人相见不是你死就是我活!

这一场白刃肉搏战，极其惨烈，喊杀声震耳欲聋，山坡上血肉横飞。

赵小龙先后被两个日军刺中，踉跄了几步，便扑倒了。稍顷，浑身血污的赵小龙又爬起来，拔起了精神，挥舞着已卷了刃的大刀，暴吼一声：“我活！敌死！”

又一个日军端着刺刀向赵小龙刺来，赵小龙闪身躲过。不提防一个日军斜刺里冲上，刺刀扎进了赵小龙的肚子，赵小龙则挥刀斜劈上去，但看那日军的脖腔，血如井喷迸射出来，日军的脑袋，已被生生砍下来，顺着山坡跌跌撞撞滚下去了……

黄昏之时，尸横遍野，双方都已经筋疲力尽。日伪军逐渐退下了山坡。

扈天明的冲锋号暂时停歇了，坡上出现了极度疲惫的静寂。

夕阳却正如一注鲜旺的活血，轰轰烈烈地扑射下来，映照着如坟场般静寂的山坡，一片金碧辉煌。

赵小龙已经浑身是血，拄着已经卷了刃的大刀，以一种威武不屈的姿势站立在山坡上。

铁红的太阳终于烧化了，软软塌塌地跌进了山谷。暮色苍茫之中，浑身是血的张宗民上前，扶住了赵小龙，却又猛地怔住。

赵小龙的身体早已经僵硬了。

张宗民一把搂住，失声痛哭：“小龙呀……”

赵小龙却仍像活着一样，只是那双调皮的眼睛，已不再像阳光照耀下的湖水，不再有湖水般的湛蓝，而是呈着灰白颜色，犹如灰蒙蒙天气，似乎对这个世界有着说不清道不明的诸多心事。他离开这世界的最后一刻，都想了些什么呢？

无论赵小龙最后一刻想了些什么，最后一瞬间，他如此辉煌。

[在史家笔下，无论什么人物，能拥有这一瞬间的辉煌，就已是永恒。吁呼唏！人生本如逆旅，悠悠不变的天地之间，“一瞬”与“永恒”，又有何区别？

《保定往事》记载：赵小龙，赵元初之子。1922 年生。曾在保定街中当小跑。抗日战争爆发后，参加了“兄弟社”民间抗日组织。后在张宗民手下任突击队长。1943 年在对日伪的战斗中牺牲。时年 21 岁。

历史的真实在于细节。几个幸存的亲历者在几十年后，回忆这支中国军队编外的杂牌武装，那次以血肉之躯与日伪军生死决战的悲壮场面，仍是百感交集。

李志明（时为独立支队机枪手）——大约是十一月下旬的一天，我们奉命在满城雾灵山阻击敌人，日伪军疯狂进攻，我握机枪的手都震麻了，后来手上全是血，是跳动的枪声把我的手震裂了。弹药耗尽后，大家与日伪展开了白刃战，几个战友在肉搏中与敌人同归于尽，全排只有五个人生还，我后撤时，看到那些殉国的士兵中，有的仍然和日本鬼子死死掐成一团……

顾大江（时为独立支队战士）——我们在雾灵山阵地坚守了三天三夜，与敌人展开了拉锯战，鬼子和伪军就是没能冲上来。鬼子也急了，到后来，干脆不用伪军打头阵了，他们冲上来与我们白刃战，那阵地上堆满了尸体……

扈天明（时为独立支队司号员）——当时张司令一直让我吹着冲锋号，我的嗓子就像着了火，撤出阵地后，我的嗓子喝水都跟刀割似的……]

张宗民万万没有想到，梅天凤竟然在半夜里回到了山上。她气喘吁吁地告诉张宗民，国军根本找不到，张宗民这支队伍已陷入绝境。

张宗民没听完，先朝梅天凤怒吼起来："天凤呀天凤，你真是糊涂了呀？跑出去一个算一个么，你还回来干什么啊？"

梅天凤皱眉说道："我回来就是给你报信，咱们现在就别指望'援兵'了，咱们现在就是孤立无援的境地，国军根本就没有把咱们当盘菜。我的手下都在你这儿呢，我自己跑了算怎么回事儿？既然没有援兵，要死咱们也要死在一起！再说了，你不是一直想要我吗？怎么，现在又不想了？"

梅天凤戏谑地嘿嘿笑了。

张宗民恨恨地瞪了梅天凤一眼："都什么时候了，你还有心思说这个？"

梅天凤登时恼了，扯着嗓子吼道："张宗民呀！给你点儿笑模样，你倒牛起来了？看你这熊样，还像个爷们儿吗？"

张宗民忙笑道："天凤呀……"

梅天凤"哼"了一声，转身走了。

唐行一又醒过来了，他让几个战士把他抬到高处，张宗民和梅天凤拦不住，便只好跟上去了。

月光如银似水，几个战士搀扶着唐行一探身观望，但见山下日伪军的阵地，灯火点点，绵延不绝。唐行一立时怔住了，久久无语之后，仰天长叹一声："真是被包了饺子呀。"

唐行一仰天看了一会儿，却突然扬眉笑了："司令呀，老天给了我们一个喘息的机会呢。"

"什么机会？"张宗民诧异。

"后半夜有大雪呀！"

"真的吗？"梅天凤惊讶了。

"断不会错。"唐行一自信地点头。

"品直呀，你会观天象？真是诸葛亮呀！"张宗民哈哈笑了。

"诸葛亮借的是东风，咱们要的是北风啊……"唐行一伤口一时疼得紧，他闭上眼睛，不再说了。

果然被唐行一说中，拂晓时分，天气骤变，一场刺骨的北风刮过之后，漫天大雪飘然而落，天光渐亮时，山野之间，已然银妆素裹。日伪暂停了进攻。

张宗民望着落雪，欢喜地高喊了一声："老天不灭我张宗民呀！"他当即召集众人商量突围的方向。

北边是悬崖峭壁，西边是日军和两只不知来路的伪军，不再考虑。东边是高尔成的队伍，南边是高达成的队伍，相对薄弱些。走南边应该是最佳选择。

但张宗民的队伍仅剩下三百余人，且多是伤员，若想拼杀出去，没有可能。只能跟高达成商议借道，可高达成是个铁杆汉奸，岂能同意。张宗民提议花钱买路，他知道高达成爱财如命。

唐行一却摇头："收买肯定不行。此人虽爱财如命。但若放走了我们，日本人岂能饶了他？高尔成也饶不了他呢。高达成爱财，可他更惜命。"

梅天凤突然笑道："说到高达成惜命，我有了一个办法。"

"什么办法？"

"我想到一个人，或能用一下呢。"

"谁？"

"张五三。"

张宗民皱眉苦笑："我知道这人，是个贼么。他能派上什么用场？"

[谈歌忙里偷闲，且说几句张五三。

谈歌查阅诸多文字，若正史若野史，这个张五三确是个贼，而且是保定的"大名贼"。他的名声若与"来无影"相比，可谓一时瑜亮，绝对神偷妙手。

民国十年，保定有名的窃贼吴月（绰号翻天手）六十大寿，省内诸多贼友或贼徒赶来庆贺，此为窃贼大聚会（或称保定窃贼代表大会），出席此次宴会的，除却吴月门下高徒，一概都是贼行中的翘楚人物。此时，张五三刚刚有了些小名气，并不在邀请之列，但他还是不请自到，还神鬼不知地顺走了二十余名窃贼献给吴月的礼物以及吴月随身的怀表。

由此，张五三名声大噪。

传说保定城内没有张五三偷不到的东西。

当年赵元初初到保定驻军，听后好奇，将张五三请到警备司令部，让他当场表演，恕他无罪。结果呢，众目睽睽之下，他还是偷了赵元初腰里的手枪。此人与"来无影"的区别在于，他从不做大案，只是在街中小偷小摸。

他讲过，做大案要坐大牢，而小偷小摸，一旦失手，顶多坐几天班房就出来了。

话是这样说，可张五三从来没有失手过，也就是说，他从来没有进过局子。

妥妥牛人一枚！]

唐行一也哑然失笑：“天凤呀，你怎么会认识这位‘贼爷’呢？”

梅天凤笑道：“你们不知道吧？张五三早年可是个魔术师啊。”

众人惊讶，张五三当过魔术师？（英雄不问出身，名贼莫说来路）梅天凤继续说：“张五三曾在‘梅氏魔术社’搭过班。后来我娘发现了他有偷窃的毛病，怕坏了‘魔术社’的名声，便赶他走了。其实呢，我娘只是表面上赶走了他，暗地里却仍然接济他。”

“接济他？为什么？”

“原因是张五三的老婆。”

“他老婆怎么了？”唐行一诧异。

“他老婆不会做饭，也不会洗衣服，也不会生病，更不会发脾气。”

“什么也不会？”张宗民疑问。

“只会一样。”

“会什么？”

“会生孩子，一口气给张五三生了八个儿子，四个女儿。”

“天！猪婆呀？”张宗民登时惊呼起来。

“张五三并非天生喜欢做贼，为了这么多张嗷嗷待哺的嘴巴，他也只好偷窃了。”

“他怎么参加你的队伍了。”唐行一问。

“日本人攻打保定那天，张五三去城外赶集买粮食，被日军堵在城外回不来，他家的院子里落下两颗炮弹，家被炸平了，他老婆和十二个孩子，都炸死了。”

“一个也没剩下？”

“他老婆带着孩子们躲在地窖里。有一颗炮弹正巧落进了地窖。唉，全死了。”

“好惨。”张宗民摇头叹息。

“张五三回来之后，便发誓要报仇，就参加了我们的杂戏游击队。”

唐行一点头笑了：“天凤呀，我明白你的想法了，你让他去偷高达成。市井传说高达成是个多疑的性格，神鬼不知地偷他两回，他必定害怕呀。”

张宗民疑惑：“偷两回，高达成就能害怕？”

梅天凤笑道：“张司令试想，如果有人能偷到你的身边，你恐惧吗？比如说，半夜三更，神鬼不知地偷走了你的裤腰带？”

张宗民苦笑：“天凤呀，你怎么想起这个主意了？”

梅天凤皱眉说道：“此计也是不得已而为之。择人任势，古已有之。徐老师说过，人各有长短，用人如用器，贵在用其长而避其短。张五三虽是鸡鸣狗盗之徒，若用得恰到好处，或也能收到排解危难、立竿见影的功效呢。”

唐行一点头称赞：“天凤说得对，激水之疾，至于漂石者，势也；鸷鸟之疾，至于毁折者，节也。”

梅天凤摇头笑了：“参谋长说得高深，我有些听不大明白了。”

唐行一笑道：“这是《孙子兵法》里说的话，善战者，其势险，其节短，势如扩弩，节如发机……”说到这儿，唐行一突然打住，摇头笑了：“天凤乃徐先生亲传弟子，这些早已耳熟能详，唐某班门弄斧了。”

梅天凤笑道：“参谋长讲得好，都要赶上徐老师的高深了。”

唐行一讪笑：“唐某怎敢与徐先生相提并论。天凤别羞臊我呀。”

张宗民呵呵笑了：“你们都说的啥呀？老张半句也听不懂，快找张五三来呀！”

梅天凤让人把张五三喊来了，可是张五三的腿已经负伤了。

梅天凤见状，便有些担心了：“五三叔，你这腿脚这样了，若让你到山下取件东西回来……能行吗？”

张五三笑了：“这腿脚不方便，却不妨碍手方便呢。天凤姑娘吩咐吧。”

梅天凤便笑道："去山下高达成的营中，偷他的帽子回来，行吗？"

张五三拍拍胸脯："打仗我不在行，这等小破事儿，张某手到擒来。"

梅天凤笑道："五三叔呀，此事一举不成，怕是还要劳烦你两三回呢。"

张五三笑道："天凤放心吧，此事真不在话下。"

夜半时分，张五三一瘸一拐地摸下山去，混进了高达成的军营，又摸进了高达成的司令部，他吹了迷药，先迷昏了警卫，再迷昏了高达成。他溜进屋去，按照梅天凤的嘱咐，把高达成的帽子偷了，还捎走了高达成的裤带。

第二天清晨，梅天凤即派人下山给高达成送回了裤带和帽子。高达成吓坏了，何方高人？竟然神鬼不知到此一游？既然能偷走我的裤带和帽子，我的脑袋也肯定能偷呀。

第二天夜里，张五三继续下山，虽然高达成加强了戒备，张五三仍然得手了，偷了高达成放在枕头下的手枪，并顺手偷了高达成的裤子。

第三天早上，梅天凤亲自下山，给高达成送去了手枪和裤子。

高达成惶恐不安地接待了梅天凤。梅天凤拱手笑道："高司令呀，千万莫怪，只怪梅某平素管束不严，手下时常走门串户，乱拿别人东西。梅某特来赔情。"

高达成摆手苦笑道："天凤姑娘，莫说赔情的话，还是你的手下留情呢。如果他们……不说了，什么事儿？咱们好商量呢。"

梅天凤点头笑道："我们想从高司令这里借条路。"

高达成皱眉："这个么……你也应该知道，这日本人么……"

梅天凤呵呵笑了："我们跟日本人没交情，只找高司令，高司令看着办。"

高达成一个劲摇头："真不……好办呢。"

梅天凤淡然笑道："那就不难为高司令了，不过下一回么，梅某便不会再管束手下了。告辞!”说罢，梅天凤起身便走。

高达成急忙喊道:“留步!”他皱眉想了想，点头叹道:“也罢!天凤姑娘，我也是走过江湖的，多个朋友多条路么。今夜子时，我这防区闪开一条路，你们悄然走了就是。”

梅天凤拱手笑道:“多谢高司令了。”

高达成摸了摸脑袋，笑了:“我却是要谢你手下留情呢。”

梅天凤回到了山上。半夜时分，张宗民、梅天凤便集合了队伍，悄然下山，通过了高达成的防区。真是横出枝节呢。张宗民队伍的行踪却被高尔成发现了，张宗民带着队伍刚刚走出几里山路，高尔成便带着队伍追杀了过来。张宗民疲惫不堪的队伍抵挡不住，登时溃败，诸多伤兵被高尔成的队伍杀死了。唉！张五三……也在其中。

张宗民眼睛通红，怒吼一声:“天凤呀，拼了吧!”

梅天凤奋起身形，厉声喊道:“弟兄们，跟高尔成拼了！杀贼报国，就在此时!”

梅天凤话音未落，却忽然看到高尔成的队伍退潮般撤下去了。

张宗民来不及多想，乘势冲了出来。事后才知道，原来是冀中三分区政委齐树潭①，带领的八路军保定三支队路经这里，得到了高尔成正在追击张宗民的消息，齐树潭当即抄了高尔成的后路。真如神兵天降呀，这算给张宗民解围了。

张宗民的队伍一路走到了燕子岭，天色已经正午，即时冬云厚重，阳光蒙蔽，回头去看，再无追兵。

梅天凤即与张宗民分手。

梅天凤回保定，张宗民则回百丈岩。

分别之时，二人放眼望去，北风卷起阵阵残雪，正是狼狈凄怆景象。张宗民的队伍仅剩下百余号人。梅天凤的杂戏游击队，也仅剩下十余人。

张宗民摇头苦笑:“天凤呀，说来真是个‘惶惶’难受了，老张

---

① 完县齐各庄人。见新编保定《完县县志》。

几千人的队伍，竟打得只剩下了百十号人了。你来援手，也损失了十之七八。且不说这仗打得窝囊，我老张也算是欠了你一个人情呀！”

梅天凤苦笑道：“张司令呀，若按你这个说法儿，那你更欠下人家齐树潭一个天大的人情呢。”

张宗民叹气，连连点头：“那是呀，那是呀！”

梅天凤肃然摆手道：“张司令，不说笑了。都是抗日的事儿，咱们谁也不亏欠谁的。只有日本人欠下了咱们中国人的。”

张宗民摇头苦笑：“天凤呀，你看我这穷兮兮的模样呀，咱们这辈子怕是做不成夫妻了。”

梅天凤郑重其事地说道：“张司令，咱们做不成夫妻，却是生死之交！”

张宗民仍然摇头：“老张当然愿意交你这个生死朋友，可更愿意你给我当老婆呀。”

梅天凤“呸”了一声，讥讽地笑了：“我可不愿意鲜花插在你这牛粪上。”

张宗民摇头叹道：“如果鲜花插在牛粪上，那不是长得更好吗？庄稼人讲话，无论什么花，全靠粪当家。不对吗？”

梅天凤听完哈哈大笑：“张司令呀，你果然是个庄稼脾气呢。”说罢拱手，即带着队伍扬长去了。

张宗民看着梅天凤一路走了，张张嘴，却一句话也说不出来。

张宗民回到了百丈岩，他站在山崖上，看着自己手下的残兵，沮丧之下，心中的怒火一时不可忍耐。他咬牙骂道：“老子发誓，一定要弄死高家兄弟！”

尖利的山风打着旋子，一阵阵兜上来，把张宗民的声音卷走了。

站在一旁的唐行一却摆手笑道：“司令呀，此一时也彼一时，咱们暂时下风头儿，还说不得硬话，那高尔成的确是个不好对付的角色呢。”

张宗民讥讽地笑道：“参谋长呀，就高尔成这个文盲，我老张至少比他还多认几个字儿呢。”

唐行一摇头笑了："司令呀，你真是被他蒙蔽了多年。当年我还听说，高尔成装傻充愣，连冯玉祥将军也被他蒙骗了呢。"说罢，便蹒跚着回了屋子。

张宗民出神地望着唐行一的背影，但见唐行一甩着空荡荡的一只衣袖，他的背似有些弯曲，仿佛压着很重的担子。张宗民似乎看到了唐行一内心的疲倦与孤独。

张宗民跟着唐行一进了屋子，唐行一已经点燃了一盆炭火，架上了一只药铫子熬药呢。

张宗民笑问道："品直呀，你刚刚的话是什么意思呀？"

唐行一讪笑道："你还不明白呀？"

张宗民疑惑地摇头："高氏兄弟怎么蒙骗冯长官了？"

唐行一掂着木棍儿拨弄火盆，摇头笑道："其实呢，这兄弟二人本不是土匪，那一套放牛呀、土匪呀的说辞，都是编造的。这兄弟二人，我却知道些底细呢。"

张宗民怔怔地看着唐行一，摸出一支烟叼在嘴上。

唐行一伸出木棍儿，给张宗民点了烟："我当年曾在军阀李师长的手下当勤务兵，高氏兄弟分别是李师长手下的营长、副营长。我听李师长说过，高氏兄弟乃富家子弟出身，知书达礼，都曾上过东三省陆军讲武堂。若比较这兄弟二人么，高尔成更为机警。"

张宗民奇怪道："哦？"

唐行一笑道："我记得呢，当年李师长请一位过路的谢师长吃酒，我在席间端茶倒水伺候。高尔成因了与谢师长同乡，奉命末座叨陪。谢师长只有一个儿子，酒席间感慨膝下空虚，高尔成则奉承道，'子好无须多'。李师长听了这话，皱眉问，'我有五个儿子，怎么说？'高尔成当即笑道，'子好不愁多'。这两句话说得刘师长与谢师长皆大欢喜，此事虽小，却足见高尔成有随机应变之急才。"

张宗民惊讶："高尔成好口才呀。"

唐行一笑了："后来的事嘛，李参谋长乘李师长外出哗变，因了高氏兄弟是李师长的亲信，便派人捕杀，高氏兄弟慌张无路，才跑去投靠了冯玉祥将军。并编造了一番山大王的故事，瞒哄了冯将军。”

张宗民听得目瞪口呆，狠吸了一口烟，徐徐吐出，不解地说：“想不到呢，高家兄弟竟是这样的人物？”

唐行一哂笑道：“我猜想，高尔成必定深知聪明外露，峣峣者易折的道理，投奔冯将军之后，兄弟二人即虚与委蛇，在冯将军面前惺惺作态，巧言令色，或常常装出露丑卖呆的样子，以取信于冯将军，久而久之，冯将军没了戒备，兄弟二人便寻个机会，拉走了冯将军的两个营，自立为王了。是这样吗？”

张宗民摇头叹气：“唉，世上真有这样的奸人啊！”

唐行一冷笑：“明修栈道，暗度陈仓，这种奸诈手段，自古络绎不绝。当年刘备不就是装傻充愣，竟然在曹操手下隐藏了多年么。曹孟德多精明的人物呀，不也被刘玄德骗得一愣一愣的啊。”

二人正说着话，忽听门外扈天明竟然扯着嗓门儿唱开了西河大鼓：

腊月里来北风狂，
忽听得山道上人喧嚷。
抬起头来举目张望，
原来是抗日的队伍上了山岗，
头前走的是张司令，
骑着高头大马亚赛关云长。
在后跟一匹白龙马，
上坐着威风凛凛的参谋长，
参谋长本姓唐……

张宗民将烟头儿扔进火盆，起身苦笑：“这个扈天明呀！真是穷开心呢，我赶紧让他歇了吧。”

唐行一却笑呵呵地拦住了张宗民：“司令可别管，这是我命令他唱的。眼下军心沮丧，总该提提士气了啊！”

小林业四

民国三十二年（1943）底，日军在华战场已力不从心，保定周遭的日军，也由实施重点打击，改为“点面”管理。伪保定市政府，决定年底召开会议，商议来年的城市供给以及清乡征粮等事宜。史载：日伪此次会议，重点研究如何解决粮食问题。①

中共保定地下组织与保定军统站，都瞄上了这个机会，各自着手准备破坏日伪这次会议。马凯旋与季钧商议决定，在日伪会议召开之前，先刺杀伪河北省粮食厅厅长沈驰名。

沈驰名原是河北省商务厅食品科长。其祖上原为保定安州疍户，因了倒卖鱼虾竟然发了家，后在保定、天津两地开了店铺，成了知名商贾。

沈驰名自幼耳濡目染，精通商务。坊间传说，他十岁时便在柜上学做账房，后去北平念书，毕业后即在省商务厅做了统计，之后又做了统计科长。

保定沦陷后，沈驰名阖家投降了日军。因其业务精通，颇得日本人器重，先是委任其做了伪河北省商务督察，后改任粮食厅厅长。此人即是此次会议主持人，全面负责调配粮食。马凯旋认为，除掉沈驰名，即是对这次会议的最大破坏，可以威慑所有与会汉奸。

（马站长必是揣着个小心眼儿：此事要抢在杨昆平的前边。）

但是，这次行动却有个困难，因为沈驰名知道他已经被抗日地下组织盯上了，即一概在家里办公，从不出来。

这个好办，你不出来，我们上门找你呀！不就有几个破警卫吗？也捎带着一块收拾喽！夜半时分，季钧带着“锄草”行动小组去了沈宅，不料竟然中了埋伏，季钧当即损失了十几个特工。

---

① 《保定志》记载：伪华北政务委员会于1943年12月21日发布公告：禁止自由买卖粮食。由此，保定市实行粮食配给，给市民供发霉的混合面。

后来才得知，沈驰名半月前已经病死了，悄无声息地把棺材拉回老家埋了。所谓沈驰名躲在家里不出来，就是一个引诱抗日组织上门，从而一举消灭的圈套。不用问，这又是特务机关长小林业四设置的圈套。

马凯旋十分愤怒了。

（唉！这当上得也太轻易了，简直严重侮辱了马站长的智商，马站长肯定愤怒了。此事传出去更是嘲讽了马站长的情商呀——要让杨昆平看笑话了。）

小林业四诡计多端，已经成了挡在军统保定站和其他抗日组织面前的一个拦路虎。必须赶快除掉此人。马凯旋不敢再马虎，他联系并亲自拜访了郭子路夫妇，恳请他们帮忙，尽快除掉小林业四。

郭子路夫妇很痛快，当下欣然答应。

马凯旋躬身道谢。

郭子路摆手说道："马站长客气了，刺杀日伪，这是我们分内的工作。"

马凯旋一脸诚恳地说道："二位虽系军统特情人员，却直属北平站。且子路兄更是'兄弟社'的大掌门。马某时下黔驴技穷，才叩门求助，此次不情之请，等于一事劳烦了两家，怎能不让马某感谢呢？"

任雪儿笑道："马站长外道了。一则么，抗战大业，岂分彼此？我二人当仁不让。二则么，这些日子鬼子汉奸追捕得紧，我二人四处藏匿，也该出头露脸透透气了。"

马凯旋不再说笑，掏出小林业四的照片，递给郭子路，郑重说道："此人过于狡猾，我们吃过几次亏了。二位切要当心！"

马凯旋说罢告辞。

郭子路夫妇着手行动。夫妇二人对这次行动应该很有把握。依"来无影"的手段，杀掉一个小林业四，应该绰绰有余。

综合马凯旋给的情报：小林业四极少在公共场合抛头露面，即使偶尔露面，却极端讲究个人卫生，与人握手也戴着手套。

（与上峰握手时戴不戴？）

小林业四虽然神秘，却并非居无定址，一般情况下，他都住在办公室。他的办公室是里外间，里间是卧室，很少有人进去过。坊间传说，类似中村、李天曼这样的直接下属，也没有进过他的卧室。

悉心侦察了三天，半夜时分，郭子路、任雪儿蹑足潜踪摸进了保定日军特务机关的院子，很顺利地干掉了两个哨兵，之后就破门进了小林业四的办公室。让夫妇二人大感惊讶的是，小林业四竟然四平八稳地坐在办公桌前，用讥笑的目光看着他们。

郭子路来不及多想，二话不说，一刀刺过去。这是闪电速度的一刀，小林业四竟然敏捷地躲过了。

任雪儿继而腾身上前，也一刀刺过去。任雪儿很自信，他们夫妻二人在江湖上经过数不清的短兵相接，小林业四能躲过郭子路的第一刀，却无论如何也躲不过任雪儿的第二刀。

结果却大出意外，任雪儿的第二刀竟被一只凭空飞来的链刀缠住。兔起鹘落之际，短刀与链刀惊鸿交剪到了一处，相互杀气登时对接了，双方不仅瞬息万变，而且强霸威猛。哎呀！凭空哪儿来的这只链刀？

任雪儿错愕之际，灯突然灭了，屋内顿时漆黑一团。片刻之间，但听四声干涩的狂笑，灯又重新亮了。郭子路、任雪儿在灯亮之前，已瞬间明白，这屋里共有包括小林业四在内的四个对手。他们已从不同音色的笑声中，分辨出了是四个人的声音。

郭子路却并不惊慌。区区四个人，夫妻二人并没有放在眼里。可是灯亮之后，看到这四个人时，却让他们着实大吃了一惊。屋里竟然有四个小林业四。长相、穿戴近乎一模一样（超级模仿达人秀？抑或是3D打印？）。而且四人都用同样的黑布蒙着眼睛，面对刺客，竟然蒙上眼睛？这四人何等……自信。

不会是……做梦吧？四个小林业四，站在四个方向，凭借听力，挡住了郭子路与任雪儿的退路。任雪儿瞳孔收缩，愕然道："你们……"

事发突然，任雪儿的思维瞬间有些凌乱，四个一模一样的人，怎么回事？恍惚间，任雪儿感觉到了一种舞台效果。这是日本人事先设计好的情节？这是一个陷阱？真假美猴王？哪个才是真的？

其中一个小林业四冷笑了，用生硬的汉语说道："你们没有想到吧？"

郭子路则倏忽之间明白了，皱眉用日语说道："并非稀奇古怪，小林业四原本就是四个人，你们是四胞胎。"

一个小林业四听得皱眉，好奇地问道："你的日语很流利，从哪学的？"

郭子路讥讽地笑了，继续用日语说道："日语难学吗？"

另一个小林业四摇头冷笑了："说句实话，你很聪明，能看出我们是四胞胎兄弟，但你说得却不对。"

郭子路疑问："不对吗？"

第三个小林业四干咳了一声，沙哑地说道："你不知道的，我们本来是五胞胎，本来还应该有一个小林业五，他在母体中与我们一同享受了母爱和营养。我们四个出来了，可惜了小林业五，或许他恋母情结太重，不想出来，便死在了母亲的子宫里，并和我们的母亲同时死去了。"

任雪儿冷笑了一声："如此说来，你们天生就是杀手。你们的出生，却害死了你们的母亲与弟弟！"

第四个小林业四点头称是："诚如你所说，我们四个就是天生的杀手。我们出生就杀死了母亲和弟弟。所以，我们从不会在乎杀人，包括马上要杀掉你们两个。"

郭子路点点头："所谓小林业四，就是四个孪生兄弟。传说中的长刀、弯刀、短刀、链刀，就是四个人各用的武器。"

第一个小林业四点头："你说得很对。"

郭子路讪笑："所谓小林业四行踪不定，忽东忽西，并非小林业四分身有术，其实就是你们四个人，各自出现在不同的地点。"

第二个小林业四嘿嘿笑了："是的。因为世界上根本没有分身术，小林业四当然也没有。"

郭子路讥讽地说："你们睡女人，必定要找四个女人。"

第三个小林业四点头："是的。"

郭子路哼了一声："你们洗澡却要泡一个池子？"

第四个小林业四呵呵笑了："我们兄弟亲密无间，一同洗澡，才能享受到一同在母体时的快乐。"

郭子路皱眉："还有谁知道小林业四是四个人？"

第一个小林业四哈哈笑了："这是我们大日本皇军的秘密。于中国人来说，你们二人是唯一的目击者。"

任雪儿皱眉："我们是唯一看到你们秘密的人？"

第二个小林业四冷冷笑道："是的。因为之前所有知道了我们秘密的中国人，都被我们杀死了。"

任雪儿撇嘴冷笑道："为了让你们成为永远的秘密，我们成全你们，今天就要消灭了这个秘密。"

第三个小林业四摇摇头："之前我们看过你们的档案，看样子你们就是神秘的'来无影'了，传说中天下无双的江洋大盗。但是可惜了，你们今天却要死在这里了。"

任雪儿讪笑："你们有把握吗？"

第四个小林业四不屑地说道："道理很简单。我们四个人，而你们两个人。我们两个人对付你们其中一个，分而治之，胜算是绝对的。"

郭子路冷声说了一句："你们没有胜算！"

话音未落，他与任雪儿同时跃起，用了一招"乾坤连环腿"向这四人踢去。"乾坤连环腿"是他们二人多年练就的独门绝技，更是夺命的杀着。踢中之处，必定是对方的命门要害。夫妻二人显然凝聚了全身力量，这必定是孤注一掷、石破天惊的一击，任性的小林业四们，你们就认命吧！

但令郭子路、任雪儿万没有想到，这四个小林业四应变速度之快骇人听闻，他们似乎根本就没有躲避，而是各自闪转身形腾身跃起，然后电闪雷鸣般出手相迎，硬是接下了郭子路、任雪儿致命的

“乾坤连环腿”。接连几声夺魂慑魄的破空暴响之后，四个小林业四已各自站到了原来的位置。他们刚刚的动作配合极为精确，或叫作精密、精当，似钟表一般。胜败常常是很简单的事，瞬间便可分出。

郭子路、任雪儿登时明白，他们已经彻底败了。

夫妻二人目光瞬间对接，彼此心领神会。他们倏忽间腾空跃起，越窗而出，没入了窗外茫茫暗夜之中。

（“破窗而出”是好听的词儿，换句实话表述：‘来无影’狼狈地逃跑了。）

天下没有常胜将军。“来无影”也是如此。

小林业四们却没有追击，他们相信，这两个人一定还会再来。

葛云梁结婚

葛云梁越来越感觉到，看似说话直率似乎胸无城府的小林业四，却是个多疑的“狐狸”性格。他不仅经常猜忌周围为其效命的中国人，对在保定长期工作的日本人似乎也不大放心。小林业四任保定特务机关长之后，向日军驻保定司令官武雄秘密打了一份报告，特高课课长中村青木即奉调回国。北平调来安倍全仁大佐，接替了保定特高课课长的职务。

安倍全仁的样子很斯文，白净脸儿，戴一副眼镜，还粗通几句中文。安倍全仁于“九・一八”之后来到中国，一度在王揖唐身边做军事顾问。他为王揖唐最终投靠日本人做了诸多情报工作，受到过日军陆军总部的多次表彰，由此擢升中佐军衔，并出任北平日军特高课情报组长。

安倍全仁此次军衔晋阶大佐，调到保定，接手中村留下的烂摊子，缘于小林业四友情推荐。安倍全仁颇是壮怀激烈，很想干出一番名堂。上任伊始，他本着对中国人一概不放心的工作理念，亲自兼任了葛云梁特高课侦缉队长的职务，葛云梁改任副队长。

唉，由正改副，谁也不服。葛云梁私下骂大街，日本人真他娘邪性，这官儿有越当越小的道理吗？

（葛云梁终于明白，你做对的时候，日本人不会记得；你做错的时候，着凉了放个屁都是天大的问题。）

中村青木奉调回国，尚不及打点行装呢，日军驻保定特务机关随之下令，中村经营多年的“光和商社”立即停业。商社所属日籍员工，一体调入日军保定特高课后勤组，中国员工审查后一概遣散。

自民国十七年（1928年）由日本陆军总部包藏祸心在保定开办的“挂羊头卖狗肉”的“光和商社”，阴谋经营了十五年之后，终于寿终正寝。

马凯旋得知了中村奉调回国的消息，立刻布置刺杀行动。无论出于义愤或私愤，也绝不能让这个双手沾满了中国人鲜血的日本特务安然回国。刺杀任务交给了梅可心、曹正汉、强大水和郑放羊四人。

梅可心四人认真分析，认定中村现在失宠后备受冷落，不会有人护送到启程地点。中村离开中国只有两条线路，或由保定乘火车去北平，然后转乘飞机回国；或由保定乘汽车去天津，而后乘船回国。为确保万无一失，四人分头行动：

梅可心、郑放羊赶到北平，于中村去往飞机场的途中伏击；

曹正汉、强大水则于中村去天津的途中实施刺杀。

梅可心、郑放羊的行动计划却落空了——中村青木没有乘飞机，而是去天津乘船；

曹正汉、强大水于天津途中的伏击计划，竟也落空了——狡猾的中村没有全程乘车，而是中途下车，骑马取小道往天津码头上船了。

曹正汉、强大水不敢再犹豫，随即混上当天的轮船，挨着船舱寻找中村青木，很快便在一等船舱找到了中村青木和一个随从。朦胧的灯光下，中村与随从见到曹正汉二人闯进来，登时惊恐万状。曹正汉也不废话，拔刀刺死了这二人。

强大水却悻悻然不解气，让曹正汉在外边放风，他则扒了中村青木的衣服，剥兔子一般熟练地给中村剥了皮。然后将人皮叠了，用中村的衣服包了，背在身上，与曹正汉跳海往回游去。二人游回岸上时，天光已经大亮。强大水兴冲冲将中村的人皮挂在了一棵树上，恨恨地观赏。曹正汉欢喜地上前细看，登时泄了气，顿足嚷道："大水哥，搞错了搞错了，这个人哪儿是中村呀！"

"不会错，军服是大佐的军衔么。"

"我认识中村青木，中村比这家伙胖，而且鼻子不对，肯定不是他。奶奶的，这王八蛋是给咱俩唱'真假美猴王'呀！"

"难道那随从是中村？"强大水疑惑。

"更不是，那随从要比中村矮一头呢。"

"这个浑蛋……"强大水望着茫茫大海，登时傻眼了。

"真像戏文里唱的，谋事在人，成事在天呀！"曹正汉仰天长叹一声。

（唉，之后揭秘：被强大水剥皮的"中村青木"，果然不是中村，此人乃是中村的随从贺良山茂少佐。）

中村不是狡猾，而是太狡猾了。多年之后，中村青木在《我在中国的生活片断》一书中，披露了他回国的路程：中村深知自己血债累累，保定的抗日组织绝不会轻易放过他。他带着两个随从买了往北平的火车票，检票进站后，他们却又悄然出站，改乘汽车取道"天津码头"乘船。即使如此，中村青木仍然谨慎，途中，他让两个随从往天津乘船，并与随从贺良山茂互换了军服。中村则换乘去了山海关码头，再由山海关乘船去了大连，后由大连乘船回国。中村与四个刺客擦身而过。侥幸？或真如曹正汉所叹：谋事在人，成事在天？

（唉！行文至此，谈歌且乱扯几句闲话。抛开迷信成分，"成事在天"应该是个很好的精神出口。人生在世，不如意事常八九，诸如"活该""天意""命当如此""天亡我，非战之罪也"等说法，都是当事者先把自己择个干净，而失败的原因与结果，则不由分说一概"推诿"于自古至今就居无定址的——老天爷。如此说，罗贯中先生强加给诸葛亮"谋事在人，成事在天"这句"甩锅"的话，一向能够成功“卸载”当事者失败后的心理负担与沮丧情绪。难不成要让世间所有功亏一篑的“曹正汉们或强大水们”负疚一生？

再说几句中村青木回国的缘由。山口一郎死后，河边接任特务机关长，中村青木即不再受重用，处境十分尴尬。此次安倍全仁接替中村的位置，并非小林业四任人唯亲，而是日军内部新旧势力斗争与妥协的结果。中村的身份比较特殊，他即是日军陆军总部情报处的特工，还是天皇的表弟佐藤大男的生意合伙人，光和商社有佐藤近一半的股份。佐藤大男是日本前首相近卫文麿的座上客，近卫文麿当政期间，自然要庇护这位皇亲，佐藤的生意做得风生水起。东条英机接任首相之后，近卫的诸多亲信，陆续在政界、军界失宠，佐藤也在其中。“珍珠港事件”之后，东条英机因国内经济压力，一律禁止日军内部从事私人生意，就是在这个背景下，光和商社关张了。佐藤虽然失宠，但是他毕竟是皇亲，深知此时中村青木的尴尬处境，便向陆军总部提出要求，调中村青木回国。佐藤还算有些面子，陆军总部当即批准。如此说，佐藤大男虽是个商人，却还有几分朋友义气，在中村陷入困境之时能伸出援手。于是，中村这个披着商人外衣的日本特工，在中国苦心经营了十余年之后，黯然神伤地返回起点。

中村侥幸躲过追杀，回国后即退出军界，继续与佐藤合伙做生意，或是往事萦怀，不能释然，曾写过一本《我在中国生活的片断》，书中多是个人感受，涉及人物多是一笔带过，不予深究。看得出著书的中村青木心态平和，与当年任日军保定特高课课长的那个伪善残忍的中村青木，已是判若两人。

中村青木1959年8月于日本东京病逝。)

安倍全仁到任后，李天曼倍感受冷落。经验告诉人们，通常情况下，女人但凡在事业上屡有受挫，便想着经营家庭生活了。李天曼也是如此，她向葛云梁摊牌，要求结婚。(谈歌感喟，抛开阵营立场，作为一个冷血杀手的女人，葛云梁应该是她的最爱。或是在她的感情世界里，唯独葛云梁能够给她带来那种渴望已久的温馨与安心。）葛云梁却皱眉不解："天曼呀，你着什么急呀？现在不是一样么！"

（葛云梁的意思大概是，我们现在一起吃饭，一起睡觉，出双入对，跟结婚有什么区别吗？你非得要那一纸结婚证书？）

李天曼则忧心忡忡："老葛呀，如果现在我们不结婚，怕是这辈子就结不成了呢。我们就没有了名分啊。"

葛云梁惊讶："你怎么这样说呢？"

李天曼冷笑一声："你没看出来吗？这个安倍全仁迟早要收拾掉我们。"

葛云梁听得心怯："天曼呀，结婚可以，不过……"

李天曼皱眉："不过什么？"

葛云梁讪笑："那杨小月……"

李天曼笑了："你喜欢她，就留在身边好了。"

葛云梁摇头笑道："天曼，你真行呀，莫非你一点儿也不吃醋？"

李天曼苦笑："你们男人也真是奇怪，女人若吃醋，你们嫌麻烦；女人若不吃醋呢，你们又觉得没趣。对吗？"

葛云梁有些尴尬了："哎呀！你两头儿都说了，我还说什么？"

李天曼郑重说道："老葛呀，我不是那种心窄的女人，男人么，是看不住的。只是，你要向我保证，不管你今后跟谁好，我都是你的正房太太。"

葛云梁频频点头："放心，放心。你永远是正房呀！"

李天曼笑了："那好，我这就去找安倍请假结婚。"

李天曼匆匆去了。

安倍全仁听李天曼说罢，当即准假，并表示真诚祝贺。李天曼转身要走，却又被安倍喊住了。

安倍意味深长地笑道："我想送给你们一个结婚礼物，以表示庆贺。"

李天曼笑道："课长太客气了。"

安倍意味深长地笑道："你想知道是什么礼物吗？"

李天曼摇头："属下不知道。"

安倍却不说了，在屋子里来回踱步。

李天曼感觉安倍的脚步全都"踩"到了她心上，踩得她心烦意乱，她焦躁地问道："课长到底是什么意思？"

安倍停下脚步，抬手扶了扶眼镜，讪笑道："我想了想，高桥小姐与葛先生应该举行两场婚礼。"

"两场婚礼？"李天曼惊讶了。

"我知道，因你二人对抗日分子持坚决捕杀态度，保定城中的抗日分子，对你们早已恨之入骨，恨不能立刻杀之而后快。你们要利用婚礼这个机会，把他们吸引来，一举歼灭，之后再正式举办豪华婚礼。这就是我送给你们的结婚礼物。"安倍得意地笑了。

李天曼恍然大悟，却又疑虑："他们会来吗？"

安倍"哼"了一声，自信地说道："他们一定会来。明天上午，你就把结婚时间、地点，用大版面登到报纸上。放心吧，届时鱼儿自然上钩。"

李天曼点头："一切听从课长安排。"

按照安倍的指令，李天曼在《保定时报》刊登了葛云梁与她结婚的启事。（谈歌在著名集报爱好者马继文那里查找到了当年那张刊登葛云梁李天曼结婚启事的《保定时报》，特录于下：

葛云梁、李天曼结婚启事：兹承保定光和商社主办，定于民国三十三年四月廿六日保定南大街"得意饭庄"举行结婚典礼，恭请安倍全仁先生证婚，敬治茗点恭请光临观礼，恕不另柬，特此敬告诸亲友。）

葛云梁和李天曼结婚的消息在报纸上广而告之，保定军统站自然得知了消息，新任军统保定站代站长的顾也正，着手准备袭击葛云梁与李天曼的婚礼，并立即命令马凯旋派员进城增援。

（顾也正？怎么回事？唉，行文匆匆至此，竟然遗漏了情节。见缝插针，赶紧交代几句，1943 年末，马凯旋、季钧等人进入了小林业四的视线，保定日伪特务机关到处抓捕马凯旋与季钧。上峰考虑马凯旋与季钧等人已在保定城彻底暴露，不宜在保定城内工作，军统北平站慎重考虑，请示重庆后决定，于1944年初，紧急调天津站站长顾也正上校代理保定站站长，同时着令马凯旋与季钧等人转移至保定城郊，组建军统保定游击队，任命马凯旋为队长，兼任军统保定站副站长。季钧任副队长，仍兼保定站副站长，于保定外围配合代站长顾也正的工作。)

杨昆平看过了梅立春送来的关于顾也正要采取行动的情报。

杨昆平分析葛云梁和李天曼的结婚启事是个圈套，其目的是引抗日组织上钩。

杨昆平当即派人给顾也正捎信，劝其不可鲁莽行动。岂知顾也正新官上任，正在“烧三把火”的劲头上，当即哈哈笑道：“共党果然‘胆小如鼠’，不知我顾某的脾气啊。即使是圈套，老顾也要去一遭，至少要杀了李天曼、葛云梁两个人，鼓舞一下士气，也算为顾某接风洗尘了！”

葛云梁和李天曼婚礼这天，春阳软软融融，得意饭庄门前张灯结彩。葛云梁梳着分头，穿西服系领带。李天曼略施脂粉，披戴婚纱，一手抱着鲜花，一手挽着葛云梁的手臂。两人身旁各跟着伴娘和伴郎，款款走进饭庄。

顾也正带人扮作宾客，混进了饭庄。婚礼即将开始，顾也正准备动手，李天曼、葛云梁却没影儿了。顾也正惊讶，四下去找，却见一群日伪特务冲了进来。

顾也正大叫一声：“不好！”他掏枪便打，枪声一时大作，顾也正一干人当即被困在了得意饭庄。

片刻工夫，顾也正手下伤亡过半，剩余几个，各自躲在角落里，也渐渐不支。顾也正惶惶四顾，眼看着死神来临，却忽听一声巨响，饭庄屋顶竟被炸开一个大洞，继而又扔下来几颗手榴弹，接连爆响，日伪特务登时被炸飞了几个。

烟雾之中，朦胧见一个年轻汉子，凌空跃下，朝日伪特务继续扔着手榴弹，日伪特务被炸得一时转向，火力登时减弱。但听年轻汉子大喊一声："快走啊！"

顾也正如一个绝望的溺水者意外抓住了救生圈，登时奋起精神，带着剩余的人，冲出了地狱般的得意饭庄。（唉，得意饭庄，真让顾也正"不得意"呀。事后，顾也正派手下调查那个年轻汉子，这汉子名叫甄广宁，竟是个无党无派的江湖志士，单打独斗，抗日顽强。那天也是赶来刺杀葛云梁、李天曼的，不期遇到了被困的顾也正，当即援手。人才呀！顾也正总算"得意"了，即刻命令马凯旋与季钧，务必想办法将甄广宁网罗到军统保定站。唉，顾也正真是看走了眼呀！甄广宁却是杨昆平派来给顾也正解围的。后边再说。）顾也正惶惶夺路而逃，葛云梁岂能放过，带人随后一路追杀。顾也正慌不择路，跑进了一个胡同，半路冲出来几个人，闪身放过顾也正，却拦住了葛云梁。葛云梁定睛看，带队的却是曹正汉。

（马凯旋接到顾也正的命令，虽怀疑此事是个圈套，但顾也正一意孤行，马凯旋也无可奈何，即又派了曹正汉带十几个人进城增援顾也正。曹正汉带人赶到时，不料日伪特务已提前动手，将顾也正包围在了饭庄。曹正汉刚要带人冲进去——抱着陪同顾领导一道去"地狱旅行"的精神——但听几声爆炸，顾也正竟然逃出生天。曹正汉松下一口气。）

曹正汉抬着枪口瞄着葛云梁，嘿嘿笑道："老葛呀，新婚宴尔，大喜的日子，你怎么还舞刀弄枪呀？多不吉利！"

葛云梁低下枪口讪讪地笑了："曹兄弟，葛某受制于人呢，总要做做样子么。"

曹正汉"哼"了一声，摆摆手："快回去结婚吧。"

葛云梁点头笑了："回去，这就回去。回见了！"葛云梁顺势撤走了。

葛云梁自认为此事做得神鬼不知，可他没想到安倍早在葛云梁身边安插了眼线。安倍第一时间便得知葛云梁放走了袭击婚礼的抗日分子，当下便派人把葛云梁抓来，质问此事。葛云梁却死不认账。安倍大怒，喊人将葛云梁拉到院子里枪决，葛云梁被推搡到院子里，刚要执行，却被匆匆赶来的李天曼拦下了。

李天曼恨恨地嚷道："安倍课长，你枪毙了葛队长，我这婚还怎么结？我总不能还没举办婚礼，就成了寡妇吧？"

安倍冷声说道："用你们中国人的理论解释，高桥小姐这朵鲜花不能插在葛云梁这堆牛粪上。杀了他，高桥小姐必定会找到一个如意郎君。"

安倍话音未落，李天曼已掏出了手枪，直接顶在了安倍的脑门儿上。

安倍大惊失色，他没想到李天曼竟敢这样放肆，他惊恐地望着李天曼："高桥秀子，你敢开枪？"

李天曼冷笑了一声："你说我敢不敢？你如果杀了葛队长，我就敢让你殉葬！"

安倍登时窘住了。

李天曼舒缓了口气，冷冷笑道："安倍课长，还是打个电话请示小林机关长吧。如果小林机关长认为必须处决葛队长，我绝无二话。"

安倍怔怔地看着李天曼，一时竟然"瓷"住了。

李天曼怒吼起来："打电话！我再说最后一遍！"

安倍不敢再犹豫，白着脸抓起电话，拨通了小林业四的电话。

小林业四匆匆赶来了。

李天曼怒冲冲说道："机关长，安倍课长已答应我与葛云梁结婚。就是想杀葛云梁，也要等到我们举行了婚礼再说呀！安倍课长不能如此不守信用吧？"

小林业四笑道："高桥小姐，如果安倍课长要坚持对葛队长执行纪律呢？"

李天曼用凶狠的目光看着小林业四，苍凉地笑了："高桥就先杀掉不讲信用的安倍课长，再同葛队长一同赴死。"

小林业四怔了一下："葛队长在你的心中……果然这样重要吗？"

"机关长，这是属下的私事。"

小林业四一时有些为难了。

小林业四对葛云梁印象十分“恶劣”，他也不止一次向安倍传导过这种恶劣情绪。在小林看来，葛云梁就是个地痞流氓，没有丁点儿素质，前两任特务机关长对葛云梁这等烂人太过放纵，加持高桥秀子百般袒护，葛云梁便在侦缉队作威作福，搞得天怒人怨，他早想杀了葛云梁以儆效尤，借以整肃纪律。可是，高桥秀子毕竟是土肥原的亲信，土肥原而今虽不再掌管特务机关，但威望仍在。为杀一个葛云梁而逼反了高桥秀子，土肥原会怎么想呢？而且，杀葛云梁，也不在乎仅此一时。

小林业四沉吟了片刻，点头微微笑了：“高桥小姐说得很有道理。安倍君，应该让他们如期举行婚礼，而且，更应该让葛队长戴罪立功。”

安倍立正点头：“机关长说得是。”他摆摆手，让手下放了葛云梁。

李天曼躬身向小林业四说道：“多谢机关长。”即带着葛云梁走了。

安倍望着李天曼的背影，恨恨骂道：“这个臭女人凭借着土肥原的威望，就敢如此无礼？我绝不会放过她。”

小林业四冷笑：“安倍君，且沉稳了气魄。收拾这样的女人，我们有的是鞭子！”

李天曼带着葛云梁去了酒店，摆了一桌酒席给葛云梁压惊。

李天曼与日本人拔刀相向，葛云梁感动万分，他举起一杯酒，感慨地说道：“天曼呀，今天这场事，真让我一身冷汗又一身热汗呀！堪比穆桂英在刑场上搭救杨宗保，你这穆桂英当得出色，我这个杨宗保却差大劲了，葛某愧对你一片深情呀！”

李天曼端起酒杯笑道：“老葛，咱俩就不说外道话了吧。干杯！”

葛云梁仰头喝了一杯酒，皱眉叹道：“天曼呀，有了这一出，你在日本人这里可不好混了。安倍这家伙可真记仇啊。”

李天曼冷笑一声：“他？嘁！他真是个没长眼的家伙呢。常言说，能上得了台面的，都了解他人的底细，从来不会贸然行事。这个安倍太拿自己当盘菜了，也太不拿我当回事儿了。他在大观园，不过是个‘平儿’身份，我可是老太君跟前的‘鸳鸯’呢。他想把我当作‘林之孝家的’办了，那可差点儿劲了。”

葛云梁苦笑道：“你怎么说开红楼梦了？那我算个什么呀？贾宝玉？”

李天曼摇头叹道：“老葛呀老葛，贾宝玉么，你可担纲不起。你就是个不懂行情的‘刘姥姥’呀！”

葛云梁沮丧地说：“闹了半天，在你眼里，我就是个没进过大宅门的刘姥姥呀！”

李天曼歪歪头呵呵笑道：“别生气呀，你还真是个没进过大宅门的刘姥姥呢。来，再干一个！”

二人又饮了一杯。

李天曼眯起眼睛嘻嘻笑道：“老葛呀，你刚才受了场惊吓，我是不是把杨小月找来陪陪你呀？”

葛云梁听得一怔，细看李天曼的表情，并无讥笑之色，他不禁摇头叹息：“天曼呀，难为你如此大度，葛某保证，从此……只有你一个女人。”

李天曼听了，心头忽地一热，眼里就有了亮晶晶的泪花儿。

唉，葛云梁是她今生唯一爱过的男人，可是，她一直没把握，葛云梁能像她爱他那样‘你侬我侬’地爱她吗？或是说，她明白葛云梁此刻确是真心地爱上了她。她用温情脉脉的目光盯着葛云梁，她深深知道，这是一个永远会被金钱束缚着筋骨的男人，他身体的每一根神经始终迷恋着金钱的颜色。这个世界上，只有金钱，才能让眼前这个男人奔放、洒脱。这能说是错吗？换言之，爱钱的男人有错吗？

李天曼一时想不清楚了，她缓缓举起酒杯，看着眼前这个她今生唯一喜欢的男人，兀自慨然叹道：“老葛呀，世间男女之事，总是有个‘乍见之欢’，这个容易，可难得是还要有个‘久处之乐’呀。

可你……唉，不说了，我今天总算是……听到你说了这么一句……我最喜欢听的话呀！”说罢，仰头一饮而尽。随即泪如雨下。

葛云梁愣怔了一下，张张嘴，却什么也没说出来，也举起了酒杯，傻傻地一饮而尽，之后握着酒杯，痴痴的目光静望着李天曼，眼里渐渐也有了亮晶晶的泪水。

（唉，真不容易呀，活在这个世上似乎只认钱的葛云梁，终于也动了真情。是呢，面对李天曼这样一个死心塌地爱上他的女人——跟你乍一见面，或许连之后生几个孩子都计划好了的女人，葛云梁就算是一根百年朽木，也应该立时长出绿叶子呀！）

李天曼抬手挥了挥泪水，又看着葛云梁，突然软下声音问道：“老葛呀，你从来没问过我的家事，你不想知道吗？”

葛云梁笑道：“怎么不想知道呢？只是你不说，我怎么好问呢？”

葛云梁此时看到的李天曼十分漂亮，雅间里的灯光照射到李天曼淡淡忧伤的脸上，李天曼的确是个美丽动人的女子。她的皮肤晶莹雪白，比杨小月要耐看得多。与此时的李天曼相比，杨小月真是差着等级呢。怎么自己之前就没有注意到这两个女人的区别呢？葛云梁想到了说书人的一个词：灯下看美人。

李天曼叹道：“我从不愿意对人提起爹娘的名字，我很小的时候，爹娘就把我送给了土肥原抚养，我爹娘都是杂戏艺人，我本姓从，我爹名叫从山，娘叫陈玉琴，他们都是魔术大师赵旺才的亲传弟子。”

葛云梁惊讶了：“我知道赵旺才师傅有五个弟子，并没有令尊令堂呀？”

李天曼笑道：“葛兄呀，你枉为变魔术出身，难道你不知道‘炮打活人’这种戏法，需要孪生兄弟吗？我爹与名扬江湖的从骏就是孪生兄弟。我娘与从骏的妻子陈玉英也是孪生姐妹。”

葛云梁恍然大悟：“明白了明白了，你父母都是幕后的魔术师。如此说，赵旺才师傅真有七个弟子呀。”

李天曼点点头：“是的。我练杂戏魔术，都是爹娘传授的。只是，他们四海为家，我很少见到他们，我没有享受过爹娘太多的疼爱，他们留在我心里的东西，实在太少，我对他们的记忆，大多时候，也就到此戛然而止了。我时常想找个词儿，形容一下这种感觉，却总是词不达意，若将就些，或许就是两个字——生疼。”

葛云梁静静听着，在他的记忆中，似乎从来没有如此认真地听过一个女人讲话。

李天曼顿了顿，继续说道：“爹娘曾到东京演出，结识了也热爱魔术的土肥原先生，他们有了来往，交情日渐深厚，爹娘便把我交给了土肥原先生看护，我就此认了土肥原先生为义父。后由土肥原先生出资，我去了东京上学，很多时候我竟忘记了自己的出身。我之所以取了一个日本名字，因为我认定我就是一个日本人，或是在土肥原有意的教育下，总感觉自己是个没爹没娘的孤儿了。我渐渐对爹娘十分不满，而且由不满到仇恨，再到仇恨中国人。后来遇到了你，我才记起自己是一个中国人。老葛呀，你知道我有多么爱你吗？再说句很不好听的话，老葛呀，我在你身上找到了有爹的感觉呀……”说到这里，李天曼哽咽了，眼泪又急急地落下来。

葛云梁一时无措，他不知道应该怎么安慰眼前这个在回忆中痛苦着的女人，他声音顿时低落下来：“天曼……哎呀！”

葛云梁突然惊叫了一声，他看到天花板上一条壁虎凭空落下，掉到了李天曼的身上，葛云梁欲伸手去抓，却被李天曼严厉的目光拦下了。但看李天曼缓缓伸展了手臂，优雅张开了纤巧的手掌，任凭这只壁虎趴在身上游走。

葛云梁万分惊讶了，一般来说，女人大都惊恐壁虎，但李天曼却根本不在乎，就像没有这回事儿一样。

李天曼继续说道：“老葛呀，我第一次遇到你时，我也不知道因为什么，也没与你说过一句话，就突然喜欢上了你。再往深里说一句，我见你第一面，就把咱们孩子的名字都想好了呀！”

（唉，说这话，也真是个为难，葛太太因为工作太忙，至今未生育呀。）

葛云梁听得呆了，真没想到他在李天曼心中竟然是这么个位置。

李天曼轻轻叹了口气：“这或许就是戏文里说的一见钟情？这莫非就是书上写的姻缘前世既定？”她顿了顿又说道：“我永远忘不了的是，保定杂戏魔术大赛那几天，你总在街上变戏法，或者踢毽子，我总是追着看。就是在那个时候，我就决定了，我一定要嫁给你，这辈子当你女人了。”

葛云梁或是感觉李天曼说得太沉重了，他转移了话题，轻声问道：“天曼，你父母现在何处？我总应该拜见的呀。”

“你见不到他们了。”

“嗯？”

“他们死了。”

“死了？”

“你应该记得吧，二十八年初冬那天早上，唐家胡同三十三号，悬梁自尽的那对夫妇，就是我爹娘。”

葛云梁惊讶得张大了嘴巴：“什么？……那不是从骏、陈玉英夫妇吗？”

李天曼长叹一声：“不！他们是冒名顶替。他们的真实身份是从山、陈玉琴夫妇，就是我的爹娘。从骏、陈玉英夫妇，也就是我的大伯、大娘，早已死在北平监狱里了。我爹娘欺世冒名，为何缘由？我不得而知。但若细想，应该是土肥原先生的意思。可是他们却突然自杀了。我仔细勘查了现场，没有他杀的痕迹，他们为什么要自杀呢，我一直想不出答案，或许答案只有一个——他们不愿再过这种半人半鬼的日子了。”

葛云梁心中一时凌乱了：“那你……”

李天曼的表情突然有些诡异了，目光中闪烁着什么：“你或许不相信，中村带我给他们下葬时，我竟然没有流一滴眼泪，可是我在回来的路上，却总也忍不住回头去看，似乎那座新起的坟墓里，伸出一根无形的线儿，长长的，细细的，紧紧缠在了我身上，最后终于抻断了，那一刻，我突然轻松了，再不回头。我只觉得浑身轻飘飘的，麻酥酥的，当时想，如果稍稍有一阵风，就能把我吹远了。

我后来明白了，那一刻，爹娘的魂魄，已彻底离开了我的身体。”

说到这里，李天曼唉声叹气，目光暗淡下来。

葛云梁怔了片刻，软声劝解道：“都是往事了，你不要过于伤感……”他说着话，眼睛却紧盯着那只仍趴在李天曼身上的壁虎，那壁虎在李天曼的身上周游了几遭，或是感觉无趣，便沿着李天曼的胳膊，渐渐爬到了李天曼一直伸展的手掌。

李天曼突然握住了那只壁虎。

葛云梁苦笑一声，点头叹服：“天曼呀，你真能沉住气呢。”

李天曼笑道：“老葛呀，我是一个很能等待的人。比如，我一直等着与你结婚。”

“明白了。”

“说一句，你也愿意跟我结婚。”

“愿意。”

“你再说一遍，我想听。”

葛云梁郑重地点头：“天曼，我愿意与你结婚。用说书人的一句话说，我今天更知道了你的可爱。”

李天曼笑了：“真的吗？”她别过头，挥了眼泪，回过脸来，又是一脸灿烂的笑容。她举起酒杯：“为了我们结婚，为了这辈子，喝一杯！”

葛云梁感叹了一声，也举起酒杯。

二人一饮而尽。

葛云梁放下酒杯，牵动了心事，他皱眉说：“或是……天曼呀，咱们就是举行了婚礼，安倍也想杀我呀！”

李天曼点点头，冷冷“哼”了一声：“我看得出来，他杀你的心肠已经铁定了，过了今天这个村，还有明天哪个店啊？加上今天我任性撒泼闹了这么一出，他必定恼羞成怒，要置你于死地。可是，他办不到！”说罢，她张开手掌，那只壁虎被握得团缩，早已气绝。

葛云梁心里悚然一冷，感觉自己很像这只壁虎。他怅然叹道：“我也不能坐着等死呀？天曼，我劝你也别干了，我们去找土肥原将军，另寻个出路吧。”

李天曼摇摇头：“义父的威望早不似当年了。且他已调回日本，即使想帮我，也是鞭长莫及呢。唉，义父若仍威风如旧，小林和安倍这帮狗眼看人低的东西，敢对我这样不敬吗？”说到这里，她厌恶地扬了扬手，将死壁虎扔到了墙角，掏出手帕擦了擦手，随即抬手扔了手帕。

葛云梁皱眉急道：“可咱们得赶紧给自己找条后路呀！总不能伸着脖子等着挨宰吧？天曼呀，咱们这几年挣下的钞票足够花了，不需要再靠着日本人发财了。这些疑神疑鬼的王八蛋小日本，真说不定哪天先杀了我，再杀了你呢！”

李天曼点头：“老葛呀，其实你早有了这个心思。我之所以没有责怪过你，因为我也一直留着心计呢。日本人不会长久了，咱们是该给自己找条后路了。”

葛云梁发愁：“这几年咱们可把军统和中共得罪苦了，他们肯接收咱们吗？”

李天曼“嘿嘿”笑了：“自古投降都得有上门礼。咱们只要想投奔过去，就得有个立功的表示呀。”

葛云梁皱眉：“怎么立功？”

李天曼恨恨地说：“那就杀了小林业四？”

葛云梁忙摆手：“此事不可行。小林业四十分诡秘，且防卫森严，我们很难得手。此事得再想想。”

李天曼讪笑道：“那就杀了安倍，咱们去投靠人家，总要有个投名状么。”说着，李天曼仰脖喝了一杯酒，忿忿地将酒杯蹾在了桌上，凶恶的表情说道：“老葛，我是个说干就干的性格。日本人很快就垮台了，咱们如果此时再不反正，就怕真的没有机会了！”

葛云梁道：“我马上联系。”旋即皱眉说：“只是……现在军统保定站走马换将，有情报说，马凯旋与季钧都不在城里了……”

李天曼摆摆手：“打住！老葛呀，我不想投奔国民党，我想投奔共产党。”

葛云梁惊愕："共党？"

李天曼郑重地点头："对！我知道你跟'兄弟社'有些关系一直没断，他们眼线多，你托'兄弟社'的关系，联系共产党，肯定能找到。"

葛云梁想了想，点头说："共党就共党吧。其实，不用'兄弟社'我自己就有办法跟他们联系上。"

"那更好了。"

"就这么说定了？"

"定了！"

"好！"

"小林业四"之死

第二天晚上，葛云梁亲自带着两个侦缉队员上街巡夜了（安倍领导都那么不待见了，咱得赶紧表现呀）。他们转了两条街之后，葛云梁支开了两个手下，单独走了。他哼着小曲儿走过两条胡同，确信没有人跟踪，即去了粮油胡同。他在一处宅门站住，左右看看，即抬手叩门。

门片刻开了，葛云梁一脚踏进去，背后突然伸来一只胳膊，勒住了他的脖子。葛云梁登时感觉喘不上气儿了，他奋力挣扎着说："曹……兄弟，别……"

曹正汉失声笑了："你怎么知道是我呢？"说着话，手下就松了三分力气。

葛云梁喘着粗气："除了你，谁舍得这么往死勒……我呀？"

曹正汉嘻嘻一笑，放开了葛云梁，葛云梁立时蹲在地上咳嗽起来。

曹正汉探头到街门外去看，葛云梁摆手说："别看了……就我一个人……来的。"

曹正汉关了街门，回头看着仍然蹲在地上喘粗气的葛云梁，便"嘿嘿"笑道："老葛呀，你半夜三更跑到我这儿来干什么？梦游呢？

还是来抓我？”

葛云梁摇摇头，站起身，撇了撇嘴说道：“抓你？抓你我能一个人来吗？嘁！行了，快进屋吧，我真有急事儿找你说呢。”

二人进屋，对面坐了，不待曹正汉发问，葛云梁便直言不讳地说了来意。曹正汉惊讶了一下，旋即摇头笑道：“老葛呀，你这是玩什么把戏呀？你们投奔共产党，也不应该找到我这来呀。我可是军统的人，正经八百的国民党呀。”

葛云梁摆摆手：“曹兄弟，快别装了，其实我早就知道你是共产党。就你那表情，总跟擀面杖似的，不是共产党还能是什么？曹兄弟放心，你的事儿我不会对旁人讲。”

（多年之后，曹正汉回忆此事，仍然疑惑不解，葛云梁怎么知道他是共产党呢？什么时候知道的呢？再有，葛云梁说他的表情总跟擀面杖似的，曹正汉一直没弄明白，“擀面杖”似的表情是什么样的表情呢？）

曹正汉没接这话茬儿，他盯着葛云梁：“先不说共产党还是国民党了。老葛呀，我真是让你骗怕了，你这回是真的吗？你给我说句实话……算了！你小子从来就没实话。”

葛云梁嘿嘿笑了：“曹兄弟，这回真是真的了。麻烦你，给你的顶头上司杨昆平先生捎个口信儿，我想跟他谈谈。”

“杨昆平？干啥的？我不认识。”

“行了行了，你就别再装了，曹兄弟，老葛这回真是想跟着共产党呢，看在老情分上，你就帮我这个忙吧。事成之后，我老葛绝对亏不了你的。对了，你这有酒吗？我瘾头儿上来了，弄一口。”

曹正汉歪了葛云梁一眼：“你是找借口跑我这儿喝酒来了呀？我还不够喝呢。”

葛云梁掏出两块大洋，“叮当”拍在桌上，想了想，却又装回一块：“哎呀，就一口就一口，快点儿呀。看你那小气劲儿。你以前不这样呀。”

曹正汉极不情愿地从墙脚拿出酒坛子，给葛云梁倒了一碗。

葛云梁忙端起酒碗一口干了。

曹正汉想了想，点头："行吧，这事儿我帮你打听打听，看谁认识共产党的人，帮忙给你老葛联系一下。"

葛云梁一抹嘴："你得快点儿呀！"

"明白。可我得再说一遍，我可不是共产党呀！"

"行了行了，我不管你是不是了，你快找人联系吧！走了啊，过两天，我可来找你听信儿呀。就这样……我再喝一口。"葛云梁又让倒满，端起碗一饮而尽，便起身匆匆走了。

曹正汉把李天曼、葛云梁要反正的事儿，报告了梅天凤。

梅天凤疑惑了："李天曼为什么一定要投奔咱们呢？她为什么不找马凯旋呢？这事我得请示杨书记。"

杨昆平听了汇报，慎重考虑之后，当即指示梅天凤，事发突然，应当谨慎，还要认真考察这两个人。

梅天凤把杨昆平的意见转告了曹正汉，又指示曹正汉，要他转告葛云梁，他们想投奔共产党，是一件严肃的事儿，组织上正在慎重考虑，让他们耐心等一等。

曹正汉把梅天凤的话转达给了葛云梁。

葛云梁泄气地摊开双手："投个降也这么费事儿？曹兄弟，难不成'上赶着都不是买卖'吗？"

曹正汉撇撇嘴，摆手讥笑道："行了行了，老葛呀，你们这几年帮着日本人干了多少坏事呀？你们冷不丁儿'凉锅里冒热气'，谁敢信你们呀？再说了，你从来就没个准儿，原本就不是个让人放心的人儿呀！"

葛云梁尴尬地说："曹兄弟，你不能总看老皇历呀……"

曹正汉笑了："行了行了，我今天就不揭你的短儿了，你先回去等信儿吧。我这也是托人办事儿呢。"

葛云梁怏怏不乐地回去了，十分懊恼地把联系共产党的结果告诉了李天曼。

李天曼却不在意地笑笑："共产党行事向来谨慎，那咱们就再等等吧。”

葛云梁却等不及呢，他没好意思告诉李天曼，这些日子，他天天晚上做恶梦，已经被安倍连掐带咬带枪毙，弄死十几回了。葛云梁如坐针毡，我……还再等个……屁呀。

第二天，葛云梁瞒着李天曼，悄悄出城了，他联系上了正在城外组建军统游击队的季钧。季钧与葛云梁交谈之后，大喜过望，当即把葛云梁和李天曼要反正的消息报告了马凯旋。

事发突然，马凯旋心生疑惑，又让季钧安排，他亲自与葛云梁见了面。细心交谈之后，马凯旋判断李天曼与葛云梁的确是真心反正。当即表示出“热烈欢迎”的态度，要葛云梁速与李天曼商定时间地点，届时他派季钧带人接应。马凯旋又叮嘱葛云梁，反正之前，多搜集些日军的情报。

葛云梁登时似吃了颗定心丸，连连点头答应，欢喜地走了。

葛云梁兴高采烈地回来，绘声绘色地对李天曼讲了。

李天曼登时顿足嚷道：“老葛呀老葛，你联系马凯旋，总要事先跟我打个招呼呀，你怎么能背着我去见他呢？”

葛云梁笑道：“我说天曼呀，你想投奔共产党，我不反对，可是我看人家那态度，明显不信任咱们呀，咱们岂不是热脸贴了个冷屁股么。再说了，咱们先投奔马凯旋，待咱们站稳脚，你愿意投奔共产党就投奔共产党么，到时候再接着谈这单生意。你就是变卦想投奔苏联的或者美国的共产党，我也不拦着你！这总行了吧？”

李天曼坚决摇头：“马凯旋那里我不去。我就是要投奔共产党！”

葛云梁有些急了，一拍大腿怒吼起来：“我说你这娘儿们缺心眼儿啊？你知道么？现在安倍看我的眼神儿都不对了，总跟饿狼似的，不定哪天就敢把我当只绵羊吃了呢。我真着急呀，你要不着急，我也得先反正了。”

李天曼斜眼看着葛云梁，不禁嘻嘻笑起来了：“老葛呀老葛，你真怕了？”

葛云梁泄气地说：“唉，天曼呀，不瞒你说，我是真怕了呀，安倍那个王八蛋……呀……”他带了哭腔。

李天曼怔了怔，不再笑了，即上前轻轻摸了摸葛云梁的头发，叹了口气：“老葛呀，对不住，我不会再让你担惊受怕了，那就先投奔马凯旋吧。”

“你答应了？”

“答应了。”

葛云梁立时转悲为喜了：“天曼呀，那咱们商量商量，怎么个投奔呀？你那天说了，古人还讲究个投名状呢，咱们投奔过去，总要有个见面礼呀。我想，情报归情报，咱们若杀了安倍全仁，马凯旋必定会高看我们一眼。”

“杀安倍？”

“对！一是给马凯旋表示个态度，二是咱们也出一口恶气！”葛云梁咬牙切齿地说道。

“可……怎么杀呢？”

“咱们结婚呀！请他过来喝酒么，他碍着面子，必定过来，咱们用毒酒弄死他，如果小林业四来，也一块收拾喽！”

“小林业四精得像只狐狸，防范得很呢。”

“你放心，只要他能来，我就有办法。”葛云梁自信地笑了。

“我一定请他们，小林若不来，安倍肯定来。事不宜迟，这两天咱们就办婚礼。”

“好！”

葛云梁与李天曼商定，即日在保定南大街的“渔人轩饭庄”重新举办婚礼。这回却不事声张，提前一天以商务会餐的名义包下了渔人轩饭庄。这也是葛云梁的精心设计，“渔人轩饭庄”的海鲜在保定城首屈一指，日本人喜欢吃海鲜。如此煞费苦心投其所好，只为了吸引小林业四与安倍过来。

小林业四收到李天曼亲自送来的请柬，表示祝贺，并且非常热心周到地指派了二十余名日伪特工，在饭庄周遭值勤守卫，悉心保护李天曼和葛云梁婚礼的场面安全。

婚礼举办这天，小林业四却没有出席，仅委托安倍代表他向一对新人贺喜，并且随奉了礼钱。安倍更是个小心谨慎的性格，他本意不想出席，他认定此时的日本人，在中国任何一个公共场合抛头露面，都是十分危险的。但碍于情面，更有小林业四的委托，只能勉强来了。

酒席上，葛云梁、李天曼双双上前敬喜酒，葛云梁亲手拿酒壶给安倍斟酒："安倍课长，这是喜酒，总要喝一口的么！"说罢，似看出安倍心中疑虑，先自斟自饮了一杯，欠身向安倍亮了亮杯底。

安倍却摇头微笑了："喜酒吉祥呢。无奈我不胜酒力，只能心领了。"

葛云梁后来说，他使用的是魔术道具"转心壶"。所谓转心壶，即一只酒壶里，一半是酒，另一半是毒酒。但是谨慎的安倍虽然看到葛云梁喝了，却仍是不肯喝。

葛云梁便笑道："安倍太君若不善饮，那就请喝茶吧。"

安倍摆手笑道："我今天也不喝茶了。你们中国人讲究君子之交淡如水，我就以清水代酒吧。"

葛云梁击掌笑道："安倍太君果然有学问呢。咱们就喝白水，以示君子之交吧。"

安倍点头："好的。"

服务生端上几杯水来，在安倍的注视下，葛云梁先自喝了一杯，之后双手将一杯白水捧给了安倍。安倍微笑着接过，与李天曼和葛云梁碰杯，一饮而尽。

安倍不愿久留，略略寒暄了几句，推托公务繁忙，即告辞了。

安倍回去的路上，突然有了醉酒的感觉，他的司机后来说，安倍课长痛苦地告诉司机，他觉得自己的脑袋有十个那么沉重，眼皮也沉甸甸，似挂了很重的东西，路上他一直恶心得想呕吐，却根本吐不出来。司机急忙把安倍送到了日军医院，还没有来得及抢救，安倍全仁已经气绝身亡。

小林业四亲自监督了安倍全仁的尸检过程，结论是：中毒致死。

安倍全仁聪明而且警觉，他在婚宴上什么也没吃，只喝了杯白开水，怎么会中毒呢？唉！安倍百密一疏，他竟然忘记了葛云梁是变戏法儿出身，做点儿超出安倍认知的“黑天鹅”似的要命把戏，绝对是小菜一碟。

葛云梁后来说，毒药由李天曼提供。此毒药是日本生产的烈性毒药，学名为“樱花落”。此药无色无味，饮入之后，一个小时内中毒者毫无感觉。但这一个小时却是解毒的黄金时间。超时后当即发作，即使有解药，也无济于事。安倍全仁绝对不会想到，他竟然死于本国生产的毒药，说来也算是死得其所了。

（端的是，肥水不流外人田，自家毒药自家尝。）

这还用问吗？李天曼与葛云梁是最大的疑犯。

小林业四怒火中烧，当即派人去抓捕李天曼夫妇。但婚宴早已结束，葛云梁与李天曼新房内，也空无一人。连李天曼的随从杨小月也无影无踪，不知去向了。小林业四哪儿知道呢，葛云梁与李天曼没等婚宴结束，即悄然换了便衣，坐着事先雇来的马车，美颠颠儿地出了保定城。

按照葛云梁预先和季钧约定的时间、地点，他们在徐水李家庄见到了马凯旋——前边说过，顾也正代理军统保定站站长之后，马凯旋和季钧便转移到了城外，奉命组建军统保定游击队。李家庄接近易县山区，马凯旋一干人在这里安身待命，绝对是一个可进可退的落脚点。

李天曼与马凯旋见面后，便紧紧与之握手，李天曼情绪复杂地感叹一声：“马副站长，我终于回来了！”

（写到这里，卖个关子，李天曼这一句“我终于回来了”，却是话里有话呢。后边详说，暂不剧透。）

马凯旋高度表扬了李天曼与葛云梁弃暗投明的行动，并代表上峰热烈欢迎他们参加军统。之后交给了他们一个紧急任务，要他们配合郭子路执行一个重要行动。

李天曼与葛云梁歇息了一夜，第二天上午便去找郭子路，具体商议此次行动。

为躲避日伪特务的追捕，郭子路、任雪儿已转移出城，与马凯旋会合了。二人住在李家庄村西的一个宅院里。这宅子是李家庄李万成的一处闲宅，是马凯旋向李万成借住的。

李万成是个开明乡绅，现在李家庄当村长，却是个两面村长，明里要给日伪支应差事，暗地里却给抗日组织办事，已被马凯旋发展为军统外围联络员。

任雪儿出门迎了李天曼与葛云梁，任雪儿此时完全是村妇的打扮，素面朝天，湖兰色的土布衣裤，穿了一双半旧的纳底黑布鞋，一条花毛巾包在头上。

葛云梁惊讶道："任雪儿，真认不出你了呀！"

任雪儿莞尔一笑："二位请进吧，子路正等你们呢。"

任雪儿引二人进屋，郭子路起身相迎，请李天曼、葛云梁炕上坐下。

彼此寒暄了两句，即说正事。郭子路简单说了小林业四的情况，李天曼、葛云梁听得心惊肉跳，小林业四原来竟是孪生兄弟四人呀。

郭子路问："二位知道这四个人的活动规律吗？"

李天曼与葛云梁面面相觑，李天曼仍然惊讶地摇头说："打死我也想不出，这小林业四竟是四个人。若说他们有什么规律？我们真的不知道呢。"

郭子路耐心地问："比如，他们吃饭、上街、洗澡等。"

葛云梁也摇摇头："一点儿也不清楚呢。"

李天曼沉思道："小林业四总是很神秘，几乎不让人靠近，他的办公室我一次都没有去过。"

"他们不能一天总在特务机关吧？莫非他们就不上街了？"

葛云梁皱眉："他们整天待在特务机关……"他猛地拍了拍脑袋，突然笑了："对了，我前些日子在街中巡查，听人讲过，有四个日本军官，总去北大街的'清华浴池'洗澡。我听浴池的搓澡师傅说过，这四个日军总是待清了场，再进去洗。我若猜么，这四个日军八成就是小林业四。”

郭子路忙问：“还有什么细节？”

葛云梁想了想，又说：“我还记得浴池经理对我说，这几个鬼子很爱干净，过几天就去洗一次呢。”

郭子路皱了数天的眉头终于舒展了，他起身呵呵笑道：“好了，事不宜迟，老葛呀，你跟我进趟城吧。”

李天曼：“那我呢？”

郭子路笑道：“天曼就不用去了吧。我只让老葛带个路。老葛，咱们走吧。”

二人起身出屋，葛云梁走到门口，又转身对李天曼笑道：“天曼呀，你与雪儿聊会儿吧，开心些，我走了呀。”

李天曼温顺地笑道：“我没事的，你去吧，路上小心些。”说这话时，李天曼心里涌起一丝感动，她恍惚感觉到，她被自己感动了，是被自己刚刚两句温柔体贴的说话声音感动了？奇怪呢，自己如何变成这样了？

任雪儿笑道：“天曼呀，中午你就在这儿吃饭，我先陪你坐会儿，马队长忙呢，让我先跟你聊聊日伪的情况。听马队长说，你和老葛同志在日军内部卧底好几年，真是不容易呢。我听得很佩服，你给我讲讲吧。”

李天曼尴尬地笑了：“雪儿呀，我真没什么好说的呢。”

任雪儿摆手笑了：“哪能呀，咱们随便扯扯么。”

二人说了一会儿，任雪儿待要起身去做午饭，便听到街门“咣当”一声被撞开了，任雪儿一怔，待要出去看，冯书恺已经带着十几个人持枪闯了进来。季钧一脸沮丧地跟在后边。

（匆忙行文至此，且交代几句被搁置太久的冯书恺。冯书恺奉调军令部第二厅北平情报站后，一直在北平做情报工作，此人吃苦耐劳，颇有成就，很快被主管二厅情报的郑介民看好。郑介民想重用冯书恺——调其去上海情报组主持工作。可调令下发后，冯书恺却未能成行。为什么？二厅保定情报组接连受挫，施乐然与国虎两任组长先后牺牲，继任组长韩江敏到保定不到半月即被捕，随后叛变，二厅保定情报组随之遭到严重破坏，陷于瘫痪状态。郑介民便改了主意，令冯书恺去保定主持工作，军衔晋阶上校。冯书恺即兴致勃勃上任了。在别人眼里，冯书恺命苦呀，错过了去上海这等大城市工作的机会。唉，他们哪里知道冯书恺的性格呀，保定是他伤心之地，老子当年从这里不慎跌倒，而今要从这里重新站起来，王者归来，一雪前耻。这是典型的还乡团心态，若套用一句著名电影道白，那便是“我冯书恺又回来了！”唉，哪里跌倒，真能从哪里站起来？冯书恺呀，你仔细想过没有？若跌倒在坑里，你站起来还是在坑里呀。保定就是你的坑，保定的坑就是真“坑”你呀！）

冯书恺一挥手，几个手下的枪口立刻对准了李天曼和任雪儿。

任雪儿皱了眉头，疑惑地看了看冯书恺，又看了看季钧：“季副站长，他们这是……”

季钧上前悄声对任雪儿说：“唉，咱们惹祸了。二厅插手了……”

任雪儿一惊：“惹什么祸了？”

冯书恺没理会任雪儿，冷眼看了看李天曼，上前讪笑道：“高桥秀子小姐，你好呀。葛云梁呢？”

李天曼“哼”了一声，没说话。

冯书恺转身对几个手下说：“你、你、你还有你，去各屋给我仔细搜！把葛云梁这个王八蛋找出来。”

几个特务立刻奔到各屋去了，但听到一阵乱糟糟翻箱倒柜的声响。

任雪儿皱眉道：“冯组长，你还不知道吧？李天曼现在……”

冯书恺摆摆手，打断任雪儿：“任雪儿，我知道你厉害，我今天不招惹你。你先靠边站会儿，我今天是奉命抓人的。”

任雪儿疑惑：“抓李天曼？”

“不错，抓李天曼，还有葛云梁！”

几个手下先后回来了，为首的报告冯书恺：“没有发现葛云梁。”

“没有？”冯书恺皱眉，走到李天曼面前：“高桥秀子，说吧，葛云梁去哪儿了？”

李天曼“哼”了一声，仍旧没说话。

冯书恺拔出手枪，顶在了李天曼的脑门儿上，大吼一声：“快说！我可没耐心陪你玩儿猫逮耗子。”

李天曼皱眉看了看季钧，怒声问道：“季副站长，你们搞什么名堂？”

季钧“哼”了一声：“李天曼，你就别再装糊涂了，你和葛云梁是共党派来的卧底！”

李天曼摇头苦笑：“季副站长，我不想与你对话，我要见马凯旋队长，我有重要的事情告诉他。”

任雪儿忙说道：“天曼，马队长一早进城了，你告诉季副站长行吗？”

李天曼摇了摇头：“不行，我只能告诉马队长。”

季钧皱眉问：“为什么？”

李天曼用硬硬的目光看着季钧：“我不相信别人。说白了，我不相信你！”

冯书恺朝季钧冷笑一声：“季副站长，你都听到了？我现在开始怀疑马凯旋了，马凯旋或许就是李天曼的同党！”

季钧听得皱眉，冷冷说道：“冯组长，你不能这样乱讲，说话要有证据。”

冯书恺鄙视了季钧一眼：“证据总会有的。”他转身对李天曼说道：“行了，你不说，就另找个地方让你说吧。带走！”他挥挥手，几个手下上前绑了李天曼，推门出去了。

任雪儿追出门去，却被冯书恺的手下持枪拦住了，冯书恺皱眉道：“任雪儿，我问你一句，葛云梁去哪儿了？”

任雪儿不屑地看了冯书恺一眼：“冯组长去问马队长吧！”说罢，“咣”的一声，关上了门。

冯书恺咧咧嘴：“妈的，这娘儿们脾气还不小呢。走着瞧！”

冯书恺押着李天曼，一路去了距离李家庄十五里的易县后洼地村，这里是冯书恺活动的一个驻地。

他当即提审李天曼。冯书恺可不懂怜香惜玉，当即给李天曼动了重刑。

李天曼被绑在一根房柱上，审讯到午夜时，她已经浑身血污昏死过去了几次。

再被冷水泼醒时，她恨恨地叹了口气：“冯书恺呀……冯书恺，党国怎么会有你这样的蠢猪呢？你坏了大事……”未说完，李天曼又昏死过去了。

冯书恺恨道：“弄醒她，继续打，我就不信她是铁嘴钢牙，一定要她说出潜伏在保定站的共党。”

冯书恺话音未落，房门被一脚踹开了，马凯旋带着虞世通大步跑进来，身后跟着十几个“兄弟社”的人。

冯书恺愣了个神儿：“马队长，你怎么来了？”

马凯旋看了看浑身是血昏迷不醒的李天曼，勃然大怒：“冯书恺，你要干什么呀？”

马凯旋上午化装进城，去见站长顾也正，汇报了李天曼、葛云梁反正一事。顾也正叮嘱马凯旋继续暗中甄别这二人，不可过于轻信。马凯旋下午回到李家庄，得知李天曼被冯书恺绑走了，他登时急了，当即去找了虞世通。撒开“兄弟社”的人，四下里寻找，半夜才找到了后洼地村。

冯书恺瞪了一眼马凯旋：“马凯旋，这里是军令部第二厅在保定的办公要地，与你们军统无干，你跑来干什么？”

马凯旋跺脚吼道：“干什么？你干扰了我们军统保定游击队的工作！你的手伸得也太长了吧？越权越界，马某来向你讨个公道！”

冯书恺斜着眼睛冷笑了一声：“马凯旋，你别跟我喊，你以为你当上个破军统游击队队长就能牛气哄哄的了？老子当年参加革命的时候，你还在走江湖卖野药呢，你算个什么东西……”

虞世通冷笑一声，上前说道：“冯组长，你以为你是什么东西呀？”

冯书恺登时脸色变了，他后退了一步，惶惶地盯了一眼虞世通的衣袖，忙摆手道：“虞世通，你别过来，我跟马凯旋说话呢，你别插嘴！”

虞世通“哼”了一声：“姓冯的，你嘴里干净点儿……”

马凯旋伸手拦了虞世通：“冯组长，我半夜来找你，不是来跟你扯淡的，你赶快放了李天曼。”

冯书恺“哼”了一声：“马凯旋，你还蒙在鼓里呀，你知不知道李天曼早就投降了共产党，又被共党派到你这里卧底了？”

马凯旋摆摆手：“无稽之谈。你赶快放人吧！”

冯书恺怒道：“马凯旋，我看你今天真是不见棺材不落泪呀！”他转身大喊一声：“季钧！”

但见季钧垂头丧气地从里屋走出来。

马凯旋惊讶道：“季钧，你怎么在这里？”

季钧皱眉对马凯旋说：“马队长，昨天夜里，冯组长接到了一份情报，是我们在中共保定地下党卧底的同志紧急传出的。情报说，李天曼与葛云梁之前已经先投奔了中共保定地下党。冯组长分析断定，李天曼、葛云梁是共党派来的卧底。”

马凯旋愣了，虞世通也愣了。二人面面相觑，一句话也说不出了。

冯书恺得意地笑了笑：“马凯旋，你现在明白了吧？我实话告诉你吧，我今天抓了李天曼，明天再抓葛云梁。共党可真行呀，都把卧底安插在军统里边来了。冯某今天是替你们清理门户呢。弄醒她，让她开口！”

昏死过去的李天曼又被凉水泼醒了。浑身血污的李天曼，用讥讽的目光看了看冯书恺，摇头叹道：“冯书恺呀，你……真是个蠢材呀！”

冯书恺冷笑道：“李天曼，想不到呢，你刚加入共党几天呀，就被洗脑了？快招了吧，说出潜伏在军统的共党。你要再不招，我可就真要成全你了，用你们的话讲，你现在去见马克思吧！”说罢，就拔出枪来，顶在了李天曼的脑门上。

李天曼说了一句：“马队长，我有话对你讲。”

马凯旋忙拦住了冯书恺：“冯组长，且慢。我想听听李天曼讲些什么。”

李天曼勉强打起精神，看了看众人。即对马凯旋说道：“马队长，我只问你一句话，当年葛云梁背叛你们，你却没有暴露，对吧？”

马凯旋怔了一下，即点头：“对。”

李天曼干笑了一声：“那是我没有让他出卖你。”

马凯旋将信将疑地看着李天曼：“那……你为什么紧盯着赵元初不放，必欲置于死地而后快呢？”

李天曼冷笑：“那是因为我怀疑赵元初是共党。他名义上是为党国所用，其实却是中共在保定最大的卧底。”

马凯旋登时无语了，他也一直怀疑赵元初与梅三娘都是共产党。

李天曼又对虞世通说道：“虞经理，你还记得那年……赵之间与萧家广营救你……”

虞世通怔怔地点头：“当然记得。”

李天曼无力地说道：“你们在街中被日军巡逻小队拦截，是谁救了你和萧家广？”

“难道是……”

“对，是我。”

“这是……怎么回事？”

李天曼不再理会虞世通，她咳了几声，强打起精神再对马凯旋说：“马队长，我投奔共党这件事，本是一个高度机密，却被冯书恺这个笨蛋搞砸了，已经……让这个笨蛋嚷嚷得……整个保定站都知道了，何谈……高度机密，这计划算是破产了……我没有力气多说了，你现在……就给重庆的戴局长发电，报告此事。”

马凯旋怔了一下，当即醒悟过来。

他大吼一声：“季钧！虞世通！”

虞世通与季钧浑身一震，当即立正：“在！”

“你们二人听我命令，我回来之前，谁要再敢动李天曼一下，格杀勿论！”

虞世通和季钧异口同声答道："是！"

马凯旋虎了脸，对冯书恺硬声说道："冯组长，现按照中华民国军事委员会工作条例之紧张状态下特殊要求第十五款规定，马某以军统保定游击队队长的名义，借用你部的电台和报务员，紧急向重庆发报。"

冯书恺怔了怔，苦笑道："马凯旋，你行呀，敢拿军委会的条例压我。你真是上李天曼的当了啊，她这是想拖延时间呀。"

马凯旋不说话，一脸杀人不偿命的表情，冷冷地看着冯书恺。

冯书恺无奈地摇摇头，喊进来报务员去发报，马凯旋跟着匆匆走了。

李天曼闭着眼睛，无奈地叹气："冯书恺，提醒你一句，你要是杀了我，……戴老板不仅会杀了你，还会杀了……你们这一群笨蛋。"

两支烟的工夫，马凯旋跟着报务员匆匆走回来了。

马凯旋手里拿着一张电文。

众人的目光霎时间聚焦到了马凯旋身上。

马凯旋冷着脸，朝冯书恺点了点头："戴局长回电了，他大发脾气，要枪毙你冯书恺。你自己看吧。"即把电文递给了冯书恺。

冯书恺听得一怔，满脸疑惑地抓过电文看了，但见脸色苍白，满头大汗，他两腿一软，扑通一声，就坐在了李天曼脚下："我……真该死呀！"

李天曼却一动不动，又昏死过去了。

季钧当即醒悟过来，大喊一声："赶快松绑呀！"

众人拥上前去……

（李天曼伤愈之后，即向马凯旋揭秘了此事。

李天曼于1941年底即被军统策反，策反者即是打入日伪特高课的杨小月。之后，李天曼秘密接受重庆方面的指令。葛云梁私放付浩声这件事，引起了日军特高课的警觉，而且特务机关对葛云梁一向持厌恶态度，中村青木离职时，曾向特务机关长小林业四反映，葛云梁不可用。中村认为葛云梁有私通抗日组织的嫌疑，并揭发李天曼有包庇之罪。安倍即任后，曾暗中对李天曼、葛云梁展开调查，却怀疑有因，查无实据。之后葛云梁私自放走军统特工，终于被安倍抓住把柄，却又被李天曼一番无理取闹袒护了。李天曼有了“危险”感觉，即请示重庆。此时，重庆方面已经考虑战后对付共产党的事宜了。戴笠或是突发奇想，当即指示李天曼，以“反正”的名义，投靠共产党保定地下组织，之后即在共产党内部长期卧底。李天曼认为这是一个天衣无缝打入中共的计划。就在与中共保定地下党联系之际，李天曼没料到葛云梁却脚踏两只船，又联系上了马凯旋，但李天曼仍然乐观，她认为从马凯旋这里“反正”，再潜入中共保定地下党也非难事。她却没料到，二厅在中共保定地下党的卧底，竟将李天曼投降共党之事，报告了冯书恺，李天曼更没有想到，立功心切的冯书恺，竟然越俎代庖，直接跑到军统保定站来抓人，此事迅速传遍了军统保定站和二厅保定情报组，对共产党一向恨之入骨的冯书恺，甚至要枪毙李天曼。生死关头，李天曼只得曝光了这个高度机密的始末。戴笠精心安排的这个计划，由此破产。哈！党国快成了“猪圈”——养了一群蠢猪笨蛋?)

且不说李天曼倒霉一事，说说郭子路与葛云梁进城寻找小林业四。

二人径直奔了清华浴池。

“清华浴池”位于保定北大街，是保定一个上百年的老字号。史料记载：咸丰年间，一个名叫孙学逢（直隶定兴人）的药商，为推行药浴疗法，开办了这家浴池。传说，著名历史人物如曾国藩、李鸿章、袁世凯、曹锟等要人曾先后多次在此“赤身裸体”。

历史悠久，必有绝活儿，孙学逢推广的药浴有名声，这里的搓澡师傅都更为出色，消费者都有脱胎换骨的美妙感觉。传说这里搓澡师傅的手艺代代相传，继续前辈技术，只有发扬光大，从未有过“另类节目”或“跑题技术”。

或是因为这个原因，小林业四喜欢在这里泡澡。他们绝对没有想到，有人要在这里结果他们的生命。

这天，小林业四照例便装到了清华浴池。待清场之后，澡堂的工人在小林业四副官的监督之下，仔细洗刷了澡池，经副官检查认定卫生安全放心之后，几个日本卫兵即在门前警卫站岗，四个小林业四这才宽衣解带欣然入池。

四个小林业四在池内说说笑笑，澡堂里渐渐有了些雾气，一缕缕淡黄色的雾气，缥缥缈缈从门缝里飘荡进来，雾气中竟有了些若有似无的香味儿，四个小林业四渐渐都有些昏沉了。他们想说话，却突然声音喑哑，已经说不清什么了。他们本能地要爬上池台，浑身竟没有了一点力气。“咫尺”池台，他们望如“天涯”。

雾气蒙蒙之中，一个年轻的搓澡师傅，笑嘻嘻地走进来。

四个小林业四惊讶了，或说惊恐万状了，他们认得这个搓澡师傅。并非这个搓澡师傅给他们搓过澡，不过他们确实打过照面。

他就是郭子路。

郭子路四下看了看缭绕的雾气，笑呵呵地问四个小林业四：“诸位，你们觉得这气味香吗？”

四个小林业四都用疑惑不解的目光，仰望着郭子路。

“我可以告诉你们，这香气名叫‘君子香’。这种迷药放在水里，烧开后逐渐化成蒸汽，不断吹向水池，你们渐渐就会感觉如春风拂面，不知不觉，浑身无力，如同酒醉，销魂蚀骨。‘君子香’名副其实呀！确如我国《论语》中所讲，文质彬彬，然后君子。”郭子路如数家珍娓娓而谈。

四个小林业四或是听得惊心动魄，他们张着嘴巴，似乎努力想说点儿什么，却都发不出声音了。

郭子路继续侃侃而谈：“你们或是感觉很奇怪吧？我为什么能拒绝‘君子香’的气味呢？哎呀，错怪诸位了。你们还不会傻到那种程度。你们心里一定明白，只是说不出来罢了。你们想说的是，我进来之前，一定吃了解药，便百‘香’不侵了。你们想得很对！”

四个小林业四愤怒地睁大着眼睛，他们似乎真的想说些什么？可他们什么也说不出来了。

郭子路用鄙视的目光看了看仍然在池中挣扎的四个小林业四，微微笑了，那是死亡与毁灭的笑容：“别误会，我进来可不是给诸位搓澡的，我是来给你们煺毛的。可你们马上就是白光光的了，也就不必我劳碌了。对了，不必操心你们的几个卫兵，我已经安排他们去‘歇息’了。他们没有资格在此泡澡的呀。呵呵。你们说对吗？”说罢，他上前逐一放开了热水阀门。

热水阀门被郭子路全部打开了，池内不断注入滚滚的沸水，四个小林业四张大了嘴，想呼喊，可他们像四只被拔了插头的电唱机，真的一点儿声音也发不出来了。十几分钟后，四个小林业四在池子里漂浮起来，他们本来瘦削的身躯，却像四头被煺了毛、吹了气的白条猪，胖胖的、胀胀的。十分打眼。

葛云梁走进来，探头细看着澡池，高兴地笑道：“真是四头白条猪呀！哈哈！”

这四个残忍的日本杀手，绝对想不到，他们会是如此不堪的死法，也实在太难看了些。

郭子路笑了，兀自问了一句：“你们应该彻底洗舒服了吧？”

读者不可忘记，郭子路本来就是“来无影”，一个超级大盗，如果用一点迷药，必定是手到擒来。

之后日军医院解剖尸体，开出了死亡报告：保定日军特务机关长小林业四，皆因晕堂猝死。

“策反”高氏兄弟

张宗民发誓要除掉高氏兄弟。不仅因为他们是保定的铁杆汉奸，张宗民更想报雾灵山之战的一箭之仇。但如何除掉他们，却是个难题。

张宗民的部队已损失十之七八，若与兵强马壮的高氏兄弟硬拼，那是鸡蛋与石头的关系，肯定不行。于是，张宗民选择了刺杀，他挑选了十几个人，准备下山行刺。

唐行一却坚决反对，他竟然出了一个让张宗民大惑不解的主意：

策反高氏兄弟。

张宗民先是怀疑自己听错了，继而更怀疑唐行一“脑子进水”了。

张宗民脑袋摇得像拨浪鼓，并连连摆手：“不行！不行！参谋长呀，你要不是说笑话，就是没睡醒呢。要么，你就负伤后连带了脑子，一时糊涂了呢。高家兄弟是什么，是狗呀！是改不了吃屎的狗东西！你想策反他们？好比你想让日头从西边出来！”

唐行一意味深长地笑了笑：“司令呀，总要试试才知道么。至少要让我去试试么。好了，这次你就听我一回，就这么定了吧。”

张宗民用奇怪的目光看着唐行一，一向聪明过人的唐行一，吃错什么药了？否则，他为什么铁了心想策反高家兄弟呢？这高氏兄弟哪儿是什么好吃的果子呀，你唐行一是不是把驴粪球当成柴鸡蛋了？

唐行一固执地坚持自己的想法，张宗民拗不过，只好任凭唐行一去干了。他倒要看看，你唐行一怎么个神通广大，怎么个巧舌如簧，能把高家兄弟策反了，如同能把狗劝说得从此不吃屎了。

唐行一带着五个人当夜下山了，他先去高氏兄弟的营地侦察了两天，之后去了月光寺。

月光寺位于保定西部银坨岭。明洪武三十八年，由保定府衙倡导，周遭乡绅出资建成。明清两朝曾是个香火很盛的庙宇。曾有诗人写过：鼓一声、钟一声、磬一声、佛号一声，故此也称作“四声寺”。

唐行一到月光寺找一个人。

唐行一找的不是和尚，是个居士。

居士怎么能总住在寺里呢？

这个居士法名无嗔，俗名重友光。

重友光与高氏兄弟是姑表亲戚。重友光原在保定开粮行，他自幼信佛，为人仗义，荒年饥月，重友光总要置粥棚。当年高氏兄弟落魄时，重友光曾几度援手。保定沦陷后，重友光的生意全都叫停，一家人迁到了乡下。

民国二十七年（1938）秋天，八路军在银坨岭与日军激战，月光寺被炮火烧毁，香火绝迹。当年冬天，重友光以居士的身份来此住下，月光寺便渐渐又有了些香火。

唐行一当年在保定挂牌行医时便与重友光相熟了，几次言谈之后，感觉此人坚毅刚强，可堪大用。唐行一随张宗民在百丈岩落脚后，为解决军需，专程找过重友光援手，并与之讲了一番抗日救国的道理，重友光深以为然。之后，唐行一便把月光寺当作了地下交通站，并对重友光时常接济，重友光十分感激。

唐行一到了月光寺，已是向晚时分。

重友光听到动静迎出来，见到唐行一，急忙上前施礼："不承想唐先生到此。失迎了！"再看到唐行一那只空空的衣袖，不禁愣怔了："哎呀，唐先生何时落了伤残？"

唐行一却没有回答，只是躬身还礼："无嗔居士久违了。"即抬头打量周遭，但看暮色之中，依稀可见"月光寺"三个大字，金漆虽已剥落，但苍劲依然。

唐行一皱眉叹道："无嗔居士，山中景色宜人，端的是个修身养性之处。居士蛰伏此处，却筹划些什么祸国殃民之策，真是大煞风景呢！"

重友光听得浑然不解，一时不知就里。听唐行一的口气，却又不像戏谑之语，他皱眉问道："唐先生何意？无嗔伊于胡底，听不大明白呢。"

唐行一讥讽地摇头笑了："居士听不明白吗？暮合四野，大静无声，我却是能听到无嗔居士胸中叮当乱响，或是正在暗中演算什么阴谋？"

重友光彻底蒙了，怔怔地看着唐行一。

唐行一的脸色暗冷下来，摆了摆手："绑了吧！"

手下便上前绑了重友光。

重友光惊讶道："唐先生此是何意？"

唐行一也不搭话，即让手下带着重友光下山。

重友光非常纳闷儿，一路上赶着追问：“唐先生到底何意呢？你总该告知无嗔一个缘由吧？”

唐行一并不搭话，只在前边走。

重友光急道：“唐先生，你绑我走路，总要说个明白呀！”

唐行一仍旧不说话。

一路匆匆到了驻地。

唐行一歇息片刻，便让手下把重友光押来。

唐行一冷笑一声：“无嗔，我总以为，你虽是个六根清静的佛家居士，也总有报国之心。谁知道呢，你竟然会勾结日寇，出卖抗日志士呀！”

重友光大呼冤枉：“唐先生呀，这都是没影儿的事呀！”

唐行一冷笑了一声：“无嗔，你若不从实招认，唐某只能对你不客气了。”

唐行一当即让手下对重友光施刑，勒令其交代同伙。

重友光受尽苦刑，却坚决不承认，他始终说：“唐先生，你错怪我了。我绝不会干出卖国求荣的事情。”

唐行一冷笑：“你若不说，只能枪毙你，送你到地狱思过了！”

重友光叹道：“生死一念之间，唐先生随便吧。”

手下上前问道：“参谋长，现在就毙了他吗？”

唐行一摆摆手：“尔贼虽顽固不化，我等却要慈悲为怀。且再关他两日，若不思改过，就地处决！”

第二天中午，唐行一去看重友光。他屏去了左右，凑近前些，低声对重友光说道：“无嗔居士，你从来就没有变节投敌啊。我这样无中生有试探你，实在也是迫不得已。唐某这里赔情了。”说罢，上前给重友光解了绑绳，深深鞠了一躬。

重友光怔了一下，旋即摇摇头，抚着胳膊，皱眉叹息：“唐先生呀唐先生，你这又是何必呢？你我相交多年，无嗔什么人品，你莫非不清楚吗？”

唐行一摇头叹道：“居士啊，乱世之中，白云苍狗，或能瞬间变化，唐某不得不小心行事呢。还望见谅！”

重友光连连苦笑摇头，一时默然无语。

唐行一左右看了看，即低声问道：“我打算让居士去当一遭信使，实为抗日需要，居士能否答应？”

重友光“扑哧”笑了：“唐先生呀，不就是个信使的差事嘛，依无嗔的性格，你莫非担心有什么‘洪桥之误’吗？”

唐行一郑重说道：“无嗔居士，这一遭的信使差事，非比寻常，吃苦受罪么，要比你这两天的‘经受’大有过之，居士当慎重考虑。”

重友光“哼”了一声：“唐先生，你也太信不过无嗔了。若都似你这两天胡乱怀疑，世间还能有交情一说吗？这……”说到这里，声音登时哽咽，泪水就盈了满眶。

唐行一急忙鞠躬：“无嗔居士呀，真是对不住呀！”

重友光长叹一声，泪就扑扑地落下来：“唐先生呀，如今之事，抗日为大。日本鬼子打到咱们家里来了，皮之不存，毛将焉附？无嗔并非愚昧透顶，这个道理当然懂的。哪怕赴汤蹈火，你就吩咐吧！”

唐行一点点头，即转身把门外的手下喊进来。

手下拿着一个包袱，唐行一接过，递给了重友光：“无嗔居士，这是张司令给高尔成司令的‘礼物’。日前高尔成司令已经有了‘反正’之意，你务必送到。他但见‘礼物’，必定明白。”

重友光疑惑：“高家兄弟有反正的意思？这可能吗？他们兄弟可是铁心……”

唐行一摆手，低声说道：“不是高氏兄弟，只是高尔成司令。无嗔居士，这是秘密，你不必多问。”

重友光表情蒙蒙地点了点头：“明白。”

（唉，你应声虫呀？明白什么了就说“明白”？）

唐行一又叮嘱道：“无嗔居士，我了解过，若见高尔成司令，必要先见高达成司令，而见高达成司令，你必先经过鬼子的防线。你一定要想办法过去，才能见到高尔成司令，否则，这礼物就送不到了。”

“无嗔记下了。”

“情况紧急，劳烦居士了，现在就起程吧。”

“谨从吩咐。”

“愿先生冒险前去，呈祥而归！”

唐行一立时精神抖擞，与重友光携手揽腕，一直走到街中。

但听北风寒号，一场大雪将至。

唐行一抬头看了看天，即把自己身上的皮袄脱下，给重友光披了。随即笑道：“天气太冷，就送与居士一路御寒吧。”

重友光急忙推辞：“这怎么好呢？”

唐行一抬眼望着灰蒙蒙的天空，慨然叹道：“战乱年代，与居士此地一别，再见面不定何时何地呢。居士穿上，权且当个念想吧。”

“那……多谢了！”

“居士客气，一路顺风。”

唐行一看着重友光一路渐行渐远，不觉热泪盈眶，凄怆叹息：“大事将成，只是……可惜了重友光啊！”

冯书恺

《民国保定史料》记载：民国三十四年（1945）初始，重庆对华北区域内的情报工作，逐渐重新重视起来，仅两个月内，就派了两拨督察员来保定巡察工作。二月初，重庆又派来了乔运典专员。乔运典此时风头正劲，时任国民党政府监察委员会委员，兼蒋介石侍从室少将副主任。

乔运典此行是巡察北方战区，重点巡察华北区域的军事与情报工作。无论军统、中统还是军令部第二厅的情报组织，均在乔运典的巡察范围，区区保定当然更不能例外。戴笠特意电示北方战区各军统工作站，全力配合乔专员的工作。

（诸位都精神点儿，都长点儿“眼力见儿”吧！）

向来傲慢的戴老板尚且如此重视，可见乔专员来势严肃，不可怠慢。北平、天津的军统工作站，一时间“两股战战”、冷汗津津地准备迎接乔专员。可是顾也正与马凯旋却不紧张，乔运典是他们的老师么。熟人呀。

人间之事从没有绝对经验与绝对真理，比如这句：熟人好办事。顾也正和马凯旋都没想到，他们遇上了不好办事的熟人乔运典。

马凯旋后来回忆，让他始料不及的是，乔运典很不满意马凯旋与顾也正先后对中共保定地下组织的配合态度。乔运典严厉批评他们犯了放弃原则，一味迁就共党的政治性错误。而且，顾也正和马凯旋小心翼翼的分辩，更加惹恼了乔运典。

乔运典暗中想寻找一个能够取代顾也正与马凯旋的人物角色。

如若深入分析这个情节的“人格背景”，乔运典内心对马凯旋与顾也正并无恶感。问题在于，马凯旋、顾也正虽然是他的学生，时下却分明变成了戴笠的党羽——不堪大用呀。乔运典此时正是宦海顺风之际，他想借机在军统插上一脚，多多培植亲信，借以遏制与之争风头的戴笠，或为将来一旦能掌握军统，预先安插上几个心腹。

（有人的地方就有江湖，人就是江湖，军统也是江湖。此时乔专员不再狐凭鼠伏、瞻前顾后。话又说回来，素有鸿鹄高翔之志的乔专员，做一回“城狐社鼠”又能怎样啊？）

正当乔运典物色人选的时候，冯书恺适时登场，算是赶上了锦鲤机会。冯书恺刚从重庆述职回来，降为少校军衔。任军令部第二厅驻保定情报组代组长。

因为冯书恺横出枝节，李天曼卧底中共的事情彻底失败。戴笠大光其火，待向军令部第二厅副厅长郑介民发难之前，先将此事报告了蒋介石。

蒋介石大骂郑介民用人不明。郑介民哪里还敢庇护手下，当即把惹了祸的冯书恺，当作一只烫手的山芋，扔给了戴笠：此事交戴局长全权处理，郑某概不过问。

戴笠能怎么处理？愤怒之下，他要枪毙冯书恺。

亏得冯书恺平时注意联络上层人脉，他在重庆的朋友们，闻讯急忙从中说情调解。郑介民后来也出面说情（有人私下对郑介民讲：冯书恺终归是你的手下，若真让戴笠给枪毙了，你失了脸面不说，还会失了人心）。毕竟冯书恺是郑介民的手下，毕竟郑介民仍在军统兼任副局长呀，“打狗还得看主人”的官场效应立即呈现，“多花钱好办事”的生活准则再次得到验证。戴笠悻悻然放过了冯书恺。

冯书恺应该有了劫后余生的感觉？按照“一朝被蛇咬”的俗理，常人若经过这样一场惊险，心有余悸，浑身冷汗之下，必定要收敛些姿态。可冯书恺却不是常人，前程受挫的他反其道而行之，他感觉自己更要以十倍的努力，来补偿上一次的重大失误。于是，几天前还仿佛在地狱门口转了一百多圈儿的冯书恺，不仅没有一丝一毫的追悔莫及，或胆小后怕之感，而是以更加火热的干劲投入工作中了。

冯书恺的人事关系归属军令部第二厅，既然乔运典有考察军令部第二厅保定情报组的职责，冯书恺自然要宴请乔运典，以示敬重。

冯书恺与乔运典预先都没有料到，这场纯属官场敷衍应酬的宴会，竟然使双方都感觉相见恨晚，彼此的政治态度一拍即合。

酒逢知己千杯少，话说到投机之处，乔运典悄声告诉冯书恺，他要荐举冯书恺替代顾也正与马凯旋，全盘掌管军统保定站。虽说军统与军令部第二厅是两个系统，但乔运典表态说可以帮助冯书恺运作此事。

冯书恺本是个心里藏不住事的性格，当即喜形于色，对乔运典赌咒发誓，他若能领导军统保定站，一定唯乔专员马首是瞻。

乔运典即给未来的“军统保定站冯站长”下达指示，他特邀冯书恺参加军统保定站工作总结会议，要求冯书恺在此次会议上，向马凯旋与顾也正发难。

第二天，在军统保定站的工作总结讨论之时，冯书恺即以“特邀嘉宾”的身份争先发言，怒冲冲指责军统保定工作站，都快成了中共保定工作站了。他说他很怀疑保定站有人已经被共党洗脑，更怀疑共党已经向保定站渗透了。

会场的气氛很紧张，人们都提着心，不明白本来只有列席旁听的资格，却满脸唯我独尊表情的冯书恺，哪里来的这么大反客为主的勇气，不知道这位正在仕途蹭蹬的冯代组长，还能说出些什么更难听、更耸听的话来。

奇怪的是，保定站的领导却不动声色。但见顾也正双臂抱在胸前，一副置身事外悠然自得的表情。马凯旋面色如常，似乎也是“但卧草堂熟睡，不闻街前狗吠”的心态。唉！冯书恺却激情万丈，您二位爱听不听，我接着说我的。

冯书恺果然是名嘴，东拉西扯，滔滔不绝，一不拿稿子，二也没提纲，半句巽辞也没有，空口无凭却理直气壮地把军统保定站说得一无是处，将近两个小时说下来，口不干，舌不燥，仍然振振有词，继续喋喋不休地给马凯旋和顾也正叠床架屋罗列错误和“罪过”。

马凯旋依然面不改色，一副认真听讲的表情；顾也正照旧眯着眼睛双臂抱胸，一副昏昏欲睡的样子。

会场担任记录的梅立春却看出了，马凯旋表情虽然坦然，心里必定早已厌恶至极。面对盛气凌人疯狗般不可理喻的冯书恺，马凯旋必是在努力克制心中怒火。梅立春担心，马凯旋若一时克制不住，当着乔运典的面，与冯书恺争执起来，如何收场呢？不出梅立春所料，会议即将结束的时候，马凯旋再也按捺不住，予以还击了。

马凯旋讥讽地问道：“冯组长对时下共党有何见解？”

冯书恺撇撇嘴，傲慢地说道：“共党始终是蒋委员长的心腹之患，时下我们在保定周遭的抗日工作，虽然千头万绪，却有一个重要任务，诸位不可忘记，就是要借日本人的手，消灭保定的共产党。”

马凯旋讥讽地笑了：“冯组长，你这话怎么还是民国二十五年之前的老调子呀？那时，共党当然是我们的死敌。我刚刚讲的是时下，时下！”

马凯旋的手指用力敲着桌子，提高了声音。

顾也正的目光鄙视着冯书恺，在他眼里，冯书恺就是一只乱飞乱撞、寻缝下蛆的苍蝇。

冯书恺一时结语，他感觉到马凯旋与顾也正的目光，像两只蝎子在他的脸上爬来爬去，让他一时痛苦难挨，他只能绷着脸忍耐着。

马凯旋乘势说道："冯组长，我相信你为党国工作的积极态度，但我却怀疑你对党国的忠诚。时下国共合作，赓续旧好，一致对外，这更是蒋委员长定下的大政方针。你如此寻缝下蛆，兄弟阋墙，为渊驱鱼，为丛驱雀，到底用意何在？这或是你们军令部第二厅独出心裁的工作方针吗？"

冯书恺当即恼了，拍案而起："马凯旋，不许你污蔑我们二厅的工作，我刚才的意思是说，抗日战争期间，我们必须精诚团结，信奉一个领袖、一个政府、一个政党、一个主义。而你马凯旋无视这些原则，却与保定的共党沆瀣一气，与杨昆平狼狈为奸，做出太多无视党国，甚至危害党国的事情，难道不是吗？"

马凯旋"嘿嘿"冷笑："冯书恺，我真不知道你与杨昆平有什么样的深仇大恨，或是杀父之仇灭子之恨？你为什么总是紧紧咬住他不放呢？我今天不妨开诚布公，在近年来的地下抗日斗争中，我十分欣赏杨昆平。不必隐讳，当年我们曾是对手，是敌人。如果当年我抓住他，一定会亲手枪毙他。而现在呢，我与他是共同抗日的战友。冯组长刚才不是大讲要精诚团结吗？你跟谁团结？你是不是要跟日本人团结呢？在座诸位都知道，现在日本人对杨昆平恨之入骨，悬重赏要他的项上人头。而你冯组长呢，仍然对杨昆平必欲除之而后快，岂不是与日本人异曲同工了吗？请你解释。"

乔运典咳嗽了一声："马凯旋，你说话注意分寸。"

马凯旋冷冷地"哼"了一声："乔专员，冯书恺先失了分寸！"

"你……"

"失陪了！"马凯旋恬然一笑，站起身来，拂袖而去。

会场登时一片哗然。

乔运典则笑呵呵地打了圆场："今天的会议开得很好，马副站长与冯组长都做到了畅所欲言，言之有物。"

（唉！乔专员瞪着眼说瞎话，还开得很好？总结会开成了辩论会，吵得一塌糊涂，不欢而散。好个屁呀！）

散会后，冯书恺心领神会了乔运典的意思，秘密抓捕杨昆平，秘密处决。乔运典的态度很明确，抗日战争已然胜利在望，先行除掉杨昆平这等共党的坚定分子，免得将来麻烦。此举谓之未雨绸缪。

冯书恺当然明白，秘密抓捕杨昆平，必须保证做到万无一失，不能给共产党留下任何把柄。否则，必定舆论哗然，重庆的脸面上就肯定不好看了。冯书恺便给杨昆平写了一封热情洋溢的亲笔信，信中多谈抗日大局，一句一个表兄，大谈亲情为重。他选定了时间和地点，要求与表兄见面一叙，面商重要合作之事。

冯书恺相信，这封半公半私的书信，一旦转到杨昆平手里，杨昆平必定答应见面。现在毕竟是抗日统一战线么，如果杨昆平避而不见，那就给冯书恺留下把柄，冯书恺则会拿此事做文章，说共党不肯与之商谈抗日计划，破坏抗日统一战线。

信送出去了。

（读者或有疑问，这信是怎么送的？肯定不是通过邮局也不是快递公司。唉，二厅在共产党内部有卧底么，找个借口送封信，绝非难事。）

过了两天，杨昆平便回信了。杨昆平在信中表示欢迎合作，按时赴约。

冯书恺选定的地点在槐树胡同的水仙茶社。这家茶社是民国初年由一位姓吕的鼓书艺人投资开办，主要以曲艺戏曲演出形式吸引顾客，当年一些大牌艺人都曾先后到此演出，茶社兴隆一时，颇赚了些名声。槐树胡同很深，居民稠密，水仙茶社设在这里，槐树胡同的居民当年则是茶社的主要客源。保定沦陷后，茶社生意便清淡了，勉强维持。唉，时下日子艰难，都将就着吧。

冯书恺之所以选择在这里与杨昆平见面，就是看中了这家茶社的僻静位置。

冯书恺提前到了，包了茶社的一个“高间”①。他事先吩咐手下，里外埋伏了。万事俱备，待杨昆平现身便收网。

冯书恺坐在高间里，要了一壶上等香片，细啜慢饮。

杨昆平如约而至，冯书恺赶忙起身相迎。

冯书恺看了看杨昆平前后左右，不觉诧异地问道：“怎么？表兄只身一人，要唱‘单刀赴会’？”

杨昆平讪讪笑道：“单刀赴会？莫非表弟今天摆的是‘鸿门宴’？”

冯书恺一时结语，摆手笑道：“表兄说笑了。请坐。”

二人相对坐了，杨昆平四下打量，高间很宽敞，放了十张茶几，却只有他与冯书恺。

茶社生意果然清淡。

二人寒暄了两句，伙计进来续水。冯书恺打量了一下伙计，感觉眼熟得很，笑道：“咱们见过？”

但见这伙计身材瘦削，唇上两撇小胡须，欠身道：“在下姓甄，是茶社的伙计。”

冯书恺皱眉摆摆手：“不喊你就不要进来了。我们说事儿呢。”

伙计喏喏，欠身退出去了，轻轻关了门。

杨昆平提壶倒了一碗茶，笑道：“表弟，找我面商什么合作事宜？”

冯书恺怔了一下，笑道：“不忙，表兄先喝茶。”

杨昆平喝了口茶，放下茶碗看着冯书恺：“表弟，说吧。”

冯书恺点点头，脸上收了笑容，正色道：“表兄，我今天邀你出来，就是要当面告诉你，我们都是在政府主导下坚持抗战大业的。但是在抗战中，你们却掺杂私货，卖狗皮膏药，打着抗日的旗号，蛊惑民众，执迷共产主义的异端邪说，煽动民众背叛政府，背叛国家，若不除掉你们，且不说会破坏时下的抗日大局，将来也必定是

---

① 高间，即茶社内曲艺或戏曲演出的地方，费用较高。即小包场，演员四五人，观众二十人上下，适合有钱人家亲友聚会时使用。

党国的心腹之患!”

说到这里，冯书恺猛拍茶几，忽地站起来说道：“杨昆平，我军令部第二厅派驻保定情报组，奉命惩治破坏抗日的共党!”

杨昆平看着强聒不舍的冯书恺，摇头讥笑：“冯书恺呀，现在是抗战时期，姓国还是姓共，果真那么重要吗？日本侵略者还没有被赶出中国，他们才是我们的心腹大患啊！说句不好听的话，你们就是想着跟我们翻脸，也要等打走了日本人呀!”

“杨昆平，你们共产党破坏抗战!”

“谁破坏抗战？是你冯书恺呀!”杨昆平眯起眼睛看了看冯书恺，似看一个在舞台上表演过火的小丑，不禁摇了摇头，苦笑了。他端起茶碗，低头呷了一口，自语道：“真是呢，早起吃咸了。”

“杨昆平，你不要故作镇静逞口舌之利。来人啊!”冯书恺回身大喊了一声，埋伏在屋外的十几个特务破门而入，持枪围住了杨昆平。

冯书恺也随即拔出手枪，对准了杨昆平，得意地笑了。

但是，他的笑容还没有完全在脸上绽开，突然僵住了，但见如秋风落叶，屋梁上竟然跳下来一只猴子，轻盈落在了冯书恺肩膀上，飞快地夺走了冯书恺的手枪。与此同时，那个刚刚端茶的瘦削伙计推门进来，拔枪顶住了冯书恺的脑门。

冯书恺大惊失色：“你……是什么人？”

瘦削伙计伸手扯去了唇上的胡须，却是甄广宁。

甄广宁的手枪点着冯书恺的脑袋，怒声骂道：“冯书恺，你他娘的是哪头儿的呀？老子怀疑你就是日本人潜伏在国民党里的特务，你信不信我毙了你!”

冯书恺忙喊道：“我不是汉奸!”

甄广宁冷笑了一声：“嘁！你也知道怕了？现在是国共合作时期，你他娘的是想让日本人看笑话呀？”

说罢，甄广宁又看了看持枪围着杨昆平的几个特务，愤怒地“呸”了一口：“你们这群傻王八，知不知道？杨先生的全家除了让你们杀了的，剩下的都让日本人杀了。杨先生现在是日本人眼中钉，肉中刺，是鬼子汉奸的死敌。你们现在还要帮着日本人害死杨先生。你们他娘的不是汉奸是什么？不是王八蛋是什么？”

冯书恺手下登时变颜变色，都有了尴尬表情。

冯书恺皱眉问：“你叫什么名字？”

“大丈夫行不更名，坐不改姓，甄广宁。过去卖风筝，现在当伙计。”

“你是共产党？”

甄广宁讥讽地笑了：“你看走眼了呢。我什么党也不是，我就是这店里的伙计。杨先生常来茶社吃饭，就是茶社的客人。我知道他是抗日的。你要害他，你就是汉奸！”

说着话，他冷眼看了看冯书恺的手下，恨恨地说：“你们不去杀鬼子，来这儿杀中国人，你们真是该死呢！”

冯书恺定了定神，讪讪笑道：“甄广宁，你少煽动我的手下。他们听我的，不会听你的。我看得出来，你很有两下子，可是你再看看，我可有十几个人呢。俗话讲，好汉难敌众手，猛虎也怵群狼，就算你是常山赵子龙转世，你能保着杨昆平走出去吗？你说谁该死呢？哼！你想试试？”

“冯先生也太狂了吧？”屋外有一个女人说话了。

话音未落，梅天凤推门走了进来，她四下看了看：“我不管国民党还是共产党，这儿是我‘杂戏游击队’的地盘。为了保护这儿的安全，我必须暂时留下诸位，直到我认为安全了，才能放诸位出去。如果有人反抗，就地处决。来人！”

一阵硬硬的脚步声响起，十几个手持短枪的汉子大步走进来，瞄准了冯书恺和他手下的特务们。

梅天凤冷冷地说：“都给我看管起来。”

冯书恺跳脚吼起来：“梅天凤，你无权干涉我们执行公务，我是二厅派驻保定的情报组长，请你不要忘记了我的身份。现在是国共合作时期，你也不要自毁前程。”

梅天凤皱眉上前，挥手打了冯书恺一个耳光。

冯书恺登时捂着脸："你……"

梅天凤冷笑了一声："你什么你？冯组长还知道现在是国共合作时期？刚刚这位杨先生的话我听到了，他问得好，姓国姓共果然那么重要吗？时下日寇横行，国将不国，你的上峰知道你在这里自相残杀吗？你一次次做这种亲者痛仇者快的事情，你不害臊吗？你真是无耻呀。你刚刚说什么前程？梅某就是个演杂戏的，只知道打日本鬼子，除此哪儿还有什么前程？"

说着话，扬手又给了冯书恺一个耳光。

冯书恺的脸登时"胖"了起来。

他怒声吼道："梅天凤，你……"

梅天凤冷冷说道："你还想找打吗？"

冯书恺赶紧捂了脸，他心虚地看了看气势汹汹的梅天凤，不敢再说了。

梅天凤看了看杨昆平，拱手道："这位先生，你我并不相识，但我在外边听了多时，你是个抗日的好汉，请你走吧。"

杨昆平朝梅天凤拱手笑道："多谢姑娘援手搭救。不过，还请姑娘放了这位冯先生，他也是抗日的呀，只不过我们之间有了些小隔膜……"

梅天凤眼睛一瞪："什么隔膜？"

杨昆平摆摆手笑了："不足与外人道也，微不足道是也。"

梅天凤点点头："那我不便问了。"即朝手下说一句："咱们走。"

梅天凤带着手下出去了。

杨昆平看了看一张脸愈加"肥胖"、神色极度沮丧的冯书恺，摇头苦笑了一声："表弟呀，若说你对共产党仇恨，我也能理解，此乃信仰不同是也。可是外人多是不解，你为何只盯着我杨某人不放呢，而且三番五次挖空心思要置杨某于死地，虽屡屡不能得逞，你却屡屡害我之心不死。我知道，我们之间有笔旧账，你心中怨恨，一直放不下，且日积月累，渐增分量。其实说开了，不就是那点儿事吗？而且杨某何错之有？我今天暂且不与你理论这个，待赶走了日本人，如果我们还都活在世间，你我二人再仔细“理理”当年那笔旧账。好了，此地不可久留，你也赶紧带人走吧。告辞！”

说罢，杨昆平推门走了。

甄广宁看了看“玉米地”，呵呵笑道：“把枪还给人家。”

“玉米地”看了看甄广宁，满脸“不情愿”的表情，把枪“咣”地扔到茶桌上，紧跟着甄广宁出去了。

谁想到事情闹到了这一步呢？冯书恺精心安排秘密逮捕杨昆平的行动，彻底失败。冯书恺心有不甘的目光，看着杨昆平坦然走出门去，便无力地朝手下们摆摆手：“算了，今天的事情到此为止。咱们撤。”

乔运典终于收了培植冯书恺的心思，唉，他哪想到自己竟然看走眼了，果然应了那句话：说话啪啪的，尿炕哗哗的。冯书恺能说会道，就是不上道，信心满满，办事却总“砸锅”呀！

（杨昆平所说他与冯书恺之间当年有一笔旧账，到底是笔什么账呢？

梅天凤多年后回忆，她曾向杨昆平问起此事。

杨昆平摇头苦笑：“说起来，也是个荒唐。我与冯书恺是姑表兄弟，还是保定二师的同学，我们一同入党，又一同去苏联学习，关系一直很好，算得上亲戚加同志。我们在苏联学习期间，冯书恺擅长交际，很快就与外班一个苏联女同学交往密切了，这个女同学名叫柳娜莎，长得非常漂亮，性格自由奔放，被众多男生追求，却被能说会道的冯书恺追上了。后来有一天，冯书恺把柳娜莎领到我们班来玩，柳娜莎就认识了我，谁能知道呢，柳娜莎竟然喜欢上了我，我那时已经结婚，家里包办的。我对柳娜莎说不行，我已经有妻子了。柳娜莎却不管这些，她对我说：‘杨，你这是封建式的包办婚姻，应该解除。’我还是坚决拒绝了她。事情到这里，似乎就应该结束了，可谁知道呢，柳娜莎喜欢上我之后，就不再理睬冯书恺了。

冯书恺的感情非常失落，由此对我产生了妒忌，再之后，由妒忌发展到了仇恨。我们结伴从苏联回来，他一路也没跟我说话，无论我说什么，他都爱搭不理。我想表弟对我误会太深了，回国后，待他消消气，再与他解释。可谁知道，却再也没有了机会。我回国后即参加了‘高蠡暴动’，冯书恺则退出中国共产党，参加了国民党。我心下思忖，或是由于对我的仇恨，使他的信仰也改变了？”

梅天凤疑问：“不可能呀，个人情感问题怎么能牵扯到政治信仰呢？”

杨昆平却说：“很有可能，我比较了解冯书恺，此人性格坚韧，却固执乃至凶残。我曾听亲戚说，我这表弟小时候与同学打架吃了亏，对方家长带着孩子过来道歉，双方当场握手言和，冯书恺却乘其不备，突然咬住了人家的耳朵，险险咬下来。对方家长惊恐万状，带着孩子赶紧走了，从此两家断绝来往。试想如此乖张性格，他怎会不对我恨之入骨呢？所以，冯书恺仇恨共产党是信仰的改变，或是因我而起。他百般仇恨我，别人不理解，我却能理解。也就是柳娜莎的那点儿事。”

梅天凤摇头：“男女自由恋爱，这也怨不得你呀。”

杨昆平苦笑：“本来就怨不得我么。可冯书恺就是不讲道理呀！”

梅天凤皱眉：“或是因为失恋，才有了心理疾病？”

杨昆平叹气：“也只能这么理解了。人世间么，有些钉子不是拔出来就没事儿了。冯书恺这场‘剃头挑子’式的爱情，也真好比是一只钉子，这钉子不是钉在了墙上，却是钉在了他心上。”

《保定人物编余》一书写了冯书恺的后来结果。1948 年末，冯书恺眼见国民党已呈穷途，便未雨绸缪，先把老婆送到香港朋友处暂住。他想坚持到最后，想看看“有无奇迹出现”。中华人民共和国成立前两天，冯书恺看国民党大势已去，即想逃往台湾，但他级别不够，不能成行。冯书恺贿赂了有关方面，终于拿到机票。那天早晨，他看离起飞时间尚早，便到西餐厅喝了两杯咖啡，才悠闲自在地赶往飞机场。谁能想到，飞机因另有任务，已经提前两个小时起飞了……

中华人民共和国成立后，冯书恺深知罪恶昭彰，不敢去军管会自首登记，悄悄回了河北望都县老家潜伏躲藏，却被当地群众揭发，即被望都县公安局逮捕入狱。第二年执行枪决。临刑前，杨昆平派人给他捎话，问他家里还有什么事？还有什么话说？冯书恺恨恨地说："有话也不会对杨昆平讲！"

写到这里，谈歌感慨，冯书恺或是真为了一个女人，仇恨了表哥一生？)

高氏兄弟

重友光径直去了高达成的营地。

如唐行一所料，重友光竟被日军拦下了。高达成在雾灵山"网开一面"放走张宗民，已被日军得知，日军即对高达成有了"防范"。日军桑木少佐率一个中队驻扎在高达成营地的前边，重友光要见高达成，必须要经过桑木的营地。

重友光突然造访高达成，即引起了桑木的诸多猜测。桑木先接见了重友光。

重友光对桑木说："我是来看表弟高尔成的。"

桑木皱眉问道："你有什么事吗？"

重友光笑道："我们是亲戚，当然是私事了，不好对外人讲的。"

桑木的一个手下，附耳对桑木说了重友光与高氏兄弟的关系，这却更引起了桑木的怀疑。桑木便谎称高达成正在保定开会，先让重友光住下了。

到了半夜，桑木派人绑了重友光，严刑审讯，拷问重友光是不是受抗日分子派遣，前来联络高达成？严刑拷打之下，重友光坚决不承认。

桑木的手下仔细搜查了重友光的行囊，竟在重友光的皮袄里发现了一封藏匿的密信，竟是张宗民写给高尔成的。张宗民在信中回顾了他们之间的情谊，表示对高尔成的反正之心十分理解。张宗民在信中一再叮嘱高尔成，望其再忍辱负重一些日子。因为周遭国军即要对驻保定的日军展开进攻，届时，高氏兄弟配合国军，于阵前采取行动。

桑木看罢大惊失色，命令对重友光再使用重刑，重友光却仍然没有说。因为无论用什么办法，重友光也不会说了——他咬舌自尽了。

桑木盛怒之下，立即带兵包围了高尔成的部队，他亲自带人去抓捕高尔成。

天还没亮呢，桑木走进高尔成的房间，高尔成睡得正香，登时被惊醒了，慌忙地穿衣起来，皱眉问桑木："桑木太君，有什么急事呀？"

桑木哼了一声："高司令，当然是急事了，请你跟我走一趟。"

高尔成纳闷："走一趟？干什么去？"

桑木冷笑了一声："去了就知道了。带走！"说罢，挥了挥手，几个日本兵就上前绑了高尔成。

高尔成惊慌地喊道："太君，一定是误会了呀！"

桑木"哼"了一声，冷笑道："误会？到了我那里，你再说是不是误会吧！"

高尔成被带到桑木的营地，桑木即把从重友光皮袄里搜出的密信扔给高尔成。

高尔成看罢大喊起来："桑木太君，这是敌人的反间计呀！我们不能上当呀！"

桑木冷笑一声："高的，你们中国有句话，大概意思是，你如果见不到棺材，是不会哭的。来人！"

桑木给高尔成动了重刑。

偏偏就有添乱的，日军又截获并破译了一封军统保定站发给军统北平站的电文：

高暂时联系不上，剪除桑木计划暂停。

桑木拿着译电怒气冲冲地审问高尔成："高的，这是什么意思？你想杀我？"

高尔成看罢，怒吼起来："这是阴谋！太君，这是阴谋呀！"

桑木恨道："当然是阴谋，你想要我的脑袋，不会得逞的！"

高尔成连连摇头叹气："桑木呀桑木，你真笨死个猪呀！"

桑木火了："你敢骂我？动大刑！"

高尔成疼得挨不住，破口大骂："桑木，你他娘的良莠不分，我日你先人呀！"

高尔成出口成脏，便是死定了。

在这个世界上，人都是有想法的。无论是聪明人还是笨人。没有想法的，就不是人了。对于桑木这个笨人来说，高尔成胆敢破口骂皇军，必定是他内心对皇军仇恨的暴露。

其实，桑木的想法真错了，高尔成真是被打急眼了，骂人是他的正当权利。想我老高多年来鞍前马后"跪舔"你们，铁了心为你们日本人卖命，我孝敬你们都超过孝敬我爹娘了。你们这样怀疑我？拷打我？你们也太没谱了！你们也太不是人了！我日你先人怎么了？我日你们祖宗十八代。

桑木当然不是人，至少不是正常人，他是来中国抢东西抢地盘的强盗。但凡敢辱骂皇军的中国人，逮住一个"凉凉"一个。

桑木冷笑道："高司令，骂人是没有用的。你必须交代，重友光此行找你的目的。"

高尔成气得说不出话，呸了桑木一脸唾沫。

桑木最后一点儿耐心，终于被高尔成消耗殆尽。

高尔成便被桑木枪毙了。

桑木杀了高尔成，当即把高达成软禁起来了。桑木这次换了个手法儿，对高达成施用怀柔手段，好言好语百般安抚。高达成则诚惶诚恐地表示，一定要忠于皇军，坚决与图谋抗日的弟弟划清界限。高尔成该死，罪该万死！

唐行一闻讯，即在月光寺主持了祭奠高尔成烈士的大会。之前到处张贴告示，倡议周遭民众都来参加祭奠。

此事如此过度张扬，自然被桑木得知了。桑木带着队伍赶来袭击。

谁知唐行一似乎预先得到了消息，提前一天草草祭奠，之后仓惶走了。

桑木手下在月光寺里发现了几页纸，竟是未及烧毁的祭奠高尔成的文稿，上边竟然还有高达成的名字。

桑木仔细看过，顿时感觉自己被高家兄弟严重侮辱了智商，他勃然大怒，匆匆回到营地，对高达成动了大刑，审讯其与抗日组织是如何联络的。

桑木发疯般地怒吼："说出来，皇军会留你一条性命！"

据说高达成骨头太软，不似高尔成那般顽固，当下就尿了裤子，一切都"招认"了。可是，大日本皇军从来说话不算数，高达成"招认"完了，还是被桑木枪毙了。

唐行一得知了消息，即在西郊给高达成竖立了一个"抗日烈士衣冠冢"。此衣冠冢，不日便被"愤怒"的桑木派人毁掉了。

唐行一闻讯，哈哈大笑："此场戏能够演出成功，真是有劳桑木太君了呀！"

张宗民至此方才恍然大悟，所谓唐行一策反高家兄弟，从始至终，就是一场反间计。唐行一是利用了日军对伪军的一贯猜忌，人为地制造"疑点"，挑拨双方关系，从而达到他们自相残杀的目的。

张宗民叹服道："品直呀，你真是个活周瑜呀，又演了一出蒋干盗书呢。你做事，真如说书先生讲的'闭门造车，出门合辙'，称得上百密无一疏呀，老张佩服！"说罢，又皱眉问道："不过……你为什么对我也不讲明呢？莫非你连我也防范戒备吗？"

唐行一急忙拱手笑道："司令多想了，你我二人亲如兄弟，何谈防范戒备之心呢？只是，此事当在绝密中步步演进，方才行之有效啊！"

（写到此处，谈歌顿然感慨，唐行一密于用间，可谓用心良苦。他本来对选中的重友光进行了考察，但仍不放心，却在重友光浑然不觉的情况下，将离间信藏在了送于重友光的皮袄中，待重友光在完全不知情的状态下，将这封反间密信送出去，合情合理地落入日本人手中，从而密不外泄，桑木始终不能得知。

严格地说，这件事不能全怪桑木的愚蠢，只能说唐行一的智商远远高于他。唐行一对桑木的心理把握，对情节发展和细节的精确推测，还有对不可预料之突发事件的应对与谋划，以及对高氏兄弟性格的细致分析与正确判断，等等。这些不一而足，都要归结于唐行一超乎常人的智慧。）

马凯旋得知了消息，连连击掌称赞道："好计谋啊！真是好计谋！心思缜密，精彩迭出，唐行一胜我十倍啊！高家兄弟不是死在了桑木手里，而是死在了唐品直的手里。高家兄弟做了鬼，也想不出这其中之所以然呀！"

数年之后，唐行一与人谈论此事，却依然心绪复杂："谋成于密，败于泄。以谋保密，谋更密。只是可惜了重友光先生的性命呢，每每念及斯人，汗未尝不发背沾衣啊！"

张宗民"失踪"

《保定传说》记载：张宗民的队伍休整了两个多月，即奉命进入保定南郊布阵，准备一场较大的战役——此事却另有个说法。有些历史专家认为：国民政府北方战区指挥官实在昏庸，他们误认为张宗民所部仍有数千之众。倘若知道张宗民只有数百名士兵，北方战区绝对不会调动张宗民这支部队。其实，也不能全怪北方战区指挥官愚蠢。指挥官制订计划，则是按照有关部门的统计数字部署。张宗民的队伍在行军途中，突然接到命令：原地待命。（史载：北方战区接到新的日军情报，原定计划予以修改。不奇怪，敌变我变么。）

由此，张宗民的队伍就近驻进了孙家村，与同时奉命参加行动的马凯旋带领的军统游击队会合在一处。

张宗民看到马凯旋带着梅可心来了，暗自高兴，他想借这个机会与梅可心聊聊天儿，再恳求梅可心牵线搭桥，向梅天凤再输送一下爱情信号。设想得不错，可谁能料到呢，张宗民却在孙家村遇到了追求者。用时下的话讲，张宗民遇到了铁杆粉丝。

孙家老村的小学校长孙爱香一厢情愿、一塌糊涂、一往无前、一意孤行、一根筋——如刚需般加持之下，死心塌地地爱上了张宗民。

事情到底是如何发生进而再发展的？张宗民后来缄口不言。还好，当年张宗民白纸黑字的记过处分还在（纸墨千年，读者可去保定档案馆查阅）。其记过处分表述："他（张宗民）借着酒劲，跟某某女校长亲了嘴儿。"

这个胆大泼辣的孙爱香"亲过嘴"之后，一定要嫁给张宗民。

张宗民酒醒之后，感觉自己真正变成"大猪蹄子"了。他满头大汗地对孙爱香解释，说自己早就有相好的了，坚决不能再娶孙爱香当媳妇儿，全怪自己喝多了，一时糊涂……总而言之，大概意思就是亲嘴可以，结婚不可以。

孙爱香跟梅可心是育德中学的同学。孙爱香把这件心事告诉了梅可心，梅可心自愿"担纲红娘"的角色。梅可心找到张宗民，笑道："张司令呀，人家爱香真看上你了，你就娶了人家么。你说说么，人家爱香哪儿配不上你呀？"

张宗民苦脸求告："可心呀，你应该知道我的心思呀，我就是想娶你二姐么。我还指望你帮几句腔呢！"

梅可心摇头笑了："唉，也真可惜了你一片心意，我二姐可不想嫁给你呢。"

遭遇了爱情的孙校长变了脾气，变得不像那个甜甜蜜蜜跟张宗民亲嘴之前的孙爱香了，成天找张宗民大吵大闹。按照孙爱香的逻辑：亲嘴儿就是失了嘴儿，失嘴儿就等于失了身。你张宗民不想跟我结婚？那你凭什么亲我？亲了我就得娶我！

张宗民死活不肯呀，孙爱香一气之下就把张宗民告了。按说，对一个国军的杂牌司令，这种事也算不上什么。

可孙爱香却是个有身份、有背景的女人呀。一则孙爱香是孙家老村大地主孙闰岭的宝贝女儿，孙闰岭可是县里的知名乡绅呀！知名乡绅的宝贝女儿能让人随便亲嘴儿吗？嘁！二则孙爱香的同胞哥哥方越[①]是国民党北方战区的高级参议，中将军衔。

方越将军对妹妹的婚事十分重视。北方战区当即派来一个名叫梁必兴的上校（一说少将），专程到孙家村调查“亲嘴儿事件”。

梁必兴下车伊始，先找张宗民问话。张宗民诚实交代亲嘴儿的情节，保证再没有其他“走形”动作。梁上校总算松了口气，还好，傻哥儿们没犯大错误。你还真得感谢人家孙爱香，人家如果要一口咬定，你张宗民就是跟我“脱鞋上炕”了，你张宗民就算是浑身长了十八张嘴，也说不清楚喽。

梁上校亲自出面，以领导身份找孙爱香道歉。孙爱香却不依不饶，他张司令不想娶我？那他凭什么要亲我？嗯？梁上校扛不住了，只能处理了张宗民。不处理孙爱香肯定不答应呀（关键怕方越将军不答应呢）。梁上校找来马凯旋、季钧、唐行一等人，专门开会研究如何处理张宗民。正在研究呢，孙爱香竟然闯进来，说她冤枉了张宗民，是她先勾引张宗民的，坚决不能处理张宗民。真是一百八十度莫名其妙的“糊涂转身”呀，梁上校登时三百六十度无死角蒙了。

梁上校皱眉说道：“爱香姑娘，张宗民犯了猥亵女人的错误，如果不处理，士兵们就得学着他的样子，到处乱亲嘴儿，那还不亲乱套了啊？处理！一定要处理！张宗民总归是国军么，国军就得有国军的纪律！”

孙爱香听罢更急了，她竟从怀里掏出一把剪子，比画着说：“梁长官如果处理了张宗民，我就死给你们看。我就说是梁长官逼的！”

要出人命？

乱了！

---

① 本名孙馀旺，出门改姓了方。

梁上校被唬得登时脸白了，赶忙说道：“爱香姑娘，你要冷静，冷静！这件事可以再商量，再商量。”

孙爱香好像吃了枪药：“商量个屁，就是不能处理他！”

梁上校便说：“爱香姑娘，处理不处理，我们主要还是听你的意见么。”

孙爱香听罢，稍稍歇了心，认真地问：“真不处理他了？”

梁上校频频点头：“不处理了。你先把剪子收起来呀。”

孙爱香说：“长官要说话算话。你们如果说了不算，我还是要死给你们看的。”

梁上校忙说：“我们保证说话算话。爱香姑娘，你先回去吧。”

绝对是碍于孙爱香的“威胁”，梁上校与马凯旋、唐行一等人研究之后，没有军法处置张宗民，只给了张宗民一个记过处分。梁上校终于明白了，孙爱香与张宗民闹的这一出，纯属“神仙打架”，他一个“吃瓜群众”瞎掺和个屁呀。

梁上校赶紧回去复命了。临走前又口头狠狠训诫了张宗民一番，命令张宗民去向孙爱香当面道歉。

张宗民便去向孙爱香道歉，可总不能空着手儿去呀，总得买点儿什么呀，买点好的、贵的？可是兜里的钱不多呀。

他思来想去，高低跑到附近的集上买了两双线织袜子，才去给他亲过一回嘴儿的孙校长道歉。

唐行一不放心，要跟着他去。张宗民皱眉苦脸道：“品直呀，这是什么体面事儿呀，我真臊得慌呢。你别跟着，我自己去吧。”

唐行一笑道：“司令呀，爱香姑娘一片真情，你就真不动心吗？”

张宗民叹口气：“品直呀，你知道的，我这心里真是……有人了呢。”

唐行一摇头讪笑：“可天凤姑娘……”

“唉，先不说这个了。”

张宗民小心翼翼地走进了孙爱香家的院子。

孙爱香却闭门不见，只把自己关在屋子里号啕大哭。

张宗民泥胎般坐在院子里，傻傻地发呆。

孙爱香的老娘出来叹气说："张司令呀，这事儿也不能全赖你呢，爱香这孩子呀，从小让我惯坏了。她一眼看上你了，这就算是想上了。行了行了，你快走吧。日子久了，她也就没事儿了。"

张宗民尴尬得脸通红，赶紧放下袜子做贼似的惶惶跑了。

再半个月后，北方战区取消了此次战役的计划。张宗民赶紧带着队伍走了（快走吧，这孙家村再待下去，张宗民非抑郁了不可）。乡亲们把部队送到村外，孙爱香挎着一篮子红枣，挨个给士兵们手里放，她看到了张宗民，张宗民却吓得远远躲了。孙爱香哈哈笑着追赶张宗民："张司令，吃枣呀。"

张宗民后来回忆，他当时臊得脸通红，哪儿还敢抬头看呢。扈天明后来告诉张宗民，孙爱香虽然笑着，脸上却流满了泪。

张宗民的传令兵后来回忆，孙爱香没追上张宗民，便站在高坡上，唱了一支歌儿，给张宗民送行。谈歌起初听这个故事，对这事儿非常质疑。这可能吗？后来读到这个传令兵口述的一篇文章，便相信了这个情节绝非虚构。

张宗民的传令兵名叫岳向奎，1948 年解放石家庄战役中，被解放军俘虏，当了解放军战士。1950 年赴朝作战，回国后转业。曾任保定市运输局后勤副科长。《保定史料第 16 辑》收录了岳向奎的一篇"口述"回忆文章《抗战中二三事》。岳向奎在文章中回忆："1945 年春天，张宗民的队伍奉命转移，孙家村小学校长孙爱香送队伍出村，站在土坡上唱了一支歌送张宗民。那歌儿很好听。我只记住两句，'叫一声兵哥哥，你要听我说……'别的么，我就记不住了。"（读过此文之后，谈歌曾查阅了抗战时期在保定周遭流行的诸多抗战歌曲，却没有找到这两句。2012 年 3 月，谈歌在太行山采风时，偶尔听到一个赶车的小姑娘唱了几句："叫一声兵哥哥，你来听我说……"谈歌心下一动，赶上去问她。她告诉谈歌，这是她奶奶教她唱的。还有几句词，"走远路，山道多，累了要歇着"。大概就是这支歌了？因了它的情真意切，因了它的浓烈乡音，这几句唱至今天，仍让谈歌清晰记忆。)

张宗民的部队在回百丈岩途中，收拾了两股伪军，增加了兵员。张宗民一高兴，总算从“亲嘴儿”的阴影里走出来了。更让他喜出望外的是，梅天凤的杂戏游击队也转移到了百丈岩。张宗民当即摆了酒席，给梅天凤的队伍接风洗尘。

酒席半夜方散，张宗民带着几分酒意，悄悄对唐行一笑道：“参谋长，这次呀，我得好好跟天凤姑娘说说，央求她给我当媳妇儿。”

唐行一苦笑摇头：“司令呀，这种事可不能一厢情愿呀！”

张宗民哈哈笑了：“你等着瞧好了。”

再半个月后，张宗民带着警卫员张爱虎、冯大顺和扈天明到唐县县城侦察，为攻打唐县县城做准备。张宗民之所以带着扈天明，是想逛逛县城的乐器店，让扈天明挑拣两只好唢呐回来。他或是窃想让扈天明吹些好听的曲子，讨梅天凤高兴？

梅天凤送张宗民到了山下，叮嘱了一句：“张司令，早点回来，还有事情商量呢。”

张宗民笑道：“天凤呀，商量什么事？你想当我老婆了？”

梅天凤坚定地摇头：“从来不想。”

张宗民笑道：“你不想我却想呢。”

“啊呸！”梅天凤狠狠吐了口唾沫。

梅天凤讥笑道：“张司令，你找女人不就是睡觉吗？你要能杀了渡边征二郎①，我就跟你睡。”

张宗民怔了一下，摇头笑道：“天凤呀，你不当我老婆，我可不跟你睡觉。”

梅天凤哈哈笑了：“张司令，你跟孙爱香亲嘴儿可以，她给你当老婆不行。我也是呢，跟你睡觉可以，给你当老婆可不行。”

唉！又提孙爱香，张宗民的脸登时通红了，忙掉头下山去了。

---

① 时任日军驻保定司令官。

走出几十步，仍能听到梅天凤的大笑声，张宗民听那笑声，或是如芒刺在背。

谁也想不到呢，张宗民这一走，竟再也没有回来。

梅天凤和唐行一急塌了天，张宗民去哪儿了？真的失踪了？

此事十分蹊跷，唐行一急忙派出几十人到处寻找打听，却都没有张宗民四人的消息。梅天凤匆匆四下里撒开大网，在大茂山苦苦寻觅，找了一个多月，仍不见这三人的踪影。咦？这几个人跑到哪去了呢？

[因为张宗民在保定是个有影响的人物，当时保定边区抗日政府对此事也介入了“调查”，却也没有结论。谈歌查阅了当年保定边区抗日政府“关于调查张宗民失踪的报告”的文字记载，大致有四种情况分析如下：

第一，遇害。张宗民四人被日伪特务秘密杀害了。张宗民在唐县一带处决了许多日本特务和汉奸，日伪对其恨之入骨。他们多次派探子侦察张宗民的行踪。张宗民此次一下山，便被汉奸特务盯住了，半路伏击截杀了张宗民四人。因汉奸特务怕被抗日队伍报复，不敢声张，将张宗民四人的尸体秘密掩埋了。埋于何处，已无从寻找。

(后人评论：此推断不大可能，张宗民外表粗犷，内心却细致。他对敌斗争经验丰富，断不会被区区几个汉奸特务暗算。)

第二，叛变。张宗民四人投敌叛变了。理由之一，张宗民平日里牢骚满腹，总说日子太“熬苦”，也讲过“如果投降日本人，总得弄个警备司令当当”的话。理由之二，张宗民四人失踪后，唐县西街的一个交通站被日伪破坏。这个交通站是张宗民建立的，别人不知道，应该是张宗民出卖所致。

(后人评论：此推断也不合情理，张宗民是个喜欢说笑的人。几句玩笑话，不能当真。唐县的交通站遭到破坏，并不是张宗民叛变的理由，去过交通站的人很多，不能推断被张宗民出卖。再则张宗民四人如果叛变，总要现身。即使因与日本人发生争执被杀，日本人也不能讳莫如深，黑不提白不提了。）

第三，开小差。张宗民带着警卫员和扈天明逃回了家乡，即察哈尔地区。那一带有土匪，张宗民加入了土匪。

（后人评论：此推断应归为“水煮”“戏说”之类，更不能成立。唐县距离张宗民的家乡有数百里之遥，张宗民事先毫无征兆，他断不会突发奇想，回家乡当土匪。再则察哈尔之后的土匪历史，并不见张宗民的名字。）

第四，被狼吃了。那时，唐县境内的大茂山狼群时常出没，总有人为之所伤。或是张宗民四人遇到了狼群。

（后人评论：此推断也站不住脚，如果张宗民四人遇到了狼群，应该与狼群有过激烈的搏斗。被击毙的狼应该有尸体。可是大茂山并没有发现狼的尸体。）

这四种推断，或是都说不过去。可是张宗民四人就是失踪了。谁能想到呢，四十年之后，当张宗民重新出现在人们的视野之时，这些推论就十分荒唐了。］

又一个月过去了，仍无张宗民的下落。那天傍晚，唐行一与梅天凤沮丧地站在大茂山的山坡上。唐行一仰天叹道：“司令呀，你怕是回不来了呀！你我从此或是生死两隔了……”不觉哽咽，泪水夺眶而出。

自抗战以来，唐行一和张宗民出生入死不离不弃，情同手足，伯氏吹埙，仲氏吹篪，二人同气相求，同仇敌忾。张宗民下落不明，唐行一怎么能不失魂落魄呢？

梅天凤则像一根千年枯木桩，久久地站在山坡上，黯然落泪。迎着追魂儿似的山风，她自心底掀动阵阵悲苦，如江若潮。她喃喃独语：“张宗民，你真的不愿意娶了我吗？你果然是个绝情人啊……”

孙家村惨案

国民政府北方战区绝对不会想到，因为突然中止作战计划，竟给孙家村带来了深重的灾难。史料记载：北方战区先于保定周遭大面积集结部队，而后毫无征兆地突然撤销了作战计划，很让驻保定日军大惑不解，疑窦丛生。日军驻保定司令渡边征二郎认真分析后判断，中国军队驻扎孙家村过久，此地极大可能是保定周遭的中国部队一个重要的给养基地。由此考虑，渡边开始策划对孙家村突然袭击的行动。

民国三十四年（1945）五月十一日清晨，距离孙家村不足十千米，日军驻大张村据点的日本小队七十余人会同完县伪军警备大队，共计近二百余人，奉渡边征二郎司令官的命令联合行动，偷袭了孙家村。

孙徐君带领村子里的百余名自卫队员拼力抵抗，全部牺牲（包括孙徐君的妻子王大娟）。日军进村后，大发兽性，被俘的孙爱香遭轮奸后，即被日军用刺刀戳死。死后仍被日军割去双乳，挖去双眼，浇油焚尸。

[《保定抗日英烈录》收有孙爱香的词条：孙爱香（1917—1945），女。河北完县孙家老村人，曾任孙家村小学校长，妇女救国会主任，孙家村自卫队副队长。1945 年 5 月，在“孙家村惨案”中，被日军杀害。后被抗日政府追认为革命烈士。]

1950 年 6 月，根据群众检举，保定人民政府逮捕了参加过制造“孙家村惨案”的两个伪军士兵。一个名叫张士德①；一个名叫冯二山②。二人供述：孙家村的老百姓之前大多转移。未被转移的即老弱病残的村民共计几百人③，全部被日本人杀死。

（史称“孙家村惨案”）

根据张士德二人供词：在这场血腥屠杀中，日伪共抓了孙家村二十多个孩子。这些孩子被处死的过程，可简单概述为：骇人听闻，惨不忍睹。即由两个汉奸找来铡刀，将孩子们一律铡去了头颅。而

---

① 河北省徐水县人。

② 河北省新城县人。

③ 惨案过后，经孙家村自行统计，共计三百三十九人。

后，将这些头颅逐一挂在树上，浇了汽油点燃①。其景凄惨，不可名状。梅立春时年十岁的儿子孙田武，也在其中。（孙馀鑫抗战期间，一直在冀中抗日根据地，以贩酒的身份掩护，做特情工作。1943 年 8 月，中共北平情报站遭日特破坏，孙馀鑫即被调到北平工作。掩护身份即一家小酒馆的掌柜。组织上派了一个名叫苑月平的女同志，与他假扮夫妻。为了遮人耳目，孙馀鑫从老家带走了 8 岁的儿子孙田武。1945 年春天，孙馀鑫母亲病重，想念孙子，孙馀鑫为让老人见孙子最后一面，将孙田武送回了孙家村。谁想到呢，这竟给孙田武带来了杀身之祸。数天后，孙馀鑫得知了孙家村惨案的消息，登时昏厥过去了。）

仍据张士德二人供述：这次惨案，与配合日军突袭行动的伪军们为虎作伥，有极大关系。为讨好日军，伪军们竟然丧尽天良，为日军献计献策，百般折磨被俘的村民。如夜袭队长袁广车②，伪军小队长迟东河③率先示范对被俘的村民迫害折磨，致使残虐行为不断变态升级。如狗咬、轮奸、火烧、开水烫、石头砸、摔死、腰斩、锥子扎、碌碡碾等等。再如令男女裸体跳秧歌交媾，抗拒不从者先后被日伪军用剖腹、撕肺、断肠、挖心、吸血、食脑等种种骇人听闻的手段虐杀。其残暴、野蛮、变态之程度，应创侵华日军暴行之最。

孙家老村外那棵几百年来见证着孙家老村兴衰的大槐树，也没能躲过这次劫难，被日伪军放火烧焦了。节节的树枝落下，具成炭状。

丧心病狂的日本军人，就是畜生！为虎作伥的汉奸伪军，更是畜生！

孙家村遭日军血腥屠杀的消息四下传开，保定周遭的抗日武装组当即红了眼睛，发誓要报仇雪恨。

---

① 谓之“放天灯”。

② 河北省完县人。

③ 河北省定县人。

史料记载：民国三十四年（1945）七月上旬，保定周边的八路军部队，与国军第一百三十七团、一百四十三团、一百九十八团联合行动，对保定西部日军一百六十三联队十一大队围歼①。马凯旋率领军统保定游击队也奉命配合了此次行动。此时，马凯旋麾下的军统游击队已扩大，计有二百余人。马凯旋任大队长，季钧任副大队长。下辖两个小队。第一小队队长由季钧兼任，副队长为陈宝生；第二小队队长为梅可心，副队长为曹正汉。

这场战役为时三天，中国军队大获全胜，日军第十一大队被全歼。马凯旋却在战役中胸部中弹，住进了八路军于涞源县旗山的后方医院，手术取出了子弹（子弹伤及肺部，此后马凯旋落下了终身哮喘症）。季钧与梅立春、梅可心、曹正汉几个赶去探视。马凯旋在病床上挣起身子，愤怒地对他们说：“诸位不能忘记孙家村的仇恨。你们如转移到保定西南作战，路过完县时，可顺手端了大张村的鬼子据点，或是消灭掉完县的伪警备队，一定要给孙家村的父老乡亲们出这口恶气！”

半月后，季钧率领军统游击队，由涞水野三坡转战到易县与完县交界的柳叶岭，此地距离完县大张村据点仅十余里。季钧当夜查看地图后，即召开作战会议，下令打掉日军在大张村的据点，为孙家村报仇雪恨！为孙爱香报仇雪恨！

梅可心咬牙切齿地说道：“季副大队长放心，不仅孙爱香，还有我外甥孙田武，更有孙家村几百条人命，一定要让鬼子汉奸们以命抵命！”

说到了惨死的孙田武，梅立春的泪水夺眶而出，她近乎怒吼道：“不杀光这些日本鬼子，梅立春誓不为人！”

季钧怒不可遏地擂着桌子：“咱们的队伍就是拼光了，也要干掉这些鬼子。报仇！”

可是……仇，真不好报了。

---

① 史称“保南战役”。

第二天消息传来，日本国宣布投降了。

季钧气得跺脚，恨恨地破口骂道："呸！这些王八蛋，投降也真会挑时候呀。哪怕晚一天投降呢。"

梅可心却没理会这个消息，她于当天带着第二小队去了孙家村。她途中命令曹正汉带几个人先去大张村据点侦察，她在孙家村等候消息。

曹正汉皱眉劝她："队长，你千万别意气用事，日本人宣布投降了，就停战了呀！"

梅可心眼睛一瞪："我告诉你曹正汉，中国与日本停战了，但我梅可心还没跟他们停战呢！你去不去？不去立马滚蛋！"

曹正汉皱眉道："我可是为你好呀。"

梅可心高声吼道："你要为我好，就闭上嘴，赶紧去大张村！"

曹正汉看梅可心一脸怒气，不好再说，转身带人去了大张村。

季钧得知梅可心私自带队去了孙家村，大叫一声："不好！"他顾不上召集队伍，单骑一路追下去了。

梅可心刚在孙家村落脚，季钧后脚就赶到了。

梅可心诧异地笑了："季副大队长，你怎么来了？腿够快的呀！"

季钧喘息未定，便急火火地说道："可心呀，你怎么能独自行动呢？"

梅可心皱了皱眉头，歪着头嘻嘻笑道："哎呀，季队长怎么能忘呢？我梅可心是第二小队的队长呀，我干什么，不用请示第一小队的季队长吧？"

季钧登时生气了："梅可心，我是副大队长！"

梅可心点点头，干干地笑了："是，是，你的确是副大队长，不敢开玩笑了。季副大队长到此，有何公干？"

季钧苦笑："我正要问你呢，你跑到这儿干什么？"

梅可心眉毛一扬："我第二小队来此干什么，不用请示你吧？不错，你是副大队长，但你季副大队长主管第一小队，第二小队由马大队长主管。"

“你……跟大队长请示了吗?”

“季副大队长明知故问，马大队长现在涞源住院呢。”

“那你也得请示!”

“季副大队长呀，你说风凉话也不怕风大闪了舌头?我怎么请示?你给我派架飞机来呀?”

“好了，好了，可心，咱们不说这个了。你带着队伍来孙家村干什么?”

“你又是明知故问，我来干什么?我来报仇!”

“可心呀，你知道的，日本人已经投降了，现在停火了呀!”

“他们停火，我没停火呢!”

季钧气得要疯：“梅可心呀梅可心，我可警告你，你这样做，是违犯军纪!”

梅可心眼睛一翻：“季副大队长，没什么好说的了。我明人不讲暗话，今天这个破军纪，姑奶奶我就是犯定了!”

“你敢?”

“我有什么不敢的?”

季钧一时气得肚子直疼，蹲在地上怒吼道：“我看你敢?”

梅可心矮下身子，凑到季钧眼前，也大吼一声：“姑奶奶就敢!”

两人正在吵吵，曹正汉气喘吁吁地跑回来了。

曹正汉待向梅可心报告，先看了看满脸恼怒蹲在地上的季钧，忙凑上前问道：“季副大队长，你这是……怎么了?”

梅可心登时恼了，一拍桌子，大吼一声：“曹正汉!”

“到!”

曹正汉当即转身立正，向梅可心报告：“报告队长，大张村据点的鬼子举了白旗，投降了。完县伪警备队也举了白旗，也……投降了。”

梅可心“哼”了一声，讥讽地说道：“曹正汉，你给我听着，我知道他们都举白旗了。周边其他据点的鬼子和伪军，缴械投降举白旗，上峰肯定会有命令。我梅可心不管，也管不着!”梅可心猛地提高了声音："但是，大张村据点的鬼子，还有完县伪警备队侦缉队的伪军和汉奸特务，梅可心都管得着！你马上带着队伍过去，勒令这些王八蛋赶紧来向我梅可心报到。总之一句话，但凡那天来过孙家村杀人作恶的，今天他只要还有口气儿的，就有一个算一个，一律给我抓来报到。一个不能少！现场如果发现抗拒命令，胆敢不来报到的，也有一个算一个，当下你就拿机枪突突了！听清楚了？"

曹正汉高声回答："听清楚了！队长放心，我一定像逮兔子那样，把他们逮来！"

曹正汉转身刚要走，季钧大喝一声："曹正汉，你给我站住！"

曹正汉愣住了。

季钧奋力挣起身子吼道："曹正汉，你今天要敢去抓人，老子就枪毙了你！"

季钧掏出枪来，逼住了曹正汉。

曹正汉呆呆地看着季钧，再看看梅可心。一时呆住了。

(两位都是领导，我到底听谁的呀？)

梅可心的脸色渐渐阴暗下来，她横着眼睛看了看曹正汉："你快走！"

曹正汉为难地看着季钧："我说老季呀……"

季钧厉声说道："喊我季副大队长。"

曹正汉急忙立正："报告季副大队长，梅队长命令我去抓人！"

季钧怒气冲冲地说："曹正汉，我刚说了，你要敢出去，老子一定枪毙了你！"

梅可心冷眼看了看季钧，点点头："季副大队长呀，你这可是自己找上门的，我梅可心今天就对不住了，我就做一回犯上作乱的事了！"她朝门外大喊一声，"来人！"

一阵脚步响，跑进来几个队员。

梅可心冷冷地说："把季副大队长绑了。"

季钧怔了一下："你……"

队员们也愣了。

梅可心破口骂开了："都他娘的聋了？把季副大队长绑了！"

队员们醒过神来，冲上来便捆季钧。

但听门外一声喊："住手！"

梅可心一愣，只见梅立春疾步进来了。

梅立春厉声喊道："可心呀，你失心疯了？你怎么敢绑季副大队长呢？"

梅可心恨恨地说："大姐，我要给孙家村的乡亲们报仇！姓季的他拦着……"

梅立春皱眉叹气："他拦你对呀，日本人投降了，战争结束了……"

梅可心吼起来："鬼子结束了？想得美！姑奶奶还没结束呢！"说到这里，她的脸上突然有了沉重的悲愤之色："大姐呀，难道我那田武侄子就白白死了……"说到这里，她的声音似被刀突然斩断，哽咽了。

但见梅可心双肩颤抖，深深地埋下头去了。

屋子里一时尴尬万分。

梅立春呆呆地看着梅可心，脸色登时变得惨白，泪水潸然而下，她摇摇头："可心呀……今天咱们先不说田武的事儿，你可不能胡闹呀！上峰的命令不是儿戏呢！"

梅可心抬起头，扬手挥了泪水，表情重新变得冷酷。

她瞪了一眼梅立春："梅立春，你也跑来拦着了？那我今天也就不当你是我大姐了，也就对不住你了，我就连你一块儿也得罪了吧！"她转身对站在屋里的几个队员愤怒吼道："把这两人都捆了，押到屋里去！"

几个队员稍稍怔了下，就立刻冲上去，五花大绑了季钧和梅立春，推搡到里屋去了。

季钧跺脚吼着："梅可心，你浑蛋呀！"

梅可心再喊一声："把他的嘴堵上！"

转过身来，看见曹正汉瓷人一般立在那里。

梅可心跺脚嚷道："曹正汉，你木头呀？还不快去抓人！"

曹正汉醒过来，赶紧跑出去了。立时听到曹正汉吹响了集合的哨子。

梅可心颓然坐在凳子上。

曹正汉的行动很麻利，却也不容易，他带着队伍忙活了一夜，总算将大张村据点五十多个鬼子，完县伪警备队八十多个伪军，还有完县侦缉队十几个汉奸特务，一概都押到了孙家村。进村时，天光已经大亮。

曹正汉辛苦！

（曹正汉后来回忆说，举了白旗的日本鬼子还算听话，缴械之后就跟着来了。侦缉队的特务和伪军们一开始却不好摆弄，听说要被带走，当下炸窝了。你们是干什么的呀？军统？军统怎么穿得跟八路军似的呀？你们有身份证明吗？这大半夜的你们想带我们去哪儿呀？不走！坚决不走！曹正汉当即执行梅可心的命令，一概就地处决。不过他没用机枪突突，大概是可惜子弹吧，他舍不得，他举刀先砍了几个带头闹事的伪军和特务。杀鸡给猴看么，伪军和特务们立马老实了，乖乖地跟着来报到了。）

梅可心已为前来报到的鬼子汉奸悉心选好了住处。

她当即命令曹正汉，把这些鬼子和伪军汉奸全部押到孙家村北边的山坡下。

梅可心预先已派队员从村里借来了一捆大镐铁锨和一叠大筐，分发给了这群鬼子和汉奸，命令他们在坡下挖一个两丈见深五丈见宽的大方坑。

梅可心的传令兵名叫马金牛①，多年后仍能绘声绘色地回忆："七月的天气还正热呢，太阳明晃晃的，像一只快烧熟了的白面鸡蛋饼，老高地挂在人们头顶上。游击队员们齐整整地站在坑沿儿，端枪警戒着。鬼子、伪军、侦缉队的特务们奋力挖坑。他们或是为了讨好梅可心队长，干得十分卖力，一个个挥汗如雨，大多都脱了军

① 河北省乐亭人。

装赤膊上阵了。他们或以为这是他们表现的大好机会呢……”

梅可心坐在山坡上悠然摇着扇子，用嘲讽的目光看着坡下那群人，正在争先恐后地奋力挖掘。昨天一群邪恶之徒，今日变成精壮劳力。随着一筐筐泥土不间断地提上来，大坑渐渐深下去了。

太阳怏怏西斜之时，但见一个两丈见深五丈见宽的大土坑赫然竣工了。大坑周边掘出的黄土，已然堆成几座小山模样。夕照之下，散发着浓郁的泥土气味。

梅可心欣然站起，展了展腰身，便让马金牛下坡传令，要挖坑的日伪汉奸先把镐和铁锨大筐都扔上来。即刻准备“开饭”。

马金牛急忙跑下坡去传令，梅可心随之款款走下坡来。她走到坑沿儿，但见个个汗流浃背的鬼子汉奸们，竞相气喘吁吁地爬上坑来。

梅可心探身看了，冷冷地道：“马上‘开饭’了，你们还爬上来干什么？都在下边住着吧！”她挥挥手，队员们端枪逼着先后爬上来的鬼子汉奸又跳回到坑里。

无论日军、伪军抑或汉奸特务，就算都是精品二货，用屁股想想，瞬间也能明白了，所谓“开饭”，就是他们的末日到了。

他们登时惊恐万状，奋力争抢着重新爬上坑来，场面一时有些乱了。

梅可心生气了，皱眉大吼：“曹正汉，就算你没杀过猪，也总见过杀猪的吧？杀他们比杀猪容易！”说着话，劈手夺了身边队员的步枪，喊里咔嚓上了刺刀，上前挑了一个爬上坑来的日军，再一脚踢下坑去了。

哎呀，队长都作示范动作了，那就照葫芦画瓢吧。队员们纷纷安上刺刀，一拥而上，将率先爬上来的鬼子汉奸都逐一挑下坑去了。但听坑下阵阵哀号声伴着呛人的血腥味腾空而起。

梅可心扬手把步枪扔给了身边的队员，大吼一声：“开饭啦！”话音未落，她率先抄起一把铁锨，铲了满满一铲土，抛下坑去。

队员们岂敢落后，紧跟着抄起铁锨，但见泥土飞扬，大坑渐渐被填平。这群辛苦劳作了大半天的日伪汉奸，被一体活埋了。

梅可心仰头去看，西边的太阳已经落山。

她长出了一口气，看着一旁发愣的曹正汉：“老曹呀，你怎么不笑呀？”说罢，自己呵呵地舒心笑了。

按说，到此就算没事儿了。却应了那句老话，不怕事找人，就怕人找事。真就来了个找事儿的——八路军晋察冀《抗战报》的记者吕兰芝，正巧赶到孙家村采访。

吕兰芝后来回忆说，她本意是来采访孙家村的幸存者，以期深度揭露日寇暴行。可没想到，她不及进村采访，却遇到了梅可心私设刑场。记者的职业敏感提醒了吕兰芝，此事应该是个“猛料”。吕兰芝先进村采访了几个村民与梅可心手下的两个队员，大概问清了事情的起因，最后找到梅可心采访。

吕兰芝之前见过梅可心。前段时间在“保南战役”的战场上，吕兰芝赶到火线采访，后又赶到涞源八路军医院，追踪采访了手术后的马凯旋，梅可心一直奉命陪同，彼此熟悉了。二人见面，略略寒暄几句，即相对在山坡上坐下了。

吕兰芝即掏出钢笔和采访本子，熟练展开诱导式的寻根究底：“梅队长，听说你为了顺利坑杀这些日伪汉奸，还把持不同意见的季副大队长绑了，关了？”

“此事我还不大清楚，真有这事儿吗？或是谣言吧？”梅可心含糊其词地笑道。

“梅队长这样干是否属于明知故犯？换句话说，梅队长明知道这是违犯军纪，为什么还要这么做呢？”

“弄死几个鬼子汉奸，不应该算违犯军纪吧？”梅可心呵呵笑了。

“日本国已宣布投降，而且国民政府已然准备接受日本国的投降。既然他们投降了，按照国际惯例，就不应该再杀他们了。”

“我不知道什么国际惯例，我就是想杀了他们。”

“我很理解梅队长想为孙家村报仇雪恨的心情，但感情不能代替军纪，更不能代替国法。”

梅可心有些不耐烦了，她的脸色微微有了些绯红：“你……继续说，我听着呢。”

吕兰芝却误会了，她误认为她刚才一番合乎逻辑的接连提问，梅可心在精神上已经招架不住，内心惶恐已渐渐加剧。

吕兰芝的采访口气顿时提速：“我刚才已经说过，国民政府已然准备接受日本国的投降，梅队长还如此行事，多有不妥吧？话说得不妨直爽些，梅队长明目张胆的霹雳手段，是否知道此举已严重违犯了国际法？是否知道，此事要引发国际舆论？总之，梅队长犯了如此严重的错误。我作为记者，必将如实报道披露此事。由此引发国民联想，政府对下属竟然管束无方以至于到了任凭放纵的地步。请问梅队长，对此事引发的后果，你有何看法？”

吕兰芝手中的钢笔抵着额头，面带高屋建瓴的微笑，目光安静地望着梅可心，等待着她预期的回答。

吕兰芝印象中，这个与她年龄相仿的梅队长，说话很客气，待人也很热情。今天面对面接受采访，吕兰芝一番高屋建瓴的提问与提示，梅可心必定深知了此事后果严重，梅可心会是个什么样的惊慌态度呢？

……梅可心登时慌了，急忙央请吕兰芝千万不要报道，都怪她一时糊涂莽撞，铸成大错，还请吕记者想个稳妥办法，鼎力周全，万不要再张扬此事，梅可心将万分感谢……

读者可别误会，这都是吕兰芝一厢情愿的美好想象。采访现场的实际情况，却大大地出乎了吕兰芝意料。

梅可心强耐着性子听吕兰芝讲完，看着吕兰芝拿着钢笔准备接着记录，干干地冷笑了一声：“吕记者，你说完了吗？”

吕兰芝看着梅可心的脸上渐渐有了杀气，登时有些胆怯了：“我说……完了。梅队长还想说点什么？”

梅可心突然怒吼起来：“姓吕的，你乱七八糟地说了半天，我也没听明白你到底是个什么意思。你直接说吧，姑奶奶怎么不对了？姑奶奶为什么就不能杀这群鬼子汉奸？小日本儿跑到中国干什么来了？你知道吗？他们杀人来了！他们杀了多少中国人？你知道吗？孙家村近百户老百姓都让他们弄死了，你知道吗？我的好同学孙爱香让他们给杀了，你知道吗？是日本人挑起了战争，挑就挑了吧，但必须由我们中国人结束战争！他们说投降了就投降了？就算没事了？不算！必须由我们中国人同意他们投降才算！你听懂了吗？我再给你说明白点儿，国民政府想怎么办那是国民政府的事儿。我梅可心想怎么办是我梅可心自己的事儿。国民政府有国民政府的抗日战争，我梅可心有我梅可心的抗日战争！我梅可心的抗日战争还没有结束！姑奶奶就是要让这群鬼子汉奸王八蛋血债血偿！我说明白了吗？姓吕的，你听明白了吗？”

吕兰芝脸色渐渐苍白，怔怔地看着梅可心，她张张嘴，似乎想说什么，却终于一句话也说不出了。

梅可心转身指着那已经填好的大坑：“我梅可心今天要不杀了这些畜生王八蛋，屈死了的老百姓就会在阴曹地府破口骂我梅可心窝囊废！我再叫你一声吕记者，我还明白告诉你，你是娘儿们，我是女人，女人不欺侮娘儿们。你要换成个爷们儿试试，你敢说这些不三不四的屁话，就是庇护这群乌龟王八蛋，你就是个助纣为虐的大汉奸！姑奶奶今天就把你也一起活埋了！你信不信？”

梅可心忽地上前一步，两只像是要冒出火来的眼睛，气势汹汹地瞪着吕兰芝：“我特别想扇你耳光，你知道不？”

吕兰芝不敢对接梅可心凶猛的目光，深深埋下头，再也不敢说一个字了。

梅可心转身扬手大吼一声：“曹副队长！”

曹正汉立刻跑过来：“到！”

梅可心再凶凶瞪了吕兰芝一眼，勉强压下了适才想上前扇吕兰芝耳光的强烈冲动。她努力舒缓一下口气：“曹副队长，你把吕记者送走。今天我梅队长情绪不好，不接受任何采访！”

曹正汉立正：“是！梅队长不接受采访！”

梅可心“哼”了一声，便转过身去了。

曹正汉对吕兰芝笑道："吕记者，我，送您走吧？"

吕兰芝早已经蔫蔫得傻透了，她顿时回过神儿来，惶惶地揣了钢笔和采访本，满脸尴尬和沮丧的表情，由曹正汉陪着，一路匆匆走了。

（吕兰芝，南开大学毕业，抗战前，在《大公报》任记者。抗战后，去重庆在《中央日报》当记者。因与《中央日报》同事闹翻，1944 年初，经同学张文星（中共党员）介绍，奔赴延安，入抗大学习。同年加入中国共产党。后被派往《抗战报》任战地记者。多年后，吕兰芝的人生有了另一番景象。后边再说。）

大坑刚刚填完了土，却又有老百姓赶来举报，血洗孙家村的汉奸特务还漏掉了两个重要角色，即李家庄的李成福、李成贵兄弟二人。哥哥李成福在完县当侦缉队队长，弟弟李成贵在完县伪军警备队当小队长，"惨案"那天即是他二人为日军悉心带路偷袭了孙家村。

梅可心登时冒火了（怎么才说呀），当即亲自带着队伍去李家庄抓捕这对畜生兄弟。

梅可心的队伍匆匆赶去了，却扑了个空。唉，这兄弟二人今天一早便知道了梅可心正在满世界抓人，吓得赶紧躲了。

躲哪儿了？

李成贵逃之夭夭不知去向。

李成福则躲到了地下——喝砒霜自杀了。

李成福死前叮嘱家里，赶紧把他埋进李家祖坟，就算是入土为安了。

入土为安？门儿都没有！梅可心坚决不干。她怒冲冲命令曹正汉，即刻带上十几个队员，赶去李家庄的祖坟，把李成福刚入土的棺材刨出来。

坊间传说，李成福兄弟对待李家庄的乡亲们还算可以，二人或是遵循了兔子不吃窝边草的处世原则，他们从没帮着鬼子祸害过李家庄。又或是因了这个缘由，兄弟二人在李家庄的口碑还算过得去。

李家庄保长名叫李济仓，六十多岁了，清末秀才，是个乡绅。他听说了梅可心派人挖坟的消息，山羊胡子当即一翘一翘地生气了。他召集村民先挡住挖坟的队员，之后稳操道义胜券的李保长，拄着拐杖去找梅可心理论了。

李济仓见到梅可心，翘着胡子、瞪着眼睛、扯着嗓子高声嚷嚷："梅老总呀，人死为大啊，李成福已入了李家的祖坟，你们就不能动我们李家的坟茔呀！"

梅可心干咳了两声，冷冷地笑道："李保长呀，看你偌大年纪了，却让我说你个什么好呢？直说了吧，你真是白活这么大岁数了，竟然还有脸说这种狗屁话？你摸着良心说说，李成福这种王八蛋还能进祖坟吗？"

李济仓立时火了，手里的拐杖咚咚蹴着地，抻直了干瘪的嗓子怒声吼道："人死为大，入土为安。你梅老总总要讲个规矩呀！我再说一遍，苍天在上，李成福进了祖坟，你们就不能再挖走！我不能让你们坏了李氏的风水！我今天就是拼了这条老命，也不能眼看着你们胡来啊！"说罢，一头朝着梅可心撞来。

梅可心闪身躲过。左右两个手下上前拉住了李济仓。

梅可心气坏了，指着李济仓的鼻子痛骂开了："老王八蛋，你还好意思觍着脸说呀？你们李家的祖宗若地下有知，能欢迎李成福这个汉奸王八蛋入坟吗？孙家村的血案就是他们兄弟带路去的！姑奶奶一定要把他弄出来，一定让他再死一回，让他给他日本鬼子干爹去陪葬吧！别说他入了你李家的祖坟，就算他入了天王老子的祖坟，我也一样给他刨出来！喊！你还好意思说风水？出了李成福这种汉奸王八蛋，你们李家还有风水吗？你刚才说什么？你还要跟我拼老命？好呀！姑奶奶今天成全你个老王八蛋，我就把你当作汉奸一块儿活埋喽！你信不？"

李济仓登时哑了，脸色登时变得土灰，满头冒着冷汗，浑身哆嗦个不停。

梅可心嘿嘿冷笑："怎么？你胆小了？你害怕了？你怕死了？实

话告诉你，姑奶奶要不是看你一大把年纪，就是说下大天来，我也得连你一块埋了！行了行了，快滚蛋吧！别让姑奶奶再看见你这个老王八蛋！”

李济仓听罢，如同大赦，山羊胡子也不翘了，也不敢再说什么了，拎着拐杖耷拉着脑袋匆匆转身走了。

李成福的棺材被挖了出来，曹正汉上前踢开棺材板，把李成福的尸体拖出来，找了辆牛车，拉到孙家村的山坡下，重新挖开，同那些鬼子汉奸埋在了一起。

曹正汉干完了活，哈哈笑道：“痛快呀！”

唉，痛快是痛快了，这事却引出了一场让人不痛快的麻烦。

吕兰芝被梅可心抢白了一顿之后，脸上非常挂不住，她窝着一肚子火把这件事写了通讯，电传到重庆《中央日报》，强烈要求发表。《中央日报》还算是明白，没敢刊登，把稿子转给了军令部。

公正地说，吕兰芝的立场与言行并非没有道理。梅可心的行为确实有违日内瓦公约。因了梅可心隶属军统的员工，本着谁家的孩子谁抱走的处置准则，重庆军令部将此事移交给戴笠处置。戴笠或是不愿意出头，则把处置权转给了北平站。

北平站大为吃惊。新任站长罗玉山少将亲自出马，到保定调查，并指令军统保定站代站长顾也正，全程配合调查此事。

信心满满的罗站长万没想到，他的调查程序刚刚启动，便遇到了强大阻力：军统保定游击队全体上下，竟没有一个人承认做过此事。

此时马凯旋已出院，罗玉山与马凯旋一同开过会，也算熟络，罗玉山私下找马凯旋调查此事。马凯旋听罢断然摇头：“罗站长，我虽不在现场，我却能保证，保定站游击队，一向纪律严明，令行禁止，断不会干出这种耸人听闻的事情！”

罗玉山讪笑：“如果现场挖出日伪尸体呢？到那时，你老马又能作何解释？”

马凯旋坦然笑道：“就算挖出日伪尸体，也与保定站无关，也与梅可心无关。”

罗玉山与马凯旋交谈之时，顾也正找曹正汉落实细节。顾也正黑着脸问道：“老曹，你对顾某说实话，那两天，梅可心到底干了什么？”

曹正汉以立正姿势回话：“报告顾站长，我从不敢跟上峰讲瞎话。只记得那两天……我好像……陪着几位友军喝酒呢，喝了整整两天。梅可心活埋鬼子汉奸的事儿么，我从没听说过。”

顾也正皱眉：“你从没听说过？”

曹正汉大声道：“从没听说过，一定是搞错了！”

顾也正眨了眨眼睛，意味深长地嘿嘿笑了：“曹正汉啊，搞没搞错么，你别瞎说就是了。”

曹正汉当即敬礼：“属下明白。”

罗玉山与顾也正找季钧核实其被绑的情节。

季钧听得怔了，一脸纳闷儿的表情说：“不可能的事儿呀！罗站长，你们细想呢，梅可心纵有天大的胆子，她敢绑我季钧吗？我可是她的长官呀，我绑了她还差不多。顾站长，你说是不是？”

顾也正朝罗玉山呵呵笑道：“季副站长这话我信。哪有下属捆绑上峰的道理，季钧绑了梅可心还差不多。”

罗玉山直接去找已被关了禁闭的梅可心调查询问。

梅可心嘿嘿笑了：“不错，我是去过孙家村，可我是给亲戚上坟去了。我的传令兵可以做证。这有什么错吗？长官所说的活埋鬼子和汉奸的事儿，我一概不知道。”

罗玉山冷笑：“梅可心，你可要说实话呀！”

梅可心忽地站起身，手指着罗玉山暴吼开了：“姓罗的，你怎么说话呢？你要听什么实话？姑奶奶不知道就是不知道。你赶快给我滚出去！你再不滚，我就‘实话实说’，向上峰告发罗长官调戏下属！”

罗玉山登时气得脸色铁青，急惶惶地站起来，转身便往外走。走出门口，转身吼道：“梅可心，你目无上峰，该当何罪？”

梅可心追出门来："滚，什么狗屁长官！你再要野狗似的乱吼，姑奶奶就真要上告了，告你强奸未遂！你信不信？我这就写告状信！"

话都僵到这份儿上了，罗玉山哪儿敢再纠缠，转身匆匆走了。

当天晚上，罗玉山对顾也正和季钧发火了："老顾，老季，你们看看，你们看看！这军统保定站，都是些什么乱七八糟的玩意儿呀？直接说梅可心吧，这种疯泼女人你们还能留着？还不赶紧他娘的清退呀！"

季钧忙赔笑说："罗长官，您快消消气儿吧，您不了解，梅可心是疯泼出了名的，您可别让她纠缠上，有影儿的没影儿的，她可真敢出去乱说呀，疯劲儿再上来，她还敢去戴老板那里告刁状呀，她真要说出些什么乱七八糟不着调的，您麻烦不麻烦呀？再说了，您跟她置气，也有失身份呀！"

顾也正笑嘻嘻地劝道："罗站长，季副站长说得对呢，您这身份，别招惹这种女人？不值呀！"

罗玉山勉强按下火气耐着性子，由顾也正陪着又调查了两天。结果呢？时间、地点、当事人一概对不上号。活埋日军俘虏这件事，成了无头案。

罗玉山性格很固执，生气上火，却又很不甘心。他相信吕兰芝绝对没有说瞎话，可真活见鬼了呀，梅可心的小队几十号人呢，怎么一说话，就特么的好像只长了一张嘴，异口同声呢？

罗玉山又单独调查了一天，仍然毫无进展。吃过晚饭，他坐在屋里生闷气。

顾也正一副窘态，尴尬地在一旁抽烟。

马凯旋和季钧却笑呵呵地来看他们了。

马凯旋一进门就嘻嘻哈哈嚷嚷开了："罗站长呀，你调查了好几天，也真是辛苦了，行了行了，先歇歇吧，今天我请你喝酒。顾代站长也辛苦了，也该犒劳犒劳了。咱们可先说好了，我可不是贿赂你们呀。"说罢，看了看季钧，季钧会意，朝门外喊了一嗓子，几个游击队队员端着酒菜鱼贯而入。

顾也正哈哈笑道："有酒好呀！马队长，你早应该'贿赂贿赂'我们了。来呀，快摆上啊！"

酒菜便摆上桌了。喝过几杯酒，罗玉山看了看马凯旋，讥讽地笑道："你马兄率领的这支游击队，不愧是咱们军统的队伍，真是齐心协力呀。还有梅可心那个疯泼娘儿们，我可真是领教了。"

马凯旋忙摆手："算了，算了，说什么齐心协力呀？梅可心这就给我找了个天大的麻烦。顾代站长，你跟上峰说说，赶紧把梅可心调走，我真是指挥不动这个女人呀。季副队长，你说是不是？"

季钧笑道："顾代站长，调到你手下也行，你就给马队长一个面子吧！"

顾也正赶紧咽了嘴里的菜，连连摆手："不行，不行，绝对不行！这个梅可心，我可管不了呢，要不这样，调到罗站长那里好了。"

罗玉山没搭理顾也正，他皱眉看了看马凯旋和季钧，奇怪地问："她既然这样不招人待见，你们两个为何还包庇她呀？"

马凯旋仰脖喝了一口酒，眼睛一瞪："罗站长怎么说话呢？我包庇她什么了？"

罗玉山冷笑："她活埋日本人的事儿呀。"

马凯旋放下筷子，"哼"了一声："我为什么要包庇她？她要是真犯了纪律，还用罗站长亲自跑过来？我早处理她了。不过话又说回来了，就算她真干了，我先声明，我是说假如，假如她梅可心真活埋了日本人和汉奸，那也是应该。小日本儿活埋了咱们多少中国人呢？您说是不是？"

说罢，马凯旋便站起身："行了罗兄呀，没影儿的事儿，你还调查个什么劲儿呀！你快歇了吧，听我一句劝，明天一早儿，你赶紧回北平，想着怎么跟戴老板汇报吧。"

罗玉山皱眉发愁："可我怎么跟戴老板说呢？这件事就这么不了了之了？"

马凯旋扬眉笑了："那就是您的事儿了。季钧，咱们走吧。"说罢，马凯旋便与季钧走了。

顾也正钻进被窝，呵呵笑道："唉，罗站长，快睡吧，这事只能不了了之呀。"

罗玉山摇头苦笑："睡觉！"噗地吹了灯。

(吹灯也是白吹，罗玉山今天晚上肯定睡不着了。可还能怎样呢？只能不了了之。罗玉山总不能把梅可心枪毙了吧？罗玉山总不能把那些已经入土为安的鬼子汉奸，逐一从土里刨出来，再想个什么"穿越"的办法，重新让他们睁开眼出气儿说话吧？)

第二天早晨，罗玉山怏怏地走了。

被禁闭了多日的梅可心，终于被放出来了。梅可心仰头看天，阳光正在灿烂，她此时心情极好。心情好并非因为阳光好，梅可心禁闭期间，无意间听到一个消息，季钧竟然招募了甄广宁。这消息一如梅可心枯涩日久的心底，突然门窗洞开，明媚的阳光如风似雨般洒落进来……

曹正汉为给梅可心压惊，邀梅可心到镇上的小酒店喝酒。

喝过几杯酒，梅可心看了看曹正汉，突然笑道："老曹，我有几句话想说，你听听？"

曹正汉也笑道："队长，你说么，我听着呢。"

梅可心抬起头，亮亮的眼睛望着天空，缓缓说道："其实，从第一眼看到你，我就喜欢你了，我想，你的笑容，你的嗓音，你那自信的眼神，都深深地牵住了我的魂儿。眼下抗战结束了，我愿意与你永结同心，白首相随。"

曹正汉听得惊愕了，失神的目光看着梅可心："这……队长……可心，我……"

梅可心瞪了曹正汉一眼："跟你没关系，我想当面对我喜欢的人说这么几句，你先听听行不？"

曹正汉张口结舌："行……行吧！"

梅可心狡黠地笑了笑，举起酒碗，豪迈地说道："来，老曹，咱们喝一个!”

曹正汉笑着举杯：“喝一个!”

唉，曹正汉心里那张脸却已苦如喝药的表情了。他知道，他今生或与梅可心有缘无分了。

(写到此处，暗自为曹正汉长叹一声。自吕小莲死后，曹正汉渐渐喜欢上了梅可心。与梅可心相处这些年，让曹正汉日渐倾心。梅可心从不羞涩，言谈举止充满自信，她说话时，从不会像梅立春那样不动声色般优雅，直似大家闺秀；也不像梅天凤那样严谨周密而从不跑题，颇似教师解题。梅可心会边说边比画，随意而率性。遇有不同意见，她会当场反驳，从不顾忌上司或别人的尊严，她会肆无忌惮地大笑。曹正汉很是羡慕梅可心这种巾帼不让须眉的气概。由羡慕到爱慕从来合情入理，但让曹正汉伤感绝望的却是，梅可心喜欢的竟是甄广宁。曹正汉绝不是横刀夺爱的性格。他唯一能做的，只能是退避三舍。)

唉，曹正汉，勉强不了的，你就放下吧！你从没进入过梅可心的爱情视野。在梅可心的爱情视野里，她只专注甄广宁。自那年甄广宁冒冒失失地亲了她，梅可心即刻骨铭心地爱上了甄广宁。

甄广宁过去总是单打独斗，不肯与军统合作，而马凯旋也一直怀疑甄广宁与共产党有所联系。甄广宁若有共产党嫌疑，那他与梅可心这份情感岂不是无望了吗？梅可心一度非常失落，认定自己与甄广宁此生必是有缘无分，井水犯不上河水了。她情愿将对甄广宁的浓烈情感埋于心底，不再示人。

天晓得呢，季钧竟然能说服甄广宁投奔了军统。梅可心怎能不喜出望外。甄广宁此时进入了军统，梅可心便要光明正大地去爱甄广宁了。她当众不会羞涩，更不会向人隐晦，她本就不是隐晦的性格。为人处世向来干脆利落的梅可心，也会同样干脆利落地表达她的爱情。

(行文匆忙，交代几句甄广宁加入军统的缘由。自上次甄广宁于得意饭庄救援了顾也正，顾也正了解了甄广宁是个无党无派的江湖志士，就动了将其网罗到军统的心思，便与马凯旋和季钧商量。马凯旋很慎重，他觉得甄广宁与某些人走得很近，比如杨昆平，此人有共党嫌疑。但顾也正的想法与季钧一拍即合。季钧早看中了甄广宁的身手，他也曾暗中调查过，甄广宁的确是个无党无派的江湖好汉。如能为我所用，保定站便多了一员干将。马凯旋便不再坚持。季钧即找到甄广宁商谈此事。甄广宁当即向组织汇报，杨昆平认为，甄广宁身份没有暴露，可以去军统卧底。于是，甄广宁便应允了季钧，参加了军统保定站行动队，归顾也正直接领导。梅可心得知此事，当然喜出望外。可事情发展到后来，实在让军统保定站大跌眼镜，甄广宁竟然是共产党。后边再说。)

唐行一退伍

张宗民失踪后，百丈岩独立支队一时群龙无首，北方战区乘虚而入，将其划入驻清风店的五十八军，番号为一百三十七旅。独立支队番号就此撤销。(时任中共保定特委书记的杨昆平，后来曾检讨这件事："1945 年立秋前，保定特委开会，研究接收张宗民指挥的这支队伍。会上意见却不统一。梅天凤等同志认为，这是一支抗日的队伍，应该立即接收过来。但有同志则认为，张宗民的队伍，人员成分复杂，兵痞土匪习气严重，不宜改造。如接收，需要认真研究，先报上级定夺。由此一来，延误了时间，竟被国民党北方战区抢先接收了这支部队。")

北方战区随即调国军驻清风店五十八军作战处副处长解克明，任一百三十七旅旅长；原独立一支队参谋长唐行一，任该旅副旅长。却不承想呢，唐行一非但没有接受任命，却以"身体残疾，有碍军容"为理由，央请辞职退伍。上峰当即批准。

唐行一交接军务完毕，即匆忙赶到徐水县向马凯旋辞行。此时，军统保定抗日游击队在徐水县驻扎。两天前，军统北平站向保定站传达重庆戴笠局长的命令：马凯旋恢复军统保定站站长职务，晋升上校军衔。保定站代站长顾也正免去代站长职务，任军统保定站副站长。季钧仍任副站长。军统保定抗日游击队划归保定站行动队。行动队队长一职，由季钧副站长兼任。

唐行一赶到徐水，已是午后，却不凑巧，国军北方战区正于徐水召集会议。马凯旋与顾也正、季钧奉命与会。唐行一前来拜望，马凯旋却分身无术，便让梅立春、梅可心先接待唐行一，待他散会回来。

姐妹二人听说唐行一已经退伍，都感到奇怪。

梅立春疑问："唐先生，抗战胜利了，您功劳卓著，功成名就之身，为何要退伍呢？"

梅可心扬眉一笑："是呢，还没论功行赏，唐先生就走？说句江湖的俗话，你总得先分了包银再走呀！为什么呢？"

唐行一笑了："不瞒两位，细说么，我退伍原因有四。"

梅可心笑道："能否说来听听？"

唐行一坦然说道："唐某说也无妨。一则当年我师从马站长学习医术，此生理想无外乎行医。之前也曾在保定城内诊病处方，也挣了些微小薄名。正在兴致勃勃之际，日本鬼子打进了中国。唐某只得暂且放下药箱子，先打日本鬼子了。踯跳八年岁月，其中辛苦不必细说。而今日本国已然败了，我何不重操旧业呢？我说得有道理吗？"

梅立春点头道："人之常情。"

唐行一继续说："二则并非唐某杞人忧天，以蒋委员长个性，国共两党必有一战。两方都有唐某的朋友，唐某不想从中分个是非，更不想浑水摸鱼。与其剪不断理还乱，莫如躲个干净清爽。我说得有道理吗？"

梅可心摇头笑了："猛听是个道理，可唐先生不似这种性格呀。"

唐行一微微一笑，继续说道："三则赵司令当年于我有恩，我曾答应过赵司令，抗战胜利之日，便是唐某行医之时。君子当言而有信。四则便勉强些了，我已是个废人，成了军中累赘。身残志短，时常令我惶惶惭愧。思来想去，唐某的确不宜留待军中继续效命了。"说到这里，唐行一却停顿了一下："若仔细再想，其实还有一个原因。”

梅立春皱眉问：“什么原因？”

唐行一叹道：“是因为张宗民司令。二位知道，唐某陪伴张司令鞍前马后多年，枪林弹雨之中，情感如同手足。而今他生死不明，竟不知下落，唐某昼夜不得安宁，军中便成了唐某的伤心之地，怎好滞留呢？”

梅可心摆手说道：“唐先生此说还是有些勉强呀。国军中因伤致残的将军，不乏其人。再说，张司令未必不能回来。”说着话，梅可心盯了唐行一细看，又笑了：“唐先生激流勇退，或是还有什么心事？或说儿女私情？或说国军识人不明，唐先生不免怨恨？”

唐行一摇头笑了：“求仁得仁，又何怨乎。如果二位好奇，想再问出些什么，唐某索性多说上几句。我出来年头久了，若说句文词儿么，近来频频萌动思乡之情。当年唐某少不更事，惹出诸多祸端跑路出来，之后从军，也只想混口饭吃。深知自己不是个行伍的材料，从没想过在军营中飞黄腾达。唐某能做到今天这个份儿上，追根究底，缘由马老师与徐先生呵护怜惜，还有赵司令及张司令厚爱。眼下抗战胜利，唐某也小有了些积蓄，真是想回去了。我也年纪不小，这些年东征西战，我难能有心思娶一个女人进门过个安稳日子，这次回去，我当要找一个合适的女子成家立业，生儿育女，此谓人之常情。”说到这里，唐行一笑问道：“二位，以为这个理由如何？”

梅可心看唐行一满脸认真的表情，赶忙拱手笑道：“唐先生莫怪，可心一向口无遮拦，胡乱揣测，世俗了呢。”

梅立春也欠身笑了：“可心说话一向直爽，若有唐突，唐先生莫见怪呀。”

唐行一摆手笑了：“不妨呢。”

三人正在说笑，马凯旋却散会回来了。姐妹二人陪马凯旋与唐行一寒暄了几句，即起身告退了。

马凯旋听唐行一说了退伍的事儿，疑问道：“品直呀，抗战胜利了，你为何要走呢？你到底有何想法？果然是个‘慕赤松’？”

唐行一摇头笑道："老师啊，学生德薄能鲜，岂敢胡说慕赤松？只因抗战胜利了，学生才会有如此和平想法。若想近年，战争逼迫学生钻研了些许阴谋之术，时下局势明朗，胜利大局已定，也用不上学生这些阴谋策略了。若自诩一句功成身退的老话，学生想拾回行医的理想。学生的医术尚未学到老师的皮毛，虽可托词抗战耽误了，内心却一直愧对老师的知遇之恩呢。"说到这里，唐行一微微皱眉，再欠身说道："再一个理由么，适才也与梅家姐妹说过了，学生当年少不更事，惹了许多麻烦，才跑出来闯世界。而今回去行医，治病救人，必定会让乡里刮目相看，学生心下便会舒朗许多了。"

马凯旋粲然笑道："我知晓了，品直动了衣锦还乡的心思啊！"

唐行一讪讪地笑了："学生的小心思不敢瞒老师。民国二十六年，全国抗战开始，学生即投身其中，那年学生三十岁，当时却没想过，还能活到三十一岁，虽丢弃了一只胳膊，却侥幸存活至今，实属祖上庇护。古人有言，鸟飞返乡，兔走归窟，狐死首丘。少小离家老大当回，俗情俗理。或不指望梅妻子鹤，却也渴望有一个夫唱妻随、儿孙绕膝的小日子。学生本就是个俗不可耐之人，老师或能理解学生这点儿小小心思呀。"

马凯旋点点头，看了看唐行一那只空荡荡的衣袖，不禁怅然叹道："庄子曾说，德有所长，而形有所忘。品直呀，真君子不应气馁人生。你既然去意已决，马某便不好勉强了，只是此地一别，不知何时相见呀。"言语之下，马凯旋即想到唐行一过去的种种恭敬与揖让，心中便有了一层浓浓的惜别之意。

唐行一见状，声音登时庄重了："老师呀，天转地转人也转，学生退伍之后，即在家乡安身立命。老师身为军人，必定是东征西伐的日子。若某日路经学生寒舍，或一时心血来潮，能念及学生，学生必执弟子之礼，尽地主之谊，周全款待。"

马凯旋点头笑了："你说的是呢。青山不老，绿水长流，我二人总有相见的日子。今晚我在徐水县城的刘伶饭庄，摆几桌酒席，权借当地刘伶老酒，为你送行，让弟兄们都到场陪坐。如何？"

唐行一忙欠身拱手道："谢过老师了。"

马凯旋或是动了离别的情感，眼睛渐渐潮润，随即转过身去，望着窗外，点头叹道："品直，与你一席话，或如太史公读《服鸟赋》：同生死，轻去就，又爽然自失呀。你确是古人的胸怀境界，名满于天下，不若其已也；名进而身退，天之道也。你如此身体力行，比我看得通透。暗自思忖，我却仍在红尘之中呀。"

唐行一忙欠身道："老师言重了，老师世事洞明，学生难望项背。"

马凯旋转过身，脸上不再有凄迷的颜色，他含蓄地一笑："我或也是动了乡情呢。品直先去客栈歇息，我且忙些文案。傍晚咱们痛饮几杯，再促膝长谈细叙。"

唐行一笑了："老师且忙公务，学生暂且告退。"说罢，唐行一躬身退出。

傍晚时候，马凯旋即在刘伶饭庄摆了五桌酒席。马凯旋邀了季钧、梅可心、梅立春、曹正汉等与唐行一熟络的一干人，还有游击队一些有职务的若干人等，给唐行一饯行。

想不到，冷盘热炒都上桌了，却仍不见唐行一的影子。

马凯旋看了看手表，皱眉道："或是什么事绊住了？"即派曹正汉去催。

曹正汉匆匆去了，又匆匆回来了，皱眉对马凯旋说："大队长，客栈的伙计讲，唐先生傍晚前就走了呢。"

梅可心听罢摇头笑："唐先生可是个斯文人呀，怎么能爽约呢？或是世风日下，连唐行一这般向来行事周到的人物，竟然也不讲礼数。"

季钧撇撇嘴，讥笑道："可心呀，我可是听人说过，咱们站长这位高足，行为举止高傲，向来特立独行，从不顾及人情面子呢。"

（并非突然"涨姿式"，而是一向牛哄哄。）

梅立春忙说："好了好了，唐先生性格清静，或是不愿意介入这样的热闹场面吧。"

马凯旋摆手笑道：“罢了，唐品直或是担心我反悔，要强留下他呢。既如此，我们权借这场酒宴，自家快活吧！”说罢，他高高地举起酒杯：“弟兄们，鬼子投降了，咱们胜利了，今天且痛饮一场，以示庆祝！”

酒桌上登时欢快起来。

马凯旋饮了几杯，即悄然起身，走出店门。放眼望去，但见夕阳西下，一片火烧云燃得正热烈。田野里尚未成熟的庄稼，绿浪滚滚如江如潮，马凯旋有些忧郁的心中渐渐开阔起来。

好一幅田园图画呀。欢快的风儿在黄昏中舞蹈徘徊。远处田野里，两个蹦蹦跳跳的牧童，一前一后牵赶着一头黄牛，在阡陌上蹒跚。马凯旋隐约地听到了牧童唱着快乐的小曲儿，那是马凯旋幼时唱过的《小放牛》：

天上的星星什么人栽？
地上的黄河什么人开？
什么人把守那三关口？
什么人出家就不回来？
……

两个牧童牵赶着黄牛渐行渐远了。

暮色涌动，牧童的歌声渐渐没进了被苍茫黄昏悄然笼罩了的无际田野。

马凯旋知道，再向西走出五十余里，就是他的老家完县马家庄，他童年生活过的地方。

老家？什么地方才算是老家？为什么如此近，却又如此遥远？

马凯旋双臂环抱，面无表情，仰望着晚霞消失了的天空，在想，谁也回不到童年，谁也回不到过去。世事苍茫无绪，他或许再也见不到唐行一了。此一刻，马凯旋悄然感觉到了人生的短暂与孤独，一阵伤怀感世的情绪，在他心头倏忽而过，一阵白驹过隙、超凡脱俗的感慨，竟在他的心底涨潮般逐渐弥漫开来。他涩涩的嗓音轻轻念着那个今生必定不会忘怀的名字：“唐品直……”

泪水随之飘然而落……

唐行一呀，知我者，谓我心忧，不知我者，谓我何求？